MAY McGOLDRICK

DER HERR DER INSEL

Roman

Deutsche Erstausgabe

WILHELM HEYNE VERLAG
MÜNCHEN

HEYNE ROMANE FÜR »SIE«
Nr. 04/217

Titel der Originalausgabe
ANGEL OF SKYE
Aus dem Amerikanischen
von Angelika Naujokat

2. Auflage

Printed in France 1997
Umschlagillustration: John Ennis / Agentur Schlück
Umschlaggestaltung: Atelier Ingrid Schütz, München
Satz: Fotosatz Prechtl, Passau
Druck und Bindung: Brodard & Taupin

ISBN 3-453-12408-1

Für Cyrus und Samuel –
unsere eigenen Highland-Schurken

Prolog

Drummond Castle, Oktober 1502

Seine eiskalten, blauen Augen starrten auf die Burg, die sich in der einsetzenden Abenddämmerung vor ihm in den Himmel erhob.

Schweigend wie der Tod kletterten er und seine Mörderbande den Hügel zur herabgelassenen Hängebrücke hinauf. Andrew würde sich das zurückholen, was ihm gehörte. Er würde Rache nehmen.

Als Fiona den Klang der Pferdehufe vernahm, die über die Hängebrücke donnerten, hüpfte sie aufgeregt über den Holzboden. Auf Zehenspitzen reckte sich die Fünfjährige zu dem Steinsims empor, das das kleine Fenster umgab und stützte ihr Kinn in die Hand, um einen Blick auf die Reiter zu werfen, die sich im düsteren Licht der Abenddämmerung näherten. Der nebelige Herbstwind fuhr durch den unverglasten Schlitz in der Burgwand und spielte mit ihrem feuerroten Haar. Sie konnte die Reiter nicht sehen, aber sie vernahm das Klirren der Stahlrüstungen, als sie in den Innenhof der Burg ritten.

Ihr Vater kam, um sie zu holen.

»Darf ich hinuntergehen, Nanna?« fragte sie zum x-ten Male. »Darf ich?«

»Du weißt, was deine Mama gesagt hat, Kind«, erwiderte die alte Frau, die über die offensichtliche Aufregung des kleinen Mädchens lächeln mußte. Heute war ein großer Tag für das Kind. Ein großer Tag für sie alle.

Fiona sprang vom Fenster weg, hob ihren kleinen Stuhl, der neben dem Kamin stand, in die Höhe, trug ihn schnell zu dem hohen Fenster hinüber und stellte sich darauf. Als sie ihr Gesicht in die Öffnung hielt, erfüllte sie die schottische Nachtluft, die ihr entgegenblies, mit einer bebenden Erwartung.

Aber ihre Mutter hatte strikte Anweisungen gegeben, daß sie so lange in ihrem Zimmer bleiben sollte, bis sie gerufen wurde.

Er mußte ein wichtiger Mann sein, dachte das kleine Mädchen aufgeregt und versuchte, ihn zwischen den anderen Reitern im Hof auszumachen. Im flackernden Licht der Fackeln beobachtete sie die Männer in den verschiedenen Schottenmustern, die von den Pferden abstiegen.

Obwohl Fiona nicht einmal mehr genau wußte, wann sie ihren Vater zum letzten Mal gesehen hatte, versuchte sie mit aller Macht, sich an sein Aussehen zu erinnern. Sie war damals noch sehr klein gewesen. Aber es gab einige Dinge, die ihr noch vage im Gedächtnis geblieben waren. Sein tiefes und unbeschwertes Lachen. Sein weicher, roter Bart. Die seltsame, gürtelartige Kette, die sie immer unter seinem Hemd gespürt hatte. Ihre Mutter hatte Fiona gesagt, daß ihr Vater sie immer trage, aber nicht erklärt, warum.

»Dein Vater ist ein sehr beschäftigter Mann, Fiona«, antwortete ihre Mutter für gewöhnlich, wenn sie sich nach ihm erkundigte. Ihr ganzes Leben lang hatte Fiona die Gespräche über die Kämpfe gegen die dreckigen Engländer mitangehört, die versuchten, schottisches Land zu stehlen. Und ihr ganzes Leben lang hatte sie die Erklärungen ihrer Mutter vernommen, daß Papa versuche, etwas dagegen zu unternehmen. Daß seine Arbeit darin bestehe, zu helfen, damit ihre Häuser und ihr Vaterland in Sicherheit seien.

Aber nun kam er, und es war ein ganz besonderer Besuch, denn er wollte sie und ihre Mutter und Nanna zu sich auf seine Burg holen, damit sie bei ihm sein konnten.

Die ganze letzte Woche war Fiona Nanna wie ein Schatten gefolgt, während sich diese um ihre Aufgaben kümmerte. Sie hatte sich sehr bemüht, eine Hilfe statt ein Hindernis zu sein. Schließlich hatte sie so viele Fragen zu dem bevorstehenden Besuch, und Nanna war die einzige, die überhaupt bereit war, mit ihr darüber zu reden.

Fiona wünschte sich sehnlichst, sie könne sich noch mehr Einzelheiten ins Gedächtnis rufen.

So weit sich das kleine Mädchen zurückerinnerte, wollte nie jemand mit ihr über ihren Vater reden. Es gab Momente, in denen ihre Mutter Fiona einen kleinen Blick auf die Zeiten werfen ließ, in denen er bei ihnen gewesen war. Während dieser Gespräche hörte Fiona dann von seinem Humor, seinem Mut und auch etwas darüber, was für ein Mann er eigentlich war. Aber ihre Mutter beantwortete ihr niemals irgendwelche Fragen, und so blieb er doch immer ein Rätsel für sie.

Manchmal fragte sich Fiona, ob ihr Vater sie wohl noch lieb hatte. Sie dachte darüber nach, ob er sie genau so vermißte, wie sie ihn. Manchmal träumte sie sogar von ihm. Dann war er ein Engel, der hoch über ihr schwebte und sie beschützte. Sie konnte ihn genau erkennen, mit seinem roten Haar und dem Bart, der um ihn herumwehte, als werde er von einer leichten Brise erfaßt.

Und nun mahnten alle Fiona, ihre Mutter nicht zu stören.

Das kleine Mädchen wußte, daß ihre Mutter zur Zeit nicht sie selbst war. Sie war in den letzten Tagen sehr still gewesen und hatte viele Stunden alleine in ihrem Gemach verbracht. Fiona hörte, wie sie weinte. Nanna erklärte Fiona, ihre Mutter sei einfach nicht imstande, daran zu glauben, daß das, wonach sie sich so lange gesehnt hatte, endlich Wirklichkeit werden sollte. Aber Fiona wußte, daß es noch einen anderen Grund geben mußte.

Schließlich hatte Nanna ihr gesagt, daß Fionas Eltern aus Gründen, die sie nicht beeinflussen konnten, bisher nicht hatten heiraten können, ihre Liebe aber stärker gewesen sei.

Ihr Vater habe seinen Leuten nun endlich mitgeteilt, daß Fiona seine Tochter sei, und daß er und ihre Mutter heiraten würden. Fiona war sich nicht sicher, was heiraten bedeutete, aber sie spürte, daß es etwas ganz besonderes sein mußte. Schließlich würde sie damit einen Vater bekommen, der immer da war. Doch viel wichtiger war, daß ihre Mutter nie wieder traurig sein mußte. Das hatte ihr Nanna auch gesagt.

Fiona begann, die Fackeln zu zählen, die im Hof angezündet wurden. Sie wußte, daß ihr Vater sich in der Begleitung von Kriegern befand. Nanna sagte, daß Fionas Vater viele Bedienstete hätte.

»Fiona, komm her, damit ich dir deine wilde Mähne flechten kann«, schalt Nanna sie mit sanfter Stimme und lächelte dem aufgeregten Kind geduldig zu. Das Gemach war warm und behaglich, und die alte Frau fühlte sich sicher und im Frieden mit der Welt.

Das kleine Mädchen wandte sich widerstrebend von ihrem Platz am Fenster ab. Sie hüpfte vom Stuhl, rannte durch den Raum und warf sich voller Zuneigung in den Schoß der alten Frau. Nanna legte den Arm um das Kind und erwiderte dessen Umarmung.

Nanna hatte die Mutter des Mädchens großgezogen und half nun dabei, auch Fiona zu erziehen. Mutter und Tochter waren so verschieden und sich doch so ähnlich. Margaret war immer ein gutes Kind gewesen, stets reserviert und zurückhaltend. Aber Fiona war anders. Sie behielt nichts für sich, versteckte nichts. Aber eins hatten sie gemeinsam, das wußte Nana: Sie vermochten beide mit einer unglaublichen Tiefe und Intensität zu lieben.

Fiona wand sich auf ihrem Schoß und durchbrach die Träume der Frau. Nanna nahm die Bürste und begann, sie durch das seidenweiche Haar des Kindes gleiten zu lassen.

»Nanna, hat mein Haar wirklich die gleiche Farbe wie Papas?« fragte sie und richtete ihre strahlenden Augen auf die Frau.

»Ja, mein Kind, das hat es.«

»Und meine Augen, Nanna?«

»Nein, Kind, du hast die haselnußbraunen Augen deiner Mutter. Die Augen deines Vaters gleichen der Farbe eines Märzmorgens. Deine verändern sich mit deiner Stimmung und mit der Farbe des Himmels.«

»Aber ich sehe ihm doch ähnlich, nicht wahr, Nanna?« erkundigte sie sich hoffnungsvoll. Ihre Mutter hatte ihr immer gesagt, sie gleiche ihrem Vater.

»Ja, Kind, du siehst ihm sehr ähnlich. Und du bist ebenso klug wie er. Und du besitzt seine Rastlosigkeit und auch seine Lebendigkeit. Du bist durch und durch seine Tochter, Fiona.«

Es hatte immer außer Frage gestanden, wessen Kind Margaret geboren hatte. Er war an ihrer Seite gewesen, hier in

Drummond Castle, als Fiona ihren ersten Atemzug in dieser Welt tat. Nanna hatte die Freudentränen gesehen, die ihm über das hübsche Gesicht liefen. Und später hatte sie auch seine Kummertränen erblickt, als er gehen mußte.

Während die Frau die Locken des kleinen Mädchens zu Zöpfen flocht, dachte sie darüber nach, wie oft sie diese simplen Bewegungen schon am Haar ihrer Mutter ausgeführt hatte. Margaret Drummond, die älteste der drei Töchter von Lord John Drummond, war zu einer der schönsten und begehrtesten Jungfrauen des Königreiches herangewachsen. Als junge Dame bei Hofe hatten ihr Prinzen und Grafen und Gutsherren ebenso wie Ritter jeden Kalibers nachgestellt. Aber sie hatte sich von allen Partien, die ihr Sicherheit und Respekt garantiert hätten, abgewandt. Statt dessen hatte sich Margaret auf eine unmögliche Liebe eingelassen. Sie hatte ihr Herz an einen Mann verloren, der für sie unerreichbar war. Ein Mann, dessen Leben und Schicksal nicht in seinen Händen lag. Nanna war Zeugin gewesen, wie sie zur Frau heranwuchs und hatte gewußt, daß ihr Schützling niemals etwas anderes als die Verbindung zweier Seelen akzeptieren würde. Für Margaret war diese Liebe, so unmöglich sie auch sein mochte, eine Verbindung bis in die Ewigkeit.

Margaret war sich der Konsequenzen dieser Beziehung bewußt gewesen und hatte den Hof verlassen, als sie herausfand, daß sie schwanger war. Sie hatte sich auf Drummond Castle zurückgezogen, weg von den neugierigen Blicken der Klatschmäuler des Hofes. Sie hatte sich sogar vom größten Teil ihrer Familie zurückgezogen und war bereit gewesen, ihr Kind alleine aufzuziehen — und doch hatte sie die ganze Zeit über auf seine Rückkehr gewartet.

Und dann war er gekommen, um ihr während der Wehenschmerzen beizustehen, um die Tränen und später die Freude mit ihr zu teilen, und in einem Moment des Glücks zu baden, bevor ihn die Welt da draußen wieder fortzog — wie sie es immer und immer wieder tun würde. Aber er ging nie ohne das Versprechen, so bald wie nur eben möglich wiederzukommen.

Doch dann war er eines Tages im Sommer gegangen und nicht wiedergekommen. Dieses Mal war es anders gewesen.

Seine Welt hatte ihn festgehalten. Zwei lange Jahre waren verstrichen, bevor abermals die Neuigkeit über einen bevorstehenden Besuch Drummond Castle erreichte. Das Geplänkel, die Politik ... all das hatte sich verschworen, ihn bis zu diesem Zeitpunkt von einer Rückkehr abzuhalten.

Nanna wußte, daß sich Margaret während dieser zwei Jahre an den Gedanken geklammert hatte, daß sie von dem Vater ihres Kindes geliebt wurde. Aber die Zeit war vergangen, und Nanna hatte sich oft gefragt, ob er sich verändert haben mochte.

Aber nun ... nun stand er kurz davor, Margarets Träume wahr werden zu lassen. Ihrer aller Träume, dachte Nanna.

Das Geräusch des Türriegels ließ die alte Frau erschrocken aus ihren Gedanken hochfahren. Die Tür öffnete sich. Margaret eilte in das Gemach und schloß die schwere Eichentür hinter sich. Ihre Augen glitten auf der Suche nach ihrem Kind durch den Raum. Als sie es auf Nannas Schoß erblickte, zeichnete sich Erleichterung auf ihrem Gesicht ab. Fiona sprang auf und rannte in die Arme ihrer Mutter.

»Mama, ist es soweit?« erkundigte sich das kleine Mädchen zögernd. Sie spürte, daß etwas nicht in Ordnung war.

»Oh, mein armes Kind«, erwiderte ihre Mutter gequält und zog das Kind an sich. Einen Augenblick später wandten sich ihre besorgten Augen der alten Frau zu. »Nanna, uns bleibt nicht viel Zeit. Nimm die Hintertreppe zum Großen Saal, such Sir Allan und schicke ihn sofort hierher. Dann geh zu den Ställen und laß drei Pferde satteln.«

»Was ist denn geschehen, Mylady?« erkundigte sich die ältere Frau und eilte an die Seite ihrer Herrin.

Margarets strahlende Augen blickten zu ihrer Tochter hinüber. Einige blonde Strähnen hatten sich gelöst und fielen in ihr makelloses Gesicht, das ganz offensichtlich von Kummer erfüllt war. »Was ich in den letzten Wochen befürchtet hatte, ist eingetreten«, erwiderte sie und kämpfte gegen ihre Tränen an. Ihr Gesicht war von dem Versuch, ihre Emotionen zu unterdrücken, gerötet. »Du mußt Fiona von hier fortbringen. Aber zuerst tue das, was ich dir aufgetragen habe. Ich werde sie mit Allan hinunterschicken. Und bitte beeile dich.«

Die ältere Frau war zwischen dem Verlangen, mehr über den Kummer ihrer Herrin zu erfahren und dem Drang, ihrer mit dringlicher Stimme vorgebrachten Anordnung zu gehorchen, hin und her gerissen. Aber ein einziger Blick in Margarets ängstliche Augen ließ sie aufspringen und eilig durch die kleine Tür im hinteren Teil des Gemachs verschwinden.

Als sich die Tür hinter ihr geschlossen hatte, glitt Margarets Hand in die Tasche ihres Kleides, wo sie ihre Lederbörse aufbewahrte. Ihre Finger schlossen sich darum und sie konnte die eisige Kälte von Andrews Brosche spüren und den Ring, dessen Hitze sich durch das Leder in ihre Finger brannte. Sie mußte sie verstecken und das so schnell wie möglich. Ihre Augen irrten im Gemach umher.

Oh, Gott, dachte sie. Oh Gott! Aber wo?

Und dann erinnerte sie sich. Sie schrie auf und rannte durch das Zimmer auf den Kamin zu. Nachdem sie mehrere Steine über der Öffnung abgezählt hatte, zog sie einen aus der Wand. Fiona stand verwirrt in der Mitte des Raumes, aber tief in ihrem Herzen spürte sie, daß etwas Schreckliches vor sich ging. Sie erblickte das kleine, dunkle Rechteck hinter der Wand, und sie sah, wie ihre Mutter eine kleine Lederbörse aus der Tasche ihres Kleides riß und sie in das Versteck stopfte. Dann schob Margaret schnell wieder den Stein an die alte Stelle und wirbelte zu ihrer Tochter herum.

»Fiona, mein Liebling«, sagte sie. »Lauf und hol deinen dicken Mantel und die Lederbörse, die ich dir geschenkt habe.«

»Aber Mama«, protestierte das Mädchen. »Was ist denn nur los?«

»Geh, Kind! Schnell!« erwiderte die Mutter leise, bemüht, die Panik in ihrer Stimme unter Kontrolle zu halten. »Ich werde es dir gleich erklären.«

Fiona rannte zu den Haken neben der Tür und zog ihren Wintermantel herunter. Als sie sich wieder umdrehte, sah sie, wie ihre Mutter an dem kleinen Schreibtisch eilig etwas auf ein Papier kritzelte. Fiona trippelte zu der Truhe an ihrem Bett hinüber und nahm ihre Börse heraus. Als das kleine Mädchen wieder an der Seite ihrer Mutter angelangt war, hatte diese ihren Brief bereits gefaltet und Kerzenwachs auf das Papier tropfen lassen, um es mit ihrem Siegelring zu schließen.

»Gib mir die Börse, Fiona«, sagte Margaret und streckte die Hand aus. Sie stopfte den Brief hinein und nahm das mit Rubinen und Smaragden besetzte Kreuz, das sie an einer Goldkette um den Hals trug, ab. Margaret zog Fiona zu sich herüber, hängte ihr die Kette um den Hals und ließ das Kreuz vorne in ihr Kleid gleiten, wo man es nicht sehen konnte.

»Mama!« Fiona blickte ihre Mutter entgeistert an. So lange sie sich erinnern konnte, hatte ihre Mutter dieses Kreuz immer nahe an ihrem Herzen getragen. »Du hast doch gesagt, daß Papa es dir gegeben hat.«

»Ja, mein Liebling«, erwiderte Margaret, der nun die Tränen über die Wangen strömten. »Doch ich werde es nicht mehr brauchen. Du aber schon.«

»Aber Mama! Ich verstehe das alles nicht! Papa kommt doch!«

Margaret blickte ihre verwirrte Tochter an. Sie war doch noch ein Kind, wie sollte sie das hier nur überstehen?

»Hör mir zu, mein Kind. Wir haben nur noch einen Augenblick.« Margaret blickte sich verstohlen um. Die Zeit wurde knapp, wo blieben Nanna und Allan nur? Sie fuhr fort. »Ein böser Mann ist in die Burg gekommen. *Er ist nicht dein Vater.* Verstehst du? Dein Vater weiß nicht einmal etwas von dem Bösen, das ihn umgibt. Ihn trifft keine Schuld.«

Fiona bemühte sich, die Worte ihrer Mutter zu verstehen. Was meinte sie denn nur? Die Worte wirbelten ihr im Kopf herum. Papa kam nicht. Ihn traf keine Schuld. Woran traf ihn keine Schuld? Warum wollte ihre Mutter das Kreuz nicht mehr? Wer war dieser böse Mann?

Fiona begann zu weinen und zu schluchzen, als ihre Mutter ihr die Lederbörse in eine Tasche ihres Kleides stopfte. Dann schlang Margaret den dicken Mantel fest um Fionas Schultern und schloß die Lederbänder am Hals mit einer Schleife.

»Hör mir gut zu, Fiona«, wiederholte sie. Sie weinten nun beide, und Margaret wischte ihrer Tochter die Tränen aus dem geröteten Gesicht. Sie umfaßte das unschuldige, junge Gesicht des Kindes mit ihren zitternden Händen und blickte ihr tief in die bekümmerten Augen. »Du mußt jetzt sehr tapfer sein. Du wirst fortgehen ... zu einem Ort, wo du in Sicherheit sein wirst. Und dort mußt du bleiben, bis dich dein Vater abholt.«

»Aber warum ist er nicht hier?« erwiderte Fiona schluchzend. »Wo ist Papa denn jetzt?«

»Ich wünschte, ich wüßte es, Fiona. Aber die bösen Männer sind schon da. Diese Männer wollen uns wehtun, mein Liebling. Es ist zu spät. Du mußt fliehen ... Sie ... Aber hör mir zu, das hier ist sehr, sehr wichtig.« Margaret kniete sich neben ihr Kind und hielt es mit einem Arm fest, während sie auf die Wand deutete, wo sie die Lederbörse versteckt hatte. »Wenn dein Papa dich hierher zurückbringt, mußt du ihm zeigen, was hinter dem Stein liegt. Er wird die bösen Männer, die heute Abend hierhergekommen sind, bestrafen! Das verspreche ich dir!«

Margaret umarmte Fiona heftig und Fiona klammerte sich an ihre Mutter. Sie zuckten beide zusammen, als sie das leise Klopfen an der kleinen Hintertür vernahmen.

Margaret hielt das schluchzende Kind an sich gedrückt und bat ihren Ritter einzutreten.

Sir Allan betrat das Gemach. Sein Gesicht hatte sich vor Sorge verdüstert.

»Mylady ... solltet Ihr nicht ... sollte ich nicht nach unten zu Lord Andrew gehen und —« begann er höflich.

»Nein!« unterbrach ihn Margaret. »Ihr müßt Fiona von ihm fernhalten ... sie von hier fortschaffen. Er —«

Plötzlich wurde die schwere Eichentür mit einem lauten Knall aufgestoßen, und ein halbes Dutzend Soldaten mit gezückten Schwertern in den Händen drangen in den Raum ein. Allan zog instinktiv sein eigenes Schwert aus der Scheide und trat schützend vor seine Herrin.

Margaret packte Fionas Hand und begann, in Richtung der Hintertür des Raumes zurückzuweichen. Sie spürte das aufgeregte Pochen ihres Herzens in ihrer Brust, aber sie wußte, daß sie nicht um ihr eigenes Leben fürchtete, sondern um das ihres geliebten Kindes.

Heilige Mutter, Fiona ist unschuldig, betete sie. Bitte hilf ihr. Bitte rette sie.

»Was hat diese Ungeheuerlichkeit zu bedeuten?« kläffte der Ritter.

Statt einer Antwort griffen ihn vier Soldaten an.

Allan parierte tapfer die ersten Stöße des Angriffs, wobei es ihm gelang, einen der Angreifer quer durch den Raum zu schleudern. Während er auf die Soldaten zustürmte, stieß er einem seine Klinge zwischen Schulter und Hals, aber noch bevor er sein Schwert wieder aus dem sterbenden Mann ziehen konnte, erkannten die beiden anderen Soldaten ihre Chance und durchbohrten seine Brust und seinen Rücken. Die Klingen kreuzten sich irgendwo zwischen seinen Rippen.

Der tapfere Ritter war tot, bevor er zu Boden stürzte.

Die Angreifer wandten sich Fiona und Margaret zu, die entsetzt zusahen, wie die Mörder auf sie zukamen.

Doch Margaret erholte sich schnell und schob Fiona hinter sich, während sie einen kleinen Dolch aus ihrem Gürtel zog. Langsam wichen sie zur Tür zurück.

»Bleib hinter mir«, befahl Margaret mit einer Stimme, die vor Aufregung zitterte. »Diese Tiere werden es nicht wagen —«

Fiona spürte, wie sie plötzlich in die Luft gehoben wurde. Sie drehte ihren Körper und versuchte verzweifelt, wieder zu ihrer Mutter zurückzukommen. Aber ein riesiger Mann, der größer war als Sir Allan, hielt sie mit einem schraubstockartigen Griff fest, so daß ihr der Schmerz durch den Arm schoß. Als sie ihren Kopf wandte, erwischte sie einen Blick auf das häßliche, vernarbte Gesicht und den wilden, zerzausten Bart des grinsenden Irren, der sie festhielt.

Aus dem Augenwinkel heraus sah sie, daß ein weiterer Mann die Arme ihrer Mutter packte und ihr das Messer aus der Hand wand.

Als sie die Schreie ihrer Mutter hörte, spürte Fiona, wie ihr Körper sich vor Wut versteifte. Plötzlich schnappte etwas in ihrem Inneren und all ihre Angst verschwand. Sie verwandelte sich in einen Wirbelwind von Bewegungen, und ihre Arme und Beine flogen in alle Richtungen gleichzeitig.

Fiona trat mit aller Kraft gegen den Bauch des Mannes und grub ihre Zähne in seine kräftige Hand. Er zog sie zurück und für einen Augenblick schwang sie fast frei in der Luft. Sie drehte ihren Arm und schlug ihn fest in die Körpermitte, was ihn veranlaßte, sie von sich wegzuschubsen.

»Was zum Teufel ...«

Fiona landete auf Händen und Knien, rappelte sich aber schnell auf und blickte den häßlichen Mann herausfordernd an.

»Wollt Ihr Euch etwa von der Kleinen besiegen lassen, Mylord?« höhnte einer der Soldaten.

»Sie ist eine Teufelin«, brüllte der Goliath und trat einen Schritt auf das Mädchen zu.

Fiona blickte wild um sich. Beide Türen waren blockiert. Dort konnte sie nicht hinaus. Sie rannte auf das Fenster zu, packte ihren Stuhl und eilte zu den Männern hinüber, die ihre Mutter festhielten, welche sich nach Kräften wehrte. Sie schleuderte einem den Stuhl entgegen und biß in die Hand des anderen, bevor sie von hinten bei den Haaren gepackt wurde.

Der Mann riß ihren Kopf grob zurück und schleuderte sie herum. Seine Faust hing in der Luft, und seine Augen waren vor Zorn getrübt.

»Ich werde dir beibringen, wie man bei uns mit Teufelskindern umgeht.«

Fiona bedachte den Highlander mit einem verächtlichen Blick.

»Wenn du mir wehtust, wird mein Papa dich töten«, zischte sie.

Für einen Moment flackerte ein schockierter Ausdruck über das Gesicht des Mannes und seine Faust öffnete sich. Dann verengten sich seine dunklen Augen und die Härte seines Blicks ließ Fionas das Blut in den Adern gefrieren.

»Wo du hingehst, wird dich dein allmächtiger Papa niemals finden«, brummte er drohend.

Der Anführer zerrte sie zur Hintertür, an Margaret vorbei, die geknebelt worden war, und schubste das kleine Mädchen zu einem seiner Männer hinüber.

»Bring sie nach unten«, stieß er hervor. »Sofort!«

»Sollen wir im Hof auf Euch warten, Torquil?« erkundigte sich der Mann, der Fiona umklammert hielt. Fiona versuchte, ihre Hand freizubekommen, aber der Soldat drehte ihr den Arm auf den Rücken und packte ihr Haar mit brutaler Gewalt.

»Nein, ich werde euch einholen«, entgegnete der Mann barsch. Er wandte sich mit einem höhnischen Grinsen Margaret zu. »Es gibt noch eine traurige Angelegenheit, die ich hinter mich bringen muß.«

Margarets Augen weiteten sich vor Entsetzen, und sie warf einen letzten Blick auf ihre Tochter, die schreiend aus dem Gemach gezerrt wurde.

Lord Gray, Margaret Drummonds Onkel, war derjenige, der die Leiche seiner Nichte entdeckte. Die schockierende Nachricht verbreitete sich schnell im Land.

Man gelangte zu der Ansicht, daß eine Gruppe von Fremden Margarets Tochter, Fiona, am frühen Abend entführt haben mußte. Der Schock über den Verlust ihres Kindes war an einem Abend solch freudiger Erwartung, nachdem sie zwei lange Jahre auf die Rückkehr des Vaters ihres Kindes gewartet hatte, offenbar zuviel für Margaret gewesen — sie mußte den Verstand verloren haben. In ihrer Verzweiflung hatte sie sich das Leben genommen und sich im Gemach ihrer Tochter vergiftet. Man hatte einen Brief gefunden, in dem sie erklärte, daß ihr Leben ohne ihr Kind nichts wert sei.

Die Leute suchten überall nach Fiona. Aber als zwei Wochen später der schlimmste Sturm seit fünfzig Jahren über Schottland hinwegzog und Chaos und Vernichtung von den Äußeren Hebriden und der Isle of Skye bis zum Firth of Forth und Edinburgh hinterließ, wurden die fruchtlosen Versuche beendet.

Weder Fiona noch ihre Entführer wurden jemals gefunden, und diejenigen, die sie liebten, weinten, denn sie glaubten, sie sei tot.

Kapitel 1

Die Nußschale, obwohl hart und kräftig,
umhüllt den süßen, köstlichen Kern.
– Robert Henryson, *»The Fables«*

Dunvegan Castle, Isle of Skye, Juni 1516

Er vermochte kaum zu atmen.

Die Körper der Menschen um ihn herum preßten sich so nahe an ihn, daß er nur schwerlich seine Arme heben konnte. Und da waren Gesichter – Gesichter, die so vertraut aussahen, denen sich aber keine Namen zuordnen ließen. Und hinter ihnen entdeckte er König James, der ihn mit flehendem Blick ansah.

»Was ist geschehen, Mylord?« hörte er sich fragen. Seine Stimme kam von weit her, als sei sie irgendwo in seinem Kopf. Er fragte sich, ob er die Worte wirklich ausgesprochen hatte.

Er versuchte, auf den König zuzugehen, aber die Körper preßten sich nun fester als zuvor gegen ihn. Und dann schoben und trugen sie ihn wie eine Meereswelle mit quälender Langsamkeit von seinem König fort.

Alec blickte den König weiterhin an, und folgte dessen Blick, als James sein Gesicht den düsteren Schatten hinter ihm zuwandte.

Als Alec an ihm vorbeisah, entdeckte er eine Tür, die sich öffnete. Eine Nebelwolke strömte durch die Öffnung und bildete einen Wirbel. Plötzlich war er von dem schimmernden Licht tausender Sonnen geblendet. Dann wurde diese Helligkeit von einem anderen Anblick verfinstert – eine engelsgleiche Gestalt trat durch die Tür. Ihr rotes Haar floß in endlosen Wellen herab und umrahmte ein makelloses Gesicht. Von dort aus, wo er stand, konnte Alec ihre kristallenen Augen sehen, aus denen alle Farben zu leuchten schienen. Die Augen fanden die seinen und zogen ihn mit ihrem Versprechen von Erfüllung in ihren Bann. Licht und Wärme ergossen sich über ihn. Er vermochte seinen Blick nicht mehr von diesem strahlend schönen Geschöpf abzuwenden.

Alec sah, wie der König auf die Engelsgestalt zuging, ihr mit einer Hand zuwinkte und seine andere nach dem Licht ausstreckte.

Aber er konnte sich nicht bewegen. Alec versuchte verzweifelt, gegen die Strömung, die ihn hinwegtrug, anzukämpfen, aber seine Mühe war vergeblich. Er entfernte sich immer weiter von dem Licht und der Vision. Sein Atem wurde ihm aus dem Leib gepreßt. Während er nach Luft rang, sah er, wie das Licht schwächer wurde und der Engel verschwand.

Er erstickte. Er mußte irgendwie wieder zu seinem König und dem Licht zurückgelangen.

Aber er konnte kaum atmen.

Alec Macpherson setzte sich abrupt im Bett auf und schnappte nach Luft. Der Schweiß lief ihm über Brust und Rücken.

Er hatte schon wieder den gleichen Traum gehabt.

Er warf die Bettdecke zur Seite, sprang aus dem Bett und blickte sich im dunklen Zimmer um. Es war so kalt. So groß und kalt und leer, dachte er. Die kühle Sommerbrise strich durch den offenen Fensterschlitz über seinen nackten Körper hinweg. Die Stille um ihn herum kam ihm greifbar vor und lastete wie ein Mühlstein auf ihm.

Er versuchte, den Traum abzuschütteln und ging zum Fenster hinüber, wo er sich streckte und tief die dunstige Salzluft einatmete. Ganz langsam ließ das Gefühl der Bedrücktheit nach. Sein Blick wurde von den beiden Zwillingsspitzen von Healaval auf der anderen Seite des nebelverhangenen Wassers von Loch Dunvegan angezogen. Egal, wie lange er auch auf Dunvegan blieb, es kam ihm nie wie sein Heim vor. Er vermißte das Treiben, das Leben, das auf Benmore Castle herrschte. Aber selbst der Aufenthalt in seinem Heim hatte nichts gebracht … war nicht hilfreich gewesen.

Während er in den Morgennebel hinausstarrte, sah er vor seinem inneren Auge immer noch die Bilder des Traumes. Zum ersten Mal hatte er das Gesicht der Engelsgestalt gesehen. Vorher war sie nie mehr als ein Licht gewesen. Aber dieses Mal hatte Alec sie gesehen. Sie war aus Fleisch und Blut. Aber wer war sie?

König James IV. war nun bereits seit drei Jahren tot, und Alec hatte an jenem verfluchten Tag auf Flodden Field an seiner Seite gekämpft — dem Tag, als der König alle Warnungen in den Wind geschlagen und die Engländer herausgefordert hatte. Der König war von einem englischen Pfeil und einem Schwarm blutrünstiger Fußsoldaten niedergestreckt worden, und das nur, weil Torquil MacLeod und andere ihre Truppen zurückgehalten hatten, als sie am dringensten benötigt wurden. Das war ein bitterer Tag für Schottland und für Alec gewesen.

Wie seltsam, dachte Alec, daß er in seinen Träumen nach so langer Zeit vom Geist seines Königs heimgesucht wurde... und von der seltsamen Vision einer Engelsgestalt. Alec Macpherson war vor vier Monaten auf Dunvegan Castle eingetroffen. Zu dieser Zeit hatten die Träume begonnen. Er war in der Überzeugung hierhergekommen, daß es genau das richtige für ihn sei, die Arbeit der Krone in diesem entlegenen Teil Schottland zu verrichten. Sein Leben und sein Kopf waren voller Ereignisse und Erinnerungen, die er einfach nicht abzuschütteln vermochte. Ein falsches Versprechen, eine gelöste Verlobung, eine untreue Frau. Alec rieb sich heftig über das Gesicht, als könne er damit all die Gedanken, all die Spuren, die Kathryn hinterlassen hatte, wegwischen.

Er zwang seine Gedanken wieder zu seinem Traum zurück und fragte sich, was der König ihm wohl mitzuteilen versuchte. Warum hatte er drei Jahre gewartet? Warum kam er gerade hier zu ihm?

Als der neue Herr über Skye und die Inseln der Äußeren Hebriden hatte Alec sich nachdrücklich bemüht, Ordnung in diesem wilden und mysteriösen Land zu schaffen, über das Torquil MacLeod auf so barbarische Art und Weise geherrscht hatte.

Der mörderische MacLeod hatte schließlich seine gerechte Strafe erhalten, aber seine Exekution wegen Verrats hatte eine große Lücke in der Machtstruktur der nordwestlichen Highlands hinterlassen. Alec Macpherson, der zukünftige Chief seines eigenen Highland-Clans, der ein furchtloser Krieger und berühmter Anführer war, hatte die Aufgabe erhalten, die Auswirkungen von dreißig Jahren brutalster Unterdrückung auszumerzen und die Region für den neuen König der Stuarts zu sichern.

Während er sich für seinen morgendlichen Ausritt ankleidete, dachte Alec über all das nach, was er sich vor vier Wochen vorgenommen hatte. Es schien ihm, als ob er Tag und Nacht gearbeitet habe, und es war immer noch ein wenig beängstigend für ihn, alles nun als vollbracht anzusehen. Er war mit seinen eigenen Männern hier eingetroffen und hatte Widerstand, sogar Blutvergießen erwartet. Schließlich war er von diesen Menschen nicht als Anführer gewählt worden. Die Edelmänner des Regentschaftsrates hatten ihn zum Herrn ernannt, und ihm die Macht gegeben, die Isle of Skye wie sein Eigentum zu regieren.

Daher war Alec vom Empfang der hiesigen Männer überrascht gewesen. Die Handvoll von Soldaten, die noch auf Dunvegan Castle verblieben waren, standen unter dem Befehl von Neil MacLeod, einem Krieger, der auf den Feldern von Flodden zum Krüppel geworden war — einer der wenigen seines Clans, der auf loyale Weise für seinen König gekämpft hatte. Er und seine Männer hatten sich friedlich Alecs Willen unterworfen und geschworen, ihn bei seinem königlichen Auftrag zu unterstützen. Und Sie hatten tatsächlich Wort gehalten.

Alec fand sehr schnell heraus, daß die Menschen auf Skye — der MacDonald- und der MacLeod-Clan — Besseres verdient hatten als das, was sie so viele Jahre unter Torquil erdulden mußten.

Sie waren ganz anders, als er erwartet hatte. Es stimmte wohl, daß es immer noch kleine Banden von herumziehenden, gesetzlosen Rebellen in den entlegenen Gebieten der Insel gab, aber von diesen abgesehen waren die Bauern und die Fischer von Skye zum überwiegenden Teil gute Leute.

Zuverlässige, einfache Menschen, die ein tiefer Glauben an die alten Traditionen verband — Menschen, denen es trotz ihres verräterischen Anführers irgendwie gelungen war, sich ihre Gastfreundlichkeit, ihre Anständigkeit und vor allem ihre Würde zu bewahren.

Und Alec hatte gesehen, daß diese Leute ihm zu vertrauen begannen, seine Befehle in dem Sinne, in dem sie ausgesprochen wurden, aufnahmen und einsahen, daß es ihm darum ging, das Los all derer zu verbessern, die von ihm abhängig waren.

Alec schnallte sein Schwert um und zog die dicke Eichentür auf, die aus seinem Turmzimmer hinausführte. Der moderige Geruch des inneren Treppenhauses stieg in seine Nasenlöcher.

Dieser alte Turm war angeblich dreihundert Jahre alt. Mit seinen wenigen, schmalen Schlitzen, die die dicken Steinwände durchbrachen, weckte er Erinnerungen an Kindheitsgeschichten von Feen und Kobolden, Wassergeistern und Hexen. Es überraschte Alec nicht, daß die Geschichte von Skye eine buntgewobene Mischung aus Tatsachen und Fantasieerzählungen war.

Aber die Burg besaß eine stolze und wohlbekannte Geschichte. Sie hatte den Angriffen der Wikinger und der keltischen Könige sowohl vom Wasser aus wie auch zu Land widerstanden. Außerdem war sie ein Außenposten der Zivilisation gewesen, als der christliche Glaube zum ersten Mal in diesem wilden Land der Feen und derer, die an sie glaubten, Fuß fassen konnte. Und sie hatte den Mittelpunkt der Rebellion gegen jeden der vier Stuart-Könige dargestellt, die den schottischen Thron in Besitz nahmen.

Aber dieser letzte Teil der Geschichte von Dunvegan war wohl vorüber, dachte Alec.

Er bemühte sich nach wie vor, die Eindrücke seines beunruhigenden Traumes abzuschütteln, während er die Treppe hinunterging. Die morgendlichen Jagden wurden langsam zur Gewohnheit, aber er wußte zumindest, daß er auf diese Weise den Kopf frei bekam. Als er den Großen Saal betrat, warf er einen Blick auf die Männer, die auf Bänken um die letzten glühenden Kohlen des Feuers in der Raummitte schliefen. Alles war ruhig und die Hunde rührten sich kaum, als er den Raum durchquerte.

»Geht Ihr auf die Jagd, Mylord?«

»Robert!« sagte Alec erschrocken. »Wie oft habe ich dir schon gesagt, daß du dich nicht so anschleichen sollst.«

»Ich übe mich in den Künsten der Krieger, Mylord«, erwiderte der Knappe flüsternd. »Eines Tages, Mylord, wenn Ihr der Ansicht seid, daß ich dafür bereit bin, mit den Kriegern zu üben, werde ich Euch beweisen, daß ich all das, was Ihr mir beigebracht habt, beherrsche. Erinnert Ihr Euch noch? Ihr selbst habt mir gesagt, daß ein Krieger allzeit bereit sein müsse. Ihr habt mir gesagt, daß Heimlichkeit —«

»Und ich habe dir auch gesagt, daß du die Dinge, die ich dir beibringe, nicht an mir ausprobieren sollst.«

Alec hatte Robert vor einem Jahr zu seinem persönlichen Knappen gemacht. Der Junge hatte sich als ein eifriger und hart arbeitender Schüler entpuppt und war im letzten Jahr wie eine Bohnenstange in die Höhe geschossen. Alec mußte unwillkürlich lächeln, als er sich daran erinnerte, wie oft er durch die verwirrenden und manchmal komischen Erkenntnisse des heranwachsenden Jungen von der harten Welt der schottischen Politik abgelenkt worden war. Obwohl er Alec so manches Mal das Leben schwer machte, war Robert ihm doch treu ergeben — und hatte nicht die geringste Angst vor dessen Launen.

»Ja, Mylord.« Der junge Mann nickte. »Aber Ihr habt mich auch gelehrt, mein Urteilsvermögen zu benutzen und Entscheidungen zu treffen. Besonders, wenn es sich um das Wohlergehen von Menschen handelt, die mir am Herzen liegen.«

»Das ist richtig, Robert.«

»Und daher muß ich einiges, was Ihr mir beigebracht habt, auch an Euch üben, denn wenn ich es nicht tue ... dann wäret Ihr vielleicht bald nicht mehr in meiner Nähe, um mich mehr zu lehren. Und wenn Ihr nicht mehr in meiner Nähe wäret —«

»Genug, Robert!« brummte Alec und führte den jungen Mann durch den Großen Saal zu einer kleinen Tür auf der anderen Seite. »Es ist noch zu früh, um mich auf eine Diskussion mit dir einzulassen. Leg dich wieder schlafen.«

»Aber Mylord, Euer Frühstück steht bereit«, erwiderte Robert besorgt. »Ihr müßt doch etwas essen, bevor Ihr geht. Ihr eßt nie genug. Selbst der Koch sagt das. Und dann die Jagerei den ganzen Morgen. Euer Bruder, Sir Ambrose, findet, das sei nur ein Versuch, um —«

»Es geht mir gut, Robert«, unterbrach ihn Alec, der an dem Eisengitter stehen geblieben war, das einen offenen Schacht bedeckte. Er diente als Luftzufuhr für das unterirdische Gewölbe der Burg. »Es gibt keinen Grund, daß irgendjemand sich um mich Sorgen macht.«

Alec blickte in die Dunkelheit des Schachts hinab und dachte an die Greueltaten, die vor noch nicht so langer Zeit dort unten im Verlies stattgefunden hatten. Da nahm er eine Bewegung wahr. Als er schärfer in die Dunkelheit hinunterspähte, glaubte er, einen Schatten tief unten zu erblicken. Eine Ratte, dachte er angewidert.

»Aber Mylord«, fuhr der Knabe fort. »Sir Ambrose ist der Ansicht, daß Ihr, wo doch keine angemessenen Damen hier sind, um Euch die Zeit zu vertreiben, einfach —«

»Robert!« Alec richtete seinen wütenden Blick auf den schlaksigen Jungen neben ihm. Ambrose benötigte ganz offensichtlich etwas anderes, womit er sich beschäftigen konnte.

Wie sollte Alec ihm nur erklären, welch eine erfrischende Abwechslung es war, einmal ohne diese habgierigen Damen des Hofes zu sein? Ohne Katherine, seine treulose, einstige Verlobte. Alec war durchaus bereit, zumindest sich selbst gegenüber einzugestehen, daß in seinem Leben etwas fehlte, aber das war bestimmt nicht die Gesellschaft derer, denen er ganz bewußt den Rücken gekehrt hatte.

Nein, das konnte er Robert nicht erklären, aber er mußte dies seinem Bruder sehr deutlich machen, bevor Ambrose dafür sorgte, daß irgendwelche Überraschungsgäste auf der Türschwelle von Dunvegan auftauchten.

»Aber Mylord, ich wollte damit doch nichts weiter sagen, als —«

»Wirst du wohl endlich die Klappe halten?« brummte Alec drohend.

»Jawohl, Mylord.« Der junge Mann lief rot an, denn er erinnerte sich plötzlich an den Grund für die Empfindlichkeit seines Herrn in Bezug auf gewisse Themen. »Übrigens habe ich Sir Ambrose versprochen, ihn zu wecken, damit er Euch heute Morgen begleiten kann. Er ist wirklich um Euch besorgt. Wie wir anderen auch. Gestern Abend noch habe ich mit dem Koch gesprochen, und er sagte, daß —«

»Robert«, polterte Alec endgültig los. »Ich warne dich. Ambrose wird bald nach Hause gehen. Wenn du auch nur noch ein einziges Wort sagst, werde ich dich mit ihm zurückschicken ... und das Gleiche gilt für den Koch.«

»Ich werde nichts mehr sagen, Mylord. Kein einziges Wort. Versprochen. Und ich werde auch den Koch vom Reden abhalten. Ihr werdet keine Laut mehr von mir hören. Und wenn Ihr kein Frühstück zu Euch nehmen wollt, dann ist das Eure Sache ... Mylord.« Robert verstummte, denn der drohende Blick seines Gutsherrn sagte ihm, daß er schon wieder den gleichen Fehler beging. Das Letzte, was er wollte, war, nach Benmore Castle zurückgeschickt zu werden. Der Knappe wandt sich unbehaglich und dachte an Lord Alexander, und wie er in der Vergangenheit so oft die Geduld des alten Gutsherrn auf die Probe gestellt hatte. Und obwohl Robert Lady Elizabeth, die Mutter seines Herrn, mochte, wollte er doch eines Tages ein Krieger sein, nicht das Dienstmädchen einer Dame, Himmel noch mal. Er stand schweigend da, den Blick zu Boden gesenkt.

Alec schüttelte den Kopf und drehte sich zur Tür. Dieser Junge konnte wirklich reden. Sein Geplapper hatte inzwischen dafür gesorgt, daß alle im Saal wach geworden waren. Oh, dafür war er ihm etwas schuldig, dachte Alec mit einem grimmigen Lächeln.

»Ich werde schon nicht verhungern, Robert. Mach dir deshalb mal keine Sorgen«, rief Alec über seine Schulter zurück. »Ich werde etwas essen, wenn ich zurückkomme.«

Der Knappe eilte rasch zur Tür und öffnete sie, bevor Alec sie erreicht hatte. Ehe er hindurchtrat, verharrte der Kriegsherr kurz.

»Oh, und noch etwas, Robert«, sagte Alec und bedachte seinen Knappen mit einem düsteren Blick. »Neil hat mir gesagt, daß du deine Pflichten im Haushalt vernachläßigst, um dich auf den Übungsplätzen herumzudrücken.«

Robert erbleichte unter dem strafenden Blick seines Herrn. »Nein, Mylord. Ich ... ich habe meine Pflichten nicht vernachläßigt ... Ich ... Das ist einfach nicht wahr! Also ich bin natürlich auf die Plätze gegangen, aber ich ... ich ...«

»Hör zu, Robert«, sagte Alec und packte den schlaksigen Jungen am Arm. »Von heute ab möchte ich, daß du die ganze Zeit mit den Kriegern trainierst. Richte dem Koch aus, daß er die Haushaltspflichten einem der Jüngeren übertragen soll.«

Robert stand sprachlos da und starrte seinem Herrn mit offenem Mund nach, während er zu begreifen versuchte, was er gerade vernommen hatte.

Alec schmunzelte in sich hinein, als er in das düstere Licht hinaustrat, das noch nicht von der Morgendämmerung erhellt wurde. Er hatte auf den richtigen Moment gewartet, um Robert für seinen Fleiß und seine Bemühungen zu belohnen. Trotz seiner jugendlichen Eigenarten und seiner geselligen Natur entwickelte er sich zu einem feinen, jungen Mann. Diese Veränderung seiner Stellung würde seiner Entwicklung zu einem guten Krieger nur förderlich sein. Einfallsreich. Kühl. Reserviert. Gelassen.

Als Robert vor Freude zu jaulen begann, lachte Alec laut über die zunehmenden Geräusche der aufwachenden Krieger im Saal, die den Jungen, der im Türrahmen Luftsprünge vollführte, mit unfreundlichen Flüchen bedachten.

Einige Augenblicke später nickte der Gutsherr dem Torwächter zu und zog den Kopf ein, als er sein schwarzes Schlachtroß an einer Stelle durch die drei Meter dicke Zwischenwand von Dunvegan Castle lenkte. Nachdem er die düstere Passage durchquert hatte und in das nur wenig hellere Licht der Vormorgendämmerung gelangt war, bog er mit seinem Pferd nach rechts und galoppierte entlang der kleinen, salzwasserhaltigen Bucht, die von den Festungswänden beherrscht wurde.

Auf seinem linken Handgelenk saß Alecs kostbarer, schneeweißer Wanderfalke, der den Namen Swift trug. Die

Jagd mit dem seltenen, walisischen Albinovogel war inzwischen mehr als sein beliebtester Zeitvertreib, als eine Fluchtmöglichkeit des Kriegsherren geworden. Sie hatte sich zu einem morgendlichen Ritual entwickelt.

Alec ritt über das hügelige Heidemoor auf ein dicht bewaldetes Tal gut anderthalb Kilometer landeinwärts zu. Dieser Landstrich, der von wilden Hügeln und gezackten Felskämmen umgeben war, enthielt viel Rotwild und fette Fasane, die Swift auf so hervorragende Weise aus der Luft ausmachte und erbeutete.

Als er eine kleine Mulde im Gelände durchquerte, wurde er vom Morgennebel eingehüllt. Obwohl er nicht weit sehen konnte, wußte er doch, daß der Pfad nach wenigen Metern wieder ansteigen würde.

Das hier war eins der Dinge, die ihm an Skye am besten gefielen. Hier besaß er die Freiheit, auf seinem eigenen Land zwischen den unheimlichen Gesteinsformationen und den heidebedeckten Hügeln herumzureiten. Hier besaß er die Freiheit, die Einsamkeit der Morgenluft zu genießen, ohne unter der erstickenden Nähe des Hofes, seiner Parasiten und seiner Frauen leiden zu müssen.

Als sich das Land erhob und die dichte Dunstwolke zu Nebelschwaden aufbrach, gelangte Alec in den Wald. Er blickte sich ehrfürchtig um. Obwohl er diesen Pfad schon so oft geritten war, erstaunte es ihn immer wieder, wie sehr ihn diese Schönheit und Rätselhaftigkeit des Waldes berührte. Die Hunderte von Jahren alten Eichen verflochten ihre Zweige über ihm zu einem Baldachin. Er blickte auf, als sich die ersten Strahlen der Sonne bemühten, das Dickicht zu durchdringen.

Plötzlich erblickte Alec eine dunkle Gestalt vor sich auf dem Pfad. Als er den Kopf des Pferdes nach rechts riß, sah Alec, wie ein weißer Arm aus den Falten eines Umhangs hervorschoß. Swift kreischte und seine ausgebreiteten Flügel nahmen Alec für einen Augenblick die Sicht. Als sie zu der seltsamen Gestalt gelangten, riß er kräftig an den Zügeln des Pferdes, um das sich aufbäumende Tier unter Kontrolle zu halten. Er wandte seinen Kopf dem Wesen zu, das am Wegesrand lag.

»Was seid Ihr für ein Irrer?« ertönte die zornige Stimme einer Frau.

Er war schockiert, eine weibliche Stimme zu vernehmen, und überhörte die Titulierung, mit der sie ihn bedacht hatte, denn er wurde sich bewußt, daß er beinahe eine wehrlose Bäuerin umgeritten hätte.

»Es ist eine Sache, wenn Ihr Euch den Hals brechen wollt, aber wenn es dabei um meinen eigenen geht, sieht der Fall doch anders aus«, schalt ihn die Stimme und wurde schrill vor Wut. »Ihr hättet mich beinahe über den Haufen geritten!«

»Warte! Ich werde dir helfen«, erwiderte Alec. »Ganz ruhig, Ebon!«

Das Roß sträubte sich immer noch gegen Alecs Bemühungen, es zu beruhigen, und Alec konnte die Frau nicht genau erkennen, aber als sie sich aufraffte, um den Inhalt einer großen, braunen Tasche aufzuheben, der verstreut auf dem Boden lag, erwischte er einen Blick auf glänzendes, rotes Haar, das unter der dunklen Kapuze hervorströmte.

»Bist du verletzt, Frau —« Alec versuchte, über das Kreischen des Vogels hinwegzurufen. Aber sein Pferd bäumte sich erneut auf, und als sich der Krieger wieder zum Pfad umwandte, war die Gestalt in dem Umhang verschwunden. In der Nähe rührte sich kein Zweig. Es waren keine Schatten zu erkennen. Keine Spur von ihr. Gerade war sie noch dagewesen und im nächsten Moment schon verschwunden.

Fiona stand wenige Schritte vom Pfad entfernt und spähte durch den Nebel, um den Kampf zwischen Pferd und Reiter und dem seltsamen, weißen Falken zu beobachten. Drei echte Biester, dachte sie wütend und rieb sich ihre schmerzende Schulter. Drei wilde Tiere. Sie zog den Umhang schnell wieder fest um sich und schob ihr Haar unter den Schleier zurück, den sie unter der Kapuze des Umhangs trug. Ihr Herz pochte heftig gegen ihre Rippen. Sie versuchte, tief und ruhig zu atmen, um ihren Puls zu verlangsamen und ihre Wut zu zügeln.

Schließlich gelang es dem Krieger, den schnaufenden, schwarzen Hengst zu beruhigen, und auch die Schreie des

Falken verstummten. Sie beobachtete, wie sich der Reiter suchend umblickte. Fiona wußte, daß er sie nicht sehen konnte, und daß sie, falls nötig, leicht durch den dicht bewachsenen Hain hinter ihr entkommen würde. Sie kannte diese Gegend wie ihre eigene Westentasche.

Der großgewachsene, goldblonde Krieger ließ sein Pferd zu der Stelle des Pfades zurücktrotten, wo er an ihr vobeigeritten war. Er blickte sich in alle Richtungen um, hielt das Pferd an und spitze die Ohren, ob er etwas vernahm. Er erhob sich aus dem Sattel und stand lange Zeit, ohne sich zu rühren, in seinen Steigbügeln. Offenbar gehorchten Pferd und Falke den Signalen ihres Herren, denn sie warteten ebenso wie er geduldig und bewegungslos.

Schließlich zog er sein Schwert und spießte die Schnur mit den hölzernen Gebetsperlen auf, die vor ihm im Gras lag. Nachdem er sein Schwert wieder in die Scheide gesteckt hatte, blickte er sie neugierig an und schloß dann seine Faust darum.

Von der Stelle aus, wo Fiona stand, konnte sie seinen Gesichtsausdruck nicht genau erkennen. Der Riese drehte sein Pferd in ihre Richtung. Nun standen Pferd und Reiter ihr zugewandt. Sie glitt so leise sie nur konnte hinter den Stamm einer dicken, knorrigen Eiche. *Oh, Gott, hat er mich etwa gesehen?* In ihrem Kopf begann alles wirr durcheinander zu gehen. *Kann er mich hören?* Sie hielt den Atem an und wünschte sich sehnlichst, das Pochen ihres Herzens stoppen zu können. Kurz darauf hätte sie angesichts der Entfernung zwischen ihnen am liebsten laut über ihre eigene Dummheit gelacht.

»Bist du verletzt?« rief der Reiter, und seine Stimme hallte durch den Wald. »Du mußt keine Angst vor mir haben.«

Er verstummte und lauschte, ob er eine Antwort erhielt.

»Wenn du verletzt bist, aber noch nach Dunvegan Castle gehen kannst, so tu es. Dort wird man sich um dich kümmern.«

Er verstummte wieder und lauschte. Fiona hörte, wie die Hufe des ungeduldigen Pferdes am Rande des Pfades aufstampften. Als der Krieger erneut seine Stimme hob, klang sie verärgert. »So antworte mir doch! Dieser Wald ist gefährlich, wenn du verletzt bist. Hier gibt es viele wilde Tiere.«

Die gibt es ganz gewiß, dachte Fiona und kicherte leise in sich hinein.

»Hör mir zu«, rief er, und der Zorn in seiner Stimme war nun deutlich erkennbar. »Ich versuche, dir zu helfen. Ich habe keine Ahnung, warum eine Frau um diese Zeit alleine hier im Wald herumläuft, aber sprich, um Gottes Willen.«

Fiona spähte erneut vorsichtig hinter dem Baumstamm hervor und sah zu, wie er auf eine Antwort wartete. Sie lächelte angesichts seiner offenkundigen Wut und Ohnmacht. Gut, dachte sie. Warum ritt er auch wie ein Verrückter über Pfade, die ehrliche Bauern benutzten, um ihren Lebensunterhalt zu verdienen.

Der Kriegsherr verharrte noch einige Momente unschlüssig an derselben Stelle.

»Wenn du nicht antworten willst, dann ... zum Teufel mit dir!« brüllte er schließlich, riß sein Pferd herum und galoppierte den Pfad zurück.

Fiona atmete erleichtert auf, als er im Nebel verschwand. Dann stampfte sie zornig mit dem Fuß auf. »Lord Macpherson, Ihr habt gewiß nichts daraus gelernt!«

Sie trat aus ihrem Versteck zwischen den Bäumen auf den Hirschpfad hinaus, den sie seit einigen Jahren jeden Morgen benutzte. Seit der Ankunft des neuen Gutsherrn hatte ihn Fiona an vielen Tagen beobachtet, wie er mit seinem weißen Vogel oder einem anderen Falken auf dem Arm durch die Gegend galoppierte. Er ritt immer wie ein Verrückter, trieb sein Pferd bis zur Erschöpfung an, als sei er auf der Flucht oder auf der Jagd nach jemandem. Warum auch immer, heute war er jedenfalls früher als sonst unterwegs gewesen und hatte sie überrumpelt.

Aber das war nicht ausschließlich seine Schuld, das mußte Fiona zugeben. Sie hatte sich später als geplant auf den Rückweg von der Ansammlung von Hütten tief im Wald gemacht, in denen ihr alter Freund Walter und seine Leidensgenossen vor vier Jahren Zuflucht vor den Grausamkeiten von Torquil MacLeod gesucht hatten. Vater Jack, der alte Einsiedler, war heute auch dort gewesen, und die Zeit war beim Vortrag seiner unglaublichen Geschichten wie im Fluge vergangen.

Das Kloster auf der abgeschiedenen Isle of Skye war seit sie es kannte, ein Zufluchtsort für Leprakranke gewesen. Sie lebten von Kirchenland und erhielten hier Schutz. Aber das alles hatte sich vor vier Jahren geändert, als Torquil zu der Ansicht kam, daß Skye nicht länger von Krankheit beherrscht sein sollte. Daher reiste Fiona seither zwischen dem Kloster und den Leuten, die sich wie gejagte Tiere versteckten, hin und her. Der blinde Haß eines Edelmannes, der sich am Leid anderer ergötzte, hielt sie dort gefangen. Der Befehl dieses mächtigen Anführers hatte zur Folge, daß ein Strom von Grausamkeiten gegen diese kranken Menschen ausgelöst wurde, die weder fliehen noch sich verteidigen konnten.

Bei dem Gedanken an diese Ungerechtigkeit wanderte Fionas Hand instinktiv zu der hölzernen Rassel an ihrem Gürtel. Sie war ihr jetzt sehr nützlich. Die meisten Leute machten einen weiten Bogen, wenn sie das hölzerne Warnzeichen der Aussätzigen vernahmen. Aber vor vier Monaten noch hätte das Tragen der Rassel ihre Reisen viel riskanter gemacht. Das heißt, bevor Lord Macpherson kam.

Wann immer es ihr gelang, unbemerkt fortzukommen, wanderte sie diesen Pfad entlang und brachte Nahrung, Medizin und was immer Walter und seine Genossen benötigten, zu ihnen. Vater Jack hatte die Kranken in seine Gemeinde aufgenommen, als sie nicht weit von seiner Steinhütte in den Wald gezogen waren. Aber Vater Jack wurde alt, und Fiona wollte ihm helfen. Sie mußte ihm einfach helfen.

Denn trotz aller Gefahren war Fiona nicht gewillt, Walter aufzugeben, den Mann, der sie vor so vielen Jahren gefunden hatte — ans Ufer geschwemmt und halbtod. Der Mann, der sie ins Kloster gebracht hatte, dem Ort, der seither ihr Zuhause war.

Plötzlich stieß Fionas Fuß gegen eine erhöhte Baumwurzel, und sie wäre beinahe der Länge nach auf den Boden geschlagen. Doch obwohl es ihr gelang, sich taumelnd zu fangen, durchfuhr sie ein Schock, als zu ihrer Rechten ein Rascheln im Unterholz explodierte und sich ein fetter Fasan in die Luft erhob. Der Krach und das überraschende Auftauchen des Vogels hatten sie aus der Fassung gebracht. Fiona erstarrte und ein Zittern lief durch ihren Körper. Sie blickte sich nervös um, und für einen Moment nahmen die Schatten im morgendlichen Wald bedrohliche Formen an. Fiona rückte die Kapuze zurecht, die ihr vom Kopf gerutscht war und zog den Umhang fester um sich, als könne der dicke Stoff das Frösteln nehmen, das ihren Körper erfaßte.

»Das hier ist dein Wald, Fiona«, sagte sie laut und durchbrach damit die Stille, die sich um sie ausgebreitet hatte. »Du bist diesen Pfad öfter als du zählen kannst entlangewandert. Reiß dich zusammen. Reiß dich zusammen!«

Als seien ihre Worte nicht genug, griff sie nach einem kräftigen Ast, der neben dem Pfad lag. Doch während sie sich vorbeugte, vernahm sie das Klirren von Steingut in der Tasche, die sie bei sich trug. Sie hockte sich auf den Pfad, öffnete die Tasche und betrachtete traurig die drei leeren Krügen. Nur einer war noch intakt.

»Vielen Dank, Lord Macpherson!« sagte sie und betastete vorsichtig die Splitter der beiden anderen. »Nun habt Ihr auch noch dafür gesorgt, daß ich einiges zu erklären habe.«

Fiona hängte sich die Tasche wieder über die Schulter, packte das kräftige Stück Holz und machte sich wieder auf den Weg. Ihre Angst war vergessen.

Sie begann, darüber nachzudenken, was sie ihrer Herrin sagen würde. »Ja, Mutter Oberin«, nickte sie zustimmend und mußte angesichts einer solch unwahrscheinlichen Beichte lächeln. »Zwei weitere zerbrochene Krüge. Aber dieses Mal war es nicht meine Schuld. Ich hatte eine Begegnung mit diesem schlecht gelaunten Lod Macpherson. Oh, nein, Mutter Oberin, Ihr wißt doch, daß es mir im Traum nicht einfallen würde, ungehorsam zu sein und ... wieder einmal ... alleine ins Aussätzigenlager zu gehen.«

Fiona blieb stehen, als sie an eine Weggabelung gelangte. »Welchen Weg soll ich einschlagen?« flüsterte sie in sich hinein. »Den sicheren oder die Abkürzung? Den sicheren! Für heute habe ich schon genug Aufregung gehabt.« Sie wandte sich dem ausgetreteneren Pfad zu und spürte, wie sich ihre Laune besserte, während sie ihr Fantasiegespräch weiterspann.

»Wartet! Wo waren wir? Ach ja, Mutter Oberin! Lord Macpherson ... Lord Macpherson? Nun, er galoppierte direkt durch die Wäscherei des Klosters, als ich gerade damit beschäftigt war, die Wäsche aufzuhängen. Was, Mutter? Es ist wohl wahr, daß ich mich seit einigen Jahren nicht mehr um die Wäsche gekümmert habe. Ich weiß, Mylady! Ich habe andere Pflichten. Aber versteht doch, es war solch ein wunderschöner Tag. Und ich habe versucht, den anderen Schwestern zu helfen. Besonders Schwester Beatrice. Sie hat eine Sommergrippe, die sie nicht los wird.

Ja, Ihr hättet ihn sehen sollen. Der Gutsherr ist eine recht imposante Gestalt, wie er da so auf seinem Pferd sitzt. Aber dieser unschuldige Vogel, der an seinem Handgelenk festgebunden ist! Die Krüge, Mutter Oberin? Oh, nein, sie waren gewiß nicht mit Kräutertee für die Aussätzigen gefüllt. Mit ... Wasser ... ja, mit Jasminwasser. Was, Mutter? Wir benutzen kein Jasminwasser, um die Wäsche zu parfümieren?«

»Hmmm!« Fiona verlangsamte ihren Schritt und dachte über diese Sache nach. »Kein Jasmin.« Aber dann begannen ihre Augen zu glänzen, und sie schritt wieder schneller voran.

»Ich bin sicher, daß Ihr recht habt, Mutter Oberin. Offenbar war ich derart in den spirituellen Aspekt meiner Aufgabe versunken — Ihr sagt mir doch ständig, daß Gott in den weltlichsten aller Arbeiten wohnt —, daß, nun ja, der Duft der glorreichen Natur in diesen Leinentüchern gefangen gewesen sein mußte. Ja, Mutter, ich hätte schwören können, daß sie nach Jasmin dufteten. Was, Priorin, Ihr fragt Euch, was Lord Macpherson in der Wäscherei zu schaffen hatte? Ja, Mutter, ich war die einzige, die ihn gesehen hat, aber ich darf Euch versichern, daß sein Pferd nicht einmal ein einziges Taschentuch beschmutzt hat. Nur die Krüge sind kaputtgegangen. Jawohl, völlig zerbrochen, Mutter Oberin.«

Fiona kicherte bei dem Gedanken an eine solche Unterhaltung — und über ein solch unwahrscheinliches Thema — in sich hinein. Lord Macpherson, der durch die Wäscherei prescht, während sie die Wäsche aufhängt! Aber dann verdüsterte sich ihr Ausdruck für einen Moment. Sie mußte sich einmal ernsthaft mit der Priorin darüber unterhalten,

Schwester Beatrices Aufgaben vorübergehend einer anderen zu übertragen, bis es dieser wieder besser ging. Die ältere Nonne würde sich nie auch nur mit einem einzigen Wort beklagen und sich ganz gewiß nicht ihren Pflichten entziehen. Fiona wußte, daß die Priorin einschreiten und ihr erst befehlen müßte, sich auszuruhen.

Die Priorin hatte Fiona immer gedrängt, mehr Verantwortung in der Verwaltung des Klosters zu übernehmen. Und sie hatte die junge Frau bei ihren Entscheidungen immer unterstützt. Immer, dachte Fiona. Es war nicht etwa so, daß die Aufgaben, die einige der anderen Nonnen erfüllten, ihr zu niedrig waren. Nein, die Priorin war der Ansicht, daß es angemessener war, Fiona Aufgaben zu übertragen, die ihren Talenten mehr zu entsprechen schienen. Aber Fiona wurde den Eindruck nicht los, daß die Priorin glaubte, sie könne gut mit Zahlen umgehen, tauge aber wenig für alles andere.

Gott habe ihr diese besondere Fähigkeit geschenkt, hatte ihr die Mutter Oberin oft mit einem Lächeln auf dem faltigen Gesicht gesagt. Und es stimmte: Sie fühlte sich bei diesen Arbeiten so wohl wie ein Fisch im Wasser. Wozu die Priorin Stunden benötigte — besonders wenn es um Zahlen und Bücher ging — erledigte Fiona in einem Bruchteil der Zeit. Aber in der jüngsten Vergangenheit war die ältere Frau angesichts von Fionas Rastlosigkeit und ihren unbotmäßigen Handlungen dazu übergegangen, sie als ›Geduldsprobe Gottes‹ zu bezeichnen.

Fiona betrat eine Lichtung und schaute blinzelnd in die helle Morgensonne, die sich schnell durch den Nebel gebrannt hatte. Die Sonne, die sich in einem kleinen Teich in der Mitte der Wiese spiegelte, blendete sie. Sie war immer noch eine gute halbe Stunde vom klösterlichen Anwesen entfernt. Als Fiona ihre Schritte beschleunigte, fragte sie sich, was wohl ihr alter Freund, David, zu ihrem Abenteuer heute morgen sagen würde. Natürlich würde sie ihm die Wahrheit anvertrauen. Rückhaltlos. Er war der einzige, dem sie alles sagen konnte. Er geriet niemals in Panik und schalt sie auch nicht, wenn sie nur das kleinste Risiko auf sich nahm.

Gewiß gab es Zeiten, wo sie nicht einer Meinung waren,

aber dann bemühten sie sich, diese Unstimmigkeiten zu klären. So war es schon immer zwischen ihnen gewesen. David versuchte nie, über sie zu richten oder sie einzuschüchtern. Er erzählte ihr von der wirklichen Welt, von den Orten außerhalb von Skye. Über die Schönheit des schottischen Festlandes. Er war dort schon gewesen. Er hatte ihr die Überlebenstricks, wie er sie nannte, beigebracht. Und er hatte sie gelehrt, all diese Künste für die Bedürfnisse wirklicher Menschen einzusetzen. Diese Lektionen waren eine wahrhaft erfrischende Abwechslung zu den Französisch-, Englisch-, und Lateinstunden der Priorin, die sie über sich ergehen lassen mußte.

Die Lektionen, auf die er immer den meisten Wert gelegt hatte — und das von Beginn ihrer Ankunft an — waren die gewesen, sich so weit wie möglich von Torquil MacLeod entfernt zu halten.

David, das Faktotum, war außerdem der Halbbruder der Priorin. Er war ein außerehelicher, jüngerer Sohn, aber nichtsdestotrotz ein Onkel Torquils, daher kannte er ihn gut. Seine Geschichten über die Brutalität des Gutsherrn fielen bei einem kleinen Mädchen, dessen Verstand all die Erinnerung an das, was brutale Männer tun konnten, sorgfältig weggeschlossen hatte, auf fruchtbaren Boden. Seit Fionas Kindheit hatte David sie unter seine Fittiche genommen, und dank seiner Güte schenkte sie ihm ihr Vertrauen. Er hatte ihr immer ein Gefühl von Sicherheit gegeben, und sie gleichzeitig doch ständig dazu getrieben, sich selbst zu beweisen. Er hatte ihren Drang nach Unabhängigkeit ermutigt. Anfangs hatte er sich als Vater des Waisenmädchens gesehen, aber letztendlich war er zu einem Freund geworden. Zu einem sehr lieben und teuren Freund.

»Es ist in Ordnung, Fehler zu machen, so lange du aus diesen Fehlern lernst.« Das hatte er ihr immer und immer wieder eingehämmert. Fiona war sich nicht so sicher, ob das Leben im Kloster ohne ihn so interessant wäre.

Und dann hatte man ihnen vor gut einem Jahr Malcolm wiedergebracht. Bei dem Gedanken an den kleinen Jungen beschleunigte Fiona ihre Schritte. Er würde schon auf sie warten.

Als sie an einem zackigen Felsen vorbeikam, der aus dem Boden neben einem Teich hervorragte, wechselte Fiona ihre Tasche auf die andere Schulter und ließ den Stock zu Boden fallen.

Sie schaute zu den wilden Spitzen der Cuillins weit im Süden hinüber und wurde plötzlich einer Gestalt gewahr, die im Schatten einer großen Eiche nur einen Steinwurf weit entfernt stand. Fiona blieb wie angewurzelt stehen, zog sich die Kapuze weiter ins Gesicht und griff in ihren Umhang nach der hölzernen Rassel.

Die Gestalt trat aus dem Schatten, und Fiona lief es kalt den Rücken hinunter.

Das dreckige Gesicht des Mannes war mit Narben übersät, und die junge Frau erblickte das leuchtend-rote Kreuz, das ihm auf der rechten Wange eingebrannt worden war. Dieses Brandmal sagte ihr, daß man ihn für schuldig befunden hatte, eine Kirche bestohlen zu haben. Dieses Mal reichte aus, ihn in jedem Dorf und jeder Stadt des Christentums unwillkommen zu machen. Aber der Blick aus seinen dunklen Augen jagte ihr die größte Angst ein. Es war der Blick eines hungrigen Tieres.

Fiona schwang ihre Rassel, und das Geräusch ließ den Mann für einen Moment auf dem Pfad verharren. Dann vernahm sie so etwas wie ein Lachen, aber es war ein Geräusch, das so voller Bosheit steckte, daß man es kaum als Lachen bezeichnen konnte. Fiona spürte, wie sich ein klammes Frösteln von ihrem Rücken her über ihren Körper ausbreitete.

»Das ist uns egal«, sagte er und spuckte die Worte mit einer solchen Bitterkeit aus, wie sie Fiona noch niemals zuvor begegnet war.

Er machte einen Schritt auf sie zu, und sie schwang die Rassel noch verzweifelter in der Hoffnung, daß ihn das Geräusch verjagen würde.

»Wir haben dich beobachtet«, fuhr er fort und näherte sich unbeeindruckt. Fiona konnte seinen fauligen Geruch wahrnehmen und wandte angewidert den Kopf ab. »Du bist keine Aussätzige. Du bist die mit dem hübschen Gesicht in dem Kirchhof voller alter Frauen. Wir haben dich beobachtet.«

Fiona spürte, wie sich ihre Nackenhaare aufrichteten. Sie trat einen Schritt zurück und drehte sich um, um in den Wald zurückzulaufen, aber in dem Moment traten zwei weitere Männer von beiden Seiten des Felsens mit ausgebreiteten Armen auf sie zu, und Fiona wußte, wie sich ein gejagtes, in die Enge getriebenes Tier fühlen mußte. Ihre Augen wanderten von einem Räuber zum nächsten. Ihre Augen glitzerten in der Morgensonne. Sie sahen alle so ... hungrig aus. Aber etwas sagte ihr, daß sie nicht auf Nahrung aus waren.

»Wohin gehst du denn ... Engel? Nennen sie dich nicht so ... ›Engel‹?« Der Schwergewichtigere der beiden anderen Scheusale stieß die Worte hervor, und Fiona sah die Spucke in seinem Mundwinkel glänzen. Sie spürte, wie sich ihr der Magen umdrehte. »Wir wollen nur einmal sehen, was für eine Art von Engel du bist.«

Fiona blickte sich erneut um. Sie war von allen Seiten von diesen Gesetzlosen umzingelt. Der Kreis schloß sich immer enger um sie, und sie erkannte ihre boshafte Erregung.

»Ihr seid tapfere Männer, daß Ihr Euch derart nah heranwagt«, schnaubte sie mit einem spöttischen Tonfall. Fiona schüttelte die Rassel ein letztes Mal und ließ sie dann fallen. Sie bemühte sich verzweifelt, jegliches Zeichen von Furcht aus ihrer Stimme herauszuhalten. »Aber das, was Ihr bekommt, wird Euch nicht gefallen.«

Die Schritte der Männer wurden langsamer, und sie tauschten einige Blicke aus, und als sie zu husten begann, erstarrten sie ganz.

Fionas ganzer Körper begann angesichts des quälenden Hustenanfalls, der sie plötzlich überfiel, zu zucken. Die Eingeweide der jungen Frau schienen sich von Innen nach Außen kehren zu wollen, so schlimm war der Anfall.

»Ich bin nicht die, für die ihr mich haltet«, sagte sie mit zittriger Stimme und schnappte nach Luft. »Die Krankheit hat mich schlimm erwischt. So schlimm, daß mich die anderen Aussätzigen sogar aus dem Dorf geworfen haben, weil sie behaupten, ich hätte etwas anderes. Sie wissen, daß ich dem Tode nahe bin. Sie haben Angst, daß es ansteckend sein könnte.«

Als sich Fiona erneut in einem weiteren Hustenanfall zusammenkrümmte, sah sie, wie die beiden, die hinter dem Felsen aufgetaucht waren, einen Schritt zurücktraten. Der Anführer richtete sich auf und betrachtete sie mißtrauisch.

»Wir lassen uns von dir nicht auf diese Weise zum Narren halten«, sagte Kreuzmal schließlich mit einem verächtlichen Schnauben, aber sein Tonfall war weniger überzeugend als zuvor.

»Es ist aber wahr«, beharrte sie mit rauher Stimme. Ihre Kehle tat durch das erzwungene Husten nun wirklich weh. »Ich bin auf dem Weg zum Kloster, um Medizin für meine wunden Stellen zu holen. Sie sondern schwarzen Eiter ab. Ich kann sie euch gerne zeigen. Und heute Morgen war mein Husten schwarz vor Blut.«

Sie deutete auf die dunklen Lehmflecken, die der Sturz auf ihrem Rock hinterlassen hatte, und krümmte sich.

Als sie erneut zu husten begann, ergriff einer der beiden Gefolgsleute das Wort.

»Sie hat die Pest«, murmelte er und bewegte sich auf Kreuzmals anderen Gefolgsmann zu. »Ich habe diese Heimsuchung letzten Sommer in Edinburgh mit eigenen Augen gesehen. Es ist die verdammte Pest.«

»Sie hat keine Pest, ihr Narren!« schrie Kreuzmal. »Sie ist das Mädchen aus dem Kloster, das sie Engel nennen. Von der einige behaupten, sie sei eine Fee. Verdammt, ich sage euch, sie ist dieselbe, die wir die letzten zwei Tage beobachtet haben.«

Fiona stieß ein schwaches Lachen aus, das zu einem weiteren, grausamen Anfall führte. Es gelang ihr, eine recht anständige Menge Schleim in die Richtung des Anführers auszuspucken. Nun wich auch Kreuzmal zurück.

»Ich wünschte, ich wäre es, aber ich bin es nicht!« keuchte Fiona und wischte sich mit dem Handrücken die Spucke vom Kinn, um dann näher auf den Anführer zuzutreten, der nun zwischen ihr und dem Wald stand. »Aber ich weiß, wen ihr meint. Das Mädchen, das zum Dorf der Aussätzigen kommt. Ich habe gehört, daß die Priorin sie nicht mehr gehen läßt, wegen ... ich bitte höflichst um Entschuldigung ... all der Gesetzlosen, die hier ihr Unwesen treiben.«

Kreuzmal zog als Reaktion auf ihre Bewegungen sein Schwert. Er trat einen Schritt zur Seite und bedeutete seinen Gefährten, vorzurücken. Statt dessen aber zogen sie sich weiter zurück.

»Ich werde keine verdammte Pestaussätzige anrühren«, schrie der eine voller Abscheu, und der andere nickte zustimmend.

»Geht nicht fort«, bat Fiona und schritt weiter auf Kreuzmal zu, was diesen veranlaßte, sich immer weiter in die Richtung der anderen Männer zurückzuziehen. »Wenn Ihr keine Furcht habt, dann werde ich Euch etwas zu Essen mitbringen, wenn ich wiederkomme. Ich habe keinen einzigen Freund auf dieser Welt, müßt Ihr wissen, und ich bin sicher, daß sie mir genug geben würden. Ich bin immer noch stark genug, um —«

Sie verstummte mitten im Satz, als erneut ein Hustenanfall unter der Kapuze ausbrach. Während sie nach Luft schnappte, spähte Fiona über die Wiese und versuchte, ihre Chancen abzuschätzen. Wenn sie sich jetzt umdrehen und losrennen würde, könnte sie es bis zu Wald schaffen, aber es lief ihr kalt den Rücken hinunter, wenn sie an die Konsequenzen dachte, falls es nicht klappen sollte.

»Und wenn Ihr versprecht, daß ich bei Euch bleiben darf, werde ich es auch bestimmt nicht anrühren«, fuhr sie fort und blickte zu den dreien hinüber. »Ich schwöre es. Ich werde Brot mitbringen ... und Hammelfleisch ... und —

»Hört ihr?« sagte einer der Gefolgsleute. »Sie will Brot mitbringen.«

»Brot!« kreischte der andere. »Laßt sie laufen. Ich will nichts mit ihr zu tun haben.«

»Damit sie das Gesetz auf uns hetzt!« erwiderte Kreuzmal verächtlich. »Aussätzige oder Engel, ich finde, wir sollten sie von ihren Qualen erlösen!«

»Aber Gavin«, erwiderte der andere schwerfällig und zog Kreuzmal zu sich herüber. »Sie ist zu dämlich und weiß es nicht besser, aber sie ist schon so gut wie tot, es kann nicht mehr lange —«

»Ich finde, wir sollten sie töten«, rief der Anführer.

Fiona wartete erst gar nicht auf eine Antwort. Sie drehte

sich um, zog ihren Rock und den Umhang in die Höhe und floh in Richtung Wald. Nur ein Moment verging, ehe sie die Rufe hinter sich hörte. Sie wußte, daß ihr Leben von ihrer Schnelligkeit abhing, und so flog sie schier über den unebenen Boden. Sie fluchte, als sie über den Saum ihres langen Umhangs stolperte und beinahe gestürzt wäre. Die Geräusche ihrer Verfolger, die immer näher kamen, wurden durch das Klopfen ihres Herzens beinahe überdeckt.

Panik überkam sie, und sie spürte, wie ihre Kraft plötzlich aus ihrem Körper wich. Sie konnte den heißen Atem ihrer Verfolger förmlich auf ihrem Rücken spüren. Sie bemerkte, daß sie immer noch ihre Tasche trug und schüttelte sie von der Schulter.

Gerade als ihr die Tasche vom Arm rutschte, fiel Fiona mit einem so mächtigen Aufschlag zu Boden, daß es ihr den Atem nahm. Ihr Fuß war in ein Kaninchenloch geraten. Im Bruchteil einer Sekunde wußte sie, daß ihr letztes Stündlein geschlagen hatte. Diese Tiere mußten jeden Moment über sie herfallen.

Doch dann sah sie nur noch die glänzenden, schwarzen Hufe, die stampfend und tänzelnd neben ihrem Kopf zum Stehen kamen.

Kapitel 2

Der Tod rafft den Meister im Kampfe dahin,
Den Hauptmann im Turme bei Nacht,
Die Dame in ihrem schönen Gemach,
Timor mortis conturbat me.
— William Dunbar, *»Timor Mortis (Fear of Death)«*

In dem Husten schwang der Klang des Todes mit.

Alec zügelte Ebon, als er das Geräusch vernahm. Es war nicht sehr schwierig gewesen, die Frau zu verfolgen, und nun wußte er, daß er sich direkt hinter ihr befand.

Bei dem Gedanken daran, daß es sich bei der Frau, die so schrecklich hustete, um dieselbe Frau handelte, die er beinahe umgeritten hätte, verstärkte sich Alecs Verlangen, ihr zu helfen, nur noch mehr. Er war anfangs so wütend gewesen, daß er nach dem Vorfall auf dem Pfad keine Lust mehr aufs Jagen gehabt hatte, aber als er ihr folgte, war er von einer seltsamen Dringlichkeit überfallen worden, die ihn vorwärts trieb.

Er mußte sie finden. Die Gebetsperlen in seiner Hand halfen wenig, die beunruhigenden Auswirkungen dieses mysteriösen Treffens abzuschwächen. Er mußte einfach sichergehen, daß sie sich nicht verletzt hatte.

Alec konnte es ihr nicht verdenken, daß sie davongelaufen war. Diese wenigen Monate auf Skye hatten ihm dabei geholfen, die Gründe für die Verhaltensweisen der Menschen hier besser zu verstehen. Unter der Herrschaft Torquil MacLeods war das Überleben der Bauern von ihrer Fähigkeit abhängig gewesen, sich unsichtbar zu machen. Die unnachgiebige Hand MacLeods und seiner Männer lastete schwer auf denen, die Mut zeigten oder das Pech hatten, seinen Weg zu kreuzen.

Alec trat Ebon in die Flanken und folgte der kranken Frau. Der Falke saß ruhig auf seinem Arm, und Alec duckte sich, um nicht von den tief herabhängenden Zweigen und Kletterpflanzen gestreift zu werden.

Der düstere Wald öffnete sich bald zur Helligkeit einer Lichtung, die direkt vor ihm lag. Pferd und Reiter traten in den Sonnenschein hinaus. Alec zügelte Ebon und ließ seinen Blick über die Szene wandern, die sich ihm darbot.

Sie war nicht allein. Sie hustete erneut und krümmte sich — offenbar aus Schmerz über den Anfall. Vor ihr standen drei Männer und beobachteten sie dabei. Einer hatte drohend sein Schwert gezogen. Alec preßte bei seinem Anblick die Lippen aufeinander. Sie waren nicht da, um ihr zu helfen. Seit Jahren schon geschahen diese Dinge hier immer wieder. Noch ein Opfer.

Anfangs konnte Alec die Unterhaltung zwischen der Frau und ihren Angreifern nicht hören, aber plötzlich vernahm er den Mann mit dem gezogenen Schwert klar und deutlich. Und seine Worte brachten die Frau dazu, über die Wiese davonzustürmen. Alec eilte ihr zu Hilfe.

Fiona hatte nicht gewußt, daß Engel Hufe besaßen, aber bei diesem hier war das der Fall. Sie drehte ihren Kopf ein wenig zur Seite und erblickte die drei geschockten Gesichter ihrer Angreifer. Sie starrten ihren Retter an. Die Hufe des Pferdes stampften und tänzelten neben ihr über den Boden. Sie mußte erst gar nicht aufsehen, um zu wissen, wer der Reiter war, aber ein einziger Blick sagte ihr, daß Lord Macphersons Schwert noch in seiner Scheide steckte.

Obwohl man sie offenbar vergessen hatte, sprang Fiona auf die Beine und trat neben die mitternachtsschwarze Flanke des Pferdes.

Der Riese auf dem Streitroß warf den drei Gesetzlosen einen zornigen Blick zu. Mit einigen kurzen Bewegungen zog er dem weißen Falken auf seinem Arm die Haube ab und schleuderte ihn in die Luft. Das Geflatter des aufsteigenden Vogels reichte zweien der Angreifer, um ihnen ihren Appetit auf Fiona zu nehmen. Die beiden machten einen Satz zurück. Kreuzmal dagegen wich nicht, hielt immer noch das Schwert in der Hand ... zumindest für den Augenblick.

Welch einen prächtigen Anblick Lord Macpherson bot, dachte Fiona. Seine Augen durchbohrten den Gegner vor ihm mit einem wütenden Blick. Als die Hand des Kriegers sich auf den Griff seiner Waffe legte, sah Fiona, wie der Anführer der Gesetzlosen sein Schwert fallen ließ und sich eilig zu der Stelle begab, wo seine Kameraden bereits mit eingezogenen Schultern standen.

Die Stille auf der Wiese war ehrfurchtsgebietend. Die aufragende Gestalt starrte weiter auf die Männer herab, während der Falke oben in der Luft kreiste. Fionas Augen wurden von den Spiralen des Vogels angezogen. In ihrer Fantasie schrieb sein anmutiges Auf und Ab das Wort Freiheit in den blauen Baldachin des Himmels. Als Kreuzmal schließlich sprach, war sein Tonfall ehrerbietig. Sie wissen, wer er ist, dachte Fiona, und sie wissen auch, daß sie ihm nicht gewachsen sind.

»Mylord«, begann der Gesetzlose bescheiden. »Sie hat die Pest. Sie ist eine Aussätzige, Mylord. Wir wollten nur —«

»Krankheit ist kein Verbrechen«, unterbrach ihn der Kriegsherr mit einer Stimme, die jegliche Farbe von den Gesichtern der Männer wischte. Nur das Brandmal des Anführers leuchtete weiter in seinem glänzenden Rot. »Krankheit ist kein Verbrechen mehr auf der Isle of Skye.«

Alec hatte kurz nach seiner Ankunft von der entsetzlichen Verfahrensweise MacLeods gehört, Belohnungen für die Ermordung von Leprakranken zu zahlen. Alec hatte überall die Neuigkeit verbreiten lassen, daß solch brutale Akte nicht länger geduldet würden.

»Mylord«, bat Kreuzmal mit versagender Stimme, und seine Augen glitten suchend über den Boden, als ob er dort die richtigen Worte finden könne. »Mylord, wir ... bitte, Mylord ... sie ... nun ja ... die Pest, sie —«

»Genug.« Alec schnitt ihm das Wort ab, und der schneidende Tonfall seiner Stimme verdeutlichte seinen Zorn. »Ich habe sehr deutlich kundgetan, welche Strafe diejenigen erwartet, die weiterhin Jagd auf Unschuldige machen.«

»Aber Mylord, wir hatten doch keine Ahnung«, rief der Gesetzlose, und seine Lügen wurden von dem murmelnden, zustimmenden Gebrabbel der beiden Männer hinter ihm unterstützt. Fiona wünschte sich, seine falsche Zunge möge in seiner Kehle anschwellen und ihn ersticken — Gott möge ihr vergeben. »Wir waren fort ... im Dienste von König James, Mylord ... auf den Feldern von Flodden ... für drei Jahre, Mylord ... Aber sie hier ist die Schuldige, Mylord ... Sie verbreitet den Tod, Mylord. Wir, die wir gesund sind, wir dachten ... Mylord ... als alte Soldaten —«

»Ich habe genug gehört«, erwiderte Alec. Dieser Abschaum würde alles sagen, um sein erbärmliches Fell zu retten. »Auf Skye ist kein Platz mehr für euresgleichen.«

Die drei traten einen weiteren Schritt zurück.

»Aber Mylord«, bat Kreuzmal, »wir haben im Dienste des Königs gekämpft. Wir haben doch nur getan, was rechtens —«

»Ihr solltet auf die Knie fallen und Gott danken, daß ich euch nicht die Strafe auferlege, die ihr verdient habt«, brummte Alec.

»Aber Mylord —«

»Verlaßt diese Insel!« befahl der Krieger mit leiser, stahlharter Stimme. »Und hört mir genau zu: Wenn ihr heute Abend nach Sonnenuntergang noch auf Skye gesehen werdet, lautet eure Strafe Tod. Verschwindet.«

»Aber Mylord —« jammerte der Gesetzlose.

»*Sofort*!« Alec trat seinem Roß in die Flanken und es bewegte sich auf die Männer zu.

Die drei drehten sich um und rannten über die Wiese, aber bevor sie sich davonmachten, fing Fiona noch den Blick auf, den ihr Kreuzmal zuwarf: Er war voller Haß. Sie schickte ein stilles Stoßgebet zum Himmel, daß sich ihre Pfade nie wieder kreuzen würden.

Fiona sah zu Lord Macpherson hinüber und betrachtete dann den Wald hinter sich. Sie war dankbar, aber unschlüssig.

Die jahrelangen Warnungen der Priorin gingen ihr durch den Kopf. Sie solle sich von Edelmännern, Kriegern und Gutsherren fernhalten und sich vor Torquil MacLeod und all seinen Männern verstecken. Aber dieser hier war etwas anderes — das hier war Lord Macpherson, der Mann, den sie seit Monaten beobachtete. Der Mann, der so oft bei Morgengrauen an ihr vorübergestürmt war. Der Mann, der den Menschen von Skye endlich den ersehnten Wohlstand gebracht hatte.

Der, der sich viel öfter des Nachts in ihre Träume geschlichen hatte, als sie sich eingestehen wollte.

Sie mußte verschwinden.

Fiona wußte, daß sie verbotene Grenzen überschreiten würde, wenn sie bliebe. Es war eine Sache, zu träumen, aber das hier war viel zu real. Sie konnte keine weiteren Verwicklungen mit diesem Gutsherren riskieren. Sie mußte zurück zum Kloster. Es gab ohnehin schon genug zu erklären. Fiona trat einen Schritt nach hinten, um sich in den Wald davonzumachen.

»Bleib wo du bist«, befahl ihr der Kriegsherr und beobachtete, wie die drei Männer zwischen den Bäumen verschwanden. Endlich hatte er sie gefunden. Er würde nicht zulassen, daß sie wieder einfach so verschwand.

Fiona blieb bei seinen Worten wie angewurzelt stehen. Als der Krieger von seinem Roß stieg, zog sie sich ihre Kapuze tiefer ins Gesicht. Der jungen Frau wurde bewußt, daß der Gutsherr sie bislang nicht mit einem einzigen Blick gewürdigt hatte.

Fiona war Lord Macpherson noch nie so nahe gewesen. Er schritt mit selbstbewußten Schritten zu dem Schwert im Gras hinüber. Während sie jede seiner Bewegungen verfolgte, spürte sie, wie sich etwas in ihr regte. Er blieb für einen Moment stehen und studierte die Klinge, als versuche er, ihren Ursprung zu identifizieren. Er war groß und kräftig. Sein blondes Haar trug er im Nacken zusammengebunden, obwohl einige goldene Strähnen ihren Fesseln entkommen waren und sein rauhes, gutaussehendes Gesicht umrahmten. Es war ihr bisher noch nicht gelungen, die Farbe seiner Augen zu erkennen oder sie direkt anzusehen, aber irgendwie wußte sie, daß auch sie schön sein würden. Er wandte sich ihr zu, und sie senkte ihr Gesicht und errötete angesichts ihrer dreisten Gedanken. Ihr Herz begann zu pochen und etwas in ihrem Inneren schien zu schmelzen.

Lauf, sagte sie sich. Lauf, solange du noch kannst.

Alec betrachtete die Gestalt in ihrem Umhang, die wie

eine Statue vor ihm stand. Die Kapuze nahm ihm jede Möglichkeit, ihr Gesicht zu sehen, und ihre Hände waren in den Falten des Stoffes versteckt. Die Rassel, die von ihrem Strickgürtel herabhing, deutete auf ihre Krankheit, und es war schrecklich gewesen, dem Husten zu lauschen — aber er hatte sie auch rennen sehen. Sie besaß die Schnelligkeit eines Rehs, und sie hatte kein einziges Mal mehr gehustet, seit er die Lichtung betreten hatte. Und dann war da noch ihre Haltung, ihre gerade, furchtlose Haltung. *Da steckt mehr dahinter, als auf den ersten Blick erkennbar ist,* dachte er.

»Es gibt keinen Grund, davonzulaufen«, begann er, denn er bemerkte das Unbehagen, mit dem sie vor ihm zurückwich. »Wenn du von Anfang an zugelassen hättest, daß ich dir helfe, dann wäre das hier nicht —«

»Es gab keinen Grund, mir zu helfen, Mylord«, unterbrach sie ihn mit einem heiseren Flüstern.

Wenn er bisher noch Zweifel daran gehabt hatte, daß sie dieselbe Frau war, so waren sie nun mit einem Schlag verschwunden. Es war die Stimme ... dieselbe Stimme.

»Du irrst dich, was meine Hilfe betrifft. Also komm, ich werde dich zu deinem Bestimmungsort begleiten«, erwiderte er, blickte auf und beschrieb mit seiner Faust winkend einen Kreis, um den Falken, der hoch oben am Himmel auf den Luftströmungen dahinglitt, anzulocken.

»Ich gebe meinen Fehler zu, Mylord«, gestand sie. »Aber es gibt keinen weiteren Grund für Eure Hilfe. Ich lege diesen Weg oft zurück.«

»Und ich nehme an, daß du diesen Kerlen dabei oft begegnest?« schnappte er zurück und deutete auf die Stelle des Waldes, wo die drei Gesetzlosen verschwunden waren. War diese Frau denn wirklich derart beschränkt?

Fiona sah sich außerstande, ihm umgehend eine Antwort zu geben. Seine Direktheit, seine Nähe waren derart entwaffnend, sie brachten die junge Frau völlig aus der Fassung. Deshalb zuckte sie einfach schweigend mit den Schultern.

Alec wandte seinen Blick von der Frau ab und hielt seine Hand in die Höhe. Als er einen schrillen Pfiff von sich gab, blickte Fiona auf und sah zu, wie der mächtige Vogel seine

Richtung änderte und mit unglaublicher Geschwindigkeit herabstieß.

Genau über ihnen wurde der Falke plötzlich langsamer und landete anmutig auf dem lederbedeckten Handgelenk des Mannes. Mit einem Anflug von Traurigkeit sah sie zu, wie der schneeweiße Wanderfalke seine Freiheit aufgab. Aber nachdem sich der Vogel niedergelassen hatte, bemerkte Fiona plötzlich, daß die Augen des Kriegers nicht auf dem Falken ruhten. Sie waren auf ihr Gesicht gerichtet. Sie blickte schnell zu Boden.

»Dieser Abschaum könnte im Wald auf dich lauern«, sagte Alec und bemühte sich, die Irritation aus seiner Stimme zu verbannen. Er wollte nicht weiter auf den Vorfall eingehen, der eben passiert war. Aber in Wahrheit war er wütend auf sich, weil er die Männer einfach hatte gehen lassen. »Es ist nicht sicher für dich —«

»Ihr habt sie doch gehen lassen«, unterbrach sie, und fügte mit einiger Verzögerung hinzu: »Mylord.«

Der Krieger zog eine Augenbraue in die Höhe und betrachtete die kleine Gestalt in ihrem Umhang, die so anmaßend im Schatten des riesigen Pferdes stand. Wer war sie — etwa sein Gewissen? Sie trug die Kleidung einer Bäuerin, aber sie sprach nicht wie eine. *Und sie zeigt keine Furcht vor mir,* dachte Alec neugierig. Er hatte einen Blick auf die untere Partie ihres Gesichts erhascht, und was er dort sah, überraschte ihn. Sie besaß den sinnlichsten Mund und die glatteste Haut, die er bei einer Aussätzigen jemals gesehen hatte.

»Ja«, erwiderte er mit einem Anflug von Erschöpfung und fütterte Swift mit einem Stückchen Fleisch aus einem Beutel, den er um seine Taille trug. »Ich habe sie gehen lassen. Aber wenn ich jeden Gesetzlosen auf dieser Insel töten lassen würde, wäre bald kein Mensch mehr übrig.«

Bei diesen Worten entbrannte Wut in Fionas Innerem. Er war lang genug hier, um zu wissen, daß die Leute auf dieser Insel nicht alle Gesetzlose waren. Es gelang ihr zwar, ihren Zorn unter Kontrolle zu halten, aber sie ließ es sich nicht nehmen, ihm zu antworten.

»Warum wollt Ihr Euch nur auf Skye beschränken, Mylord? Warum entvölkert Ihr nicht gleich die gesamten Highlands?«

»Deine Idee hat etwas für sich, Mädchen«, erwiderte er. »Aber denkst du nicht, daß die Clan-Chiefs etwas dagegen einzuwenden hätten?«

»Wie sollten sie etwas einzuwenden haben, Mylord?« entgegnete sie mit sanfter Stimme. »Sie wären ja die ersten, die verschwinden würden.«

»Willst du damit etwa andeuten, daß jeder Gutsherr in den Highlands ein Gesetzloser ist?«

»Das ist wohl eher der Fall als jeder Bauer auf Skye.«

»Das zu glauben fällt mir schwer«, erwiderte Alec, der ihren scharfen Verstand genoß. »Besonders angesichts der Tatsache, daß mir seit meiner Ankunft noch kein gesetzestreuer Bauer über den Weg gelaufen ist.«

»Offenbar begegnet Ihr den falschen Leuten ... Mylord.«

»Aber jetzt treffe ich wohl auf die richtigen?« erkundigte er sich mit einem Lächeln.

»Das müßt Ihr selbst entscheiden«, antwortete sie ernsthaft. »Aber eins darf ich Euch versichern, ich bin keine Gesetzeslose.«

»Wenn das so ist, warum bist du dann heute morgen vor mir davongelaufen? Wer bist du, Mädchen?«

»Das seht Ihr doch, eine unschuldige Inselbewohnerin ... ganz im Gegensatz zu den Leuten, die Ihr habt laufen lassen.«

»Das mag sein. Aber dank mir gehörst du — als eine Aussätzige — nicht auch zu den Gesetzeslosen«, entgegnete Alec, der von ihrer Anschuldigung getroffen war, abwehrend.

Angesichts dieser Worte wallte Fionas Zorn aufs Neue auf.

»Ein Gesetzesloser begeht schändliche Taten«, entgegnete sie. »Und mit oder ohne Eure Einmischung ... Mylord ... bin ich doch nie eine Gesetzeslose gewesen!«

Alec bemerkte mit einer gewissen Amüsiertheit die Veränderung, die in der Frau, die vor ihm stand, vor sich ging. Ihr Auftreten war nicht mehr das der kranken Kreatur, die den drei Scheusalen gegenübergetreten war. Ihre Stimme war klar und kräftig, ihre Haltung herausfordernd. Wenn sie noch ein einziges Mal derart den Kopf zurückwirft, wird ihr die Kapuze auf die Schultern rutschen. Er widerstand dem Drang, vorzutreten und sie ihr selbst vom Kopf zu ziehen. Er wollte den Ausdruck auf ihrem Gesicht sehen! Was für ein Gesicht mochte es wohl sein? fragte er sich. Sie war ein Rätsel, das einer Lösung bedurfte.

»Selbst wenn ich akzeptiere, daß du keine Gesetzeslose bist, so gibt es immer noch einiges, wofür du mir Dank schuldest«, erwiderte er und strich geistesabwesend über die weichen Federn des Vogels auf seinem Arm.

Fiona beobachtete seine langen, starken Finger auf dem seltsamen, weißen Gefieder des Falken. Wie sanft sie waren!

»Ja, Mylord«, erwiderte sie nach einem kurzen Moment und bemühte sich nach Kräften, ihrer Stimme einen ironischen Unterton zu verleihen. »Es gibt so viel, wofür ich Euch Dank schulde. Zum zweiten Mal heute hätte mich Eure wahrhaft *umwerfende* Freundlichkeit beinahe das Leben gekostet.«

»Was?« Das war nun wirklich zuviel. »Hast du etwa schon vergessen? Du hast also nicht nur eine kriminelle Vergangenheit, sondern leidest auch noch unter Gedächtnislücken? Ich habe nicht versucht, dich zu verletzen. Ich habe dich gerettet.«

»Nennt Ihr einem den Schädel mit Hufen zu zertrümmern etwa ›retten‹?«

»Hufe können weitaus weniger Schmerzen verursachen als ein Schwert im Rücken.«

»Das ist Eure Ansicht«, brummte sie.

»Bringe mich nicht dazu, es zu bedauern, daß ich deinen Hals gerettet habe.«

»Aha, jetzt habt Ihr also schon meinen Hals gerettet.«

Alec starrte die eingehüllte Gestalt einen Moment lang wütend an. »Ebon war noch weit genug entfernt«, fuhr er fort. »Und wenn er dir wirklich den Schädel zertrümmert hätte, wärst du ja wohl kaum hier und würdest herumzanken.«

»Oh, es macht Euch also etwas aus, wenn Euch jemand beschuldigt —«

»Ja, wenn man mich fälschlicherweise beschuldigt, jemanden verletzt zu haben.«

»Egal, was Ihr sagt. Ihr habt es jedenfalls *versucht.*«

Alec starrte das aufgebrachte Geschöpf vor sich an. Er konnte ihre Augen nicht sehen, aber er spürte die geistreichen Funken, die aus den dunklen Tiefen des Umhangs auf ihn zugeflogen kamen. Er schüttelte den Kopf und eine Amüsiertheit schlich sich in seine Züge.

»Deine Dankbarkeit ist wirklich überwältigend ... von deinen Manieren einmal ganz abgesehen.« Er lächelte und stülpte die Haube wieder über Swifts Kopf.

»Es tut mir leid, Mylord«, erwiderte Fiona umgehend, »wenn meine Manieren nicht dem hohen Standard der Bauern auf dem Festland gerecht werden können, die Ihr gewöhnt seid.«

»Oh, darüber solltest du dir keine Gedanken machen«, erwiderte Alec gleichgültig. »Du wirst ihnen durchaus gerecht.«

Fiona betrachtete den Vogel. Lord Macpherson mochte zwar die absolute weltliche Autorität auf dieser Insel repräsentieren, dennoch war sie nicht gewillt, ihm das letzte Wort zu überlassen. Aber andererseits konnte sie auch nicht mehr bleiben.

Sie mußte wieder zum Kloster zurück. Fiona blickte sich nach ihrer Tasche um und sah, daß sie unter den Vorderhufen des großen, schwarzen Tieres lag.

Alec beobachtete, wie sie auf Ebon zutrat und sich mit beiden Händen gegen die Schulter des mächtigen Streitrosses stemmte. Das Tier legte die Ohren zurück, hob einen Vorderhuf und ließ die Frau die Tasche vom Boden wegziehen. Sie schaute hinein und stampfte mit dem Fuß auf, bevor sie herumwirbelte. Doch statt etwas zu sagen kippte die Frau den zersplitterten Inhalt ihrer Tasche vor seine Füße. Dann drehte sie sich um und warf die Tasche über ihre Schulter.

»Guten Tag, Mylord«, sagte sie abweisend und machte sich, ohne ein weiteres Wort zu verlieren, über die Wiese auf in Richtung Wald.

Fiona mußte sich unwillkürlich schütteln, als sie durch das Gras marschierte. Bei all den Qualitäten, die David bei seiner Beschreibung des neuen Gutsherrn gegenüber der Priorin — und Fiona — aufgelistet hatte — war nie eine Bemerkung über dessen überwältigende Arroganz gefallen. Der Mann war wirklich unglaublich, aber sie war ihm zumindest bei diesem Treffen ebenbürtig gewesen. Die Priorin würde wahrscheinlich schockiert sein wenn sie wüßte, daß Fiona den Gutsherrn auch nur getroffen hatte — von dem Ton, den sie ihm gegenüber angeschlagen hatte, einmal ganz abgesehen. Fiona war sich bewußt, daß die Priorin Lord Macpherson für ein Juwel hielt, obwohl sie ihm noch nie begegnet war. Tag für Tag hatten Fiona und die Priorin in den letzten Monaten den Lobeshymnen Davids lauschen müssen, der gar nicht mehr aufhören wollte, all die Tugenden dieses Mannes immer und immer wieder aufzuzählen.

»Wie gut, daß David nie seine Bescheidenheit erwähnt hat«, murmelte sie vor sich hin. »Bescheidenheit ist, soweit ich weiß, auch immer noch eine Tugend.«

»Warum praktizierst du sie dann nicht?« Fiona fuhr beim Klang der Stimme hinter ihr zusammen. Sie blieb stehen, drehte sich abrupt um und sah sich der breiten Brust des Riesen gegenüber, der gerade noch schnell genug stehenbleiben konnte, ehe er sie umrannte. Der Falke saß immer noch auf seinem Handgelenk und das schwarze Schlachtroß trottete hinter ihm her.

Ihre Antwort blieb ihr im Hals stecken. Sie hatte nicht damit gerechnet, daß er ihr folgen würde. Nun ließ sie seine nahe, männliche Gegenwart verstummen. Sie spürte, wie ihr Herz angesichts seiner Nähe zu rasen begann, und diese Reaktion verwirrte sie für den Moment. In den Jahren im Kloster war sie schließlich schon vielen Männern begegnet — sie hatte nie abgeschieden gelebt. Das Kloster hatte immer als Unterschlupf für Reisende und Menschen gedient, die Schutz vor MacLeod, dem gefürchteten Clan-Chief, suchten. Und sie hatte für die Männer, Frauen und Kinder, die versteckt im Aussätzigendorf im Wald lebten, jahrelang getan, was sie vermochte. Aber in all der Zeit hatte die Nähe eines Mannes niemals eine solche Reaktion bei ihr hervorgerufen. Allerdings war sie auch noch niemals zuvor einem Krieger, einem Gutsherrn, so nahe gewesen.

Fiona schüttelte den Kopf, um sich von diesen ungewollten Gedanken zu befreien und wich verunsichert zurück.

»Warum folgt Ihr mir, Mylord?« fragte sie heiser und blickte zu Boden.

Alec betrachtete sie eine Weile, ehe er antwortete.

»Aus zwei Gründen«, erwiderte er schließlich und bemühte sich, ihren Blick auf sich zu ziehen. »Zum einen habe ich dir versprochen, daß ich dich zu deinem Bestimmungsort begleiten werde . . . es sei denn, du würdest dich entscheiden, mit mir nach Dunvegan zu kommen. Und zum anderen, weil ich dir das hier zurückgeben wollte.«

Fiona zögerte und blickte dann schnell auf. Lord Macpherson hielt ihren Rosenkranz in der ausgestreckten Hand. Sie griff danach, doch bevor sie ihn zu fassen bekam, schnappte er nach ihrer Hand, drehte sie um, und hielt ihre Handfläche für einen kurzen Moment nach oben.

Für den Bruchteil einer Sekunde erwischte er einen Blick auf ein wunderschönes Gesicht und unsichere Augen, die zu ihm aufblickten. Dann beugte sie den Kopf wieder, und er betrachtete ihre perfekte, weiße Hand. Sie hatte nicht die schwieligen Hände einer Bäuerin. Er lächelte. Wer immer sie war, sie war keine Bäuerin. Unwillkürlich drängte es ihn, dies herauszufinden.

Seine Augen sind blau, dachte sie. Sie besaßen das gleiche Azurblau wie der Himmel über den Bergspitzen der Cuillins. Und für Fiona waren sie ebenso rätselhaft — und verlockend — wie die Cuillins selbst.

»Ehem ... nun ja ... danke, Mylord«, sagte Fiona zögernd. Ihr Herz pochte wild in ihrer Brust. Die Sache wurde langsam schwierig. Sie mußte hier weg. Sie verlor die Kontrolle über die Vorgänge, über sich selbst, ja, sogar über ihre Gedanken.

Und sie mußte zurückkehren, ehe sich die Priorin wirklich um sie zu sorgen begann. »Ich . . . ich brauche Eure Hilfe wirklich nicht. Bitte glaubt mir doch.«

»Egal, was du auch sagen magst, du hast nur die Wahl zwischen den beiden Möglichkeiten«, erwiderte Alec streng. »Wie lautet deine Entscheidung? Dunvegan oder . . . wohin auch immer du unterwegs bist?«

Fiona zögerte und dachte nach.

»Wenn Ihr es unbedingt wissen müßt, ich bin auf dem

Weg zum Kloster . . . um Medizin zu holen«, sagte sie schließlich. »Aber habt Ihr denn überhaupt keine Angst vor meiner Krankheit? Einer der drei Männer sagte, daß ich die Pest habe. Die anderen Aussätzigen sagen das gleiche. Beunruhigt Euch das denn überhaupt nicht?«

»Nein!«

»Warum nicht?« erkundigte sich Fiona, atmete mit einem Pfeifgeräusch tief ein und bereitete sich auf einen ihrer gut einstudierten Hustenanfälle vor.

»Verschone mich bloß mit diesem falschen Husten«, befahl er ihr. »Weißt du denn nicht, daß du dich mit solch einer Husterei verletzten könntest?«

»Aber ich kann doch nichts dafür —«

Alec griff mit seiner freien Hand nach ihrer Schulter. Vor lauter Schreck blickte sie in seine Augen. In diese gefährlichen, blauen Augen.

Es war das erste Mal, daß Alec direkt in ihre haselnußbraunen Augen sah. Alec erkannte in ihnen die gleiche Macht der Tiefen, die ihm so lange Zeit Furcht eingeflößt hatte ... bis es ihm gelungen war, diese Furcht zu meistern. Aber diese Augen verlockten ihn auch, verführten ihn und forderten ihn heraus.

»Du magst imstande sein, solch unwissende Dummköpfe wie diese drei Narren an der Nase herumzuführen«, erwiderte der Kriegsherr ruhig. »Aber ich habe genug von der Pest gesehen, um zu wissen, daß du sie nicht hast. Und was deine ... deine Schauspielerei angeht, so bist du weder eine Bäuerin noch eine Leprakranke.«

Fiona erwischte sich dabei, wie sie sein gutaussehendes Gesicht bewunderte. Die langen Wimpern und das kräftige, entschlossene Kinn. Und als sie sich plötzlich daran erinnerte, wer sie war und wen sie vor sich hatte, wurde sie sich seiner Hand auf ihrer Schulter plötzlich sehr bewußt. Sein Griff war alles andere als sanft.

»Ich muß Euch nicht sagen, wer ich bin«, flüsterte Fiona entschlossen.

»Nein, das mußt du nicht. Aber deine Wahlmöglichkeiten —«

»Ich habe sie mir nicht ausgesucht. Das habt Ihr getan.

Warum laßt Ihr mich nicht einfach in Ruhe? Warum geht Ihr nicht fort?«

»Ich bin es leid, mich herumzustreiten, Frau.« Seine Stimme hatte einen autoritären, befehlenden Ton angenommen. »Ich habe keine Lust mehr, dir die Wahl zu überlassen. Wir werden jetzt —«

»Schön«, unterbrach sie ihn ruhig. »Laßt uns zum Kloster gehen. Aber dann sofort.«

Der schneidende Tonfall seiner Stimme hatte ihr gesagt, daß es ihm ernst war.

Der Krieger lockerte den Griff, und als sie sich umdrehte und den breiten Pfad betrat, der durch den Wald führte, fragte er sich, was nur über ihn gekommen sein mochte, daß er sie auf diese Weise angefaßt hatte. Sie war ihm tatsächlich unter die Haut gegangen. Das mußte es sein. Sie war gefährlich nahe davor gewesen, ihn zu verärgern.

Sie marschierten einige Zeit schweigend den Weg entlang, jeder tief in Gedanken versunken und damit beschäftigt, über das rätselhafte Wesen des anderen nachzudenken. Aber die Geräusche des Frühlingswaldes durchbrachen ihr Nachdenken und hellten ihre Gedanken immer weiter auf.

Bald schon öffnete sich der Wald zu weiten Feldern. Ein Schafhirte trieb seine Herde an den beiden Reisenden vorbei. Er war zweifellos auf dem Weg zum Teich, der inmitten der Wiese lag. Der Krieger hatte das Gefühl, der Junge wolle das Wort an die Gestalt in dem Umhang richten, aber als er Alec erkannte, zuckte er zurück, sagte nichts und marschierte auf die andere Seite seiner Herde.

Alec wurde klar, daß sie sich nun auf Klosterland befanden.

Er hatte erfahren, daß dieses Land und all die Gebiete, die von der Kirche verwaltet wurden, von den Gewalttätigkeiten und den Plünderungen durch Torquil MacLeod verschont geblieben waren. Den Gerüchten zufolge sollte Torquil sich vor dem Zorn der Priorin gefürchtet und seine Männer deshalb ferngehalten haben. Angesichts der sorgfältig beackerten Felder und dem eingezäunten Weideland dachte Alec, daß diese Gegend einen Wohlstand zeigte, den nur jahrelanger, in Frieden ausgeübter Fleiß hervorzubringen vermochte.

Alec hatte seit seiner Ankunft bei verschiedenen Gelegenheiten die Möglichkeit gehabt, den Bruder der Priorin, David, auf Dunvegan zu treffen. Von ihm hatte Alec etwas über die eiserne Herrschaft der Nonne und dem Respekt, den sie hervorzurufen vermochte, erfahren. Vielleicht war das der Grund, daß sie seit vielen Jahren für die Einwohner von Skye einen Fels der Hoffnung dargestellt hatte ... und Alec wollte, daß sie es weiterhin blieb.

»Bist du schon einmal der Priorin begegnet?« durchbrach er die Stille und warf einen Blick auf die Frau an seiner Seite.

Fiona mußte ein Lächeln unterdrücken. »Ja, Mylord, ein oder zweimal.«

»Du weißt offensichtlich wer ich bin, aber ich habe immer noch keine Ahnung, mit wem ich es zu tun ... habe«, sagte er, und stolperte über das letzte Wort, als Fionas Kapuze hinabglitt und zum ersten Mal ihre ganze Schönheit enthüllte. Darunter trug sie einen Leinenschleier der nur teilweise ihr üppiges, rotgewelltes Haar zu verdecken vermochte, das sich um ein Gesicht schmiegte, dessen Proportionen und Teint makellos waren. Die haselnußfarbenen Augen, die vollen Lippen, dieses wohlgeformte Kinn ... das allein reichte aus, um die Aufmerkamkeit jedes Mannes zu erwecken. Aber sie hatte noch etwas anderes an sich. Er war sich sicher, daß er sie heute zum ersten Mal getroffen hatte, aber er hatte das Gefühl, als kenne er sie bereits. Aber woher? Wie konnte das sein? Doch eins war klar, das hier war der letzte Beweis, daß er es nicht mit einer einfachen Bäuerin zu tun hatte.

»Nein, Mylord?« antwortete Fiona. »Wie seltsam! Ihr scheint Euch aber so sicher zu sein, wer ich nicht bin!«

Sie blickte geradeaus auf den Weg, als der Krieger ihr seinen Blick zuwandte.

»Heute Morgen dachte ich, Ihr seiet eine Fee«, erwiderte Alec. »Eine Fee, die meinen Weg gekreuzt hatte und im Nebel verschwand.«

Fiona mußte angesichts der respektvollen Anrede, die er

ihr gegenüber plötzlich verwendete, lächeln. »Wie ich sehe, haben die alten Waschweibergeschichten unserer Insel Eindruck auf Euch gemacht.«

»Ja, aber Ihr seid offensichtlich sehr real«, fuhr Alec fort und bewunderte die Farbe, die ihre Wangen überzog. Er betrachtete die perfekte Schönheit ihres Gesichts. Seine Augen ruhten auf dem schweren Stoff ihres Umhangs, den sie offenbar trug, um einen schlanken Körper zu verbergen. »Langsam beschleicht mich der Gedanke, daß Ihr eher wie mein Falkenweibchen Swift seid.«

«Warum das, Mylord?«

»Nun, beide tragt ihr eine Kapuze, aber ich muß Euch gestehen, daß diese Kapuze kaum das zu verstecken vermag, was sich darunter verbirgt. Ich bin der Ansicht, daß sie Euch sogar nur behindert hat, als ihr versuchtet, über die Wiese zu entfliehen. Wie Ihr seht, kann Swift *ohne* ihre Haube sehr gut fliegen.«

»Swift fliegt nur, wenn Ihr es ihr erlaubt«, entgegnete Fiona spitz. »Ihre Freiheit hängt von Euren Launen ab, Mylord.«

»Ihr Verlangen und das meine liegen gar nicht so weit auseinander«, erwiderte er. »Warum sonst, glaubt Ihr, würde sie immer wieder auf mein Handgelenk zurückkehren?«

»Das weiß ich bei Gott auch nicht.« Sie lächelte. Trotz ihrer Abneigung gegen gefangene Vögel und trotz ihrer Gefühle in Bezug auf die ganze Situation, begann sich Fiona immer wohler zu fühlen, je näher sie dem Kloster kamen. Aber als sie einen Blick zu seinem kräftigen, männlichen Profil hinaufwarf, spürte sie, wie sie ein Schauer überlief, der ihren Puls beschleunigte. Es war ihr nicht möglich, dieses plötzliche Glücksgefühl, das sich in ihr ausbreitete, zu ignorieren.

»Weil sie weiß, daß sie die Haube nur zeitweise tragen muß ... und weil sie mir vertraut.« Alec warf dem Mädchen einen schnellen Blick zu. »Ganz abgesehen davon, daß sie ... nun ja, offenbar meine Gesellschaft zu schätzen weiß.«

»Ach, wirklich?« Fiona lachte. Es war das erste Mal, daß er ihr Lachen vernahm und der Klang gefiel ihm. »Nun, es tut mir leid, Euch enttäuschen zu müssen, Mylord, aber Euer Falke und ich sind uns wohl doch nicht so ähnlich.«

»Ihr genießt also meine Gesellschaft nicht? Meinen charmanten Witz? Meine höflichen Manieren? Mein überaus männliches, gutes Aussehen?«

»Nein, Mylord«, antortete sie und verstummte für einen Moment, um ihre Worte wirken zu lassen und um ein Lächeln zu unterdrücken. *Lord Macpherson ist sich seiner Vorzüge offenbar nur allzu bewußt,* dachte Fiona. »Was ich eigentlich damit sagen wollte, ist folgendes: Im Gegensatz zu Eurem Falken trage ich meine Kapuze dauerhaft.«

»Nichts ist von Dauer«, erwiderte er und wurde plötzlich ernst. Seine Gedanken wanderten zu den Vorfällen in der jüngsten Vergangenheit zurück. Zu Dingen, von denen er wirklich geglaubt hatte, daß sie von Dauer seien.

»Die Gelübte des Klosters sind nicht nur von Dauer, Mylord. Sie gelten für die Ewigkeit.«

Ihre Worte rüttelten Alec aus seiner Versunkenheit, und er wirbelte herum, um sie anzusehen. Er war sich nicht sicher, ob er sie richtig verstanden hatte. Eine Nonne! Sofort ging er in Gedanken noch einmal die Vorfälle und die Unterhaltung dieses Morgens durch. Er wandte seine Aufmerksamkeit dem Pfad vor sich zu. Er sah sich außerstande, die Anziehungskraft, die von dieser Frau ausging, zu ignorieren, und das hinterließ ein seltsam unbehagliches Gefühl bei ihm. Was genau hatte er eigentlich zu ihr gesagt? Eine Nonne!

Fiona blickte zu dem Mann auf, der neben ihr herschritt und mußte unwillkürlich lächeln. Dieser Kriegsherr, der ausgesandt worden war, um die Barbaren der Äußeren Hebriden Schottlands zur Raison zu bringen, machte plötzlich den Eindruck eines kleinen Schuljungen. Auf seinem Gesicht zeigte sich zuerst der Schock und dann eine verlegene Röte, bevor sich seine Züge zu einem düsteren, verstimmten Stirnrunzeln verzogen. Als er seinen zornigen Blick auf sie richtete, schaute Fiona beiseite. Was für eine wundervoll unerwartete Reaktion, dachte sie. Warum hatte sie das nicht eher ausprobiert?

Als Alec dann allerdings doch sprach, klang seine Stimme alles andere als wütend.

»Ihr *lebt* also im Kloster?« erkundigte er sich in einem, wie er hoffte, beiläufigen Tonfall.

»Ja, Mylord.«

»Und warum kleidet Ihr Euch dann auf diese Weise?«

»Um mich um die Kranken zu kümmern.«

»Lebt Ihr schon lange im Kloster?«

»Ja, Mylord. So lange ich denken kann.«

»Und Eure Gesundheit ist in keiner Weise geschwächt?«

»Nein, Mylord«, erwiderte Fiona freundlich und richtete ihre glitzernden Augen auf ihn. Sie warf ihm ein strahlendes Lächeln zu. »Aber vielen Dank der Nachfrage.«

Alecs Herz vollführte einen Satz. Ihre Augen und ihr Lächeln konnten einen Mann verhexen. Und diese Lippen ... Er mußte seine Gedanken unbedingt in den Griff bekommen.

»Sagt mir«, forderte er sie nach einem Moment auf, »wird im Kloster immer noch Religionsunterricht erteilt?«

»Gewiß.«

»Und lehrt man auch noch den Wert der Tugend?«

»Oh, ja, das tut man, Mylord.«

»Werden Demut, Wahrhaftigkeit und Gehorsam immer noch als Tugenden erachtet?«

»Aber natürlich, Mylord.«

»Aber seid Ihr dann nicht ... wird nicht von allen Nonnen Eures Klosters erwartet, diese zu praktizieren?«

Fiona schmunzelte in sich hinein und dachte an die Geschehnisse des Morgens zurück. An ihre Dreistigkeit, an die Geschichten, die sie erzählt hatte, an ihre Weigerung, auch nur seinen simpelsten Befehlen zu gehorchen.

»Nein Mylord. Das müßt ihr mit einem anderen Orden verwechseln.«

Nachdem sie einen Hügel hinaufmarschiert waren, erblickten die beiden die Mauern des Klosters in der Entfernung. Vor seinen Toren bildete eine Ansammlung von Hütten ein ordentliches, kleines Dorf, und der Rauch der morgendlichen Feuer hing behaglich über den Dächern. Ein Hund mit braun-weißem Fell rannte aus einem Verschlag auf sie zu. Sein freundliches Bellen mischte sich unter das rhythmische Hämmern des Schmiedes, der bereits an der Arbeit war. Der Duft von geröstetem Hammelfleisch stieg Alec in die Nase und das Rumoren in seinem Bauch erinnerte ihn daran, daß er noch nichts gegessen hatte.

Die Dorfbewohner warfen den beiden überraschte Blicke zu, als diese die Straße hinaufgingen, die zu den Toren des Klosters führte, aber Alec machte sich über ihr Interesse oder ihre offenkundige Überraschung nicht allzuviele Gedanken. Er war diesen Blicken in den letzten vier Monaten in vielen anderen Dörfern immer wieder begegnet.

Die Tore in der hohen Mauer, die die Gebäude und die Kirche, die zum Kloster gehörten, umschloß, waren geöffnet.

Als die beiden eintraten, hinkte ein alter, mit einer blauen Robe bekleideter Pförtner, der einen langen und kräftigen Stab bei sich trug, zu ihnen herüber, nickte dem Kriegsherrn mit seiner ergrauten Mähne zu und schenkte Fiona ein warmes, zahnloses Lächeln. Sie berührte liebevoll seine Hand, als sie vorübergingen.

»Ich habe dir doch gesagt, daß es keinen Regen geben wird, mein Kind«, kicherte er. »Keinen einzigen Tropfen.«

»Ja, James.« Sie lächelte. »Es ist ein schöner Morgen.«

Alec blickte sich auf dem ordentlich aufgeteilten Gelände des Klosters um. Direkt vor ihnen erhob sich die Kirche und zu ihrer Linken befanden sich die Ställe und die Gästequartiere, hinter denen ein kleiner Obstgarten zu erkennen war. Zu ihrer Rechten stand das Stiftshaus, in dem wohl die Geschäftskontore und die Schule untergebracht waren, und dahinter lagen offenbar die Unterkünfte der Nonnen. Hinter diesen sah Alec Rauch aus einem Gebäude aufsteigen, in dem sich wohl die Küche befand, und er vermutete, daß in der Nähe wohl auch ein gepflegter Garten lag. Zwischen den Nonnenunterkünften und der Kirche durchzogen Pfade aus weißen, zerbrochenen Muscheln ein kleines Viereck mit Rasen, Kräutern und Blumen. Ordentlich, effizient und angenehm anzuschauen, dachte Alec anerkennend.

Er hatte gerade seine Betrachtung der Gebäude und des Geländes abgeschlossen, als ein kleiner Junge aus den Ställen fröhlich auf sie zugesprungen kam. Alec beobachtete, wie der Junge auf die junge Nonne zuraste und sich ihr in die Arme warf. Sie stolperte einen Schritt zurück, um nicht umzufallen, fing sich aber schnell wieder und umarmte das Kind heftig.

»Tut mir leid, Malcolm. Ich weiß, daß du auf mich gewartet hast, aber —«

»Die Priorin ist böse auf dich. Ganz schlimm böse auf dich«, sprudelte es aus seinem Mund. »Sie ist nach der Morgenmesse direkt zum Stiftshaus hinübergegangen. Sie wollte nicht einmal mit dem Kaplan reden. Sie —«

»Schhh«, beruhigte ihn Fiona, hockte sich vor den Jungen hin und blickte nervös zum Stiftshaus hinüber. »Ich werde das schon wieder in Ordnung bringen.«

»Sie hat die ganze Zeit mit den Händen gewedelt und über ›Geduld‹ und ›Esel‹ geredet. Dann hat David mich zu den Ställen hinübergerufen.«

Der Junge nickte zu einem korpulenten Mann mittleren Alters hinüber, der auf sie zugelaufen kam und den Knechten im Stallhof über die Schulter Befehle zurief. Ein furchtsamer Blick schlich sich auf das Gesicht des Jungen, als er sich an Fiona schmiegte und seine Arme um ihren Hals legte.

»Wird sie dich jetzt für einen Monat die Schweineställe auskehren lassen?« flüstere Malcolm ängstlich. »Oder dir mit der Birkenrute wehtun?«

»Nein, Malcolm«, erwiderte sie seufzend. »Aber jede dieser Strafen wäre bestimmt dem vorzuziehen, was sie für mich im Sinn hat.«

Fiona sah den kleinen Jungen an. Er betrachtete nun mißtrauisch den Fremden, der mit seinem Falken und seinem Pferd in der Nähe stand.

»Lord Alec!« dröhnte David und machte atemlos vor dem Gutsherren halt. »Welch eine Ehre, Mylord. Wenn wir gewußt hätten, daß Ihr kommt ... Seid Ihr allein, Mylord?«

»Seid gegrüßt, David«, erwiderte Alec freundlich. »Ich war auf der Jagd und dachte, es sei eine gute Idee, einmal Eure freundliche Einladung anzunehmen, mir das Kloster anzusehen.«

Alec und Fiona tauschten einen schnellen Blick.

»Es ist mir eine große Freude, Mylord, aber —« der ältere Mann drehte sich zu Fiona um. »Du solltest dich beser beeilen, mein Kind. Auf dich wartet ein Hornissennest.« Er nickte zum Stiftshaus hinüber und zog seine buschigen Augenbrauen in die Höhe.

Fiona atmete tief ein, erhob sich und machte sich auf den Weg zu dem Gebäude.

»Fiona ...« sagte Malcolm und folgte ihr.

Sie drehte sich um und nahm das Gesicht des kleinen Jungen in ihre Hände. »Du bleibst bei David.« Sie richtete sich wieder auf und schaute zu Alec hinüber.

»Ich wünsche Euch einen Guten Tag, Mylord«, flüsterte sie, drehte sich auf dem Absatz um und marschierte über den Hof davon.

Alec sah ihr nach, wie sie mit hoch erhobenem Kopf und kerzengeradem Rücken dahinschritt. Es kam ihm in den Sinn, daß sie wie ein Soldat aussah, der mit vollem Bewußtsein in einen aussichtslosen Kampf zog.

»Geht die Priorin mit den Nonnen denn so streng um?« erkundigte sich Alec mitleidsvoll.

»Überhaupt nicht, Mylord«, erwiderte David überrascht. »Wenn es um ihre Schäfchen geht, ist die Priorin immer sehr gütig.«

»Aber warum ist diese gute Nonne ... diese Fiona ... dann eine Ausnahme?«

David blickte den Gutsherrn fragend an.

»Nun, Mylord, das mag daran liegen, daß diese gute Nonne gar keine Nonne ist.«

Kapitel 3

Zu aller Makellosigkeit trug sie die Blume ...
— Robert Henryson, *»The Bludy Serk«*

»Geduld ist die Tugend der Esel.«

Fiona stand in der Mitte des Raumes und wandt sich unter dem Blick der Priorin, die, seitdem Fiona das Zimmer betreten hatte, nicht ein einziges Mal verstummt war, um Luft zu holen. Mara Penrith MacLeod, die Priorin des Klosters von Newabbey hatte nicht vor, ihren Schützling so leicht davonkommen zu lassen.

Die Priorin war seit beinahe dreißig Jahren die unangefochtene Oberin des Klosters. Seit sie sich im Alter von zweiundzwanzig Jahren als fähig erwiesen hatte, war niemand mehr auf den Gedanken gekommen, ihre Autorität in Frage zu stellen. Sie hatte ihr Amt immer fair aber streng ausgeübt. Über die Jahre hatte sie sich den Respekt aller Menschen um sie herum erworben, erwartete aber dafür, daß man ihr gehorsam war. Egal, ob die Zeiten turbulent oder friedlich waren, sie verfolgte eine gerade Linie, und alle schlossen sich ihrer Führung an. Das Leben im Kloster war stets geordnet und ruhig verlaufen — bis zu dem Tag, an dem Fiona eintraf.

Die Priorin war mindestens einen Kopf kleiner als die junge Frau, aber sie besaß die Kraft einer Persönlickeit und gab den anderen das Gefühl, als rage sie weit vor ihnen auf. Ganz besonders, wenn sie verstimmt war. Und im Augenblick war die ältere Frau mehr als verstimmt. Sie war zornig.

»Ich weiß, Mutter Oberin, aber —«

»Du gibst also zu, daß du mich für einen Esel hältst?«

Die Priorin warf Fiona, die an dem kleinen Fenster ihres Arbeitskontors im Stiftshaus stand, einen wütenden Blick zu. Dieser Blick paßte gar nicht zu der freundlichen Kleidung, die sie trug. Die dunkelblaue Robe und der weiße

Schleier, Symbole ihrer gütigen Berufung, dämpften jedoch in keiner Weise die Wirkung ihrer Standpauke.

»Nein, Mutter, aber —«

»Und du mußt mich ja auch für einen Esel halten, denn ich kümmere mich um dich, obwohl du mir kein bißchen Achtung entgegenbringst.«

»Aber Mutter Oberin, ich —«

»Und ich könnte auch gut und gerne ein stummes und hirnloses Tier sein bei der wenigen Aufmerksamkeit, die du meinen Worten entgegenbringst.« Die Priorin begann erneut, im Zimmer auf und ab zu laufen, während sie weiterredete. Ihr Knie schmerzte heute so sehr, wie es seit Wochen nicht mehr vorgekommen war. »Fiona, du hörst mir nie zu, nicht wahr?«

»Doch, das tue ich, Mutter«, erwiderte Fiona und beobachtete besorgt die Beschwerden der älteren Frau. »Laßt mich doch bitte erklären —«

»Erklären?« explodierte die Priorin. »Wie oft habe ich schon — geduldig — den Erklärungen für deinen rebellischen Ungehorsam gelauscht? Fiona, warum nur widersetzt du dich mir fortwährend?«

»Mutter Oberin, bitte, ich wollte nie —«

»Junge Dame, komm nur nicht auf die Idee zu verneinen, daß du dich jeder einzelnen meiner Anordnungen widersetzt ... und das bereits seit vierzehn Jahren! Wenn ich mir jedes Mal, wenn du gegen eine meiner Anordnungen opponiert hast, ein graues Haar ausgerissen hätte, so wäre ich immer noch ein Esel, aber inzwischen ein glatzköpfiger!« Sie verdrehte ihre grauen Augen. »Heilige Mutter, was muß ich nur tun, um zu diesem eigensinnigen Kind durchzudringen?«

Als die Priorin für eine Moment verstummte, wußte Fiona, daß ihre Chance zu sprechen gekommen war. Die Erfahrung hatte sie gelehrt, daß sie, wenn sie eine solche Chance nicht umgehend beim Schopfe packte, noch eine Stunde lang so stehen mußte. Trotzdem holte Fiona zuerst den dreibeinigen Stuhl vom Fenster und stellte ihn für die ältere Frau neben das Feuer. Die Priorin erlaubte sich das ganze Jahr über, ein Feuer im Kamin zu haben, da ihr ihre Gelenke sehr zu schaffen machten. Ja, wahrlich ein Luxus ... aber es war der einzige Luxus, den sie sich, nun, da ihre Falken fort waren, gönnte. Die Priorin setzte sich vorsichtig und zuckte zusammen, als sie ihr Knie ausstreckte.

»Mutter Oberin, ich habe mich geändert«, sagte die junge Frau und trat wieder in die Raummitte zurück. Sie war ein wenig überrascht, daß ihr die Priorin erlaubte, fortzufahren. »Aber das wißt Ihr ja bereits. Ich gebe zu, daß ich mich hin und wieder vielleicht ein wenig kindisch verhalten habe —«

»Hin und wieder? Kindisch?« unterbrach sie die Priorin und bedachte Fiona mit einem übertrieben schockierten Blick, ehe der Zorn wieder die Oberhand gewann. »Vielleicht sollten wir einmal mehr ins Detail gehen.«

Fiona senkte resigniert den Kopf, bevor sie weitersprach. Die Priorin war auf Vernichtung aus. Nicht mehr und nicht weniger.

»Wie Ihr wünscht, Mutter«, erwiderte sie demütig.

»Ich warte«, erwiderte die ältere Frau, die aufrecht auf ihrem Stuhl saß und sich mit der Hand über das geschwollene Knie rieb.

Fiona nahm all ihren Mut zusammen, um erneut zu beginnen. »Ja, ich habe einige kin — einige gefährliche Dinge getan. Aber ich war doch noch ein Kind, Mutter Oberin.«

»Malcolm ist ein Kind. Aber du ... du warst das nie. Du warst dreizehn als du all meine Falken freiließest. Und sechzehn, als du zum ersten Mal durch den See schwammst. Und ich wiederhole ... *zum ersten Mal* durch den See schwammst. Soll ich fortfahren? In diesem Alter kann mal wohl kaum noch von *Kind* sprechen, Fiona.«

Die junge Frau errötete. Die Priorin vergaß niemals etwas. Niemals! Fiona ging zum Kamin hinüber und nahm die dicken Tücher ab, die dort über dem Trockengestell hingen. Sie faltete sie sorgfältig und kniete sich vor die Priorin.

»Bitte, Mutter, ich kann die dummen Dinge, die ich getan habe, nicht mehr ungeschehen machen«, sagte Fiona und legte die warmen Tücher über das Knie der alten Frau. *Die Schwellung ist schlimmer geworden*, dachte sie. »Aber das hier ist etwas anderes. Wenn ich in den Wald gehe, dann nicht, um Euch aus kindischen oder selbstsüchtigen Gründen ungehorsam zu sein. Walter zählt auf mich. Bitte versteht doch! Ihr wißt, daß ich seit Jahren —«

»... das Leben riskiere, um alleine dort hinzugehen. Du hast diesem Mann seine gute Tat bereits um das Zehnfache vergolten, mein Kind. Wann wirst du das nur endlich begreifen?« Die Priorin vestummte, als ein völlig anderes Gefühl sich seinen Weg in ihr Bewußtsein bahnte. »Fiona, nichts von dem, was du getan hast, war jemals selbstsüchtig. Tollkühn, ja, aber niemals selbstsüchtig. Ich habe Angst um dich, weil du das Wohlbefinden aller göttlichen Kreaturen — ob Mensch oder Tier — über dein eigenes stellst. Du denkst weder an dich noch an deine eigene Sicherheit.«

Fiona blickte zu der Frau empor, die sie aufgezogen hatte, die sie liebte, und die sich mit der Hölle abgegeben hatte, die sie so manches Mal auf ihre Türschwelle brachte. Fiona wußte, daß der Zorn der Priorin ohne Ausnahme durch die Sorgen ausgelöst wurde, die Fiona selbst in ihr erweckte. Nun ja, vielleicht gab es doch eine Ausnahme, dachte Fiona, und bemühte sich, ihr Schmunzeln zu verbergen: die Angelegenheit mit den Falken.

Die nun sanfte Stimme der älteren Frau brachte sie wieder in die Gegenwart zurück.

»Fiona, mein Kind. Du weißt, daß ich dich wie eine Tochter liebe. Jedes Mal, wenn ich den Verdacht habe — oder herausfinde —, daß du alleine dort draußen bist, zieht sich alles in mir zusammen. Ich sorge mich um dich. Verstehst du das? Du weißt, daß die Leprakranken einen sehr guten Grund hatten, sich vor Torquils Brutalität zu verstecken.«

»Ja, Mutter. Aber er ist doch nun fort und —«

»Ja, Fiona. Aber nicht diese dummen Schweine, die ihm gedient haben!« Das Temperament der älteren Frau regte sich wieder. »Durch unseren neuen Gutsherrn, Lord MacPherson, haben die Aussätzigen eine Chance erhalten, ihr erbärmliches Leben in Frieden zu führen. Und außerdem haben sie Vater Jack. Der alte Einsiedler kann sich um ihre Belange kümmern. Aber eine junge Frau, die sich alleine in den Wäldern herumtreibt —«

»Aber, Mutter, es ist doch die Aufgabe einer Nonne, den Kranken und Bedürftigen zu helfen ...«

»Fiona, wie oft muß ich es dir noch sagen? *Du bist keine Nonne!*« Die ältere Frau atmete tief durch und bemühte sich, ihre Wut unter Kontrolle zu bekommen. Als sie erneut sprach, tat sie es mit einer resoluten Stimme. »Ich habe keine Ahnung, was ich bei deiner Erziehung falsch gemacht habe, aber eins sage ich dir noch einmal, Fiona: Du bist *keine* Nonne, junge Frau.«

»Ich weiß, Mutter Oberin. Aber das ändert nichts an meinem Wunsch, eine zu werden ... irgendwann einmal.«

»Fiona«, erwiderte die Priorin und nahm sich einen Moment Zeit, ihre Worte sorgsam zu wählen und sich ob ihrer eigenen Geduld zu bewundern. »Fiona, das kann nicht geschehen. Es wird nicht geschehen. Nicht in diesem Leben. Du solltest es einfach vergessen.«

»Aber warum?« Die junge Frau blickte die Priorin hilflos an, die Hände fragend ausgebreitet.

Die Nonne betrachtete voller Mitgefühl das schöne und enttäuschte Kind. Sie hatte niemals vorgetäuscht, daß sie die Wahl hatte, Nonne zu werden. Niemals. Aber sie hatte Fiona auch nicht erklärt, daß das Leben noch so viel für sie bereit hielt. Daß ihr Schicksal an anderen Orten, in anderen Händen ruhte. Es gab noch so vieles, was sie gerne enthüllt hätte, aber nicht konnte ... noch nicht. Die Priorin wollte erst alle Antworten haben, ehe sie die Wahrheit zu enthüllen gedachte. Sie wußte aber, daß diese Zeit kommen würde — und zwar schon sehr bald.

Schließlich war der Bote an Lord Huntly zurückgekehrt und hatte ihren Brief abgeliefert. Nun mußte sie Fiona nur noch in Sicherheit und in ihrer Nähe halten. Aber das war die größte Herausforderung überhaupt. Das war es schon immer gewesen.

Die Priorin nahm Fionas Hand in die ihre. Als sie wieder sprach, waren ihre Worte liebevoll. »Ich habe dir schon viele Male gesagt, daß du dich nicht Nonne nennen oder dich wie eine benehmen sollst. Du hast in diesem Kloster gelebt und gearbeitet und gelernt. Wir haben einen außerordentlichen Teil deines Lebens geteilt. Wir können nicht wissen, was die Zukunft bringt, aber ein religiöses Leben entspricht nicht deiner Berufung, da bin ich mir sicher. Daher werden wir nicht mehr darüber reden, Fiona, und das ist mein letztes Wort, was dieses Thema angeht. Verstanden?«

»Ja, Mutter. Aber ich erbitte Euer Verständnis dafür, daß ich mich von denen, die meine Hilfe benötigen, nicht abwenden kann.«

Der Zorn der älteren Frau flackerte erneut auf.

»Fiona«, brach es aus ihr hervor, »du bist intelligent genug, um zu wissen, daß ein Durchstreifen der Wälder für eine einzelne Frau, absolut ... absolut —«

»Aber, Mutter Oberin, ich kenne mich doch aus, und mir ist noch nie etwas zugestoßen —« Fiona brach mitten im Satz ab und bei dem Gedanken, wie die Reaktion der Priorin auf die Ereignisse des heutigen Morgens aussehen würde, krümmte sie sich innerlich zusammen.

»Ein junges Mädchen ist für die dreckigen, ungläubigen Schweine, die sich heutzutage Männer nennen, immer noch eine gute Beute. Als ich ein junges Mädchen war, respektierten die Männer eine Frau —«

Fiona hatte auch diese Rede schon mehr als einmal vernommen.

»Mutter Oberin«, beruhigte sie Fiona. »Ihr seid wie eine Mutter zu mir gewesen. Und ich respektiere Euch durchaus —«

»Und als nächstes wirst du mir wohl noch erzählen, daß du mir auch gehorchst«, erwiderte die ältere Frau grantig. »Fiona, warum nur kannst du nicht akzeptieren, daß ich die Verantwortung für dich habe? Die Dinge, die du tust und sagst, und wie du aussiehst: Das alles ist eine Reflexion meiner selbst.« Die Priorin, die Fiona nun an diesem Morgen zum ersten Mal richtig betrachtete, verstummte.

Fiona war sich plötzlich auf höchst unbehagliche Art und Weise ihres unordentlichen Aussehens bewußt. Sie hatte ihren Umhang an den Haken gehängt, bevor sie das Zimmer der Priorin betrat.

Als sie nun dem Blick der älteren Frau folgte, richteten sich Fionas Augen auf ihre Schulter, wo ihr Kleid von einem ihrer Stürze zerrissen war. Sie sah, wie das Feuer in die Augen der Priorin zurückkehrte.

»Was ist dir zugestoßen, Fiona?« schleuderte sie ihr entgegen und vergaß dabei völlig ihren vorherigen Gedankengang.

»Ich bin gefallen, Mutter Oberin.«

»Auf die Schulter?«, erkundigte sich die Priorin wütend. »*Wie* bist du gefallen, Fiona? Wo bist du gefallen? Erzähle mir, was passiert ist.«

Ein Klopfen an der Tür unterbrach die lange Kette ihrer Fragen. Irgendetwas ist heute morgen geschehen, dachte sie hitzig, und ich werde herausfinden, was es gewesen ist. Und wer konnte das nun an der Tür sein? Jeder wußte doch, daß sie nicht gestört werden wollte, wenn sie ... Fiona einen Rat erteilte. Sie warf der jungen Frau, die auf die Tür zueilte, einen wütenden Blick zu.

Fiona schickte ihrem Schutzengel ein Stoßgebet, weil er sie gerettet hatte und zog die schwere Eichentür auf. Aber als sie die riesige Gestalt erblickte, die im Türrahmen stand, wurde Fiona klar, daß sie ihr Gebet vielleicht ein wenig zu voreilig gesprochen hatte.

Alec sah, wie sich ihr Gesichtsausdruck von Erleichterung zu Unglauben verwandelte. Offensichtlich hatte sie nicht damit gerechnet, daß er hier stehen würde.

Und er hatte nicht mit einem solchen überwältigenden Anblick gerechnet.

Plötzlich wurde dem Kriegsherrn Fionas unglaubliche Schönheit erst richtig bewußt. Alecs Körper reagierte mit einer Anspannung, die er nicht erwartet hatte.

Seine Augen verschlangen die Gestalt, die vor ihm stand. Der Schleier umrahmte wie ein Heiligenschein die gelösten Strähnen ihres roten Haares und die makellose, elfenbeinfarbige Haut ihres Gesichts. Ihre dunkelbraunen Haselnußaugen glänzten, und in ihnen ließ sich ihre veränderte Stimmung unschwer erkennen, als sie seinen bewundernden Blick mit einem ebensolchen erwiderte. Als seine Augen auf ihren vollen, roten Lippen verharrten, schlich sich eine Röte über die seidenweiche Haut ihres Halses bis zur milchigen Zartheit ihrer Wangen hinauf.

Alec stellte überrascht fest, mit welch unerwarteter Intensität er auf die junge Frau reagierte. Er rang mit sich, um die angespannten Muskeln seines Körpers zu kontrollieren, während sein Herz heftig in seiner Brust pochte.

»Wer ist es, Fiona?« erkundigte sich die Priorin mit herrischer Stimme von ihrem Platz neben dem Feuer aus.

Fiona zuckte zusammen. Sie wich schnell zurück, um der Priorin den Blick auf den Grundherren zu ermöglichen. Er trat über die Türschwelle und richtete seine Aufmerksamkeit auf die Oberin. Sie war klein, und die intelligenten Augen, die in einem strengen Gesicht saßen, musterten ihn sorgfältig. Sie benötigte nur einen Moment, um die Macpherson-Brosche zu entdecken, die seinen Tartan festhielt. Alec sah, wie ihr Stirnrunzeln verschwand, als sie das Familienwappen erkannte, das auf der eisernen Schnalle eingraviert war.

Fiona sprach als erste.

»Ihr habt einen unerwarteten Gast, Mutter Oberin«, sagte sie mit leiser Stimme. »Ich glaube, dies ist Lord Macpherson, von dem David schon so viel erzählt hat.«

»Aber natürlich«, erwiderte die Priorin, sprang hastig von ihrem Stuhl auf und streckte die Hand aus, um den Mann zu begrüßen, der vor ihr aufragte. »Herzlich Willkommen, Lord Macpherson. Es ist mir ein Vergnügen, Euch endlich einmal kennenzulernen.«

Alec verbeugte sich und ergriff die winzige Hand der Nonne. Nachdem er den Ordensring geküßt hatte, ließ er sich in den Raum führen.

»Vielen Dank, Mutter Oberin«, sagte er mit einem Lächeln. »Das Vergnügen ist ganz meinerseits. Es war sehr nachlässig von mir, Euch nicht eher aufzusuchen.«

»David hat mir erzählt, wie beschäftigt Ihr seit Eurer Ankunft hier gewesen seid«, antwortete sie und erwiderte sein Lächeln.

»Das ist trotzdem keine Entschuldigung«, entgegnete Alec bedauernd. »Und bitte vergebt mir, daß ich Euch ohne jegliche vorherige Warnung einfach so überfalle.«

»Darüber müßt Ihr Euch keine Gedanken machen, Lord Alec«, sagte sie. »Ihr dürft uns hier als alte Freunde der Familie betrachten.«

»Habt Dank«, erwiderte Alec. »Mein Vater spricht immer

mit dem höchsten Respekt von Euch. Er hat mir, als ich Benmore Castle verließ, aufgetragen, Euch seine besten Wünsche auszurichten.«

»Euer Vater ist ein feiner Mann.«

»Er sagt, er kenne Euch schon seit vielen Jahren ... seit Ihr als Kinder zusammen gespielt habt.«

»Das ist wahr. Die Versammlungen der Highlander vor vielen Jahren waren immer eine wundervolle Zeit für uns Kinder. Danach kam Alexander oft zu Besuch, wenn er auf Skye weilte, aber jetzt habe ich ihn schon seit einigen Jahren nicht mehr gesehen. Geht es ihm gut?«

»Sehr gut, Priorin. Er reist allerdings nicht mehr viel, und er und meine Mutter können es kaum erwarten, Großeltern zu werden.«

»Alexander Macpherson als Großvater. Welch ein angenehmer Gedanke.« Ihr Lächeln ließ allerdings ein wenig nach, als sie ihre Haltung änderte und ihr schmerzendes Bein belastete. »Sagt mir, Lord Alec, habt Ihr irgendwelche Pläne in dieser Hinsicht?«

»Nein, Priorin«, erwiderte Alec und mußte angesichts ihrer unverfrorenen Frage lächeln. »Ich glaube, Ihr hättet eine bessere Chance, wenn Ihr meine Brüder Ambrose und John fragen würdet.«

Fiona stand scheinbar vergessen im Hintergrund, und obwohl sie ihre zerrissene Schulter mit einem Schal bedeckt hatte, der auf dem Arbeitstisch der Priorin gelegen hatte, fragte sie sich, wie sie sich wohl ohne Aufmerksamkeit zu erregen aus dem Zimmer schleichen könnte. Doch zur selben Zeit stellte sie fest, daß sie auf unerklärliche Weise von diesen kleinen Informationen, die sie gerade über Lord Macpherson sammeln konnte, fasziniert war.

Alec bemerkte, daß die Priorin trotz der Schnelligkeit, mit der sie sich von ihrem Stuhl erhoben hatte, bemüht war, ihr Gewicht beim Stehen auf nur ein Bein zu verlagern. Er führte sie zum Feuer zurück, half ihr auf den Stuhl und hob die heruntergefallenen Tücher auf. Sie waren immer noch warm.

Fiona eilte an seine Seite und bemühte sich, die Tücher an sich zu nehmen, ohne ihre Augen zu den seinen erheben zu müssen, aber Alec ließ die Tücher einfach nicht los. Sie blickte wütend in seine lächelnden Augen und zog so fest, daß sie seinem Griff schließlich doch entglitten. Fiona wäre beinahe nach hinten gefallen. Er lächelte.

»Wie Ihr seht, werde ich alt, Lord Alec«, sagte die Priorin, die so tat, als hätte sie die Vorgänge nicht bemerkt, und streckte ihr Bein zum Feuer aus.

Fiona war dankbar, daß die Priorin von diesem albernen Schabernack des gutaussehenden Grundherrn nichts mitbekommen hatte und legte die Tücher auf das Knie der Nonne, während Alec am Kamin stand und zusah.

»Es kann unmöglich an Eurem Alter liegen, Priorin«, erwiderte er freundlich und zwang seine Aufmerksamkeit wieder zu der älteren Frau zurück. »Es liegt gewiß an der Feuchtigkeit des Inselwetters.«

Die Mutter Oberin blickte ihn dankbar an. Sie war von seiner Höflichkeit und seiner Umsicht sehr angetan.

Fiona brachte wortlos einen Stuhl — einen, der eine Reparatur äußerst nötig hatte — damit sich der Grundherr neben die Priorin setzen konnte. Vielleicht ist sein Gewicht ja zu schwer für ihn, dachte sie schmunzelnd. Es wäre sicherlich ein köstliches Bild, wenn er zwischen dem zerplitterten Holz sitzen würde.

»Setzt Euch doch, Lord Alec«, forderte ihn die ältere Frau auf. »Wir haben viel zu bereden.«

Alec blickte zu Fiona hinüber, die schweigend hinter der Priorin stand. Er durchquerte den Raum und hob mühelos den größeren Stuhl, der am Arbeitstisch stand, in die Höhe und stellte ihn neben die beiden anderen.

»Die junge Dame kann uns ja Gesellschaft leisten.«

Fiona erwiderte sofort: »Nein, Mylord. Ich ... ich muß —«

»Nonsens!« unterbrach sie die Priorin. »Natürlich wirst du uns Gesellschaft leisten.«

Fiona gelang es kaum, ihren Schock angesichts der Worte der Mutter Oberin zu verbergen. In der Vergangenheit hatte die Priorin sie praktisch versteckt, wenn irgendein höherstehender Gentleman zu Besuch im Kloster weilte. Ganz besonders vorsichtig war sie gewesen, wenn Torquil MacLeod oder einer seiner Männer sich hier aufgehalten hatte.

»Lord Alec«, sagte die ältere Frau mit einem schelmischen Blitzen in den Augen. »Ich habe Euch noch gar nicht Fiona vorgestellt ... unsere allseits beliebte Rebellin.«

Fiona lief scharlachrot an und neigte ihren Kopf in Richtung des Kriegsherrn. Sie hielt ihre Hände verschränkt und wagte es kaum, ihren Blick zu heben.

»Eine Rebellin, Priorin?« erkundigte sich Alec und zog eine Augenbraue in die Höhe, während er Fiona betrachtete.

»Nur ab und an, Lord Alec«, erwiderte die Mutter Oberin. »In Wahrheit ist Fiona ein Engel, der vor Jahren auf unserer Türschwelle abgelegt worden ist. Der Herr findet nun einmal die seltsamsten Wege, um ... um seine Diener und Dienerinnen zu prüfen.«

»Das tut er in der Tat, Priorin.« Mit einer beiläufigen Anmutigkeit stellte sich Alec neben sie, die eine Hand auf den kleineren Stuhl gelegt. Als er ihn zurückzog und ihn ihr mit einer kaum merklichen Verbeugung hinhielt, blickte Fiona erst auf den Stuhl hinab und dann zu ihm auf.

Sie zögerte. Aber der erwartungsvolle Blick der Priorin machte die junge Frau nervös, und sie nahm mit einem Gefühl von Unbeholfenheit vorsichtig auf der Kante Platz.

Alec verbarg ein Lächeln und setze sich auf den Stuhl neben ihr.

Die Priorin und der Grundherr unterhielten sich nun, und währenddessen dachte Fiona darüber nach, wie schnell sich der gutaussehende Edelmann mit seinem Charme bei der älteren Frau einschmeichelte. Und sie erwischte sich dabei, wie sie aufmerksam der intelligenten Unterhaltung lauschte, wobei seine angenehme Stimme hin und wieder von seinem unbeschwerten Lachen unterbrochen wurde.

Die Diskussion der beiden reichte von der Hofpolitik bis zum Zustand der Ernte. Jedes Mal, wenn die Unterhaltung wieder eine andere Richtung nahm, lauschte Fiona ängstlich, ob die morgendlichen Vorfälle nicht doch noch Eingang ins Gespräch finden würden, und die ganze Zeit wagte sie es nicht, sich zu bewegen, aus Angst, daß der Stuhl unter ihr zusammenbrechen könnte.

Als die Priorin einmal ihre Bedenken wegen der vielen Banden von Gesetzlosen erwähnte, die über die Insel streiften, warf Alec Fiona erst einen schadenfrohen Blick zu, ehe er seine Pläne erläuterte, mit denen er sie zu kontrollieren hoffte und die Unterhaltung dann wieder in eine andere Richtung lenkte. Er hat die Gelegenheit gehabt, dachte sie, aber er hat sie nicht genutzt. Da wußte Fiona, daß ihr Geheimnis bei ihm in Sicherheit sein würde.

Während sich die beiden unterhielten, richtete Alec seine Bemerkungen des öfteren an Fiona. Aber die junge Frau vermied es mit der gleichen Entschlossenheit, sich an dem Gespräch zu beteiligen, wie sie es vermied, seine langen Blicke zu erwidern.

Als sich die Diskussion der Leitung des Klosters zuwandte, wußte Fiona, daß sie ihr Schweigen nicht mehr aufrecht erhalten konnte. Nun war es die Priorin, die sie zur Beteiligung an der Unterhaltung zwang.

»Fiona, erzähle Lord Alec doch etwas über dein System«, forderte die ältere Frau sie auf.

»Mutter Oberin«, stammelte Fiona. »Da gibt es wirklich nicht viel zu erzählen.«

»Nicht viel«, schalt sie die Priorin, bevor sie sich stolz an Alec wandte. »Sie hat es ja nur geschafft, die finanzielle Lage des Klosters von der Rentabilität in Gewinn zu verwandeln. Und diese Gewinne füttern jeden Tag mehr und mehr Münder . . .«

Die Priorin erhob sich, ging zu ihrem Tisch hinüber und suchte in ihren Unterlagen herum, während sie weitersprach. Alec nutzte diese kurze Zeit, in der die Aufmerksamkeit der Mutter Oberin abgelenkt war, um sein Gewicht zu verlagern und sein Knie neben Fionas Röcke zu plazieren. Obwohl er es beiläufig tat, zweifelt Fiona nicht daran, daß er sich des Drucks seines Beines gegen das ihre sehr bewußt war. Sie spürte, wie sich ihre Wangen röteten — er tat das mit Absicht!

Sie bewegte ihr Bein ein wenig zur Seite. Sein Knie folgte. Sie versuchte, mit ihren Knien zurückzudrücken, aber er nahm sein Bein immer noch nicht fort. Sie setzte vorsichtig einen Fuß hinter den anderen und trat ihn gegen die Wade.

Alec zog ruhig sein Knie weg und lächelte sie an. Fiona stieg erneut die Röte ins Gesicht.

»... und ich darf Euch versichern, daß ihre Ideen wirklich einfallsreich sind«, schloß die alte Nonne. »Die Erträge der Höfe verbessern sich mit jeder Ernte.«

»Das konnte ich mit eigenen Augen sehen, als ich heute morgen hierher kam«, stimmte ihr Alec herzlich zu. »Dies hier sind die leistungsfähigsten Ländereien auf ganz Skye. Ich hätte nie erwartet, auf solche Schätze zu stoßen.«

»Lord Alec, das war noch gar nichts«, versicherte ihm die ältere Frau. »Ihr solltet Euch die Höfe, die Vorratskammern, die Obstgärten einmal ansehen. Diese junge Frau hier ist für die wichtigsten Veränderungen verantwortlich. Fiona führe den neuen Grundherren herum. Zeige ihm einige der Veränderungen.«

Alec sah die junge Frau plötzlich in einem ganz anderen Licht. Anfangs hatte er das Zimmer betreten, um sie vor dem Zorn der Priorin zu retten, und um es ihr irgendwie heimzuzahlen, daß sie ihn im dem Gedanken gelassen hatte, sie sei eine Nonne. Aber nun, da er von ihrer Intelligenz und ihren verwalterischen Fähigkeiten hörte, nahm Alecs Interesse an der errötenden Schönheit noch eine völlig neue Dimension an.

»Mutter Oberin, warum führt *Ihr* Lord Macpherson nicht herum?« bat die junge Frau. Eine Art Panik überfiel sie bei dem Gedanken, mit Lord Macpherson alleine zu sein. Es ging etwas in ihr vor. Etwas, über das genauer nachzudenken sie sich nicht traute. »Ihr könntet doch gewiß —«

»Nein, das kann ich nicht, Fiona«, erwiderte die Priorin. »Aber vielleicht leistet uns Lord Alec ja zum Mittagsmahl Gesellschaft.«

»Es wäre mir eine Freude, Priorin.«

Alec stand auf, und als Fiona sich ebenfalls resigniert erhob, ertönte das Geräusch von splitterndem Holz und der Stuhl brach in sich zusammen.

Die drei schauten auf den zerstörten Haufen hinab und dann wandten sich die Blicke von Alec und der Priorin Fiona zu. »Dabei habe ich gar nicht gefrühstückt«, sagte diese mit Unschuldsmiene.

Sie platzten alle lachend heraus, und Alec schob die Holzstücke zusammen.

Ehe sich Fiona und Alec auf den Weg machten, deutete die Priorin auf das Lederarmband des Kriegers.

»Ich habe gehört, daß Ihr ein eifriger Jäger seid, Lord Alec.«

»Ja, Priorin. Obwohl ich die Vögel und den Sport mehr schätze, als das Jagen selbst. Euer Bruder hält draußen im Moment meinen feinen Wanderfalken auf dem Arm.«

»Auch ich bin eine Anhängerin der Falknerei.«

»Seid Ihr das, Priorin?« erwiderte Alec erfreut.

»Ja.« Sie seufzte. »Nun, ich war es. Aber wenn Ihr Euren Falken irgendwo unterbringen wollt, so besitze ich einige *leere* Käfige.«

»Das würde ich gerne. Habt Dank.«

»Ach, Lord Alec?« sagte sie noch, als die beiden sich in Richtung Tür aufmachten.

»Wenn Ihr Euren Vogel wirklich zu schätzen wißt, so laßt Fiona nicht aus den Augen.«

Kapitel 4

Der vornehme Edelmann tat einen großen Schwur,
Zu dienen Satan für sieben Jahr ...
— William Dunbar, *»Renounce thy God and Come to Me«*

»Ich habe sie nie wiedergesehen!« sagte Alec, der gerade die Geschichte seines Zusammentreffens mit der seltsamen Frau erzählte.

Alec und sein jüngerer Bruder, Ambrose, waren die einzigen, die im Großen Saal von Dunvegan Castle noch am Haupttisch saßen. Das Wetter war im Laufe des Tages immer schlechter geworden, und nun fegte der Wind den Regen an den offenen Schlitzen der Fenster am hinteren Ende vorbei. Ein Armdrücken-Wettbewerb an einem der tiefer stehenden Nebentische erweckte Alecs Aufmerksamkeit, und er sah eine zeitlang zu, wie Robert sich gegen einen der Macpherson-Krieger zur Wehr setzte. Der Junge wurde mit jedem Tag stärker.

»Was soll das heißen?« erkundigte sich Ambrose ungläubig.

»Es war wirklich eine verflucht ärgerliche Sache«, sagte Alec, »aber sie ist nicht mehr zurückgekommen!«

»Sie hat also nichts gesagt?« fragte Ambrose, der sich die Szene einfach nicht vorstellen konnte. »Diese Frau hat dir einfach, ohne ein Wort zu verlieren, den Rücken zugedreht und ist gegangen?«

»Genau das hat sie getan.«

Im Gang vor dem Zimmer der Priorin waren Alec und Fiona einem nervösen, zwergartigen Jungen begegnet, der ängstlich auf die junge Frau wartete. Fiona hatte den Jungen beiseite genommen und sich flüsternd mit ihm unterhalten, während Alec danebenstand. Dann hatte sie ihren Umhang vom Haken an der Wand genommen und war mit dem Jungen im Schlepptau den Korridor hinunter verschwunden.

Alec war ihnen gefolgt, und er wäre über die Vorgänge wohl amüsiert gewesen, hätte ihn Fionas offensichtliche Aufregung nicht besorgt gemacht. Was immer der Junge auch gesagt haben mochte, es hatte sie sehr beunruhigt. Draußen hatte sich David schnell zu ihnen gesellt, aber Fiona war mit dem Jungen, ohne ein weiteres Wort zu verlieren, verschwunden.

»Und du hast das zugelassen? Hast du denn der Priorin davon erzählt?«

»Nein.«

»Aber warum denn nicht? Für wen hält diese Frau sich?«

»Für eine Nonne.«

»Eine *Nonne!*« Ambrose blickte seinen Bruder schockiert an. »Alec Macpherson ist in eine Nonne verliebt! Großer Bruder, du bist in viel schlechterer Verfassung, als ich gedacht habe.«

»Verliebt«, brummte Alec verstimmt. Ihm wurde klar, daß er in seinem Bericht von den Vorfällen des Morgens Ambrose gegenüber einige Anspielungen auf Fionas Aussehen gemacht haben mußte. »Ich habe ja nicht einmal gesagt, daß ich diese Frau anziehend finde.«

»Eine Nonne! Du liebe Güte! Wahrscheinlich wirst du als nächstes dem Kloster beitreten.«

»Ambrose ...« begann Alec drohend.

»Warum nicht?« fuhr Ambrose fort. »Du führst ja jetzt schon das Leben eines Mönchs. Wann hast du zum letzten Mal eine Frau gehabt?«

»Ich warne dich, kleiner Bruder.«

»Nun sag schon«, drängte ihn der junge Krieger und schaukelte mit seinem Stuhl vor und zurück. »Du trinkst kaum noch etwas, man kann sich nicht mehr richtig mit dir streiten, und du hast bereits den Frauen abgeschworen. Mein Gott, selbst die Mönche nehmen es nicht so genau! Ihr beide werdet ein prächtiges Paar abgeben. Ihr könnt bei der Messe Händchen halten. Ist das eigentlich erlaubt, Hochwürden?«

Mit einer schnellen Bewegung seines Beines schickte Alec seinen Bruder zu Boden. Einige Macpherson-Krieger, die an einem Tisch am Ende des Saals saßen, blickten überrascht zum Haupttisch hinüber. Als sie sahen, daß Ambrose derjenige war, der am Boden lag, begannen sie zu lachen und wandten sich dann wieder ihrer Unterhaltung zu.

Ambrose lag stockstill auf dem Rücken und starrte zur geschwärzten Decke hinauf.

»Ich bin verletzt«, stöhnte er mit verstellter Stimme. »Aber das Ende ist noch nicht gekommen, so daß ich immer noch die Gästeliste für dich zusammenstellen kann.«

»Steh auf, du Wurm.«

»Colin und Celia würden sicherlich gerne kommen«, fuhr er fort, ohne sich zu rühren. »Deine neue Patentochter fände bestimmt gefallen an der Zeremonie. Und dann wären da noch die ganzen Leute zu Hause.«

»Steh auf, Ambrose«, sagte Alec verärgert, und bot ihm seine Hand an, um ihm aufzuhelfen. »Die Vorstellung ist vorüber.«

»Eine Nonne.« Der jüngere Bruder lachte, griff nach Alecs Hand und nahm wieder auf seinem Stuhl Platz.

»Wenn du auch noch den Rest der Geschichte hören möchtest, dann solltest du lieber deine Zunge im Zaum halten.«

»Soll das etwa heißen, daß es noch weitergeht?«

»Ich hatte damit begonnen, dir zu erzählen, was sie dort alles getan hat.«

»Du sagtest, sie sei verschwunden.«

»David hat mich herumgeführt und mir die neuen Methoden erklärt. Und die Priorin hat mir beim Mittagessen dann noch mehr erzählt. Diese Fiona hat einige bemerkenswerte Veränderungen eingeführt.«

»Oh, jetzt nennt er sie schon ›Fiona‹.«

»Wirst du endlich aufhören, Ambrose! Die Angelegenheit ist wirklich ernst.«

»Also schön, großer Bruder. Was hat sie denn getan?«

»Vor drei Jahren unterwies die Priorin sie darin, das Kirchenland zu verwalten. Offenbar kam Fiona damals eine völlig andere Idee, wie man dabei verfahren sollte. Sie schlug vor, die Priorin solle das Land aufteilen und für längere Zeit an Familien verpachten, um im Gegenzug dafür die Hälfte all dessen zu erhalten, was diese Familien produzieren.«

»Das Land aufteilen?« wiederholte Ambrose, dessen Interesse geweckt war.

»Ja. Die Priorin hielt sie anfangs für verrückt, aber diese Fiona kann sehr überzeugend sein. Sie hat vorgeschlagen, es zunächst erst einmal mit zwei Familien auszuprobieren. Die beiden Pachtfamilien produzierten eine ganze Menge mehr als die anderen. Jetzt ist das Kirchenland beinahe ganz verpachtet und das Kloster dient als Ort, an dem getauscht und gehandelt wird, hat aber immer noch die Aufsicht über die Höfe. Mit den höheren Erträgen waren sie imstande, einen neuen Stall zu bauen, die Obstgärten zu vergrößern und dem Inselvolk mehr Hilfe zukommen zu lassen. Ambrose, sie tun genau das, was ein Kloster eigentlich tun sollte.«

»Sie hat die Bauern zu Landbesitzern gemacht? Woher hat sie denn diese Idee?«

»Das wüßte ich selbst gerne«, erwiderte Alec. »Soweit ich weiß, ist sie niemals von dieser Insel weggekommen.«

»Weißt du, wer sie ist? Kennst du ihre Familie? Ihren Namen?«

»Nein, sie ist ein Findelkind. Aber eins weiß ich ganz genau: Sie ist verdammt gut, wenn es ums Verschwinden geht.«

»Na, da haben wir doch wieder etwas Neues über Skye gelernt«, lachte Ambrose. »Selbst die Nonnen sind ein Rätsel.«

»Ehrlich gesagt, ist sie gar keine Nonne, Ambrose ... zumindest noch nicht.«

Ambrose starrte seinen Bruder an und stützte seinen Ellbogen auf die rauhen Eichenbretter des Tisches. »Zuerst sagst du mir, sie sei eine Nonne. Und nun sagst du, sie sei keine. Was ist denn nun wahr?«

»Du hast mich gefragt, wofür sie sich *hält.* Und sie hält sich für eine Nonne. Aber offenbar ist sie gar keine.«

Ambrose blickte Alec ebenso verwirrt an wie vorher.

»Ich verstehe. Sie ist also ein bißchen verrückt, richtig?«

»Nein! Sie ... hat einfach noch nicht ihr Gelübde abgelegt«, erklärte Alex.

Ambrose saß für einen Moment da und nickte, als habe man ihm gerade die größte aller Wahrheiten eröffnet.

»In dem Falle solltest du warten, Alec«, sagte er schließlich mit todernstem Gesicht. »Zumindest was deine Avancen angeht.«

Alec stürzte den letzten Schluck Ale hinunter und setzte seinen Becher auf dem Tisch ab, ohne auf die letzte Bemerkung seines Bruders einzugehen.

»Aber Fiona war nicht die einzige Überraschung, die mir heute morgen im Kloster begegnet ist«, sagte er dann. »Da gibt es einen Jungen —«

»Sie hat ein Kind«, fiel ihm Ambrose ins Wort. »Eine Nonne mit einem Kind. Na ja, das erklärt die Anziehungskraft.«

»Ambrose, es ist langsam an der Zeit —«

Alec brach mitten im Satz ab, als eine Gestalt in einem Umhang auf den Tisch auf dem Podest zutrat.

Neil MacLeod riß sich mit seinem gesunden Arm den durchweichten Umhang von den Schultern. Nachdem er ihn einem Bediensteten zugeworfen hatte, trat der hochgewachsene Mann um den Tisch zu der Bank, auf der Alec saß. Er nahm Platz, hob das leblose Gewicht seines rechten Armes und ließ es auf den Tisch fallen.

Der dumpfe Aufschlag erfüllte Alec mit Mitgefühl. Sein Blick wanderte von MacLeods verkrüppeltem Arm zu der Narbe auf Ambroses Stirn, und die Erinnerungen an den königlichen Kampf auf den Feldern von Flodden wurde wieder wach. Und an all die Opfer, die er gekostet hatte.

Neil MacLeod bemerkte den mitfühlenden Blick des Kriegsherrn mit grimmiger Zufriedenheit. *Ja,* dachte er. *Denke nur über all das Unrecht auf dieser Welt nach, du Held. Du hast nichts anderes als Belohnungen für einen Tag vorzuweisen, als wir alle beinahe ausgelöscht wurden. Und nun bist du hier, Grundherr über MacLeod-Land ... Land, daß dir nie gehört hat. Ist deine Tapferkeit etwa der Grund dafür? Oder deine Opferbereitschaft? Ha! Du standest einfach mit dem Rest der Herde da. Aber ich ... ich wurde von Andrew in die Irre geführt. Ich sollte der Anführer dieses Clans sein ... wie er es versprochen hatte. Und Torquil soll dafür, daß er es ruiniert hat, in der Hölle schmoren. Und du kannst mit ihm schmoren, du Held. Ich habe auf den Feldern von Flodden gekämpft. Aber sag mir, Kriegsherr, was hat es den MacLeods gebracht? Was hat es mir gebracht?*

»Der Teufel ist heute abend unterwegs!« erklärte Neil grimmig und griff nach dem Krug mit Ale vor sich.

»Ja«, erwiderte Ambrose. »Aber Ihr müßt hier draußen doch daran gewöhnt sein.«

»Das sind wir auch«, entgegenete MacLeod, stürzte das Ale hinunter und verlangte nach einem weiteren Krug. »Auf Skye ist der scheußliche Satan nie weit.«

»Aber wie ich gehört habe, soll die Insel doch auch der Aufenthaltsort von Engeln sein,«, entgegnete Alec.

»Möglich«, brummte Neil. »Aber soweit ich es sehe, helfen die uns mit dem Wetter auch nicht weiter.«

»Heißt es nicht, ›Jeder bekommt das, was er verdient‹?« bemerkte Ambrose und ignorierte den bösen Blick, den MacLeod ihm zuwarf. Dann fügte er hinzu: »Oder war es das, was er *begehrt*?«

»Mag sein, aber was ich im Augenblick begehre, ist schon eingetroffen«, erwiderte Neil, und wandte seine Aufmerksamkeit dem Teller mit Essen zu, der vor ihm abgesetzt wurde.

»Ich glaube, es heißt auch, der Teufel hat immer das letzte Wort«, murmelte Ambrose leise, so daß es nur Alec hören konnte.

Alec wurde es langsam leid, stets als Vermittler zwischen den beiden zu agieren. Obwohl er selbst nicht unbedingt von diesem MacLeod-Anführer angetan war, beabsichtigte er dennoch, seine Gefühle nicht so offen zur Schau zu tragen, wie Ambrose es tat. Außerdem gab es wichtigere Aufgaben zu erledigen, als sich ständig mit diesem Aufeinandertreffen zweier Persönlichkeiten auseinanderzusetzen. In Anbetracht dessen kehrten Alecs Gedanken wieder zu Malcolm zurück.

»Ich habe heute das Kloster besucht«, sagte Alec zu MacLeod.

Neil wandte sich ihm mit einem Ausdruck aufrichtiger Überraschung auf dem Gesicht zu.

»Seit Jahren ist niemand von Dunvegan dort mehr willkommen geheißen worden.« Der Mann schob den leeren Teller weg und beschäftigte sich damit, sein Messer zu reinigen. Selbst drei Jahre nach seiner Verletzung war es offensichtlich, daß er immer noch Schwierigkeiten damit hatte, selbst die einfachsten Aufgaben zu bewältigen. »Diese Frau, diese Priorin, setzte Himmel und Hölle in Bewegung, wenn Lord Torquil auch nur in die Nähe des Klosters kam.«

»Angesichts des Zustands der Insel kann ich es ihr kaum verdenken«, erwiderte Ambrose und blickte in seinen Becher.

Neil warf dem jüngeren Macpherson-Krieger einen Blick unter gesenkten Augenlidern zu.

»Ich habe Malcolm getroffen«, fuhr Alec ruhig fort und musterte den Mann mit einem harten Ausdruck in den Augen. Vor dem heutigen Tag hatte der neue Grundherr keine Ahnung von der Existenz eines MacLeod-Erben gehabt. Nichts davon gewußt, daß Torquil einen Sohn namens Malcolm hatte.

Der Mann zuckte gleichgültig mit den Schultern.

»Wer ist Malcolm?« erkundigte sich Ambrose.

»Einer von Torquils Bastarden«, spuckte Neil hervor und stürzte einen weiteren Krug Ale hinunter.

»Soweit ich es verstehe«, mischte sich Alec ein, »ist er der einzige direkte Erbe, den Euer Grundherr hinterlassen hat.«

»Er ist trotzdem ein Bastard«, erwiderte MacLeod gleichgültig. »Und ein Milchbubi dazu, der bei den Betschwestern aufgewachsen ist.«

»Richtet Ihr damit nicht ein wenig hart über einen Siebenjährigen?«

»Ich richte überhaupt nicht«, erwiderte Neil nach einigem Nachdenken. »Aber was kann ein siebenjähriger Grundherr an einem wilden Ort wie hier schon ausrichten? Er würde eine Herrschaft wie die Eure niemals überleben.«

»Es gibt andere, die mehr Vertrauen in meinen Charakter haben. Ich habe Euch erklärt, daß ich nicht hier bin, um MacLeod-Ländereien zu zerstören. Genausowenig, wie ich ihre Erben umbringen will.«

Neil MacLeod beäugte den Kriegsherrn. Offenbar dachte er sorgfältig über seine nächsten Worte nach. Schließlich schien er zu der Ansicht zu kommen, daß es besser sei, gar nichts zu entgegnen, und wandte sich wieder seinem Ale zu.

»Malcolm kommt nach Dunvegan zurück.«

»Um hier zu leben?« erkundigte sich Neil und konnte einen Hauch von Überraschung in seiner Stimme nicht verhehlen.

»Zuerst einmal nur auf Besuch. Wenn er sich mit der Zeit wohlfühlt, dann soll er hier ruhig leben.«

»Die Priorin wird ihn niemals gehen lassen«, erwiderte Neil, der sich noch sehr gut an die kaum gezügelte Wut der alten Frau erinnern konnte, als sie das letzte Mal höchstpersönlich gekommen war, um das Kind wieder zurückzuholen.

»Es war die Idee der Priorin«, entgegnete Alec und fügte nachdrücklich hinzu: »Der Junge *wird* kommen.«

»Es war dieser Bastard Macpherson, der Walter über den Haufen geritten hat.«

»Glaubt mir, Vater Jack, das kann nicht sein«, entgegnete Fiona mit gleichem Nachdruck.

Als sie und Walters Enkelsohn, Adrian, heute morgen zur Hütte des Eremiten gekommen waren, hatte Walter unter starken Schmerzen gelitten. Auf dem Weg dorthin hatte Adrian ihr erzählt, was passiert war. Nachdem sich Fiona kurz vor Sonnenaufgang verabschiedet hatte, waren Walter, Vater Jack und Adrian zur Hütte des Priesters aufgebrochen. Sie hatten einen weniger oft benutzten Weg gewählt, als aus dem Nebel plötzlich ein Reiter erschien. Adrian erzählte ihr, daß der Reiter langsamer geworden sei, als er sie sah, dann aber sein Pferd zum Galopp angetrieben habe. Sie hatten alle entsetzt und wie gelähmt dagestanden und zugesehen, wie das Schlachtroß auf sie zukam. Im letzten Moment war Walter ihrem Angreifer entgegengetreten, aber die Hufe des schwarzen Rosses waren über ihn hinweggedonnert und hatten die spröden Knochen seines rechten Beines gebrochen.

Fiona und Vater Jack hatten den ganzen Tag versucht, das Bein so gut sie es vermochten zu richten und dem alten Mann die Schmerzen zu erleichtern. Bei Einbruch der Nacht begann die Medizin, die sie vom Kloster mitgebracht hatte, langsam zu wirken. Ihr alter Freund schlief nun — zwar unruhig, aber er schlief.

Fiona trat schnell auf das Fenster zu und hängte ihren Umhang vor die Öffnung. Die mit Häuten bezogenen Fensterläden vor den beiden kleinen Fenstern halfen nicht viel, um den vom Wind getriebenen Regen abzuhalten, der gegen die Wände der Hütte trommelte. Das Letzte, was Walter nun gebrauchen konnte, war eine Erkältung.

»Ich sage dir, es war das Macpherson-Plaid«, versicherte ihr der Einsiedler. »Bevor ich mir diesen Platz hier am Wald suchte, habe ich ganz Schottland bereist, und ich kennen ihren Tartan so gut wie meinen Handrücken.«

»Er hätte angehalten«, erwiderte Fiona grimmig. »Das weiß ich.«

»Dann sag mir doch, wieviele andere noch — mit flatterndem Macpherson-Plaid und einem Falken auf dem Arm — über diese Insel galoppieren.«

Sie konnte es einfach nicht glauben. Sie *wollte* es nicht glauben. Der Mann, den sie heute morgen getroffen hatte, würde niemals mit Absicht einen harmlosen Aussätzigen über den Haufen reiten. Selbst wenn es ein Unfall gewesen wäre, hätte Lord Alec angehalten. Es mußte sich einfach um einen Irrtum handeln. Aber davon mußte sie Vater Jack erst noch überzeugen.

Er war trotz seines Eremitendaseins eine wichtige, spirituelle Kraft auf der Insel. Wenn er sprach, hörten ihm die Leute von Skye zu. Der kleine, stämmige Mann verachtete die Gesellschaft der Mächtigen, und seine Worte und seine Ratschläge bewegten sich wie eine Meerswoge über die Insel hinweg — eine Unterströmung, die alle erreichte und berührte.

Fiona überlief es bei dem Gedanken daran, welchen Schaden eine Nachricht über den Kriegsherrn wie diese ausrichten könnte, ganz kalt. Alles, was er getan hatte, wäre umsonst gewesen. Die Leute würden entweder offen ihre Feindschaft zeigen oder sich wieder verschließen. Alles würde wieder sein wie vorher.

»Ich weiß, daß es hochmütig klingt, aber selbst ein Grundherr kann nicht an zwei Orten zugleich sein.«

Der alte Priester starrte Fiona an. Er kannte sie gut, und er wußte auch, daß sie keinen Grund hatte, für den neuen

Grundherrn zu lügen. Walter gehörte für Fiona ebenso zur Familie, wie all die anderen Menschen um sie herum. Sie war dem Macpherson-Kriegsherrn keine Loyalität schuldig.

»Was willst du damit sagen?« erkundigte er sich barsch.

»Lord Alec war heute morgen mit mir zusammen.«

»Mit dir?« fragte der Priester und seine grauen Augen blickten sie voller Überraschung an. »Du *kennst* den Mann, Fiona?«

»Ja, seit heute morgen. Er ist mit mir zum Kloster gewandert.«

»Wie habt ihr euch getroffen? Und wann war das?« Der alte Mann war wie vor den Kopf geschlagen. Sie war mit ihm im Dorf der Aussätzigen gewesen und hatte nichts davon erwähnt! »Komm schon, Fiona. Was soll das Ganze?«

Sie wußte, daß sie ihm nichts von den Vorfällen in den frühen, nebelverhangenen Morgenstunden erzählen durfte. Obwohl der Priester Fionas Unternehmungen für die Leprakranken guthieß, würde er, wenn er von den Männern, die sie angegriffen hatten, erfuhr, versuchen, sie von weiteren Besuchen im Wald abzuhalten.

»Ich traf ihn in der Nähe des Klosterlandes, als ich heute morgen zurückging.«

»Wann, Fiona?« drängte er sie. »Er könnte Walter umgeritten und dich eingeholt haben, bevor du das Kirchenland erreicht hattest. Ist dir klar, daß Walter ein Krüppel bleiben könnte, wenn er überleben sollte? Ein verkrüppelter Aussätziger!«

»Aber er hat es doch nicht getan!« rief sie. »Warum seid Ihr so wild entschlossen, ihn schuldig zu sprechen? Ihr kennt den Mann doch nicht einmal! Es gibt jetzt viele Macphersons auf Skye. Was macht Euch denn so sicher, daß er es gewesen ist?«

»Er war es. Ich habe ihn mit eigenen Augen gesehen.«

»Wann habt Ihr ihn denn vorher jemals gesehen, Vater?« erkundigte sich Fiona. »Kennt Ihr seine Größe, seine Gestalt, die Farbe seines Haares? Ihr habt ihn noch nie getroffen, Vater, nicht wahr? Warum seid Ihr so sicher, daß er es gewesen ist?«

»Es war derselbe Mann, der jeden Morgen wie ein Verrückter über das Land galoppiert«, brummte der Priester dickköpfig.

»Vater, bei allem Respekt, aber Ihr könnt nicht einmal ohne Adrians Hilfe den Weg nach Hause zurückfinden. Also was macht Euch so sicher?«

»Weil ich mit meinen eigenen Augen — die vielleicht etwas schwach sein mögen — gesehen habe, wie er meinen Freund niedergeritten hat.«

»Nein, das habt Ihr nicht, Vater«, sagte eine helle Stimme.

Adrian stand neben dem Strohlager, auf den sein Großvater gebettet war. Seine großen Augen blickten Fiona und Vater Jack ruhig an.

»Ich habe Lord Macpherson mit Fiona im Kloster gesehen, und ich war bei Großvater, als man ihn niedertrampelte.« Er blickte dem Priester geradewegs in die Augen. »Es war nicht Lord Macpherson, Vater Jack. Wenn Ihr ihn aus der Nähe betrachten könntet, würdet Ihr mir zustimmen. Das Haar des Grundherren ist wie Gold. Das des Reiters war wie Dreck. Die Stiefel, die der Kriegsherr trägt, sind heller als die des Mannes, den wir gesehen haben. Und sie sind viel feiner. Ich habe ihn gesehen, Vater. Der Mann, der meinen Großvater umgeritten hat, trug einen braunen Falken. Im Kloster hatte der Kriegsherr seinen weißen Wanderfalken bei sich.«

Der alte Priester blickte den Jungen mit offenem Mund an und sank auf dem Holzblock zusammen, der ihm als Stuhl diente. Fiona legte ihre Hände auf seine immer noch breiten, aber inzwischen gebeugten Schultern.

»Vater, Lord Alec ist nicht wie unser letzter Grundherr.«

»Nur der Satan selbst wäre Torquil MacLeod ebenbürtig, mein Kind«, erwiderte der Priester und blickte zu Fiona auf.

»Dieser Mann möchte uns — den Menschen auf Skye — wirklich helfen.« Sie erinnerte sich an seine furchtlose Tat und die Sorge um ihr Wohlergehen. »Er ist ein guter Mann, Vater Jack. Ihr wißt doch, daß er derjenige war, der die Jagden auf Unschuldige verboten hat.«

»Ich weiß, mein Kind. Aber Macht und Stärke vor den Augen der Öffentlichkeit und Schwäche im Privaten finden sich oft in einem einzigen Menschen verbunden«, sagte der

Eremit mit einem tiefen Seufzer. »Wer aber hat diese schreckliche Tat denn dann begangen?«

»Das werden wir herausfinden, Vater«, erwiderte Fiona und drehte sich zu ihrem verletzten Freund um, der vor Schmerzen stöhnte. Sie legte ihre Hand auf seine Stirn. Sie war fiebrig heiß. »Doch jetzt müssen wir uns erst einmal um Walter kümmern.«

Kapitel 5

Einsam wanderte ich auf und ab,
In einer wunderschönen Abtei,
Und dachte darüber nach
Was für ein Trost in dieser Not der beste sei.
— Robert Henryson, *»The Abbey Walk«*

Oh, Gott. Er ist fort.

Fiona rang verzweifelt die Hände und riß sich den Schleier vom Kopf, während sie in dem kleinen Arbeitszimmer neben dem der Priorin auf und ab lief.

Sie hatte viele Geschichten über das Verlies von Dunvegan Castle gehört. Wie Feinde der MacLeods dort viele Jahre eingekerkert waren. Wie gewalttätig und schmerzvoll der Tod derjenigen war, die auch nur daran dachten, sich gegen die Macht des Grundherren zu stellen.

Und nun Malcolm. Wie hatte ihn die Priorin nur einfach so gehen lassen können?

Fiona war ins Kloster zurückgekehrt, nachdem Walter nach vier ruhelosen Tagen und Nächten endlich das Bewußtsein wiedererlangt hatte. Obwohl er immer noch nicht außer Gefahr war, gab es Anzeichen, die auf einen gewissen Fortschritt hindeuteten, und Vater Jack hatte ihr befohlen, zurückzukehren, damit sie sich ausruhen könne.

Nach ihrer Rückkehr hatte sie von David erfahren, daß Lord Alec Malcolm für einen Tag nach Dunvegan geholt hatte.

Fiona stand neben dem kleinen Fenster und zitterte vor Wut und Angst, während sie sich an die Alpträume erinnerte, die das Kind nach seinem letzten Besuch in der Festung der MacLeods gequält hatten. Das Schluchzen des kleinen Jungen war ihr noch gut im Gedächtnis. Und auch ihr eigenes Versprechen, daß sie es niemals wieder zulassen würde, daß er dorthin zurückmüsse.

Sie schlug sich verärgert mit der Faust auf die geöffnete

Handfläche. Wie hatten sie ihn nur gehen lassen können? Warum hatten sie ihn nicht wenigstens vorher gefragt? Malcolm war kein fünfjähriges Kind mehr. Er war ein Junge mit einem hellen Kopf. Er hätte sich schon dagegen ausgesprochen. Warum nur hatte die Priorin nicht auf ihre Rückkehr gewartet? Fiona ließ sich auf den Stuhl an ihrem Arbeitstisch sinken und verbarg ihr Gesicht in den Händen.

Malcolms Mutter war bei seiner Geburt gestorben. Sie war selbst kaum mehr als ein Kind gewesen, und als sie sich als ein Opfer von Torquils Lust auf den Weg zum Kloster gemacht hatte, war sie von der Priorin aufgenommen worden.

Fiona war in der Nacht von Malcoms Geburt erst zwölf gewesen. In den Monaten zuvor hatte sie sich mit dem schüchternen, verängstigten Mädchen, das kaum älter als Fiona selbst gewesen war, angefreundet. Und in diesen Monaten hatte diese mit Fiona all den Kummer ihres jungen Lebens geteilt.

Die Priorin hatte Fiona erlaubt, dem bleichen Mädchen bei der Geburt beizustehen und ihr das Gesicht abzuwaschen, während die Wehen länger und heftiger wurden. Als die herzerweichenden Schreie ihrer Freundin ihr zuviel wurden, war Fiona in Tränen ausgebrochen und hatte die Priorin mit bittenden Augen angesehen, aber die Priorin hatte sie nicht fortgelassen und ihr mit sanfter Stimme erklärt, daß sie auf diese Weise lernen würde, sich um die Menschen zu kümmern, die ihre Hilfe benötigten.

Während sie jetzt in ihrem Arbeitskontor saß, spürte Fiona, wie ihr die Tränen die Wangen hinunterzulaufen begannen. Sie schloß die Augen und erinnerte sich an die Hilflosigkeit, die sie damals empfunden hatte. Erinnerte sich an diese Einsamkeit, die sie in den großen, ängstlichen Augen ihrer Freundin gesehen hatte — und an den klammernden Griff, mit dem sie Fionas Hand festgehalten hatte.

Der Blick in diese traurigen, braunen Augen hatte Fionas Entschlossenheit wieder gestärkt. Sie konnte dem Mädchen nicht den Rücken zuwenden.

Sie wollte nicht gehen. Sie wurde gebraucht.

Die Wehen hatten sich unendlich hingezogen. Während der quälend langen Nacht war die junge Frau schwächer und schwächer geworden. Ihre keuchenden Atemzüge schienen kaum imstande, genug Luft aufzunehmen. Fiona hatte ihre Hand gehalten und sich bemüht, sie mit ihrer eigenen Kraft zu unterstützen und sie dazu zu bringen, durchzuhalten.

Endlich hatte die junge Mutter ein letztes Mal voller Schmerz geschrien, und dann war der Schrei eines Säuglings durch den kerzenerhellten Raum gehallt. Als die Nonnen ihren Dienst versehen und das Kind in die Arme der immer schwächer werdenden Mutter gelegt hatten, war ein Lächeln über das Gesicht des Mädchens gegangen. Sie hatte Fiona angesehen und deren Hand auf den Kopf des Kindes gelegt.

Dann hatte sie ihre Augen geschlossen, um sie nie wieder zu öffnen.

Seither war Malcolm Fionas Verantwortung gewesen. Sie hatte ihn gebadet und gefüttert. Sie hatte zugesehen, wie er zu krabbeln begann und ihm bei seinen ersten Schritten geholfen. Und sie waren zusammen gewachsen.

Bis Torquil ihn geholt hatte. Im Spätwinter vor zwei Jahren hatte sich der MacLeod-Anführer entschlossen, seinen Erben nach Dunvegan zu holen. Er versammelte die Highland-Clan-Führer nach dem Tod des Königs auf den Feldern von Flodden auf Skye und wollte mit seinem Sohn angeben. Trotz all der Frauen, mit denen Torquil sich in seinem grausamen und lüsternen Leben vergnügt hatte, war Malcolm das einzige seiner Kinder, das lebendig zur Welt gekommen war.

Aber der Junge hatte sich als Enttäuschung entpuppt. Der junge Malcolm, der sich der rauhen Brutalität des bislang unbekannten Vaters ausgesetzt sah, war still gewesen, hatte sich mit verheulten Augen umgeschaut und sich nach dem Kloster zurückgesehnt. Der Fünfjährige war nicht der harte und ungestüme Junge, den Torquil zur Schau stellen wollte. Daher hatte er Malcolm in den dunklen Gemächern des feuchten und grimmigen Schlosses versteckt halten lassen.

Malcolm war sechs Monate fort geblieben, und das war das längst halbe Jahr in Fionas Leben gewesen. Die Priorin hatte ihr streng verboten, Malcom zu besuchen, und etwas in ihrem Inneren hatte ihr gesagt, daß sie dieses Mal, aus Angst um ihr eigenes Leben, gehorchen müsse.

Dann war die Neuigkeit über Torquils Gefangennahme auf Stirling Castle im Kloster eingetroffen, und die Priorin hatte sich höchstpersönlich auf den Weg nach Dunvegan gemacht, um Malcolm zurückzuholen. Der vernachlässigte Junge, der zu ihnen zurückkehrte, hatte viel Liebe und Geduld benötigt — und Fiona hatte ihm beides gegeben.

Fiona sprang auf die Füße und lief erneut im Zimmer auf und ab. Sie vermochte einfach nicht zu glauben, daß die Priorin es erneut erlaubte, daß so etwas geschah.

Es stimmte wohl, daß Lord Macpherson nicht Torquil MacLeod war, aber Malcolm war auch nicht der, den diese Männer erwarteten. Er war kein Scheusal.

Malcolm war ein freundlicher und rücksichtsvoller Junge, geduldig und intelligent. Er mochte blaues Blut besitzen, aber auch eine edle Seele. Er würde niemals ein Anführer unter den wilden Kriegern der Highland-Clans sein können. Und Fiona fürchtete um ihn, fürchtete um sein Leben an einem Ort wie Dunvegan — selbst wenn er an der Seite eines Mannes wie Lord Alec Macpherson weilte.

Warum nur hatte er Malcolm mitgenommen?

»Es gefällt dir, mich zu schlagen, gib es zu.«

»Du bist ziemlich langsam für deine Größe.«

»Ich bin nicht langsam«, protestierte Alec. »Du mogelst.«

»Tue ich nicht.« Malcolm kicherte. »Es war ein ehrliches Rennen vom Speisesaal aus. Du ißt nur zuviel.«

»Und du ißt nicht genug«, entgegnete Alec streng.

»Jetzt klingst du genau wie Fiona«, erwiderte der Junge mit ernster Stimme. »Sie ißt selbst wie ein Vogel, beschwert sich aber immer wieder, daß ich nicht genug essen würde.«

»Sie hat recht«, sagte der Krieger, als sie das Stiftshaus betraten.

»Ich wette, daß ich als erster an der Tür von Fionas Arbeitskontor sein werde«, rief der Junge und eilte los.

»Du mogelst schon wieder, du kleiner Kobold«, rief Alec hinter Malcolm her und jagte ihm durch den dunklen Eingang nach. »Du kennst den Weg.«

Alec folgte dem Jungen durch das Gewirr der Gänge und hielt sich gerade soweit zurück, daß er Malcolm bis zu Fionas Zimmer folgen konnte. Aber als der Junge eine Tür am Ende eines Ganges erreicht hatte, war Alec wieder neben ihm. Ohne anzuklopfen hob Malcolm die Klinke und betrat den kerzenerleuchteten Raum.

Alec trat direkt hinter ihm in das Zimmer — und dann stand plötzlich die Welt still.

Sie mußte wohl am Tisch eingeschlafen sein, denn sie machte den Eindruck, als ob sie völlig durcheinander war. Ihre traumverhangenen Augen klärten sich erst, als sie zu verstehen begann, und sie erstrahlten vor Freude, als sich Malcolm auf ihren Schoß warf.

Alec stand beim Anblick der beiden wie verzaubert da. Es war ihre Schönheit, die seinen Puls zum Rasen brachte.

Sie war makellos.

Ihr rotes Haar umrahmte in einem Wirrwarr aus Locken ihr Gesicht und leuchtete im Licht der Kerze, die auf dem Tisch stand. Ihre perfekt geformten Züge — ihre Nase, ihr Mund — waren zu real, um das Werk eines Künstlers zu sein. Dem Kriegsherrn stockte der Atem, als sie ihren Blick hob und ihn ansah. Sie war noch viel schöner als er sie in Erinnerung hatte.

Aber dann zogen sich Alecs Augen zu schmalen Schlitzen zusammen, denn da war etwas, das ihm bekannt vorkam. Die Art und Weise, wie sie ihn ansah, wie sich in ihren Augen das Glühen von tausend Lichtern spiegelte. Ein warmer Schauer ergoß sich über ihn, während ein Bild in ihm aufstieg. Sein Traum. Sie hatte das Gesicht des Engels, der ihm ständig im Traum erschien. Dieser Engel, zu dem er nie gelangen konnte. Der hinter dem König stand ... strahlend, wunderschön und unerreichbar.

Als Fiona zu Lord Macpherson aufblickte, entzündete sich auch in ihrem Inneren etwas. Seine blauen Augen schienen ihr Fleisch zu durchdringen und ihre Seele mit einer Intensität zu durchbohren, wie sie es niemals zuvor erlebt hatte. Ihre Augen glitten über den prächtigen Mann hinweg, der den Türrahmen ausfüllte. Sein blondes Haar hing ihm in losen Wellen über die Schultern. Ihr Blick verharrte auf den

Strähnen, die über seine fein gemeißelten Züge, über seinen energischen Kiefer fielen.

Fionas Augen nahmen jede Einzelheit an ihm wahr. Sein makelloses, weißes Hemd, das sich über den breiten Schultern spannte und die sonnengeküßte Haut am Hals und auf den nackten Unterarmen betonte. Der Macpherson-Tartan, den er über eine Schulter drapiert hatte, und der in seiner schmalen Taille mit einem Gürtel zusammengeschnürt war, zog ihren Blick nach unten. Sie folgte der Linie seiner Hüften, die mit einem Kilt bedeckt waren, bis zu der entblößten Bräune seiner Beine und den kniehohen Stiefeln, ehe ihre Augen wieder nach oben wanderten. Dort verharrten sie auf seinem Gesicht, gefesselt von seinen lächelnden, azurblauen Augen.

Sie errötete heftig und verbarg ihr Gesicht in Malcolms Lockenschopf, der nun an ihrer Schulter ruhte.

»Fiona, ich bin froh, daß du wieder da bist. Du warst so lange weg. Ich habe dich so vermißt«, sagte der Junge mit erstickter Stimme, während er sie heftig umarmte.

»So lange war es doch gar nicht, Malcolm.«

»Vier Tage«, rief er. »Ich habe genau mitgezählt.«

Fiona lachte und zauste ihm durch das Haar. »Ich habe dich auch vermißt!«

»Geht es Walter besser?«

Fiona nickte und öffnete ihren Mund, um zu antworten, aber Malcolms Enthusiasmus ließ sich nicht länger bändigen.

»Oh Fiona, wir hatten einen so wundervollen Tag!«

Sie spürte immer noch die Hitze von Lord Alecs Blick und wagte es nicht, aufzusehen.

»Alec hat mich für heute zum König gemacht«, sprudelte der Junge aufgeregt hervor. »Ich durfte mir alles wünschen.«

»*Lord* Alec, Malcolm«, korrigierte ihn Fiona freundlich. »Dann erzähle mir einmal, was du dir gewünscht hast.«

Malcolm wandt sich aus Fionas Umarmung, hüpfte zu dem Grundherrn hinüber, der immer noch im Türrahmen wartete und ergriff die Hand des Riesen. »Mein erster Wunsch war, daß du bei uns wärst ... auf Dunvegan. Das war auch Alecs Wunsch. Er hat es mir gesagt. Aber mein zweiter Wunsch ... Sag du es ihr, Alec. Bi-tte!«

Fiona hob ihre Augen zu dem vornehmen Edelmann. Schmeicheleien, dachte sie. Lord Alec hatte Malcolm beigebracht, wie man Menschen umschmeichelt. Der Grundherr blieb lächelnd stehen, wo er stand, und ihr Blick wanderte zu dem aufgeregten und erwartungsvoll dreinblickenden Malcolm hinüber.

»Möchtet Ihr nicht hereinkommen, Mylord?« flüsterte sie und erhob sich. Selbst für ihre eigenen Ohren klang ihre Stimme seltsam.

Alec betrat mit der Hand auf Malcolms Schulter das Arbeitszimmer. Während er den Raum durchquerte und sich umblickte, bemerkte er, wie ordentlich alles war. An einer Wand stand ein offener Schrank mit einem Gewirr von Ablagefächern, in denen sich Hunderte von Schriftrollen befanden. Der Schrank erstreckte sich bis zur ungestrichenen Holzdecke hinauf. Die einzigen anderen Möbelstücke waren zwei Tische und zwei Stühle. Ansonsten gab es keinen Schmuck im Raum, und Alec war über diese offensichtliche Kargheit, die hier herrschte, ein wenig überrascht. *Das hier könnte mein Zimmer sein,* dachte er anerkennend.

»Möchtet Ihr Euch nicht setzen, Mylord?« erkundigte sich Fiona und deutete auf den Stuhl, der an dem Tisch auf der anderen Seite des Raums stand.

»Ist dieser Stuhl auch sicher?«

Sie lächelte und nickte.

»Vielen Dank«, sagte Alec. »Dieser kleine Teufel hier hat heute dafür gesorgt, daß ich völlig erschöpft bin.«

Malcolm hüpfte vor dem Grundherrn her, packte den Stuhl und zog ihn näher zu Fionas heran. Alec blieb stehen und blickte dem Jungen amüsiert bei seinen Possen zu.

Dann wartete er neben seinem Stuhl, bis Fiona sich gesetzt hatte, und die junge Frau war aufs Neue von seinem galanten Benehmen eingenommen. Sie spürte, wie ihr abermals die Röte ins Gesicht stieg und wünschte sich sehnlichst, sie könne sich irgendwo vor seinen Aufmerksamkeiten verstecken. Er behandelte sie mit solch ungerechtfertigter Höflichkeit!

Malcolm schubste Fiona beinahe auf ihren Stuhl und kletterte wieder auf ihren Schoß, während Alec gegenüber von ihnen Platz nahm. Fiona war froh, Malcolm zwischen ihnen zu wissen.

»Also, was sollte Lord Alec mir erzählen?« fragte sie den Jungen.

»Wir haben so viel gemacht, Fiona«, sprudelte Malcolm hervor und drehte sich dann herum, um sie anzusehen. Seine Augen glänzten. »Alec hat mich Ebon reiten lassen! Und ich hatte Unterricht in Schwertkampf! Und ich habe so viele Leute getroffen! Und die Burg ... Fiona, Dunvegan ist jetzt ganz anders! Es ist überhaupt nicht mehr furchteinflößend. Da gibt es Tapeten und alle möglichen Sachen an den Wänden. Und auch Möbel. Und ... hm, was sonst noch? Ach ja, es sind immer viele von Alecs Männern in der Nähe. Und sie sind überhaupt nicht böse und scherzen sogar miteinander. Und da gibt es noch Robert, Alecs Knappe. Er redet unheimlich viel, aber er wird einmal ein Krieger werden!«

Fiona mußte unwillkürlich über die Aufregung des Jungen lächeln. Sie blickte zu dem Grundherren hinüber und für einen Moment trafen sich ihre Blicke. Plötzlich überkam sie der Drang, ihm für das, was er für Malcolm getan hatte, zu danken. Das war allerdings ein ganz anderes Bild, als sie es sich von Dunvegan gemacht hatte!

»Und Ambrose, Alecs Bruder ... er hat eine große Narbe, die er sich auf Flodden Field geholt hat, als er für den König kämpfte! Ich will auch so eine Narbe haben. Und ich... und ich...« Malcolm verstummte mitten im Satz. Er drehte sich um und blickte den Grundherrn, der es sich ihm gegenüber bequem gemacht hatte, an.

»Malcolm, was sollte *Lord* Alec mir sagen?« erkundigte sich Fiona noch einmal und blickte ihn scharf an.

»Ich möchte ... Alec hat mich gefragt ...« erwiderte der Junge und warf dem Kriegsherrn einen hoffnungsvollen Blick zu.

»Was habt Ihr eigentlich gegen Falken?« erkundigte sich Alec beiläufig.

»Was?«

Alec lächelte dem rotwangigen Jungen zu und richtete seine Augen wieder auf Fiona. »Er wünscht sich einen Falken.«

»Einen Falken? Damit ein weiteres freies Tier in einen Käfig gesperrt wird? Warum um Himmels Willen?«

»Warum nicht?« erwiderte Alec schnell.

»Und ich brauche eine Mätresse, Fiona«, unterbrach Malcolm die beiden mit ernstem Gesicht.

»Du brauchst *was*?« Fiona blickte von Malcolms ernstem Gesichtsausdruck zu Alec hinüber, der an sich halten mußte, um nicht laut herauszuplatzen.

»Er braucht eine Mätresse«, wiederholte Alec. »Ihr habt es doch gehört.«

»Einen Moment mal —« begann sie.

»Die brauche ich!« unterbrach sie Malcolm und ergriff ihr Kinn. »Ambrose hat es so gesagt.«

»Oh, hat er das?«

»Ja«, fuhr Malcolm fort. »Ambrose sagt, Alec hat eine Mätresse und ich solle auch eine haben!«

Fiona spürte eine unerwartete Enttäuschung in sich aufsteigen. Sie dachte einen Moment lang nach. »Malcolm, zum einen bist du viel zu jung, um über solche Dinge zu reden, und außerdem würde ich es vorziehen, nichts über Lord Macphersons Privatangelegenheiten zu hören.«

»Sie ist keine Privatangelegenheit«, brummte der Junge. »Erkläre es ihr, Alec.«

Fiona blickte den amüsierten Grundherrn fragend an.

»Ihr solltet Ambrose wirklich kennenlernen«, erwiderte er nickend. »Bevor ich ihn in einem ruderlosen Boot aussetze.«

»Wenn er auch nur im geringsten seinem Bruder ähnelt«, erwiderte sie, »dann werde ich mir damit vielleicht noch etwas Zeit lassen, glaube ich.«

»Darf ich einen Falken haben?« unterbrach Malcolm sie. »Ich bin sicher, die Priorin würde es erlauben.«

»Ich verstehe wohl nicht ganz«, sagte Fiona, die Worte des Jungen ignorierend. »Falken? Mätressen? Narben? Schwerter? Was habt Ihr Malcom sonst noch Wichtiges beigebracht?«

»Ich denke, ich sollte diese Sache aufklären, bevor wir weiter fortfahren.«

»Das wäre ausgesprochen freundlich«, entgegnete sie, blickte den Grundherrn mit einer hochgezogenen Augenbraue an und legte schützend die Arme um Malcolm.

»Mein Bruder hat einen etwas schlüpfrigen Vergleich zwischen Swift, meinem Falkenweibchen und ... nun ja ... einer Frau angestellt.« Alec suchte nach den richtigen Worten. »Sein Kommentar hörte sich ungefähr so an ... für einen Falkner ist ein Hund wie ein Diener, ein Pferd wie ein Transportmittel und ein Falke wie eine Mätresse.«

»Und wie kommt das, Mylord? Obwohl ich mich beinahe fürchte, mich nach einer genauen Erklärung zu erkundigen.« Fiona hatte diese Tiere immer für Gottes Kreaturen gehalten, die zwar unter dem Menschen standen, aber niemals Objekte seiner Willkür sein durften!

»Andere haben das Verhältnis zwischen einem Falkner und seinem Vogel wie das Verhältnis zwischen einem Mann und einer Frau beschrieben. Wenn ein Falkner seinem Vogel beibringen will, ihm zu vertrauen, dann muß er ihn umschmeicheln. Wenn er Glück hat, wird er mit der Kameradschaft einer Kreatur belohnt, die innerhalb eines Wimpernschlages für immer verschwunden sein könnte.«

»Eine etwas dürftige Sichtweise der Beziehung zwischen Mann und Frau, Mylord.«

»Wir können nur aus dem lernen, was die Erfahrung uns lehrt«, erwiderte er ernst.

»›Nur‹, Mylord?« erkundigte sie sich mit einem Anflug von freundlicher Herausforderung in der Stimme. »Ich bin nicht der Ansicht, daß Frauen derart wankelmütig sind ... oder so sehr der erzieherischen Hand eines Mannes bedürfen ... wie es Euer Bruder andeutet.«

»Nicht?«

»Betrachtet doch noch einmal die Beziehung zwischen Falkner und Falken ... zwischen Mann und Frau. Nehmen wir einmal an, daß der Mann die Frau auf eine bestimmte Art und Weise, die ihm angenehm erscheint, lehrt — ihr Dinge beibringt, wie Ihr sagt — sie also formt. Aber was ist dann mit der Frau?«

»Mit der Frau? Sagt es mir.«

»Nehmen wir also einmal an, daß das, was Ihr sagt, wahr

ist. Die Frau lernt über das Leben. Und indem sie das tut, wachsen ihr ... nun ja ... ein Paar Flügel. Zum ersten Mal sieht sie vielleicht, was die Welt zu bieten hat. Zum ersten Mal ist sie in der *Lage,* sich in die Lüfte zu erheben. Und während sie höher und höher steigt, erblickt sie auch einen sich wandelnden Horizont. Wie ihr schon sagt, sie *könnte* ihre Flügel benutzen, um davonzufliegen. Aber sie tut es nicht.«

»Was hält sie davon ab?«

Fiona schwieg einen Augenblick, während sich Malcolm auf ihrem Schoß wandt. Der Grundherr saß still da und betrachtete sie aufmerksam. Sie atmete tief durch.

»Ihr Mann. Sie sieht den Horizont, aber sie sieht auch ihren Mann. Die Frau will den Mann, aber ihre Bedürfnisse haben sich geändert. Sie sehnt sich nun nach mehr als einfach nur danach, was der Mann ihr beizubringen gedenkt. Sie will Vertrauen, Kameradschaft. Die gleichen grundlegenden Qualitäten, die wir in unseren Freundschaften suchen. Und sie weiß, daß diese Dinge *geteilt* und nicht gelehrt werden. Sie bleibt, Mylord, in der Hoffnung, daß diese Dinge kommen. Aber wenn dies nicht geschieht — wenn sie weiß, daß dies niemals der Fall sein wird — dann fliegt sie wie der Falke davon.«

Alec erhob sich von seinem Stuhl und trat zum Fenster hinüber.

Der Mond schaute gerade über das Dach der Kirche. Er drehte sich um und lehnte sich gegen das Sims.

»Denkt Ihr, daß Männer nicht lernfähig sind?«

»Doch, das sind sie wohl, Mylord«, erwiderte Fiona geschwind. »Aber die meisten sehen keine Veranlassung, sich zu ändern. Und ist es nicht so, daß Männer nur das lernen, was ihnen ihre Leidenschaften erlauben?«

»Sagt mir, Fiona«, erwiderte der Kriegsherr, dessen Augen die ihren gefangen hielten, und dessen Tonfall sich plötzlich aufhellte. »Was wißt Ihr über die Leidenschaften der Männer?«

Fiona errötete und wandte den Blick ab.

»Ich stellte lediglich eine Frage, Mylord«, entgegenete sie, und ihre Augen blitzten vor Übermut. »Irgendjemand hat, glaube ich, einmal gesagt: ›Wir können nur aus dem lernen, was die Erfahrung uns lehrt‹.«

»Darf ich denn nun einen Falken haben?« fragte Malcolm und gähnte. Erwachsene redeten immer viel zu viel.

»Wir werden morgen darüber sprechen, Malcolm«, sagte Fiona mit sanfter Stimme und war sich der Gegenwart des am Fenster stehenden Grundherrn nur allzu bewußt. »Du schläfst ja schon halb.«

»Das habe ich schon einmal gehört. Aber ich werde dich morgen daran erinnern, Fiona. Ich werde es nicht vergessen«, brummte der Junge und glitt von ihrem Schoß. Dann hellte sich sein Gesicht auf und er drehte sich zu ihr um. »Trägst du mich nach oben?«

»Troll dich schon, du Schlingel.« Fiona lachte. »Wer alt genug ist für einen Falken, der ist auch alt genug, um auf seinen eigenen Füßen zu laufen. Aber ich werde mit dir gehen.«

Malcolm wirbelte zu Alec herum. »Kommst du auch mit uns?«

Der Grundherr nickte, und seine Augen wanderten wie magisch angezogen zu Fiona zurück. Das Kerzenlicht hinter ihr ließ das Rot ihrer Haare, die ihr Gesicht umgaben, strahlend aufleuchten. Wie schön sie doch war! Aber sie hatte noch mehr an sich, was ihn zu ihr hinzog.

»Gute Nacht, Mylord. Vielen, Dank, daß Ihr Malcolm —«

»Wartet!« Alec streckte die Hand aus und berührte ihren Ellbogen, als sie sich gerade von ihm abwenden wollte. Malcolm war in die Unterkunft der Nonnen verschwunden, und Fiona wollte ihm folgen.

Alec wußte nicht, was über ihn gekommen war, aber er konnte sie einfach nicht gehen lassen, noch nicht. Seit er sie das letzte Mal gesehen hatte, war sie ihm nicht mehr aus dem Kopf gegangen. Fiona hatte etwas an sich, daß ihn nicht mehr losließ. Er war sich nicht sicher, was es war. Sie glich einem Wachtraum, der ihn verfolgte.

»Der Pförtner wird Euch hinauslassen, Mylord«, sagte sie. »Oder ist noch etwas?«

»Ja, es ist noch etwas.«

Die Pause nach dem letzten Wort reichte aus, um einen

Schauer über Fionas Körper wandern zu lassen. Er sah ihr direkt in die Augen, und ihr Körper reagierte auf eine Weise, die sie noch nie zuvor erlebt hatte.

»Ihr seid mir immer noch eine Führung schuldig, Fiona.«

Als sie den Klang ihres Namens auf seinen Lippen vernahm, spürte Fiona, wie ihr wieder einmal die Röte ins Gesicht schoß. Woher kam das nur? dachte sie und war für die gnädige Dunkelheit des Abends dankbar.

»Es ist schon dunkel, Mylord. Wir ... wir könnten nicht einmal die Blumen im Garten sehen.«

»Die Blumen sind nicht das einzige, was mich interessiert.«

»Nicht?«

Er schüttelte den Kopf.

Was geschah nur mit ihr? Sie wußte, daß sie gehen sollte, aber sie wollte bleiben. Die Vorstellung, in der Dunkelheit unter dem Sternenhimmel an der Seite dieses Mannes spazierenzugehen, jagte ihr einen weiteren Schauer über den Rücken. Doch es gehörte sich nicht. Es würde sich niemals für sie gehören. Und doch ...

»Vielleicht ein anderes Mal?« hörte sie sich sagen.

»Nein, es geht doch nichts über die Gegenwart«, erwiderte er aus vollem Herzen. Er fühlte sich zu ihr hingezogen, und er kannte bereits den Grund dafür. Ja, sie war schön — unglaublich schön sogar. Sein Körper sagte es ihm genau in diesem Augenblick. Aber was noch wichtiger war, diese Frau besaß Verstand und Humor, und obwohl sie die Verkleidung nur benutzte, um den Bedürftigen zu helfen, so fehlte es ihr doch an jeglicher heimtückischer Falschheit, die die Damen bei Hofe, mit denen er sein ganzes Leben zu tun gehabt hatte, kennzeichneten. »Es ist ziemlich schwierig, Euch anzutreffen.«

»Ist es das?«

»Oh, ja. Ich bin seit unserem ersten Treffen jeden Tag hier gewesen und habe nach Euch Ausschau gehalten, aber Ihr wart nie da.«

Fionas Augen wurden von den seinen angezogen. Sie hatte gehört, daß er hiergekommen war und Zeit mit Malcolm verbracht hatte. Aber es konnte unmöglich sein, daß er wegen ihr gekommen war! Angesichts dieses freimütigen Geständnisses keimte Hoffnung in ihr auf ... aber es war eine Hoffnung, die sie sich nicht einzugestehen wagte.

»Ich ... Ich habe nicht ...«

»Was haltet Ihr davon, Fiona?« drängte sie Alec. »Wir werden nicht weit gehen. Vielleicht könnten wir uns einfach irgendwo hinsetzen, um uns zu unterhalten. Es ist eine so wunderschöne Nacht, und es wäre eine Schande, sie zu vertun.«

Fiona blickte ihn erneut an. Sie war nicht mehr sie selbst.

»Gibt es etwas Besonderes, worüber Ihr Euch mit mir unterhalten wollt?« stieß sie hervor. Sie bemühte sich, ihre plötzliche Panik unter Kontrolle zu bekommen. Sie mußte sich auf den Grund, der hinter all dem steckte, konzentrieren. Sie vermochte sich nicht einzugestehen, warum Lord Macpherson mit ihr im Mondlicht sitzen wollte.

»Ja, das gibt es.« Alec blickte die junge Frau durch die Dunkelheit an. Er mußte ihr die Angst nehmen, den Grund für ihre Nervosität. Ganz wie ein neuer Falke, der sich bei der ersten Berührung des Falkners mit wilden Flügelschlägen von der Stange erhebt, machte Fiona den Eindruck, als wolle sie gleich die Steinstufen zu den Schlafquartieren der Nonnen hinunterspringen und entschwinden. Und dennoch sagte Alec etwas in seinem Inneren, daß sie das nicht tun würde. »Ich möchte mit Euch über die giftigen Gase reden, die in der Spanischen Neuen Welt unter der Erde verborgen liegen. Und ich möchte unbedingt Eure Meinung über die neuen Kriegsschiffe des Tudor Königs hören. Und ich habe mich gefragt, ob Ihr etwas über Erasmus— Antwort an Martin Luther vernommen habt. Oder über den Harem von Suleiman, dem Prächtigen, mit seinen über tausend Frauen ... Ein Mann möchte doch schließlich lernen.«

Sie lachte. »Ihr seid gerade weit über die Grenze meines Wissens hinausgegangen, Mylord.«

»Nun«, erwiderte er und ergriff ihre Hand. »Dann können wir uns ja der Erforschung von Gebieten widmen, die für uns beide neu sind.«

Die Berührung seiner Finger sandte eine Schockwelle durch Fionas Körper. Während er sie auf die Gartenpfade zuführte, wanderte das Gefühl wie ein heißer Strom an ihrem Arm hinauf und in ihre Brust. Es erfüllte sie und breitete sich aus. Etwas in ihr wollte dem Zug seiner Hand widerstehen.

Aber etwas noch Stärkeres zwang sie, ihm zu folgen, und schon bald ergoß sich vor ihr das Mondlicht weiß und glänzend über das Grün der offenen Gärten.

»Sagt mir, ist dieser Ort sehr alt? Es scheint niemanden auf Dunvegan zu geben, der mir etwas über die Geschichte des Klosters zu erzählen vermag. Wie kommt es, daß es ausgerechnet hier erbaut wurde? Was ist mit Newabbey geschehen?« Alec war sich bewußt, daß er sie herauslocken mußte. Er wollte, daß sie sich hier draußen mit ihm ebenso sicher und behaglich fühlte wie in ihrem Arbeitszimmer. »Und was ist mit dem alten Kloster geschehen?«

Schließlich zog Fiona sanft die Hand aus seinem Griff und begann zu reden. Sie spazierten an den dunklen Gebäuden entlang, vorbei am hinteren Teil der Kirche, und währenddessen sprach sie über den Ort, den sie ihr Zuhause nannte. Sie erzählte ihm über die ereignisreiche Geschichte des Klosters, über die nahegelegene Abtei, die zu Zeiten der altnordischen Eroberer vor Hunderten von Jahren geplündert, abgebrannt und aufgegeben worden war. Sie sprach über die verschiedenen Frauen, die die Konstruktionen der verschiedenen Gebäude beaufsichtigt hatten. Frauen, die die Notwendigkeit für Veränderungen erkannt und sie in die Wege geleitet hatten. Und sie berichtete Alec über die Arbeit der gegenwärtigen Priorin, über die Verbesserungen, die zur Zeit vorgenommen wurden.

Alec hörte ihr zu. Er war über die Tiefe ihrer Gedanken und über ihr Wissen verblüfft. Er wußte aus seinen Gesprächen mit der Priorin und mit David, daß Fiona es ablehnte, den Verdienst für ihre eigenen Bemühungen in Anspruch zu erkennen. Er betrachtete sie im Licht des aufsteigenden Sommermondes. Sie war so jung, so wunderschön, so einfallsreich. Und heute abend hatte er noch etwas anderes über Fiona herausgefunden. Sie bekannte sich offen und freimütig zu ihren Gefühlen und Überzeugungen. Sie drückte sie ohne Angst oder Zurückhaltung aus und offenbarte sie mit einem großen Maß an Lebendigkeit. Sie vergrub nichts in ihrem Inneren, hielt keine Meinung zurück.

Sie waren an den Gärten entlangspaziert. Fiona zögerte am Rande des düsteren Geländes, das vor ihnen lag. Erst als Alec einen der mit zerdrückten Muscheln bestreuten Wege betrat, folgte sie ihm.

Während sie weiterliefen, bemerkte Fiona, daß von den Lippen des goldblonden Kriegers ein leises Summen ertönte. Sie mußte angesichts der Leichtigkeit, mit der er die Melodie wiedergab, lächeln. Der Klang seiner Stimme beruhigte sie. Die reichen Düfte der Nacht stiegen von den Beeten auf und mischten sich mit dem Geruch des zerdrückten Thymians, der mit jedem Schritt, den sie über den Rasen zwischen den Wegen gingen, intensiver wurde.

Jeder von ihnen fand eine Art rastloser Freude an dem Ort und an dem Zauber, der sich in ihrem Inneren regte. Ihre Sinne wurden lebendig. Alec, der diesen Abend noch nicht beenden wollte, suchte nach einer Möglichkeit, ihn zu verlängern. Als er eine Steinbank erblickte, führte er Fiona in diese Richtung und hielt dort inne.

»Ich könnte eine kurze Rast gebrauchen«, sagte er, setzte sich hin und ließ Fiona auf diese Weise keine große Wahl. »Wie sieht es mit Euch aus?«

»Malcolm scheint Euch ja wirklich an den Rand der Erschöpfung getrieben zu haben«, erwiderte Fiona lächelnd und sah zu, wie er seine langen Beine vor sich ausstreckte. Sie setzte sich ans andere Ende der Bank und ließ einen diskreten Abstand zwischen ihnen frei.

»Er ist wirklich ein Prachtbursche.«

»Darf ich Euch etwas fragen, Lord Macpherson?«

»Was Ihr wollt.« Alec drehte sich um und betrachtete ihr Profil. Sie hatte sich das Haar in ihrem schlanken Nacken zusammengebunden. Sie blickte schnurstraks geradeaus und vermied jeden Augenkontakt. Er nahm alles an ihr wahr: das feurige Haar, den geraden Rücken, das sittsame, dunkle Kleid, das Heben und Senken ihrer Brust bei jedem sanften Atemzug.

»Ich ... Ich habe mich gefragt ...« stammelte sie. Sie spürte die Hitze seines Blicks, der auf sie gerichtet war. »... warum Ihr Malcolm so viel Aufmerksamkeit schenkt? Ich meine ...«

»Die Besuche hier, der Ausflug nach Dunvegan, der Ritt, die Falknerei?«

»Ja.« Sie nickte. »Er nennt Euch sogar bei Eurem Vornamen.«

»Das könntet Ihr auch.«

»Darauf will ich gar nicht hinaus«, beharrte sie und spürte, wie ihr wieder die Röte ins Gesicht stieg.

»Ich weiß«, entgegnete er. »Nun, ich mag Malcolm.«

»Malcolm ist ein wundervoller Junge«, bestätigte sie. »Aber das kann doch wohl kaum der einzige Grund sein. Sein Vater war schließlich Euer Feind.«

Sie drehte sich zu ihm um, blickte ihm geradewegs in die Augen und wartete auf eine Antwort.

»Soweit ich es verstanden habe, war sein Vater hier auch nicht gerade beliebt«, erwiderte Alec ruhig, ohne ihrem Blick auszuweichen und deutete mit einer Handbewegung auf das Klostergelände. »Wenn *Ihr* dem Kind das nicht nachtragt, warum sollte ich es tun?«

»Weil Blutfehden der Grund für viele Vorgehensweisen von Menschen Eurer Klasse zu sein scheinen.«

Der Kriegsherr schwieg einen Moment, bevor er antwortete. Ihre Offenheit und ihre Ehrlichkeit faszinierten ihn wieder einmal.

Während er in ihr Gesicht blickte, ihre feingemeißelten Züge betrachtete, die vom Licht des Mondes so zart erleuchtet wurden, kämpfte Alec gegen den plötzlichen Drang an, alle Vorsicht in den Wind zu schlagen, die feurigen Locken aus ihren Fesseln zu befreien, und seine Finger in die seidigen Strähnen zu schlingen und Fiona an sich zu ziehen. Für einen Augenblick war der junge Krieger hin und hergerissen zwischen seinem Verlangen, sich mit dieser witzigen, geistreichen jungen Frau zu unterhalten ... und seinem zunehmenden Begehren, ihren schlanken Körper an dem seinen zu spüren, ihre weichen, vollen Lippen mit den seinen zu formen.

»Mylord?«

»Ja . . . Blutfehden. Aber wißt Ihr nicht, daß auch der Bäcker im Dorf gelegentlich mit dem Schmied streitet?«

»Natürlich tut er das«, gestand sie mit einem Lächeln ein. »Aber ich habe bisher nur ein- oder zweimal beobachtet, daß der Bäcker eine Armee auf die Beine gestellt hat, um den Streit zu beenden.«

»Seht Ihr? Ich hinke in dieser Gegend bereits hinterher.«

»Es fällt mir schwer, das zu glauben, Mylord«, zog sie ihn auf und hob angesichts des langen Schwerts, das an seinen Gürtel gebunden war, eine Augenbraue in die Höhe.

»Aber es ist wahr«, protestierte Alec. »Obwohl ich persönlich — diese Woche — Tausende und Abertausende abgeschlachtet habe, bin ich sicher, daß ich nur ein einziges Mal eine Armee aufgestellt habe.«

»Nun, Mylord, dann solltet Ihr Euch besser beeilen. Denkt nur daran, wie Euer Ruf unter den anderen Clan-Führern leiden könnte, wenn man herausfindet, daß Euch der Bäcker beim Aufstellen von Armeen voraus ist.«

Mein Ruf wird um ein Zehnfaches leiden, dachte Alec, wenn irgendjemand — Ambrose eingeschlossen — herausfindet, daß ich neben einer solchen Schönheit gesessen habe, und sie entkommen ließ, ohne ihr auch nur einen Kuß abzuringen.

»Habt Ihr denn nichts dazu zu sagen?«

»Wozu, Fiona?«

»Zu Eurem schlechten Ruf.«

»Bis eben hatte ich keine Ahnung, daß mein Ruf überhaupt in Gefahr ist. Und nun scheint es mir so, als sei meine Ehre in Frage gestellt. Ist das so?«

»Soweit es mich angeht, gewiß.«

»Fiona, der Gedanke daran, daß Ihr so über mich denken könntet, schockiert mich wirklich«, beschwerte er sich lächelnd. »Was habe ich nur getan, das eine solch niedrige Meinung über mich rechtfertigen könnte?«

Alec veränderte seine Position auf der Bank, rutschte ein wenig auf Fiona zu und nahm ihre Hand in die seine.

Sie blickte ihn übermütig an und ließ es zu, daß er ihre Hand festhielt. »Ihr könnt sicher sein, daß ich keine Meinung — ob hoch oder niedrig — über Euch habe. Ich mache mir lediglich Gedanken über Euren Ruf — ein Ruf, Mylord, der Euch vorauseilt.«

»Wartet!« rief er und tat so, als habe er eine tiefe Wunde in seiner Brust. »Ihr habt also überhaupt keine Meinung über mich?«

»Keine, Mylord«, erwiderte sie arglos. »Aber, um noch einmal ernsthaft auf den Anfang zurückzukommen, Mylord, Ihr habt meine Frage noch nicht beantwortet.«

»Eure Frage?« Er strich mit seinem Daumen über die seidige Haut ihres Handrückens.

»In Bezug auf Euer Interesse an Malcolm, Mylord.« Fiona erzitterte unter seiner Liebkosung, zog ihre Hand aber immer noch nicht weg.

»Ich mag Malcolm«, erwiderte Alec ernst. »Aber Ihr habt recht. Das ist nicht der einzige Grund.«

Sie entwand ihre Hand sanft aus seinem Griff.

Alec blickte die junge Frau an, deren Gesichtsausdruck Bände über ihre Zuneigung zu ihrem jungen Schützling und über ihre Sorge um ihn sprach.

»Ich möchte Dunvegan nicht für immer behalten.«

»Aber Ihr seid der Grundherr«, rief sie erstaunt. »Die Stuarts haben Euch diese Ländereien gegeben.«

»Nur, um Skye und die Äußeren Inseln zu sichern. Aber sie gehören den MacLeods und den anderen Clans, die hier seit Anbeginn gelebt haben.«

»Und welche Rolle spielt Malcolm dabei?«

»Malcolm ist der rechtmäßige Erbe. Er ist der zukünftige Grundherr.«

»Malcolm ist ein Kind«, erwiderte Fiona. »Ihr wißt nicht, was geschehen ist.«

»Warum erzählt Ihr es mir nicht einfach?« schlug Alec vor.

Fiona begann zu reden. Anfangs fühlte sie sich ein wenig unbehaglich, aber dann, je mehr sie sich die Ereignisse der Vergangenheit wieder ins Gedächtnis zurückrief, wurde ihr bewußt, wie wichtig es für Alec war, daß er über Malcolm und dessen Erfahrungen mit Dunvegan Castle bescheid wußte.

Fiona redete, und während Alec zuhörte, erinnerte er sich wieder an seine eigene Abscheu, als er den ersten Blick auf

Torquils Verlies geworfen hatte. Bei ihrer Ankunft hatten sie einen Haufen Skelette in dem Schacht gefunden, der tief in den Felsen unter dem Burgverlies in den Stein hineingetrieben worden war. Der Gedanke daran, daß ein Kind all dem ausgesetzt gewesen war, machte Alec nur noch entschlossener, Malcolm auf jede nur erdenkliche Weise zu helfen.

»Und was ist, wenn Malcolm sich nicht als die Art von Anführer entpuppen sollte, der benötigt wird?« schloß Fiona. »Er ist zwar Zeuge von Brutalität geworden, aber er wurde von Menschen aufgezogen, die Güte und Frieden predigen. Er ist in einem Kloster herangewachsen. Er ist klug, daran besteht kein Zweifel, aber er ist kein Kämpfer.«

»Schottland benötigt in Zukunft Anführer und keine Kämpfer. Und Anführer brauchen sehr viel mehr als einen starken Arm und ein schnelles Schwert.« Alec blickte die Frau vor sich an. »Begeht nicht den Fehler, Malcolm zu wenig zuzutrauen. Er besitzt Charakter, selbst wenn Torquil das nicht zu sehen vermochte.«

»Ja, den mag er ja besitzen ... aber —«

»Genau wie seine Lehrerin«, unterbrach er sie und legte seine Hand erneut für einen Augenblick über die ihre.

Fiona war so verwirrt, daß sie völlig vergaß, was sie sagen wollte. Selbst nachdem er seine große Hand wieder fortgenommen hatte, konnte sie noch den Druck spüren, der ihre Haut verbrannte. Der Mann hatte wirklich Talent, sie abzulenken. Sie auf einer unsichtbaren Strömung davonzutragen. Wie eine dahinbrausende Ozeanwelle. Wie der Wind.

»Ich ... Ich möchte nur nicht, daß er Schaden nimmt. Enttäuscht wird«, fuhr sie nach einer Weile fort. »Er mag Euch ganz offensichtlich und möchte Zeit mit Euch verbringen. Das finde ich wundervoll. Er hat nie jemanden wie Euch gekannt, zu dem er aufblicken kann. Aber macht ihm keine Versprechungen, die sich nicht erfüllen werden.«

»Die sich nicht erfüllen werden?«

»Ja. Ich weiß, wie einfach es ist, Versprechungen zu machen, und wie leicht sie gebrochen werden. Ich möchte nicht, daß Malcolm zu einem Narren wird, der von der Hoffnung lebt.«

Der Ton des Kriegsherrn änderte sich abrupt. »Ihr sprecht

über mein Wort, Fiona. Ein Versprechen ist ein Versprechen, und mein Versprechen wird nicht gebrochen und keiner treibt damit Schindluder.«

Fiona vernahm die Gereiztheit in der Stimme des Kriegers. Sie hatte ihn nicht beleidigen wollen. Und es war auch nicht ihre Absicht gewesen, respektlos zu erscheinen. Aber sie war die einzige, die Malcolm im Augenblick beschützte. Sie zog es vor, lieber jetzt den Zorn Lord Macphersons auf sich zu ziehen, statt später mitansehen zu müssen, wie Malcolm Schaden zugefügt wurde. »Was ist mit Eurem eigenen Erben? Trefft Ihr nicht jetzt Entscheidungen, die später vielleicht wieder geändert werden? Wird Euer zukünftiger Erbe auch so großzügig sein? Gebt Ihr nicht heute Dinge weg, von denen Ihr morgen bedauern könntet, daß sie sich nicht mehr in Eurem Besitz befinden?«

Alec spürte, wie die Anspannung seinen ganzen Körper erfaßte. Erinnerungen an gebrochene Versprechungen beherrschten immer noch sein Leben. Er blickte zum Himmel. Die Sterne schienen finster auf sie herabzublicken.

Als er endlich sprach, erkannte Fiona, daß sich sein Gesicht verhärtet hatte und in seiner Stimme keine Spur mehr von Milde zu finden war. »Diese Ländereien werden einmal Malcolm gehören. Das ist mein letztes Wort.«

Fiona sah zu, wie der Grundherr sich erhob, bereit, sich auf den Heimweg zu machen. Mit ihren achtlosen Worten hatte sie diese Veränderung in ihm bewirkt. Sie hatte seine Ehre in Frage gestellt. Und das vielleicht ungerechtfertigterweise. Als sie nebeneinander im kalten Mondlicht auf die Unterkünfte der Nonnen zuschritten, verspürte sie ein nagendes Bedauern über das, was sie gesagt hatte … und über die kurzlebige Freundschaft, die so schnell verwelkt war, wie sie Blüten getrieben hatte.

Es ist wahr, es gibt noch so vieles, was ich über Menschen lernen muß. So vieles, was ich nicht weiß, dachte sie. Etwas schnürte Fionas Kehle zusammen, und sie getraute sich nicht, vom Weg aufzublicken.

So vieles, was ich niemals über Alec Macpherson wissen werde.

Kapitel 6

Der, der ohne Schmerz und Mühen ist
Ein munt'res, schönes Leben führt,
Doch dann durch Heirat schwach wird
Und an ein böses Weib sich bindet ...
— William Dunbar, *»He Brings the Sorrow to Himself«*

Sie wollte Alec Macpherson.

Jeder bei Hofe wußte, daß Kathryn Gray den Erbe der Macpherson-Ländereien im Auge hatte.

Er verkörperte alles, was sie sich wünschte. Er war von adeliger Herkunft. Er sah gut aus. Er war charmant. Er war reich. Er war einer der Lieblingsbegleiter von König James gewesen, wenn dieser auf die Jagd ging, und nun wurde er für seine Rolle gefeiert, die er bei der Rettung des Kindskönigs gespielt hatte. Er besaß die feinsten Qualitäten eines höfischen Gentleman ... und noch mehr. Er hatte die Zustimmung ihres Vaters.

Und überhaupt, wie könnte er ablehnen?

Sie war vom blauesten Blute Schottlands. Sie war schön. Sie war an den Höfen von Paris und Avignon großgeworden. Sie war auch reich ... aber nicht reich genug. Sie besaß auch Macht ... aber nicht genug. Nicht so viel, wir Alec Macpherson ihr geben konnte.

Und sie war eine Meisterin der Verführung.

Der Hof summte vor Aktivität, als die Neuigkeit von ihrer bevorstehenden Verlobung die Runde machte. Sie gingen überall zusammen hin, und die Damen bei Hofe grämten sich angesichts des Verlustes eines so eleganten und geeigneten Junggesellen. Aber die Gentlemen bei Hofe lächelten in ihre Kelche und tauschten wissende Blicke aus. Die Dame würde auch diesen Mann bald leid sein. So, wie sie alle anderen auch schon bald leid gewesen war.

Und genau so geschah es.

Doch durch eine Heirat mit diesem Mann gab es zuviel zu gewinnen, um ihn einfach ziehen zu lassen. In seiner Gesellschaft war sie deshalb ein Vorbild an Schicklichkeit. Aber sobald er ihr den Rücken zukehrte, war sie die Untreue in Person. Jedes Mal, wenn er ihr den Rücken zukehrte.

Alec Macpherson jedoch ließ sich nicht lange zum Narren halten.

»Sie ist eine gewissenlose Hure«, murmelte Alec und schlug mit der Faust auf den Tisch. »Und sollte sie sich auch nur in der Nähe von Benmore aufhalten, wenn du nach Hause zurückkehrst, Ambrose, dann wirf sie und ihre ganze dreckige Bagage hinaus in den Burggraben.«

Ein Bote war soeben mit der Nachricht von Kathryn Grays Besuch auf Benmore Castle eingetroffen. Sie war einige Tage dort geblieben, bevor sie ihre Reise durch die Highlands fortgesetzt hatte. Offenbar war sie auf dem Weg nach Kildalton Castle und den Western Isles.

»Nun, sie hat dich offensichtlich immer noch nicht aufgegeben, großer Bruder«, bemerkte Ambrose taktvoll. Er wußte, daß es sich hierbei um ein gefährliches Diskussionsthema handelte. »Meinst du, sie kommt nach Skye?«

»Wenn sie das tut, werde ich sie mit meinen eigenen Händen erwürgen.« Er hatte gedacht, er würde sie lieben. Er hatte versucht, der zu sein, den sie wollte. Aber nun war nichts weiter als Abscheu übriggeblieben.

Es war aus zwischen ihnen. Für immer und ewig. Ihr jüngstes Verhalten hatte den letzten Nagel zum Sarg geliefert. Aber selbst bevor Alec die Wahrheit über sie herausfand, hatte sie ihm mehr als deutlich gemacht, daß die glanzvollen Höfe Europas die Orte waren, an denen sie sich aufzuhalten gedachte. Sie hatte das Leben auf Skye barbarisch genannt, ohne jegliche Kultur. Und sie hatte kundgetan, daß sie nicht beabsichtige, an einem Ort zu leben, der derart weit unter ihrer Würde lag. Eine Reise durch die Highlands? Wem wollte sie denn nun etwas vormachen?

Nachdem er sie mit ihrer letzten Eroberung auf Drummond Castle erwischt hatte, wollte Alec nichts mehr mit Kathryn zu tun haben. Lord Gray hatte versucht, sich für seine Tochter einzusetzen. Der Verlobungsvertrag war beinahe fertiggestellt, und er hatte sich bemühte deutlich zu machen, wie teuer und umfangreich der Schaden durch den Bruch der Beziehung zu einem solch späten Zeitpunkt für alle Beteiligten — insbesondere für Alex — sein würde.

Aber die Macphersons hatten — mit der Rückendeckung der Campbells und Lord Huntlys — zusammengehalten, und der Vertrag war zu Staub zerfallen.

»Unsere Eltern haben ihre Gesellschaft offenbar nicht sehr lange ertragen«, sagte Ambrose. »Ich bin überrascht, daß sie überhaupt die Unverfrorenheit besessen hat, dort Halt zu machen.«

»Unverfrorenheit?« sagte Alec und wandte sich seinem Bruder über den Tisch hinweg zu. »Sie würde alles tun, um sich ihren Vorteil zu sichern. Ich habe viel über sie gelernt, nachdem sie mir erst einmal die Augen geöffnet hatte, und ich weiß, daß sie absolut keine Vorstellung von richtig oder falsch hat.«

Was hatte Fiona noch am gestrigen Abend gesagt? Männer und Frauen müßten voneinander lernen? Und Vertrauen zueinander haben? Diese wunderschöne, junge Frau lebte in den behüteten Mauern eines Klosters. Wie konnte sie da etwas über das Leben in der wirklichen Welt wissen? Auch er war einmal so naiv gewesen. Er wünschte, er könne selbst jetzt noch etwas von ihrem Idealismus für sich beanspruchen. Aber es kam Alec so vor, als würde er in einer anderen Welt leben. Vielleicht war es sogar eine Welt, in der Fiona gar nicht existieren konnte — eine Welt, die Kreaturen wie Kathryn Gray beinhaltete. Fiona lebte weit über ihnen, dachte er, wie ein Engel.

Und dennoch war die Erinnerung an ihre letzte Auseinandersetzung noch tief in sein Gedächtnis gebrannt. Nachdem Kathryns Liebhaber aus dem Fenster geklettert war, um sein eigenes Fell zu retten, hatte sie dagestanden und ihn angesehen, als sei nichts geschehen. Sie hatte ihm etwas über ihr körperliches Verlangen erzählt und daß dies nichts mit ihrer Hochzeit zu tun habe. Durch ihre Verbindung würde sie seinen Namen tragen, aber keine ›Ketten‹ akzeptieren. Sie wolle unabhängig sein und das tun, wozu sie Lust habe.

»Und ich schlage vor, daß du das gleiche tust«, hatte Kathryn mit einer Stimme und mit Augen kalt wie Eis gesagt. Ihre bevorstehende Heirat sei — politisch gesehen — für beide Familien ein großartiger Schachzug und sie schlage vor, daß Alex ihn auch als solchen akzeptieren würde.

»Was glaubst du, was sie sich von einem solchen kleinen Ausflug verspricht?« erkundigte sich Ambrose und riß Alec damit aus seinen Gedanken.

»Mitleid, vielleicht. Die Hoffnung, Verbündete unter unseren Eltern und denjenigen zu finden, die mich in den Highlands kennen. Sie ist sehr gut, wenn es darum geht, die bemitleidenswerte, unverstandene Märtyrerin zu spielen.«

»Das würde ihre nächste Station, Kildalton, erklären«, sagte Ambrose.

»Da wird sie sich allerdings einen kühlen Empfang einhandeln. Jetzt, wo Colin und Celia auf Stirling weilen, werden Lord Hugh Campbell und Agnes sie nicht einmal begrüßen.« Bei dem Gedanken, daß Kathryn die Behandlung erhalten würde, die sie verdient hatte, überkam ihn eine gewisse Befriedigung. »Aber eins ist klar, die Schlampe ist es nicht gewohnt, fallengelassen zu werden.«

An jenem Tag hatte Alec sie angeekelt und schockiert über die Leere des Lebens, die sie für sie beide im Sinn hatte, verlassen. Ein Leben voller Betrug war für ihn kein Leben. Aber seine innere Kraft war schon bald zurückgekehrt und er hatte nie wieder einen Blick auf sie geworfen.

»Ich werde dir eins sagen. Ihr eigenes Netz sogenannter Freunde hat dafür gesorgt, daß ihr Pech, daß sie sich selbst zuzuschreiben hatte, bei Hofe für viel Wirbel gesorgt hat«, sagte Ambrose schadendroh.

»Der Hof!« stieß Alec verächtlich aus. Er hatte kein Verlangen, jemals wieder an diesen Ort zurückzukehren. »Ich war zu blind, um in ihren Freunden die wertlosen Parasiten zu erkennen, die sie sind.«

»Wir alle machen Fehler, Alec«, erwiderte Ambrose. »Aber betrachte es einmal von der positiven Seite. Am Ende hast du einigen ›wertlosen Parasiten‹ das Leben ganz schön schwer gemacht.«

»Ich hoffe nur, daß das auch wirklich das Ende gewesen

ist.« Alec verstummte, erhob sich und blickte auf den Berg Arbeit, der auf ihn wartete. »Ich wäre froh, wenn ich diesen Hof nie wieder betreten müßte.«

»Komm schon, Alec, es ist nicht fair, dem Hof die ganze Schuld zu geben«, entgegnete Ambrose. »Zumindest gibt es dort noch etwas anderes zu tun ... außer Arbeit!«

»Arbeit?« Dem Kriegsherr entfuhr ein Lachen, als er zu dem jungen Mann hinüberblickte, der behaglich auf seinem Stuhl saß. »Was weißt du denn schon über Arbeit? Du hast in deinem ganzen Leben doch nicht einen einzigen Tag wirklich gearbeitet, du faules Stück. Kaum hast du dir eine Narbe in einem einzigen Kampf geholt, glaubst du schon, deine Zukunft sei gesichert. Als ich hörte, wie du Malcolm erzählt hast, wie du —«

»Wenn du vorhast, mich fertigzumachen«, unterbrach in Ambrose mit beleidigtem Gesichtsausdruck, »werde ich dir nicht sagen, was ich heute morgen vollbracht habe.«

»Du meinst abgesehen davon, den Morgen zu verschlafen und die Zeit totzuschlagen?« Als er das schockierte Gesicht des jungen Kriegers sah, wäre Alec vor Lachen beinahe laut herausgeplatzt. Nach einer Weile seufzte er mit gespielter Ernsthaftigkeit. »Also gut, zumindest weiß ich, daß mich die Geschichte wohl kaum lange aufhalten wird.«

»Ich glaube, mir ist eine Möglichkeit eingefallen, wie wir den MacDonald-Clan dazu bringen könnten, mit uns zusammenzuarbeiten.«

Alec setzte sich wieder hin und widmete seine ganze Aufmerksamkeit dem lächelnden Gesicht seines Bruders. Alec hatte eingesehen, daß es an der Zeit war, eine neue Industrie im Westen Schottlands aufzubauen. Neuigkeiten über die Reichtümer der Neuen Welt waren über ein Europa hinweggefegt, das aus den Nähten platzte. Aber Alec wußte, daß die Erforschung und Entwicklung dieser neuen Länder große Schiffe nötig machte.

Nach seiner Ankunft hier war dem neuen Grundherrn klar geworden, daß Skye die Möglichkeit für ein solches Unternehmen bot. Die Insel besaß Holz und Pech für Rümpfe und Masten, und Steine für Ballast. Sie lag sehr günstig an der Westküste Schottlands und wies eine Reihe von idealen kleineren und größeren Buchten auf, die sich für eine Werft eigneten. Daraufhin hatte er Ambrose gebeten, sich ihm anzuschließen. Die Kenntnisse des jüngeren Macpherson über Schiffe und den Schiffsbau wurden im ganzen Land respektiert. Ambrose hatte das Können, nach dem Alec suchte.

Das einzige, was Alec fehlte, waren Arbeiter. Der MacLeod-Clan betrieb wohl traditionell Fischerei und Ackerbau, doch es standen einfach nicht genug Arbeiter zur Verfügung.

Aber halb Skye war von MacDonalds bevölkert, einem alten und stolzen Clan, der unter dem Joch Torquils und seines Vorgängers schwer gelitten hatte. In ihren Reihen befanden sich viele fähige Männer, doch als Alec an den alten Clan-Führer herangetreten war, der auf Dunscaith Castle an der Südspitze von Skye residierte, hatte ihm dieser erklärt, daß ihm die Idee wohl gefalle, sein Clan aber niemals mit einem MacLeod zusammenarbeiten würde. Seine Leute hatten zu viele Jahre in Furcht vor ihnen verbracht, als nun hervorzukommen und an diesem Unternehmen teilzuhaben. Und obwohl MacDonald selbst den Plan des neuen Grundherrn guthieß, wußte er doch, daß er seine Leute davon nicht überzeugen konnte. Schließlich würde er von seinem Clan nicht länger als Berater oder Anführer betrachtet. Und somit waren Alecs Pläne, zumindest für den Augenblick, matt gesetzt.

»Und wie bekommen wir die MacDonalds dazu, mit uns zu arbeiten?« erkundigte sich Alec, der an Ambroses Entdeckung sehr interessiert war.

»Während ich mir heute morgen die Zeit *totgeschlagen* habe und an der Küste entlanggeritten bin, um mit den Fischern zu arbeiten, da erwähnte einer von ihnen eine Möglichkeit, der wir uns bisher noch nicht bewußt waren.«

»Und wie lautet sie, Ambrose?« drängte Alec seinen Bruder, der sich wieder einmal viel zuviel Zeit nahm.

Ambrose wurde ernst, stützte seine Ellbogen auf den Tisch und blickte Alec direkt ins Gesicht. »Es gibt da einen alten Priester auf der Insel. Sein Name ist John. Er wird von allen nur Vater Jack gerufen. Er ist eine Art Eremit, aber er lebt nicht weit von hier. Ein Stück ins Landesinnere, am Rande des großen Waldes.«

»Ja«, erwiderte Alec nachdenklich. »Ich glaube, ich habe ihn schon des öfteren auf meinem Weg zur Jagd gesehen. Die Felder nahe des Waldes eignen sich hervorragend zur Falknerei. Ich habe aber bisher noch nie die Gelegenheit gehabt, mit ihm zu reden.«

»Die Fischer haben mir versichert, daß er unser Mann ist, um die Leute beider Clans zu erreichen. Sie sagen, er sei ein guter Mann. Ein Mann, der sich weder durch Gewalt noch durch Reichtum beeindrucken läßt. Sie erzählen, daß er Gottes Geschöpfe alle gleich behandele. Die Leute hören auf ihn ... mehr als auf ihre eigenen Clan-Führer.«

»Ob er die Inselbewohner überreden kann, mit uns zusammenzuarbeiten?«

»Wenn es überhaupt einer kann, dann offenbar er.«

»Durch dich hat sich mein Tag schon gelohnt, Ambrose.«

»Was? Wieso das denn?«

»Weil ich gerade zu diesem Vater Jack hinüberreiten wollte.«

»Du wußtest also schon von ihm?« erkundigte sich Ambrose enttäuscht.

»Ja, natürlich. Ein guter Grundherr weiß alles.«

»He, vergiß nicht, mit wem du redest, Alec. Mir kannst du nichts vormachen.«

»Also schön«, entgegnete Alec. »Er hat mir eine Nachricht zugesandt, daß er wegen einer dringenden Angelegenheit mit mir zu sprechen wünsche.«

»Und warum kommt der Priester nicht hierher?« fragte Ambrose. »Alec, es gehört sich für einen Grundherrn, daß die Leute zu ihm kommen und nicht umgekehrt!«

»Ambrose, du hast es mit einem Grundherrn zu tun, der dorthin geht, wo er gebraucht wird.« Alec erhob sich und rief nach Robert.

»Ich werde dich begleiten.«

»Dann solltest du deinen Hintern in Bewegung setzen, mein hart arbeitender Bruder, denn ich mache mich jetzt auf den Weg.«

»Warum kommt er denn heute nicht?« erkundigte sich Malcolm bei Fiona. Alecs Knappe hatte David gerade eine Nachricht des Kriegsherrn überbracht, die dieser ins Unterrichtszimmer weitergegeben hatte.

Fiona hatte Malcolm den ganzen Morgen über in ihrer Nähe gehalten. Sie hatte gehofft, Lord Alec zu sehen und ihm eine Erklärung für ihre Worte am vorherigen Abend geben zu können. So müde sie auch letzte Nacht gewesen war, hatte Fiona doch schlaflos im Bett gelegen und war ihre Unterhaltung in Gedanken noch einmal durchgegangen. Sie hatte sich die Worte immer wieder ins Gedächtnis gerufen und sich zu erinnern versucht, wann er sie falsch verstanden haben könnte. Es war ihr wichtig, das, was gesagt worden war, wieder rückgängig zu machen.

Schließlich wollte sie nicht, daß Lord Macpherson sie für eine besserwisserische, undankbare Frau hielt. Selbst, wenn sie sich wie eine benommen hatte.

»Warum, Fiona?« schnitt die Stimme des Jungen in ihre Gedanken.

»Weil er ein sehr beschäftigter Mann ist, Malcolm.«

Die Worte hatten kaum ihren Mund verlassen, da spürte Fiona, wie ihr Körper von einem Frösteln erfaßt wurde. Sie erinnerte sich kaum an ihre Vergangenheit, an ihr Leben vor dem Kloster. Aber sie wußte auch, daß dies zum Teil ihre eigene Entscheidung war. Zurückzudenken war immer schmerzhaft gewesen. Ihre Erinnerungen waren vage mit den Schreien einer Frau verbunden, mit Wind, der so stark war, daß er sich in einen verbiß, so heftig, daß man die Augen schließen mußte. Und dann war da Wasser. Kaltes, kaltes Wasser. Und Einsamkeit. Mehr konnte sie sich nicht ins Gedächtnis rufen.

»Kommt er morgen?« fragte Malcolm. »Er hat mir versprochen, mich zur Falkenjagd mitzunehmen, wenn du deine Zustimmung gibst. Mein eigener Falke, Fiona! Kannst du dir das vorstellen? Meinst du, mit einem Falken auf dem Arm sähe ich ihm ähnlich?«

Sehe ich ihm ähnlich? Sehe ich ihm ähnlich? Irgendwie kamen Fiona diese Worte bekannt vor. Sie erbleichte.

»Fiona, ist alles in Ordnung?« Malcolms Hand lag auf ihrem Arm. Seine ängstlichen, braunen Augen blickte besorgt in ihr bleiches, müdes Gesicht.

»Ja, mein Junge«, erwiderte sie und zwang sich zu einem kleinen Lächeln. »Es ist nur nicht leicht, die Vergangenheit abzuschütteln.«

Fiona zog die schwere Tasche über ihre andere Schulter und blickte müde zum bedrohlich grauen Himmel hinauf. Sie hatte es nicht mehr weit, denn sie war bereits beinahe eine Viertelstunde am Rande des Waldes entlanggegangen. Wie gut wäre es, ein Dach über dem Kopf zu haben, bevor der Regen herabzuprasseln begann! Obwohl es erst früher Nachmittag war, sah der Himmel aus wie zur Abenddämmerung. Nur ab und an flog ein Vogel aus den Baumspitzen zu der Wiese hinüber, die sich zu ihrer Linken erstreckte. Nur wenige Augenblicke später kam das Cottage des Eremiten in Sichtweite, und Fiona beschleunigte ihre Schritte, als die ersten Tropfen zu fallen begannen.

Sie eilte um die Ecke des Hauses, spähte in das kleine Fenster an der Seite und rannte dann geradewegs in eine große Gestalt hinein, die mit einem Umhang bekleidet war und ein Roß mit sich führte.

»Oh!« rief sie und stolperte zur Seite, doch eine Hand griff nach ihr und verhinderte, daß sie fiel.

»Vorsicht«, erwiderte der Mann mit einem warnenden Tonfall in der Stimme.

Fiona blickte in blaue Augen, die sie genau musterten. Sie zog ihren Arm weg und trat zurück.

»Entschuldigt, Mylord.« Sie betrachtete das harte Gesicht des Mannes. Er hatte sandfarbenes Haar, und etwas an seinen Zügen kam ihr bekannt vor. Aber das unrasierte Gesicht paßte nicht ganz zu dem Bild, das irgendwo in den Tiefen ihrer Erinnerung vergraben war. Sie konnte sich einfach nicht erinnern. Egal, wie sehr sie sich auch anstrengte, es gelang ihr nicht.

»Kenne ich dich?« herrschte Neil MacLeod sie an und musterte sie eingehender. Er runzelte nachdenklich die Stirn.

Fiona trat einen weiteren Schritt zurück. Wer auch immer er sein mochte, dieser Mann hatte etwas an sich, das ihr einen kalten Schauer über den Rücken jagte. Der Regen wurde nun fester.

»N-nein«, stammelte sie. Er war ein MacLeod, das sagte ihr der Tartan, den er trug. Ein Krieger. Aber das half ihr auch nichts. Sie hatte ihr ganzes Leben damit verbracht, ihm und seinesgleichen aus dem Weg zu gehen. Und doch war da etwas in seinem Gesicht. Sie spürte, wie ihr die Zunge im Mund anschwoll. Angst breitete sich in ihr aus und ergriff ihre Sinne. Fiona wich zurück. Sie wollte nichts mit ihm zu tun haben.

»Du kommst hier aus der Gegend, nicht wahr?« drängte er sie. »Wer bist du? Sprich schon, Mädchen.«

Fiona stand für einen Moment wie angewurzelt da, während sich ein Erinnerungsfetzen in ihr Bewußtsein drängte. Sie blickte auf die Hand des Mannes hinab, die schlaff an seiner Seite hing. Irgendwo in ihrem Kopf konnte sie den Schrei einer Frau hören — den gleichen Schrei, der sie auch in ihren Träumen verfolgte. Ihr Blick schoß wieder zu seinem Gesicht hinauf, das im Regen glänzte. Seine Augen durchbohrten sie förmlich, als versuche auch er, sich an etwas zu erinnern.

»Was ist los?« sagte Alec barsch, der plötzlich neben Fiona auftauchte. Sein Gesicht glich einer Maske aus Stahl, als er sich dem MacLeod-Krieger zuwandte. »Nun? Ich dachte, Ihr seiet in Eile und wolltet so schnell wie möglich zurückkehren.«

Neil MacLeod wich dem vernichtenden Blick des anderen Mannes aus.

»Ja, das ist auch so.«

Alec blickte auf die junge Frau an seiner Seite. Sie machte einen seltsamen Eindruck. Als sie am Fenster des Cottages vorbeigekommen war, hatte er einen Blick auf sie erwischt, und nun, da sie im Regen neben ihm stand, kam sie ihm blaß und müde und ... verängstigt vor. Er umfaßte ihren Arm, und sogleich spürte er, wie sie seine Hand fest an ihre Seite zog.

Alec überkam so etwas wie Besitzanspruch. Zum ersten Mal hatte er das Gefühl, als würde sie ihn um Hilfe bitten, ihn brauchen — und er reagierte instinktiv. Er zog sie zu sich herüber, trat vor und schützte Fiona mit seinem eigenen Körper vor Neil MacLeod.

Als Alec seinen Blick wieder auf den Krieger richtete, stellte er fest, daß MacLeod ihn neugierig betrachtete. Dieser wandte kurz darauf hastig die Augen ab und griff nach den Zügeln seines Pferdes.

»Ich wollte mich gerade auf den Weg machen«, sagte er, nickte Fiona zu und führte sein graues Roß an den beiden vorbei.

Fiona drehte sich um und sah zu, wie er aufstieg und in den strömenden Regen davonritt. Als MacLeod in der düsteren Ferne verschwunden war, atmete Fiona erleichtert auf. Nun erst spürte sie die Nähe des Grundherrn, spürte den festen Griff seiner Hand. Und zum ersten Mal an diesem Tag fühlte sie sich voller Schwung, beinahe ausgelassen.

Mit einem Seufzer drehte sie sich zu Alec um, aber sie wurde mit einem wütenden Blick empfangen.

»Würdet Ihr mir verraten, was Ihr in Gottes Namen hier zu schaffen habt?« Alec war außer sich vor Zorn. Aber selbst in seiner Wut war er wieder einmal verblüfft, welche Wirkung sie auf ihn hatte. Er stand für einen Moment wie gebannt da und betrachtete die Regentropfen, die über ihre elfenbeinfarbene Haut liefen. Ihr dunkler Umhang vermochte kaum die Locken ihres Haares zu verbergen, das nun vor Wasser tropfte. Trotz ihres erschöpften Aussehens strahlten ihre großen, haselnußbraunen Augen vor Freude, und daran vermochte auch seine Frage nichts zu ändern.

Sie lächelte ihn an. Er war da. An etwas anderes vermochte sie nicht zu denken. Er war wieder einmal für sie dagewesen.

»Ich habe erst vor kurzem Eure Haut gerettet, ohne der Priorin etwas davon zu sagen, und nun seid Ihr schon wieder alleine unterwegs und allem und jedem ausgeliefert. Habt Ihr denn den Verstand verloren?«

»Noch nicht ganz, Mylord«, erwiderte sie vage und blickte in das tiefe Blau seiner Augen.

»Wißt Ihr überhaupt, was wehrlos bedeutet?«

Fiona nickte.

»Warum laßt Ihr Euch nicht von jemandem begleiten? Einmal ganz abgesehen von den zweibeinigen Biestern, die sich hier auf der Insel herumtreiben, was ist mit den vierbeinigen? Was würdet Ihr tun, wenn Ihr einem Keiler oder einem Wolf begegnetet? Hier auf der Insel gibt es schließlich noch Wölfe, wißt Ihr.«

»Davon habe ich gehört, Mylord.«

»Gehört? Ihr hört kein einziges Wort. Ihr ängstigt Euch nicht im geringsten, richtig?«

Fiona schüttelte langsam den Kopf.

Alec betrachtete sie von Kopf bis Fuß. Sie hatte sich des zerrissenen Umhangs und der hölzernen Rassel entledigt, die ihr bei ihrem ersten Treffen als Verkleidung gedient hatten. Unter ihrem dunklen Umhang hing allerdings dieselbe, offenbar schwere Tasche, die sie auch damals bei sich geführt hatte.

Er hätte sie für ihre Unvorsichtigkeit am liebsten gestraft. Aber andererseits hätte er sie auch gerne in die Arme geschlossen, um sie zu küssen.

»Was habt Ihr da in der Tasche?« fuhr er mit schroffer Stimme fort, um die mächtigen Regungen, die durch ihn pulsierten, zu verbergen. »Bestimmt nichts, das Euch dazu dienen könnte, Euren hübschen, kleinen Hals zu retten.«

»In meiner Tasche?«

»Fiona ...«

Alec stand dicht vor ihr, und er konnte die Regenperlen auf ihrem Nasenrücken, auf ihrem Wangenknochen, auf ihren Lippen erkennen. Ohne nachzudenken streckte er die Hand aus und wischte ihr die Tropfen von der Wange.

Seine Hand verharrte, als sie ihre Haut spürte, und ihre Augen versanken ineinander. Sie standen da und wünschten sich, daß dieser Augenblick ewig dauern möge. Fiona spürte, wie ihr der Atem stockte. Sie war unfähig, sich zu bewegen, voller Angst, daß die kleinste Bewegung diesen Zauber brechen könnte.

Alecs Blick fiel auf ihre Lippen und verharrte dort. Er verspürte den Drang, seinen Mund auf den ihren zu senken. Er wollte die Süße des Sommerregens schmecken, der diese rubinfarbenen Lippen befeuchtete. Er sehnte sich so sehr danach, sie zu küssen! Mit einer abrupten Bewegung schüttelte er jedoch den Kopf und zog seine Hand von ihrem Gesicht fort, ließ sie auf ihre Schulter fallen und vergrub sie in der leichten Wolle ihres Umhangs. Er atmete einmal tief durch, bevor er sprach, und als die Worte über seine Lippen kamen, war seine Stimme weicher als zuvor.

»Ihr seid vollkommen durchnäßt und bleich wie ein Geist. Wahrscheinlich habt Ihr Euch bereits erkältet. Habt Ihr denn nichts zu sagen?«

Fiona stand mit demselben träumerischen Ausdruck da und schüttelte den Kopf.

»Nein, Mylord.«

»Fiona, Ihr seht schrecklich aus«, log er sie an.

Ihr Lächeln vertiefte sich und ihre Augen wurden klarer. »Vielen Dank, Mylord. Ich freue mich auch, Euch zu sehen.«

Mit diesen Worten schritt sie langsam auf das Cottage zu.

Kapitel 7

Ihr liebliches Betragen und ihre blühende Schönheit haben ohne Schwert und Lanze eine tiefe Wunde hinterlassen ...
— William Dunbar, *»Beauty and the Prisoner«*

»Ich kenne sie!«

Ambrose hielt Alec am Arm fest und flüsterte es dem Kriegsherrn ins Ohr, als dieser sich duckte, um durch den niedrigen Türrahmen zu treten. Der jüngere Bruder ließ Fiona, die sich über den verletzten Aussätzigen auf seiner Strohmatte beugte, nicht aus den Augen.

Der Priester hatte sie Ambrose kurz und ohne viel Federlesens vorgestellt, und Fiona hatte ihm lediglich zugenickt, bevor sie an die Seite ihres kranken Freundes eilte. Sie war derart besorgt um Walter, daß sie sich nicht einmal die Zeit nahm, ihren vom Regen durchweichten Umhang auszuziehen.

»Das scheint jedem so zu gehen«, erwiderte Alec auf den Kommentar seines Bruders hin. »Aber es wäre ein Wunschdenken deinerseits, wenn ich das einmal so formulieren darf.«

»Bitte sag mir, daß das nicht deine Nonne ist«, murmelte sein Bruder leise.

»Wie ich dir bereits erzählte, Ambrose, sie ist keine Nonne«, brummte Alec und trat auf den grob gearbeiteten Tisch zu, an dem Vater Jack saß und sich durch den kleinen Raum hinweg mit Fiona unterhielt. Alec setzte sich auf den Holzblock und sah zu, wie sie sich des nassen Umhangs entledigte und ihn an einen Haken an der Wand hängte. Der sittsame Schnitt ihres dunklen Kleides vermochte kaum die sinnlichen Kurven ihres Körpers zu verhüllen, und die Wirkung ihrer Anwesenheit machte Alec zu schaffen. Sie trug keinen Schleier und ihr geflochtener Zopf hing ihr bis zur

Taille über den Rücken herab. Fiona strich sich mit dem Handrücken die losen, feuchten Löckchen aus dem Gesicht, aber sie sprangen immer wieder rebellisch zurück. Alec verspürte das Verlangen, sie selbst zurückzustreichen. Aber dann beugte sie sich über die geöffnete Tasche, die neben dem schwelenden Torffeuer lag, und leerte sie auf dem Boden aus. Eilig schüttete sie Flüssigkeit aus einem Krug in den Kochtopf, der über dem Feuer hing.

»Er hat beinahe den ganzen Tag geschlafen, Fiona«, sagte Vater Jack. Als er sich zu Alec umwandte, bemerkte er, mit welcher Aufmerksamkeit der Kriegsherr die Bewegungen der jungen Frau verfolgte.

Fiona hatte recht gehabt — obwohl die Augen des Priesters nicht mehr allzu gut waren, wußte er, daß es sich bei diesem jungen Krieger nicht um den Mann handelte, der Walter niedergetrampelt hatte. Er war in der kurzen Zeit, die er mit den beiden Macphersons verbracht hatte, bereits zu einer sehr positiven Meinung über sie gekommen. Der MacLeod-Mann, der sie hergebracht hatte, war beim Betreten des Cottages zurückgeschreckt, als er von der Anwesenheit eines Aussätzigen hörte. Alec Macpherson und sein Bruder dagegen waren ohne zu zögern eingetreten. Vater Jack kannte nicht viele Edelleute, die aufgeklärt genug waren, um keine Angst vor einem Leprakranken zu haben, der den Punkt der Ansteckungsgefahr bereits lange überschritten hatte.

»Mein Engel«, flüsterte Walter mit schwacher Stimme. »Bist du das, mein Engel?«

»Ja, Walter«, erwiderte sie fröhlich und streichelte sein verzerrtes, maskengleiches Gesicht. »Kann ich dir etwas bringen?«

»Wasser, mein Kind.«

Fiona trat schnell auf den Tisch zu, auf dem direkt neben Alecs Ellbogen ein Holzkrug stand. Der blonde Krieger hob ihn hoch und schüttete den Inhalt in den Becher, den sie festhielt. Ihre Augen trafen sich für einen Moment und sie errötete und blickte zu Boden.

Die Aufmerksamkeit des Kriegsherrn wurde auf ein einfaches Kreuz gelenkt, das sie an einem Lederband um den Hals trug. Als sie sich mit dem vollen Becher wieder aufrichtete, fiel das Kreuz sanft gegen die weiche Wolle zurück, die ihre Brust bedeckte, und Alec dachte, daß er noch niemals ein religiöses Symbol gesehen hatte, das auf so schöne Weise aufbewahrt wurde. Er atmete tief durch und bemühte sich, solch frevlerischen Gedanken aus seinem Kopf zu verbannen. Aber sie hatte etwas an sich, das seine Gedanken und seine Sinne immer wieder anregte.

»Ihr hattet begonnen, uns zu erzählen, wie dieser Mann ... Walter ... verletzt wurde«, sagte Ambrose ruhig vom Türrahmen aus. Er hatte die junge Frau ebenfalls beobachtet und war von ihrer sanften und umsichtigen Behandlung des verwundeteten Mannes beeindruckt. Aber er hatte auch seinen Bruder nicht aus den Augen gelassen. Alec schien verhext zu sein. Das konnte ihm Ambrose nicht im geringsten verdenken. Diese Frau war schön, das ließ sich nicht bestreiten. Und sie strahlte zudem Güte aus. Das war endlich einmal eine Abwechslung zu der Art Frau, mit der sich sein Bruder in der Vergangenheit gerne abgegeben hatte. Ambrose gefiel diese Veränderung.

»Er wurde wie ein Hund niedergeritten«, brummte der Priester. Er hatte dem Grundherrn heute früh eine Nachricht zukommen lassen und um eine Unterredung gebeten. Wenn dieser Mann wirklich das verkörperte, was alle von ihm zu glauben schienen, dann war es an der Zeit, ihm mitzuteilen, daß es jemanden gab, der sich bemühte, ihn in Mißkredit zu bringen.

»Sagt mir, wer es getan hat«, drängte ihn Alec zornig. »Ich werde diese Art von Barbarei nicht zulassen.«

»Dann solltet Ihr Euch am besten einmal Eure eigenen Leute ansehen«, erwiderte Vater Jack und blickte dem Grundherrn direkt in die Augen. »Der Mann, der ihn umgeritten hat, trug —«

»Eine Verkleidung«, unterbrach Fiona den Eremiten und warf ihm einen strengen Blick zu. »Wer auch immer es gewesen sein mag, er trug den Tartan der Macphersons, ritt ein schwarzes Roß und hatte einen Falken auf dem Arm.«

»Was?« Alec blickte von einem Gesicht zum anderen. Seine Züge verhärteten sich, auch wenn sie ihn nicht mit anschuldigenden Gesichtern betrachteten. »Ihr habt mich gebeten, hierherzukommen, Vater. Woher wollt Ihr wissen, daß nicht ich es gewesen bin, der ihn niedergeritten hat?«

»Wegen Fiona«, antwortete Vater Jack nüchtern und blickte zu der jungen Frau hinüber. »Sie war sich von Anfang an sicher, und Walters Enkelsohn, Adrian, der ein Zeuge des ganzen Vorfalls gewesen ist, hat Euch mit ihr im Kloster gesehen. Wir wissen, daß es jemand anders gewesen sein muß, wir wissen aber nicht, wer.«

»Wäre Walters Enkel imstande, den Mann zu identifizieren?« erkundigte sich Ambrose. Ein Blick auf Alec wutentbranntes Gesicht genügte, um ihn wissen zu lassen, daß sein Bruder einen Moment benötigte, um seine Gefühle wieder unter Kontrolle zu bekommen.

»Ich weiß es nicht, Sir Ambrose«, entgegnete der Eremit. »Vielleicht. Ich war auch dort, doch obwohl die Augen des Jungen besser sind als meine, so geschah die ganze Sache doch sehr schnell.«

»Könnte es ein Unfall gewesen sein?« fragte Ambrose, doch er bezweifelte seine Worte bereits, bevor er sie ausgesprochen hatte.

Der Priester schnaufte und Alec schlug mit der Hand auf den Tisch.

»Wieviele von unseren Männern kennst du, Ambrose, die zu dieser Stunde mit einem Falken durch die Gegend reiten? Keinen!«

»Es stimmt schon, es war kein Unfall«, erwiderte eine schwache Stimme vom Strohlager.

Alec erhob sich und ging zu dem verletzten Mann hinüber. Fiona kniete auf dem Stroh und hielt Walters Hand. Der Kriegsherr hockte sich neben sie.

»Wer immer dir das angetan hat«, sagte Alec leise, »wird sich der Justiz des Königs stellen müssen.«

Der alte Aussätzige blickte den jungen Grundherrn an, und eine Träne rann aus der Ecke seiner blutunterlaufenen Augen. »Die Justiz des Königs hat für Leute wie mich bisher nie etwas getan«, sagte der Mann mit versagender Stimme. »Ihr, Mylord, seid der erste Eurer Klasse, der mich in den letzten fünfundzwanzig Jahren auch nur als menschliches Wesen betrachtet hat.«

Alec legte seine Hand auf den Arm des Mannes.

»Es gibt keine Entschuldigung für die Ignoranz der Menschen, Walter, ob hochwohlgeboren oder nicht. Und ich werde nicht den Versuch machen, eine zu finden.« Alec blickte dem verletzten Mann fest in die Augen. »Aber jetzt möchte ich, daß du mir alles über den Reiter erzählst, woran du dich erinnern kannst. Warum hast du gesagt, es sei kein Unfall gewesen?«

»Er hat auf uns gewartet, Mylord«, erwiderte Walter, dessen Atem immer schwerer ging. »Wir waren gerade aus dem Wald heraus, da habe ich ihn gesehen. Er hatte sich in den Büschen versteckt. Er stand einfach da. Und dann sah er uns und kam auf uns zu.«

»Warum sollte dir jemand etwas antun wollen?« erkundigte sich Ambrose.

»Er war nicht hinter mir her«, erwiderte der Aussätzige und wandte seine Augen dem jungen Krieger zu.

»Nicht hinter dir?« fragte Fiona, die über die Worte ihres Freundes sehr überrascht war.

»Nein, mein Kind. Er hatte es auf Vater Jack abgesehen.«

»Auf mich?« rief der Priester ungläubig aus. »Du bist also gar nicht vor das Pferd gestolpert, nicht wahr? Du hast dich vor mich gestellt, um mich zu schützen!«

»Er hat seinen Blick keinen Moment vom Priester gekommen«, fuhr Walter fort und schaute Alec an.

»Hast du den Mann erkannt?« fragte Alec.

»Ich glaube nicht«, erwiderte er. »Aber selbst wenn ich es getan hätte, was wäre mein Wort gegen das eines —«

»Für mich wäre es gut genug«, erklärte der Kriegsherr.

»Ihr seid ein guter Mensch, Mylord«, entgegnete der Aussätzige, bewegte sich ein wenig und zuckte dabei zusammen. »Offenbar ist alles, was die Bauern über Euch sagen, wahr.«

»Die Brühe ist jetzt fertig«, sagte Fiona und tauchte einen Holzlöffel in die heiße Flüssigkeit. »Du mußt alles austrinken, Walter. Und dann solltest du dich wieder ausruhen.«

Sie half Walter vorsichtig dabei, sich aufzusetzen und breitete dann unverzüglich die Verbände neben sich aus, um seine Wunden neu zu versorgen. Alec sah ihr bewundernd zu.

Seine Aufmerksamkeit entging keinem der Anwesenden im Raum.

»Nun seht Ihr, warum man sie den Engel von Skye nennt«, sagte der Aussätzige und blickte Alec an.

»Ist sie das?« erkundigte sich Alec und zog eine Augenbraue in die Höhe.

»Schhh, Walter«, schalt Fiona ihn sanft.

»Ja«, fuhr er fort. »Das hier ist das Land der Engel und der Feen, wißt Ihr.«

Der Kriegsherr lächelte. »Davon bin ich von Tag zu Tag mehr überzeugt.«

»Sagt, Mylord, habt Ihr schon die Geschichte von unserem ›Feenbanner‹ gehört?« flüsterte Walter.

»Feenbanner?« wiederholte Alec und schwieg einen Moment, um nachzudenken. »Ja, jetzt, wo du es sagst, meine ich, ich hätte eine solche Geschichte schon einmal vernommen. Ich glaube, es ging um die Robe eines Heiligen, die die MacLeods als Banner benutzten. Aber sie ging verloren, nicht wahr?«

»Die Leute hier glauben nicht, daß es die Robe eines Heiligen gewesen ist, Lord Alec«, korrigierte ihn Vater Jack, als der Kriegsherr sich erhob und wieder an seinen Platz am Tisch zurückkehrte. »Es gibt einige Geschichten darüber, aber in den meisten heißt es, daß der alte MacLeod-Führer das Banner von seiner Frau erhielt ... einer Fee.«

»Eine Fee, Vater?« wiederholte Ambrose.

»Ja, mein Junge«, fuhr der Eremit fort. »Die Geschichte besagt, daß sich vor langer Zeit einmal eine Feenjungfrau in den Anführer des MacLeod-Clans verliebte. Der König der Feen wollte es aber nicht erlauben, daß sie ihr Leben in der Welt der Menschen beendete und gab seine Zustimmung zu der Heirat nur unter der Bedingung, daß sie nach zwanzig Jahren ins Feenland zurückkehren würde. Das Paar stimmte zu und heiratete. Die Jahre vergingen sehr schnell, und als die traurige Zeit der Trennung kam, da brachte sie der MacLeod-Führer wie er es versprochen hatte, zur Feenbrücke. Sie vergossen viele Tränen und umarmten sich mit einer Liebe, die trotz all der Jahre ihrer Ehe so stark war wie am ersten Tag. Als sie schließlich gehen mußte, so heißt es, gab die Fee ihrem Mann eine Kiste und verschwand für immer. In der Kiste lag ein Seidenbanner, *Am Bratach Sith* ... das Feenbanner. Seit der Zeit hat dieses Banner den Menschen auf Skye immer geholfen, wenn sie in Not waren.«

»Wie kommt es, daß es verschwunden ist?« fragte Alec, der der Geschichte wie gebannt gelauscht hatte.

»Die Leute glauben, daß der letzte Grundherr den Zauber nicht verdient hatte.« Vater Jack musterte den jungen Kriegsherrn eingehend. »Das Banner veschwand vor beinahe zwanzig Jahren und niemand weiß, wo es ist.«

»Niemand?« fragte Ambrose neugierig.

»Nun, sagen wir einmal so«, entgegnete der Priester. »Es heißt, daß das Banner wieder auftauchen wird, wenn ein würdiger MacLeod-Erbe kommt, der die Brosche des Anführers trägt. Aber deshalb habe ich nicht begonnen, Euch diese Geschichte zu erzählen.«

Der Eremit blickte zu Fiona hinüber. Sie bedachte den alten Priester mit einem düsteren Blick und schüttelte drohend den Kopf. Sie wußte, was nun kommen würde.

Alec betrachtet amüsiert den schweigenden Austausch von Blicken.

»Wie er schon sagte, damit ist die Geschichte noch nicht zu Ende«, warf Walter ein. »Erzählt weiter, Vater.«

»Nein, Vater Jack«, mischte sich Fiona ein. »Und du sei auch ruhig, Walter.«

»Ach, wir können den Gang der Geschichte doch sowieso nicht ändern, mein Kind«, schalt der Priester sie mit einem verschmitzten Lächeln.

»Das hier hat nichts mit dem Gang der Geschichte zu tun«, erwiderte sie und stemmte ihre Hände in die Hüften. »Das kommt dabei heraus, wenn Ihr und Walter zuviel Ale zusammen trinkt. Es sind dumme Märchen, nichts weiter.«

Vater Jack lächelte und wandte sich wieder Alec zu.

»Walter fand dieses Mädchen mit der wilden Mähne in einer stürmischen Nacht halb ertrunken an der Feenbrücke. Einige Leute hier glauben deshalb, sie sei ein Engel.« Er blickte sie verstohlen an. »Aber andere behaupten, sie sei eine Feenjungfrau.«

»Das ist doch lächerlich«, rief Fiona mit flammendroten Wangen. »Und das auch noch von einem Gottesmann! Das ist einfach … unanständig. Genau das ist es. Unanständig!«

»Es ist wahr«, warf Walter ein. »Ich habe sie in der wildesten Nacht, die ich jemals erlebt habe, gefunden. Sie mag ja ein Engel sein, aber das Kind ist auch unsere Fee.«

»Seht Ihr«, begann der Priester erneut, dieses Mal allerdings mit sachlicher Stimme. »Schon als kleines Kind hat Fiona die Wälder durchstreift, als kenne sie sie besser als die Rückseite ihrer Hand. Als ob sie schon einmal hier gewesen sei. Sie hatte keine Angst. Sie war unverwundbar. Und das Kind war überall dort, wo Hilfe benötigt wurde. Da gibt es Geschichten! Einmal, als sie selbst noch klein war, hat sie ein kleines Mädchen aus einer brennenden Hütte gerettet, während alle anderen draußen herumstanden und vor Angst, in das brüllende Inferno zu treten, laut schrien. Niemand hat gesehen, wie sie hineingegangen ist. Sie sagten, sie sei aus dem Nichts gekommen. Und dann gibt es noch die Geschichte, als sie mitten in einem Sturm durch den See geschwommen ist, um einem Fischer, der sich in seinen eigenen Netzen verfangen hatte, das Leben zu retten. Und die mit der Kuh, die —«

»Bitte hört auf, Vater«, bat ihn die junge Frau.

Alec hatte sie die ganze Zeit, während der Priester sprach, nicht aus den Augen gelassen. Er hatte gesehen, wie die Emotionen ihre hellen Züge verdunkelten. Offenbar mochte Fiona es nicht, wenn man über ihre Taten sprach. Aber sie leugnete keine einzige.

Alec dachte über ihr erstes Zusammentreffen nach. Sie war in der Tat wie eine Fee gewesen, war aus dem Nichts plötzlich vor ihm auf dem Pfad aufgetaucht. Es gab noch so vieles, was er über diese Frau erfahren wollte.

»Aber Ihr müßt versprechen, unser Geheimnis für Euch zu behalten«, sagte Vater Jack und blickte die beiden Krieger einen nach dem anderen an. »Denn niemand — zumindest nicht auf der Burg — weiß, daß unsere Fiona, die im Kloster lebt, eine Fee, oder besser gesagt ein Engel ist und über das Inselvolk wacht. Ich muß Euch bitten, dieses Geheimnis für Euch zu behalten.«

»Ihr habt mein Wort darauf«, erklärte Alec mit ernster Stimme. Dann drehte er sich mit einem ebenso ernsten Gesichtsausdruck zu der jungen Frau um. »Und wo ist Euer Banner, Fiona?«

Sie warf resigniert die Arme in die Höhe und drehte der Gruppe von lachenden Männern den Rücken zu.

Fiona ignorierte sie allerdings nicht sehr lange, denn schon bald wandte sich die Unterhaltung ernsten Themen wie dem ökonomischen Überleben ihres Inselvolkes zu. Alec präsentierte seine Pläne für den Schiffsbau auf der Insel und verdeutlichte seinen Bedarf an Arbeitern. Sie sprachen über die Schwierigkeiten der Viehzucht in einem Land, das harte Arbeit erforderte, um sich selbst versorgen zu können. Sie diskutierten über den Tauschhandel und die Unfähigkeit der MacLeods und der MacDonalds in der Vergangenheit, sich zu verständigen. Daß es den beiden alten Feinden unmöglich war, miteinander zu reden. Daß keiner der beiden Clans etwas anzubieten hatte, was die Leute vom Festland nicht bereits besaßen.

Alec argumentierte, daß die Isle of Skye durch den Bedarf an Holz und mit den Macphersons und ihren Verbündeten, den Campbells, in der Lage sei, Profite zu machen und stärker und mächtiger zu werden. Er teilte ihnen mit, daß die königlichen Handelsfreibriefe den arbeitenden Menschen Nahrung und Güter zusichern würden.

Fiona sprach ihre Bedenken aus, ob dies den Leuten Anreiz genug sei, ihre jahrhundertealten Fehden zu begraben und Seite an Seite mit ihren alten Feinden zu arbeiten. Aber Vater Jack erwiderte, daß der leere Magen Schuld sei, wenn ein MacDonald eine MacLeod-Kuh stehle oder umgekehrt. Wenn sie erst einmal einen vollen Bauch und eine ehrliche Arbeit hätten, dann würden solche dummen Fehden wohl auch langsam aber sicher verschwinden.

Vater Jack sah die Vorteile, die der Plan des Grundherrn den Menschen von Skye bringen konnte und willigte ein, diese Ansicht unter den Clanmitgliedern der MacDonalds und der MacLeods zu verbreiten.

Als sich die Unterhaltung dem Ende näherte, bemerkte

Ambrose, daß der Regen nachgelassen hatte, zumindest für den Augenblick.

»Mein Kind«, sagte Vater Jack und drehte sich zu Fiona um. »Dies wäre der geeignete Moment, um wieder zum Kloster zurückzukehren.«

»Ich hatte eigentlich die Absicht, die Nacht hier zu verbringen, Vater«, erwiderte sie, »um Euch die Gelegenheit zu geben, Euch auszuruhen.«

»Du brauchst die Ruhe mehr als ich. Und schau dir deinen Patienten an. Er hat große Fortschritte gemacht.«

Walter blickte von seinem Lager auf. »Ich fühle mich schon viel besser, mein Kind. Und sollte der Grundherr vielleicht in Richtung Kloster reiten, so —«

»Das wird nicht nötig sein, Walter«, unterbrach sie ihn und blickte den verletzten Mann forschend an. »Hast du im Moment noch sehr starke Schmerzen?«

»Mein Bein pocht, mein Kind, aber damit kann ich fertig werden. Doch du siehst sehr müde aus, Fiona. Und wenn unsere Engel krank werden, wer soll dann auf uns aufpassen?«

»Also gut, Walter«, lenkte sie ein und drehte sich zu den anderen um. »Aber ich möchte, daß Ihr jemanden zu mir schickt, Vater, falls Walter meine Hilfe benötigt.«

»Ja, Fiona, das werde ich tun.«

Die junge Frau nahm ihren Umhang vom Haken und zog ihn über.

Alec und Ambrose waren ebenfalls bereit, sich zu verabschieden.

»Ich möchte mit Walters Enkelsohn über das sprechen, was er gesehen hat, Vater.« Alec wollte die Identität des Angreifers so schnell wie möglich herausfinden.

»Adrian ist ein oder zwei Tage mit den Fischern hinausgefahren«, erwiderte der alte Priester. »Aber wenn er zurückkehrt, werde ich ihn zu Euch schicken. Und in ein paar Tagen werde ich beginnen, mich um Eure andere Angelegenheit zu kümmern, aber das wird wohl eine ganze Weile in Anspruch nehmen.«

»Das verstehe ich«, erwiderte Alec und folgte Ambrose zur Tür hinaus.

Als sie neben ihren Pferden unter den Bäumen standen, zögerte Ambrose noch einen Augenblick, bevor er in den Sattel stieg.

»Du würdest bestimmt gerne so schnell wie möglich nach Dunvegan zurückreiten, Alec, um ein paar Anworten über diesen Angriff zu bekommen.«

»Das stimmt«, erwiderte der junge Kriegsherr mit ernstem Gesicht. »Aber ich bin mir eigentlich sicher, daß keiner von unseren Männern diesen Priester angreifen würde. Welchen Grund hätten sie auch für einen solchen Verrat?«

»Keinen«, erwiderte Ambrose. »Aber andererseits gehen so viele MacLeods und MacDonalds auf der Burg aus und ein ...«

»Sobald ich zurück bin, werde ich mit Neil über diesen Angriff reden. Es ist wohl an der Zeit, daß wir uns unsere Freunde ein wenig genauer betrachten.«

»Gut«, stimmte ihm Ambrose zu. »Nun, dann, hm, sollte *ich* deine ... ehem ... Nonne vielleicht besser zu ihrem Kloster zurückbegleiten.«

»Sie ist keine Nonne, Ambrose.«

»Ach, ja. Das hatte ich schon wieder völlig vergessen, großer Bruder. Nun, dann hast du also nichts dagegen, wenn ich Fiona zum Kloster zurückbegleite?«

Alec wußte, daß es sicher besser wäre, wenn Ambrose sie zurückbringen würde, aber er wollte sich die Gelegenheit nicht entgehen lassen, etwas Zeit mit ihr alleine zu verbringen.

»Ich habe einiges dagegen, Ambrose, denn ich weiß, daß du, wenn es um Frauen geht, ein gemeiner und niederträchtiger Hund bist.«

»Aber, aber, Alec«, erwiderte sein Bruder mit einem verletzten Blick. »Mußt du denn derartig übertreiben? Du weißt, daß ich nicht ›niederträchtig‹ bin.«

»Ich weiß ganz genau, was du bist, kleiner Bruder. Und deshalb werde *ich* Fiona zurück zum Kloster bringen. Sie hätte eine bessere Chance gegen ein Rudel Wölfe als gegen dich.«

Ambrose grinste. Es gefiel ihm, daß Alec einen solchen Besitzanspruch gegenüber dieser Frau geltend machte. Eine

Frau wie Fiona wäre das Beste, was Alec im Augenblick passieren könnte. Sie besaß eine solche Frische ... eine solch ehrliche Offenheit, dachte er. Sie hatte die Fähigkeit, den alten Alec wieder zum Vorschein zu bringen.

Aber trotzdem nagte etwas an ihm. Fiona war eine Frau, die ein Leben voller religiöser Hingabe vor sich hatte. Ambrose war sich sicher, daß Alec dies respektieren würde. Aber wie sollte ihre Beziehung dann aussehen? Würde dennoch eine Freundschaft daraus entstehen können? Hoffentlich. Er wollte nicht, daß Alec erneut verletzt wurde.

»Dieses Mal tust du mir Unrecht, Alec. Schließlich ist sie eine Fee — das haben wir doch eben gehört. Weder du noch ich würden es zulassen, daß einem solch sanften Geschöpf etwas zustößt.«

»Ich weiß, Ambrose. Und ich vertraue dir auch. Aber ich werde sie selbst zurückbegleiten.«

»Also schön.« Ambrose seufzte und stieg auf sein Pferd. »Ich werde also allein nach Dunvegan zurückreiten. Mit etwas Glück werde ich dem Angriff eines Wolfsrudels entkommen. Soll ich eine Kerze im Fenster für dich brennen lassen?«

»Das wird nicht nötig sein.« Alec mußte unwillkürlich lachen. »Ich denke, ich werde den Nachhauseweg auch so finden. Aber trotzdem vielen Dank.«

Der jüngere Macpherson begann, an den Zügeln seines Pferdes zu ziehen, doch Alec hielt ihn zurück.

»Ambrose ...«

»Ja, Alec?« erwiderte er und blickte seinem Bruder ins ernste Gesicht.

»Sprich mit Neil MacLeod noch nicht über Walters Unfall. Ich möchte nicht, daß du wegen dieser Sache mit ihm in einen Streit gerätst. Warte, bis ich wieder da bin.«

»Schon gut«, entgegnete Ambrose, zog sein Pferd herum und blickte grinsend auf den Grundherrn hinunter. »Aber worüber soll ich mich denn während des Abendessens mit ihm unterhalten?«

Und mit einer zum Abschied erhobenen Hand galoppierte Ambrose über die Wiese davon.

Als Fiona das Cottage einige Augenblicke später verließ, stand Alec allein neben seinem Pferd.

Sie blieb genau in dem Moment stehen, um den gutaussehenden Kriegsherrn anzuschauen, als die Abendsonne gerade durch die Wolken brach. Sonnenstrahlen strömten durch die Blätter hinter Alec, und sein Schlachtroß schüttelte ungeduldig den Kopf.

»Ich hatte sowieso vor, auf dem Rückweg einmal beim Kloster vorbeizuschauen«, sagte der Krieger beiläufig. »Ich werde Euch zurückbegleiten.«

Fiona und Alec blickten einander an. Sie hatte ihn den ganzen Nachmittag über im Cottage heimlich beobachtet. Jedesmal, wenn er sie ansah, war ihr ein Schauer über den Rücken gelaufen. Und nun würde sie nichts mehr freuen, als eine Stunde alleine mit ihm durch den Wald zu spazieren.

Sie zog ihre Tasche auf der Schulter zurecht, band schnell die Kordel ihres Umhangs am Hals mit einer Schleife zu, zog sich die Kapuze über den Kopf und blickte ihn erwartungsvoll an. »Ich bin bereit. Aber ich muß Euch warnen. Ich laufe sehr schnell. Wenn Ihr also irgendwann das Gefühl habt, nicht mehr mithalten zu können, laßt es mich wissen und —«

»Nicht mehr mithalten? Fiona, mit Eurem Schritt kann ich wohl mithalten, bei Eurer Zunge bin ich mir da allerdings nicht so sicher ...«

Sie lächelte ihn an. Irgendwie wußte sie, daß sie weiterreden mußte. Irgendwie wußte sie, daß sie, solange sie den Dialog aufrecht erhielt, die anderen Gefühle, die sie in sich spürte, die unter der Oberfläche brodelten und auf einen ruhigen Moment warteten, um hervorzubrechen, verborgen halten konnte. Vielleicht war ein Spaziergang mit diesem gutaussehenden Grundherrn doch keine so gute Idee. Vielleicht sollte sie sich doch alleine auf den Heimweg machen.

»Wenn mein Reden ein Problem ist, Mylord, so weiß ich eine einfache Lösung.«

»Ich auch«, erwiderte Alec und ließ seinen Blick auf ihren Lippen ruhen. Er wußte, daß seine Bedeutung unmißverständlich war, denn ihre wundervolle Haut überzog sich mit einem rosigen Schimmer. »Aber wir sollten uns besser auf den Weg machen.«

Und dann, bevor sie sich überhaupt beschweren konnte, trat der Krieger vor und hob die junge Frau mit einer schnellen Bewegung auf das schwarze Roß und schwang sich hinter ihr in den Sattel.

»Was soll denn das?«

»Wir machen uns auf den Weg zum Kloster.«

»Ja, und wir werden laufen«, sagte sie und versuchte, an der Seite des Pferdes wieder hinabzurutschen.

Alec legte einen Arm fest um ihre Taille, zog sie in seinen Schoß und hielt sie dann gegen seine Brust gepreßt.

»Ebon läuft. Wir reiten.«

Fiona kämpfte einen Moment gegen ihn an, erkannte schließlich aber die Sinnlosigkeit ihrer Bemühungen. Sein muskulöser Arm lag wie ein Stahlband um sie, und daher mußte sie sich damit begnügen, ihr Kleid glattzustreichen und sich den Umhang fester um den Körper zu ziehen, was ihr die Gelegenheit gab, ihm ihre Ellbogen einige Male fest in die Rippen zu stoßen.

Mit einem Ächzen verstärkte Alec seinen Griff um sie und stieß Ebon die Absätze in die Flanken.

»Vater Jack denkt wahrscheinlich, Ihr würdet mich entführen.«

»Ich sehe aber nicht, daß er aus seiner Hütte herausgelaufen kommt, um Euch zu retten.«

»Natürlich nicht. Der Ärmste ist wahrscheinlich vor Kummer außer sich.«

»Wohl eher vor Lachen. Und wahrscheinlich erzählt er Eurem Freund Walter gerade, wie geschickt Ihr mich dazu gebracht habt, Euch einen Ritt anzubieten.«

»Das habe ich nicht.«

»Und ob Ihr das habt. Ich könnte nun bereits auf dem Weg nach Dunvegan Castle sein und mich auf mein Abendessen freuen. Statt dessen lasse ich mir von Euch die Ellbogen in die Rippen stoßen. Hört endlich auf, Euch so zu winden.«

»Das würde ich ja, wenn Ihr nicht versuchen würdet, mir die Luft herauszupressen.« Sie löste die Bänder um ihren Hals, denn die Art und Weise, wie sie auf dem Sattel saß, zog an dem Umhang und damit auch an der Schnur, die ihr die Kehle zudrückte.

»Dann versprecht mir, daß Ihr nicht versuchen werdet, vom Pferd zu springen und Euch den Hals zu brechen.«

»Warum?«

»Warum?« wiederholte Alec. »Weil ich mir dieses Vergnügen selbst vorbehalten möchte.«

Fiona schob die Kapuze zurück, drehte sich um und lächelte in sein gebräuntes Gesicht. Seine blauen Augen blickten freundlich, und zum ersten Mal konnte sie die kleinen Fältchen in den Augenwinkeln erkennen. Der Atem stockte ihr, als sie spürte, wie sein Atem ihre Wange streichelte. Sein Griff um ihre Taille lockerte sich und sie machte keinen Versuch, von ihm wegzurücken.

»In dem Falle verspreche ich es Euch.«

»Gut« sagte er. Ebon begann, einen kleinen Hügel hinabzugaloppieren. Alec spürte, wie Fiona ihre Schulter und ihren Arm gegen seine Brust schmiegte. Selbst durch den Umhang konnte er fühlen, daß sie sich langsam entspannte, auch wenn ihr Körper hin und wieder gegen den seinen gerüttelt wurde. Seine Reaktion war allerdings das genaue Gegenteil, und er kämpfte gegen die Regung in seinen Lenden an. *Das wird ein interessanter Ritt,* dachte er.

Der Weg zum Kloster führte sie in südlicher Richtung durch goldene Felder und bewaldete Schluchten. Überall leuchteten die Tropfen, die die Regenfälle des Tages hinterlassen hatten, wie Diamanten im goldenen Abendlicht. In der Ferne zu ihrer Rechten ruhte die Sonne auf einer der beiden flachen, heidebedeckten Spitzen, die sich über die Hügel entlang der Küste erhoben. Fiona blickte zu ihnen hinüber und Alec hörte, wie sie seufzte.

»Ein hübscher Anblick«, sagte er.

»Ja«, erwiderte sie. »Dieser Ort wird Healaval genannt. Das sind die Tische der MacLeods.«

»Die MacLeod-Führer waren schon immer für ihren Appetit bekannt«, sagte Alec lächelnd. »Aber ich glaube, selbst ein MacLeod benötigt keinen so großen Tisch.«

»Hmmm ... Ich denke, das hängt davon ab, was serviert wird«, bemerkte Fiona unschuldig.

Alec lachte und hielt für einen Moment den Atem an, als Fiona sich an seinen Oberschenkeln bewegte.

»Das stimmt«, sagte er. »Die Macphersons haben sich andererseits immer daran gehalten, daß die Qualität dessen, was serviert wird, wichtiger ist als die Menge.«

»Nun, ich denke, das hängt dann wohl letztlich von den Vorlieben des Einzelnen ab.«

»Interessiert Ihr Euch auch für meine Vorlieben?« erkundigte er sich mit einer leisen Stimme, die Fiona erschauern ließ.

»Vorlieben in welcher Hinsicht, Mylord?« fragte sie schnell und bemühte sich, die Wärme seines Körpers und seine hypnotische Stimme zu ignorieren. Sie bemerkte, wie ihr das Gespräch langsam entglitt. »Reden wir hier vom Essen oder von der Tischgröße?«

»Weder noch.«

»Weder noch? Ihr interessiert Euch also weder für das eine noch das andere?«

Sie lehnte sich gegen ihn zurück, und die Worte wurden plötzlich unwichtig, als sie zum ersten Mal den männlichen Geruch wahrnahm, der von ihm ausging — so fremd und doch so seltsam angenehm. Seine Beine wurden von ihrem Umhang und ihrem Kleid verdeckt, aber Fiona spürte, wie sich die Sehnen seiner Oberschenkelmuskeln gegen sie preßten. Sie blickte an sich hinab und bemerkte, daß ihre Hand auf dem steinharten Unterarm des Kriegsherrn lag, der ihre Taille umfing. Der Vergleich zwischen ihrem schmalen und seinem kräftigen, starken Arm war beunruhigend und aufregend zugleich.

»Ich interessiere mich für beides — und noch mehr.«

Sein Griff wurde fester und er zog sie gegen sich.

»Und noch mehr?« Fiona versuchte, sich auf das Gespräch zu konzentrieren, aber der Druck ihrer eng aneinandergepreßten Körper war zu viel. Sie blickte mit träumerisch fragenden Augen zu ihm auf.

»Und noch mehr«, erwiderte er, und seine Augen blickten auf der Suche nach einem Zeichen tief in die ihren.

Sie blinzelte nicht ein einziges Mal, als sein Mund sich ihren Lippen näherte.

»Fiona, wie steht Euer Orden zum Küssen?«

»Küssen?« flüsterte sie.

Alecs Mund senkte sich zu einem sanften Kuß auf Fionas. Das Fleisch seiner Lippen drückte sich leicht gegen das ihre, strich sanft über die seidige Glätte ihrer Haut.

Fionas Augenlider flatterten und Alec wußte, daß sie, wie auch immer ihr Orden dazu stehen mochte, noch niemals zuvor geküßt worden war.

Sie verharrte bewegungslos, wußte nicht, was sie als nächstes tun sollte. Ihr Körper lag steif in seinen Armen, als ob sie vom Blitz getroffen worden wäre. Sie hatte das Gefühl, von innen zu verbrennen, wußte nicht, wie sie diese Empfindung anders ausdrücken sollte. Ein leises Stöhnen entfuhr ihr, und sie strich mit ihrer Hand leicht über seinen Arm.

Alec spürte die sanfte Liebkosung. Er schmeckte ihre Lippen, die sich ein wenig zurückzogen, sich ihm dann aber wieder entgegenstreckten. Sein Mund glitt über ihre Wange, ihre Schläfe hinweg. Er sah, wie sie ihn anschaute, wie ihr Verlangen und ihre Neugierde sie hinwegtrugen. Als sein Mund zu dem ihren zurückkehrte, da erwartete sie ihn bereits. Ihre Lippen bewegten sich unter den seinen und versuchten, ihn auf die gleiche Weise zu küssen, wie sie geküßt worden war.

Mehr Ermutigung benötigte Alec nicht. Mit einer animalischen Leidenschaft ergriff er Besitz von ihrem Mund, verschlang ihre Lippen, kostete sie, schien nicht genug von ihr bekommen zu können.

Und Fionas Lerneifer hielt an. Sie folgte Alec willig und trieb ihn auf diese Weise, ohne es zu wissen, zu einem immer größeren Verlangen an.

Ein Inferno entbrannte in seinem Inneren, aber Alec wurde sich plötzlich bewußt, daß es sich um ein Feuer handelte, das es zu kontrollieren galt. Er zwang seine Lippen, sich von ihrem Mund zu lösen. Dann zog er ihren Kopf sanft gegen seine Brust, wobei er ihre Lippen und ihre Wange zärtlich mit seinem Daumen und seinen Fingern streichelte, und sein Blick wanderte in die Ferne, zur untergehenden Sonne. Der junge Grundherr füllte seine Lungen mit Luft und bemühte sich, die Leidenschaften, die in seinen Lenden tobten, zu kontrollieren.

Selbst bei ihren rebellischsten Taten und in ihren wildesten Träumen hatte Fiona so etwas nicht für möglich gehalten. Sie schloß ihre Augen und schmiegte ihren Kopf an seine breite Brust. Sein besitzergreifender Arm um ihre Taille, die sinnliche Liebkosung seines Kinns auf ihrem Haar versetzte sie plötzlich in eine Welt, die sie noch nicht kannte. Ihr Herzschlag hämmerte in ihren Ohren. Fiona ließ ihre Zunge über ihre Lippen gleiten und rief sich die Beschaffenheit, die Fülle seiner Lippen auf den ihren wieder ins Gedächtnis.

Sie fühlte seine starken Finger, die über ihr Gesicht strichen.

Sie öffnete die Augen, hob den Kopf und betrachtete sein Profil. Er blickte nach vorne, zum Horizont hinüber. Sein Kiefer wirkte angespannt, sein Blick beunruhigt.

»Habe ich etwas falsch gemacht?« fragte sie leise.

»Natürlich nicht«, entgegnete er sanft und sein Blick richtete sich auf ihr Gesicht. »Wie kommt Ihr denn darauf?«

»Etwas scheint Euch zu schaffen zu machen.«

»Fiona, es ist alles in Ordnung«, beruhigte er sie, doch er litt Höllenqualen, die sich mit jeder Bewegung ihres festen Körpers gegen den seinen verschlimmerten.

»Warum ... warum seid Ihr plötzlich so ... so ernst?«

»Ich versuche mich ... nun ja ... zu beherrschen.«

»Zu beherrschen?«

»Ja. Ich versuche, mich zu beherrschen.«

»Um ... um mich nicht noch einmal zu küssen?« fragte sie und lächelte zu ihm auf.

»Fiona, es ist gefährlich, sich die Zeit mit Gedankenlesen zu vertreiben.«

»Wirklich? Warum?«

»Fragt lieber nicht, sonst werdet Ihr es ganz schnell herausfinden.« Alec konzentrierte sich auf die Schatten, die sich über das hügelige Farmland bis zum Kloster erstreckten.

Fiona blickte ihn mit aufgerissenen Augen an. Wenn das, worüber er da sprach, irgendetwas mit dem Küssen zu tun hatte, so konnte sie ihm versichern, daß sie ganz und gar nichts dagegen einzuwenden hatte. Sie ließ ihre Augen über sein Gesicht, sein Haar, sein perfekt geformtes Ohr wandern.

»Hört auf, mich so anzusehen.«

Fiona senkte ihren Blick auf ihren Schoß. »Woher wißt Ihr, daß ich Euch angesehen habe?«

Alec lächelte. Sie mußten sich unbedingt über etwas anderes unterhalten. Egal was. Er wollte sich mit etwas anderem beschäftigen, bevor sich all seine guten Vorsätze in Luft auflösten.

»Fiona, erzählt mir etwas über Eure Leute.«

»Über die Aussätzigen?« erkundigte sie sich, erstaunt über die Wendung, die die Unterhaltung nahm.

»Nein«, erwiderte er. »Über Eure Familie.«

»Ich habe Euch doch schon alles über das Kloster berichtet.«

»Nicht über das Kloster, über Eure eigene Familie«, beharrte er. »Wo kommt Ihr her? Wer sind Eure Leute? Eure Eltern? Oder seid Ihr wirklich die Tochter einer Feenprinzessin?«

»Oh, nein, glaubt Ihr die Geschichte etwa?«

»Sollte ich das nicht? Wie lautete sie noch einmal?«

»Also wirklich, Mylord . . .«

»Warte.« Alec schwieg einen Moment. »Sie erzählte doch von einer Feenjungfrau, die sich verliebt und einen Grundherrn heiratet. Richtig?«

»Das ist nur ein Märchen.«

»Dann erzählt mir die richtige Geschichte über Euch und Eure Familie.«

»Da gibt es nichts zu erzählen«, erwiderte sie mit einer Stimme, in der eine große Leere widerhallte. »Ich . . . ich habe keine, Mylord.«

Alec blickte sie überrascht an. Seine Worte hatten sie offensichtlich verstört. Wer war sie? Waisenkinder wurden im Allgemeinen nicht dazu ausgebildet, Klöster zu leiten, das wußte er. Hatte man bei dieser jungen Frau etwa eine Ausnahme gemacht?

»Nun einmal ernsthaft, Fiona, wie seid Ihr in das Kloster gekommen?«

»Walter hat es Euch doch gesagt. Er hat mich beinahe ertrunken an dieser Brücke gefunden und mich hergebracht.«

»Wie alt seid Ihr damals gewesen?« Alec dachte über die Geschichte nach, die Walter erzählt hatte. Wer brachte es nur fertig, ein Kind auszusetzen?

»Ich muß ungefähr fünf gewesen sein. Ich bin mir aber nicht sicher.«

Alec stellte sich Fiona als kleines Mädchen vor, das in einer stürmischen Nacht nach seiner Mutter weint, und das Herz wurde ihm schwer. Kein Wunder, daß sie so sehr an dem alten Aussätzigen hing.

»Erinnert Ihr Euch noch an irgendetwas vor dieser Nacht?« fragte er mit drängender Stimme. »Wißt Ihr denn, von welchem Clan Ihr kommt? Auf Skye gibt es nur MacLeods und MacDonalds.«

»Ich komme weder vom einen noch vom anderen, das weiß ich. Und manchmal erinnere ich mich auch an Bruchstücke, aber es ergibt alles keinen Sinn.« Sie gelangten langsam in die Nähe des Klosters, aber Fiona starrte mit unverwandtem Blick vor sich hin. »Da ist Wasser. Ich erinnere mich daran, in kaltem, kaltem Wasser zu sein. Ich habe das Gefühl, daß es tagelang dauert, aber ich weiß, daß das nicht sein kann. Und davor, kann ich nicht ... ich kann nicht ...«

Fiona schloß ihre Augen. Sie wollte sich nicht erinnern. Sie wollte nicht, daß die Alpträume zurückkamen.

Alec erblickte den Kummer in ihren Augen. Er ließ die Zügel fallen und umfing sie mit beiden Armen. Sie vergrub ihr Gesicht an seinem Hals. Das schwarze Roß verlangsamte den Schritt und blieb schließlich stehen.

Sie hielten einander lange Zeit nur stumm umschlungen fest. Die Abenddämmerung senkte sich, während Fiona Trost in der Nähe des Kriegsherrn fand. Sie vernahm die Geräusche der Nacht, die sie so gut kannte. Das Bellen eines Hundes, den Schrei einer Eule. Fiona spürte, wie der Kummer ihrer unbekannten Vergangenheit von ihr wich. Für den Moment zumindest war sie in der Umarmung dieses Mannes sicher.

»Ich habe lange Zeit kein Wort gesprochen ... beinahe einen Monat lang, hat man mir gesagt. Die Priorin wußte nicht einmal, ob ich überhaupt sprechen kann. Aber ich konnte weinen. Und David sagt, daß ich das ausgiebig getan habe.«

Sie lächelte ein wenig und hob ihr Gesicht von seiner Schulter. Sie fühlte sich stärker, fröhlicher, wieder wie sie selbst.

»Aber nun weine ich nur noch selten.«

»Und Ihr habt Euch auch entschlossen, von Eurer Sprache Gebrauch zu machen«, zog er sie auf und fügte hinzu: »Das finde ich sehr erfreulich.«

»Lord Alec, wollt Ihr damit etwa sagen, daß ich zuviel rede? Wie heißt noch das Sprichwort — ›Das rechte Wort zur rechten Zeit —‹«

»Nein, nein, Ihr seid einfach perfekt.«

Fiona hob überrascht über die Eindringlichkeit seiner Stimme den Kopf. Sogleich senkte sich sein Mund noch einmal auf den ihren und sog sanft an ihrer Unterlippe, während Alec sie fest gegen seine Brust preßte.

Er war verzaubert von dieser jungen Frau. Wenn er in ihrer Nähe war, hatte er das Gefühl, als ob eine andere Macht von ihm Besitz ergriff.

Selbst wenn ihre Lippen sich berührten, wußte er, daß er sanft und zärtlich mit ihr umgehen mußte, um sie nicht zu verschrecken. Doch plötzlich durchfuhr ihn ein Gedanke: Er warb um sie. Er war besorgt um ihre Gefühle, über ihre Reaktion auf einen einfachen Kuß, und das nur, weil er ihr nachjagte, ihrer Unschuld nachjagte. Und er verleugnete es nicht einmal.

Die Welt um sie herum war vergessen, als Fiona ihren Körper dem seinen entgegenstreckte. Die Dunkelheit umfing sie, und es gab nur sie beide auf der Welt. Ihr Arm glitt unter seine Schulter, und sie spürte die mächtigen Muskeln seines Rückens. Fiona fühlte, wie sie eine Erregung durchfuhr, und plötzlich war sie es, die ihn küßte.

Das darf nicht so weitergehen, dachte er und wurde sich plötzlich des pulsierenden Surrens bewußt, das in seinem Kopf immer lauter wurde. Es war der Beginn eines Tosens, das schon bald jedes andere Geräusch ausblenden würde. Der Beginn eines Verlangens, das schon bald nicht mehr zu kontrollieren sein würde. Das durfte nicht so weitergehen.

Er zog sein Gesicht weg, griff in seinen Rücken und nahm ihre Hände in die seinen. Dann führte er sie an seine Lippen und küßte ihre Fingerspitzen und ihre Handinnenflächen. Er schaute ihr ins Gesicht und atmete tief durch.

»Wir sollten schnellstens zusehen, daß Ihr nach Hause kommt.«

Fiona antwortete nicht. Ihr Verstand mußte sich erst von all den sinnlichen Erfahrungen befreien, die ihr wie Nebel die Sicht nahmen.

»Kommt doch morgen mit Malcolm und mir zu den Klippen hinaus«, sagte Alec ruhig.

»Zu den Klippen? Aber dort wollt Ihr doch einen Falken fangen«, protestierte sie leise.

»Kommt mit uns.«

Fiona legte den Kopf zur Seite, als seine Lippen sanft an ihrem Ohrläppchen saugten und die Haut an ihrem Hals liebkosten.

»Kommt mit.«

»Ja, ich werde kommen«, erwiderte sie verträumt. »Jemand muß ja die Vögel verscheuchen.«

Alec zog seinen Kopf ein wenig zurück und lächelte sie an. Dann schwang er sein Bein über den Rücken seines Pferdes und glitt behende zu Boden.

Er streckte beide Hände in die Höhe und umfing Fionas Taille. Ihre Hände umklammerten seine Schultern, und ihre Körper berührten sich, als er sie sanft auf den Boden setzte.

Sie standen in der Nähe der Ansammlung von Hütten, und ihre Augen mochten sich kaum voneinander lösen, während der Abend sie zum letzten Mal umfing.

»Wir sollten zusehen, daß Ihr nach Hause gelangt«, wiederholte er.

»Ja«, seufzte sie und blickte zu den Klosterwänden hinter dem Dorf hinüber.

Hand in Hand schritten sie den Weg zum Tor des Klosters hinauf.

»Ich glaube, von hier an bin ich sicher«, sagte sie. Fiona benötigte noch einen Moment für sich, bevor sie denen gegenübertreten konnte, die sie dort drinnen erwarteten.

»Bis morgen dann«, rief er, als sie davonschritt. »Werdet Ihr es Malcolm ausrichten?«

Sie nickte mit einem letzten Blick zurück, bevor sie zwischen den Klostermauern verschwand.

Kapitel 8

Wer kann Gefahren und Unglücke überwinden?
Wer ein Reich, eine Stadt, ein Haus regieren
Ohne die Erkenntnis?
— Robert Henryson, *»The Cock and the Jasp«*

Sie war schon einmal entkommen. Der Krieger schwor sich, das das nicht wieder geschehen würde.

»Töte sie und auch den Jungen.«

Sie war hier, genau da, wo sie sie die ganze Zeit über hatten haben wollen. Hätten sie es doch nur gewußt! Dann hätte er sich dieses Wissen zunutze gemacht. Zu einem profitablen Nutzen. Aber nun war die Zeit, in der sie von Nutzen hätte sein können, vorüber. Zu schade. All diese Jahre, und sie hatten nicht einmal gewußt, daß sie hier war.

Aber nun wußte er es. Bei ihrem ersten Zusammentreffen war sie ihm so bekannt vorgekommen. Und dann war wie durch einen Zauber Andrews Botschaft eingetroffen. Ja, er wußte es jetzt. Und er würde tun, was zu tun war. Andrew würde ihn gut bezahlen — das hatte er versprochen. Und wenn die kleine Kröte mit ihm starb ... nun ja, etwas Besseres konnte ihnen eh nicht passieren!

»Aber Ihr sagtet mir doch, daß der Grundherr ein Auge auf die Schlampe geworfen hat«, murmelte Kreuzmal leise. »Was ist aber, wenn wir nicht an sie herankommen können?«

»Ich habe dir alles gegeben, was du brauchst«, fuhr ihn der Anführer der Verbrecher an. »Versuche nur nicht, selbst zu denken. Tu einfach, was dir gesagt wird.«

»Aber . . . was ist, wenn wir den Grundherrn töten? Ist dann noch mehr für uns drin?«

»Ich will nicht *ihn* tot sehen, du Dummkopf, sondern *sie*. Aber tu, was du tun mußt.«

Das Pony, das hinter ihm herbummelte, zog an seinem Seil, und Alec blickte sich nach dem kleinen, braun-weißen Tier um. Malcolm wird seine helle Freude an dem aufgeweckten kleinen Kerl haben, dachte er.

Die Sonne schien warm auf sein Gesicht, während er den Weg zum Kloster entlangritt. Er fragte sich, ob Fiona wohl beim Aufwachen heute morgen an ihn gedacht hatte. Zum ersten Mal seit langer Zeit hatte Alec ungestört und ohne Träume von Königen und Menschenmengen geschlafen.

Alec war spät zu Bett gegangen, denn er mußte erst noch seine Leute auf Dunvegan befragen. Doch trotz all seiner Bemühungen konnte er Fiona keine neuen Informationen über Walters Angreifer liefern.

Nach allem, was er bisher herausgefunden hatte, kamen eine Menge Männer auf der Isle of Skye als Angreifer in Frage. Vater Jack war zwar beim gemeinen Volk beliebt, aber er stellte offenbar eine Bedrohung für die Machtstruktur beider Clans auf der Insel dar. Die Menschen betrachteten ihn statt ihrer Anführer als Berater, und das mußte die herrschende Hierarchie der Clans verärgern. Die Anführer beider Clans konnten gut und gerne einen Groll gegen den alten Einsiedler haben, und seinen Tod einem Außenseiter in die Schuhe zu schieben machte Sinn. Leider gab es außer Ebon noch mehrere Rappen auf Dunvegan, und Alec war sich sicher, daß es nicht schwierig sein konnte, an einen Macpherson-Tartan zu gelangen.

Aber der Kriegsherr hatte trotz allem die Hoffnung noch nicht aufgegeben. Walters Enkel, Adrian, bot immer noch die Möglichkeit, den Mann identifizieren zu können. Und nachdem Alec die MacLeod-Männer von seiner Absicht in Kenntnis gesetzt hatte, diesem Angriff auf den Grund zu gehen, fragte er sich, wie sie wohl reagieren würden.

»Für mich? Ganz für mich allein?« sprudelte es aus dem Jungen hervor. »Oh, David, darf ich es wirklich behalten?«

»Das müssen wir natürlich erst mit der Priorin besprechen, aber ich denke, sie wird nichts gegen Lord Alecs Geschenk einzuwenden haben.«

»Oh, danke, Alec. Es ist wunderschön.« Malcolm ließ seine Hand bewundernd über das Fell des kleinen Ponys gleiten. »Darf ich es bis zu den Klippen reiten? Wie ist sein Name?«

»Es heißt Rogue«, erwiderte Alec. »Aber ich denke, der Stallhof ist ein besserer Ort, um sich erst einmal mit ihm vertraut zu machen. Was meint Ihr dazu, David?«

»Jawohl, Mylord, Malcolm ist ein sehr guter Reiter, aber das halte ich für eine gute Idee.«

»Ein Pferd und einen Falken am selben Tag«, sagte Malcolm aufgeregt und wandte sich dem älteren Mann zu. »Alec und ich fangen heute mit dem Netz einen jungen Falken. Einen, den ich selbst trainieren werde.«

»Ich weiß, Malcolm«, entgegnete David lächelnd.

»Einen, den ich behalten darf. Ist es nicht so, Alec?«

»Wir werden es zumindest versuchen. Ich kann dir nichts versprechen, aber wir werden versuchen, einen für dich zu finden.«

Alecs Blick wanderte über das Klostergelände hinweg. Einige Nonnen arbeiteten im Garten und ein reisender Händler und sein Diener stiegen gerade in der Nähe der Herberge auf ihre Pferde. Durch die Tore bewegte sich ein ständiger Strom von Dorfbewohnern hinein und hinaus, aber nirgendwo war ein Zeichen von Fiona zu entdecken.

»Sie ist in ihrem Arbeitszimmer«, sagte David und lächelte den Grundherrn verstohlen an. »Sie wußte nicht, wann Ihr eintreffen würdet, und die Priorin hatte noch einige Aufgaben für sie.«

»Oh«, erwiderte Alec, der über den Scharfsinn des alten Mannes überrascht war.

»Wenn Ihr möchtet, schicke ich einen der Jungen —«

»Nein«, unterbrach ihn der Grundherr. »Ich weiß, wo sie ist. Aber vielleicht sollten wir sie nicht stören —«

»Stören?« lachte David. »Sie war seit Sonnenaufgang jede Viertelstunde hier draußen und hat nach Euch Ausschau gehalten ... nun ja, zumindest seit dem Frühgottesdienst.«

Alec mußte unwillkürlich lächeln. »Dann werde ich mich auf den Weg machen und sie holen.«

»Aber mach schnell«, rief Malcolm. »Wir sollten nicht zu spät zu den Klippen aufbrechen. Fiona ist heute morgen so guter Laune. Wenn ich meinen Falken jetzt fange, dann erlaubt sie vielleicht, daß ich ihn behalte.«

Fiona drückte den Stopfen ins Tintenfaß und blies den letzten Eintrag trocken.

»Geschafft. Geschafft. Geschafft. Aber wo bleibt er?« murmelte sie in sich hinein. Sie hob drei der Farmhauptbücher und einige Rollen auf und lief auf die Tür zu. »Nun ja, ich werde die Sachen der Priorin hinlegen, damit sie sie nachsehen —«

Die geöffnete Tür verwandelte sich plötzlich in eine Wand — eine menschliche Wand. Sie trat einen Schritt zurück und lächelte in das Gesicht von Alec Macpherson hinauf.

»Ihr seid gekommen«, sagte sie atemlos und bemerkte, wie ihr Herz schneller schlug.

»Ja«, sagte er und drängte sie ins Zimmer zurück. Seine Augen glitten über sie hinweg und nahmen jedes Detail wahr. Ihr wunderschönes, gerötetes Gesicht begrüßte ihn mit einem Strahlen, wie er es sich erhofft hatte. Sie trug keinen Schleier, und das Licht, das durch das einzige Fenster des Raumes drang, weckte die flammenden Lichter in ihrem sorgfältig zurückgebundenen Haar.

Während er ihr in die Augen blickte, nahm er die Sachen, die sie unter dem Arm trug, an sich und lud sie ohne Umschweife auf dem Tisch ab. Dann trat er rückwärts an die Tür und schob sie mit dem Rücken zu.

»Mylord«, flüsterte sie mit aufgerissenen Augen. »Gehört sich das denn?«

»Es ist mit egal, ob es sich gehört oder nicht.« Alec näherte sich ihr. »Ich habe Euch vermißt.«

»Ich Euch auch.« Sie machte einen zögernden Schritt, als Alec auf sie zugeeilt kam.

Dann trafen sich ihre Körper in einem Wirbelwind des Verlangens.

»Ihr habt mich verzaubert, meine Feenjungfrau«, flüsterte er, die Lippen nur einen Atemzug von den ihren entfernt.

»Ich bin diejenige, die verzaubert wurde«, hauchte sie und hob ihm ihren Mund entgegen.

Die beiden schlossen einander in die Arme und ihre Lippen trafen sich zu einem Kuß, der Flammen in ihren Seelen entzündete und sie bis in ihr tiefstes Inneres erleuchtete.

Alec preßte sie an sich und plötzlich war alles vergessen, außer der Weichheit ihres Mundes und ihres Körpers, der sich an den seinen schmiegte. Sein Mund verschlang sie, preßte sich gegen ihre vollen Lippen, und als seine Zunge über die Innenseiten ihrer Lippen glitt, spürte er, wie sie erzitterte.

Es lag eine Wildheit in ihrer Umarmung, die am Abend zuvor noch nicht dagewesen war. Es war ganz so, als habe der neue Tag neue Gefühle gebracht, neues Verlangen, neue Schwellen, die es zu überschreiten galt.

Fiona spürte, wie sich Flammen in ihrem Inneren ausbreiteten, die alle Vernunft, alle Bedenken verschlangen. Sie wurde von einer Leidenschaft erfaßt, die sie niemals für möglich gehalten hatte. Sie spürte sein Verlangen. Ihre Hände klammerten sich an seinen Rücken, während sich ihre Lippen öffneten, um seine drängende Zunge zu empfangen.

Alec schmeckte die Süße ihrer Lippen und tauchte tief in ihren Mund hinab, erforschte seine Beschaffenheit, seine Weichheit, seine Wärme. Er drehte sanft seinen Mund, so daß er noch tiefer in sie eindringen konnte, und Fiona hob sich seinem Verlangen entgegen.

Als er spürte, wie sie sich ihm entgegenstreckte, erfaßte ihn ein unglaubliches Verlangen und eine übermächtige Dringlichkeit. Ihre Hüften preßten sich gegen seine härter werdende Männlichkeit, und Alec wurde sich plötzlich der wachsenden Kraft bewußt, die sich ungehemmt in ihm aufbaute. Er schob sie gegen den Tisch. Er wollte sie.

Fiona wölbte sich ihm instinktiv entgegen. Sein muskulöses Bein schob sich zwischen die ihren und preßte sich mit einer nie gekannten Intimität gegen sie. Ihre Hände wanderten über seinen muskulösen Rücken. Ihre Zunge wurde so wild wie die seine. Sie spürte, wie in ihr eine völlig neue Frau erwachte, eine Frau mit Gefühlen, mit Begierden. Begierden, die so real waren ... so lebendig! Ihre Sinne wurden von einem Hunger erfüllt, der dem seinen ebenbürtig war — ein Hunger, der sich nicht verleugnen ließ.

Von seinen Händen auf ihrem Rücken ermutigt griff sie

nach oben und umfaßte seine Schulter und seinen Hals. Als seine kräftigen Finger ihren Rücken streichelten und tiefer zu den sanften Rundungen ihres Hinterteils hinabglitten, schob sie ihre Hüften erneut gegen ihn und spürte, wie eine Hand ihren Oberschenkel hob. Der Atem stockte ihr, als er seine heiße Erregung fest gegen sie preßte. Sie spürte, wie seine harte Männlichkeit auf intime Weise gegen sie pulsierte, und urplötzlich breitete sich ein Gefühl der Panik in ihrem Bewußtsein aus. Fiona versuchte instinktiv, ihre Hüften wegzuschieben, aber mit dem Tisch im Rücken und mit Alecs schmeichelnden Händen und seinem Mund, die das Feuer in ihr weiter schürten, ließ ihre Angst schon bald nach und verwandelte sich in ein Verlangen, das Fionas ganzen Körper erfaßte.

Als sie sich noch fester gegen ihn preßte, spürte Alec, daß sein ganzer Körper vor Verlangen zu zittern begann. Alec löste seine Lippen von den ihren und wanderte mit seinem Mund zu der seidigen Haut ihres Halses hinab.

»Was machst du mit mir?« flüsterte sie und strich mit ihren Fingern durch sein Haar.

»Ich zolle der Fee den ihr zustehenden Tribut.«

Seine Zunge zog eine Linie von ihrem Ohr zu ihrem Schlüsselbein. Ein Stöhnen entfuhr ihren Lippen, und ihre Hand ergriff eine Locke seines losen, blonden Haares. Seine Hände streichelten ihre Seite, bewegten sich sanft, aber unnachgiebig auf die weiche, runde Fülle ihrer Brüste zu. Er vernahm ihren scharfen Atemzug, als sie sich noch fester in seinen Griff preßte.

»Feen ... sind Märchen«, keuchte sie und fühlte, wie seine Finger die Knöpfe an der Rückseite ihres Kleides lösten.

»Märchen? Du könntest zu einer Besessenheit werden.« Er schob den Kragen ihres Kleides zur Seite und drückte seine vollen Lippen auf ihre weiche, weiße Schulter. Der Träger eines Hemdes rutschte an ihrem Arm herab.

»Stimmt das?« flüsterte sie heiser.

»Ich bin bereits von dir besessen«, erwiderte er und zog ihr das Kleid weiter über die Schultern herab. »Du hast mein Herz längst erobert.«

Alec blickte in Fionas Augen, die ihn voller Verlangen ansahen und preßte seine Lippen auf das entblößte Fleisch oberhalb ihrer Brust. Er zog die graue Wolle des Kleides weiter herab, befreite die rosenfarbene Aureole aus der Beengtheit von Fionas Hemd und nahm die Brustwarze mit seinem Mund in Besitz. Sie stöhnte auf, als er daran saugte, und legte den Kopf in den Nacken.

Das Ächzen einer Tür auf dem Flur brachte sie unvermittelt in die Realität zurück. Fiona sprang atemlos zur Seite und ihre Hände bemühten sich, ihre Kleidung auf irgendeine halbwegs vernünftige Weise in Ordnung zu bringen. Ihre Finger flogen in ihren Nacken und schlossen hastig die Knöpfe ihres Kleides.

Alec blieb stehen wo er war. Seine blauen Augen durchbohrten sie mit Verlangen.

Was war nur über sie gekommen? Fiona konnte sich den Sturm der Gefühle, der sie erfaßt hatte, nicht erklären. Sie schienen ihre rationalen Gedanken zu beherrschen, ihre Fähigkeit, klar zu denken. Das hier war völlig anders als die Zweisamkeit, die sie am Abend zuvor erlebt hatten. Zuneigung hatte sich plötzlich in Verlangen verwandelt. Zärtlichkeit in zügellose Leidenschaft. Als sich ihre Blicke wieder ineinander versenkten, spürte sie, wie ihr Körper unter der Hitze seines Blickes zu schmelzen begann.

»Ich kann doch unmöglich ...« stammelte sie. »Wir sollten nicht ...«

»Wir haben nichts Schlimmes getan, Fiona.«

»Ihr versteht nicht. Ich ...« Sie drehte sich um und zog sich zu dem kleinen Fenster zurück. Dort blieb sie stehen, atmete die frische Luft ein und bemühte sich, ihre Sinne zu beruhigen, zu verstehen, was gerade passiert war.

Alec vermochte seine Augen nicht von ihr zu lösen. Leidenschaft. Ambrose hatte ihm gestern abend die Frage gestellt, wo eine Beziehung wie die ihre hinführte. Er hatte Alec Gründe über Gründe genannt, warum er sie in Ruhe lassen sollte. Fiona war ohne Familie, ohne Namen. Aber sie hatte zumindest einen Platz, eine Zukunft für sich gefunden, mit der Alec nicht spielen sollte. Ambrose hatte über Dinge gesprochen, über die Alec nachzudenken noch gar nicht bereit war. Ob seine Zuneigung zu Fiona, dieser Unschuld, nicht bloß eine trotzige Reaktion auf die Geschichte mit Kathryn sei. Ob er Fiona nicht nur benutze, um über seine Verletztheit hinwegzukommen.

Alec war wütend über seinen jüngeren Bruder gewesen, weil er nach diesen Dingen gefragt hatte und hatte ihm dies auch gesagt. Aber später hatte er noch sehr lange über das Gespräch nachgedacht. Alles, was Ambrose sagte, besaß ein Körnchen Wahrheit. Doch nun, wo er sie anschaute, wußte er, was er schon gestern abend gewußt, was er schon seit Tagen gewußt hatte. Er wurde von einer Macht vorwärtsgetrieben, die sich vollkommen von dem unterschied, was Ambrose ausmalte. Aber er war noch nicht bereit, seinem Bruder dies einzugestehen. Oder sich selbst.

Dabei war es doch ganz einfach, dachte er nun, und betrachtete Fiona, die immer noch am Fenster stand.

Ich brauche sie. Nur sie. So, wie sie ist.

Ich liebe sie.

Im Korridor draußen waren Stimmen zu hören. Sie gingen an der Tür vorüber. Alec bemerkte, wie sie ein wenig den Kopf drehte, als sie den verklingenden Geräuschen lauschte. Er wandte sich um und öffnete die Tür.

»Ich habe Malcolm versprochen, daß ich Euch direkt zurückbringe.« Alec lächelte. »Ich hatte wirklich die besten Absichten.«

Sie wandte sich ebenfalls um und blickte ihn an. Er sah so ruhig aus, so kontrolliert. So ganz anders als sie. Sie fühlte sich völlig anders.

Fiona atmete tief durch und versuchte, all das, was zwischen ihnen geschehen war, zu begreifen.

»Malcolm freut sich sehr auf den heutigen Tag, Mylord. Er ist schon ganz aufgeregt.«

»Laßt uns mit dem ›Mylord‹ und dem ›Lord Macpherson‹ aufhören, Fiona«, erwiderte er mit ernstem Gesicht. »Von jetzt an bin ich Alec für Euch.«

Fiona war außerstande, ihm zu antworten.

Sie stand schweigend da und blickte den gutaussehenden Edelmann an. Obwohl ihr Arbeitskontor nicht klein war, schien er den Raum zu beherrschen. Eine Aura aus Selbstvertrauen, Reichtum, Kraft und . . . Macht umgab ihn. All dies machte den Unterschied zwischen ihnen nur deutlicher, selbst sein Äußeres: von seinem feinen, weißen Leinenhemd bis zu seiner juwelenbesetzten Clan-Brosche, die den Tartan, der über seine Brust geschlungen war, festhielt. Wenn sie ihn ansah, wurde ihr nur allzu bewußt, daß sie zum einfachen Volk gehörte, daß sie eine Frau ohne Familie, ohne Namen war. Sie senkte ihre Augen. Ja, sie wußte es nur allzu genau.

Lord Alec Macpherson war der Grundherr.

»Wir können gehen, ich bin bereit«, flüsterte sie.

»Ich möchte Euch vorher noch etwas geben.«

»Mir?« fragte sie überrascht.

»Ja. Unstet wie Ihr es seid, immer entschlossen, alleine herumzuziehen, benötigt Ihr etwas, um Euch zu verteidigen.«

Alec zog einen kleinen Dolch in einer Lederscheide aus dem Beutel, den er neben seinem langen Schwert trug. Er trat auf sie zu und hielt ihn ihr hin. Der braune Holzgriff war poliert worden, so daß er glänzte, und auf dem Heft befand sich ein Stahlkreis. Selbst von der Stelle aus, wo Fiona stand, konnte sie erkennen, daß es sich um ein eingeprägtes Familienwappen handelte. *Sein* Familienwappen.

»Mylord, ich kann ein solches Geschenk unmöglich annehmen . . . Ich —«

»Es ist kein Geschenk«, sagte er und dachte angestrengt nach. Natürlich würde sie ein Geschenk nicht annehmen! Was hatte er sich nur dabei gedacht? »Es ist für meinen eigenen Seelenfrieden. Zu Eurem Schutz. Es gibt viele Jungfrauen, Fiona, die eine solche Waffe mit sich tragen.«

»Ich benötige keinen Schutz, Mylord«, erwiderte sie mit fester Stimme. »Aber ich bin sicher, daß diese anderen Jungfrauen eine solche Waffe sicherlich mit Freuden willkommen heißen würden, besonders, wenn sie von jemandem Euren Standes kommt.«

Sie bedauerte sofort den Klang ihrer Worte. Sie selbst hörte die unangebrachte Eifersucht aus ihnen heraus.

»Ich interessiere mich nicht für andere Jungfrauen«, erwiderte Alec mit strengem Gesicht. Er griff nach ihrer Hand und legte den Dolch hinein. Als er sie wieder losließ, sagte er mit weicherer Stimme: »Ich mache mir Gedanken um *Eure* Sicherheit. Nur um die geht es mir.«

»Aber ich kann trotzdem nicht« begann sie leise und schüttelte den Kopf.

»Fiona, wartet. Laßt mich erklären«, sagte er, schwieg dann für einen Moment und blickte ihr ernst in die Augen. »Ihr habt mir gesagt, daß ein Mann und eine Frau voneinander lernen sollten. Ich lerne. Der Gedanke daran, daß ihr alleine durch die Wälder wandert, hat mich am Anfang zornig gemacht — und er bereitet mir unendliche Sorgen. Aber ich lerne, daß ich Euch nicht aufhalten kann, es auch weiterhin zu tun. Und daß ich nicht versuchen kann, Euch zu etwas zu formen, was Ihr nicht seid. Ich möchte Euch nur helfen und dafür sorgen, daß Ihr Euch sicherer fühlen könnt. Also, entweder Ihr nehmt den Dolch nun an oder ich werde Euch verfolgen lassen, wohin auch immer Ihr geht. Wofür entscheidet Ihr Euch?«

Fiona schloß ihre Finger um den Dolch. Über den Insignien auf dem Heft saß eine Katze, darüber war auf einem Schild ein Schiff dargestellt. Die Katze hatte drohend ihre Krallen ausgestreckt. »Aber Ihr versteht nicht. Ich könnte ihn nie gegen einen anderen Menschen richten. Das ist einfach nicht meine Art.«

»Wenn Ihr in die entsprechende Situation kommt, werdet Ihr tun, was nötig ist.« Alec schaute die junge Frau an, die nachdenklich die Waffe in ihrer Hand betrachtete. »Und außerdem könntet Ihr sie benötigen, um Euch gegen allzu leidenschaftliche Grundherrn zu wehren.«

Fiona blickte unerwartet lächelnd zu Alec auf und befestigte den Dolch an der Kordel, die ihre schmale Taille umfing.

»Ihr habt mich überzeugt.«

»Tatsächlich?« erwiderte er überrascht.

»Ja, Mylord. Allzu leidenschaftliche Grundherrn scheinen eine zunehmende Bedrohung auf dieser Insel zu werden.«

»Nun, ich schätze, ich sollte froh sein, daß Ihr den Dolch angenommen habt«, entgegnete Alec, doch sein Lächeln verschwand und an seine Stelle trat plötzlich ein Ausdruck böser Vorahnung. »Aber wenn ich bedenke, was Euch dazu gebracht hat, kann ich mich des Eindrucks nicht erwehren, daß ich die ganze Sache noch einmal bereuen werde.«

Malcolm war in der Tat aufgeregt und freute sich auf den Ausflug. Er saß auf seinem neuen Pony und wartete mit David auf dem Platz vor dem Stall. Ein Stalljunge hielt Ebon und David hatte ein weiteres gesatteltes Pferd am Zügel, das für Fiona bestimmt war.

»Gefällt dir mein neues Pony, Fiona?« sprudelte der Junge hervor, bevor Fiona und Alec die kleine Gruppe ganz erreicht hatten. »Alec hat ihn mir geschenkt! Sein Name ist Rogue, und es mag mich.«

Fionas Augen wanderten von Malcolms freudestrahlendem Gesicht zu dem ruhelosen Pony unter ihm. Bevor Lord Macpherson dahergekommen war, hatte sie das Leben des Kindes hier im Kloster für angemessen gehalten, doch nun, als sie einen Blick auf den aufgeregten Jungen warf, wußte Fiona, daß sie Unrecht gehabt hatte ... und vielleicht hatte sie sogar Unrecht, was ihr eigenes Leben betraf.

»Wie könnte es dich nicht mögen?« stimmte sie ihm zu und blickte zum Grundherrn auf. »Ein wundervolles Tier, Mylord.«

»Da ihr drei eine ziemliche Entfernung zu überwinden habt, dachte ich, du wolltest heute ausnahmsweise vielleicht auch einmal reiten«, sagte David und blickte Fiona anzüglich an. »Langsamkeit kommt zwar dem Reifeprozeß zugute, führt aber auch zum Faulenzen, weißt du.«

Solange sie sich erinnern konnte, war dies ein wunder Punkt zwischen Fiona und David gewesen. Sie ging gerne zu Fuß. David haßte es. Das Wandern gab ihr die Freiheit, kleine Pfade zu benutzen, und unbemerkt zu kommen und zu gehen. David hatte sich dabei nie wohl gefühlt. Daher hatte er ihr das Reiten beigebracht. Und obwohl Fiona darin bald ebenso gut war wie in allem anderen, mied sie es doch weiterhin. Er dagegen bestand immer wieder darauf, daß sie ein Pferd nahm, um hin und her zu kommen — aus Gründen der Sicherheit. Aber Fiona weigerte sich natürlich.

»Also gut«, seufzte sie nun, als sie Davids hochgezogene Augenbrauen erblickte. Fiona hatte nicht vor, Malcolms

Freude über sein Pony einen Dämpfer zu versetzen. »Auch wenn wir gesunde Beine zum Laufen haben«, murmelte sie in sich hinein.

Alec sah zu, wie Fiona sich leichtfüßig in den Sattel schwang und ihre Röck glattstrich. Irgendwie war er enttäuscht, daß sie nicht mit ihm reiten würde.

Er schwang sich ebenfalls in den Sattel und folgte den beiden.

Als das Trio auf dem Weg zum Klostertor war, hastete James, der alte Pförtner, unerwartet auf sie zu und blockierte ihnen mit seinem langen Stock den Weg.

»Nein, mein Kind, du kannst heute nicht gehen«, rief er, ganz offensichtlich über irgendetwas erregt. »Bring den Jungen wieder zurück.«

Fiona glitt von ihrem Pferd und trat auf ihren beunruhigten Freund zu. Alec beobachtete die beiden unbehaglich. Er hatte das Gefühl, als sei er schon einmal Zeuge dieser Szene gewesen. Die blaue Robe des Pförtners hing offen und das alte Hemd, das er darunter trug, zeigte die Merkmale von Verschleiß.

»Was ist denn los, James?« fragte sie und legte dem alten Mann die Hand auf die Schulter.

»Meine Mutter hat mich geschickt, um dich zu warnen. Tu nicht, was du beabsichtigst, denn es wird nicht gut ausgehen, das sage ich dir!«

»Deine Mutter, James?« erkundigte sich Fiona. Sie blickte schnell zu Alec hinüber. Der alte Pförtner mußte beinahe achtzig sein und lebte alleine mit seinem Sohn, dem Dorfschmied.

»Ja, mein Kind!« James senkte vertraulich die Stimme. »Es liegt am Regen. Es wird eine Flut geben. Loch Dunvegan wird über die Ufer treten.«

»Aber die Sonne scheint, James«, protestierte Malcolm. Er wollte nicht, daß der Ausflug verschoben wurde.

Fionas Blick wich keinen Moment von dem alten Pförtner. In ihren freundlichen, haselnußbraunen Augen schimmerte Besorgnis. Doch sie tröstete ihn und bemühte sich, ihm seine Angst zu nehmen.

»Vielen Dank, James, aber wir reiten in südlicher Richtung

— weg von Loch Dunvegan — zu den Klippen, von denen man auf diese kleinen Inseln blicken kann —«

»MacLeod's Maidens«, zwitscherte Malcolm fröhlich.

»Wir werden nicht weit weg sein, sollte es ... wenn es zu regnen anfängt.«

Die Augen des Pförtners sahen immer noch beunruhigt drein.

»Also gut, mein Kind, wenn du meinst ...« murmelte er unglücklich, drehte sich um und schritt langsam zu seinem Platz am Tor zurück. »Aber meine Mutter ...«

»Können wir bitte weiterreiten, Fiona?« sagte Malcolm mit flehender Stimme.

Mit einem letzten Blick auf James stieg Fiona wieder in den Sattel. Der alte Pförtner schüttelte traurig den Kopf.

»Wir werden nach Wolken Ausschau halten, James«, versicherte sie tröstend, als sie an ihm vorbeiritten.

»Es ist nicht eine einzige Wolke am Himmel, Fiona«, flüsterte der Junge und blickte Alec hoffnungsvoll an.

»Es wird uns nichts passieren, Malcolm«, erwiderte sie ruhig. »James wird nur langsam ... nun ja ... er macht sich Sorgen um uns, das ist alles.«

Sie ritten schweigend aus dem Dorf, und Fiona und Alec betrachteten Malcolm, der stolz auf seinem Pony saß. Seine Augen nahmen alles um ihn herum wahr, als sei er zum ersten Mal hier draußen.

»Dieser Pförtner ... James«, sagte Alec. Irgendetwas nagte an dem Grundherrn. Etwas, das mit dem alten Mann zu tun hatte.

»Er ist komisch!« zwitscherte Malcolm.

»So etwas sagt man nicht, Malcolm«, verbesserte ihn Fiona streng. »Er wird alt. Aber er hat nichts Komisches an sich.«

»Ist er immer so?« erkundigte sich Alec. »So besorgt um das Wetter, meine ich.«

»Nicht immer«, erwiderte Fiona und blickte zum klaren, blauen Himmel hinauf. »Er behauptet, daß er von Dingen träumt, und die Bauern glauben ihm. Einige glauben sogar, daß er einem in die Seele blicken kann. Daß er das Zweite Gesicht hat.«

»Und es gibt auch einige, die an die Feenjungfrau glauben. Sind das dieselben Leute?«

»Ja, mehr oder weniger«, flüsterte sie.

»Glaubt Ihr ihm auch? Glaubt Ihr an das, was er sagt?« fragte Alec und blickte Fiona an. »An das, was er sieht?«

»Es ist schwer, Träume und Warnungen zu verstehen. Aber wir wären Narren, nicht an Dinge zu glauben, nur weil wir sie nicht verstehen. Ich glaube daran, daß alles möglich ist.«

»Ja, alles ist möglich.«

Fiona spürte, wie Alecs Augen sie durchbohrten, und ihr Widerstand gegen ihn begann zu schmelzen.

Sie trat dem Pferd in die Flanken und ritt vor den beiden her. Alles ist möglich! Ja, für Träumer und Narren, dachte sie. Aber wie konnte sie sich nur diesen Gefühlen für einen Grundherrn hingeben? Als sie ihr Arbeitszimmer verließen, hatte sie das Gefühl gehabt, als ob die Augen aller auf ihnen ruhten. Als wisse jeder, was sie und Alec hinter der geschlossenen Tür getan hatten. Sie war schrecklich verlegen.

Aber das ist kein Traum, dachte sie. Es ist aus Fleisch und Blut. Es ist Leidenschaft und Verlangen und Chaos. Der alte James kann es sehen, aber ich nicht. Was bin ich doch für eine Närrin!

Die Worte des alten Pförtners hallten in ihrem Kopf wider. Es wird nicht gut ausgehen. Das hatte er gesagt, und sie wußte, daß er recht hatte. Denn sie war diejenige, die sich hilflos fühlte. Sie war diejenige, die am Ende leiden würde. Wie Malcolms Mutter es getan hatte. Aber selbst mit diesem Wissen schien sie nicht imstande, den Aufmerksamkeiten des Grundherrn zu widerstehen oder seine Zeichen der Zuneigung zurückzuweisen.

Sie konnte einfach nicht aufhören, an ihn zu denken. Sie spürte seine Gegenwart überall. Sie hatte diese Sache bereits zu weit kommen lassen. Das wußte sie. Und nun trieb sie ihre Neugier, ihr Verlangen nach ihm weiter. Sie hatte nichts dagegenzusetzen.

Was immer mit mir geschehen soll, es soll geschehen, dachte sie entschlossen. Sie konnte es nicht aufhalten. Und sie wußte, daß sie es nicht tun würde.

Hinter ihr unterhielten sich die beiden wie alte Freunde.

»Stell dir nur vor, Alec«, sagte Malcolm aufgeregt. »Wenn wir heute Glück haben, werde ich meinen eigenen Falken, vielleicht ein Weibchen, mit nach Hause nehmen. Dann werde ich eine Mätresse haben, genau wie du!«

Fiona drehte sich auf ihrem Pferd um und blickte den Grundherren mit einer hochgezogenen Augenbraue an.

Auf der Wiese rechts vom Pfad ließ sich ein Schwarm Möwen in der rosablühenden Glockenheide und dem Gras nieder. Der Junge richtete seine Aufmerksamkeit darauf.

»Fiona, darf ich Rogue für eine Weile vom Pfad führen?«

Sie blickte in das aufgeregte Gesicht des Jungen. »Natürlich, aber nicht zu weit.«

Mit einem Freudenschrei und einem Klaps mit den Zügeln zwang Malcolm sein neues Pony zu einem Sturm über das Feld. Rufend und winkend galoppierte der Junge direkt in den Vogelschwarm hinein und zerstreute ihn in eine fedrige und kreischende Wolke.

»Eine Mätresse? Etwa eine der neuen Behaglichkeiten auf Dunvegan, Mylord?« zog sie ihn auf.

Alec blickte sie mit amüsierter Überraschung an. »Auf Dunvegan gibt es nichts außer Stahl und kaltem Stein, Fiona.«

»Wie bitte? Nichts Warmes? Nichts, um Euch die Zeit zu vertreiben?«

»Nichts, außer einigen häßlichen Hunden und sogar noch häßlicheren Kriegern«, erwiderte er in vertraulichem Tonfall. »Wenn Ihr allerdings anbieten wollt, mich zu besuchen ...«

Fiona sah zu der Stelle hinüber, wo Malcolm über die Wiese raste. Immer, wenn sie dachte, er sei zu weit geritten, sah sie, wie er abrupt am Zügel riß, das Pony herumwirbelte und es mit vollem Galopp wieder über das Grün zurückjagte.

»Ich habe Dunvegan Castle bisher nur aus der Entfernung gesehen«, erwiderte sie. »Weder die Priorin noch David haben mich in die Nähe des Schlosses gelassen, als ich aufwuchs.«

»Nun, es war sicherlich nicht der geeignete Ort für eine junge Frau.«

Fiona blickte ihn lächelnd an. »Ich bin mir nicht sicher, ob es inzwischen der geeignete Ort für eine junge Frau ist, Mylord.«

Alec lachte immer noch, als Malcolm auf sie zugeritten kam.

»Rogue ist schnell, Fiona«, keuchte der Junge. »Hast du uns gesehen, Alec? Hast du gesehen, wie er diese dreckigen, englischen Soldaten gejagt hat?«

»Malcolm!« protestierte Fiona mit lauter, erschrockener Stimme. Sie drehte sich zu Alec um. »Wie ich sehe, habt Ihr wirklich einen guten Einfluß auf ihn: Falken und Mätressen, Seemöwen und englische Soldaten!«

»Ein schottischer Junge muß über diese Dinge Bescheid wissen«, erwiderte Alec und zuckte gutmütig mit den Schultern.

»Wir werden doch heute einen Falken fangen, nicht wahr, Alec?«

»Nicht, wenn ich es verhindern kann«, drohte Fiona. »Wenn du glaubst, daß du das arme Tier sicher hast, werde ich —«

»Ja, Malcolm. Wir werden vielleicht einen fangen«, erwiderte Alec, streckte seine Hand aus und legte sie spielerisch über Fionas Mund. »Aber möglicherweise wirst du ihn noch nicht am ersten Tag mit nach Hause nehmen können. Vielleicht müssen wir ihn erst für eine Weile auf Dunvegan halten.«

»Aber warum, Alec?« erkundigte sich Malcolm.

»Ja, sagt uns warum, Mylord«, drängte sie und schlug seine Hand fort.

»Du mußt Geduld haben, Junge. Du mußt diese Kreatur umwerben. Du mußt sanft mit ihr umgehen. Und das könnte eine Weile dauern.«

»Ich bin nicht sehr geduldig«, gestand der Junge.

»Welcher Mann ist das schon?« bemerkte Fiona trocken.

»Geduld hat immer ihre Grenzen, Malcolm«, sagte Alec und warf Fiona einen bedeutungsvollen Blick zu. »Aber man sagt, ich sei ein geduldiger Mann.«

»Die Priorin hat mir beigebracht, daß Geduld die Tugend der Esel sei«, sagte sie beiläufig.

»Nicht immer«, erwiderte Alec, der ein Lächeln unterdrücken mußte, und wandte sich an den Jungen. »Du darfst nie vergessen, Malcolm, daß du es bei der Falknerei mit einem Wildvogel zu tun hast. Einem Vogel, der niemals zuvor von der Hand eines Mannes berührt worden ist.«

»Oder eines Menschen überhaupt, Malcolm«, warf Fiona ruhig ein. »Das mußt du immer im Gedächtnis behalten.«

Alecs Augen ruhten auf dem wundervollen Geschöpf, das neben ihm herritt. Er mußte zugeben, daß es ihm großes Vergnügen bereitete, daß er der erste Mann war, der diese Frau berührte. Er hatte immer noch den Schimmer ihrer Haut, die makellose Fülle ihrer Brüste vor Augen. Und er konnte ihre Süße noch auf seinen Lippen schmekken.

Bisher war es ihm stets egal gewesen, ob die Frau, mit der er zusammen war, schon andere Männer gehabt hatte. Auch bei Kathryn. Aber aus irgendeinem Grund spielte es bei Fiona nun eine Rolle. Wenn er an sie dachte, wollte er sie beschützen. Sie sollte ihm gehören, nur ihm.

»Ich möchte nur wissen, wann wir zusammen die Felder durchstreifen und auf die Jagd gehen können.« Malcolms Stimme drängte sich in Alecs Gedanken. »Wann ich meinen Vogel nachts mit in mein Zimmer mitnehmen kann.«

Fiona und Alec schauten sich an.

»Nun ja« — Alec lächelte — »sobald er sich an dich gewöhnt hat. Aber ich finde nicht, daß die Schlafräume des Klosters ein geeigneter Ort für ihn sind.«

»Nein, gewiß nicht«, stimmte Fiona ihm zögernd zu und mußte insgeheim angesichts der Doppelsinnigkeit dieser Unterhaltung lächeln.

»Aber du wirst es mir doch zeigen, nicht wahr, Alec? Ich habe nie gelernt, mit einem Falken umzugehen.«

»Ja, mein Junge«, erwiderte er und blickte Fiona bedeutungsvoll an. »Die ersten Berührungen zwischen einem Mann und einem Falkenweibchen sind eine wundervolle Sache.«

Fiona spürte, wie ihr Puls schneller wurde.

»Erst einmal wird vorsichtig eine Barriere niedergerissen.« Sie sah, daß Alecs Augen zärtlich über ihren Körper hinwegstrichen.

»Und wenn diese Barriere verschwunden ist«, fuhr er fort, »ist das Vergnügen, das ihr einander bereitet ... nun ja ... ein Unglaubliches, fast wie vom Himmel gesandt.«

Fiona erzitterte unwillkürlich in der warmen Sonne.

Alec wußte, daß sie besser einen Abstand zwischen sich bringen sollte, bevor er sie noch von ihrem Pferd und auf seinen Schoß zog. Was für ein interessanter Gedanke. Er lächelte. Nun gut, ein anderes Mal. Er wandte sich wieder Malcolm zu.

»Komm, mein Junge. Laß uns ein Rennen veranstalten. Wer zuerst an der Stelle ist, wo der Bach an diesem großen Baum vorbeifließt.«

»Au ja!« rief der Junge und schoß wie der Blitz davon.

Die beiden sausten über das Feld auf den Bach zu. Fiona beobachtete sie fröhlich, Malcolm kam am Ufer zum Stehen, während Alec in das seichte Wasser hineingaloppierte. Eine Ente flog auf und setzte sich weiter flußabwärts auf einen Felsen.

Der Junge folgte dem Kriegsherrn durch den Bach. Alec stieb auf der anderen Seite ab. Sie waren zu weit entfernt und Fiona konnte nicht sehen, was er dort tat, aber als sie zurückgaloppiert kamen, sah sie, daß Malcolm etwas hinter seinem Rücken versteckt hielt.

»Gänseblümchen!« rief sie und nahm sie von dem strahlenden Jungen entgegen.

»Alec sagt, daß dich die Blumen vielleicht von deinen Gedanken über meinen Falken ablenken könnten.«

»Oh, hat er das gesagt?«

»Junge, das solltest du ihr doch nicht sagen«, murmelte Alec laut genug, daß sie es hören konnte. »Malcolm, ich wette, ich bin als erster an diesem Felsen, der da vorne herausragt.«

Der Junge war auf und davon, bevor Alec geendet hatte.

Alec lenkte sein Pferd neben sie und nahm zwei Gänseblümchen aus dem Strauß in ihrer Hand.

»Mylord, Ihr seid dabei dieses Rennen zu verlieren.«

Alec beugte sich zu ihr hinüber und steckte ihr eine der Blumen ins Haar.

»Aber ich habe meinen Preis doch direkt vor mir.«

Er bot ihr das übriggebliebene Gänseblümchen dar. Als sie es nahm, legte er ihr die Hand unters Kinn, hob es in die Höhe und preßte seine Lippen auf die ihren. Der Kuß war fest, unnachgiebig und warm und endete viel zu schnell. Als er langsam ihr Kinn losließ, blickte er voller Zuneigung in ihre wunderschönen Augen. Lächelnd drehte er sich dann um und jagte hinter Malcolm her.

Die beiden ritten wie Verrückte. Manchmal waren sie hinter Fiona, manchmal vor ihr. Während sie sie beobachtete, fühlte sie sich glücklich und frei. Sie verschloß ihren Verstand vor den Sorgen, den Alpträumen, vor Recht und Unrecht und vor der Zukunft.

Und als sie den glücklichen Klang von Malcolms Lachen vernahm, war dies nur eine zusätzliche Bestätigung dafür, daß sie das Richtige tat. Sie betrachtete die Schönheit, die sie umgab. Die Felsenvorsprünge, die heidebedeckten Hügel, den blauen Himmel, die Wasser- und die Seevögel.

»Also, das muß eine von MacLeod's Maidens sein.«

Fiona zuckte in ihrem Sattel zusammen, bemerkte aber, als sie nach vorne schaute, daß Alec über die Spitze der Insel sprach, die gerade in ihr Blickfeld kam. Die beiden hinter ihr zügelten die Pferde.

»Die andere kommt nicht so hoch aus dem Meer«, bestätigte Malcolm.

Die baumbestandenen Wiesen endeten erst an den Klippen, und eine Herde wilder Rinder graste in einiger Entfernung. Zu ihrer Linken verliefen einige Baumreihen bis zu einer Stelle am Meer hinunter, an der die Klippen nicht so hoch waren. Ein steiniger Strand erstreckte sich in einer sanften Rundung entlang der Küste.

»Wir haben einen wunderschönen Tag für den Fang deines Falken erwischt, mein Junge«, sagte Alec und atmete die salzige Sommerluft ein.

Er blickte zu Fiona hinüber. Sie saß sehr aufrecht auf ihrem Pferd. Einige Haarsträhnen hatten sich aus ihrem Zopf gelöst und umrahmten ihr hübsches Gesicht mit rot-goldenen Locken.

Ob Fee oder Engel, ich liebe dieses Gesicht, dachte er. Alec beobachtete, wie sie die frische Luft tief einatmete. Sein Blick wanderte über ihren Körper, und er verspürte erneut eine Regung in seinen Lenden.

Sie sah sich um, ohne sich seines Blicks, seines Verlangens bewußt zu sein. Sie war vollkommen unschuldig, so überaus schön.

»Wie sollen wir es anfangen, Alec?« rief Malcolm aufgeregt.

Alec riß seine Augen von ihr los und wandte seine Aufmerksamkeit dem Jungen zu.

»Zuerst müssen wir uns nach einem Nest umschauen. Es ist eine gute Zeit, um einen jungen Falken zu —«

Das Geräusch eines Pferdes, das sich schnell von hinten näherte, unterbrach Alec mitten im Satz. Er wirbelte sein Roß herum, trat ihm in die Flanken und galoppierte zur Spitze des Hanges hinauf. Doch noch bevor der Kriegsherr den Gipfel erreicht hatte, vernahm er, wie Malcolms Pony ihm folgte und Fiona den Jungen rief. Alec zog sein Schwert und entdeckte einen einzelnen Reiter, der wild über die Wiese galoppierte. Er preßte die Augen im grellen Sonnenlicht zu Schlitzen zusammen und stellte fest, daß es Robert war, sein Knappe. Alec steckte sein Schwert zurück in die Scheide, doch sein erleichtertes Lächeln wurde angesichts der großen Hast des Jungen schnell durch ein Stirnrunzeln ersetzt. Malcolm lenkte sein Pony neben ihn.

»Wer ist es, Alec?« fragte der Junge aufgeregt.

»Malcolm!« rief Fiona. »Du sollst doch nicht einfach so davonreiten —«

»Lord Alec!« rief Robert atemlos und zügelte sein schweißbedecktes Roß. »Sir Ambrose ... geschickt ... Schwierigkeiten ...«

»Komm erst einmal wieder zu Atem, Robert«, befahl ihm Alec, dessen Züge voller Besorgnis waren. »Und dann sag mir, was geschehen ist.«

»Neil MacLeod«, sagte Robert, der immer noch nach Luft schnappte, aber gleichzeitig neugierig Fiona und Malcolm betrachtete. »Er hat einen seiner eigenen Männer getötet.«

»Getötet! Warum, um Gottes Willen?« Alec mochte den MacLeod-Führer nicht, aber einen Mann zu töten ... einen MacLeod-Mann! Was konnte jemanden wie Neil dazu gebracht haben, einen Angehörigen seines eigenen Clans zu töten? »Wer war der Mann?«

»Iain, Mylord«, erwiderte der Knappe. »Ihr kennt ihn. Der große Blonde mit den fehlenden Fingern an der Hand. Er hat ein spanisches Schwert aus Toledo und ein —«

»Ja, ich erinnere mich an ihn. Was hat Ambrose sonst noch gesagt? Warum hat Neil den Mann getötet?«

»Ich weiß es nicht, Mylord. Aber Sir Ambrose hat gesagt, Ihr sollt schnell kommen. Ich soll Euch ausrichten, daß der Mann in der Nähe des Falkengeheges getötet worden ist. Und das es Schwierigkeiten geben könnte.«

»Welche Schwierigkeiten? Mehr als ohnehin schon geschehen ist?«

»Ja, die anderen ... MacLeods sind zornig auf Neil, weil er einen der ihren betrogen hat.«

Alec benötigte nur den Bruchteil einer Sekunde, bis ihm das Ausmaß der Botschaft klar wurde. Wenn Neil wirklich das getan hatte, worum er gebeten worden war, dann schuldete Alec ihm etwas. Es mußte sehr schwer für ihn gewesen sein, einen Mann aus dem eigenen Clan zu bestrafen, selbst wenn der Mann sich schuldig gemacht und Walter umgeritten hatte. Es gab nur einen Weg, um das herauszufinden. Er wandte sich Malcolm und Fiona zu.

»Ich muß nach Dunvegan Castle zurückkehren«, sagte er grimmig.

»Walters Angreifer?« erkundigte sich Fiona leise.

»Möglicherweise«, entgegnete Alec ruhig. »Ich werde Euch eine Nachricht schicken oder sie selbst überbringen. Aber jetzt müssen wir zusehen, daß ihr beide zum Kloster zurückkommt.«

»Können Fiona und ich nicht bleiben?« bettelte Malcolm.

»Es tut mir leid, mein Junge, aber das geht nicht«, sagte Alec und blickte den enttäuschten Jungen an. »Ich muß zurück zum Schloß. Wir werden uns ein anderes Mal —«

»Wir kommen schon zurecht, Mylord«, unterbrach ihn Fiona. »Ich werde mit Malcolm den Strand absuchen. Und wenn wir dann zurückkommen —«

»Nein, Fiona«, erwiderte Alec mit wütendem Blick. »Ich kann euch nicht hier alleine lassen —«

»Auf Klosterland, Mylord?« erwiderte sie herausfordernd. »Das hier ist unser Land. Wir leben und arbeiten hier. Das hier ist unsere Heimat.«

»Fiona«, schnappte er zurück. »Das Letzte, worüber ich mir jetzt Sorgen machen möchte, ist, daß Ihr und Malcolm hier draußen alleine seid.«

»Bevor Ihr kamt, Mylord, haben Malcolm und ich hier eine Menge Zeit alleine verbracht«, erwiderte sie und schaute ihn mit ebenso blitzenden Augen an. »Die Schwierigkeiten auf Dunvegan haben nichts mit uns zu tun. Es gibt für uns keinen Grund, zum Kloster zurückzukehren.«

Alec sah in ihr gerötetes Gesicht und in das enttäuschte Gesicht des Jungen. Er mußte fort und hatte nicht mehr die Zeit, sie eigenhändig zum Kloster zurückzuschleifen. Er drehte sich um und warf einen Blick auf Robert, dessen Gesicht den Schock darüber widerspiegelte, daß einem Befehl seines Herrn widersprochen wurde.

Also gut, zum Teufel mit der Disziplin, es war wohl unumgänglich. Fiona zu befehlen, zurückzureiten, war sinnlos, das wußte Alec.

»Also gut, Fiona«, lenkte der Grundherr ein. »Aber Robert wird bei Euch bleiben.«

»Das ist nicht nötig.« Sie warf Alec einen zornigen Blick zu, drehte sich dann zu dem jungen Knappen um und schenkte ihm ein kleines Lächeln.

»Fiona, dann werdet Ihr mit mir zurückreiten.« Dieses Mal besaß Alecs Tonfall etwas Drohendes.

»Nein, das werde ich nicht.«

Alec trat vor und ergriff das Zaumzeug ihres Pferdes.

»Fiona, wenn Ihr bleibt, dann bleibt auch Robert.«

Sie schlug mit dem losen Ende der Zügel auf seine Hand. Eine Weile starrten sie sich wütend an, bis ihr Gesichtsausdruck plötzlich sanfter wurde.

»Ihr solltet Euch wirklich nicht so viele Sorgen machen, Mylord. Aber dieses eine Mal werde ich Euren Wunsch respektieren«, erwiderte sie mit einem Tonfall, der so sanft war wie eine Sommerbrise. »Ich glaube, David hat in diese Satteltasche genug Essen für mindestens fünf Leute eingepackt.«

»Eines Tages, Fiona ...« brummte Alec.

Fiona lächelte ihn an.

Alec fuhr zu Robert herum und sah den Knappen mit blitzenden Augen an. »Robert, du kümmerst dich darum, daß Mistress Fiona und Lord Malcolm zurück zum Kloster kommen... ansonsten ziehe ich dir das Fell über die Ohren und lasse es am Seetor von Dunvegan aufhängen.«

Er wandte sich wieder an Fiona. »Ich werde Euch Nachricht geben ... Ihr Quälgeist von einer Fee.«

Der Kriegsherr winkte Malcolm zu, trat Ebon in die Flanken und galoppierte in nördlicher Richtung den Weg zurück, den sie gerade erst gekommen waren.

Sie hatte etwas an sich, das ihn einfach verrückt machte. Und eben war es auch nicht das erste Mal gewesen. Fiona wußte ganz genau, wie sie ihn reizen konnte. Wie sie ihn auf die Probe stellen konnte. Und im letzten Moment gab sie dann doch immer nach. Aber zu dem Zeitpunkt hatte Alec sich bereits aufgeregt und wußte, daß er die Schlacht verloren hatte. Je mehr Zeit Alec mit Fiona verbrachte, desto mehr bewunderte er die Geduld der Priorin. Die alte Nonne war doch eine Heilige.

Er ritt über die Wiesen und an den Wegen des Klosters entlang. Als er eine frische Brise spürte, blickte er zum Himmel hinauf. Dunkle Wolken zogen aus Westen herauf und verwandelten die hügeligen Wiesen in graue, bedrohliche Schatten. Er verlangsamte das Tempo und dachte an die, die er an den Klippen zurückgelassen hatte.

Vielleicht hatte der alte Mann ja doch recht gehabt. Wie einfach es doch ist, den Warnungen, die man erhält, keine Beachtung zu schenken.

Seine Gedanken wanderten zu dem verregneten Tag im Grenzland zwischen Schottland und England zurück, zu den Feldern von Flodden, wo ein König auf einem mit Blut und Regen bedeckten Hügel ermordet worden war. Auch er hatte eine Warnung erhalten.

Man schrieb das Jahr 1513. Sie wurden in einen Krieg hineingezogen und König James wußte es. Die Verhandlungen waren an mehreren Fronten nicht gut verlaufen. Und dann traf die Nachricht ein, daß der englische König, Henry Tudor, Frankreich angegriffen hatte. Der schottische König war nicht gewillt, Schottlands *Auld Alliance,* dem alten Bündnis, das einst mit Frankreich geschlossen worden war, abzusagen. Er war nicht glücklich darüber, aber er wollte kämpfen. Er hatte gedroht, England anzugreifen, wenn Henry Frankreich angreifen würde, und bei Gott, das würde er auch tun.

Und dann war wenige Wochen vor der Schlacht von Flodden, als der König mit seinen engsten Freunden in der Kirche von Linlithgow betete, plötzlich ein Fremder erschienen.

»König«, hatte der Fremde gekrächzt. »Reist nicht zu dem Zeitpunkt, den Ihr gewählt habt, denn wenn Ihr es tut, wird Eure Fahrt nicht gut ausgehen. Reist nicht. Hört auf meine Worte, mein König.«

Der König erhob sich und legte seinen Arm sanft um die Schulter des alten Mannes, um ihm einige tröstende Worte zu sagen. Seit Monaten lauschte er bereits den Ängsten seiner Leute. Ängsten um sein Wohlergehen. König James war überwältigt von der liebevollen Unterstützung seiner Untergebenen. Wie konnte ihre Reise da nicht gut ausgehen? Er war sich sicher, daß Gott mit ihnen sein würde.

Nachdem die geisterhafte Gestalt gesagt hatte, was zu sagen war, schritt sie einfach wieder davon und verschwand in der Dunkelheit des Kirchenschiffes. Innerhalb eines Augenblicks war sie verschwunden.

Aber der König war gewarnt worden. Gewarnt vor der Vernichtung von zehntausend schottischer Krieger. Gewarnt vor seinem eigenen Tod.

Nur der König, Alec und zwei andere Männer hatten den harmlos aussehenden Fremden gesehen. Ein dünner, unscheinbarer alter Mann ... in einer blauen Robe.

Einer blauen Robe.

Der alte Pförtner trat vor Alecs Pferd auf den Weg. Alec zog mit aller Kraft an den Zügeln und Ebon bäumte sich auf. James— zerschlissene Robe flatterte in dem starken Wind, und Alec sah, daß seine Augen angstvoll an dem erschreckten Tier vorbei den Weg entlang blickten.

»Ich habe sie gewarnt!« krächzte er heiser.

»Was ist los, James?« schrie Alec. Sein Blut gefror beim Anblick des alten Sehers in den Adern. James hob seinen Stock und schüttelte ihn gen Himmel.

»Der König wollte nicht hören«, stöhnte er. »Und sie sind alle gestorben.«

»Du warst da, nicht wahr? Du warst es!« Alec starrte ihn ehrfurchtsvoll an.

»Der Regen hat bereits begonnen. Könnt Ihr ihn spüren? Es hat alles begonnen!«

Es fiel kein Regen, aber der Wind wirbelte in Böen um sie herum. Alec starrte die stöhnende Gestalt mit den wilden Augen an. Dann richtete James seinen alten Körper plötzlich auf und blickte dem Kriegsherrn geradewegs in die Augen.

»Könnt Ihr es fühlen, Herr? Erinnert Ihr Euch noch an den Regen?«

Alecs Augen fuhren über den Himmel. Die Wolken erschienen drohend, waren grau und mächtig.

Er erinnerte sich.

Kapitel 9

Tod werde ich genannt, so glaubet mir,
Rufe alle Männer und Frauen zu ihren Bahren
Wann immer es mir gefällt — ich bestimme Zeit und Ort.
Keiner ist zu stark, zu gesund, zu hübsch
oder zu jung ...
— Robert Henryson, *»The Reasoning Between Death and Man«*

Der Schrei durchschnitt den Wind wie das Kreischen einer Möwe.

»Helft mir!« rief Robert.

»Wenn du dich bewegst, bist du tot«, sagte Fiona durch ihre zusammengepreßten Zähne. Sie hatte alles Menschenmögliche getan, um ihn wieder bis zur Kante der Klippen hinaufzulocken. Mit Ermutigungen und Schmeicheleien war sie nicht weit gekommen, daher bediente sie sich nun der Drohungen.

»Ich werde so oder so sterben!« stöhnte Robert.

»Wenn du dich nicht bewegst, passiert dir auch nichts.« Die Worte klangen scharf. »Aber hör zu, wenn du jetzt nicht aufhörst zu jammern, werde ich dich eigenhändig umbringen.«

Unter Robert fielen die Klippen noch einmal fünfzehn Meter in die Tiefe und wurden dort von den tosenden Wellen umspült. Der ständig zunehmende Wind hatte sie in sich aufbäumende, schäumende Gebilde verwandelt, die sich mit aller Macht gegen die Küste warfen.

Fiona strich ihr dichtes Haar über die Schultern zurück, als sie über die Kante des schmalen, hervorstehenden Felsens hinunterblickte. Malcolm stand neben ihr. Bestürzung malte sich auf seinem jungen Gesicht ab.

»Was machen wir jetzt, Fiona?« rief er über das Brüllen der Brandung hinweg.

»Wir müssen ihn retten«, antwortete sie und blickte zu dem Jungen hinüber.

»Glaubst du wirklich, daß wir das können?« erkundigte sich Malcolm.

»Ja, das können wir«, erwiderte Fiona. Sie wußte, daß Robert genauso einfach wieder hinaufklettern konnte, wie er hinuntergeklettert war, wenn er sich bloß nicht so schrecklich fürchten würde. »Und jetzt tu, was ich dir eben gesagt habe, Malcolm, und lauf zum Pferd.«

Der Junge sprang auf und rannte zu Fionas Pferd hinüber. Das Seil, das sie für den Falkenfang mitgenommen hatten, schlängelte sich durch das Gras bis zu der Stelle, wo die Pferde angebunden waren.

»Um Himmels Willen, Robert, jetzt nimm das Seil und halt es fest«, rief Fiona, als sie sah, daß Malcolm das Zaumzeug des Pferdes gepackt hatte. Sie zog ihren Umhang aus und warf ihn auf den Boden. Ihr Befehl war wiederum sehr knapp. »Wenn du dich nach rechts oder links bewegst, wirst du fallen. Und es ist ein weiter Weg bis ganz nach unten.«

»Glaubt Ihr, ich wüßte das nicht?«

»Wie solltest du? Seit du da draußen sitzt, hast du die Augen fest zugepreßt und den Mund aufgesperrt.«

Sie verlor langsam die Geduld mit diesem schlaksigen Knappen. Offenbar hatte er Angst vor der Höhe. Aber ganz offenbar war er auch zu sehr Mann, um es rechtzeitig zuzugeben. Und nun war es zu spät.

Sie hatten gesehen, wie der Hühnerhabicht zu einem Vorsprung nicht weit von der Stelle geflogen war, wo Robert sich nun an die Felsen klammerte. Er hatte sich angeboten, einen genaueren Blick auf das Nest weiter oben zu werfen. Und nun sah Fiona zu dem Weibchen hinauf, das in gut fünfzehn Metern Höhe drohend über dem wie gelähmt dastehenden Knappen kreiste.

»Beweg deine Hand und pack das Seil«, befahl sie ihm. »Es sind nur ein paar Meter bis zur Spitze, und mein Pferd kann dich mühelos hochziehen.«

»Und Ihr werdet mich nicht fallenlassen?«

»*Pack das Seil, Robert*!« schrie sie.

Der verängstigte Knappe tastete mit einer Hand zu der baumelnden Seilschlinge hinüber. Mit einer schnellen Bewegung packte er schließlich das Seil und klemmte es zwischen seiner Handfläche und der Klippe ein.

»Steck deine Hand durch die Schlinge, Robert.« Der junge Mann gehorchte. »Und jetzt halt dich fest!«

Fiona sprang auf, griff nach dem Seil und drehte sich zu Malcolm um.

»Führ die Stute von den Klippen weg, Malcolm. *Jetzt!*«, rief sie über den heulenden Wind hinweg. »Aber langsam!«

Ein Jaulen ertönte von der Klippenwand, als Robert von seinem Vorsprung in die Höhe gehoben wurde. Langsam schwebte der Knappe hinauf zum Gipfel und lag einen Augenblick später ausgestreckt und immer noch zitternd auf der grasbedeckten Kuppe.

Fiona holte schnell ihre Tasche und einen Krug Wasser, eilte zu dem jungen Mann zurück und hielt ihm das Wasser an die zitternden Lippen.

»Es tut mir so leid«, flüsterte Robert und setzte sich langsam auf. »Ich bin solch ein Feigling. Wie konnte ich Euch nur so enttäuschen.«

»Schhh, das stimmt ja nicht —«

»Doch, genau so ist es«, unterbrach er sie.

»Robert, wir haben alle irgendwelche Ängste«, tröstete sie ihn. »Und einige davon können wir einfach nicht kontrollieren. Angst vor Höhe zu haben ist —«

»Lord Alec hat vor nichts Angst«, versicherte ihr Robert düster.

»Ganz bestimmt hat er das. Einige Leute können ihre Gefühle nur besser verstecken als andere.«

Robert blickte Fiona dankbar an. Er atmete einmal tief durch und blickte sich um.

»Wie auch immer, dafür wird mir mein Herr das Fell über die Ohren ziehen«, sagte er und lächelte zögernd.

»Oh nein, das wird bestimmt nicht geschehen«, erwiderte Fiona und hockte sich neben den Knappen. »Ihr habt es ja nicht mit Absicht getan.«

»Das wird er anders sehen. Ich hatte den Befehl, Euch zu beschützen.«

»Robert, Malcolm und ich brauchen keinen Schutz.«

»Das spielt keine Rolle«, erwiderte er ernst. »Ich habe bei

der mir übertragenen Aufgabe versagt, und er wird unzufrieden mit mir sein.«

»Hast du wirklich solche Angst vor ihm?« erkundigte sich Fiona überrascht. »Er wird dich doch gewiß nicht bestrafen.«

»Oh doch, Mistress, das wird er.«

Wie konnte Alec Macpherson nur so gemein sein und diesen jungen Mann für eine Angst bestrafen, die er nicht zu kontrollieren vermochte? Sie würde ihm schon beibringen, was sie davon hielt!

»Alec bestraft Robert mindestens einmal am Tag. Und es spielt keine Rolle, ob er es verdient hat oder nicht«, piepste Malcolm, der sich gerade zu ihnen gesellt hatte.

»Woher weißt du das?« erkundigte sich Fiona und drehte sich abrupt zu ihm um.

»Nun, ich habe gesehen, wie er es macht«, entgegnete Malcolm stolz.

»Vor dir? Er hat Robert vor deinen Augen bestraft?« keuchte sie. Dieser Verrückte! Wie konnte er so etwas Unglaubliches vor einem kleinen Jungen tun? Ihre Augen wurden von einem Zweig angezogen, der über das Gras geweht wurde und schnell über den Klippenrand verschwand. Der Wind wurde immer stärker, und zwischen den Böen vernahm Fiona das unruhige Wiehern der Pferde, die in einiger Entfernung angebunden standen.

»Ja«, erwiderte Malcolm unsicher. Er bemerkte den wutentbrannten Ausdruck auf Fionas Gesicht, den er nur allzu gut kannte.

»Mistress Fiona, es ist nicht so schlimm, wie es sich anhört«, wandte Robert zögernd ein.

»Robert redet viel zuviel«, sagte Malcolm zu Alec Verteidigung.

Sie sprachen alle sehr laut, um den heranbrausenden Seewind zu übertönen.

»Ja, Mistress, ich rede zuviel.«

»Was hat das denn damit zu tun?« entgegnete Fiona, die über das unakzeptable Verhalten des Grundherrn immer noch wütend war. Einen Knappen vor Malcolms Augen zu bestrafen, also wirklich!

»Nun, das ist meine Strafe!«

»Was ist deine Strafe?« fragte Fiona, über die Worte des Knappen verwirrt.

»›Ruhe und Stille‹«, sagte er. »Kein einziges Wort!«

»Ich verstehe nicht ganz. Was soll das heißen?« erkundigte sie sich.

»Bei einer Mahlzeit am Tag wird Robert bestraft«, erklärte Malcolm. »Das heißt, er muß den Mund halten. Alec sagt, es würde ihn in den Wahnsinn treiben, wenn er Robert nicht mindestens einmal am Tag bestraft. Fiona, was heißt das?«

Sie mußte unwillkürlich über die Frage des Jungen lächeln. Ehrlich gesagt hatte sie, selbst nach der kurzen Zeit, die sie in der Gesellschaft des geschwätzigen jungen Knappen verbracht hatte, recht großes Verständnis für eine solche disziplinarische Maßnahme.

»In den Wahnsinn treiben?« entgegnete sie. »Das ist genau das, was ihr gerade mit mir macht!«

Fiona blickte sich um. Der Himmel hatte sich in ein gräuliches Grün verwandelnd, das dem Wasser entsprach, das in der Tiefe gegen den Fels brandete, und sie hatte das Gefühl, als sei ein Topfdeckel über sie gestülpt worden. »Wenn du dich besser fühlst, Robert, sollten wir vielleicht —«

Vier Reiter stürmten in diesem Augenblick über einen nahegelegenen Hügel und ritten wie Gestalten aus der Apokalypse zu den Klippen hinunter. Im Bruchteil einer Sekunde hatten sie den schmalen Rasenstreifen am Ende der Klippen blockiert und ihnen jede Fluchtmöglichkeit genommen, wieder in Richtung Festland zu gelangen.

Fiona griff instinktiv nach Malcolms Handgelenk und zerrte ihn hinter sich, während Robert auf die Füße sprang und sein Schwert zog.

Keine Frage, diese Männer waren ihnen feindlich gesonnen. Sie hatten alle ihre Schwerter gezogen und blickten die kleine Gruppe mit heimtückischen Augen an.

Auf dem ins Wasser hinausragenden Felsenstück konnten die Angreifer nicht weiter zu Pferd zu ihnen vordringen, daher stiegen drei von ihnen langsam ab. Der vierte setzte sich selbstgefällig zurück, fing die Zügel der anderen Pferde und beäugte die beiden Rösser und das Pony, die an einem Busch angebunden waren.

Die drei näherten sich mit entschlossenen Schritten, und Robert trat einen halben Schritt vor.

»Bleibt sofort stehen und erklärt Euer Vorhaben«, verlangte er mit einer befehlenden Stimme, die selbst Fiona überraschte.

Die Angreifer blieben für einen Moment stehen, und der Anführer wandte sich halb zu seinen Kumpanen um.

»Nun, Jungs«, brummte Kreuzmal. »Offenbar haben wir es noch mit einem jungen Krieger zu tun, bevor … der Spaß beginnen kann.«

Fiona erzitterte, als sie die Männer erkannte. Sie hatten Skye also doch nicht verlassen. Der kalte Schweiß brach ihr aus. Malcolm versuchte, seine Hand aus ihrem eisernen Griff zu lösen.

Einer der Verbrecher grinste teuflisch und ließ seine Augen über ihren Körper wandern. Mit unverhohlener Lüsternheit leckte er sich über die aufgesprungenen Lippen, während der andere nur starrend danebenstand. Von seinem vernarbten und aufgequollenen Gesicht ging eine stille Drohung aus.

»Komm schon, mein Junge«, verhöhnte ihn Kreuzmal und wedelte in dem böigen Wind mit seinem Schwert. »Ich bin mal gespannt, was eine plärrende, kleine Göre vom Macpherson-Clan auszurichten vermag.«

Fiona fühlte, wie Malcolm sich aus ihrem Griff befreite und sah, wie er seinen einzigen, winzigen Dolch aus der Scheide an seiner Taille zog. Angst durchfuhr sie, als sie daran dachte, daß ihr kleiner Liebling diesen Gesetzlosen in die Hände fallen könnte. Für einen Moment war sie versucht, ihnen zu sagen, daß Malcolm der rechtmäßige MacLeod-Erbe war, aber sie verdrängte diesen Gedanken ganz schnell wieder, denn ihr wurde klar, daß diese Halsabschneider sich um nichts anderes scherten, als um ihre Bäuche und ihre geile Blutlust.

Fiona blickte sich hektisch um. Die steil abfallenden Klippen schlossen sie ein. Es gab keine Fluchtmöglichkeit. Malcolm stand neben ihr, sein kleines Messer in der Hand. Oh, Heilige Mutter, betete sie, und Panik erfaßte ihre Sinne.

»Du hast dein Schwert gezogen, also gebrauche es auch«,

schrie Kreuzmal und bedeutete den beiden Männern hinter sich, vorzutreten. »Es sei denn, daß du es, wie der Rest der Macphersons, auch nur trägst, um es zur Schau zu stellen.«

Wie der Blitz sprang Robert vor. Die schlaksigen Gliedmaßen des Knappen bewegten sich anmutig, als er die kurze Entfernung zwischen sich und den Angreifern überwand. Der zischende Bogen seines Schwerts krachte mit einem Funkenregen gegen die gehobene Waffe des Anführers und schickte Kreuzmal zu Boden. Robert trat einen Schritt zurück, als sich ihm die anderen beiden Verbrecher näherten.

Nacheinander schwangen sie ihre Schwerter gegen den Knappen, dessen schnelle Reflexe ihm halfen, dem zischenden Angriff des einen auszuweichen, während er den Schlag des anderen abwehrte. Ohne zu zögern wirbelte Robert mit seinem Schwert herum, durchschnitt dabei den Lederschutz eines der Gesetzlosen und durchdrang dessen Schulter.

Der Betroffene umklammerte seine Schulter und sank auf die Knie, während sein Kumpan schnell gegen den Knappen vorrückte und ihn mit hastigen, ausholenden Bewegungen seines Schwertes zurücktrieb. Aber Robert gelang es, die Angriffe abzuwehren, und bald schon tauschten die beiden am Rande der Klippen Schlag gegen Schlag aus.

Fiona sah entsetzt zu, wie der vierte Gesetzlose von seinem Pferd stieg und sich an Kreuzmal vorbei an die Seite seines verletzten Freundes schob. Dieser erhob sich und wischte grimmig das Blut von seiner Hand.

Und dann explodierte der Himmel.

Ein Blitzstrahl, und dann detonierte ein Donner mit ohrenbetäubendem Krachen nur wenige Meter von der Stelle, wo Fiona stand. Die mächtige Explosion ließ die Gestalten auf der kleinen Halbinsel verharren. Roberts Gegner nutzte die Ablenkung, um den Knappen noch weiter an den Klippenrand zu drängen.

Dann traten Kreuzmal und die anderen beiden auf Fiona und Malcolm zu, wobei sie wie Wölfe auf der Jagd nach ihrer Beute einen Halbkreis um sie bildeten.

Malcolm sprang auf den ihm am nächsten stehenden Angreifer zu und schlug mit seinem Messer nach dem Mann. Der Verbrecher sandte den Jungen mit einem Schlag seiner

Hand nahe dem Klippenrand zu Boden, wo dieser benommen liegenblieb.

»Malcolm!« schrie Fiona und rannte zu ihm hin.

Doch eine Hand griff ihr von hinten ins Haar und riß sie zurück. Eine weitere Hand umfaßte ihr Handgelenk, und als sie sich umdrehte, fand sie sich dem narbigen Gesicht ihres Angreifers so nahe gegenüber, daß sie seinen faulen Atem riechen konnte. Hinter ihr schrie Malcolm auf. Fiona versetzte dem Gesetzlosen einen festen Tritt in den Schritt, und als der Mann schmerzerfüllt ihr Haar losließ, drehte sie sich zu dem Jungen um.

Fiona sprang schreiend auf die beiden zu, doch im letzten Moment bekam Kreuzmal Fionas Kleid mit einer Hand am Hals zu fassen, und umklammerte ihr Handgelenk mit der anderen. Als er sie zu sich herumschleuderte, zerriß das Kleid und glitt ihr bis zur Taille hinab. Als er ihre weiße Haut erblickte, begannen die Augen des Gesetzlosen zu leuchten. Aber nur für einen Moment, denn plötzlich verwandelte sich sein Blick, und schon kurz darauf trugen seine Augen den stumpfen Glanz des Todeskampfes.

Als Kreuzmal mit einem Stöhnen vor Fiona zu Boden sank, glitt die Klinge des Dolches aus seinen Rippen.

Fiona hielt das Messer mit ihrer Hand umklammert und spürte, wie sich eine Taubheit in ihrem Arm ausbreitete, die schnell ihren ganzen Körper erfaßte. Plötzlich hatte sie eine Vision: Sie sah den Raum, die Männer, ihre Mutter. Die Vergangenheit erschien ebenso real vor ihren Augen wie die Bluttropfen, die mit quälender Langsamkeit an dem Dolch entlangliefen. Fiona spürte, wie die Gegenwart durch die sich ausbreitende Taubheit verdrängt wurde — sie hatte das Gefühl, als ob ihr Geist mit dem Boden zu ihren Füßen verschmelzen würde.

Der Gesetzlose, der sich inzwischen nach Fionas Tritt zornig wieder aufgerichtet hatte, sah, wie sein Anführer zu Boden sank. Die rothaarige Frau stand bewegungslos da. Seine Augen glitten über ihre entblößte Schulter und ihre Brust, und ein höhnisches Lächeln breitete sich auf seinem Gesicht aus, als er auf sie zutrat. Er würde sie zuerst bekommen.

Alec verharrte auf der Spitze des Hügels und seine Augen suchten den Küstenstreifen vor ihm ab. Der Wind peitschte das blonde Haar über sein Gesicht. Er schob es zur Seite. Er hätte sie schon längst treffen müssen, wenn sie auf dem Rückweg zum Kloster gewesen wären. Wo waren sie nur?

Fionas Schrei durchschnitt die Luft. Alec Augen folgten dem Geräusch und starrten auf einen Punkt zu seiner Rechten. Er wirbelte sein Pferd herum und trieb es den Abhang hinunter auf die kleine Halbinsel zu.

Bevor der Gesetzlose Fiona erreichen konnte, spaltete ein mächtiger Schlag von Alecs Schwert seinen Torso von der Schulter bis tief zu den Rippen hinunter, und der zuckende Körper war tot, ehe er auf dem Boden aufgeschlagen war.

Der Kerl, der drohend über Malcolm aufragte, fuhr zu dem nahenden Kriegsherren herum und mußte zu seinem Entsetzen feststellen, daß seine Kumpane tot waren. Er war allein. Panisch wich er vor dem schrecklichen, wilden Blick des herannahenden Riesen zurück ... und stürzte über den Klippenrand ins Leere.

Alec eilte auf Fiona zu. Sie stand da wie in Trance. Das zerrissene Kleid hing ihr bis zur Taille hinab, und von dem Dolch in ihrer Hand tropfte Blut. Ihr Gesicht war kreidebleich und Tränen strömten ihr lautlos über die Wangen.

Malcolm rannte zu ihr hinüber und umfing sie mit seinen Armen. Geistesabwesend wanderte ihre freie Hand zu seinem Haar und strich ihm über die weichen Locken.

Alec zog seinen Tartan aus, und seine Hand zitterte vor Wut, als er das Tuch sanft um ihre mißhandelte, elfenbeinfarbene Haut legte. Seine Kehle war wie zugeschnürt, und das Blut pochte in seinen Adern, als er Fiona an sich zog. In diesem Augenblick wußte er, daß er sie niemals wieder loslassen würde. Niemals. Er ergriff Malcolms Hand und bedeutete Robert, sich um den Jungen zu kümmern. Dann versuchte er, Fiona den Dolch aus der Faust zu nehmen, aber sie hielt ihn mit einem eisernen Griff umfangen.

»Es ist vorbei, Fiona«, flüsterte er leise. »Es ist vorbei, mein Liebling. Du bist in Sicherheit.«

Sie blickte in seine Augen und ließ das Messer los.

»Meine Mutter«, flüsterte sie, und ihre Tränen begannen heftiger zu fließen. »Sie haben meiner Mutter wehgetan. Ich war da ... aber ich konnte sie nicht aufhalten.«

Alec schloß sie noch fester in die Arme und Fiona begann zu schluchzen. Er spürte, wie seine eigenen Augen feucht wurden, als er die Geräusche ihrer Qual vernahm. Er hielt sie so fest an sich gepreßt, daß sie sich wie ein Teil von ihm anfühlte.

Alec schwor sich, daß, solange er atmete, niemand jemals wieder eine Hand gegen diese Frau erheben und damit lebendig davonkommen würde.

Fiona blickte zu ihm auf, während er ihr zärtlich eine Haarsträhne aus dem Gesicht strich.

»Ich konnte sie nicht aufhalten«, sagte sie abermals und vergrub ihr Gesicht an seiner Brust, als ihr Körper erneut vor Kummer zu zittern begann.

Kapitel 10

Glaube ist sprunghaft, Vertrauen verweilet nicht,
Amtsgewalt entzieht sich und Gerichte weichen voneinander,
Vorsätze wechseln wie Wind oder Regen:
Was, genau betrachtet, schmerzlich ist.
— William Dunbar, *»To the King«*

Eine Woche war seit den Vorfällen auf den Klippen vergangen. Eine schwere Woche, die viele Fragen aufgeworfen, aber keine beantwortet hatte. Alec hatte lediglich herausfinden können, daß Iain, der ermorderte MacLeod-Krieger, mit den Gesetzlosen gesehen worden war. Offenbar hatte er die Angreifer mit Pferden und Schwertern versorgt. Aber nun, da alle tot waren, blieben die Motive für Iains Handlungen im Dunklen. Zudem war da noch die Frage nach dem Gold, das sich im Besitz der Männer befunden hatte. Mehr Gold, als Iain ihnen jemals hätte bezahlen können.

Und Neil war auch verschwunden. Aus Angst vor den Vergeltungsmaßnahmen seiner eigenen Leute hatte er Ambrose mitgeteilt, er wolle zur Isle of Lewis, in den Äußeren Hebriden, reisen und hatte sich sofort auf den Weg gemacht. Er hatte die ihm übertragenen Aufgabe gelöst und den Verräter gefunden, aber mit seinem verkrüppelten Arm hatte Neil angst, ein leichtes Ziel für Racheaktionen zu sein.

Am verwirrendsten aber war das Auftauchen von Vater Jack auf Dunvegan am Abend des Tages, an dem Fiona angegriffen worden war. Der Priester war auf der Suche nach Adrian, denn offenbar hatte man den Jungen dabei beobachtet, wie er sich auf den Weg zur Burg machte. Aber auch am nächsten Morgen war Adrian immer noch nicht eingetroffen.

Fiona hatte auf dem ganzen Rückweg zum Kloster in Alecs Armen geweint. Als sie Richtung Norden durch die wilde, vom Regen durchnäßte Landschaft geritten waren, hatte sie zusammenhangloses Zeug über ihre Mutter und einen Angriff von sich gegeben. Alec hatte den Eindruck, daß sie sich an einen Alptraum erinnerte. Einen schrecklichen, scheußlichen Alptraum. Und dann plötzlich waren ihre Tränen versiegt.

Er hatte sie seither jeden Tag besucht, aber es wollte ihm schier das Herz brechen, wenn er sah, wie verzweifelt, blaß und mitgenommen sie dalag, die Augen tränenlos und leer. Alec war klar, daß der Angriff sie dazu gebracht hatte, sich an etwas zu erinnern. Und was immer es auch gewesen sein mochte, diese Erinnerung quälte Fiona, daher blieb er an ihrer Seite und hoffte verzweifelt auf eine Möglichkeit, ihr zu helfen. Eine Woche lang war er gekommen, hatte ihre Hand gehalten und sich bemüht, ihr etwas von seiner Stärke abzugeben.

Schließlich waren Fionas Tränen zurückgekommen, und Alec hatte sie lange und fest in den Armen gehalten.

Nachdem er seine Schuld niedergerungen hatte, die ihm zu schaffen machte, da drei der Gesetzlosen dieselben Männer waren, die er im Wald hatte davonlaufen lassen, wurde Alec sich während dieser Stunden über seine Gefühle für Fiona klar. Immer und immer wieder hatte er erneut die Angst und die Wut empfunden, die er verspürt hatte, als diese dreckigen Verbrecher sie angriffen. Wie schrecklich mußte sie sich gefühlt haben, denn sie war gewiß der Ansicht gewesen, daß niemand sie vor den teuflischen Begierden dieser Kerle würde schützen können. Es machte ihm zu schaffen, daß er beinahe zu spät gekommen wäre, um sie zu retten. Jetzt wollte er nur noch, daß sie in Sicherheit war, und er an ihrer Seite bleiben konnte, um für sie zu sorgen, wie sie es verdient hatte.

Und — falls nötig — ihr beim Vergessen zu helfen.

Aber in den letzten beiden Tagen hatte sie sich geweigert, ihn zu empfangen, und das machte ihn verrückt. Und dann eröffnete ihm die Priorin schließlich eine Neuigkeit, die sich wie ein Schwert tief in sein Herz bohrte.

Fiona wollte Nonne werden.

»Ich muß mit ihr reden«, sagte Alec. »Aber sie weigert sich, mich zu empfangen.«

»Ich weiß. Im Augenblick ist sie mit Schwester Beatrice draußen im Obstgarten. Ihr solltet trotzdem zu ihr gehen«, schlug die Priorin vor.

Alec schwieg und nickte der Nonne dankbar zu, ehe er sich auf den Weg zur Tür machte.

»Lord Alec«, stoppte ihn die Priorin lächelnd. »Bitte richtet Schwester Beatrice aus, daß ich sie zu sehen wünsche.«

»Ja, Mutter Oberin, das werde ich tun.«

»Oh, und noch etwas. Egal, wie Euer Gespräch ausgehen wird, ich möchte anschließend mit Euch und Fiona reden.« Die Priorin wußte, daß es an der Zeit war.

Die Nachmittagssonne schien warm auf Fionas Gesicht, während sie eine Seite des Eisentopfes festhielt, der mit gesammelten Honigwaben gefüllt war.

»Setzen wir uns doch für einen Moment, Fiona«, schlug Schwester Beatrice vor. »Heute ist der erste Tag, den du nicht in deinem Zimmer verbringst. Die Sonne ist so schön, und die frische Luft wird dir guttun.«

Zuerst hatte sie sich dagegen gewehrt, ihr Zimmer zu verlassen, aber Schwester Beatrice hatte sie schließlich überredet. Die Nonne hatte ihr klargemacht, daß ihre Wunden um so schneller heilen würden, je eher sie aufstand und wieder am Leben teilnahm. Die junge Frau war im tiefsten Inneren nicht davon überzeugt, stimmte aber zu, mit nach draußen zu gehen.

Nun saß Fiona schweigend im Gras, die Beine vor sich ausgestreckt. Sie stützte sich hinten auf ihren Händen ab und blickte nach oben. Die Sonnenstrahlen schimmerten auf den Blättern der Zweige über ihr. Junge Vögel hüpften aufgeregt von Zweig zu Zweig. Sie schloß ihre Augen und lauschte dem leisen Murmeln der nahegelegenen Quelle, dem Klang der Natur, die sie umgab. Sie hatte eine Entscheidung getroffen. Es war an der Zeit, all das fortzuwischen, was ihr zugestoßen war, die Türen zu ihrer Vergangenheit, zu ihren Gefühlen zu schließen und weiterzuziehen.

Aber es war schwer, ihn zu vergessen. In der letzten Woche hatte sie sich stets nach seiner Gegenwart gesehnt. Jedes Mal, wenn sie aufgewacht war, hatte Alec an ihrer Seite gesessen. Und jedes Mal, wenn er da war, hatte Fionas Herz sich danach gesehnt, ihn in die Arme zu schließen, ihm zu gestehen, was er ihr bedeutete. Ihm auch all das zu gestehen, was sie in ihrem Inneren verschlossen hatte. Vergangenes und Gegenwärtiges. Und ihre ... Liebe.

Fiona fragte sich, ob dieses Gefühl, das sie verspürte, dem ähnlich war, welches ihre Mutter für den Mann empfunden hatte, der ihr Vater war. Für den Mann, der niemals zurückgekommen war. Für den Mann, den ihre Mutter nie geheiratet hatte.

Ich kann nicht, Alec, dachte sie traurig. Ich will nicht wie meine Mutter leben.

Schwester Beatrice war die erste, die Alec herankommen sah. Sie erhob sich ruhig und trat auf ihn zu. Sie hatte gehofft, daß er zurückkehren würde ... selbst nachdem Fiona sich geweigert hatte, ihn zu empfangen. Die Nonne war sich sicher, daß Lord Alec Fiona sehr gern hatte. Und daß auch Fiona seine Gefühle erwiderte. Selbst, wenn sie es sich nicht eingestand. In diesen ersten Tagen nach dem Angriff hatte Fiona nur dann geschlafen, wenn er bei ihr war. Ganz offensichtlich brauchte die junge Frau ihn und vertraute ihm. Ganz offensichtlich fühlte sie sich bei ihm sicher.

»Fiona.«

Sie vernahm das Geräusch sich nähernder Schritte. Aber als sie die Augen öffnete, hatte Fiona das Gefühl, eine Vision zu sehen. Seine kräftige Gestalt verdeckte die Sonne. Mein Gott, er *ist* die Sonne. *Nein,* sagte sie und schüttelte abwehrend den Kopf. Das war nur ein Traum, gehörte zu dem Teil, den sie für immer hinter sich lassen wollte. Aber dann sprach seine Stimme zu ihr. Er war lebendig. Er war hier. Sie sprang schnell auf die Füße und bemühte sich, seinem Blick auszuweichen.

Alec nahm ihren Anblick in sich auf. Er hatte sie vermißt. Die Leere der letzten beiden Tage hatte ihm zugesetzt. Die beiden rastlosen, quälenden Nächte ihn mit erschöpft. Fionas erstaunte Augen blickten ihn an, und sie sprang auf ihre Füße. Aber dann verharrte sie und blickte schnell zur Seite, wie ein Vogel, der kurz davor ist, sich in die Lüfte zu erheben. Er stand vor ihr und wagte kaum zu atmen aus Angst, daß sie davonlaufen könnte.

»Fiona, warum?«

Sie blickte auf ihre Hände hinab und verbarg sie dann in den Falten ihres Rocks. Es wäre alles viel einfacher gewesen, wenn er fortgeblieben wäre.

Alec trat näher heran. Er mußte sich gegen das überwältigende Verlangen wehren, sie in seine Arme zu schließen. Sie machte einen so melancholischen, zerbrechlichen Eindruck. Fiona sah, wie seine Hände sich erhoben. Er streichelte ihr Gesicht. Sie vermochte sich nicht gegen diese Berührung zu wehren und schmiegte sich hinein. Er hob ihr Kinn und ihre Augen versanken ineinander. Ihr Herz klopfte, und sie verdammte sich im Stillen für ihre Schwäche.

Schwäche? dachte sie. *Ich liebe diesen Mann.*

Eine Träne rollte ihre Wange hinunter. Er wischte sie sanft fort.

»Warum hast du mich gemieden?« Seine Stimme klang heiser vor Gefühl.

Wie konnte sie ihm von den Qualen berichten, die daher rührten, ihm so nah zu sein und doch zu wissen, daß sie ihm niemals gehören konnte?

»Es ist besser so ... für uns beide.«

»Aber warum?« drängte Alec, umfaßte ihre Schultern und zwang sie, ihn anzusehen, ihm zu antworten. »Erkläre es mir, damit ich es verstehe.«

»Ich kann mich nicht mehr mit dir treffen.« Fiona blickte in seine blauen Augen. »Ich habe mit der Priorin geredet. Ich werde in den Orden eintr —«

»Nein, Fiona. Das wirst du nicht.«

»Du kannst mich nicht aufhalten«, wandte sie ein und blickte zur Seite. »Das geht dich nichts an.«

»Und ob mich diese Entscheidung etwas angeht ... sie geht uns etwas an.« Alec verstärkte den Griff um ihre Schultern. Am liebsten hätte er sie geschüttelt, um sie wieder zu Sinnen zu bringen. »Schau mich an, Fiona.«

Ihr Blick wanderte wieder zu seinem Gesicht hinauf. Sie sehnte sich danach, seine Arme um sich zu spüren und auf diese Weise die Vergangenheit zu vergessen.

»Fiona, zwischen uns ist etwas Unglaubliches geschehen. Etwas, das keiner von uns verleugnen kann.« Alec schwieg für einen Augenblick und bemühte sich, die Gefühle, die ihn zu überwältigen drohten, in den Griff zu bekommen. »Ich habe in den letzten Tagen Zeit gehabt, über einiges nachzudenken. Ich ... Wir können jetzt nicht einfach aufhören. Und ich kann nicht zulassen, daß du wegläufst ... das Gelübde ablegst ... einen Fehler begehst ... den du vielleicht dein Leben lang bereuen wirst. Nicht, wenn ich genau weiß, was du für mich empfindest —«

»Es ist falsch, Alec. Es ist alles falsch.«

Er wollte antworten, blieb jedoch stumm. Zum ersten Mal war sein Name über ihre Lippen gekommen, und sein Herz überschlug sich in seiner Brust, als er den Klang vernahm.

»Was kann denn daran falsch sein, Fiona?« Er ergriff ihre Hände. Ihre Finger waren eiskalt. Er preßte sie zusammen und wärmte sie auf diese Weise mit seinen eigenen. »Wie kann es falsch sein, so für dich zu empfinden, wie ich es tue? Den Wunsch zu haben, dich in den Armen zu halten, für dich zu sorgen, immer in deiner Nähe zu sein? Fiona, als ich dich das erste Mal sah, hatte ich das Gefühl, dich schon immer gekannt zu haben. Nun wird mir klar, daß mein ganzes Leben nur eine Aneinanderreihung von Schritten gewesen ist, die mich zu dir geführt haben. Ohne es zu wissen, habe ich mein ganzes Leben nach dir gesucht. Ich vermag es einfach nicht in Worte zu fassen ... ich dachte schon einmal, ich sei verliebt, aber das hier ... dieses Gefühl für dich ist viel stärker als alles, was ich in der Vergangenheit erlebt habe.«

Alec hob ihre Hände an seine Lippen. Fionas Körper wurde bei seiner Berührung, bei seinen Worten lebendig. Sie zog seine vollen Lippen mit ihren Fingern nach, den Blick auf seinen sinnlichen Mund gerichtet.

Sie überlegte fieberhaft.

Sie mußte es ihm erklären. Er mußte wissen, woran sie sich erinnerte, mußte die Gründe für ihre Handlungen erfahren, die Entscheidung vernehmen, die sie für sie beide traf. Aber sie konnte es unmöglich tun, wenn sie ihm derart nahe war, ihn berührte. Sie entzog ihm sanft ihre Finger und trat einen Schritt zurück.

Alec sah zu, wie sie ihre Arme vor der Brust kreuzte und unter die Zweige des Apfelbaums trat. Sie drehte sich um und lehnte sich gegen den Stamm, dann blickte sie ihm wieder in die Augen.

»Dieser Tag an den Klippen.« Ihre Stimme brach. Alec erstarrte. »Diese Angst . . .«

»Ich weiß«, unterbrach er sie. In seiner Stimme spiegelte sich der Schmerz wider, den er empfand. »Ich habe dich zurückgelassen. Bitte vergib mir dafür . . . vergib mir, daß ich dich allein gelassen habe . . . denn wenn ich darüber nachdenke, was diese Männer . . .«

»Nein! Darum geht es gar nicht!« Ihre Worte brachten ihn zum Verstummen. »Bitte, Alec. Bitte hör zu, was ich dir zu sagen habe.«

Fiona schwieg für einen Moment, und Alec schaute sie mit festem Blick an. Offenbar suchte sie nach den richtigen Worten. Er bückte sich und hob einen mit Blättern übersäten Zweig auf, der vom Baum abgebrochen war. Er betrachtete das weiche, weiße Holz, das sich hinter der grünen Rinde verbarg.

»Diese Männer haben mich durch die Art, wie sie Malcom bedrohten, wie sie rochen, als sie auf mich zukamen, dazu gebracht, mich . . . mich zu erinnern.«

Sie schloß ihre Augen, und Alec spürte ihren Schmerz beinahe körperlich. Er trat einen Schritt auf sie zu, blieb aber stehen, als sie abwehrend ihre Hand hob. Ein Gefühl der Hilflosigkeit überkam ihn, und er lehnte seinen breiten Rücken gegen einen dicken, tiefhängenden Ast.

»Die Art und Weise, wie sie sich bewegten. Seine rauhe Hand auf meinem Handgelenk.« Sie zitterte unwillkürlich. »All das hat eine Tür zu meiner Vergangenheit geöffnet, die ich lange Zeit verschlossen gehalten habe. Seit ich ein kleines Mädchen war. Eine Tür zu Erinnerungen, die für mich zu Alpträumen geworden sind. Dinge, die ich weder verstehen noch vergessen kann.«

Alec erbleichte und stellte fest, daß er wütend wurde. Er wollte es einfach nicht zulassen, daß etwas, das Fiona in der

Vergangenheit zugestoßen war, sie heute davon abhielt, ihr Leben so zu leben, wie sie es sich wünschte. Er würde alles tun, um dafür zu sorgen, daß ihre häßlichen Alpträume durch etwas ersetzt wurden, was sie wirklich verdient hatte . . . nämlich durch hoffnungsvolle, glückliche Träume. Er würde das fertig bringen. Ungestüm riß er einige Blätter von dem Zweig in seiner Hand ab.

»Alec«, sagte sie mit sanfter Stimme und brachte ihn dazu, seine Aufmerksamkeit wieder auf ihre Worte zu richten. »Du hast mich einmal nach meinen Leuten gefragt. Über die Zeit, bevor ich im Kloster Aufnahme fand. Und ich habe dir die Wahrheit erzählt, als ich sagte, ich könne mich nicht mehr an meine Kindheit erinnern. Aber letzte Woche ... dieser Vorfall bei den Klippen ... da erinnerte ich mich plötzlich wieder an viele Dinge. Dinge aus meiner Vergangenheit.«

Sie atmete tief durch und bemühte sich, das Zittern ihrer Stimme zu mildern. »Ich wurde in einem Schloß weit von hier aufgezogen. Ich erinnere mich an Gärten und weite, freie Flächen. Ich war ein kleines Kind und hatte eine Menge Unsinn im Kopf.«

»Daran hat sich nicht viel geändert«, flüsterte Alec und sah, wie seine Worte ein kleines Lächeln auf ihre Lippen zauberten. »Erinnerst du dich an deine Leute, an deine Familie?«

Fiona schüttelte den Kopf. »Es war immer nur meine Mutter bei mir. Ich kann mich nicht entsinnen, meinen Vater jemals zu Gesicht bekommen zu haben, und bis heute weiß ich nicht, wer er war. Wir führten ein ruhiges Leben ... beinahe abgeschieden. Ich hatte ein Kindermädchen. Es gab viele Bedienstete, aber ich war einsam. Meine Mutter und ich, wir hatten nur einander. Und dann, plötzlich, schien sich alles zu verändern. Es war im Herbst ... Man sagte mir, mein Vater sei auf dem Weg zu uns. Endlich sollte ich ihn kennenlernen.«

Sie erinnerte sich an das Zimmer, an die alte Frau, die mit ihr wartete, und an die Aufregung wegen des bevorstehenden Besuchs. Doch wie schnell war all dies vorbei gewesen. »Und dann kamen Männer. Meine Mutter sagte mir, daß es sich um böse Leute handele, und daß meinen Vater an dieser Sache keine Schuld treffe ... Ich wußte nicht, wovon sie redete. Und dann wurde ich meiner Mutter aus den Armen gerissen. Jahrelang konnte ich mich nur an ihre Schreie erinnern, ihre verzweifelten, wilden Schreie.«

Fiona tat einen tiefen Atemzug und biß sich auf die Lippe. Sie sah die schrecklichen Vorgänge wieder vor sich, als würden sie genau in diesem Moment geschehen.

»Ich hatte die Männer noch nie zuvor gesehen. Sie töteten den Ritter meiner Mutter. Dann trugen sie mich in die Nacht hinaus ... es war kalt und naß ... und wir ritten eine Ewigkeit. Wir reisten nur bei Nacht. Dann, eines nachts, durchquerten wir einen Fluß. Ein Sturm tobte ... der Fluß war wild ... die Pferde wurden abgetrieben, und die Männer mit ihnen. Ein großer Zweig ... er kam mir wie ein Baum vor ... trieb auf mich zu, und ich klammerte mich daran fest. Ich hing lange, lange Zeit an diesem Ast. Bis Walter mich fand.«

Alec starrte sie an.

»Ich habe keine Ahnung, warum diese Männer mich mitnahmen, aber ich weiß, daß meine Mutter lange Zeit vorher alleine gewesen ist. Sie hatte natürlich Menschen um sich, aber sie ...« Fiona legte ihre Hände auf den Ast, an dem Alec lehnte. »Sie hatte keinen Ehemann. Er sollte an diesem Abend zu uns kommen. Aber er ist nie erschienen.«

Fiona wandte sich mit entschlossenem Gesicht Alec zu. »Als Kind habe ich es nicht verstanden, aber nun weiß ich es. Ich bin ein Kind der Liebe, Alec. Unehelich. Ein Bastard. Meine Mutter war nie verheiratet ... Das weiß ich mit Sicherheit. Und ich habe keine Ahnung, ob dieses Schloß, in dem wir lebten, uns gehörte. Ich denke, wir wurden dort versteckt, denn es kam nie jemand zu Besuch. Keine Verwandtschaft. Niemand. Wir waren allein, und es gab niemanden, der uns beschützte. Ich werde nicht zulassen, daß so etwas noch einmal geschieht.« Alec brachte es nicht über sich, ihr noch länger fern zu bleiben. Er zog sie in seine Arme, und sie widersetzte sich ihm nicht.

»Nein, Fiona, ich werde das nicht zulassen.« Alec preßte sie an sich. Er würde sie nie wieder loslassen. Er wollte sie für immer an seiner Seite wissen. Darin war er sich sicher. Mehr als jemals zuvor. Und er würde sich ihre Liebe verdienen. »Bitte gib mir eine Chance. Vertraue mir. Eine Beziehung, wie sie deine Eltern hatten, würde mich nicht glücklich machen. Das ist nichts für mich. Nichts für *uns*, Fiona. Ich will, daß du immer an meiner Seite bist.«

»Nein! Verstehst du denn nicht, was ich dir zu sagen versuche? Ich bin niemand. Ich habe keinen Namen.« Sie entzog sich seiner Umarmung und trat einen Schritt zurück. »Was für ein Leben würde das sein? Wir gehören verschiedenen Klassen an. Du bist ein Edelmann, ich eine Nonne. Ich wurde für das Kloster erzogen, und dort gehöre ich auch hin. Du bist geboren, um zu herrschen, und das wirst du auch tun.«

Alecs Protest erstarb, als er Schwester Beatrices Summen vernahm, die wieder in den Obstgarten zurückkehrte.

»Diese Unterhaltung ist noch nicht beendet, Fiona. Es gibt noch einiges zu sagen.«

»Erinnerst du dich noch hieran, Fiona?«

Die junge Frau betrachtete das juwelenbesetzte Kreuz an der fein geschmiedeten Kette, das die Priorin ihr hinhielt. Es war eine wundervolle Arbeit. Zahllose Rubine und Smaragde glitzerten rot und grün, und selbst im düsteren Licht des Arbeitszimmers der Priorin war ihr Glanz überwältigend.

Fionas Herz setzte für einen Moment aus, aber nicht etwa, weil das Kreuz nach weltlichen Maßstäben unglaublich viel wert war, sondern weil sie es in ihrer Erinnerung von dem elfenbeinfarbenen Hals einer liebevollen und einsamen Frau herabhängen sah.

»Es ... Es gehörte meiner Mutter«, stammelte sie und erhob sich halb aus dem Stuhl. »Sie hat es mir gegeben ... mein Vater hat es ihr einmal geschenkt.«

»Ja, mein Kind.« Die Priorin nickte. »Du trugst dieses Kreuz und eine Lederbörse bei dir. Sie waren unter deiner Kleidung verborgen als du an jenem Abend zu uns gebracht wurdest.«

Alec blickte von einer Frau zur anderen. Er war froh, daß er an diesem Treffen teilnehmen durfte, auch wenn er sich über den Grund der Priorin, ihn miteinzubeziehen, noch nicht ganz im Klaren war. Die Nonne hatte ihn zum Bleiben aufgefordert. Sie hatte angedeutet, daß die Dinge, die es zu besprechen galt, sie beide angingen. Die Priorin hatte ihn jeden Tag hier gesehen. Sein Interesse an Fiona war wohl offensichtlich gewesen.

Dies hier war ein sehr privater Augenblick, das war Alec sehr bewußt. Und er wollte alles über Fiona wissen, alles über ihre Vergangenheit. Wenn das bedeutete, jeden wachen Moment an ihrer Seite zu verbringen, dann war er bereit, dies zu tun. Er würde bei ihr bleiben, bis sie einsah, daß sie zusammengehörten. Er würde sie nicht in dem Glauben zurücklassen, daß Klassenunterschiede ihrem gemeinsamen Glück im Wege stehen könnten. *Zum Teufel mit dem Adel*! fluchte er im Stillen. Er wollte für diese Frau da sein.

Die Priorin legte Fiona das Kreuz vorsichtig in die Hände, und Fiona spürte, wie sich ein Knoten in ihrer Brust zusammenzog. Als sie auf das Kreuz hinabblickte, kullerte eine Träne über ihre Wange, und der Knoten wurde fester, drohte, sie zu ersticken. Dann spürte sie Alecs Hand auf ihrem Arm und fühlte, wie seine Kraft sich auf sie übertrug. Sie blickte schnell zu ihm hinüber, und die Wärme seiner blauen Augen gab ihr Mut.

»In dieser Börse befand sich ein Brief, Fiona«, sagte die Priorin und ging zum Arbeitstisch zurück. Sie hob ein eingerissenes und verschmiertes Stück Pergament auf und hielt es in die Höhe. »Ein Brief von deiner Mutter.«

Fiona starrte auf das Blatt, dann zu der älteren Frau und wieder zurück. Wo das Pergament gefaltet gewesen war, zeigte es dunkle Flecken — die Börse hatte nicht vermocht, alles Wasser abzuhalten.

Sie hätte der Priorin den Brief am liebsten aus der Hand gerissen, aber ihre Arme fühlten sich an, als hinge ein schweres Gewicht an ihnen. Und ihre Zunge kam ihr geschwollen vor, so daß sie kein Wort hervorbrachte. Selbst das Atmen fiel ihr schwer.

Unerklärlicherweise hob sich dann doch ihre Hand vom Schoß. Sie betrachtete sie, als gehöre sie nicht zu ihr. Sie registrierte, daß sie das Pergament ergriff, aber es war so, als täte dies eine andere, und selbst die Finger vermittelten keine Berührung. Fiona vermochte kein einziges Wort zu erkennen. Einzig eine Träne fiel auf eine leere Stelle unten auf der Seite.

Doch schließlich las sie die Worte ihrer Mutter.

An Robert Henryson, Schulmeister der Abtei von Dunfermline,

ich sende Euch meine Tochter. Ihr Leben ist in Gefahr. Bitte haltet sie versteckt und in Sicherheit, mein guter Freund. Fiona ist die Tochter des Königs, und Seine Majestät wird sie abholen. Vertrauet niemandem. Gott segne Euch.

Margaret Drummond

Fionas Augen fuhren verwirrt immer und immer wieder über die Worte, und sie bemühte sich, sie zu begreifen. Sie vernahm die Worte der Priorin von irgendwo her und versuchte, auch sie zu verstehen.

»... ein Brief ... Margaret Drummond ... die Tochter von König James ...«

Alec starrte erst die Priorin und dann Fiona an. Er hatte schon immer das Gefühl gehabt, sie zu kennen. Und ob er sie kannte! Sie war das Abbild ihres Vaters. Wie hatte er nur so blind sein können?

»Meine Mutter ...« stieß Fiona hervor, die den Brief immer noch umklammert hielt. »Mutter Oberin, was ist mit meiner Mutter passiert?«

Die Priorin und Alec tauschten einen Blick. Sie wußten beide, was mit Margaret Drummond passiert war. Ganz Schottland wußte es.

»In der Nacht, als man dich fortbrachte ...« Die Priorin verstummte. Sie hatte keine Ahnung, welche Worte sie wählen sollte, um es Fiona einfacher zu machen. »Man sagt ... daß Margaret Drummond sich das Leben genommen hat. Sie hat sich vergiftet und starb noch in derselben Nacht.«

Sie war tot. Fiona stand auf und ging zum Fenster hinüber. Sie blickte hinaus, aber ihre Augen sahen nichts. Tot. Ihre Brust hob sich heftig, als sie versuchte, ihre Lungen mit Luft zu füllen. Tot. Irgendwie hatte sie es schon immer gewußt. Irgendwie hatte sie schon immer gewußt, daß sie wirklich alleine war. Ihre Mutter war tot. Tot.

Aber vergiftet? Und durch ihre eigenen Hand? Selbstmord?

»Nein! Das ist nicht wahr«, sagte Fiona und blickte auf den Brief hinab. Sie wollten ihrer Mutter wehtun. Sie erinnerte sich an ihre Drohungen. Mehr und mehr kam ihre Erinnerung zurück. Eine andere Lederbörse ... die versteckte Lederbörse ... der böse Mann im Schloß, den sie nie richtig gesehen hatte.

»Fiona«, rief die Priorin. »Es gibt noch einige Dinge, die du wissen solltest.«

Fiona drehte sich zu der alten Nonne um. »Sie haben sie umgebracht. Sie hätte niemals Selbstmord begangen.«

Die Priorin und Alec schwiegen einen langen Augenblick, während Fiona von der einen zum anderen blickte.

»Woher willst du das wissen?« erkundigte sich Alec, stand auf und trat an den Kamin.

»Weil sie es niemals getan hätte. Sie war ihre Gefangene«, erwiderte Fiona. Sie versuchte sich zu erinnern, suchte ihre Erinnerung hektisch nach Einzelheiten dieses lange zurückliegenden Abends ab. »Und diese Männer ... sie haben irgendetwas gesagt.«

»Was?« drängte Alec sie. »Versuche dich zu erinnern, was sie gesagt haben.«

Fiona blickte Alec an. »Ich versuche es ja! Aber ich weiß nur, daß sie ihr wehtun wollten.«

»Wen meinst du mit ›sie‹?«

»Genau dieselben Männer, die mich fortgeschleppt haben.«

»Aber du sagtest doch, deine Mutter wäre zu dem Zeitpunkt noch am Leben gewesen.«

»Das war sie auch. Aber nicht alle Männer sind mitgekommen.« Fiona nagte an ihrer Lippe und zermarterte sich das Gehirn. »Der Anführer war ein Riese. Seine Augen waren grausam. Er sah aus wie ein Verrückter. Er ist mit einigen Männern zurückgeblieben.«

»Woran erinnerst du dich noch?« fragte Alec.

»Es waren Highlander.«

»Highlander? Und zu welchem Clan gehörten sie? Kannst du es eingrenzen?«

Fiona blickte ihn mit aufgerissenen Augen an. »Ich war fünf Jahre alt, Himmel noch mal!«

Es wurde für einen Augenblick still im Raum. Fiona bemerkte, daß sich irgendetwas in Alecs Gesicht verändert hatte. An die Stelle der mitleidigen und besorgten Blicke war das typische Gebaren eines Kriegsherrn getreten, der auf der Suche nach Antworten war.

»Du warst so ein winziges Ding.« Die leisen Worte der Priorin durchbrachen die Stille. Fiona und Alec lösten ihre Blicke voneinander und wandten sich der älteren Nonne zu. Fiona ging zu ihr hinüber und setzte sich neben sie. Die Mutter Oberin blickte ihr in die Augen.

»Ich muß dir sagen, warum ich dich hier behalten habe.«

»Ja.« Fiona nickte und ergriff die Hand der Priorin. »Warum habt Ihr mich nicht nach Dunfermline geschickt? Es muß Euch doch klar gewesen sein, daß Ihr Euer Leben riskiertet, indem Ihr mich hierbehieltet.«

»Anfangs warst du zu schwach. So still und innerlich so verletzt. Und ich hatte niemanden, dem ich dich anvertrauen konnte.« Sie nahm Fiona den Brief aus der Hand. »Sie schrieb, man solle niemandem vertrauen. Ich erwog, abzuwarten, bis ich dem König auf direktem Wege eine Nachricht zukommen lassen konnte.«

Die Stimme der Priorin hatte einen unbestimmten Tonfall angekommen, als sei sie mit ihren Gedanken ganz woanders, in einer anderen Zeit. Aber plötzlich richtete sie ihre Aufmerksamkeit wieder auf die Gegenwart, und ihre Stimme wurde wieder klarer. »Aber andererseits überlegte ich auch, dich doch irgendwie zum Schulmeister von Dunfermline, dem Poeten Robert Henryson, zu schicken.«

Sie legte eine faltige Hand auf Fionas glatte, seidige Wange. »Du warst nur ein kleines, unschuldiges Mädchen, Fiona. Aber der Herr hatte andere Pläne mit dir. Henryson mag ein gelehrter Mann gewesen sein, ein bekannter Dichter, aber er war trotzdem nur ein Sterblicher. Kurz bevor der Winter einsetzte, erhielten wir die Nachricht, daß der große Dichter an der Ruhr gestorben sei. Diese Lösung war uns damit verwehrt.

Und als der Frühling kam, kehrte David mit der Nachricht

von Stirling zurück, daß der König die Tochter des englischen Königs, Henry VII., Margaret Tudor, heiraten wolle. Aus diplomatischen Erwägungen hatte König James bis dahin einer Heirat widerstanden, aber nachdem deine Mutter gestorben war, überzeugten ihn einige seiner Edelleute, daß eine Verbindung mit England in Schottlands Interesse sei. David war gar nicht in der Lage gewesen, in die Nähe des Königs zu gelangen.«

»Ich kann durchaus verstehen, daß er bei der Heirat mit einer Prinzessin nicht gerade seine uneheliche Tochter um sich haben wollte«, sagte Fiona und bemühte sich, die Bitterkeit aus ihrer Stimme zu halten. All die Jahre waren vergangen, ohne daß er nach ihr gesucht hatte!

»Nein, Fiona. Das stimmt nicht«, protestierte die Nonne. »Man hielt dich für tot. Alle taten das. Die Edelleute, der Hof, die Familie deiner Mutter, selbst dein Vater. Später vernahmen wir, daß er nach dem Tod deiner Mutter einer verlorenen Seele glich. Und er hat überall nach dir gesucht. Aber ich nehme an, er hat nie daran gedacht, daß dich dein Schicksal den ganzen Weg bis nach Skye ... bis zu unserer Türschwelle ... verschlagen hatte. Und dann, nachdem dieser große Sturm über das Land getobt war, gab der König einfach auf.«

Fiona blickte stumm auf ihre Hände hinab. Eine unendliche Leere erfüllte ihre Brust. Sie würde ihren Vater niemals kennenlernen.

»Danach«, fuhr die Priorin fort, »hatte ich wieder eine Gelegenheit, dich zum Hof zu schicken. Wie du weißt, haben die Western Isles kurz nach seiner Heirat gegen den König rebelliert. Wir konnten nicht mit seinen Verbündeten korrespondieren. Und direkt zu ihm zu gehen war auch unmöglich. Aber ehrlich gesagt, ich hätte es auch nicht getan, wenn sich die Gelegenheit ergeben hätte.«

Fiona blickte die ältere Frau fragend an.

»Es kursierten Gerüchte, die das unterstützen, was du gerade gesagt hast, Fiona. Es hieß, Margaret Drummond sei aus dem Weg geräumt worden, damit der König die englische Prinzessin heiratete. Und mit Margaret Tudor und ihrem Kreis bei Hofe fürchtete ich um dein Leben.«

Die Priorin verstummte und blickte die rothaarige Schönheit an, die sie wie eine Tochter liebte. All die Annehmlichkeiten, die Fiona versagt gewesen waren, waren auf andere Weise wiedergutgemacht worden. Sie hatte ihr die beste Ausbildung gegeben. Eine Ausbildung, die einer Prinzessin würdig war.

»Warum habt Ihr Euch entschlossen, es mir gerade jetzt zu sagen, Mutter Oberin?« erkundigte sich Fiona und ergriff die Hand der Priorin.

Die alte Nonne blickte die junge Frau voller Zuneigung an und wandte ihren Blick dann dem schweigenden Kriegsherrn zu, der immer noch am Kamin stand und aufmerksam lauschte.

»Ich habe endlich meine Antwort bekommen.«

Sie erhob sich und schritt zu ihrem Arbeitstisch hinüber. Unter einem Hauptbuch zog sie ein weiteres gefaltetes Sendschreiben hervor. Sie hielt es in die Höhe und drehte sich zu Alec um.

»Ich nehme an, daß auch für Euch eine Nachricht auf Dunvegan Castle wartet, Mylord.«

Alec blickte Fiona an, die erwartungsvoll auf ihrem Stuhl saß. Er genoß den Anblick, denn dies würde wohl das letzte Mal sein, daß er sie in all ihrer Unschuld betrachten konnte. Sie war sich noch gar nicht der Auswirkung dieser Neuigkeit bewußt. Des Lebens, das sie erwartete. Vor einer Stunde noch hatte er die Liebe in sich gespürt, seine eigene Kraft gefühlt. Er war bereit gewesen, Berge zu versetzen, um Fiona auf immer für sich zu gewinnen.

Aber nun hatte sich alles verändert.

Die Nonne kehrte an Fionas Seite zurück.

»Du bist in einem Alter, in dem über deine Zukunft entschieden werden muß. Nun, da Torquil tot ist und Lord Alec hier weilt, ist die Isle of Skye wieder ein Teil Schottlands. Daher habe ich eine Nachricht an Lord Huntly und die Edelleute des Regentenrats gesandt, die während der Minderjährigkeit des jungen Königs regieren. Lord Huntly ist als guter Mann bekannt, und er war deinem Vater gegenüber immer loyal, und so habe ich ihm mitgeteilt, daß du bei uns weilst, und daß es Beweise für deine Identität gibt. Er hat mir zurückgeschrieben, daß er in der Lage gewesen ist, zwei Dinge in deinem Interesse auszuhandeln.«

Sie reichte Fiona den Brief. Dies alles war viel auf einmal für die junge Frau, aber sie mußte nun endlich alles erfahren.

»Aber habe ich denn noch Familie? Außer dem jungen König, der noch ein kleines Kind ist?« fragte Fiona. Sie war sich noch nicht sicher, ob sie sich aus dieser neuen Identität etwas machte. Ihre Eltern waren tot, also welchen Sinn konnten all diese Dinge noch haben? Es sei denn, es gab noch jemanden, der zu ihrer Familie gehörte.

»Dein letzter direkter Verwandter war dein Großvater John, Lord Drummond, aber er ist auf den Feldern von Flodden gefallen. Deine Mutter hatte zwei Schwestern, die jedoch schon vor deinem Großvater verstorben sind. Seit seinem Tod untersteht der gesamte Besitz Lord Gray, deinem Großonkel, unter der Bedingung, daß du alles erbst, falls du wieder auftauchen solltest. Dein Großvater hat diese Hoffnung niemals aufgegeben, Fiona. Ich vermute, er hatte ein schlechtes Gewissen wegen des Todes deiner Mutter. Ich denke, er hat gehofft, daß der Herr Mitleid mit ihm haben und dich ihm eines Tages zurückschicken würde. Nun ja, jedenfalls hat Lord Huntly mit Lord Gray gesprochen, der dich ›mit offenen Armen‹ empfangen will, sollten die Beweise in den Augen der regierenden Edelleute Gültigkeit haben. Und falls dies geschieht, so wird er Drummond Castle und die dazugehörigen Ländereien wieder an dich zurückgeben. Lord Huntly hat eine Nachricht von Lord Gray erhalten, daß seine Tochter Kathryn, die sich auf dem Weg nach Skye befindet, ihre ›längst verloren geglaubte Cousine‹ gerne in die Arme schließen würde.«

Alecs Gedanken wanderten angewidert zu Kathryn. Fionas Cousine. Nun wußte er, warum sie so plötzlich auf Benmore Castle, dem Schloß der Macphersons, aufgetaucht war. Warum sie auf Kildalton Halt machte. Sie hatte die schlechten Neuigkeiten vernommen. All das, von dem sie einst gedacht hatte, es gehöre ihr, ging nun an ihre verloren geglaubte Cousine. Von wegen in die Arme schließen, ha!

»Lord Huntly hat auch Königin Margaret informiert«, fuhr

die Priorin fort. »Und sie hat zugestimmt, daß sie dich, solltest du auf jegliche Ansprüche bezüglich der Krone, den königlichen Ländereien oder dem Recht auf die Thronfolge deiner leiblichen Nachkommenschaft— verzichten, als Tochter des verstorbenen Königs anerkennen und dich mit allen dir zustehenden Ehren bei Hofe begrüßen wird.«

Die Priorin setzte sich neben Fiona und ergriff die Hand der jungen Frau.

»Ich weiß, daß es kein Ersatz für den Verlust von Mutter und Vater sein kann, aber was Lord Huntly getan hat, ist weit mehr, als wir erwarten durften.«

Fiona seufzte und blickte auf den Brief in ihrem Schoß. Sie war sich nicht sicher, wozu sie bereit war. Aber eines war gewiß — sie hatte kein Interesse an den Dingen, die der Königin so wichtig waren.

»Und da wäre noch eine Sache. Huntly hat den Wunsch der Königin übermittelt, daß du dich direkt nach Stirling Castle begeben sollst.«

»Sie möchte sichergehen, daß du umgehend einen Schwur auf die Untertanenpflicht gegenüber ihrem Sohn, König James, ablegst«, warf Alec von der anderen Seite des Raumes ein. *Bevor du in die politischen Intrigen bei Hofe verwickelt wirst,* dachte er im Stillen. *Und bevor du in die Hände solch habgieriger Höflinge fällst, wie dein Onkel Lord Gray einer ist.*

Fiona blickte auf. Diese Neuigkeit verwirrte sie mehr noch als alles andere.

Weggehen? Zur Königin? Das Kloster verlassen? Skye verlassen? *Das ist unmöglich,* dachte sie, erhob sich und trat ans Fenster. *Wie könnte ich?*

»Mutter Oberin«, stieß sie hervor und wirbelte zu der Frau herum, die ihr durch das Zimmer gefolgt war. »Was ist mit meiner Arbeit hier? Malcom und —«

»Fiona«, sagte die Priorin beruhigend und nahm ihre Hand. »Wir werden überleben. Einige der jungen Nonnen sind durchaus imstande, deine Pflichten untereinander aufzuteilen, und Schwester Beatrice —«

»Aber Mylady, ich möchte mein Gelübde ablegen! Ich möchte —«

»Fiona, mein Kind, das ist unmöglich.« Obwohl das faltige Gesicht der Priorin freundlich blickte, war die ruhige Autorität in ihrer Stimme doch unmißverständlich. »Du bist eine Dame, Fiona. Eine Halbschwester des Königs. Du hast Verantwortung, der du dich nicht entziehen kannst. Pflichten, die dich aus den Mauern dieses Klosters führen. Wir lieben dich, mein Kind, und das hier ist dein Zuhause gewesen, aber dort draußen wartet eine andere Welt auf dich — eine Welt, auf die wir dich die ganze Zeit vorbereitet haben.«

Fiona blickte in die zuversichtlichen Augen der Priorin. Für einen Moment spürte sie förmlich, wie die Kraft und der Wille der alten Frau in sie hineinflossen.

Eine Welt —o völlig anders von der Welt hier. Eine Welt, in der ihre Mutter gelebt hatte.

Fiona runzelte die Stirn. Ein Ort, wo das Leben einer jungen Mutter wie eine Kerze ausgelöscht wurde. Wo Mörder ohne Strafe davonkamen, weil die Welt glaubte, sie habe Selbstmord begangen.

Fiona dachte an jenen Abend zurück. In ihrem Kopf wirbelten Bilder von Blut und Männern und ihrer Mutter, die im Zimmer hin und her eilte.

Und dann erinnerte sie sich plötzlich an die Lederbörse und an den lockeren Stein neben dem Kamin.

Die Priorin hatte die Gerüchte über die Unschuld ihrer Mutter erwähnt. Wenn sie das Kloster verlassen würde, dann nur aus einem Grund: um die Wahrheit herauszufinden.

Die einzige Chance, die Fiona hatte, lag auf Drummond Castle verborgen.

Sie mußte dorthin gelangen, und wenn sie ihr Weg zunächst zum Hof von Stirling führen sollte, dann würde sie dies in Kauf nehmen.

»Aber Mutter Oberin, wie soll ich denn dorthin gelangen?«

»Dafür wurde bereits gesorgt, mein Kind.« Die Nonne blickte zu Alec hinüber, der ruhig und gedankenverloren dastand, die Arme vor der kräftigen Brust verschränkt. »Lord Huntly hat Lord Macpherson gebeten, dich nach Stirling zu eskortieren.«

Fiona schaute ebenfalls auf Alec, der schnell seinen Blick abwandte. Er starrte die Priorin an.

Sie wird größtmöglichen Schutz benötigen, dachte er. Innerhalb kurzer Zeit würde das ganze Land die Neuigkeiten von ihrer Entdeckung erfahren. Es bestand durchaus die Möglichkeit, daß jemand versuchen würde, sie beiseite zu schaffen, während sie die Highlands durchquerten. Jeder machthungrige Grundherr in Schottland wüßte Fiona gerne sicher in seinem Schloß. Königliches Blut war nun einmal königliches Blut und dem Edelmann, dem es gelang, sie zu verschleppen, würden Macht und Reichtum gehören. Er mußte sie bloß mit einem Erben schwängern, und sie davon abhalten, ihre Ansprüche auf das Vermögen der Krone aufzugeben.

»Habt Ihr irgendwelche Einwände dagegen, Mylord?« erkundigte sich Fiona, und ihre Augen wanderten fragend zu ihm hinüber.

»Nein, Mylady, ich weiß, was zu tun ist.« Er richtete sich gerader auf. »Laßt es mich wissen, wenn Ihr zur Abreise bereit seid. Ich werde meine Männer vorbereiten.«

Alec ging auf die Tür zu und verschwand im dunklen Korridor, ohne auch nur einen einzigen Blick zurückzuwerfen.

Kapitel 11

Warum ist so übel deine Stimmung getrübt,
Makyne, und warum bin ich der Mann, den sie ereilt?
Was regiert die Liebe, was, geliebt zu werden?
Genaueres von diesem Gesetze zu erfahren, dazu wäre ich bereit.
— Robert Henryson, *»Robene and Makyne«*

»Warum haßt Alec mich so?« erkundigte sich Fiona bei Ambrose.

Ambrose erhob sich. Er war für den Augenblick sprachlos und unsicher, wie er auf eine solche Offenheit reagieren sollte. Fiona hier auf Dunvegan zu sehen, hatte ihn erfreut. Trotz der Tatsache, daß er sie von Anfang an gemocht hatte, mußte er nun zugestehen, daß sie sogar mehr Verstand und Charakter besaß, als er geglaubt hatte. Und dazu war sie noch die Tochter des verstorbenen Königs ... unglaublich!

Es wurde tatsächlich zunehmend schwieriger, Alecs schlechte Laune zu ertragen. Aber Ambrose war sicher, daß sein Bruder noch für eine ganze Weile so weitermachen konnte. Aufgrund des Fehlers, den er bei Kathryn Grant begangen hatte, würde er womöglich niemals dazu bereit sein, mit Fiona zu reden und seine Bedenken frei zu äußern. Nach Alecs Ansicht hatte Fiona endlich ihre ersehnten Familienmitglieder gefunden, Menschen, von denen sie nicht einmal gewußt hatte, daß sie existierten. Er hatte nicht vor, ihr diese Freude zu verderben und ihr zu sagen, um was für Leute es sich dabei in Wahrheit handelte.

Abgesehen von diesen Dingen hatte für sie inzwischen nun ein Leben voller Glanz und Hochachtung begonnen. Ein Leben, vor dem Alec davongelaufen war. Ambrose sah bereits alles vor sich. Mit ihrer Schönheit und ihrem Verstand würde sie in kurzer Zeit der Liebling des Hofes werden. Das war nichts für Alec. Er würde den gleichen Fehler nicht zweimal begehen.

»Ich bin sicher, daß Alec Euch nicht haßt«, versicherte Ambrose Fiona.

»Und warum benimmt er sich dann wie ein Flegel?« Fiona lief vor dem kleinen Feuer auf und ab, das im Kamin des Großen Saals von Dunvegan Castle brannte. Draußen war es feucht und kühl, ein grauer Tag, aber Fiona hatte dies kaum bemerkt, als David und sie vom Kloster heraufgeritten waren. Sie hatte David gesagt, daß sie Malcolm nach seiner Jagd mit Alec abholen und zum Kloster zurückbringen wollte, aber ihr alter Freund lächelte nur. Sie war wütend, und als sie nach der Ankunft auf der Burg unverzüglich auf Ambrose zuschritt, hatte sich der Bruder der Priorin auf diskrete Weise zurückgezogen, mit der Entschuldigung, er wolle nach den Pferden sehen.

»Tut er das, Fiona?« Ambrose lächelte. »Ich habe keine Veränderung feststellen können.«

Fiona verharrte und blickte ihn an. »Ihr wißt, daß das nicht stimmt, Ambrose«, erwiderte sie mit stiller Autorität. »Seit wir die Nachricht von Lord Huntly erhalten haben, hat er mich nicht ein einziges Mal mehr besucht. Ich habe ihm mehrere Nachrichten gesandt, daß ich ihn zu sehen wünsche. Aber er hat kein einziges Mal geantwortet.«

Sie begann wieder, auf und ab zu laufen.

»Zuerst dachte ich, er sei zu sehr mit den Vorbereitungen für unserer Abreise beschäftigt.«

Er ist sehr beschäftigt, das kann man wohl sagen, dachte Ambrose. Damit beschäftigt, Dunvegan Castle und seine Leute wegen Nichtigkeiten auseinanderzunehmen. Die Männer versteckten sich im Augenblick förmlich vor ihm, um seinem Zorn aus dem Weg zu gehen.

»Dann dachte ich, er sei böse auf Lord Huntly, weil er eine solche Bitte an ihn gerichtet hatte.«

Das entsprach der Wahrheit, aber es war dennoch eine glatte Untertreibung. Alec hatte eine solch schlechte Laune, wie Ambrose es noch niemals zuvor erlebt hatte.

»Aber während der ganzen Zeit war ich einfach zu blind, um das Offensichtliche zu erkennen«, sagte Fiona.

»Und das wäre?«

»Daß es an mir liegt. Er haßt mich.«

Ambrose mußte sich ein Lachen verkneifen. Die beiden benötigten wirklich Hilfe.

»Fiona ...«

»Es ist wahr! Ihr habt nicht den Blick gesehen, den er mir zuwarf, als er heute morgen kam, um Malcolm abzuholen. Ich sagte ihm, daß ich mitkommen wolle, aber er starrte mich nur wütend an, und erwiderte, daß er etwas Zeit allein mit Malcolm verbringen wolle, bevor er *gezwungen* sei, Skye zu verlassen. Ihr hättet ihn sehen sollen ... er hatte einen Blick, als existiere ich gar nicht! Die Kälte in seinen Augen sagte mir, ich solle mich von ihm fernhalten. Ihn in Ruhe lassen. Er haßt mich.«

Ambrose lauschte ihren Worten mit einiger Überraschung. Fiona fuhr fort, ihre Frustration abzureagieren. Sie lief weiterhin auf und ab und erzählte ihm von dem verschwendeten Tag, der Warterei und ihrer Wut über Alecs gefühllose Zurückweisung.

Wann immer sie ihn ansah, nickte Ambrose nachdenklich und verständnisvoll. Während sie redete, kam ihr in den Sinn, daß sie auf der Suche nach einem Verbündeten zu ihm gekommen war, allerdings nicht gegen einen gewöhnlichen Feind. Sie brauchte seine Unterstützung. Aus irgendeinem Grund war sie sicher, daß sie sie auch erhalten würde.

Das Geräusch von Pferdehufen draußen im Hof zog Ambroses Aufmerksamkeit auf sich.

»Robert!« rief er und wandte sich dann wieder Fiona zu. »Ihr seid aufgebracht, und in wenigen Momenten wird dieser Raum voller Männer sein, die Appetit auf ihr Abendessen haben. Wie wäre es, wenn wir unsere Unterhaltung in Alecs Arbeitszimmer fortsetzen?«

Sie nickte zustimmend und folgte ihm zu einem offenen Türrahmen auf der anderen Seite des Saals.

»Ihr habt gerufen, Sir Ambrose?« fragte Robert und trat auf die beiden zu.

»Ja. Sage dem Koch, er soll ein Mahl für *zwei* anrichten und es in das Arbeitszimmer bringen lassen.« Ambrose drehte sich zum Knappen um und fügte hinzu: »Und sorge dafür, daß uns niemand stört.«

Ambrose führte Fiona in einen kleinen Raum, dessen eine Wand mit Regalen voller Bücher und Karten bedeckt war. Eine andere Wand schmückte ein Macpherson-Tartan und zwei Schilde, von dem eins Alecs Clan-Wappen trug. Fionas Hand wanderte unwillkürlich zu ihrer Taille, wo sich der Dolch befand, auf dem das gleiche Wappen zu erkennen war, und den er ihr zu einer Zeit gegeben hatte, als seine Gefühle ihr gegebenüber noch aufrichtig gewesen waren. Sie fluchte leise in sich hinein.

Ihre Augen wanderten zu dem anderen Schild an der Wand. Es trug das Wappen des MacLeod-Clans.

Ambrose schob die schwere Eichentür ein Stück zu, und deutete auf einen Stuhl am Kamin. Fiona schüttelte den Kopf und begann wieder, auf und ab zu laufen. Ambrose ging zum Kamin hinüber und zündete die vorbereiteten Zweige an. Dann durchquerte er das Zimmer und zog einen Stuhl so weit wie möglich von der Tür weg.

»Wo waren wir stehengeblieben, Fiona ...«, sagte er, und setzte sich bequem zurück. *Das verspricht spannend zu werden,* dachte er.

»Wenn ich nur wüßte, daß ich ihm nicht egal bin —« begann sie und wirbelte herum, als die Tür des Arbeitszimmers aufflog.

Alec stand im Türrahmen. Seine Hände waren zu Fäusten geballt, und seine Augen wanderten von Ambrose zu Fiona.

»Willkommen daheim, Alec«, begrüßte ihn Ambrose mit unschuldiger Stimme. Robert hatte länger gebraucht, um Alec zu informieren, als er gedacht hatte.

Alecs wütender Blick betrachtete für einen kurzen Moment das offene Gesicht seines Bruders, bevor er sich Fiona zuwandte.

»Was machst du hier auf Dunvegan?« fuhr sie der Kriegsherr an, aber er vermochte seine Augen nicht davon abzuhalten, über ihren Körper zu wandern. Verdammt! Warum mußte sie nur so gut aussehen? Warum mußte sie ihn auf diese Weise quälen? Sie war ... nun ja, atemberaubend. Verdammt!

»Ich bin hergekommen, um mit dir zu reden«, antwortete sie in dem gleichen Tonfall.

»Worüber?«

»Über uns.«

»Da gibt es nichts zu bereden«, erwiderte Alec in dem gleichmütigsten, kältesten Tonfall, den er hervorzubringen vermochte. Dann wappnete er sich gegen die Wut, die in ihren wundervollen Augen entflammte. Ihre Wangen färbten sich dunkelrosa.

Sie hielt den Atem an und betrachtete ihn ungläubig. Sie wußte, daß er log. Es konnte einfach nicht wahr sein. Alecs Gesicht hatte sich vor Zorn verzerrt, aber seine Augen verrieten ihn. Und dann verspürte sie eine andere Emotion. Sie zerrte an dem Schmerz, den sie angesichts seiner Worte empfand.

Ambrose räusperte sich und stand auf.

»Ich werde euch beide wohl besser jetzt in Ruhe —«

»Setz dich wieder hin, Ambrose!« befahl Alec, und seine Augen wichen keinen Moment von Fionas. Er haßte sich für das, was er tun mußte. Aber ein sauberer Bruch zu diesem Zeitpunkt wäre weniger schmerzhaft, als abzuwarten, bis sie bei Hofe angelangt war. Es war sowieso nur eine Frage der Zeit, wann sie von den verführerischen Verlockungen und von ihrer Familie hinweggerissen werden würde. Und damit wollte er nichts zu tun haben. Außerdem war da noch die Tatsache, daß es sich um König James' Tochter handelte. Fiona hatte den besten, den adeligsten aller Männer verdient. Sie hatte die Möglichkeit, einen König zu heiraten und als Königin zu leben. Und was konnte Alec ihr schon bieten? Ein Mann, der nicht einmal imstande gewesen war, das Leben ihres Vaters zu retten! Er mußte ihre Beziehung hier und jetzt beenden.

Ambrose sah schweigend zu, wie Alec ganz ins Zimmer trat.

»Ihr dürft Euch entfernen, Ambrose«, befahl ihm Fiona mit leiser Stimme, die ihre aufsteigende Wut aber kaum verheimlichen konnte.

»Setz dich!«

»Geht. Sofort!« Fionas Tonhöhe vermittelte ihren Zorn.

Ambrose ging langsam zur Tür. Alec drehte sich überrascht um, als er vernahm, wie sich die Eichentür hinter seinem Bruder schloß. Als er sich wieder zu Fiona umdrehte, stand sie immer noch an derselben Stelle, und ihre Augen durchbohrten ihn.

Eine Veränderung war mit ihr vorgegangen, die Alec wie ein Schlag ins Gesicht vorkam. Man konnte es an ihren Augen ablesen. Ein unerschütterliches Selbstvertrauen. Aber er wußte, daß diese Selbstsicherheit immer schon dagewesen war, er war nur zu blind gewesen, sie zu sehen.

Alec hätte es nie für möglich gehalten, daß Fiona ihm noch schöner vorkommen könnte, aber so war es. Sie trug jetzt ein waldgrünes Kleid, nicht mehr die züchtige Klostertracht. Alecs Blick fiel auf das juwelenbesetzte Goldkreuz, das tief in den runden Ausschnitt über dem enganliegenden Mieder ihres Kleides hing.

Aber nicht ihre neue Kleidung hatte ihn in ihren Bann geschlagen. Nein, die Veränderung lag nicht allein bei ihr. Er selbst hatte sich geändert.

Seit sie sich das erste Mal begegnet waren, hatte Alec Fiona immer nur als Unschuld gesehen, die es zu schützen galt. Er war viel zu sehr in seine eigene Welt verstrickt gewesen. Wie ein Held in einer Legende, der Retter der hilflosen Jungfrau. Er hatte immer nur den Unterschied gesehen. Hatte immer nur verglichen. Fiona verkörperte die Tugend, Kathryn die Dekadenz. Für alles andere war er blind gewesen. Es war ihm nicht gelungen, sie wirklich zu erkennen, die wahre Fiona schätzen zu lernen. Und nun stand sie vor ihm. Sie war unverändert, dieselbe Frau ... aber erst jetzt war er imstande, sie wirklich zu sehen. Fiona benötigte keine Juwelen oder Putz, um zu zeigen, wer sie wirklich war. Das wußte er.

Sie war Fiona Drummond Stuart. Dieselbe Frau, die sie bereits an jenem ersten Morgen auf dem nebeligen Pfad gewesen war, als sie ihn — als Aussätzige verkleidet — wie eine Königin herausgefordert hatte. Verstand, Mut, Schönheit, Güte. Sie war die Feenprinzessin. Der Engel von Skye.

Sie sahen sich mit blitzenden Augen über den Raum hinweg an, und beide bemühten sich, das Chaos, das sich in ihrem Inneren ausbreitete, zu verbergen. Alec hatte die Arme vor der Brust verschränkt und beäugte Fiona, die sich vor ihm aufgebaut hatte, die Fäuste fest auf die Hüften gestemmt und Zorn in den Augen.

»Du hast mich in den letzten beiden Tagen mit Absicht gemieden«, fuhr ihn Fiona an. »Und heute morgen hast du meine Bitte, dich und Malcolm begleiten zu dürfen, rundheraus abgelehnt.«

»Du hast noch viele Dinge für deine Reise vorzubereiten.« Er zuckte mit den Schultern und trat auf seinen Arbeitstisch zu. Alec mußte sich eingestehen, daß er seine wahren Gefühle vor Fiona verbergen wollte, Gefühle, die zu offensichtlich in sein Gesicht gemeißelt waren. Ja, er hatte sie gemieden, aber er hatte sich auch jede Sekunde, die sie getrennt gewesen waren, nach ihr gesehnt.

»Ist das das einzige, worum du dir Gedanken machst?«

»Was sonst gäbe es denn noch?« Alec beschäftigte sich mit den Papierrollen, die zwischen zwei Holzblöcken auf der Tischoberfläche ausgebreitet waren.

Sie betrachtete seinen breiten Rücken. Er unterdrückte seine Gefühle, verbarg sie vor ihr, tat so, als wäre ihm alles egal. Aber Fiona wußte, daß sie ihm nicht gleichgültig war. Sie hatte es in seinem Gesicht gesehen, als er ins Zimmer gestürmt kam. Nein, so sah kein gleichgültiger Mann aus.

»Es ist etwas geschehen, Alec. Du bist so anders. So wütend.« Fiona wollte seine Aufmerksamkeit erlangen — egal auf welche Weise. Sie trat direkt hinter ihn.

»Anders?« erwiderte Alec, ohne sich umzuwenden. »Ich bin derselbe wie immer.«

»Das stimmt nicht. Du hast dich in den letzten Tagen sehr verändert. Es ist ganz so, als seist du ein völlig anderer Mensch —«

»Du weißt gar nichts über mich«, unterbrach er sie kalt. »Malcolm und David warten. Du solltest dich besser auf den Weg machen.«

»Das ist alles?« schäumte sie wütend. »Ich soll mich auf den Weg machen? Was ist denn nur mit dir geschehen?«

»Nichts!« entgegnete Alec, hob seinen Blick vom Tisch und starrte geradeaus. Er wollte sich nicht umdrehen und den

Schmerz in ihren Augen sehen. »Ich bin derselbe. Du hast mich einfach nie gekannt. Du solltest jetzt besser gehen.«

»Du sagst mir nicht die Wahrheit, und das weißt du. Und was das Kennen angeht, so weiß ich sehr genau, mit wem ich es zu tun habe«, versicherte sie ihm und stieß ihm wütend den Finger in den Rücken. »Du bist ein erbärmlicher, armseliger, feiger Grundherr eines rattenverseuchten Festlands-Misthaufens.«

Alec drehte sich sprachlos um. Ihre glühenden Augen forderten ihn heraus, bereit, sich mit ihm anzulegen. Das rosige Glühen einer wütenden Röte zierte ihre seidige Haut. Die feste Kurve ihres Mundes spiegelte den Zorn wider, der in ihrem Inneren brodelte.

»Verleugne es nur«, drängte ihn Fiona herausfordernd und stieß ihm ihren Finger in die Brust.

Er starrte sie düster an. »Du willst, daß ich dich bekämpfe, richtig?« Plötzlich überkam ihn der unwiderstehliche Drang, sie zu halten, sie in seine Arme zu schließen, etwas von dem Schmerz, den er verursacht hatte, wiedergutzumachen.

»Ja, aber was das angeht, habe ich keine Angst, du gemeiner, feiger Sohn eines Kesselflickers.«

Alec blickte auf die wütende Gestalt hinab, die ihren Finger immer noch drohend auf sein Herz gerichtet hatte. Es gab keine Rüstung, die dem Stoß einer Waffe widerstanden hätte, die sie in ihren Händen hielt.

»Du bist ein einfältiger, grober und halsstarriger Zwerg. Dir fehlt jeglicher Anstand, jegliche Güte, jegliche Leidenschaft —«

Noch einen Moment zuvor hatte Fiona dagestanden und zu der großen Gestalt vor ihr hinaufgewettert, und im nächsten bemerkte sie, wie sie in die Höhe gehoben und ihr der Mund mit einem Kuß verschlossen wurde.

Sie spürte, wie seine Lippen sich auf die ihren preßten, und die Heftigkeit des Angriffs nahm ihr den Atem. Seine Zunge drängte in ihren nachgiebigen Mund, schmeckte und erforschte ihn. Fiona drehte ihren Kopf, so daß er mühelos die samtene Fülle erkunden konnte. Sie vergrub ihre Finger in seinem Haar und zog seinen Mund noch fester gegen den ihren. Ihre eigene Zunge strich an seiner vorbei, und ein mächtiges Verlangen stieg aus seinem tiefsten Inneren empor. Und auch Fiona erzitterte angesichts der erotischen Empfindung, die plötzlich in ihren Adern entflammte.

Farben wirbelten vor ihren Augen, brachten ihr Herz zum Klopfen, machten ihren Kopf schwindelig. Fiona kam sich vor wie in einer Traumwelt, in der sie ihren Körper, ihr Leben ... und ganz gewiß auch ihre Zukunft ... nicht zu kontrollieren vermochte.

Alec zog sie heftig gegen seine Brust und spürte, wie ihre Hände sich instinktiv um seinen Hals legten. Er wollte sie. Er hatte versucht, sich selbst zum Narren zu halten, so zu tun, als könne er das Verlangen, das er für sie empfand, einfach mit seiner Willenskraft wegschieben. Aber das war unmöglich, und nun gab ihm ihr köstlich weicher Mund zu verstehen, daß es keine Zurückweisung, keine Fluchtmöglichkeit, kein Leugnen gab. Aber irgendwo tief in seinem Inneren lag — wie ein Fleck Frühlingsschnee in einer dunklen und schattigen Bergschlucht — die Gewißheit einer unheimlichen Herausforderung, von der er noch nicht wußte, wie er sich ihr stellen sollte.

Alec zog seinen Mund von ihren Lippen, aber Fiona wollte nicht zulassen, daß sie mehr als ein Atemzug trennte.

»Du bist also nicht wütend?« flüsterte sie, löste ihre Hände von seinem Hals und strich zärtlich über die stählernen Muskeln seiner Brust. Sie konnte das Klopfen seines Herzens durch das glatte Leinen des Hemdes fühlen. Sein männlicher Duft erfüllte sie, machte sie zufrieden darüber, ihm nahe zu sein.

»Das war ich nie«, erwiderte er, glitt mit seinen Lippen über ihre Schläfe und verharrte schließlich an dem seidigen Dreieck unter ihrem Ohr. Er spürte, wie sie als Reaktion auf die Bewegung seiner Lippen erzitterte.

Sie schob ihn gegen die Kante des Eichentisches und er setzte sich, ohne sie loszulassen. Er zog sie an sich und spreizte seine vom Kilt bedeckten Beine, um sie noch enger an sich pressen zu können. Sie blickte ihm geradewegs in die Augen.

»Ihr seid ein armseliger Lügner, Mylord«, sagte sie und küßte ihn zärtlich aufs Kinn.

»Ich benötige einfach mehr Übung, Mylady.« Sein Mund ergriff abermals Besitz von ihr. Alecs Hände streichelten über ihre schlanken Schultern und ihren Rücken und glitten hinab zu ihrem Kreuz und der vollen Rundung ihres Hinterteils. Er zog ihre Hüften gegen seine härter werdende Männlichkeit.

Fiona hatte nicht die Absicht, von ihm abzurücken. Sie fand großen Gefallen daran, ihn zu spüren.

Alec küßte sie wieder und wieder. Als seine Hand an ihren Seiten zu der Rundung ihrer Brüste hinaufwanderte, spürte er, wie sie unter seiner Berührung dahinschmolz. Seine Finger reizten sanft ihre Brustwarzen und er bemerkte, daß sie unter ihrem weichen, grünen Kleid hart wurden. Er vernahm ein Stöhnen, das tief aus ihrer Kehle aufstieg.

Mein Gott, wie schön sie ist, dachte er überwältigt von ihrer unerwartet offenen Reaktion. Von ihrem unglaublichen Vertrauen in ihn.

Doch dann wich Alec vor dem Kuß zurück. Ihm war ein Gedanke gekommen, der ihn von der Gegenwart ablenkte. Der Gedanke an den Hof und an die Reise. An eine Zukunft ohne Leben. Eine Zukunft ohne sie. Wie Dämonen überfielen ihn diese Gedanken, überfluteten sein Gehirn mit Bildern vom Hof, von Drummond Castle, den Hindernissen und den Menschen, die versuchen würden, sie auseinanderzureißen. Dann schob sich auch noch das kalte, lieblose Gesicht von Kathryn Gray über alles. Alec schloß die Augen und versuchte, gegen dieses Bild anzukämpfen. Wie ein pochender Schmerz nagte es an ihm.

Aber dann umfaßten Fionas Hände seine Hüften, und er blickte in Augen, die nur ihn sahen. Und sie waren voller Wärme. Augen, die vor Verlangen glühten. Sie schien von Innen zu strahlen.

Ein Blitz durchzuckte sein Gehirn, als ihre Zunge seine Unterlippe nachzeichnete. Ihre Finger bohrten sich in sein Fleisch, beanspruchten ihn für sich.

Alecs Hände legten sich wieder um sie. Er bewegte seine Hüften, spürte, wie sie seiner Bewegung folgte, wie ihre Wärme sich sanft gegen sein pochendes Verlangen lehnte. Er blickte in Fionas Augen. Sie sagten ihm alles, was er wissen wollte. Ihr Blick enthüllte ihr Verlangen. Ihre Finger schlüpften unter sein Hemd, und in Alecs Kopf setzte ein Tosen ein, das die ganze Welt um ihn herum verschwinden ließ.

Als Fiona seine kräftigen Hände auf den Schnüren ihres Kleides fühlte, durchfuhr sie höchste Erregung. Sie wußte, was vor sich ging, und sie war bereit dazu. Ihr Atem wurde schwerer, als er die Vorderseite ihres Kleides öffnete. Seine Hände zogen das Seidenhemd ein Stück herab, und seine Finger glitten sanft über die empfindliche Aureole ihrer Brustwarze. Fiona verbannte jeden bewußten Gedanken, jeden unwillkommenen Zweifel, jede unwillkommene Furcht aus ihrem Kopf.

Alec betrachtete bewundernd die festen Rundungen ihrer vollen Brüste, die nun vom Kleid und der Unterwäsche befreit waren. Während er den weichen Stoff weiter hinunterzog, merkte er, daß sie ihre Arme hob, um ihm behilflich zu sein. Sein Mund senkte sich erneut auf das üppige Fleisch ihres Mundes, der sich ihm entgegenreckte. Ihre geöffneten Lippen empfingen die seinen zu einem warmen Kuß, ehe seine Zunge eine Linie von ihrem Kinn über ihren Hals bis zu der weißen Haut ihrer Brüste zog.

Fiona lehnte sich zurück. Seine Zunge versengte ihre Haut. Tief aus ihrer Kehle löste sich erneut ein Stöhnen, als er über ihre Brust glitt, und in dem Moment, da sein Mund Besitz von ihrer Brustwarze ergriff, explodierten weiße Blitze in ihrem Kopf, und eine warme Flüssigkeit brach tief aus ihrem Inneren hervor. Ihre Finger gruben sich in sein goldblondes Haar, und sie preßte seinen Kopf gegen sich. Aus Angst, daß er aufhören könnte, wagte Fiona nicht mehr zu atmen. Ihr Körper wurde von einem unkontrollierbaren Zittern erfaßt.

Dieses Zittern reichte aus, um die Wolke, die Alecs Verlangen noch umgab, aufzureißen. Die Feuer, die in seinen Lenden tobten, waren beinahe außer Kontrolle, und er wußte, daß er seiner Leidenschaft erlaubt hatte, seinen Verstand zu überwältigen. Er mußte aufhören. Er wollte seine Position nicht ausnutzen. Was immer sie hier und jetzt taten, mochte gut und richtig sein, aber bei den Mächtigen, die sie erwarteten, würde es zweifellos Mißtrauen erwecken. Mit einer übermenschlichen Anstrengung bemühte er sich, sein Verlangen zu kontrollieren, hob seinen Kopf und preßte Fiona an sich. Seine Lippen senkten sich auf die weiche Rundung ihres Ohres, und er fühlte ihre kurzen Atemstöße an seinem Hals.

»Fiona«, flüsterte er durch seine zusammengepreßten Zähne. »Wir müssen aufhören.«

»Alec«, erwiderte sie atemlos, und ihre Lippen schmeckten die Haut seines Halses. »Warum? Warum müssen wir aufhören?«

Seine Hände umfaßten die weiche Haut ihrer Arme, und er schob sie sanft von sich weg. Er betrachtete ein letztes Mal ihren makellosen Körper, ehe er tief durchatmete und ihr das Hemd und das Kleid wieder über die Schultern zog.

Fiona blickte Alec verwirrt an, während dieser die Vorderseite ihres Kleides zuschnürte. Sie legte ihre Hände auf seine muskulösen Oberschenkel, und Alec erstarrte, als ob ein Pfeil seinen Körper durchbohrt hätte. Sie sahen sich in die Augen, und sie schlüpfte mit ihrer Hand unter das Plaid seines Kilts und näherte sich seiner harten Erregung, die sie die ganze Zeit über gespürt hatte.

»Nicht!« stieß er aus. Seine großen Handflächen senkten sich auf ihre Hände und hielten sie zwischen dem Kilt und seinen Oberschenkeln gefangen. Seine Augen funkelten sie an, und ein kleines Lächeln schlich sich auf sein Gesicht. »Fiona, du bist nicht gerade hilfreich. Wenn du mich berührst, werde ich mich nicht mehr beherrschen können.«

»Ich möchte gar nicht aufhören, Alec«, erwiderte sie und blickte ihn an. »Ich möchte mit dir zusammen sein.«

»Fiona, das möchte ich auch«, entgegnete er mit sanfter Stimme. »Diese Tage ohne dich waren die Hölle für mich. Ich habe dich in jedem wachen Moment an meine Seite gewünscht, und die Nächte waren lang, ich habe keine Ruhe gefunden. Aber das hier … was wir hier tun … es ist weder die Zeit noch der richtige Ort dazu.«

»Warum hast du dich denn von mir ferngehalten?« Fiona ließ ihre Hände an den Seiten hinabfallen.

Alec schwieg für einen Moment und dachte an all die Dinge, die er ihr gerne sagen würde, aber nicht durfte. Er wußte, daß seine Erfahrung mit dem Leben bei Hofe eine sehr persönliche war, und er wollte keinen Schatten über Fionas Zukunft werfen. Aber er mußte ihr irgendeine Erklärung geben. Sie hatte eine Antwort verdient.

»Fiona, du stehst davor, ein Leben zu beginnen, das viele Möglichkeiten für dich bereit hält.« Ein Leben, dem er gerade den Rücken zugewandt hatte. Ein Leben, an dem er keinen Anteil mehr haben wollte. Als junger Krieger hatte er auch zu diesem Haufen gehört. Und er hatte die Lust und die Habgier erlebt, die ein Teil davon war. Er hatte sich für glücklich gehalten. All die Freuden des weltlichen Lebens hatten ihm offengestanden. Was mehr konnte man sich sonst noch wünschen?

Alec Macpherson hatte den bitteren Preis eines solchen Lebens kennengelernt. Seine eigene Verlobte hatte ihm eine Vorstellung davon verschafft, was er anderen angetan hatte. Heute fragte er sich, mit welcher Ehefrau er wohl selbst geschlafen hatte? Wessen Herz hatte er gebrochen? Welcher Mann hatte nachts wachgelegen und sich gefragt, wessen Kind seine Frau unter dem Herzen trug? Ja, damals hatte er über diese Fragen nie nachgedacht. Über die seltsamen Besonderheiten des Lebens bei Hofe. Dazu bestand nie eine Veranlassung. Bis er Kathryn kennengelernt hatte.

Plötzlich sah er sich Ängsten ausgesetzt, von deren Existenz er nicht einmal etwas geahnt hatte. Er hatte einfach von dort weggemußt.

Zum ersten Mal in seinem Leben sah er sich in einem Sumpf von Lügen und Betrug herumwaten. Und er hatte gedroht ihn zu verschlingen.

Ja, so war das bei Hofe.

Alec suchte nach einem Weg, um ihr von dem Sperrfeuer zu berichten, in das sie durch jene geraten würde, die ihr süße und leere Versprechungen machen, ihr aber zur gleichen Zeit das Blut aus den Adern saugen und sie verändern würden. Der eine oder andere Höfling mochte ehrlich sein, aber wäre sie imstande, ihn unter all den anderen herauszufinden?

»Wovor hast du Angst?« erkundigte sich Fiona mit sanfter Stimme.

»Angst?«

»Ja. Ich sehe, daß ein Kampf in deinem Inneren tobt. Und daß du dabei bist, ihn zu verlieren. Aber ich sehe noch mehr. Ich sehe, daß du dich nicht wehrst. Deine Ängste behindern dich. Du hast deine Rüstung weggeschleudert. Du hast kein Schwert. Kein Schild. Ich bin kein Krieger, aber selbst ich würde nicht unbewaffnet in diesen Kampf gehen.«

»Mir war nicht klar, daß ich so viel gesagt habe!« erwiderte Alec lächelnd.

Sie berührte seine zu Fäusten geballten Hände. Sie öffneten sich und umschlossen die ihren. »Rede mit mir, Alec. Gib mir eine Chance. Vielleicht kann ich dir helfen, zu gewinnen.«

»Ich wünschte, es wäre so einfach.«

»Das wirst du nie herausfinden, solange du es mir nicht sagst. Vielleicht hast du recht. Aber vielleicht machst du auch mehr daraus, als es wert ist.«

»Das glaube ich nicht«, erwiderte Alec und umschloß ihre Hände noch fester. »Ich mache mir Gedanken über deine Zukunft.«

»Ist sie denn so düster?« erkundigte sie sich lächelnd, und ihre Worte zauberten auch ein kleines Lächeln auf seine Lippen.

»Nein! Das muß sie nicht unbedingt sein.«

»Gut. Dann hilf mir. Gib mir einen Rat.«

Alecs Gesicht nahm wieder einen ernsten Ausdruck an. »Ich glaube, ich bin nicht gerade der geeignetste Mann für so etwas.«

»Das denke ich doch. Und im übrigen werden wir das erst wissen, wenn du es versucht hast, richtig?«

»Was ist mit der Verantwortung, die du in Zukunft tragen wirst? Was mit den Menschen? Mit denjenigen, die dir folgen und dich bewundern werden? Das Leben hält so viel für dich bereit. Warum wartest du nicht einfach ab und läßt es auf dich zukommen?«

»Ich habe gesehen, wohin eine solche Bewunderung führen kann. Ich bin das Produkt davon. Und meine Mutter hat einen schweren Preis dafür bezahlt.« War dies der Grund dafür, daß er sich zurückgezogen hatte? Sie mußte es ihm begreiflich machen. »Alec, ich möchte nichts mit all dem zu tun haben.«

»Was deiner Mutter zugestoßen ist, muß nicht auch zwangsläufig dir passieren, Fiona. Du bist die Halbschwester des Königs. In deinen Adern fließt königliches Blut. Du wirst eine hohe Stellung, Macht und Reichtum besitzen.«

Alec dachte an die großartigen Partien, die man für sie arrangieren würde. Mögliche Ehen mit Männern, die nicht bis ans Ende der Welt flüchteten, um über den Verrat falscher Geliebter hinwegzukommen. Männer, die in ihrer Pflicht gegenüber ihrem König nie versagt hatten. Männer, die ihrer wert waren. Bessere Männer als Alec Macpherson. »Wenn du siehst, was all dies dir bringen kann, wirst du vielleicht den Wunsch nach einem anderen verspüren ...«

»Es wird keinen anderen geben, Alec. Und all diese Dinge bedeuten mir nichts ohne dich. Ich werde dort nicht bleiben.«

Alec kämpfte gegen das freudige Gefühl an, das in ihm aufstieg. Nichts würde ihm besser gefallen als sich mit ihr ein Leben fernab vom Hof aufzubauen. Aber er bremste sich. Sie hatte dieses Leben noch nicht kennengelernt, und Alec war sich nicht sicher, ob sie in Zukunft immer noch dieser Ansicht sein würde. Er blickte in ihr unschuldiges Gesicht.

In diesem Moment wurde ihm klar, daß er sie so sehr liebte, wie er noch nie einen Menschen geliebt hatte.

Aber das durfte er sie nicht wissen lassen. Noch nicht. Nicht, solange ihr Onkel noch etwas über ihre Zukunft zu sagen hatte. Alec war sich sicher, daß Lord Gray seine eigenen Vorstellungen von der Sache haben würde. Und diese Vorstellungen würden Alec Macpherson mit Sicherheit ausschließen.

»Sag mir nur eins«, forderte Fiona ihn auf, zog ihre Hände aus den seinen und trat auf den Kamin zu. »Willst du mich?«

Alec sah sie an. Ein Klopfen an der Tür ertönte, aber keiner von beiden rührte sich.

»Mehr als alles andere auf der Welt, Fiona.«

Kapitel 12

Gar teuflisch die Laster, denen er frönt,
Darunter Verrat am lautesten tönt ...
— William Dunbar, *»Epitaph for Donald Oure«*

Malcolm flehte Fiona weiter an, doch sie entgegnete: »Ich habe es dir doch schon hundert Mal gesagt. Ich würde dich liebend gerne bei mir haben, aber es ist für dich noch nicht an der Zeit, Skye zu verlassen. Und außerdem wäre es auch nicht sicher.« Sie blickte den unglücklichen Jungen an und verspürte in ihrem Herzen den gleichen Schmerz, den er empfinden mußte.

Es wäre wirklich nicht sicher, dachte Fiona. Vor zwei Tagen hatte sie die Nachricht erhalten, daß sich ihre Reisepläne geändert hatten. Statt mit dem Boot nach Kildalton Castle zu fahren, dem Heim von Alecs Freund Colin Campbell, dem Grafen von Argyll, und dann über Land nach Stirling, hatte Alec sich entschlossen, auf dem Landwege nach Benmore Castle zu reisen. Aber diese Information mußte geheimgehalten werden. Es drohten Gefahren, und Alec hatte das Gefühl, das sie nicht weit von ihnen lauerten.

Er hatte ihre Pläne geändert, weil Walters Enkelsohn mit überraschenden Neuigkeiten zurückgekehrt war. Adrian war an dem Tag, an dem der Überfall auf Fiona stattgefunden hatte, tatsächlich auf dem Weg nach Dunvegan Castle gewesen. Als er an den von Pfahlzäunen umgebenen Hauptställen vor den Burgmauern ankam, hatte er Iain entdeckt, der mit Neil zu den Ställen ging. Adrian hatte in Iain sofort den Mann erkannt, der seinen Großvater über den Haufen geritten hatte, und war den Männern heimlich gefolgt. Er hatte sich auf dem Heuboden versteckt und ihrer Unterhaltung gelauscht. Dort hatte er einige Worte über den Überfall auf Fiona und Malcolm vernommen, doch es wurde auch klar, daß Iain auf Neils Befehl hin Vater Jack angegriffen hatte. Gleich darauf mußte der Junge mit Entsetzen ansehen, wie Neil seinen Komplizen kaltblütig ermordete, sobald der Krieger ihm den Rücken zukehrte.

Adrian hatte sich weiter versteckt gehalten, während Männer von der Burg herbeigelaufen kamen. Er hatte auch zugehört, wie Neil Ambrose Macpherson über die Vorfälle belogen hatte und kurze Zeit später davongeritten war. Adrian war aus seinem Versteck hervorgekrochen und hatte die Verfolgung aufgenommen, um ihn davon abzuhalten, seinen Freunden etwas anzutun.

Neil war einige Meilen Richtung Norden geritten und hatte sich dann nach Osten gewandt, um die Isle of Skye zu überqueren. Adrian folgte ihm. Er bediente sich der Hilfe eines Fischers, der ihn zum Festland hinüberbrachte, nachdem auch der MacLeod-Führer von Skye dorthin übergesetzt war. Vier Tage folgte er Neil zu Fuß durch die Highlands. Schließlich verlor Adrian ihn irgendwo bei Ben Nevis, wo der Gregor-Clan beheimatet war, aus den Augen. Daraufhin hatte er sich hungrig und erschöpft, doch mit dem sicheren Gefühl, daß Neil zu weit entfernt war, um irgendjemandem wehzutun, auf den Rückweg zur Isle of Skye gemacht.

Aufgrund dieser neuen Information war Alec darauf bedacht, so schnell und so unauffällig wie möglich nach Benmore Castle zu gelangen. Wenn sich die Nachricht über Fionas Existenz erst einmal verbreitet hatte, wären sie auf dem offenen Meer viel anfälliger für Angriffe. Außerdem würde es Neil vielleicht gelingen, unter den Gregors genug Truppen zusammenzubekommen, um Dunvegan in Alecs Abwesenheit zu erobern.

Alec hatte Fiona und die Priorin darüber unterrichtet, daß eine kleine Gruppe, die schnell und ohne vorherige Ankündigung abreiste, eine bessere Chance habe, Benmore Castle ohne Zwischenfälle zu erreichen. Und er war der Ansicht, daß er von Benmore aus imstande sein würde, weitere Macpherson-Männer nach Skye zu beordern, um Ambrose dort zu unterstützen. Wenn das erst einmal vollbracht war, konnte er mit gutem Gewissen eine größere Gruppe von Kriegern als Begleitschutz für die Weiterreise abkommandieren.

Aufgrund all dessen wollte Fiona Malcolm auf keinen Fall den Gefahren aussetzen, die vor ihnen lagen.

»Du könntest mich mitnehmen«, versicherte Malcolm dennoch und hob den Kopf von der Kohlezeichnung, die er gerade anfertigte. »Ich habe keine Angst. Alec nennt mich einen galanten jungen Ritter und sagt, ich sei so tapfer wie ein Krieger.«

Fiona lächelte zu dem engelhaften, kleinen Gesicht hinab, das vor Stolz strahlte. Es war unglaublich, welche Wirkung Alecs aufrichtige Anteilnahme an dem Jungen hatte. Sie spürte, wie ihr Herz bei dem Gedanken an den Grundherrn schneller zu pochen begann.

Fiona schüttelte den Kopf, um all die Tagträumereien abzuwehren, die nun folgen würden.

»Also, was sagst du dazu, Fiona? Ich könnte mitkommen und auf dich aufpassen.«

»Vielen Dank, Malcolm«, sagte sie liebevoll. »Aber vergiß nicht, daß du Alec versprochen hast, daß du dich an seiner Stelle um seine Falken kümmerst. Und ich werde sobald wie nur eben möglich zurückkommen. Das verspreche ich dir.«

»Bestimmt?«

»Ganz bestimmt.«

»Aber *wann*?« drängte Malcolm. »Wann kommst du zurück?«

Fiona starrte den Jungen an. Sie zog ihn auf ihren Schoß und schloß ihn fest in die Arme. Sie würde ganz bestimmt zurückkommen. Alec würde sie zurückbringen. Dafür wollte sie schon sorgen. Ihre Gedanken wanderten zu den Dingen, die sie am Ende ihrer Reise erwarteten ... zum Hof. Aber wirkliche Angst machte ihr das, was dann noch auf sie zukam — Drummond Castle. Ja, sie mußte die Wahrheit herausfinden. Und dazu mußte sie fortgehen.

»Sag es mir Fiona. Wann?« Die Stimme des Jungen drängte sich in ihre Gedanken.

»Malcolm, wenn du glaubst, daß ich, nur weil du mich von meiner Arbeit abhältst, nicht weggehen werde ...«

»Fiona, ich will nicht, daß du gehst«, schluchzte der Junge plötzlich. Malcolms zur Schau getragener Mut schwand angesichts der Realität ihrer bevorstehenden Abreise dahin. Er stand auf und vergrub sein Gesicht an ihrem Hals.

Sie hielt ihn fest, und ihre eigene Kehle war wie zugeschnürt wenn sie daran dachte, daß sie ihn und all die anderen, die ihr ans Herz gewachsen waren, verlassen mußte.

Alec hatte Robert mit der Nachricht gesandt, daß er sie am nächsten Tag bei Morgengrauen abholen würde. Sie hatten sich seit dem Tag, an dem sie nach Dunvegan gekommen war, nicht mehr gesehen. Diese letzten Tage waren sehr arbeitsam für Fiona gewesen. Nicht etwa, weil es schwierig gewesen wäre, ihre wenigen Habseligkeiten zu packen, sondern wegen all der anderen Sachen, die sie noch zu erledigen hatte. Da waren ihre Pflichten, die sie unter den Nonnen aufteilen mußte. Die Bauernhöfe auf dem Klosterland, die es zum Abschied zu besuchen galt. Die Einarbeitung der beiden jungen Novizinnen, die ihre Betreuung der Aussätzigen weiterführen wollten.

Aber ganz besonders schwierig hatte sich ihr Besuch in Vater Jacks Cottage gestaltet. Walters Bein verursachte keine Schmerzen mehr, und es ging ihm von Tag zu Tag besser. Obwohl er unruhig darauf wartete, es belasten zu können, gehorchte er doch den Anordnungen des brummigen Priesters, noch liegenzubleiben. Daher war Fiona sich sicher, daß die Genesung ihres alten Freundes weiterhin gute Fortschritte machen würde. Walter würde wieder laufen können.

Aber es war wirklich schmerzlich gewesen, sich von diesen beiden guten Menschen zu verabschieden, und nun, da sie in ihrem Arbeitszimmer saß und Malcolm in den Armen hielt, spürte Fiona, wie die Gefühle sie übermannten. Tränen stiegen ihr in die Augen und liefen schon bald über ihre Wangen.

Alec stand auf dem Hof des Klosters inmitten einer Gruppe von gedämpft redenden Männern und ruheloser Pferde. Die Morgendämmerung zog klar und frisch herauf, und die Aufregung über die bevorstehende Reise lag in der Luft. Stalljungen rannten mit Eimern voller Wasser und Futter zwischen den stampfenden Pferden hin und her, während immer mehr Dorfbewohner in den Hof strömten und sich unter die Krieger mischten, was zur Folge hatte, das das Stimmengewirr an Lautstärke gewann. Auch Nonnen und Diener des Klosters traten heraus und verteilten Brot und Schläuche mit Ale.

Malcom hatte die ganze Zeit neben ihm gestanden und die geschäftige Szenerie betrachtet, aber als Alec jetzt hinuntersah, war der Junge verschwunden. Er blickte sich auf dem Hof um und entdeckte, daß er mit Ambrose sprach, der sich vor ihn hingehockt hatte. Offenbar führten die beiden ein ernstes Gespräch. Alec lächelte und fragte sich, was Ambrose nun wieder ausbrüten mochte.

Ambrose war zum Kloster gekommen, um sicherzugehen, daß alles wir geplant ablief. Er spielte eine zentrale Rolle bei ihrer Reise.

Sobald sich Alec und Fiona auf den Weg durch die Highlands machten, würde Ambrose ein Boot mit einer Reihe von Macphersons an Bord als Lockvogel entlang der Küste nach Kildalton schicken. Alec und er waren zu dem Schluß gekommen, daß dies eine ausreichende Ablenkung darstellte, um eine sichere Reise nach Benmore Castle zu garantieren.

»Alec, bist du sehr alt?« zwitscherte eine helle Stimme neben ihm.

Alec blickte in Malcolms aufgerissene Augen. Der kleine Junge ergriff seine Hand.

»Was hat Ambrose dir denn jetzt schon wieder erzählt, Malcolm?«

»Er macht sich Sorgen um deine Gesundheit.«

»Ach wirklich?«

»Er hat gesagt, daß ein so langer, harter Ritt mit Fiona vielleicht zuviel für dein altes Herz sein könnte. Er sagt, Fiona sei jung und kräftig, aber du würdest langsam alt und schlapp.«

»Ach, sagt er das?« Alec warf seinem Bruder, der die beiden aus sicherer Entfernung beobachtete, einen wütenden Blick zu.

»Oh ja, und er sagt auch, daß das, was vor dir liegt, nicht gerade mit Händchenhalten in der Kirche zu vergleichen ist.« Malcolm blickte seinen Freund aufmerksam an. »Haltet du und Fiona denn in der Kirche Händchen?«

»Nein, mein Junge«, erwiderte Alec, dessen Augen keinen Moment von seinem Bruder wichen. »Ambrose hat eine seltsame Art von Humor.«

»Nein, Alec, er hat es nicht scherzhaft gemeint«, entgegnete der Junge. »Er hatte einen ganz ernsthaften Ausdruck auf dem Gesicht, als er sagte, er würde bei einem solchen Ritt gerne deinen Platz einnehmen.«

»Entschuldige mich einen Moment, Malcolm«, sagte Alec durch zusammengebissene Zähne und machte einen Schritt auf den zurückweichenden Ambrose zu. »Es gibt noch einige Dinge, die ich gerne mit meinem reizenden Bruder besprechen würde.«

Aber jeglicher Gedanke daran verschwand, als plötzlich der alte Pförtner in seinen Weg trat. Der Kriegsherr hatte bereits nach James Ausschau gehalten, als sie zum Tor hineingeritten waren. Sein Platz war jedoch leer gewesen.

»Da ist ein Kind im Schloß, Mylord«, krächzte der alte Mann. Seine Augen waren trübe, sein Gesicht angespannt.

»Was? Ein Kind?« Alec richtete seine ganze Aufmerksamkeit auf den Pförtner. »Auf Dunvegan?«

»Nein. An dem Ort, wo der Engel wartet. Ein Kind. Sie trägt Euer Kind.« Der Seher schaute mit leerem Blick über Alecs Schulter. »Eine Mutter ... so von Kummer geplagt. So weit fort.«

»Ich verstehe nicht, wovon du sprichst, James.« Alec legte vorsichtig eine Hand auf die Schulter des Mannes. Er spürte nur Haut und Knochen unter seinen Fingern. »Du mußt es mir erklären.«

Der Pförtner richtete seinen Blick auf Alecs Gesicht. Seine Augen brannten sich in die des Kriegers. »Hütet Euch, Mylord. Der Engel wartet, aber der Teufel lauert nicht weit.« Er drehte sich um und entfernte sich von ihm.

»James! Warte ... ich —«

»Kümmert Euch um Euer Kind, Mylord«, sagte der alte Mann, ohne stehenzubleiben. »Ich werde Euch mehr sagen, sobald ich mehr weiß.«

»Ist alles in Ordnung, Alec?« Der Kriegsherr warf Ambrose, der sich zu ihm gesellt hatte, einen flüchtigen Blick zu.

»Ja, aber ich ...« Alec sah zu der Stelle, wo der alte Mann

zuletzt gestanden hatte, aber er war fort. Alec schob sich durch die Menge, aber er konnte den Pförtner nirgendwo mehr entdecken. Er war verschwunden.

Fiona drückte die schwere Eichentür zum Arbeitszimmer der Priorin auf. Ein kleines Feuer flackerte bereits im Kamin, und im dämmrigen Licht erblickte sie die Silhouette der Nonne vor dem helleren Fensterausschnitt.

Die Priorin hatte ihr Gesicht dem Fenster zugewandt und die Hände auf dem Rücken verschränkt. Sie schien das Treiben im Hof zu beobachten.

»Mutter Oberin«, rief Fiona leise und trat ins Zimmer. »Ich bin zur Abreise bereit.«

Die Priorin drehte sich beim Klang ihrer Stimme halb um, und Fiona sah, wie ihre Hand schnell zu ihrem Gesicht hinauffuhr, um die Tränen abzuwischen.

»Ja, mein Kind«, erwiderte sie mit klarer Stimme. »Und wie ich sehe, ist auch deine Begleitung bereit.«

»Vielen Dank, daß Ihr David erlaubt habt, mit uns zu reisen«, sagte Fiona. David hatte sich bereit erklärt, Fiona bis Drummond Castle zu begleiten. Fiona war der Ansicht, daß dieses überraschende, im letzten Augenblick gemachte Angebot sehr viel mit Alecs Bedenken zu tun hatte, daß es sich nicht für sie schicke, allein mit einer Gruppe von Männern zu reisen. Schwester Beatrice, die ursprünglich hatte mitkommen sollen, mußte aufgrund eines zunehmenden Hustens im Kloster verweilen. Und so war David eingesprungen, und das war Fiona nur allzu recht.

»Er wird sich gut um dich kümmern, mein Kind.« Die Priorin sah erneut aus dem Fenster. »Er liebt dich wie eine Tochter, genau so, wie ... ich es tue.«

Fiona durchquerte das Zimmer und blieb zögernd hinter der Priorin stehen. Die ältere Frau drehte sich um, und die beiden umarmten einander voller Zuneigung.

»Wir werden dich vermissen, mein Kind«, sagte die Priorin mit stockender Stimme. »*Ich* werde dich vermissen.«

»Werdet Ihr mich wieder aufnehmen, falls die Dinge sich nicht so entwickeln sollten, wie ich —?

»Hier wird immer dein Zuhause sein, Fiona«, versicherte

ihr die Priorin, ergriff die Arme der jungen Frau und blickte ihr ins Gesicht. »Du wirst immer unser geliebter Engel bleiben. Das darfst du niemals vergessen.«

Fiona umarmte die Priorin noch einmal fest, und nun liefen auch ihr die Tränen über die Wangen.

Sie standen eine ganze Weile so da, ohne ein Wort zu sagen, bis die Priorin Fiona den Rücken tätschelte und ihre Hände ergriff. Die Nonne blickte sie mit einer hochgezogenen Augenbraue an.

»Aber glaub nur nicht, daß diese Leute vom Festland dich mitnehmen können, ohne daß ich dir noch einen kleinen Vortrag gehalten habe.«

Fiona lächelte die Priorin durch ihre tränenverschleierten Augen an und folgte ihr gehorsam durch das Zimmer, um auf einem der beiden Stühle vor dem Kamin Platz zu nehmen.

»Du sollst wissen, Fiona«, begann die Priorin, beugte sich vor und ergriff erneut ihre Hand, »daß ich keine Befürchtungen habe, daß du dich nicht auf eine Weise bei Hofe benehmen kannst, die sich dem Blut, das in deinen Adern fließt, geziemt.«

»Mutter Oberin, ich bin noch derselbe Mensch —« setzte Fiona an. Die Anspielung auf ihre Herkunft verschaffte ihr ein unbehagliches Gefühl.

Die Priorin brachte sie jedoch mit einem Blick zum Schweigen und drückte zur Betonung noch einmal Fionas Hand.

»Du kannst nicht ändern, wer du bist, mein Kind, aber ich mache mir Sorgen um diese unbekannte Vergangenheit, in die du zurückreitest. Du besitzt ein großes, offenes und liebevolles Herz, Fiona, aber du solltest niemandem vertrauen. Es muß einen Grund gehabt haben, warum deine Mutter dich so weit weg zu dem Dichter Henryson schicken wollte. Diejenigen, die ihr Böses zugefügt haben, diejenigen, die sie gefürchtet hat ... sie könnten immer noch dort weilen und nun dir etwas antun.«

»Gibt es noch irgendetwas anderes, das Ihr über diese Zeit, über meine Mutter wißt? Gibt es vielleicht irgendjemanden, an dem ich mich wenden könnte, um Hilfe zu finden?«

Die Priorin dachte einen Moment lang nach. Sie wollte Fiona nur zu gerne all die Informationen geben, die ihr hilfreich sein könnten, aber das, was sie im Laufe der Jahre erfahren hatte, war aus zweiter Hand gekommen, zusammengetragen aus den Mitteilungen einer Reihe von Reisenden und Freunden.

»Da ist natürlich immer Lord Alec und seine Familie. Alexander Macpherson, sein Vater, ist ein guter und anständiger Mann, Fiona. Aber er wird nicht bei Hofe weilen und kann dir dort nicht helfen.« Die Priorin stöberte in ihrer Erinnerung. »Ich weiß sehr wenig über deinen Onkel, Lord Gray, aber es gibt noch jemand anderen, der ein guter Freund sein könnte.«

»Wer, Mutter Oberin?« Fiona blickte die Nonne erwartungsvoll an. Sie hatte das Gefühl, als würde sie alle nur möglichen Verbündeten bitter benötigen, um den guten Ruf ihrer Mutter zu verteidigen.

»Lord Huntly. Der Mann, dem ich von deiner Anwesenheit hier berichtet habe. Das solltest du wissen, Fiona. Denn dein Halbbruder, der König, ist nur ein Kind, all die Macht in Schottland liegt in den Händen einer Gruppe von Edelleuten ... die von Lord Huntly geführt wird. Er ist der einflußreichste Mann bei Hofe. Mächtiger als die Königin. Und obwohl er dir bereits einen großen Dienst erwiesen hat, denke ich, daß er noch mehr für dich tun wird, wenn du ihn darum bittest.«

»Warum, Mutter Oberin?« erkundigte sich Fiona. »Welches Interesse sollte er an mir haben?«

»Soweit mir bekannt ist, war Lord Huntly ... nun ja, ein glühender Verehrer deiner Mutter.«

»Wollt Ihr damit sagen, er wollte meine Mutter zur Frau?«

»Ja, Fiona. Er war verrückt vor Liebe. Er hat auch kein Geheimnis daraus gemacht und immer wieder betont, daß er sie eines Tages zurückgewinnen würde.«

»Aber das ist ihm nie gelungen.«

»Nein, mein Kind. Das ist ihm nie gelungen.«

Kapitel 13

Dort sah ich, wie die Natur ihr ein Kleid schenkte
Prächtig anzuschau'n und von erlesenem Werte,
Versehen mit jeglicher Farbe unter'm Himmelszelt ...
— William Dunbar, *»The Goldyn Targe«*

Vertrautheit erzeugt Zufriedenheit, dachte Alec.

In den ersten paar Tagen war Fiona sehr entgegenkommend gewesen. Sie hatte sich sogar besser verhalten, als er erwartet hatte — war in der Reihe und für sich geblieben und hatte nur gelegentlich ein paar Worte mit Robert gewechselt. Und Alec hatte den Frieden genossen.

Aber zu Beginn der zweiten Woche im Sattel war sie ruhelos geworden. Eines Tages, mitten am Vormittag, war sie einfach nach vorne galoppiert und hatte sich mit Alec wie ein Kesselflicker gestritten. Sie wollte mit ihm am Anfang der Reihe reiten. Alec hatte dies mit einem harschen Tonfall rundheraus abgelehnt, und ihr die Gefahren erklärt, die Schwierigkeit, sie dort vorne beschützen zu können.

Aber Fiona hatte ihm nicht zugehört. Als Alec von ihr verlangte, wieder zurückzureiten, hatte sie ihn beschimpft. Endlich, nachdem er ihr angedroht hatte, sie zu knebeln und an ihrem Pferd festzubinden, hatte sie ihn einen Maulhelden genannt und sich schmollend in die Mitte der Gruppe zurückgezogen. Seither hatte sie ihn ignoriert.

Er vermißte ihre Störmanöver.

Alec wußte, daß seine Stimmung sich seit dem Verlassen des Klosters immer weiter verschlechtert hatte. Überall am Weg hatten Leute gestanden, die auf sie warteten — Bauern und Fischer, MacLeods und MacDonalds, sogar Aussätzige waren aufgetaucht, um sich von ihr zu verabschieden. Hinter jeder Kurve eine tränenreiche Szenerie. Und er hatte auf all diese Aufmerksamkeit immer verdrossener reagiert. Immerhin ging es um die Sicherheit aller Beteiligten, und er hatte die Insel so unauffällig wie möglich verlassen wollen, ohne, daß zu viele Menschen von ihrer Reiseroute wußten. Doch jeder Einwohner von Skye schien ihren Weg zu kennen, und Alec war sich sicher, daß inzwischen auch ganz Schottland wußte, welche Strecke sie zu nehmen gedachten.

Und ganz offenbar hatte er Recht gehabt. Nachdem sie am Kyle of Lochalsh zum Festland übergesetzt hatten, wurden sie am Dock von einer jubelnden Menschenmenge überrascht. Aber die freundlichen Rufe, die ertönten, waren nicht an eine Königstochter gerichtet. Alec hatte die Stimmen und das Wort ›Engel‹ immer und immer wieder vernommen, wie ein Gesang. Wie ein Gebet.

Aber er hatte sich Sorgen gemacht, als sich die Menge um sie schloß, die Hände nach ihr ausstreckte, sie berührte. Er wußte, daß der Glaube der Highländer ans Übernatürliche tief verwurzelt und stark war. Und Fiona war eine lebende Inkarnation dieses Glaubens. Ihm war inzwischen klar, daß ihre Taten in diesem Teil des Landes seit langem zur Legende geworden waren, und daher war es nur natürlich, daß die Neuigkeiten über ihre wahre Identität wie ein Buschfeuer vor ihnen über das Land hinwegzogen.

Aber in Zukunft durfte er solche Szenen nicht mehr riskieren. Sie hatte keine Furcht. Besaß keine Vorbehalte. Trotz Alecs Einwände war Fiona jedes Mal vom Pferd gestiegen und hatte sich unter die Bauern gemischt. Es war erstaunlich, wie die Leute ihr ihre Herzen ausschütteten, und wie sie reagierte. Voller Mitleid und Güte. Voller Großzügigkeit und Verständnis. Alec glühte innerlich vor Stolz, wenn er sie betrachtete, aber er zwang sich, sich auf seine Aufgabe zu konzentrieren — ihre Sicherheit stand auf dem Spiel.

Wann hatte er sich einmal keine Gedanken um ihre Sicherheit gemacht? Die ganze Reise über war er von Bedenken geplagt worden, und das mit gutem Grund. Der Angriff auf Fiona war nicht nur deshalb geschehen, weil sie ein leichtes Opfer für die Gesetzlosen gewesen war.

Kurz nachdem Neil MacLeod Skye verlassen hatte, war Alec ein Gedanke gekommen, der ihn nicht mehr losließ. Es bestand zumindest die Möglichkeit, daß Neil MacLeod selbst den Angriff auf Fiona angestiftet hatte. Aber Neil war kein großer Denker — er befolgte Befehle — und das beschäftigte Alec um so mehr. Und das Gold, das sie nach dem Angriff bei den toten Männern gefunden hatten, bestätigte seine Theorie.

Irgendwo gab es Kräfte, die sie tot sehen wollten. Ihre potentiellen Feinde und die lange Liste ihrer Motive waren über ganz Schottland verstreut. Da war zum einen Kathryn, die, wenn Fiona am Leben blieb, Drummond Castle und alles was dazugehörte verlieren würde. Dann gab es die Männer, die Fionas Mutter getötet hatten. Es bestand durchaus die Möglichkeit, daß sie noch am Leben waren. Würde Fiona sie wiedererkennen? Auf Skye hatte Alec nach dem Angriff dafür gesorgt, daß sie die ganze Zeit bewacht und beobachtet wurde. Aber hier draußen unter freiem Himmel vermochte er das natürlich nicht.

Daher hatte er alle dazu gebracht, in einem halsbrecherischen Tempo weiterzureisen. Sie waren jeden Abend bis tief in die Dunkelheit hinein geritten und in aller Frühe wieder aufgebrochen. Nur die Stunden, die nötig waren, um den Pferden und ihren Reitern ein wenig Erholung zu gönnen, wurden für Schlaf und Pausen aufgewandt. Alec hatte ihre Route so geplant, daß sie Dörfer umgingen, wo es nur eben möglich war. Sie folgten den Bergen und Seen Richtung Osten in die Highlands hinein, um schließlich Loch Ness zu überqueren, dort, wo der See zwischen dem eindrucksvollen Profil von Ben Nevis schmal zusammenlief.

Nun waren sie nur noch einen Zweitagesritt von Benmore Castle entfernt, und Alec war sich Fionas unbewegtem, aber erschöpftem Gesicht wohl bewußt. Das Letzte, was er wollte, war, ihre Gesundheit dadurch zu gefährden, daß er sie zu sehr antrieb.

Die Krieger und Knappen waren damit beschäftigt, das Lager am Rande des schimmernden Loch Lochy aufzuschlagen. Hoch über ihnen reflektierte eine Klippe das goldene Licht der untergehenden Sonne. Alec genoß den Anblick der Klippe und der Ruine eines Steinturms, der sich auf ihrer Spitze befand, denn dieser Orientierungspunkt sagte ihm, daß er sich auf vertrautem Gebiet befand. Zum ersten

Mal, seit sie die Isle of Skye verlassen hatten, begann Alec, sich ein bißchen erleichterter zu fühlen.

Sein Blick wanderte über die geschäftigen Gruppen der Männer hinweg. Diese Reise zog sich wahrlich endlos hin. So viele Nächte hatte er zum sternenerleuchteten Himmel hinaufgestarrt — und wäre am liebsten zu ihr gegangen. Mit jeder Nacht, die verstrich, wurde es schwerer zu ertragen, sie so nah und doch so unerreichbar zu wissen.

Aber er hatte sich gezwungen, ihr fernzubleiben, wollte seinem Sehnen, das ihre Zukunft aufs Spiel setzen könnte, nicht nachgeben.

An diesem Abend jedoch kam er zu dem Entschluß, daß es genug war. Er verzehrte sich nach ihrer Gesellschaft, nach ihrem spitzzüngigen Humor, nach dem Vergnügen, einfach nur in ihrer Nähe zu sein. Doch vielleicht war sie ja nicht einmal bereit, ein einziges Wort mit ihm zu wechseln.

David saß auf einem gefällten Baum in der Nähe des Sees und verspeiste in Gesellschaft von Robert seine Abendration an Haferflockenplätzchen und Trockenfleisch. Als Alec sich ihnen näherte, blickten die beiden ihn mit verwirrtem Gesichtsausdruck an.

»Nun, wo ist denn unsere friedliche, kleine Taube?« erkundigte sich Alec mit einem Lächeln. »Hält sie den Kriegern etwa eine Standpauke, weil sie ihre Pferde mißhandeln?«

Die beiden Männer waren sprachlos. Der Becher, den Robert gerade zum Trinken an den Mund setzen wollte, hing auf halbem Wege in der Luft.

»Ja, ist sie denn nicht bei Euch?« stieß David schließlich hervor und sprang auf die Füße.

Alec starrte die beiden an.

»Warum sollte sie bei mir sein?«

»Mylord, sie ist vor einer halben Stunde weggegangen«, sprudelte es aus Roberts Mund.

»Genau«, unterbrach ihn David. »Robert sagte ihr, daß Ihr um die Verbindung zwischen diesem Turm dort oben und dem verstorbenen König wißt.«

»Sie erkundigte sich ... sie sagte, sie wolle mehr herausfinden ...« stammelte Robert.

»Wir dachten, sie sei zu Euch gegangen, um Euch zu fragen.«

Alec fuhr herum und blickte zu der Ruine auf der Spitze der Klippe hinauf.

»Ich werde ihr nachgehen«, verkündete er. »Niemand kann sagen, was ihr da draußen begegnet, wenn die Sonne untergegangen ist. Wir wollen doch die Löwen oder Wölfe keiner unnötigen Gefahr aussetzen.«

»Soll ich Euch zur Sicherheit begleiten?« erkundigte sich David.

»Nein«, entgegnete Alec und tätschelte das Schwert an seiner Seite. »Ich bin schwerer bewaffnet als sie.«

Alec ging zu der Stelle hinüber, wo Robert Ebon angebunden hatte, und sprang auf den nackten Rücken des Pferdes.

»Lord Alec«, rief David, lief auf ihn zu und warf ihm ein hastig zusammengepacktes Päckchen mit Nahrungsmitteln zu. »Sie ist vielleicht ein wenig zugänglicher und wird mit Euch zurückkommen, wenn Ihr Euch erst die Zeit nehmt, ihr den Turm zu zeigen.«

Alec hielt fragend das Päckchen in die Höhe. »Und wozu soll das hier gut sein? Etwa zur Bestechung?«

Sie lachten beide. Dann lenkte Alec das Pferd zu dem steilen und gewundenen Pfad, der zum Gipfel führte und verschwand in den immer länger werdenden Schatten.

Fiona verließ den weitläufigen Pfad und schritt zu einem steileren, unebeneren Weg hinüber, der an der Felswand hinaufführte. Von dem Aufstieg erhitzt, hatte sie sich ihren Umhang über die Schulter gelegt. Sie befreite ihr Haar aus den Zöpfen und blickte zu ihrem Ziel hinauf. Je mehr sie sich dem Gipfel näherte, desto aufgeregter wurde sie, und sie achtete nicht mehr auf die Sonne, die hinter ihr unterging. Der alte Pfad, dem sie folgte, wurde durch Blätter, Dornensträucher und Farne beinahe vollkommen verdeckt. Als sich der Saum ihres Kleides in einem vorwitzigen Ast verfing, zog Fiona kurzerhand ihren Rock in die Höhe und steckte den Saum in den Gürtel, der ihre Taille umfing.

Von irgendwo weiter oben ertönte das Geräusch von fallendem Wasser. Fiona machte sich an den letzten Teil des

Aufstiegs. Der Abend war warm, und die Luft fühlte sich auf ihren Beinen beim Klettern wunderbar an.

Kurz unterhalb des Gipfels erreichte sie eine kleine Schlucht, in deren Mitte sich ein felsiger Teich, umgeben von Birken und grünen Farnen, befand. Sie atmete die frische Kühle der Luft ein und ließ sich neben dem klaren, gurgelnden Wasser auf die Knie sinken. Dann schwang sie ihre Beine herum, zog ihre Schuhe aus und tauchte die staubigen Füße mit einem kleinen Frösteln in das kalte Wasser.

Fiona blickte an dem kleinen Wasserfall zu dem Turm hoch, der sich nur wenige Meter über ihr in die Höhe reckte. Sie hatte es geschafft, und ein Gefühl der Zufriedenheit überkam sie. Niemand war in der Nähe, und die stille Sicherheit der Schlucht bot genau den Frieden, den Fiona gesucht hatte.

Sie legte den Umhang neben die Schuhe ans Ufer und löste die Schnüre an ihrem Oberteil. Dann schöpfte sie mit der hohlen Hand Wasser aus dem Teich und begann, die nackte Haut an ihren Beinen und Armen zu waschen. Plötzlich hielt sie inne und richtete sich auf.

Das ist doch einfach lächerlich, dachte sie und blickte sich um. Sie löste den Gürtel, an dem der Dolch hing. Dann streifte sie schnell ihr weiches Wollkleid über die Hüften hinab. Als sie nur mit ihrem Hemd bekleidet dastand, und die warme Brise ihre nackten Schultern streichelte, verspürte sie ein großartiges Gefühl von Freiheit. Fiona watete in den Teich, dorthin, wo das Wasser etwas tiefer war, und tauchte ihren zitternden Körper in das reinigende Quellwasser.

Als sie sich wieder aufrichtete, spürte sie eine Gänsehaut auf dem ganzen Körper, aber sie genoß das Gefühl. Es war eine erfrischende Abwechslung zu den heißen, schwierigen Tagen im Sattel und dem anstrengenden Aufstieg. Sie schwamm ein wenig hin und her und fragte sich, ob man ihre Abwesenheit dort unten wohl bereits bemerkt haben mochte.

Fiona stellte sich hin, um das Wasser aus ihrer langen Mähne zu drücken, und verharrte. Sie erwischte sich dabei, daß sie an Alec dachte. Könnte er doch jetzt bei ihr sein!

Es stimmte wohl, daß sie es leid war, hinter Alec und seinen Kriegern herzureiten, sie wollte an seiner Seite sein und mit ihm reden. Sie vermißte seine Aufmerksamkeit, seinen Humor, seine Blicke, die ihre Haut zum Leben erweckten, während diese warmen, fließenden Gefühle ihr Inneres mit einem Verlangen füllten, das sie noch niemals zuvor erfahren hatte.

Und es gab so viele Fragen, die sie stellen wollte. Und von denen sie hoffte, daß Alec sie beantworten konnte. Aber er hatte sich unfreundlich und ablehnend verhalten und war für ihre ausgesprochen höflichen Annäherungsversuche überhaupt nicht aufgeschlossen gewesen.

Von wegen Sicherheit, dachte sie. Sie hatte mehr hingenommen, als man von einem vernünftigen Menschen verlangen konnte. Und das sogar stillschweigend.

Aber heute war sie mit ihrer Geduld am Ende gewesen. Sie hatte sich müde und dreckig gefühlt und war es leid, wie eine Kuh behandelt zu werden, die zum Markt getrieben wird.

Doch nun fühlte sie sich besser.

Sie watete zum Ufer zurück, zog sich schnell das nasse Hemd über den Kopf und trocknete sich mit ihrem Umhang ab. Als sie ihr Kleid wieder überstreifte, zitterte sie schrecklich. Sie versuchte, so gut es ging, ihr Haar zu trocknen und strich sich dann mit den Fingern durch die lockige Masse. Nachdem sie ihr Hemd zum Trocknen an einen Ast in der Nähe gehängt hatte, setzte sie sich auf den Umhang, stützte sich auf ihre Hände zurück und legte den Kopf in den Nacken, so daß ihr Haar wie eine Decke um sie herumhing. Sie fühlte sich gut, entspannt.

Sie hatte ihn beschimpft. Ziemlich übel sogar. Aber immerhin zu recht. Nun ja, vielleicht nicht ganz.

Sie atmete tief durch und genoß die belebende Luft. Sie hatte ihm das Leben wirklich nicht leicht gemacht. Sie seufzte und wünschte sich erneut, daß er bei ihr wäre.

»Alec Macpherson«, rief sie leise und lächelte, als sie den Klang seines Namens in der Stille der Schlucht vernahm.

»Ja, Mylady«, erwiderte seine Stimme von einem Felsvorsprung über dem Teich.

Fiona sprang auf. »Du!« rief sie, als sie ihn erblickte. Er hockte behaglich auf den Felsen. »Du — Du hast mich zu Tode erschreckt!«

Alec blieb wo er war. Die Schönheit dieser Frau hielt ihn gefangen. Sein Ritt vom See hinauf war schnell gewesen, und er war rechtzeitig am Fuße des Turms eingetroffen, um einen Blick auf sie zu erhaschen, wie sie sich über den Pfad an der Klippenwand nach oben vorarbeitete. Als sie dann aber nicht in der Zeit, die er geschätzt hatte, am Turm eintraf, war Alec nach unten geklettert und hatte gerade noch beobachten können, wie sie ins klare Wasser des Teiches hineinwatete.

Als sie zu schwimmen begann, zog er für einen Moment in Erwägung, sie zu rufen, doch dann hatte er sich ruhig auf die Felsen gesetzt, um sie bei ihrem Vergnügen zu beobachten. Die ganze Szene hatte ihn natürlich ausgesprochen entzückt.

Aber als sie dann aus dem Wasser getreten war und ihr Hemd auf so provozierende Art und Weise an ihrem makellos geformten Körper klebte, da hatte Alec der Atem gestockt. Und als Fiona sich schließlich noch der dünnen Unterwäsche entledigte, hatte der junge Grundherr das Gefühl gehabt, das Herz wolle ihm aus der Brust springen.

Sie war eine Vision. Einer Nymphe, einer Gottheit gleich, die das Wasser der Schlucht mit ihrer Schönheit, mit ihrer bloßen Gegenwart zierte.

Doch nun wandte Alec seine Augen ab. Die Etikette verlangte, wegzuschauen, sich abzuwenden, dieser Diana in Menschengestalt die Einsamkeit zukommen zu lassen, die sie offenbar gesucht hatte. Aber dann wanderte Alecs Blick wieder zurück. Denn dort stand Fiona, die Frau, die er liebte, die er verehrte und begehrte. Zum Teufel mit der Einsamkeit!

»Ich glaube, ich habe noch niemals zuvor eine Fee in ihrem Element gesehen«, sagte Alec. »Und ich bin sicher, daß ich noch niemals vernommen habe, wie eine von ihnen meinen Namen ruft.«

Fiona stand da und starrte ihn an. Sie hatte die Hände in die Seiten gestemmt und war sich nicht sicher, ob sie auf seine Worte eingehen sollte oder nicht.

»Bist du schon ...« Sie errötete. »Bist du schon lange hier?«

»Seit einer halben Ewigkeit.«

Der Kriegsherr sprang mit einer geschmeidigen Bewegung von dem Felsvorsprung auf das Ufer neben dem sprudelnden Wasserfall und ging zu der Stelle hinüber, wo Fiona stand.

»Du hast mich doch nicht beobachtet, oder?« erkundigte sie sich hoffnungsvoll. »Das ... das würdest du doch nicht tun, oder?«

Alec zog sie rasch in seine Arme, preßte sie gegen sich und unterbrach ihre Fragen mit einem harten, aber innigen Kuß. Dann löste er den Mund von ihren Lippen.

»Sag du es mir, mein Liebling.«

Fiona schnappte keuchend nach Luft. Ihr Herz überschlug sich angesichts der Heftigkeit seiner Umarmung. Sie spürte seine harte Erregung an der Stelle, wo er ihre Taille fest gegen seinen Körper preßte.

»Ihr seid ein gemeiner Schurke, Alec Macpherson«, flüsterte sie. Aber der Klang ihrer Worte ließ selbst in Fionas Ohren jegliche Überzeugung vermissen. Etwas in ihrem Inneren begann angesichts des Gedankens, daß seine Augen auf ihr ruhten, sich seine anschwellende Männlichkeit auf derart intime Weise gegen sie preßte, auf wunderbare Weise zu kribbeln. Sie wußte, daß sie abermals errötete. Sie überlegte verzweifelt, was sie sagen konnte. *Wo ist nur dein Verstand geblieben?* schalt sie sich. »Es ... Es ist wunderschön hier, nicht wahr?«

»Ja«, erwiderte Alec, ohne seine Augen von ihr zu nehmen. »Einfach wunderschön.«

Ihre Augen versanken in seinem sehnsuchtsvollen Blick. Dann, plötzlich, wurde ihr die Realität des Augenblicks bewußt. Sie wollte ihn. Und dieses Sehnen, das sie verspürte, war mehr als spirituell. Es war körperlich. Sie sehnte sich danach, in seinen Armen zu liegen, seine Hände auf ihrem Körper zu spüren, seine Küsse auf ihren Lippen ... und nach noch viel mehr.

Sie wich zurück, um ihren Kopf freizubekommen und das aufgeregte Pochen ihres Herzens zu beruhigen. Dabei drückte sie ihre Hände sanft gegen seine Brust, und er ließ sie los.

Alec trat zurück. Dann löste er mit einer schnellen Bewegung sein Schwert von dem Ledergürtel, der um seine Taille hing und ließ die Waffe neben Fiona auf den Boden fallen. Sie blickte verwirrt zu ihm auf.

»Was tust du da?« fragte sie.

»Wonach sieht es denn aus?« Alec grinste ausgelassen und löste auch die Clan-Brosche, die seinen Tartan zusammenhielt. Er ließ beides auf das Schwert fallen. »Ich werde eine Runde schwimmen.«

»Mit mir? Hier?« entfuhr es Fiona.

»Mit dir hier«, entgegnete er mit verführerischer Stimme.

»Das wirst du nicht tun. Du kannst dir deinen eigenen Teich suchen und —«

»Lehrt man im Kloster denn nicht zu teilen?«

»Was?« Sie sah zu, wie er seine Stiefel von den Füßen zog und seine muskulösen Waden entblößte.

»Teilen, Fiona.« Er stahl sich einen flüchtigen Kuß. Dann richtete er sich auf und begann das Hemd aus dem Kilt zu ziehen. »Teilen. Natürlich könntest du mit mir schwimmen gehen, wenn du möchtest.«

»Schwimmen? Mit dir?« Ihre Stimme verlor sich, als Alec sein Hemd auszog und sie mit der goldenen Haut seiner muskulösen Brust konfrontierte. Er stand da wie ein Gott, umrahmt vom glühenden Licht der Sonne. Ein prächtiger Anblick. Fiona sehnte sich danach, ihre Finger über das Muskelspiel seines Körpers gleiten zu lassen. Doch statt dessen stand sie wie erstarrt da. Völlig atemlos.

»Mit mir.« Er begann langsam, den breiten Ledergürtel zu öffnen, der seinen Kilt festhielt.

»Ohne etwas anzuhaben?«

»Völlig nackt«, flüsterte Alec. »Hättest du dazu Lust?«

»Was ... Was ist, wenn jemand vorbeikommt?«

»Niemand wird kommen«, erwiderte er. Der Gedanke, daß Fiona sein Angebot annehmen könnte, erregte ihn auf unvorstellbare Weise. »Es gibt nur einen Weg hier hinauf, und der ist von meinen Männern unten blockiert.«

Fiona vermochte einfach nicht zu glauben, daß er tatsächlich dieses Angebot gemacht hatte. Und daß sie versucht war, es anzunehmen. Sein Mund senkte sich erneut zu einem flüchtigen Kuß auf ihre Lippen. »Soll ich dir beim Ausziehen helfen?«

Fiona schüttelte den Kopf und blickte ihn mit weit aufgerissenen Augen an. Ihre Kehle war so trocken wie ein alter Knochen. »Alec Macpherson, du bist ... du bist ein Halunke.«

»Nur, wenn es um die Liebe geht.«

Sie wich langsam einen weiteren Schritt zurück und verschränkte die Hände hinter dem Rücken. »Ich kann es nicht. Ich darf nicht. Schwimmen ... ohne etwas anzuhaben ...«

»Wenn du zu schüchtern bist, dann könntest du ja das hier tragen«, flüsterte er und zog das nasse Hemd von dem Zweig, wo sie es aufgehängt hatte, und hielt es in die Höhe. Die untergehende Sonne schien durch das dünne Material. »Und ich verspreche, daß ich nicht zusehen werde, wie du es anziehst.«

Fiona betrachtete mit aufgerissenen Augen sein hoffnungsvolles Gesicht und griff erfolglos nach dem Hemd. Währenddessen sah sie, wie er mit seiner anderen Hand mit einem Ruck den Gürtel löste.

So gerne sie das ganze auch weiter beobachtet hätte, so wirbelte sie doch herum und lief schnell auf den felsigen Pfad zu, der vom Teich wegführte.

»Wohin gehst du?« erkundigte er sich grinsend.

»Wir sehen uns oben am Turm«, rief sie zurück.

Sie hob ihre Röcke in die Höhe und stieg die Felsen hinauf. Auf halber Höhe blickte sie sich nach Alec um. Er hängte gerade ihr Hemd wieder über den Zweig und hatte ihr den Rücken zugekehrt. Der Anblick seines nackten Körpers durchfuhr sie wie ein Blitzschlag. Fiona starrte diesen makellosen, kräftigen Körperbau an, bewunderte die muskulösen Kurven seines Hinterteils und seiner Beine. Doch als er sich umzudrehen begann, fuhr sie schnell herum und kletterte weiter zur Spitze der Klippe hinauf.

Fiona schritt über den bewachsenen Pfad, der zu dem zerstörten Turm über ihr führte. Oben angekommen, entdeckte sie Alecs Pferd, das sich an dem weichen Gras in dem wohl einstmals eingezäunten Garten gütlich tat. Als es sie erblickte, kam das mächtige Tier auf sie zu und beschnüffelte mit seiner Schnauze sanft ihre Handflächen.

»Du bist mir ein echtes Schlachtroß«, flüsterte Fiona und streichelte die weiche Mähne des Pferdes. »Groß wie ein Riese, aber sanft wie ein Lamm.«

Fiona suchte sich einen Weg durch den überwucherten Garten bis zum Eingang des Turms. Von dort aus wurde der Blick auf den Teich durch die riesigen Ulmen verdeckt, die die Ränder der Schlucht umgaben.

Nachdem sie den düsteren Turm betreten hatte, konnte sie eine Treppe ausmachen, die an den Steinwänden hinaufführte.

Sie rannte bis hoch in die Spitze und kam dort atemlos an. Der Blick von oben war überwältigend. Man hatte eine freie Sicht auf die Great Glen und die Seen, die sie durchzogen. Die Sonne ruhte sich in einem Winkel neben dem prächtigen Profil des Ben Nevis aus, und Fiona spürte, wie ihr Herz angesichts der Schönheit dieser Umgebung zu flattern begann.

Sie trat an die Kante des Turms, zwischen die hohen Steinblöcke der Außenmauer. Als sie in die Schlucht nach unten blickte, stellte sie enttäuscht fest, daß Alec nirgendwo zu sehen war.

Ich hätte mit ihm schwimmen gehen sollen, dachte sie seufzend. *Ich hätte –*

Plötzlich tauchte Alec schwimmend in der Mitte des Teiches auf. Fiona empfand ein plötzliches Zittern, das ihr die Knie weich werden ließ. Er war wirklich wunderschön, und sie vermochte ihren Blick so wenig von ihm zu lösen, wie sie diesen Turm von seinen Grundmauern würde heben können. An einen mächtigen Felsblock gelehnt stand sie da, während der Wind mit ihren feuerigen Locken spielte, und beobachtete, wie er langsam aus dem Teich kam und unter den Blättern verschwand, die über das Ufer hingen.

Sie atmete tief durch und schloß für einen Moment die Augen. Alles, was sie sehen, was sie fühlen konnte, war er. Sie wollte ihn, und sie würde ihn bekommen.

Mit tropfenden Haaren blickte Alec durch die Dunkelheit vom Fuße der Turmruine bis zur Spitze hinauf. Über ihm hingen Teile der beiden ausgebrannten Stockwerke gefährlich schief. Seltsamerweise schien lediglich das oberste Stockwerk des Gebäudes relativ intakt geblieben zu sein.

Fiona war nirgendwo zu entdecken.

»Fiona!«

Anfangs antwortete nur die Stille auf das widerhallende Echo seines Rufes.

»Hier bin ich, Alec«, rief sie schließlich von irgendwo dort oben.

Alec, der unter einem Arm ihren Umhang und das Essenspaket trug, machte sich dran, die vier Treppen bis zum Dach hinaufzusteigen.

Das Schwimmen im kalten Wasser hatte mehr gebracht, als nur Alecs brennendes Verlangen abzukühlen. Es hatte ihm auch einen klaren Kopf verschafft. Eines der Dinge, die an ihm nagten, seit er Fionas wahre Identität entdeckt hatte, war die Unvermeidlichkeit, ihr seine vergangene Beziehung zu ihrer Cousine Kathryn enthüllen zu müssen.

Jetzt hatte er eine Entscheidung getroffen. Sie mußte es erfahren, und er war derjenige, der es ihr sagen würde.

Er liebte Fiona, und es war wichtig, das Vertrauen, das sie ihm entgegenbrachte, nicht zu enttäuschen. Er war sich sicher, daß sie, wenn sie erst einmal alles erfahren hatte, verstehen würde — ehe die Wahrheit zu einer weiteren Lüge verdreht werden konnte.

Während er durch die düsteren Schatten der letzten Treppe hinaufstieg, blickte Alec nach oben, wo das Licht wie Nebel durch die Öffnung zum Turmdach strömte.

Für einen Moment wurde er durch die Strahlen der untergehenden Sonne geblendet und hielt seine Hand schützend vor die Augen, als er in die frische Luft hinaustrat.

Direkt vor ihm, an der Turmbrüstung, stand eine Erscheinung umgeben von den blendenden Strahlen. Ihr rotes Haar ergoß sich in endlosen Wellen um sie und umrahmte ein Gesicht engelsgleicher Makellosigkeit.

Alec konnte nur ihre Augen ausmachen, die klar und warm waren. Ihn einladend anstrahlten. Sie zogen ihn mit dem Versprechen an, daß er Erfüllung finden würde. Er trat stumm auf sie zu. Er hatte das Gefühl, als ob sein ganzes bisheriges Leben eine einzige Bewegung auf diesen Moment hin gewesen sei. Ihn zu dieser Frau geführt hatte.

Zu seinem Engel.

»Alec«, sagte sie mit sanfter Stimme und kam auf ihn zu. Sie hob ihre Arme, legte sie um seinen Hals und lächelte ihn an. »Ich habe noch nie einen Ort gesehen, der so schön ist.«

»Er paßt zu dir«, flüsterte er heiser und schloß sie in die Arme.

Sie blickte sich um, ohne ihre Arme von seinem Hals zu lösen. »Ich habe das Gefühl, auf dem Gipfel der Welt zu sein.«

»Das bist du auch«, flüsterte Alec.

Fiona blickte ihn an. »Ob sich so dein Falkenweibchen fühlen mag?«

»Ja, ich denke schon«, murmelte er. »Bevor sie zum Flug ansetzt.«

»Dann weiß ich, warum sie immer wieder zurückkommt.« Sie schob sich eine Haarsträhne zur Seite. »Und warum sie es immer wieder tun wird.«

»Und warum?«

»Aus Liebe«, erwiderte sie einfach und mit warmer Stimme, und ihr Finger zog sanft Alecs Kiefer, sein Kinn und seine vollen Lippen nach.

Alec erzitterte unwillkürlich angesichts dieser erotischen Berührung. Er konnte nicht länger warten. Er wußte, daß etwas in ihm zerspringen würde, wenn er ihr nicht gestand, was er für sie empfand. Was ihre simplen Berührungen mit ihm anstellten.

»Ich liebe dich, Fiona.«

Beim Klang seiner Worte erhob sich ihr Herz in die Lüfte und stieg in den goldenen Himmel auf.

Ihre Lippen trafen sich und seine Zunge drang in die weichen Tiefen ihres Mundes. Ihre eigene Zunge strich gegen die seine, erwiderte seine Bewegungen, erforschte und genoß seinen Geschmack. Während sie sich so aneinanderklammerten, fühlte sie, wie die Winde sie hochhoben, höher und höher in den Abendhimmel hinauf, und sie in ein Reich, eine Sphäre hinwegtrugen, in die zwei Sterbliche bisher noch nie vorgedrungen waren.

Alec beendete den Kuß und blickte ihr tief in die glänzenden, haselnußbraunen Augen. Seine Finger schlangen sich in ihr seidiges Haar.

»Fiona, ich liebe dich. Ich möchte mit dir zusammen sein — heute, morgen, bis in alle Ewigkeit. Als ich durch diese Tür trat und dich hier sah, da wußte ich bereits ... ich habe schon von dir geträumt, ehe wir uns überhaupt begegnet waren. Wir gehören zusammen. Um eins zu sein. Werde meine Frau, Fiona.«

»Ich liebe dich, Alec«, erwiderte sie, und ihr Herz drohte vor Freude zu zerspringen.

Sie stellte sich auf die Zehenspitzen und zog ihn ein Stück herunter, um die Haut an seinem Hals zu küssen, wo sie seinen schneller schlagenden Puls spüren konnte. Sie liebkoste seine glühende Haut mit ihren Lippen. Dann vernahm sie ein Knurren tief in seiner Kehle und begriff, daß er Gefallen an dem fand, was sie tat.

Alecs Hände strichen über ihren Rücken und preßten ihre schmale Gestalt gegen seinen Körper. Sie glitten sogar noch tiefer, bis zu den sinnlichen Kurven ihres Hinterteils.

Seine Lippen fanden erneut die ihren und glitten mit einer Zärtlichkeit über sie hinweg, die Fiona erschütterte und die die Wärme in ihr in Flammen verwandelte.

»Fiona«, flüsterte er. »Es gibt etwas, das ich dir sagen muß. Etwas über die Vergangenheit —«

Sie legte ihren Finger auf seine Lippen. »Nicht jetzt«, murmelte sie atemlos. »Das einzige, was zählt, ist das Hier und Jetzt. Ich habe keine Vergangenheit. Nur dieser Augenblick ist wichtig ...«

»Und die Zukunft«, ergänzte er.

»Und die Zukunft«, erwiderte sie, packte die Vorderseite seines Hemdes mit beiden Händen und zog es in die Höhe. Ihre Finger schlüpften unter den Stoff und glitten über seinen muskulösen Bauch und die Brust. Sie fühlte sein klopfendes Herz unter der straffen Haut.

»Fiona, du machst mich verrückt«, keuchte er. Er war kurz

davor, die Kontrolle zu verlieren. »Wenn wir jetzt nicht aufhören, dann ...«

»Ich möchte nicht aufhören, Alec«, flüsterte sie, schob das Hemd ganz nach oben und küßte seine Brust.

»Bist du ganz sicher, mein Liebling?« fragte er, und seine Hände wanderten in die Höhe, und er umkreiste ihre hart werdenden Brustwarzen mit seinen Daumen.

»Sag mir, was ich tun muß.« Sie begann zu zittern, da seine Finger die Flammen in ihrem Inneren weiter anheizten.

Alec zog sein Hemd über den Kopf und ließ es auf den Boden fallen.

Ein unstillbarer Hunger überkam sie. Ihre Hände und Lippen waren überall, fühlten, berührten, erforschten die sehnigen Muskeln, die seine Schultern und die Brust bedeckten.

Auch er verspürte diesen Hunger. Er trat zurück und breitete mit einer einzigen Bewegung seinen großen Umhang auf dem windgefegten Holzboden aus. Dann umfaßte er ihre Taille mit einem Arm und seine Finger zogen vorsichtig an den Schnüren ihres Kleides, während seine Lippen wieder die ihren fanden.

Nachdem er die Vorderseite ihres Kleides geöffnet hatte, sank Alec auf ein Knie und zeichnete mit seiner Zunge einen Pfad von ihrem Kinn bis zu dem Tal zwischen ihren vollen, runden Brüsten. Er vernahm ihr Keuchen, als er den Stoff zur Seite schob und ihr weiches Fleisch küßte. Sein Mund fand die aufgerichtete Brustwarze, und er begann, sanft daran zu saugen, und lauschte ihrem lustvollen Stöhnen.

Fiona spürte, wie seine Hände das Kleid von ihren Schultern zogen, und sie befreite ihre Arme und ließ es ganz über ihre Hüften hinabgleiten.

So stand sie in den letzten Strahlen des Sonnenlichts, und Alec, der immer noch auf einem Knie hockte, blickte liebevoll zu ihr auf, während die warme Sommerbrise über ihre elfenbeinfarbene Haut hinwegstrich. Seine Augen glitten über diese strahlende Schönheit hinweg.

»Du bist wirklich ein Engel«, flüsterte er atemlos.

»Ich bin *dein* Engel, mein Liebling.«

Alec zog sie an sich und legte seinen Kopf gegen ihre vollen Brüste, während seine Hände ihren Rücken streichelten und über die weichen Rundungen ihres Hinterteils und über das Fleisch ihrer Schenkel hinwegglitten. Seine Finger erforschten die Konturen ihrer Kniekehlen und wanderten wieder zu ihren Oberschenkeln hinauf, um dann sanft in die weichen Vertiefungen zwischen ihren Beinen einzudringen.

Fiona keuchte überrascht auf, als Alecs Hand zu der Stelle wanderte, wo ihre Schenkel zusammenliefen. Ihr Körper wölbte sich seiner Hand entgegen, als seine Finger zärtlich das tobende Feuer in ihr schürten. Fionas Fingerspitzen strichen über seine breiten Schultern, vergruben sich in seinem Haar, zogen seinen Kopf für einen Moment fort, um ihn sogleich erneut gegen sich zu pressen.

Alecs Mund wanderte über ihre Brust und seine Zunge umkreiste ihre aufgerichtete Brustwarze, um sie dann ganz mit seinen Lippen zu umschließen. Er fühlte, wie Fionas Hände sich noch tiefer in sein Haar vergruben, und sie unbewußt ihre Hüften gegen ihn stieß. Seine Finger streichelten unentwegt die feuchten Falten ihrer Weiblichkeit, während er an ihrer Brust saugte.

»Alec!« keuchte sie. Seine Finger sandten einen solchen Strom von Hitzewellen durch ihren Körper, daß sie Angst hatte, sie würden aus ihr hervorbrechen.

Sein Atem berührte warm ihre feuchte Haut, als er die Worte flüsterte: »Laß dich gehen, mein Liebling. Laß dich gehen.«

Diese Worte ließen sie endgültig in die Lüfte entschweben.

Sie ließ ihren Kopf in den Nacken sinken. Ihr Atem kam stoßweise, und plötzlich fühlte sie, wie ihr Körper auf unkontrollierbare Weise zu zittern begann. Fiona hob ein Knie und umschlang damit seinen stählernen Schenkel. Ohne nachzudenken gab sie sich ihrem Verlangen hin, zog ihn gegen sich, und preßte sich gegen den Zauber seiner Finger, bis ein Flammenschauer irgendwo tief in ihrem Inneren explodierte. Funken von weißer Hitze entluden sich mit unverminderter Lust als er fortfuhr, den kleinen empfindlichen Hügel zu streicheln. Ihr Wimmern verwandelte sich in keuchende Schreie, während die Farben ihn ihrem Kopf zu wirbeln begannen.

Noch eine ganze Weile klammerte sie sich an ihn bis die pochende Erlösung langsam verebbte.

Alec hielt Fiona fest an sich gedrückt, während ihr Verstand wieder die Kontrolle über ihren Körper erlangte, und er preßte ihre Schenkel und ihren Bauch gegen sich. Als er hörte, daß ihr Atem regelmäßiger ging, lockerte er seinen Griff und streckte seine Hand nach oben, um die ihre zu ergreifen.

Sie kniete sich vor ihn. Ihre von Leidenschaft getrübten Augen sagten mehr als tausend Worte. »Alec«, flüsterte sie. »Ich hätte nie gedacht ... daß ich so empfinden kann.«

»Da gibt es noch viel mehr, mein Liebling ... viel mehr.« Sein Mund schob sich über den ihren, und seine Zunge fuhr aufreizend hinein und wieder hinaus, hinein und hinaus.

»Ich möchte dich berühren ... dich spüren«, flüsterte Fiona und bewegte ihre zitternden Hände über seinen muskulösen Bauch. Ihre Finger glitten über sein aufgerichtetes Knie hinweg, erreichten den Saum seines Kilts und schlüpften darunter. Und dann bewegte sie sie ganz langsam weiter nach oben.

Sie vernahm sein heftiges Einatmen, als ihre Finger sich um seine pulsierende Erregung schlossen. Sein wildes Verlangen erfüllte sie mit Mut. Sie benutzte ihre andere Hand, zog an seinem Gürtel und riß seinen Kilt auf.

»Fiona«, stöhnte er, wie unter Schmerzen, als ihre weichen Hände seinen harten Schaft und dessen samtene Spitze streichelten.

Er pulsierte gegen ihre Berührung. Sie bewegte ihre Hände über sein Hinterteil und hinunter zwischen seine Beine und wieder hinauf und streichelte die seidige Haut seiner Männlichkeit. Seine Haut versengte ihre Hände. Er stand in Flammen.

»Fiona, ich kann nicht mehr länger warten. Ich brauche dich«, flüsterte er heiser.

Fiona setzte sich auf den Umhang und zog ihn mit sich hinunter.

Alecs Hände hielten ihre Taille umschlungen, und er legte sie sanft auf den Boden. Dann schob er sich auf ihren Körper. Ihre Beine öffneten sich instinktiv, um ihn zu empfangen. Er wollte es langsam, vorsichtig tun, aber das ließ sie nicht zu.

Fiona wand sich unter ihm. Sie wollte ihn. Sofort. Sie spürte, wie seine pulsierende Männlichkeit ihre feuchte Öffnung reizte. Ihr Körper zitterte in Erwartung des Kommenden.

Fiona war bereit.

Sie hob ihre Arme, umfing seinen Hals und zog ihn nahe an sich, so nahe, daß sie das Klopfen seines Herzens hören konnte.

»Fiona.« Er mußte es fragen. Obwohl er wußte, daß er sich nicht mehr bremsen konnte, mußte Alec fragen. Als er in ihre von Leidenschaft erfüllten Augen blickte, wußte er die Antwort jedoch schon, bevor sie sie überhaupt gegeben hatte.

»Alec, ich will dir gehören. Nimm mich. Jetzt.«

Er drang mit einer einzigen, heftigen Bewegung in sie ein, durchstieß ihre Jungfräulichkeit. Fiona schrie auf, grub ihre Fingernägel tief in seine Schultern und erzitterte angesichts des plötzlichen Schmerzes. Alec schob sich noch tiefer in sie hinein und verharrte. Er wartete, bemühte sich, seinen eigenen Körper zu kontrollieren, einen Körper, der lichterloh in Flammen stand.

»Es tut mir leid, Liebling«, keuchte er. »Es tut mir leid, daß ich dir ... wehtue.«

Fiona klammerte sich an ihn. Der Schock des Stoßes betäubte das reißende Gefühl, das sie durchdrang. Ganz langsam spürte sie, daß sie wieder atmen konnte. Sie wurde sich seines schnellen, gepreßten Atems an ihrem Ohr bewußt, spürte das leichte Zittern der Muskeln auf seinem Rücken und sein pulsierendes Glied tief in ihr.

»Alec«, hauchte Fiona, lächelte und küßte die Haut auf seinem Hals und seiner Schulter. Sie konzentrierte sich bereits auf die Lust, nachdem der Schmerz abebbte.

Ihre Hüften bewegten sich kaum merklich zu einem Rhythmus, den Fiona instinktiv beherrschte. Wieder begann der Druck in ihr zu wachsen. Sie vermochte einfach nicht zu glauben, daß ihr dies noch einmal widerfuhr. Sie bäumte sich auf und zog ihn noch tiefer in sich hinein. Ihre Lust war überwältigend.

Alec verlor seine Selbstbeherrschung. Es war ihm unmöglich, sich noch länger zurückzuhalten. Er glitt aus ihr heraus, nur um sogleich erneut in sie hineinzustoßen. Er hielt ihr warmes Fleisch fest und küßte sie hungrig, während ihr Rhythmus jeden Gedanken verdrängte. Immer wieder stieß er in sie hinein, beschleunigte mit jedem Liebesstoß die Geschwindigkeit und brachte sie auf diese Weise beide immer näher an den Gipfel ihrer Lust.

Als sie schließlich zum Höhepunkt kamen, erhoben sich zwei Seelen in die Lüfte, wirbelten zwei Körper in einem wundervollen Tanz umher. Zwei Falken, die in einer ewigen Liebesspirale himmelwärts flogen. Nach ganz oben. Weit fort. Von der Liebe erleuchtet.

Das purpurne Blau des dunkler werdenden Abendhimmels erstreckte sich in den goldenen Westen. Während sich die Dunkelheit um sie schloß, lag Fiona mit ihrem Kopf bequem auf Alecs Oberarm. Alec blickte auf ihr zufriedenes Gesicht hinab, und seine Finger streichelten geistesabwesend das seidige, rote Haar, das sich über ihre Schulter und ihre Brust ergoß.

Seine Hand glitt langsam und liebvoll über die weichen Strähnen, und wenn seine Finger dabei von Zeit zu Zeit ihre warme Haut berührten, dann reichte dies schon aus, um die Regung in seinen Lenden wieder zu entfachen. Doch er atmete tief ein und tröstete sich damit, daß hierfür noch Zeit genug sein würde.

Er liebte diesen Ort. Hier in diesem Turm, hoch oben über der Welt, waren sie sicher. Geschützt vor allem. Geschützt vor der Vergangenheit ... und vor einer Gegenwart, die Alec lieber verdrängen würde. Wenn sie doch nur diesen Ort, das, was er bedeutete, mit sich nehmen könnten! Er lächelte auf Fiona hinab. Als ob ein Turm allein sie davon abhalten könnte, die Welt zu erkunden.

»Hier ist es wunderschön«, flüsterte Fiona, und blickte

zärtlich zu Alec auf. Ihre Finger streichelten seine Hand, die leicht auf ihrer Brust ruhte.

»Dieses Land gehört der Krone«, erwiderte der Kriegsherr und fügte leise hinzu. »Der Turm wurde von deinem Vater erbaut.«

Fiona erzitterte, als eine Abendbrise über ihre nackte Haut hinwegstrich. Alec griff nach unten und legte ihren Umhang über ihre ineinander verschlungenen Körper.

»Ich dachte, er sei schon alt«, erwiderte sie und kuschelte sich dichter an ihn.

»Nein, er wurde nur so zurückgelassen, nachdem die Alchimie-Anlagen des Abtes in die Luft geflogen und abgebrannt waren.«

»Was?« Sie lächelte und blickte ihn skeptisch an. »Erfindest du das jetzt etwa?«

Alec lachte. »Ich? Dinge erfinden?« Er beugte sich vor, küßte sie und blickte ihr drohend ins Gesicht. »Ich erfinde nie etwas.«

»Also gut, ich glaube dir.« Sie lachte. »Dann erzähle mir davon.«

»Schön«, erwiderte Alec, rollte sich auf den Rücken und grunzte vor Vergnügen, als sie sich sofort mit dem Bauch auf ihn legte. »Dein Vater hat diesen Turm während der Westlichen Revolte als Außenposten errichten lassen. Wir befinden uns hier ein Stück außerhalb des Macpherson-Landes, und er brauchte eine Möglichkeit, die Bewegungen in der Great Glen unten und im Westen zu überwachen.«

»Klingt eindrucksvoll«, unterbrach ihn Fiona und legte ihr Kinn auf seine Brust. »Aber ich glaube, er hat ihn nur wegen des Ausblicks erbauen lassen.«

»Da magst du recht haben.« Er nickte und strich ihr eine Haarsträhne aus dem Gesicht.

»Erzähl weiter, Alec.«

Er versuchte, sich wieder auf seine Geschichte zu konzentrieren, aber das war schwierig. Er dachte immer wieder darüber nach, wie unglaublich ihr Liebesspiel gewesen war, und wie lange es wohl dauern würde, bis ihr Körper sich erholt hatte und sie wieder —

»Alec!«

»Tut mir leid, Liebling, aber du lenkst mich nun einmal zu sehr ab«, erwiderte er und bemühte sich, diesen weichen, glatten Körper, der so bequem auf dem seinen ruhte, zu vergessen. »Nachdem sich die Dinge in den Highlands und den Western Isles entspannt hatten, erlaubte James dem Abt von Tungland hier zu leben ... bis er das ganze Ding beinahe vollkommen in die Luft gejagt hat.«

»Der Abt von Tung ... wer ist das?«

»Ein Scharlatan, den dein Vater aus irgendwelchen Gründen unterhaltsam fand. Er behauptete von sich, ein Alchimist zu sein. Sprach immer davon, kurz vor dem Durchbruch zu stehen, um Blei in Gold zu verwandeln.«

»Sag nur nicht, daß mein Vater ihm das geglaubt hat!«

»Nein, das hat er nicht. Aber er fand ihn trotzdem ganz unterhaltsam. Doch er behauptete auch, daß er an einem ruhigen Ort — und mit Hilfe eines ansehnlichen Sümmchens, das Körper und Seele zusammenhalten sollte — nicht nur Gold produzieren, sondern auch einen Flugapparat bauen könne, der dem König erlauben würde, an einem einzigen Tag jeden Teil Schottlands zu besuchen.«

»Er besaß eine Flugmaschine?« fragte sie aufgeregt.

Alec blickte sie belustigt an. »Du bist in der Tat ganz die Tochter deines Vaters.«

Fiona schlug mit ihrer Faust auf seinen Bauch. »Hatte er nun eine oder nicht?«

»Ja, er hatte eine. Zumindest etwas, das halbwegs so aussah. James brachte einige von uns hierher, nachdem der Abt bereits sechs Monate hier gelebt hatte. Er hatte etwas zusammengebaut, das wie Flügel aussah ... aus Ledergurten und Wachs und Vogelfedern. Das war ungefähr einen Monat, bevor alles in Flammen aufging. Er hatte eine Nachricht gesandt, daß seine Alchimie-Experimente noch etwas Zeit — und Geld vom König — benötigten, daß der Flugapparat aber beinahe fertig sei. Also kamen wir her.«

Fiona schob sich auf seiner Brust ein Stück in die Höhe, wobei ihre Brüste leicht über seine Haut hinwegstrichen. Als Alec nicht sofort weitersprach, umfaßte sie sein Kinn. »Sag schon! Was ist passiert?«

Alecs Arm schloß sich fester um sie und preßte ihre Brüste

gegen sich. »Wenn du nicht aufhörst, mich zu reizen, werde ich nie mit meiner Geschichte zu Ende kommen.«

»Ich ... dich reizen?« erkundigte sie sich überrascht, ehe ihr klar wurde, worauf er anspielte. Mit einem Grinsen auf dem Gesicht ließ sie ihre Finger an den Seiten seines Bauches hinabgleiten und genoß es, als er heftig einatmete. »Erzähl es mir«, gurrte sie.

»Nur, wenn du mir versprichst, nicht aufzuhören.«

»Ich verspreche es. Aber sag mir, ist der Abt geflogen?«

»Ja, das mußte er notgedrungen, nachdem seine Diener sich weigerten«, erwiderte Alec grinsend. »Und das steil abwärts ... vom Dach des Turmes in den Teich dort unten.«

»Nein!«

»Doch.« Der Krieger schob sich in die Höhe, rollte sie auf den Rücken und preßte sie mit einem Bein auf den Boden.

»Warte!« rief sie, als sie bemerkte, daß Alec sie bereits wieder mit den Augen verschlang. »Was ist mit ihm passiert?«

Alec schwieg für eine Weile.

»Als wir ihn aus dem Wasser zogen, blickte er dem König geradewegs in die Augen und sagte, er wisse, was er falsch gemacht habe.« Alec beugte sich vor und küßte die kleine Vertiefung unten an ihrem Hals.

»Was denn, Alec?« erwiderte Fiona und hob willig ihr Kinn.

Alec hob den Kopf und blickte in ihr schönes Gesicht. »Er hatte Hühnerfedern statt Falkenfedern benutzt, da ihm diese zu teuer gewesen waren!«

»Und hat mein Vater ihn ertränken lassen?«

»Nein, Fiona. Dazu war er eine viel zu großzügige Seele. Aber er hat ihm gesagt, daß seine Zeit abliefe. Und so war es auch.«

»Also hat er alles in die Luft gejagt.«

»Und uns die Ruinen hinterlassen.«

Kapitel 14

Die schöne Dame ... aus der Stadt hinausging
Eine Meile oder zwei, bis zu einem Herrenhause
Wohl anzusehen ...
— Robert Henryson, *»Testament of Cresseid«*

»Schlafende Hunde soll man nicht wecken.«

»Und ob!«

Fiona warf bei Alecs Kommentar wütend den Kopf herum.

Die Sonne stand hoch am Himmel, als sie beide Seite an Seite am Kopf der Kriegergruppe über einen heidebedeckten Gebirgskamm ritten und sich dann auf den Weg hinab in das Tal machten, wo das Land der Macphersons begann. Wenn alles gut verlief, würden sie Benmore Castle am nächsten Abend erreichen.

Fiona blickte über die wilden, grünen Hügel der Highlands und über Hagedorn- und Kiefernhaine hinweg zu den hohen Gipfeln der Grampian Mountains im Süden.

Sie hatten sich über Heiraten unterhalten, und ob Benmore Castle der rechte Ort dafür sei. Fiona wünschte sich nichts sehnlicher, als ein immerwährendes Eheglück mit Alec Macpherson, aber da gab es etwas, um das sie sich vorher noch kümmern mußte.

»Alec, ich muß nach Drummond Castle«, wiederholte sie. »Ich muß einfach dorthin, bevor ich mein Leben weiterleben kann.«

»Aber was erhoffst du dir davon?« erkundigte er sich. »Warum mußt du zuerst dahin? Warum können wir nicht irgendwann nach der Hochzeit hin reiten?«

»Weil ich fürchte, daß ich mich von all den wundervollen Dingen ablenken lassen würde, die ein Leben mit dir zu bieten hat«, erwiderte sie ehrlich, und Alecs Gesichtsausdruck sagte ihr, daß er ihr glaubte. »Meine Mutter hat nicht Selbstmord begangen, Alec. Das weiß ich.«

»Fiona, hast du wirklich gut darüber nachgedacht?«

»Natürlich habe ich das. Es hat mich mein ganzes Leben lang verfolgt, Alec.«

»Dann sag mir eins. Wer bleibt denn noch, um deine Behauptungen zu stützen, Fiona? Vierzehn lange Jahre sind vergangen und selbst als damals der König kam, um nach Antworten zu suchen, hat sich niemand gemeldet. Wie kommst du darauf, daß heute jemand seine Stimme erheben wird?«

Fiona dachte an die Leute, die ihrer Mutter gedient hatten. Sie waren inzwischen alle gesichtslos für sie ... namenlos — bis auf Nanna. Und wie groß war wohl die Chance, daß sie noch unter den Lebenden weilte? Sie war ihr schon damals so alt vorgekommen. Und welchen Grund mochte sie gehabt haben, sich nicht zu äußern?

»Fiona, es gibt noch andere Dinge, über die du nachdenken solltest.« Alec blickte sie ernst an, streckte den Arm aus und ergriff ihre Hand.

»Nehmen wir einmal an«, fuhr Alec fort, »daß du wirklich imstande bist, die Wahrheit über die Geschehnisse damals zu beweisen. Was geschieht dann?«

»Dann ist ihr Name reingewaschen, und diejenigen, die für ihren Tod verantwortlich sind, werden ihre gerechte Strafe erhalten.«

»Was aber, wenn an diesen Gerüchten über ihre Ermordung etwas dran ist? Was, wenn diese Tat in dem Glauben begangen wurde, daß der Tod deiner Mutter der Schlüssel zum Frieden mit England ist? Das er im Interesse Schottlands geschieht? Nachdem deine Mutter tot war, Fiona, hatte König James keinen Grund mehr, eine Heirat mit der englischen Prinzessin zu verweigern.«

»Verteidigst du diese Tiere etwa?« erkundigte sie sich wütend. »Soll das etwa heißen, daß sie den Tod verdient hatte, weil einige Edelmänner Geschäfte mit England machen wollten?«

»Aber nein. Ich verteidige keine Barbarei. Ich will damit lediglich sagen, daß es schwierig werden könnte, Vergeltung an Menschen zu üben, die in dem Glauben gehandelt haben, das Richtige zu tun.«

»Vielleicht für dich, aber nicht für mich. Hier geht es um meine Mutter, eine Frau, die nichts weiter getan hat, als einen Mann zu lieben.«

»Einen König, Fiona«, sagte Alec und blickte ihr fest in die Augen. Wohin auch immer ihr Weg sie führen mochte, er war entschlossen, mit ihr zu gehen. Er liebte sie, und er würde sie mit all der Macht und all dem Einfluß, den er hatte, schützen ... »Was auch geschieht, Fiona, dein Kampf ist mein Kampf. Ich spreche diese Dinge nur an, um dich vor den Schwierigkeiten zu warnen, die möglicherweise auftreten können. Und wenn du vor unserer Heirat nach Drummond Castle reisen möchtest, dann werde ich mit dir gehen. Ich werde dich nicht mehr aus den Augen lassen, mein Liebling.«

Eine Brise strich durch ihre roten Locken, und Fiona blickte in seine liebevollen, blauen Augen.

»Ich brauche dich, Alec«, sagte sie leise. »All dies hier mag vergebens sein. All meine Hoffnungen in Hinsicht auf meine Mutter mögen zu Staub zerfallen. Aber ich muß es versuchen. Ich muß es einfach wissen.«

Er zog ihre Finger an seine Lippen. »Wir werden schon eine Antwort fin-«

»Lord Alec, schaut!« rief Robert, der einen Pfeilschuß weit entfernt vor ihnen herritt.

Der Knappe deutete auf die Spitze eines Bergkamms am Ende des Tales. Mindestens einhundert berittene Krieger waren aus einem Eichenhain aufgetaucht und schwärmten ins Tal aus. Fiona sah, daß die Soldaten ihre Pferde in schnellem Galopp direkt auf sie zutrieben und blickte fragend zu Alec hinüber, während die Männer um sie herum ihre Tiere zügelten. David tauchte an Fionas anderer Seite auf und lenkte sein Pferd neben das ihre.

»Das sind Macphersons, Fiona«, sagte David und nickte zu der nahenden Truppe hinüber.

»Woher weiß man das?« fragte sie.

»David weiß, daß wir uns auf Macpherson-Land befinden«, erwiderte Alec. »Und ich kenne die unverwechselbare Art, wie mein Bruder im Sattel sitzt.«

Das Donnern der Hufe wurde lauter, als die Reiter sich näherten. Es schien so, als hätten sie nur einen Moment benötigt, um die Entfernung zu ihnen zu überwinden. Die Luft war plötzlich mit Willkommensgrüßen und freundschaftlichen Neckereien gefüllt.

Fiona saß kerzengerade im Sattel. Ihr Haar erstrahlte rot im Sonnenlicht. Die Neuankömmlinge betrachteten die schöne Frau voller Interesse, und aus jeder Ecke ertönte bewunderndes Gemurmel.

Ein schwarzhaariger Krieger ritt direkt auf Alec zu, der sich inmitten der unruhigen Menge befand, und Fiona sah, wie er und Alec sich von den Rücken ihrer Pferde aus umarmten. Er war ein gutaussehender Mann, beinahe so groß und kräftig wie Alec, und als er ihr sein junges und lächelndes Gesicht zukehrte, bestand kein Zweifel daran, wer er war. Sie besaßen die gleichen blauen Augen, aber während Alecs von Selbstbewußtsein und Erfahrung sprachen, blitzten die seines Bruders vor Unfug.

»Nun, Alec, man sagte mir zwar, daß du unsere Prinzessin zurückbringen würdest, aber man hat mir nicht gesagt, daß Mylady so ansehnlich ist.«

Bevor Alec etwas entgegnen konnte, trat John seinem Pferd in die Flanken und ritt näher an sie heran. Er umzirkelte ihr Roß, betrachtete sie abschätzend und zügelte das Pferd dann.

»Seid gegrüßt, Mylady«, sagte er und streckte die Hand aus. Als Fiona sie zögernd ergriff, hob John die ihre zu einem höflichen Gruß an die Lippen. Er sprach weiter, ohne ihre Hand loszulassen und sein Blick wich keinen Moment von ihrem Gesicht. »Ich hoffe, daß sich Eure Reise durch die charakteristische Dickköpfigkeit meines Bruders nicht allzu beschwerlich gestaltet hat.«

»Vielen Dank der Nachfrage. Wie aufmerksam von Euch.« Sie lächelte, wandte ihre strahlenden Augen Alec zu, zog ihre Hand zurück und verbarg sie in den Falten ihres Umhangs.

»Dann darf man wohl davon ausgehen, daß es sich in der Tat um einen schwierigen Ritt gehandelt hat!«

»Wie kommt Ihr darauf? Ich habe nichts dergleichen gesagt.«

»Mylady, das müßt Ihr auch nicht«, erwiderte John und

warf Alec einen spitzbübischen Blick zu. »Ihr müßt durch den harten Ritt ... und durch die langweilige Gesellschaft ... doch ausgesprochen erschöpft sein.«

»Für einen Macpherson seid Ihr recht kenntnisreich«, erwidert sie verschmitzt.

John warf seinen Kopf in den Nacken und lachte laut, während Alec auf seinem Roß heranritt.

»Ich darf Euch versichern, Mylady, daß Ambrose und ich ihm überhaupt nicht ähnlich sind. Hier in der Gegend ist bekannt, daß der Macpherson-Nachwuchs sich mit jeder Geburt verbessert hat.«

»Unglücklicherweise war John ein Findelkind«, murmelte Alec leise. »Hütet Euch vor diesem Rüpel, Fiona. Er besitzt eine Seele, die es mit der Schwärze seines Haares aufnehmen kann. Das kann ich Euch versichern ... denn ich liebe ihn wie einen Bruder.«

Die Männer um sie herum lachten angesichts der Neckerei.

»Oh, aber Findelkinder sind doch oft von erlesener Herkunft«, sagte sie und warf Alec einen gespielt vorwurfsvollen Blick zu. »Ich selbst bin auch eins, das solltet Ihr nicht vergessen.«

»Das stimmt wohl, Fiona. Aber bei John liegt der Fall etwas anders. Er ist zweimal ein Findelkind gewesen. Wir hatten keine andere Wahl, als ihn zu behalten.«

»Das ist nur einer meiner vielen Vorzüge. Ich finde immer wieder zurück«, sagte er vertraulich an Fiona gewandt. »Und daher wäre es mir eine Ehre, Mylady von unvergleichlicher Schönheit, Euch den Rest des Weges bis Benmore Castle begleiten zu dürfen.«

»Laß sie bloß in Ruhe, du silberzüngiger Schurke«, erwiderte Alec und schob Ebons mächtigen Körper zwischen Fionas und Johns Pferde. »Und führe mich nicht in Versuchung. Du magst vielleicht ein bißchen zu groß für ein Weidenkörbchen sein, aber es heißt schließlich, beim dritten Mal wirke ein Zauber.«

»Wie schön, daß du endlich einmal die Wahrheit sagst, Alec«, sagte John, schenkte ihm ein breites Grinsen und führte sein Pferd an Fionas freie Seite. »Als dritter bin ich wahrhaftig der Zauberhafteste.«

»Aber leider auch der Hagerste.« Alecs Stirn verdüsterte sich und er beäugte den jungen Mann, der ebenso groß und kräftig war wie er.

»Ich habe nicht vor, dieses bezaubernde Wesen für den Rest der Reise mit Kraftakten zu unterhalten, sondern mit huldigenden Worten, die ihre Schönheit preisen.«

»Ich mache sie schon genug auf ihre Schönheit aufmerksam, du Halunke. Also vielen Dank, daß du uns hier draußen begrüßt hast ... und jetzt kannst du dich wieder davonmachen.«

Die Männer um sie herum lachten, und Alecs jüngerer Bruder stimmte mit ein.

»Aha, so soll das also vonstatten gehen«, sagte John freundlich, zügelte sein Pferd und schlug Alec auf den Arm. »Nun, das wird ja eine nette Rückkehr werden, großer Bruder. Da wird sich Mutter aber freuen. Ich bin sicher, daß sie eine Menge Zeit mit dir verbringen wird ... um wieder auf dem neuesten Stand zu sein.«

John wandte sich abermals Fiona zu. »Und während Alec sich seinen familiären Pflichten widmet, werde ich Euch zu Diensten sein, um Euch Euren Aufenthalt so angenehm wie möglich zu gestalten.«

John erhob sich in seinen Steigbügeln und verbeugte sich respektvoll. Fiona nickte ihm zu. »Willkommen im Land der Macphersons, Eure Hoheit.«

»Also schön, John«, gab Alec nach. Er drehte sich zu Fiona, und als er ihr Lächeln sah, mußte er beinahe selbst lachen. »Du bist der Zauberhafteste und Charmanteste im ganzen Land. Aber wenn wir den ganzen Tag hier verbringen sollen, um zu bewundern, was für ein hervorragender Ritter du bist, dann werden wir bald alle so braun sein wie Sarazenen. Wir machen uns nun auf den Weg. Sollte dir der Sinn danach stehen, darfst du gerne mitkommen ... Oh, John, das hier ist übrigens David MacLeod, ein Freund von Vater und der Bruder der Priorin von Newabbey.«

»Sehr erfr —« begann John.

Noch während sich sein jüngerer Bruder umdrehte, schlug Alec Fionas Roß in die Flanke, und die beiden ritten Seite an Seite durch die sich teilende Menge der Macpherson-Krieger. Einige Augenblicke später, als sie mit John auf den Fersen ins freie Gelände galoppierten, blickte Fiona Alec mit glücklichem Gesicht an. Es gab kein Anzeichen mehr von der dunklen Wolke, die Alecs Laune von Zeit zu Zeit verdüstert hatte. Er war glücklich. Er war daheim. Fiona fragte sich, ob sie eines Tages angesichts dieser Ländereien — oder irgendwelcher anderer — jemals das gleiche empfinden könnte.

Es dauerte nicht lange, bis John sie eingeholt hatte, und zu dritt führten sie die Truppe der Männer den leichten Abhang hinauf und auf den Wald zu, der vor ihnen lag.

»Nun, John«, erkundigte sich Alec, als sie dem Felsvorsprung folgten, der am Rande des dichten Waldes verlief, »was hat dich denn nun wirklich hierhergeführt? Du bist seit deinem neunten Lebensjahr nicht mehr so weit hinausgeritten, um mich zu begrüßen. Und damals hat man dir deshalb ganz schön die Hölle heißgemacht, wenn ich mich recht erinnere.«

Alecs Erinnerung an jenes lustige Nachspiel wurde jäh unterbrochen, als John fragend in Fionas Richtung schaute. Das hübsche Gesicht des jungen Mannes war ernst geworden, und er warf Alec einen bedeutungsvollen Blick über Fionas Kopf hinweg zu.

»Was ist los, John?« erkundigte sich Alec. Es gab keinen Grund, etwas vor Fiona zu verheimlichen. Sie war seine große Liebe, seine Partnerin.

»Es hat einen Angriff gegeben.«

»Auf unser Schiff von Skye?«

»Ja«, erwiderte John. »Vor drei Tagen haben wir die Nachricht erhalten, daß das Schiff, das du als Köder nach Kildalton Castle geschickt hast, angegriffen wurde.«

»Verdammt«, sagte Alec grimmig. »Aber ich hatte so etwas schon befürchtet.«

»Ist jemand verletzt worden?« erkundigte sich Fiona besorgt. Es war allein ihre Schuld. Sie waren hinter ihr her. Sie hätte es nie zulassen dürfen, daß andere ihr Leben wegen ihr in Gefahr brachten.

»Niemand von unseren Leuten«, erwiderte John beruhigend. »Eins von Colin Campbells Schiffen segelte in dem Moment in Sichtweite, als die Banditen die erste Kanone auf unser Schiff abschossen. Die dreckigen Piraten machten sich sofort davon —«

»Piraten?« fuhr Fiona dazwischen.

»Es gibt alte Seebären, die für jeden arbeiten, der sie bezahlt, Fiona«, erwiderte Alec. Er wandte sich John zu. »Haben sie sie gefangen?«

»Ja«, erwiderte John.

»Gut! Wo sind sie jetzt?« fragte Alec.

»Einige befinden sich auf dem Grunde des Atlantiks. Die Kanonen des Campbell-Schiffes haben das Piratenschiff auseinandergenommen.«

»Irgendwelche Überlebenden?«

»Ein paar. Aber außer dem Maat wußte niemand etwas. Der war allerdings mehr als willig zu reden.« John und Alec tauschten einen wissenden Blick. Diejenigen, die die westlichen Küsten überfielen und geschnappt wurden, suchten schnell nach Gelegenheiten, ihre Haut zu retten. »Der Maat wird auf Kildalton Castle festgehalten. Er sagt, sie hätten auf dieses Schiff gewartet, und es hätte eine Belohnung für die rothaarige Prinzessin geben sollen.«

»Wer würde eigentlich etwas gewinnen, wenn er mich in seiner Gewalt hätte?« fragte Fiona.

»Jeder«, ewiderte Alec. »Jeder Grundherr in Schottland würde seinen rechten Arm für Euch geben, Fiona ... aber aus den falschen Gründen.«

Fiona griff nach seiner Hand, und Alec umfaßte sie, bevor er wieder seinen Bruder ansah.

»Wer hat die Belohnung auf ihren Kopf ausgesetzt, John?«

»Das wußte der Maat nicht. Aber er sagt, der Kapitän habe im voraus einen Korb voll Gold von irgendjemandem in den Highlands erhalten. Mehr konnte er uns nicht sagen.«

Fiona spürte, wie sich eine betäubende Gefühllosigkeit in ihr ausbreitete. Eine Leere, die mit den alten und schmerzhaften Erinnerungen einherging, die ihr wieder ins Gedächtnis kamen. Erinnerungen an Vorfälle, die vor vierzehn Jahren geschehen waren. Irgendwie wußte sie, daß dies alles miteinander zu tun hatte.

»Und daher sind wir euch entgegengeritten«, schloß John. »Wer auch immer für diesen Angriff bezahlt haben mag, muß bald erfahren haben, daß ihr nicht auf dem Schiff gewesen seid. Wir waren uns nur nicht sicher, wie schnell ihn diese Neugigkeit erreichen würde.«

Fiona versuchte, sich an den Verlauf ihrer Reise zu erinnern. »Wer auch immer hinter dieser Sache steckt — er kommt weder von Skye noch von den Äußeren Hebriden.«

»Ist es nicht ein wenig zu früh, um das auszuschließen?« erkundigte sich John.

»Nein, sie hat recht, John«, erwiderte Alec nachdenklich. »Außer Neil MacLeod, der vor ein paar Tagen von Skye geflüchtet ist, wußte jeder, daß wir die Landroute genommen haben, und daß das Schiff nur ein Ablenkungsmanöver war.«

»Wäre es nicht besser gewesen, deinen Plan geheim zu halten?« erkundigte sich John kritisch.

»Glaub mir, wenn ich dir sage, daß ich keine Wahl hatte.« Alec drehte sich um und blickte die errötende Fiona an. »Diese Schönheit hier ist nicht nur unsere Prinzessin, die ins Reich der Lebenden zurückkehrt.«

»Nicht?«

»Nein, Fiona ist noch viel mehr. Sie ist eine Feenprinzessin, die denen hilft, die in Gefahr sind. Sie ist eine Waldnymphe, die die Aussätzigen schützt. Sie ist ein Wassergeist, der in den Seen schwimmt. Sie ist eine Rebellin ... eine geliebte Rebellin, die jede Regel bricht.« Alec verstummte für einen Moment. »Dies hier, John, ist der Engel von Skye.«

John sah, wie Fionas und Alecs Blicke ineinander versanken und ihn und den Rest der Welt ausschlossen. Er lächelte. Alec war endlich wieder daheim. Und es schien ganz so, als habe sein Bruder jemanden gefunden, der ebenso einzigartig und verdienstvoll wie er selbst war.

Der Morgen war klar und kalt, als sie in das große Tal hineinritten, das sich zwischen den grauen Bergen, die Alec Monadhliath nannte, und dem ansteigenden, bewaldeten Land mit den duftenden Kiefern erstreckte. Der mächtige Fluß Spey wand sich wie eine glänzende, juwelenbesetzte

Schlange durch das breite Tal, und Fiona stockte der Atem angesichts der Schönheit dieser Szenerie. Die Höfe und das Weideland des Tals waren grün und üppig, und die Arbeiter auf den Feldern zogen ihre Mützen und riefen den vorbeireitenden Truppen einen Willkommensgruß zu.

Nicht lange nachdem die Sonne ihren Zenit überschritten hatte, folgten sie einer Krümmung des Flusses, und Alec deutete auf die riesige Burg, die sich auf einem Hügel, von dem aus man den Fluß überblickte, erhob. Hohe Pinienhaine flankierten die Nordseite des Schlosses, und Zugbrücken schufen die Verbindung über eine Reihe von Gräben hinweg, die die hohen Steinmauern schützend umgaben. Zur Rechten überspannte eine Steinbrücke den Fluß auf sieben Bögen und führte in ein freundlich wirkendes Dorf mit Holz- und Steingebäuden, die sich an die Südseite des Spey schmiegten.

Einige Augenblicke später ritten sie unter dem Steinbogen des Eingangs von Benmore Castle hindurch. Fiona blieb ein wenig zurück. Als sie in den Hof ritt, der von Gebäuden umgeben war, verharrte sie beim Anblick des bunten Treibens und der vielen Männer und Frauen, die hier ihren Pflichten nachkamen. Ihr Blick wanderte in die Höhe. Auf einer Wand an einem großen Gebäude auf der anderen Seite des Hofes befand sich ein riesiges Steinmedaillon, auf dem das Familienwappen zu erkennen war. Ihr Blick fiel auf den Löwen oben auf dem Schild.

Mit seinen drei rechteckigen Türmen wirkte Benmore Castle sehr beeindruckend. Von Außen machte es wohl den Eindruck einer Festung, aber von Innen wirkte es wie eine behagliche Unterkunft.

»Meine Eltern sind seit ungefähr zwei Jahren mit den Umbauarbeiten beschäftigt.«

John war an Fionas Seite getreten.

»Es ist wunderschön hier«, erwiderte sie.

»Das ist allein Mutters Verdienst. Sie hat uns schließlich davon überzeugt, daß es an der Zeit sei, in einem Zuhause und nicht länger in einer Steinbaracke zu leben.«

Fiona blickte sich nach Alec um. Sie war über alle Maßen erschöpft, aber das machte ihr weniger Kummer als die Tatsache, daß sie in den letzten zwei Tagen nicht einen einzigen Moment mit Alec allein verbracht hatte. Sie würde freiwillig noch zwei weitere Tage reiten, wenn er sie dann nur wieder zu ihrem alten Turm führte. Sie sehnte sich nach der Intimität, nach dem Gefühl seiner Haut auf der ihren. Sie sehnte sich nach seinen Küssen, seiner Zärtlichkeit, seiner Leidenschaft.

Ihre Augen fanden ihn, und er drehte sich um und lächelte ihr zu. Ihr Herz zog sich zusammen. Er ragte um einen Kopf aus einer Gruppe von Leuten hervor. Sie standen nahe einer Steintreppe, die zu einem riesigen Torweg führte.

Als Alec sich von der Gruppe löste und sich in ihre Richtung aufmachte, stieg Fiona schnell von ihrem Roß. Sie wurde sich zunehmend der aufmerksamen und neugierigen Blicke der Leute um sie herum bewußt. Eine großgewachsene und schöne Frau löste sich aus der Gruppe um Alec und trat einen Schritt auf sie zu.

»Ich möchte dir meine Mutter vorstellen, Liebling«, flüsterte er, nachdem er an ihre Seite geeilt war. Er ergriff ihre Hand. »Ich habe gerade erfahren, daß Lord Huntly ebenfalls gestern abend eingetroffen ist.«

»Lord Huntly?« wiederholte Fiona überrascht.

»Ja. Er ist gekommen, um dich persönlich zu begrüßen. Aber man hat uns noch nicht so bald erwartet. Er ist mit meinem Vater heute morgen zur Jagd ausgeritten.«

Fiona hatte das Gefühl, als seien ihre Füße durch Gewichte beschwert. Sie wollte unbedingt einen guten Eindruck auf Alecs Mutter machen. Aber all ihre Unsicherheiten drängten plötzlich wieder an die Oberfläche. Sie wußte nur zu gut, daß sie weder die Kultiviertheit noch den Charme einer Edeldame besaß. Sie war nichts weiter als eine einfache Klosterschülerin, die das Schicksal von den Feldern und Wäldern der Isle of Skye gerissen hatte. Sie konnte nicht vorgeben, etwas anderes zu sein.

Als sie an der Treppe ankamen, hatte Fiona das Gefühl, als ob sich ihre Innereien verknotet hätten. Alecs Mutter stand ruhig da. Ihr dunkelblondes Haar war leicht geflochten und im Nacken hochgesteckt. Ihre Augen besaßen die gleiche intensive Farbe wie die ihres Sohnes, und sie blickten Fiona geradewegs ins Gesicht. Fiona hätte am liebsten ihre Hand aus Alecs Griff gelöst, aber er hielt sie zu fest.

»Willkommen auf Benmore Castle, Lady Fiona«, sagte Lady Macpherson höflich.

Fiona zog ihren Arm aus Alecs und vollführte einen Knicks vor der Dame des Hauses.

»Vielen Dank, daß Ihr mir Unterschlupf gewährt, Mylady«, flüsterte sie mit gebeugtem Kopf. »Es tut mir überaus leid, Euch solche Ungelegenheiten zu bereiten.«

Elizabeth war angesichts des Verhaltens dieser strahlenden Schönheit vor ihr verblüfft. Die bescheidene junge Frau — von so höflicher Zurückhaltung — war nicht ganz das, was sie erwartet hatte. Sie hatte sie beobachtet, wie sie kerzengerade auf ihrem Pferd saß und das Schloß betrachtete und hatte gedacht: *Oh je, nicht schon wieder. Dies scheint in der Tat Kathryn Grays Cousine zu sein.*

Sie hatte Kathryn, seit sie ihr das erste Mal bei Hofe begegnet war, nie gemocht. Aber sie hatte die Wahl ihres Sohnes respektiert und ihre Zunge so gut es eben ging im Zaum gehalten und darum gebetet, daß sich die Dinge zum Guten wenden würden. Aber dieses Mädchen hier war anders. Elizabeth blickte auf ihren gebeugten Kopf, dann streckte sie die Hand aus, legte sie unter Fionas Kinn, hob deren Gesicht sanft in die Höhe und lächelte freundlich.

»Ihr müßt vor mir keinen Knicks machen, Lady Fiona«, sagte sie leise. »Und Ihr müßt Euch auch nicht entschuldigen.«

Lady Macpherson war die eindrucksvollste Frau, der Fiona jemals begegnet war. Doch als sie ihr in die Augen sah, erblickte sie eine plötzliche Wärme in diesen blauen Tiefen, die ihr sagte, daß zwischen ihnen alles gut sein würde.

»Warum begleitet Ihr mich nicht ins Schloß und laßt die Männer Eure Sachen hineintragen?«

»Ich kann diesen Männer nicht noch mehr aufbürden, als ich es mit dieser Reise ohnehin getan habe«, erwiderte Fiona. »Außerdem wird es nur einen Moment in Anspruch nehmen, meine Tasche zu holen und —«

»Hier ist sie, Lady Fiona«, zwitscherte Robert hinter ihr. Er hielt die Tasche in der Hand.

»Mehr habt Ihr nicht mitgebracht? Wollt Ihr damit etwa sagen, daß Euch mein schrecklicher Sohn nicht genug Zeit gelassen hat, um Eure Sachen zu packen?«

»Das hier sind all meine Sachen, Mylady«, erwiderte Fiona schlicht. »In einem Kloster benötigt man keine große Garderobe.«

Alecs Mutter begann zu lachen. Was war wohl mit den Truhen voller Kleidern geschehen, die Kathryns Diener vor kaum einem Monat herein- und hinausgeschleppt hatten?

»Ich glaube, ich kann Euch in dieser Hinsicht behilflich sein, meine Liebe.«

Elizabeth Macpherson ergriff die Hand der jungen Frau und begann die Treppe hinaufzusteigen, die zum Großen Saal führte. Robert folgte ihnen mit der Tasche.

»Wohin bringst du sie, Mutter?« rief Alec ihnen nach.

»Warum kümmerst du dich nicht um deine eigenen Angelegenheiten?« rief Alecs Mutter über ihre Schulter zurück, bevor sie in einem vertraulicheren Tonfall fortfuhr: »Er hat nie gerne geteilt, Fiona, da muß ich Euch warnen.«

Fiona errötete. Sie war sich sicher, daß Alec nicht die Zeit gehabt hatte, um seine Mutter in ihre gemeinsamen Pläne einzuweihen. Aber etwas an der herzlichen Art und Weise, wie sie Fionas Hand hielt, sagte ihr, daß Lady Macpherson gerade zur Mitwisserin ihrer Verschwörung geworden war.

Als die beiden Frauen durch die breiten Türen den Großen Saal betraten, hörte Fiona, wie Lady Macpherson Robert befahl, ihre Tasche ins Rundturmgemach zu tragen.

Fiona ließ ihren Blick durch den Raum wandern. Die verputzten Wände waren mit farbenfrohen Wandteppichen und Behängen aus besticktem Filz, Samt, Seide und Damast geschmückt, und der Boden war mit gewebten Binsenmatten bedeckt, die in Streifen aneinandergenäht worden waren. Hinter den beiden Frauen strömten die heimgekehrten Krieger in den Saal und begannen, die Tische zu besetzen. Die zahlreichen Hunde, die es sich unter den Tischen gemütlich gemacht hatten, streckten sich faul und verzogen sich auf die freien Stellen zwischen den Tischen, während die Dienstmädchen, deren helles Geplapper den Raum mit Freundlichkeit und Wärme erfüllte, mit Platten voller Essen, frischem Gemüse und Krügen mit Ale hereingeeilt kamen.

Fiona starrte auf das bunte Treiben. Die Fröhlichkeit, die die Luft auf Benmore Castle zu durchdringen schien, verblüffte sie.

»Gewiß zieht Ihr es vor, etwas in Euren Gemächern zu Euch zu nehmen. Ich werde Euch gerne etwas anrichten lassen.« Elizabeth setzte ihr mütterlichstes Gesicht auf und warf einer zunehmend lauter werdenden Gruppe, die gutgelaunt zusammenrückte, um Platz für Fiona zu schaffen, einen strengen, mißbilligenden Blick zu.

»Ihr müßt diese rauhen Gesellen doch inzwischen leid sein«, sagte sie mit lauter Stimme und provozierte damit bei den Männern ein Lachen. Sie ergriff entschlossen Fionas Arm und führte diese unter einem Türbogen in einen ruhigen Gang hinaus.

Während die beiden den Flur entlanggingen, erkundigte sich Fiona bei ihrer Gastgeberin nach der Geschichte der Burg und nach den offensichtlichen Verbesserungen, die in der letzten Zeit vorgenommen worden waren.

Elizabeth Macpherson strahlte und führte Fiona vergnügt durch die Räume, an denen sie vorüberkamen. Sie zeigte ihr die neuesten Veränderungen — die Bleifenster und die neuen Kamine in vielen Wohngemächern. Sie führte sie durch die neuen Küchen, und das Brauhaus und zu einem höher gelegenen Stockwerk direkt über ihnen, in dem sich die kleineren Gästezimmer befanden. Als sie sich schließlich bis zum anderen Ende des Schlosses vorgearbeitet hatten, wußte Fiona, mit wieviel Mühen das Schloß renoviert worden war.

Aber noch viel wichtiger war, daß sie feststellen konnte, daß sie beide sich wie alte Freundinnen unterhielten, sich wohl in der Gesellschaft der andere fühlten und beide gleichermaßen überrascht diese aufblühende Freundschaft zur Kenntnis nahmen.

Wenige Augenblicke später führte sie ihre Gastgeberin eine sich windende Treppe hinauf, und Fiona hielt den Atem an, als sie das Rundturmgemach betrat, das sie für die Dauer ihres Aufenthalts auf Benmore Castle bewohnen sollte.

Es war überwältigend.

Das Gemach war groß und luftig und mit Bleiglasfenstern ausgestattet, die nach innen geöffnet worden waren. Unter jedem Fenster befand sich ein bogenförmiges Eichensims, das breit genug war, um darauf zu sitzen. Im Kamin brannte ein Abendfeuer, und ein großes Himmelbett mit einem reich bestickten Baldachin stand an einer Innenmauer. Auch der Boden war aus Eiche verlegt, und ein kunstvoller, handgeknüpfter Teppich bedeckte einen Teil des polierten Holzes.

»Dieses Gemach ist einer Königin würdig«, flüsterte Fiona und wandte sich zu Lady Macpherson um. »Hier soll ich doch gewiß nicht wohnen, oder?«

»Aber natürlich sollt Ihr das!« Elizabeth ergriff Fionas Hand und zog sie in die Mitte des Raumes. »Ich muß Euch allerdings gestehen, daß Ihr der erste Mensch seid, der hier übernachtet.«

»Tatsächlich?«

»Ja. Wir haben vor zwei Jahren begonnen, diesen Turm zu erbauen. Das war kurz nachdem uns Torquil MacLeod und dieser Engländer, Danvers, angegriffen hatten. Er ist erst vor kurzem fertig geworden.«

»Er ist wunderschön«, sagte Fiona bewundernd. »Die Maurerarbeiten im ganzen Schloß sind wundervoll. Aber dieser Turm ... die Genauigkeit der Handwerkskunst ... ist einfach erlesen.«

Elizabeth lächelte glücklich. Es war eine solche Freude, eine junge Frau wie diese bei sich zu haben, die die Dinge, die sie selbst schätzte und für die sie so hart gearbeitet hatte, bewunderte.

»Wie kommt es, daß Ihr so viel über solche Einzelheiten wißt, Fiona?«

»Nun, die Priorin hat dafür gesorgt, daß sie Teil meiner Ausbildung waren, und ich habe mich schon immer dafür interessiert.«

»Das überrascht mich nicht«, sagte Elizabeth und zog sie neben sich auf eine Bank, die in der Nähe eines kleinen Tisches stand. »Euer Vater war ein großer Baumeister, wißt Ihr.«

»Leider habe ich meinen Vater nie kennengelernt.« Fiona schwieg für einen Moment, öffnete geistesabwesend ihren Umhang und legte ihn neben sich. »Ich lerne jeden Tag etwas Neues über ihn.«

»Wenn ich Euch so vor mir sehe und mit Euch rede, mein schönes Kind«, sagte sie und drückte leicht Fionas Arm, »sehe ich, daß sein Geist in Euch wohnt.«

Elizabeth tätschelte Fionas Knie, um den Wert ihrer Worte zu unterstreichen. »Aber laßt uns über fröhlichere Dinge reden. Ich bin glücklich, daß Ihr hier seid und daß Ihr als erste in diesem Gemach schlafen werdet!«

»Vielen Dank, Mylady«, erwiderte Fiona erleichtert. Sie blickte sich um und betrachtete die Möbel. »Benmore Castle ist so riesig! Wie kommt es, daß dieser Teil des Schloßes derart wohnlich gestaltet ist?«

»Ursprünglich benötigten wir Gemächer für die Jungen«, sagte Elizabeth. »Aber dieser Turm und die angrenzenden Gebäude an dieser westlichen Wand sind eigentlich für Alec entstanden. Alexander und ich dachten ... nun ja, er ist der nächste Grundherr. Er sollte etwas Moderneres haben, als den alten Steinhaufen, in dem wir hausen. Es sollte etwas ganz Besonderes werden, daher haben wir in Moray nach den besten Maurern Ausschau halten lassen ...«

Fiona dachte an Alec und an die Liebe, die seine Eltern ihm schenkten. Und sie dachte an die Liebe, die sie für ihn empfand, und war verzagt. Fiona hatte immer noch Schwierigkeiten zu glauben, daß sie ihr zukünftiges Leben mit ihm verbringen würde. Sich selbst hier auf Benmore Castle zu sehen — neben ihm alt zu werden — das war ein unglaublicher Traum, der beinahe unerreichbar erschien. Ihre Gedanken schwenkten für einen Augenblick zu einem anderen Liebespaar, dessen Schicksal so tragisch geendet hatte. Sie wußte nur zu gut, daß das Schicksal rätselhafte, oft gnadenlose Wege beschritt, und sie fragte sich, ob ihre Träume von einer Zukunft mit Alec wahr werden würden.

Ein Klopfen an der Tür riß Fiona aus ihren Gedanken. Als Lady Elizabeth aufstand, um das Dienstmädchen mit dem Tablett hereinzulassen, bemerkte Fiona, daß sie die letzten Worte ihrer Gastgeberin nicht mitbekommen hatte.

Die nächsten Stunden waren voller Geschäftigkeit. Fiona hatte gerade ihr Essen beendet, als einige Mädchen mit einer Wanne und Eimern voller warmem Wasser eintraf.

Als sie sich in einem nach Jasmin duftenden Bad entspannte, und die Anstrengungen nach all den Tagen im Sattel endlich aus ihren Muskeln wichen, wäre Fiona beinahe eingeschlafen.

Doch kaum hatte sie das gesteppte Seidennachthemd, das Lady Elizabeth nach oben gesandt hatte, übergezogen, klopfte es wieder an der Tür, und die Näherin ihrer Gastgeberin trat ein. Die alte Frau nahm bei Fiona Maß, musterte sie anerkennend und war schon bald, ohne viel Worte zu verlieren wieder verschwunden.

Nun, da sie mitten im Raum stand und sich die Feuchtigkeit aus ihren langen Haarsträhnen bürstete, blickte Fiona sehnsüchtig zu den aufgebauschten Wogen des buntgemusterten Federbettes hinüber. Sie hatte noch nie in einem derart luxuriösen Bett genächtigt.

Sie ging zum Bett hinüber und setzte sich. Sie konnte sich an nichts anderes mehr erinnern als an den harten Boden, auf dem sie in der letzten Woche gelegen hatte.

Außer den wenigen kostbaren Stunden, dachte sie seufzend, *die wir auf dem Dach einer Turmruine verbracht haben.* Sie lächelte. Sie würde tausend Nächte, die sie alleine in diesem komfortablen Bett verbringen sollte, gegen eine einzige Nacht in Alecs Armen eintauschen.

Und als sie endlich in einen tiefen Schlaf fiel, waren ihre Träume allein von Alec erfüllt.

Kapitel 15

Reichtum, weltlicher Ruhm und Staat im Übermaß
Sind bloß Dornen auf deinem Wege,
mit Blumen bedeckt ...
— William Dunbar, *»All Earthly Joy Returns in Pain«*

»Bist du sicher, daß du Fiona nicht zu sehr drängst?« fragte Alecs Vater.

Alec strich sich mit den Fingern durchs Haar und verzog das Gesicht, während er sich gegen die Mauer des offenen Kamins lehnte. Ganz gewiß hatte er sie gedrängt. Von Anfang an. Von dem Moment an, als sich ihre Pfade kreuzten. Inzwischen war ihm klar, daß er sie seitdem gewollt hatte, und daß er all seine Erfahrung mit Frauen dazu benutzt hatte, Fiona zu gewinnen. Und so war es auch geschehen. Er dachte an die zauberhafte Nacht zurück, die sie als Liebende in den Ruinen des Turms verbracht hatten. Sie gehörte zu ihm, und das war Alec lieb und teuer.

So hatte er es gewollt, und nun würde er dafür sorgen, daß es sichergestellt wurde. Sie mußten ihre Liebe bloß noch besiegeln und heiraten, bevor sich ihnen irgendjemand in den Weg stellen konnte. Und Alec würde es nicht zulassen, daß sich jemand zwischen sie drängte.

Er hatte es als angemessen betrachtet, seine Verlobung mit Fiona zuerst seinen Eltern mitzuteilen. Aber er hätte es besser wissen sollen. Alexander Macpherson hatte immer mindestens hundert Fragen, auf die er Antworten wünschte, und auf jede Antwort warteten wieder zehn neue Fragen.

»Vater ...« Alec atmete tief durch, bevor er fortfuhr, »es mag dem Rest der Welt so erscheinen, als würde ich sie drängen, aber die Welt kann meinetwegen zum Teufel gehen. Ich liebe sie. Ich hätte einmal beinahe einen großen Fehler begangen, aber das ist hier nicht der Fall. Dies ist die richtige Frau für mich. Und ich weiß, daß jede deiner Fragen beantwortet sein wird, wenn du sie kennenlernst.«

»Aber hast du dir auch wirklich Gedanken über die Konsequenzen einer solchen Verbindung gemacht? Über die Bedeutung für den Fortbestand der Familie?«

»Zum Teufel mit diesen Konsequenzen, Vater! Was hat mir ein solches Denken beim letzten Mal gebracht? Ich hätte beinahe die Mätresse des Teufels geheiratet!«

Alexander warf einen Blick auf seine Frau. Sie saß auf der anderen Seite des Gemachs und versuchte den Eindruck zu erwecken, daß sie mit ihrer Stickereiarbeit beschäftigt sei. Aber er hatte sie beobachtet und festgestellt, daß sie noch keinen einzigen Stich ausgeführt hatte. Sie lauschte seinen Fragen, und aus der Rötung ihres schönen Gesichts schloß Alexander, daß er es bald zu spüren bekäme, falls er Alec nicht in Ruhe ließe. Mein Gott, wie sehr er diese Frau doch liebte! Nach zweiunddreißig Ehejahren fühlte er sich immer noch wie ein Junge, wenn sie ihre kobaltblauen Augen auf ihn richtete. Und nun bemerkte er, daß seine skeptische Haltung ihre Geduld auf die Probe stellte. Alexander wußte aus Erfahrung, daß sie ihn, wenn sie das nächste Mal aufsah, mit einem wütenden Blick mustern würde.

»Versteh mich nicht falsch, Alec«, dröhnte der Grundherr. »Ich stelle nicht dein Urteilsvermögen in Frage. Du weißt doch, wie sehr ich die Meinung deiner Mutter schätze, und sie hält Fiona Drummond Stuart für die feinste junge Dame, die jemals auf schottischem Boden gewandelt ist.«

Alexander blickte erneut zu Elizabeth hinüber, und dieses Mal bemerkte er ihr kurzes, anerkennendes Nicken.

»Das ist sie in der Tat, Vater«, stimmte Alec aus ganzem Herzen zu. »Aber abgesehen davon ist es noch keinem Menschen gelungen, mich derart aus der Fassung zu bringen — etwas, das Mutter gewiß gutheißen würde. Keine Frau ist mir jemals so unter die Haut gegangen wie sie. Sie verblüfft mich immer wieder. Sie ist rebellisch, spitzbübisch und temperamentvoll. Auf Skye habe ich gedacht, daß mein Leben endlich einen ernsthaften Sinn bekäme, doch dann begegnete ich ihr, und mir wurde klar, daß ich im Grunde vor dem Leben davonlief.«

Alec bemerkte das kleine Lächeln in den Mundwinkeln seiner Mutter. Sie hatte immer schon behauptet, daß ihr Sohn nur mit einer Frau von außergewöhnlichem Geist und Temperament glücklich werden könnte.

»Du liebst sie wirklich«, sagte Elizabeth mit ruhiger Stimme. Sie nickte zufrieden. »Nun, ich muß dir wohl nicht erst sagen, daß auch sie dich liebt. Heute nachmittag hat sie sich während der ganzen Zeit, die wir miteinander verbrachten, nur nach dir erkundigt. Jede Frage drehte sich um dich oder stand in irgendeiner Verbindung zu dir. Und das schönste an der ganzen Sache ist, daß sie sich dessen nicht einmal bewußt war.«

Alec mußte bei dem bloßen Gedanken an sie bereits lächeln. Er fragte sich, ob sie wohl immer noch schlief. Er hatte einen Blick in ihr Gemach geworfen, bevor er zu seinen Eltern gegangen war, und sie hatte zusammengerollt in dem riesigen Bett gelegen, die Haare wie eine feurige See um sie herum ausgebreitet. Es hatte all seiner Selbstkontrolle bedurft, sie nicht in die Arme zu schließen.

»Hast du ihr von Kathryn erzählt?«

Alecs Gesicht verdüsterte sich, als sein Vater diesen Namen erwähnte.

»Mußt du immer solch unangenehme Gedanken mit dir herumtragen, Alexander Macpherson?« erkundigte sich Elizabeth mit scharfer Stimme bei ihrem Mann. In Wahrheit handelte es sich um eine Frage, die sie selbst hatte stellen wollen. Fiona hatte das Recht, vor einer formellen Verlobung von dieser Angelegenheit zu erfahren.

»Nein, mein Liebling. Es ist doch nur eine simple Frage!«

»Ich wollte es ihr zu einem bestimmten Zeitpunkt während der Reise sagen, aber … nun ja, ich hatte nicht die Gelegenheit dazu. Doch ich werde es ihr erzählen.«

»Ich denke, daß es auf lange Sicht eine weise Entscheidung ist«, warf der Grundherr ein. »Aufgrund dessen, was wir inzwischen über deine frühere Verlobte wissen, kann man unmöglich sagen, wie ihre Version der Geschichte ausfallen wird, die Fiona möglicherweise dann zu Ohren kommt.«

»Nun, wie ich diese junge Dame dort oben einschätze,

wird sie kein einzigs Wort von Leuten wie Kathryn glauben … ob sie nun zur Familie gehört oder nicht!« Elizabeth blickte von ihrem Sohn zu ihrem Mann hinüber. »Fiona ist eine intelligente Frau, die sich von den doppelzüngigen Worten einer solchen Füchsin nicht täuschen lassen würde — weder von ihren entstellten, einseitigen Geschichten, noch von ihren offen verleumderischen Anschuldigungen.«

»Hast du vergessen, wie überzeugend Kathryn Gray sein kann, mein Liebling?« erkundigte sich Alexander. »Hast du bereits die Tränen und die herzerweichenden Worte und die Art und Weise vergessen, mit der sie vorgab, nach der Trennung ihr Herz bei dir auszuschütten?«

»Nein, das habe ich nicht vergessen. Aber ich habe sie dabei durchschaut. Und genau das wird Fiona auch tun. Das weiß ich.«

Alec durchquerte den Raum und trat hinter seiner Mutter ans Fenster. Er hoffte, daß sie recht hatte. Er würde Fiona von seiner Vergangenheit erzählen, von Kathryn. Aber er wußte, daß selbst eine genau Schilderung der Dinge, die vorgefallen waren, nicht ausreichte. Irgendwie mußte er einen Weg finden, um Fiona zu verdeutlichen, was für einen Charakter Kathryn Gray hatte. Denn Fiona würde Kathryn schon bald begegnen, und Alec hatte keine Ahnung, was dann passieren könnte.

Alec wandte sich vom Fenster ab, nahm auf dem breiten Sims darunter Platz und lehnte seinen Rücken gegen eine Seite des geöffneten Fensters.

Er mußte unbedingt noch vor dem Abendessen mit Fiona reden. Alec wußte, daß ihm seine Eltern nichts in den Weg legen würden. Seine Mutter mochte Fiona bereits, und mit etwas Nachdruck würde sich auch sein Vater überzeugen lassen.

Alec war entschlossen, Fiona dazu zu bringen, noch heute Abend Lord Huntly und den anderen ihre Verlobung mitzuteilen.

Lord Huntly. Welch eine Überraschung, daß der mächtigste Mann Schottlands eine so weite Reise unternommen hatte, um Fiona zum Hof zu geleiten! Huntly war schon immer ein Freund von Alecs Vater gewesen, aber dieses Mal war das offensichtlich nicht der Grund seines Besuchs. Huntly hätte auf Stirling auf Fionas Ankunft warten können.

Nun, das allein war Grund genug für Alec, ihre Verlobung zu verkünden. Ob Freund oder nicht — sollte Huntly nach Benmore Castle gekommen sein, um Fiona vor Alec zu schützen, würde es Schwierigkeiten geben. Alec würde es nicht zulassen, daß Huntly Fiona und ihn auseinanderbrachte. Er hatte vor, bis zur Hochzeit — bis in alle Ewigkeit — nicht mehr von ihrer Seite zu weichen.

Er blickte zu Lord Alexander hinüber, der an seinem kleinen Tisch saß und geistesabwesend die Klinge eines neuen, leichten Schwerts schärfte, das er von Huntly erhalten hatte. Er widmete sich eifrig seiner Aufgabe, aber aus den langen Pausen schloß Alec, daß sein Vater tief in Gedanken versunken war.

Alec betrachtete lächelnd seine Eltern, die ihn und seine Brüder in allem, was sie taten, stets unterstützt hatten. Er nahm an, daß er schon immer auf der Suche nach einer Beziehung gewesen war, wie er sie in der Ehe seiner Eltern erlebt hatte. Seine Eltern stammten aus verschiedenen Welten, waren unterschiedlicher Herkunft, aber sie hatten ein Zuhause geschaffen, ein glückliches Zuhause. Und genau das wollte Alec für Fiona und sich auch erreichen.

»Nun, wenn du so sehr in dieses Mädchen verliebt bist«, verkündetete Alexander Macpherson endlich, und blickte von seiner Beschäftigung auf, »dann heirate sie. Vergiß eine öffentliche Verlobung und all den Unfug. Heirate sie einfach. Heirate sie jetzt! Sofort!«

Elizabeth blickte ihren Mann überrascht an. Alec erhob sich und ging wieder zum Kamin hinüber.

»Würdest du das vielleicht einmal näher erläutern?« bat Elizabeth. Alec hatte diese Bitte selbst auf der Zunge gelegen. Sie kannte ihren Mann, und sie wußte genau, daß es etwas gab, das er ihnen nicht sagte. »Was weißt du, Alexander?«

»Wieso fragst du das, mein Liebling?« erwiderte er beiläufig. »Ich stimme zu. Das ist alles.«

»Vater«, mischte sich Alec ein. »Du hast mir gerade erst die Hölle heiß gemacht, weil ich Fiona will, weil ich Fiona dränge und zuerst einmal nachdenken soll, und so weiter und so weiter. Versteh mich nicht falsch, ich würde sie sofort heiraten, wenn sie dazu bereit wäre —«

»Als Huntly und ich heute auf der Jagd waren, haben wir uns über Fiona unterhalten«, warf der Grundherr ein. »Er hat mir etwas mitgeteilt, dessen du dir, glaube ich, nicht bewußt bist.«

»Über Fiona?« fragte Alec. »Was weiß Huntly schon über sie?«

»Es geht dabei weniger um ihre Person als um ihre Zukunft. Huntly hat mir mitgeteilt, daß Fionas Onkel, Lord Gray, sich bereits lauthals Gedanken über angemessene Heiratskandidaten für sie macht.«

»Nein!« brach es aus Lady Elizabeth hervor. »Aber er hat das Mädchen doch noch nicht einmal zu Gesicht bekommen.«

»Trotzdem erkennt er eine gute Gelegenheit, die Position seiner Familie zu verbessern, wenn sie ihm über den Weg läuft. Und Huntly glaubt, daß die Königin Lord Gray die Erlaubnis erteilen wird, Fiona nach seinem Gutdünken zu verheiraten, sobald sie erst einmal deren Zusicherungen hinsichtlich der Krone und der Erbschaftsfolge erhalten hat.«

Alec starrte seinen Vater an. Wenn er zuließ, daß Huntly Fiona mitnahm, würde er sie verlieren. *Er würde sie verlieren.*

»Und glaub nur nicht, daß Gray sie mit irgendjemandem verheiraten will«, fuhr Alexander fort. »Er wird auf eine höchst angemessene Verbindung drängen, vielleicht sogar auf eine königliche. Aber sie wird allein dazu dienen, seine Machtgier zu befriedigen.«

Der alte Grundherr blickte erst seine Frau und dann wieder Alec an.

»Und du kannst jedes Schaf auf Macpherson-Land darauf verwetten, daß Lord Gray niemals einer Heirat zwischen Fiona und dir zustimmen wird, Alec! Schließlich hast du öffentlich seine eigene Tochter zurückgewiesen, und er ist ein Mann, der eine solche Schmach niemals vergißt.«

Alec schlug mit der Faust in seine Handfläche und drehte sich dem offenen Kamin zu. Von dem Moment an, als er von ihrer wahren Identität erfahren hatte, war dies seine größte

Sorge gewesen. Seine Gedanken überschlugen sich auf der Suche nach einer Lösung. Er durfte so etwas einfach nicht zulassen. Er wirbelte zu seinem Vater herum.

»Was wäre, wenn sie heiraten würde, bevor Lord Gray sie in aller Form anerkennt? Bevor sie die Königin auf Stirling überhaupt erreicht hat?«

»Ja, mein Junge, das ist die richtige Einstellung.« Der Grundherr nickte und betrachtete den zustimmenden Ausdruck auf dem Gesicht seiner Frau. »Huntly ist heute der mächtigste Mann in Schottland, und du weißt, daß er hinter dir stehen wird. Wie ich schon sagte: Heirate das Mädchen!«

Fiona betrachtete sich in dem Glas, das an die Wand gelehnt stand.

Sie hatte noch nie in ihrem Leben ein solch feines Kleidungsstück getragen. Das elfenbeinfarbene, mit Goldfäden durchwirkte Kleid schmiegte sich an ihre zarte Gestalt und öffnete sich unter den Kurven ihrer Hüften zu einem langen, vollen Rock. Die engen Ärmel umfingen ihre Arme, und die samtenen Aufschläge erstreckten sich bis über ihre Finger. Fiona beäugte den Ausschnitt. Er war für ihren Geschmack viel zu tief. Sie ergriff den samtenen Stoff und versuchte, die burgunderrote Zierborde höher über ihre Brüste zu ziehen. *Oh Gott,* dachte sie, *jeder wird all diese Haut sehen!* Sie ging zu ihrem Bett hinüber, nahm das Kreuz ihrer Mutter vom Nachttisch und hängte es um ihren Hals. Sie schaute erneut in den Spiegel und zog ihr langes, rotes Haar über eine Schulter nach vorne, um auf diese Weise einen Teil ihres entblößten Fleisches zu verdecken. Fiona bemerkte den neugierigen Blick des jungen Dienstmädchens. Wahrscheinlich regte sie sich umsonst auf. Niemand wird es bemerken, sagte sie sich. Aber was mochte Alec denken?

Sie war wachgeworden, als Claire, das Dienstmädchen, leise an ihre Tür geklopft hatte. Fiona hatte erstaunt die Auswahl an wundervollen Kleidern und Nachthemden und Zubehör betrachtet, die in so unglaublich kurzer Zeit auf meisterliche Weise für sie geschaffen und in ihr Gemach geliefert worden war.

Fiona blickte auf, denn Claire begann nun eifrig, sich im

Raum zu schaffen zu machen, die Kleider aufzuhängen und alles schnell an Ort und Stelle zu räumen. Fiona griff nach einem feinen Seidennachthemd und betrachtete bewundernd die weiche Geschmeidigkeit des Stoffes und die sorgfältig gestickte Verzierung.

Als sie es über ihre Hand gleiten ließ, bemerkte sie, wie dünn der Stoff war und wie sanft er sich um ihre Finger schmiegte. Sie fragte sich mit einem unterdrückten Seufzen, ob Alec sie wohl gerne darin sehen würde. Sie fragte sich, ob er heute abend, hier auf Benmore, zu ihr kommen würde, um das Bett mit ihr zu teilen. Doch plötzlich überkam sie ein Gefühl der Scham angesichts solcher Gedanken, und Fiona faltete das Nachthemd schnell zusammen und legte es weg.

»Hast du diese Kleider angefertigt, Claire?« erkundigte sie sich dann mit leiser Stimme.

»Oh, nein, Mylady«, erwiderte die junge Frau. »Lady Elizabeths Näherin und ihre Helferinnen haben all diese Sachen gemacht. Ich bin nicht so begabt mit der Nadel.«

»Das war ich auch nie.«

»Lady Elizabeth könnte es Euch beibringen, Mylady. Sie besitzt eine Engelsgeduld.«

Ein kräftiges Klopfen an der Tür unterbrach ihre Unterhaltung. Claire lief schnell hinüber, um die Tür zu öffnen. Von der Stelle aus, wo Fiona stand, konnte sie nicht erkennen, wer geklopft hatte. Aber aus Claires schnellem Knicks, den sie vollführte, schloß sie, daß das Mädchen weggeschickt worden war.

»Darf ich hereinkommen?« Beim Klang von Alecs Stimme sprang Fiona zur Tür hinüber.

Bevor er reagieren konnte, hatte sie ihn bei der Hand gepackt und schnell die Tür hinter ihm geschlossen.

»Mylady, denkt an meinen guten Ru —«

Fiona stellte sich auf die Zehenspitzen, umfing seinen Nakken und brachte Alec mit einem glühenden Kuß zum Verstummen, bevor sie zurückwich und sich aus seinem Griff befreite. Sie wurde sich plötzlich ihrer Dreistigkeit bewußt und trat an den Tisch, um einen Abstand zu Alec zu schaffen.

»Soll das etwa heißen, daß du mich ebenso sehr vermißt hast, wie ich dich?« erkundigte sich Alec trocken.

Sie warf ihm ein kleines Lächeln zu und spürte, wie ihr die Röte ins Gesicht stieg. Sie nickte. Alecs Anblick allein reichte aus, ihr Herz schneller schlagen zu lassen. Ihre Augen glitten über ihn hinweg. Noch vor einem Augenblick war sie so aufgeregt gewesen, ihn zu sehen, daß sie alle Schicklichkeit beiseite geschoben hatte. Nun aber schämte sie sich ihrer eigenen Verwegenheit.

»Ich mußte meinen Eltern mein Ehrenwort geben, daß ich ...« Alecs Worte erstarben ihm in der Kehle, als Fiona unbewußt ihre feurige Mähne über die Schultern warf. Seine Augen nahmen die milchweißen Hügel wahr, die, umrahmt von burgunderfarbenem Samt, unwiderstehlich verlockend schienen.

»Ich ... Ich habe ihnen versprochen, mich zu benehmen und dich nach unten zu begleiten.«

»Sie haben dich dazu gebracht, ihnen für eine solch simple Aufgabe dein Wort zu geben?«

»Ich denke, sie ahnten, daß es nicht ganz so simpel sein würde.«

»Aber warum?« zog sie ihn auf und lehnte sich gegen den Tisch.

In dem goldenen Licht, das durch das Fenster strömte, war Fiona mehr als anziehend — sie war betörend. Alec durchquerte den Raum und schloß sie in seine Arme. Sein Mund senkte sich auf ihre Lippen und beantwortete damit all ihre Fragen.

»Ich habe ihnen von uns erzählt«, flüsterte er, während sein Mund über ihr Ohrläppchen und ihren Hals hinwegglitt. Als er die Vertiefung unten an ihrem Hals küßte, bemerkte er, daß ihr Pulsschlag unter seinen Lippen wild zu pochen begann, und das leise Stöhnen, das tief aus ihrer Kehle drang, erweckte in ihm ein stürmisches Verlangen. Er zog sie enger und fester an sich.

»Du meinst ... von der Sache im Turm«, murmelte sie und schob ihre Hüften leicht gegen seine härter werdende Männlichkeit, während sie ihren Kopf in den Nacken legte und sich bemühte, in seine Augen zu schauen. Ihre Hände strichen über seine Brust. Sie fühlte, wie schnell und kräftig sein Herz schlug.

»Ja, ich habe ihnen alles erzählt.« Seine Hand glitt über die Vorderseite ihres Kleides und berührte zärtlich ihre Brust, bevor er sich vorbeugte und einen Kuß auf die milchweißen, entblößten Hügel drückte.

»Wirklich alles?« erkundigte sie sich, und ihr Atem begann schneller zu gehen. Sie sah zu, wie er langsam den Ausschnitt ihres Kleides tiefer hinunterzog. Und ganz langsam immer mehr von ihrer Haut entblößte.

»Ich habe genau beschrieben, wie du versucht hast, mich in meinem eigenen Arbeitszimmer auf Dunvegan Castle zu verführen.« Er beugte sich weiter vor, um ihre entblößte Haut zu schmecken. Seine Hand strich über das glatte Material des Kleides hinweg, zog es weiter hinunter, bis schließlich eine Brust vollkommen enthüllt war. Sie atmete heftig ein und vergrub ihre Finger in seinem Haar. Als sein Mund sich um ihre Brustwarze schloß, stöhnte sie auf.

»Du bist ein gemeiner Schurke, Alec Macpherson«, sagte sie heiser. Die süße Folter drohte, ihr die Sinne zu rauben. Ihre Finger zogen die Linien seiner breiten Schultern nach und vergruben sich erneut in seinem Haar. »Du machst mich verrückt ... Alec ... Alec ...«

Fiona biß sich auf die Lippe, als seine Zunge über ihre Brustwarze glitt und die Aureole umkreiste, ehe er wieder daran zu saugen begann.

»Alec ... es könnte jemand kommen«, keuchte sie. »Laß uns lieber aufhören, bevor ich in den Augen deiner Familie Schande über mich bringe.«

»Das ist allerdings wahr, mein Liebling.« Er zog lächelnd den Kopf zurück und seine Augen versanken in den ihren. »Ich habe ihnen geschildert, was im Turm passiert ist, wie du schließlich doch meine makellose Unschuld ausgenutzt hast.« Alecs Daumen fuhr fort, sanft um ihre erregte Brustwarze zu kreisen, und sein Mund strich erneut zärtlich über ihre Lippen.

Fiona bemühte sich, wieder zu Atem zu kommen, und als ihr klar wurde, was er gerade gesagt hatte, schob sie seinen blonden Kopf zur Seite und boxte ihn gegen die Brust.

Er warf ihr einen gespielt düsteren Blick zu und zog sie so fest an sich, daß sie sich nicht mehr bewegen konnte.

»Makellose Unschuld!« brummte sie, stieß abermals mit den Händen gegen seine Brust und zog ihr Kleid wieder hoch. »Du Untier! Ich bin sicher, daß ich allein in diesem Schloß die eine oder andere finden könnte, die sich ganz anders über deinen verdorbenen Charakter äußern würde.«

Alec ließ sich auf den Stuhl am Tisch sinken und zog Fiona auf seinen Schoß. »Ist das denn so wichtig?«

»Was meinst du?« erkundigte sich Fiona und versuchte, von seinem Schoß herunterzukommen. Sie wußte, wovon er redete, und sie war sich sicher, daß er vor ihr schon mit vielen Frauen zusammen gewesen war.

Er hielt sie fest. »Meine Unschuld.«

»Warst du etwa nicht mehr unberührt?« erkundigte sie sich mit gespieltem Entsetzen.

»Nein«, erwiderte er mit nüchterner Stimme.

»Ich bin überaus schockiert, Alec.« Sie lehnte sich vor, gab ihm einen schnellen Kuß auf die Lippen und sprang von seinem Schoß. »Aber laß uns nicht mehr darüber reden, mein Liebling. Was vergangen ist, ist vergangen. Ich möchte gar nicht wissen, welche Frauen, denen ich begegne, dein ... dein Bett geteilt haben.«

Alec blickte auf ihren Rücken. Es schien eine Ewigkeit zu dauern, bis sie sich endlich umdrehte und ihn wieder offen ansah.

»Wir wollen doch unnötiges Blutvergießen vermeiden, nicht wahr?« sagte sie, und griff nach dem Dolch, den er ihr gegeben hatte, um ihn in die feingliedrige Goldkette an ihrer Taille zu stecken. »Man weiß ja nie, wie man reagiert, wenn man mit unerwünschten Widersachern konfrontiert wird.«

Alec blickte sie an. Trotz ihrer leicht dahingesagten Worte entdeckte er, das ihr Tränen in die Augen stiegen, bevor sie sich wieder von ihm abwandte. Sie war offensichtlich noch nicht bereit, den Dingen zu lauschen, die er eigentlich erzählen wollte. Über sich selbst. Über seine Vergangenheit. Über Kathryn.

Dafür war nach ihrer Hochzeit noch genug Zeit.

Er durchquerte das Gemach, trat hinter sie und umfing sie mit seinen Armen.

»Fiona«, begann er mit sanfter Stimme. »Später einmal, mein Liebling, vielleicht an einem sonnigen Nachmittag, nachdem wir uns geliebt haben und du unser sechstes oder siebtes Kind stillst, würde ich dir gerne einige Dinge über mich erzählen.«

Fiona lachte, drehte sich in seinen Armen und blickte in sein Gesicht hinauf.

»Das müssen ja unglaubliche Dinge sein, Alec«, zog sie ihn auf.

»Ja. Vielleicht doch lieber erst nach dem achten Kind.«

»Haben sie mit anderen Frauen zu tun? Frauen aus deiner dunklen und weit zurückliegenden Vergangenheit?«

»Ja«, erwiderte er, und seine Hände strichen zärtlich über ihre Arme. »Sehr dunkel und sehr weit zurückliegend.«

»Dann will ich es gar nicht wissen.« Sie legte ihren Kopf gegen seine Brust. »Was ist aus deiner ›makellosen Unschuld‹ geworden?«

Alec vergrub sein Gesicht in Fionas nach Jasmin duftendem Haar und küßte sie leicht auf den Scheitel. »Als ich dich traf, mein Engel, da begann mein Leben von Neuem.«

»Dann haben wir also beide Dämonen in unserer Vergangenheit?«

»Das haben wir. Aber die Vergangenheit ist vorbei. Uns interessiert nur die Gegenwart. Die Gegenwart und die Zukunft. Fiona, ich will, daß du weißt, daß alles, was mir jemals etwas bedeutet hat, jeder Weg, den ich beschritten habe, jeder Fehler, den ich begangen habe, jeder einzelne Atemzug, mich nur auf ein gemeinsames Leben mit dir vorbereitet hat. Du, mein Liebling, mein Engel, bist für mich die von Gott gesandte und unverdiente Antwort auf ein anderes Leben, das ich gelebt habe — ein Leben, das mir jetzt manchmal nur noch wie ein Traum vorkommt. Wie ein schrecklicher Alptraum. Aber du, mein Liebling, du hast mich wieder in die helle, strahlende Welt voller Sonnenschein und Güte und Rechtschaffenheit zurückgebracht. Du hast mich gelehrt, was lieben und geliebt werden heißt, Fiona. Und nun gelobe ich, dieses Leben — dieses neue, gute Leben — dir zu widmen, Fiona, dir allein. Ich liebe dich.«

»Oh, Alec« hauchte sie, und ihre Kehle war wie zugeschnürt, als sie ihm ihre Lippen darbot. Ihre Münder trafen sich, und Tränen begannen aus ihren Augen und über ihre Wangen zu strömen. »Oh, ich liebe dich so sehr. Du ... Deine Worte ... sie sind so wundervoll, so ...« Sie verstummte, von Rührung überwältigt. Sie konnte nicht beschreiben, was sie empfand. Aber Alec wußte es. Sie blickte in seine blauen Augen und sah dort, daß er es wußte.

Sanft und zärtlich küßte er die glitzernden Perlen fort. Auf seinen Lippen spürte er die salzige Nässe ihrer Empfindungen. Er atmete tief durch und fuhr fort:

»Fiona, heirate mich. Laß uns nicht länger warten. Ich *will* nicht mehr warten. Wir könnten uns hier, auf Benmore, vermählen.«

Seine Worte setzten ihr zu. Hier war die Möglichkeit, Glück zu finden. Eine glückliche Zukunft, die all die Alpträume der Vergangenheit auslöschen würde. Aber sie mußte nachdenken. Sie mußte das Richtige tun. Ihre Pflicht, ihr Versprechen, das sie sich selbst gegeben hatte, die Mörder ihrer Mutter zu finden, ließ sich nicht beiseite drängen. Fiona starrte ausdruckslos auf Alecs Schulter und bemühte sich, seinen Augen auszuweichen. Wie sollte sie es erklären? Wie konnte sie all das zurückweisen, was er ihr versprach?

»Sieh mich an, Fiona.«

Fiona blickte in seine Augen und suchte nach einer Antwort.

»Ich liebe dich, Alec«, flüsterte sie. »Aber ich muß erst den Namen meiner Mutter reinwaschen. Mein Gewissen wird nie ruhen, bis ich nicht alles in meiner Macht stehende getan habe.«

»Heirate mich, Fiona. Heirate mich jetzt«, redete er ihr drängend zu. »Ich werde für dich durchs Höllenfeuer gehen. Ich stehe dir zur Seite, und was wir tun müssen, tun wir gemeinsam.«

Sie legte die Hand auf die Wange seines wundervoll gemeißelten Gesichts. »Alec, das kann ich dir nicht antun. Das ist mein Kampf, nicht deiner. Ich kann deinem Ruf nicht schaden. Die Wahrheit über den Tod meiner Mutter könnte Dinge enthüllen, in die wahrscheinlich andere deiner Klasse verwickelt sind. Möglicherweise sogar Menschen, die du gut kennst. Ich habe darüber nachgedacht, was du mir erzählt hast, über die möglichen Gründe für den Tod meiner Mutter. Ich sehe es jetzt ganz deutlich. Ich werde auf meiner Suche nach der Wahrheit zu einer Außenseiterin werden. Aber du … du bist Schottlands Hoffnung, so wichtig für unsere Zukunft. Du kannst unmöglich eine Frau wie mich heiraten. Ich werde dir nur Schande bereiten.«

Alec wollte etwas erwidern, aber Fiona legte ihre schmalen Finger auf seinen Mund und fuhr fort:

»Alec, was du mir anbietest — hier zu bleiben und dich zu heiraten, zu versuchen, die Dämonen der Vergangenheit zu vergessen —, steht einfach nicht zur Wahl. Mein Gewissen erlaubt es mir nicht, meine Mutter zu vergessen. Daher ist eine Heirat wohl nicht das, was das Schicksal für uns vorgesehen hat. Zumindest jetzt noch nicht.«

Alec nahm ihre Finger in seine Hand und küßte sie sanft, bevor er zu sprechen begann. »Fiona, eine Trennung steht auch nicht zur Wahl. Und das ist keine Frage meines Gewissens. Mein Herz, mein Verstand, mein ganzes Sein sehnt sich nach dir. Und glaub mir, es geht um noch mehr. Bevor wir Skye verlassen haben, mußte ich deinem kleinen Krieger versprechen, daß ich dich wieder zurückbringen würde.«

»Malcolm?«

»Ja, Malcolm. Du kannst doch unmöglich zulassen, daß er seinen furchteinflößenden Zorn an mir ausläßt, oder?«

Fiona lächelte und dachte an ihren kleinen Freund. An sein Lächeln, seine sanfte Art.

»Akzeptiere es einfach, mein Liebling. Die einzige Frage, die bleibt, ist nicht, ob wir heiraten werden, sondern wann. Und nun, da ich dein Zögern und deine Bedenken vernommen habe, sage ich dir, daß auch diese Entscheidung bereits gefallen ist.«

»Und wie lautet sie?«

»Wir werden heiraten, noch bevor diese Woche zu Ende ist.«

»Hast du den Verstand verloren?« fragte sie verblüfft.

»Hast du denn nichts von dem, was ich dir gerade gesagt habe, begriffen?«

»Oh doch, jedes einzelne Wort!« Alec ließ ihre Hand los und ging zu der Truhe vor ihrem Bett hinüber, öffnete sie und wühlte in den Sachen herum.

»Und mehr hast du dazu nicht zu sagen? Es ist dir völlig egal, was ich dabei empfinde?« Fiona suchte stammelnd nach Worten. »Und was ist mit einer Verlobungszeremonie ... und einer angemessenen Verlobungszeit? Wenn mich nicht alles täuscht, gelten solche Traditionen in den Highlands immer noch.«

Er kehrte mit einem Seidenschal zurück, der im Macpherson-Karomuster gewebt war. Sie ließ erstaunt zu, daß er den Schal um ihren Hals legte und ihn so drapierte, daß er einen Teil ihres entblößten Busens verdeckte.

»Nein, mein Liebling. Highland-Verlobungen dauern traditionell so lange, wie man benötigt, um vom Pferd ins Haus zu gelangen«, sagte er und betrachtete sein Werk zufrieden. »Und manchmal nicht einmal so lange.«

»Alec!« rief sie. »Du weißt, daß das nicht stimmt.«

»Wenn ich dich an eins erinnern darf«, sagte Alec und umfaßte sanft ihr Kinn, »während unserer Verlobung bist du hinauf zum Turm gewandert.«

»Damals waren wir gar nicht verlobt!«

Fiona schob seine Hand mit einem gespielt wütenden Blick fort.

»Und ob wir das waren. Und ich beabsichtige, dies allen Anwesenden heute abend beim Essen mitzuteilen.«

»Dann werde ich es nicht bestätigen«, drohte sie. »Du kannst nicht einfach so lügen.«

»Hmmm«, erwiderte er. »Wenn ich mir erst einmal in den Kopf gesetzt habe, daß ich etwas haben will, kenne ich keine Grenzen, ehe ich es bekommen habe.«

Alec nahm ihren widerstandslosen Körper in seine Arme und preßte seine Lippen auf die ihren. Er bedachte seine geliebte Fiona mit einem solch tiefen, leidenschaftlichen Kuß, daß diese nach Luft rang. Nachdem er sie wieder losgelassen hatte, begann er mit einem Lächeln erneut, ihr Kleid zu richten.

»Das Abendessen ist bereit, meine schöne Verlobte. Die Festivitäten haben bereits begonnen. Man erwartet uns.«

»Du bist dickköpfig, stur und taub, Alec Macpherson«, hauchte sie, als er ihren Arm in den seinen legte. »Ich werde dich nicht heiraten. Du kannst mich nicht dazu zwingen.«

»Doch, das kann ich.« Er legte ihre Hand auf die seine und preßte sie gegen seinen muskulösen Unterarm, während sie auf die Tür zuschritten. »Beinahe hätte ich es vergessen.«

»Was vergessen?« erkundigte sie sich argwöhnisch.

»Unsere Reise.«

»Was ist mit unserer Reise?« fragte sie mit verwirrten Augen.

»Nun, bisher ist es mir noch gelungen, Robert davon abzuhalten, allen zu erzählen ... nun ja ... wie er sich in jener Nacht gesorgt hat und —«

»Ich werde dich heiraten.« Sie seufzte, und ihr Gesicht verzog sich zu einem spöttischen Lächeln. »Und ich weiß, daß ich den skrupellosesten Schurken der Highlands heiraten werde.«

Kapitel 16

Sei barmherzig und bescheiden bezüglich deines Besitzes,
Fürwahr, all weltliche Ehre ist vergänglich.
Von irdischen Sorgen lasse dich nicht betrüben:
Übe Geduld im Überfluß, auch wenn du an Gütern arm bist;
Wer fröhlich lebt, genießt sein Leben: denn
Ohne Freude sind auch die größten Schätze unnütz.
— William Dunbar, *»Without Gladness«*

Fiona trug ein strahlendes Lächeln, als sie den Festsaal betraten.

Um sie herum herrschte der Trubel eines Sommerabends. Flötenspieler wanderten im Saal umher, und Kinder aus dem Dorf tanzten fröhlich hinterdrein. Die gewebten Matten waren aus der Mitte des riesigen Raums entfernt worden, und man errichtete dort ein Lagerfeuer. Den Nachzüglern schlug von allen seiten Lachen und Fröhlichkeit entgegen, und niemand bemerkte ihr Eintreffen.

Fiona entdeckte David, der mit Robert an dem langen Tisch saß, der der Tür am nächsten stand. Er war in Gesellschaft einiger Krieger, mit denen sie gereist waren, und deren Damen. Fiona löste sich von Alecs Arm und beugte sich über David, um ihm die Neuigkeit ins Ohr zu flüstern. Als ihr alter Freund die Worte vernahm, erschien ein freudiger Ausdruck auf seinem Gesicht.

Sobald sie sich wieder aufrichtete, verstummte plötzlich der ganze Saal. Die Musiker hörten auf zu spielen, und alle Augen ruhten auf ihr. Alec ergriff ihren Arm, denn sie war vor Nervosität einen Schritt zurückgewichen. Sie warf einen Blick auf den Macpherson-Tartan, der ihre Schultern bedeckte, und fragte sich plötzlich, ob die Stille dadurch verursacht worden war, weil eine Fremde dieses Plaid trug. Sie hatte sich gar keine Gedanken gemacht, ob der Tartan überhaupt angemessen war. Ihre Gedanken überschlugen sich auf der Suche nach einem anderen Grund für eine solche Reaktion.

»Sieh sie als deine Familie an, mein Liebling«, flüsterte Alec beruhigend. »Sie haben alle auf dich gewartet, und wohl nicht sehr geduldig, wie ich gehört habe.«

»Warum sind sie so leise?« murmelte sie zurück. »Habe ich irgendetwas falsch gemacht?«

»So, wie es aussieht, sind sie von dir fasziniert. Kannst du ihnen das verübeln?« erwiderte Alec und betrachtete bewundernd die unglaubliche Schönheit der Frau an seinem Arm. Es war kein Wunder, daß es allen im Saal förmlich den Atem verschlug. Fionas Stimme hatte zittrig geklungen, aber sie stand mit hocherhobenem Kopf neben ihm und ihre haselnußfarbenen Augen blitzten.

Die glatte Haut ihrer Wangen schimmerte im Licht der flackernden Lampen an den Wänden. Niemand außer ihm würde jemals das sinnliche Gefühl ihrer vollen und wohlgeformten Lippen kennenlernen. Ihre seidene Mähne ergoß sich in wogenden Wellen, flüssigem Feuer gleich, über den Tartan und weiter über ihr elfenbeinfarbenes Kleid, das auf hervorragende Weise die wohlgeformten Umrisse ihrer Figur betonte. Sie war eine Vision. Und er stand stolz neben ihr.

Ein grauhaariger Riese durchquerte behende den Raum und kam mit einem dröhnenden Willkommensgruß auf sie zu. Lady Elizabeth und ein weiterer, schmächtigerer Mann folgten ihm.

»Endlich!« donnerte er. »Endlich bekommt der arme Grundherr die Feenprinzessin zu Gesicht!«

Fionas Nervosität verschwand sofort, und ein Lächeln breitete sich über ihr Gesicht aus, als Alecs Vater vor ihr stand.

»Endlich«, erwiderte sie mit einem angedeuteten Knicks. »Endlich hat die arme Klosterschülerin die Ehre, einen Blick auf den edelsten aller Highland-Führer zu werfen.«

»Ha!« lachte Alexander und bot ihr seine Hand dar. »Dieses Mädchen besitzt zu aller Schönheit auch noch Esprit. Die Tochter des guten König James ist einem alten Esel keinen Knicks schuldig.«

Fiona akzeptierte anmutig seine dargebotene Hand. Während sie weitere Begrüßungsworte wechselten, schienen alle im Raum an ihren Lippen zu hängen.

»Bevor ich dank dieser soeben geschlossenen Freundschaft vollkommen übergangen werde, möchte ich dir deine zukünftige Tochter vorstellen, Vater«, sagte Alec und legte eine besitzergreifende Hand um Fionas Taille. »Das hier ist Fiona Drummond Stuart.«

Als Alec verstummt war, brachen alle im Saal plötzlich in Beifallsstürme aus, und der alte Mann strahlte vor Freude.

Der Grundherr breitete seine Arme aus, und Fiona, die sich auf die Zehenspitzen stellte, um dem Clan-Führer einen Kuß auf die Wange zu geben, spürte, wie er sie mit seinen mächtigen Armen umfing und an seine Brust preßte.

»Jetzt bin ich an der Reihe, Alexander«, warf Lady Elizabeth ein, befreite die junge Frau aus dem Griff ihres Mannes und umarmte sie ebenfalls herzlich. Sie umfaßte mit funkelnden Augen Fionas Hände und blickte ihr ins Gesicht. »Das sind ganz wundervolle Neuigkeiten, meine Liebe. Mein Sohn ist ein sehr beneidenswerter Mann, daß er Euch bekommt. Und das solltet Ihr ihn nie vergessen lassen.«

»Verschreck sie nicht, Elizabeth«, sagte der Grundherr. »Alec hat auch ein oder zwei gute Eigenschaften.«

Die Flöten erklangen erneut, und Fiona sah sich von einer Menge von Menschen umgeben, die ihr ihre Glückwünsche aussprechen wollten. Viele Fragen wurden ihr gestellt, da war so vieles, was man über sie wissen wollte, und sie gab sich Mühe, so gut es ging zu antworten.

Diejenigen, die zu ihr vordringen konnten, waren begeistert über diese junge Frau, der jegliche Falschheit, jeglicher Hochmut, jegliche Arroganz fehlte. Diese zukünftige Braut war so ganz anders als die vorherige Verlobte. Sie war ganz sie selbst. Realistisch und sachlich. Und diese Eigenschaften allein eroberten die Herzen der Menschen im Sturm.

Als zwei kleine Mädchen Fiona einen geflochtenen Kranz aus Gänseblümchen überreichten, kniete sie sich sofort vor die beiden kichernden Kinder hin und ließ sich unter den zustimmenden Blicken der Zuschauer den Kranz aufs Haar legen.

Alec wich nicht von ihrer Seite und schützte sie vor allzu begeisterten Clan-Mitgliedern. John war einer der Letzten, der sich durch den Kreis schob, der sich um Fiona gebildet hatte. Nachdem er sie auf beide Wangen geküßt und dabei bemerkt hatte, daß ihn sein Bruder mit Argusaugen beobachtete, packte er die Gelegenheit beim Schopfe, um ihn ein wenig zu ärgern.

Er zog Fiona näher an sich und flüsterte ihr vertraulich, aber nicht allzu leise zu: »Ihr begeht einen großen Fehler, Mylady. Es gibt Geschichten über Wahnsinn in der Familie. Und wenn Ihr einen Augenblick Zeit hättet, könnte ich Euch mehr erzählen, um —«

»Mach, daß du wegkommst, John«, knurrte Alec. »Der einzige Wahnsinn in unserer Familie findet sich beim dritten Sohn, Fiona.«

»Alec!« schalt ihn Fiona lachend.

»Wie ich schon sagte —« fuhr John fort, ohne Fionas Hand loszulassen.

»Mutter, warum haben wir ihn nicht sofort nach der Geburt ertränkt?« erkundigte sich Alec und zog Fiona von John fort.

»Dafür ist es ja nie zu spät«, warf Alecs Vater ein und trat zu der lachenden Gruppe.

Alec zog an Fionas einer Hand, während John grinsend die andere festhielt. Doch am Ende siegte Alec.

Fiona blickte sich um und wurde sich plötzlich des glücklichen Gefühls bewußt, das sich in ihrem Inneren ausbreitete. Die Wärme, die sie spürte, die Willkommensgrüße, die fröhlichen Neckereien, Alecs Hand in der ihren — all das vermischte sich zu einer Empfindung, die Fiona noch niemals zuvor kennengelernt hatte ... die Empfindung, zu einer Familie zu gehören. Um sie herum ging die Feier lautstark weiter, Leute lachten, riefen laut und tanzten. Sie blickte zu Alec auf und ihre Blicke versanken ineinander. Sie war ein Teil von all dem hier, ein Teil dieser Menschen. Genau das hatte Alec versprochen.

Sie hatte eine Familie. Und am wichtigsten von allem: Sie hatte ihn.

Wenige Augenblicke später sah Fiona, daß verschiedene

Gruppen von Festteilnehmern sich zu ihren Plätzen zurückbegaben. Im ganzen Saal begannen Bedienstete, Essen auf die langen Tische zu stellen.

Alecs Vater führte Fiona zu dem Haupttisch hinüber, und Alec und der Rest der Familie folgte ihnen, in eine angeregte Unterhaltung vertieft. Als sie am Podest ankamen, blieb Alexander abrupt stehen.

»Ich glaube, hier ist jemand, den Ihr noch nicht kennengelernt habt, mein Kind.«

Genau vor ihnen lehnte ein gutaussehender, aber streng dreinblickender älterer Mann an einem der Tische. Er hatte die Arme vor seiner mächtigen Brust gekreuzt. Der Grundherr führte Fiona auf die ruhigen Gestalt zu.

Für Fiona stand außer Frage, daß der Mann mit der hohen Stirn, der sie so eingehend musterte, ein Mann von großer Macht war. Über seinem blütenweißen Leinenhemd und dem schwarz-weißen Tartan hing ein riesiges Goldmedaillon an einer schweren Kette von seinem Hals herab. Darauf war das Wappen Schottlands mit dem wilden Löwen zu erkennen, das ihn als Anführer des Adelsrates auswies. Sein Gesichtsausdruck veränderte sich nicht, als sie auf ihn zutraten, und Fiona spürte, daß ihr plötzlich ein Schauer den Rücken hinunterlief, als die blauen Augen des Mannes ihr Gesicht studierten.

Lord Huntly war sich bewußt, daß er die junge Frau anstarrte, aber er unternahm keinen Versuch, es zu unterlassen. *Nach all den Jahren stehe ich dieser Tochter, die eigentlich die meine hätte sein sollen, von Angesicht zu Angesicht gegenüber,* dachte er. Die Ähnlichkeit mit Margaret war deutlich in ihren Zügen zu erkennen — in der überwältigenden Schönheit ihrer Augen, in der Wölbung ihrer Lippen, der anmutigen Form ihres Kinns. Er hatte sie geliebt, aber sie hatte einen anderen gewählt. Er hatte ihr alles dargeboten, aber sie hatte einen Weg gewählt, der sie in den Tod führte. Doch er hatte nie aufgehört, sie zu lieben. Niemals.

Als die beiden vor ihm halt machten, richtete Huntly sich auf und verbeugte sich andeutungsweise als Reaktion auf den Knicks der jungen Frau.

»Fiona Drummond Stuart«, sagte Lord Alexander höflich,

»ich möchte Euch einen Eurer größten Gönner vorstellen. Dies hier ist der Graf von Huntly.«

»Es ist mir ein Vergnügen, Euch kennenzulernen, Mylord. Endlich habe ich die Gelegenheit, Euch für all das zu danken, was Ihr für mich getan habt.«

Fiona ergriff die kalten, ausgestreckten Hände des Mannes. Alexander wich nicht von ihrer Seite, aber sie konnte die Aura der Macht spüren, die von dem Grafen ausging. Er hatte sie keinen Moment aus den Augen gelassen, seit sie auf ihn zugegangen war, und dennoch hatte sie nicht eine einzige Emotion auf seinem Gesicht entdecken können. Sein Gesicht war wie eine Maske, ohne jede Freude und Enttäuschung. Ohne jedes Gefühl. Da gab es nichts außer diesen kalten, blauen Augen, die suchend in ihr Gesicht blickten.

»Ich habe lediglich getan, was schon vor langer Zeit hätte getan werden sollen«, erwiderte er kühl.

»Ihr habt mehr getan, als ich jemals hätte erwarten können, Mylord.«

Seine Augen starrten sie unverwandt an, während sich seine kräftigen Finger mit sanftem Griff um Fionas Hände schlossen.

»Ich war ein Freund Eurer Mutter, mein Kind.«

Fiona erinnerte sich an die Worte der Priorin über diese unerwiderte Liebe. Sie blickte den Mann an, der gelobt hatte, eines Tages die Hand ihrer Mutter wiederzugewinnen.

»Warum nennt Ihr mich nicht Andrew?« fügte er hinzu.

Kapitel 17

Dem gierigen Wolf gleich
Ist der mächtige Mann, der im Übermaß besitzt ...
— Robert Henryson, »*The Wolf and the Lamb*«

Andrew.

Fiona gefror das Blut in den Adern. *Lord Andrew.* Unfähig, sich zu bewegen, starrte sie in Huntlys Augen, und die Erinnerungen an die böse Nacht erwachten abermals in ihr. Worte begannen in ihren Kopf zu fließen und quälten sie mit lange zurückliegenden Geräuschen und Ängsten. *Sollte ich nicht nach unten zu Lord Andrew gehen?* ertönte Sir Allans Stimme direkt hinter ihr. Wie in einem Traum vernahm Fiona das Echo der Worte des treuen Ritters ... *bei Lord Andrew ... Lord Andrew ... Andrew!*

Der Anblick und die Geräusche des Großen Saals begannen sich wie in einem Kaleidoskop von Farben zu drehen. Fiona hatte das Gefühl, daß sie fiel ... daß sie in einen schrecklichen Alptraum aus Lichtern und gedämpften Stimmen hineinglitt. *Andrew!* Gesichter erschienen ihr, tauchten zwischen purpurroten Wolken auf, die in einem Sturm an ihr vorüberzogen.

Andrew!

Fiona spürte die Arme ihrer Mutter um ihren kleinen Körper. Fühlte ihren Atem auf ihrer Wange. *Nein! Bring sie weit weg von hier. Weg von ihm. Weg von Andrew!* Der Raum ... nun voller Menschen, Männer, die bedrohlich vor ihnen aufragten. Ein Schmerz in ihren Armen. Hoch in der Luft, die schwarzen Augen eines bösen Fremden. *Torquil. Wollt Ihr Euch etwa von der Kleinen besiegen lassen?* Ein anderer Mann mit höhnischem Grinsen, der ihre Mutter packt.

Mama! Die Augen ihrer Mutter ... so voller Angst ... voller Verzweiflung. Das Licht der Fackeln und dann Dunkelheit ... eine Decke wird über sie gebreitet ... droht, sie zu ersticken. Die Pferde. Die rauhen Hände. Ein stählerner Griff. Reiten. Immer wieder reiten.

Andrew!

»Warum nennt Ihr mich nicht Andrew?«

Fiona wich zurück und stieß gegen Alec, während der Graf ihre Hände losließ.

»Wie ich sehe, seid ihr einander schon vorgestellt worden.« Fionas Kopf fuhr herum, als sie Alecs Stimme vernahm. Er blickte sie an und wunderte sich, wie blaß sie plötzlich geworden war, und wie unsicher sie auf den Beinen zu sein schien. Er umfing ihre Schultern und zog sie an seine Seite. Seine Augen blickten sie besorgt an. »Was ist los mit dir?«

Fiona spürte Alecs kräftige Hände um ihre Taille, und seine Berührung gab ihr Kraft. Als sie zu ihm aufschaute, wurde sie sich der zahllosen Blicke bewußt, die auf ihr ruhten. Auf eine Antwort warteten. »Nichts«, erwiderte sie ruhig. »Mir geht es gut.«

»Du mußt dich besser um sie kümmern, Alec«, schalt ihn Alexander. Er wandte sich an Huntly. »Alec hat das arme Mädchen in nur einer Woche von Skye herübergehetzt.«

Fiona schmiegte sich enger an Alec und fuhr fort, den Grafen zu mustern. Während der Edelmann sich mit Alecs Vater unterhielt, sah Fiona, daß sein Blick immer wieder zu ihr und Alec herüberwanderte. Sie sah, wie er auf Alecs Arm starrte, der ihre Taille umfing, und fragte sich, was diesem Mann wohl durch den Kopf gehen mochte.

»Ich bin noch gar nicht dazu gekommen, meine Glückwünsche auszusprechen, Alec«, sagte Huntly, und seine Augen eilten zwischen Fionas und Alecs Gesicht hin und her. Ohne ein Lächeln zu zeigen. Ohne eine Spur von Emotion.

»Nun, dann habt Ihr jetzt die Gelegenheit dazu«, erwiderte Alec ernst. Er wünschte sich zwar die Anerkennung ihrer Verbindung durch den Grafen, aber er wollte nicht zulassen, daß dessen kalte Art Fiona diesen Abend verdarb. Alec kannte Huntly gut genug, um dessen Unfähigkeit, Gefühle offen zu zeigen, einfach zu ignorieren, aber er hatte Angst, daß Fiona die Reaktion des Mannes falsch auffassen könnte.

»Ihr scheint mir der glücklichste Mann Schottlands zu sein, Alec.« Huntly verstummte für einen Augenblick und betrachtete Fiona erneut eingehend. »Ich habe nur eine Frau in meinem Leben gekannt, deren Schönheit der dieser jungen Dame gleichkam. Meine herzlichsten Glückwünsche.«

Eine verlegene Stille erfaßte die Gruppe. Huntly stand bewegungslos da, offenbar der einzige, der davon unbeeindruckt blieb.

»Ich hoffe sehr, Fiona«, sagte er schließlich und brach damit den Bann. »daß wir beide in den kommenden Tagen die Gelegenheit finden werden, uns besser kennenzulernen.«

»Nun, Andrew, die erste Gelegenheit ist schon da«, mischte sich Elizabeth ein. »Es ist an der Zeit, am Tisch Platz zu nehmen.«

»Erlaubt Ihr mir das Vergnügen, beim Essen neben Euch Platz zu nehmen, Mylady?« erkundigte sich Huntly und bot Fiona seinen Arm dar.

»Nein!« polterte Alexander. »Du hinterlistiger Fuchs. Du wirst mir nicht mein frisch geschlüpftes Küken stehlen!«

»Alexander!« sagte Elizabeth mit tadelnder Stimme. »Du hast noch dein Leben lang Zeit, neben deiner neuen Tochter zu sitzen.«

»Den Teufel werde ich«, erwiderte der Grundherr, während er seine Frau vor den anderen zum Tisch führte. »Denkst du etwa, ich kenne meinen eigenen Sohn nicht? Mit etwas Glück wird er zulassen, daß sie uns zu Ostern und zu Weihnachten besucht.«

»Nur, weil du so darauf bedacht warst, mich für dich alleine zu haben, heißt das nicht, daß dein Sohn auch so sein muß«, flüsterte Elizabeth ihrem Mann zu.

»Warum sollte er anders sein?« Alexander legte seine Hände um die schlanke Taille seiner Frau und zog sie liebevoll an sich. »Muß ich dich erst daran erinnern, was wir in der Zeit getan haben, als ich dich für mich alleine hatte?«

Elizabeth errötete und blickte sich um, ob ihnen auch niemand zuhörte. »Es ist nett, wieder einmal daran erinnert zu werden.«

Der Grundherr fuhr herum und zog seine Frau mit sich.

»Das hat gesessen! Also, ich bin erschöpft. Ich fürchte, die Festivitäten müssen ohne uns weitergehen.«

»Alexander!« erwiderte sie mit mahnender Stimme. »Wir haben Gäste!«

»Zum Teufel mit ihnen!«

»Hör auf, Alexander«, schalt sie ihn und versuchte, sich aus seinem Griff zu lösen.

»Dann sorge dafür, daß ihnen ein schnelles Abendessen serviert wird«, brummte er, und ließ es zu, daß sie ihn an den Tisch zog. »Hörst du? Ein sehr schnelles.«

Alec, der sich neben Fiona und Huntly setzte, blickte seinen Bruder John angesichts des amourösen Gefuchtels ihrer Eltern grinsend an. Manche Dinge änderten sich eben nie auf Benmore Castle.

»Und nun ist es passiert«, brummte der Grundherr laut und zwinkerte Fiona zu. »Jetzt habe ich den Platz neben meiner Tochter verloren.«

Elizabeth tätschelte die Bank neben sich. »Nun, du kannst hier neben mir Platz nehmen und mir noch einmal erzählen, wie deine Jagd heute verlaufen ist!«

Als Alec spät am Abend zu ihr kam, ergossen sich die Strahlen des Vollmonds wie ein Teppich aus blauem Chiffon über den Boden.

Die schwere Eichentür hatte sich mühelos auf ihren gut geölten Scharnieren öffnen lassen, und der Krieger schlüpfte lautlos in den Raum. Im Mondlicht hatte er das große Bett schnell ausgemacht. Nachdem er den schweren Riegel vor die Tür geschoben hatte, schlich Alec hinüber.

Das Bett war leer.

»Suchst du jemanden?« rief sie leise vom Fenstersitz aus. Fiona hatte nicht schlafen können, und so hatte sie sich in den Macpherson-Tartan gehüllt und auf dem Fenstersims Platz genommen, um zum sternenerleuchteten Himmel aufzublicken.

»Nicht ›jemanden‹«, erwiderte Alec und kam um das Bett herum. »Ich suche dich.«

Sie hatte gehofft, daß er kommen würde. Sie brauchte ihn. Sie hatte so viele Fragen, von denen sie hoffte, daß er sie beantworten konnte. Fragen über ihre Mutter. Über Andrew, Lord Huntly. Während des Abendessens hatte sie den Grafen weiter beobachtet. Er war ein Mann, der nur wenige Worte verlor, wenn es um seine eigenen Angelegenheiten ging, aber er hatte Alec und ihr viele Fragen gestellt. Er war sehr an ihrer Erziehung interessiert gewesen, an der Ausbildung, die sie im Kloster erhalten hatte. Und überraschenderweise war er sehr aufgeschlossen gewesen, mehr über ihre Beziehung zu Alec zu erfahren. Obwohl sein Gesichtsausdruck nichts verriet, kam es Fiona so vor, als ob Lord Andrew sehr neugierig wegen ihr und Alec war. Bezüglich der Art und Weise, wie sie sich kennengelernt hatten, und besonders bezüglich ihrer Heiratspläne.

»Warum hat der Graf beim Essen so viele Fragen gestellt, Alec?« flüsterte sie, als er sie ein wenig zur Seite schob und sich neben sie setzte.

»Denkst du immer noch über Huntly nach?« fragte er, und bemühte sich, es sich auf dem engen Raum behaglich zu machen.

»Ja, das tue ich.« Sie erhob sich, um ihm die Möglichkeit zu geben, sich richtig hinzusetzten. Er streckte die Beine aus und nahm all den Raum in Anspruch, den sie ihm überlassen hatte. Fiona blickte ihn mit großen Augen an. Er hatte sie gerade von ihrer gemütlichen Zufluchtsstätte verdrängt. »Bist du jetzt zufrieden?«

»Nein, noch nicht ganz«, erwiderte Alec, streckte die Hand aus und packte sie. Mit einem kräftigen Ruck zog er Fiona auf seinen Schoß und drückte sie gegen seine Brust. »Ah. Das ist viel besser.«

Fiona blickte in seine schelmischen Augen und lächelte. Er hatte wirklich eine besondere Art, sie Dinge, die ihr das Leben schwermachten, vergessen zu lassen.

»Du hast deine Tür nicht verriegelt.« Seine Worte waren weder eine Frage noch eine Anschuldigung. Er hatte sie mit einem gewissen Unterton ausgesprochen, der ihr erwartungsvolle Schauer über den Rücken jagte.

Sie blickte ihn unter gesenkten Augenlidern an. »Ich hatte Angst, du könntest nicht hineingelangen.«

»Eine simple Tür wird mich nicht von dir fernhalten können, mein Liebling.« Alecs Lippen suchten die ihren, und seine Zungenspitze schmeckte ihre süße Fülle. Er zog den Kopf zurück und blickte sie an. Der Mondschein glitzerte in seinen Augen. »Ich hatte gehofft, daß du auf mich warten würdest.«

Ihr wallendes Haar ergoß sich über ihre Schultern, und Alec konnte den Jasminduft riechen, der von der weichen, seidenen Mähne ausging.

»Was wäre gewesen, wenn ich geschlafen hätte?« Die letzten Worten kamen gedehnt, denn Alecs Hand begann sanft, über ihren Körper zu gleiten. Seine magischen Finger zogen große Kreise über ihre Arme und ihren Rücken und rieben dabei zärtlich über den weichen Stoff, der ihre Haut bedeckte.

»Was trägst du hier drunter?« fragte er in einem verlockenden Tonfall nahe an ihrem Ohr.

Fiona zitterte vor Erregung, als sie seinen heißen Atem in ihrem Nacken spürte, und seine kräftigen Hände sich unter den dicken Stoff des Tartans schoben und über die glatte Seide ihres Nachthemds hinwegglitten. »Es ist ein Geschenk ... von deiner Mutter.«

»Laß mich einmal sehen.« Alec schob sie von seinem Schoß und Fiona stand in dem offenen Winkel seiner kräftigen Oberschenkel da. Er zog ihr ganz langsam den Tartan von den Schultern und ließ ihn zu Boden fallen. Dann schob er ihr Haar beiseite und ließ seine Hände an ihren Armen hinabgleiten. Er betrachtete sehnsüchtig die verführerische Gestalt, die vor ihm stand.

»Du bist eine Göttin«, flüsterte er heiser. Die durchscheinende Seide ihres Nachthemdes schmiegte sich an die sinnlichen Formen ihres makellosen Körpers. Alec beugte sich vor. Seine Hände legten sich auf Fionas Hüften. Seine Finger wanderten über die sanfte Rundung ihres Bauches, und er fühlte, wie sie erzitterte, als seine Daumen über ihre Rippen strichen und unter ihren festen, vollen Brüsten verharrten.

»Ich muß schon sagen, das hier ist das beste Geschenk, das mir meine Mutter jemals gemacht hat.« Er hielt den Atem an, als ein Träger von ihrer Schulter rutschte und die milchweiße Haut ihrer Brust entblößt wurde. »Ich werde mich morgen sofort bei ihr bedanken.«

»Nein!« Sie blickte ihn mit gerunzelter Stirn an und zog den Träger wieder über ihre Schulter hoch. »Du hättest dieses Nachthemd eigentlich erst in unserer Hochzeitsnacht sehen sollen.«

Alec griff nach oben und streifte ihr beide Träger halb über die Arme hinab, ehe er Fiona wieder auf seinen Schoß zurückzog. »Ich denke, du solltest etwas über unsere Eltern wissen, mein Liebling. Mein Vater hat meine Mutter bereits vor der Hochzeit geschwängert.«

»Tatsächlich?«

»Ja, das stimmt.« Er küßte sie auf ihre entblößten Schultern und schmeckte ihr weiches Fleisch. »Ich wurde sieben Monate nach ihrer Hochzeit geboren. Die Familien beider Seiten waren von meiner Größe sehr beeindruckt ... schließlich war ich doch zwei Monate zu früh auf die Welt gekommen.«

»Alec?« flüsterte sie. Sie ließ ihre Hand in die Öffnung seines weißen Leinenhemdes gleiten und strich sanft über die muskulösen Konturen seiner mächtigen Brust.

»Ja, mein Liebling?« erwiderte er, und seine Finger streichelten leicht über die Rundung ihrer Brüste. Er spürte, wie ihr der Atem stockte, als die Spitze seines Zeigefingers durch den Seidenstoff vorsichtig ihre erregte Brustwarze umzirkelte.

»Ich ... Ich bin froh, daß wir noch diese Woche heiraten werden.« Sie öffnete die Vorderseite seines Hemdes und preßte ihre Lippen gegen die Wärme seiner Haut. Sie legte ihren Kopf an seine Schulter und atmete seinen männlichen Duft ein.

»Und ich erst.« Sein Finger wanderte am Ausschnitt ihres Nachthemdes entlang, wo ihre Brüste sich kaum merklich hoben und senkten.

»Aber ... ich habe auch Angst.« Fionas Hände verharrten für einen Moment auf ihrer Entdeckungsreise.

Alec zog den Kopf zurück und blickte in ihre furchterfüllten Augen. »Doch nicht vor mir, hoffe ich.«

»Nein«, erwiderte sie und wandte ihren Blick ab. »Vor mir. Vor mir selbst.«

Er hob mit einer sanften Bewegung ihr Kinn und zwang sie so, ihm in die Augen zu sehen. »Warum solltest du Angst vor dir selbst haben?«

»Wie könnte es anders sein«, flüsterte Fiona. »Das einzige, was ich über die Liebe und die Ehe weiß, ist das, was mir von meinen Eltern in Erinnerung geblieben ist. Sie mögen den anderen ja mehr als alles auf der Welt geliebt haben, aber eine Heirat war ihnen verwehrt.« Sie verstummte für einen Augenblick und streichelte mit ihren Fingern über Alecs Gesicht. »Vielleicht passen diese beiden Dinge ja nicht zusammen. Vielleicht gibt es für mich kein —«

»Fiona«, schalt sie Alec mit sanfter Stimme. »Hör auf, in der Vergangenheit zu leben.«

»Hast du denn keine Angst, daß ich verflucht sein könnte — wie meine Mutter es war?« brachte sie ihn zum Verstummen und legte ihre Finger auf seine Lippen. »Ich war ein uneheliches Kind. Vielleicht hat mich das Schicksal dazu bestimmte, so zu leben und zu lieben, wie sie —«

»Das werde ich nicht zulassen, Fiona.« Dieses Mal packte sie Alec fest bei den Schultern. »Hör mir jetzt zu. Bevor ich zur Isle of Skye kam, bevor ich dich traf, da hätte ich, wäre ich von irgendjemand ernsthaft auf das Schicksal als Auslöser von Geschehnissen angesprochen worden, diesem Menschen ins Gesicht gelacht. Aber heute ... nun, heute glaube ich daran. Ich habe dich getroffen und James, den Pförtner ... und es sind so viele unglaubliche Dinge passiert. Der Grund, warum ich dies sage, ist, dir begreiflich zu machen, daß ich ... daß ich deine Ängste verstehe. Aber ich werde es nicht zulassen, daß diese Ängste deinem Glück im Wege stehen. Was deinen Eltern zugestoßen ist, mag durchaus ihr Schicksal gewesen sein, aber es war das *ihre,* nicht das unsere. Wir haben uns. Wir wollen uns. Wir lieben uns.«

»Aber Alec, auch sie empfanden all das.«

»Das stimmt, aber sie hatten es auch mit Menschen aus zwei Ländern zu tun, die gegen ihre Heirat waren. Mit Kräften, die außerhalb ihres Einflusses lagen, und die sie auseinandertrieben. Das ist bei uns nicht der Fall, Fiona.«

Sie lehnte ihre Stirn gegen seine Lippen und bemühte sich, seine Worte zu akzeptieren.

»Bitte sag mir, daß du keine Angst hast.«

Sie blickte lächelnd zu ihm auf. »Höre ich da etwa, daß Alec Macpherson um etwas bittet?«

»Ein Alec, der bittet, der bettelt, nenn es wie du willst. Ich muß wissen, daß du zufrieden bist . . . daß du an uns glaubst. Das alleine zählt. Also mach mir die Freude und sage mir, daß du keine Angst mehr hast.«

»Aber Alec ... das ist es ja nicht allein.«

»Nicht?« Er umfaßte ihr Gesicht mit seinen Händen. »Großer Gott, Fiona, was gibt es denn sonst noch?«

»Ich fühle mich immer noch wie eine dumme, unerfahrene Frau.« Sie verstummte, doch dann brach ihre andere Angst aus ihr hervor. »Alec, ich weiß nichts darüber, was es heißt, eine gute Ehefrau zu sein! Nichts! Ich habe Angst, daß ich alles falsch machen werde.«

Ein Lächeln erschien auf Alecs Gesicht.

Ihre Hand fiel zur Seite, und ihre Finger begannen unbewußt, mit der weichen Wolle von Alecs Kilt zu spielen. »Nicht eine einzige Stunde bin ich im Kloster auf eine solche Aufgabe vorbereitet worden!«

»Fiona, du hast sehr große Fähigkeiten bei der Handhabung der Angelegenheiten des Klosters bewiesen. Und die Angelegenheiten von Benmore Castle und Dunvegan dürften sich nicht allzu sehr von denen des Klosters unterscheiden.« Alec blickte sie beruhigend an und gab sich große Mühe, das himmlische Vergnügen zu ignorieren, das ihm ihre Hand auf seinen festen Oberschenkelmuskeln bereitete.

»Alec, ich mache mir keine Gedanken über die Leitung der Schlösser«, erwiderte sie leise. Sie fühlte sich unbeholfen und machtlos. Wie sollte sie es ihm nur erklären?

Seine Finger strichen über die glatte Haut ihrer Wange. Sie fühlte sich heiß an. Als ihm klar wurde, daß sie sich in keiner Weise der Wirkung bewußt war, die ihre Berührung auf ihn hatte, wußte er, was sie beschäftigte. »Fiona, wir gehören einander doch schon. Alles, was du wissen mußt, ist bereits in dir.«

»Aber ich weiß doch gar nicht, was ich tun muß.« Fiona starrte auf seine kräftigen, muskulösen Unterarme hinab, die sie so zärtlich hielten, und auf die Hände, die sie so geschickt berührten — sie erregten, sie erzittern ließen. »Ich weiß nicht, wie ich dich zufriedenstellen kann.« Ihre Hand fuhr ratlos durch die Luft und kam auf seinem Arm zur Ruhe.

»Mich zufriedenstellen? Ich mag einfach nicht glauben, daß du all das, was wir im Turm getan haben, vergessen hast.«

»Oh, Alec. Das werde ich nie im Leben vergessen. Ich weiß, was ich empfunden habe, aber wie ... wie kann ich es anstellen, daß du ebenso empfindest?«

»Das ist ganz einfach«, entgegnete Alec, während seine Hände über die Seiten ihrer Brüste strichen und zu ihrem Gesicht hinaufwanderten, um es zu umfassen. »Bleib einfach die, die du bist, mein Liebling«, flüsterte er. »Ändere dich nicht.«

Fiona erblickte den Anflug von Traurigkeit in seinen blauen Augen, und da wußte sie, daß sie sich mehr als alles andere auf dieser Welt wünschte, daß er glücklich war. Sie erhob sich und drehte sich in seinen Armen um. Ihre Blicke versanken ineinander.

»Alec, dieses Versprechen gebe ich dir.« Sie beugte sich vor und küßte ihn auf seine vollen Lippen, ehe sie mit sanfter Stimme fortfuhr: »Aber wenn Ihr denkt, daß Ihr das Thema so leicht wechseln könnt, dann habt Ihr Euch getäuscht, Mylord.«

Sie bemerkte, daß seine Mundwinkel zuckten und ein Lächeln über sein Gesicht huschte, während seine Augen über ihre Brüste wanderten. Fiona vergrub ihre Hände in seinen langen, blonden Haaren und zog sie mit einer recht rauhen Bewegung zurück. »Und jetzt sag mir, was ich tun soll.«

Alecs Hände umfaßten ihre festen Oberschenkel und begannen langsam, ganz langsam ihr Nachthemd in die Höhe zu ziehen. »Gebrauche deine Fantasie, mein Liebling. Gebrauche einfach deine Fantasie.«

Fiona erzitterte vor Erregung, als Alecs Hände unter den gehobenen Saum schlüpften und über ihr nacktes Hinterteil strichen. Sie nahm sich seinen Rat zu Herzen und zog das geöffnete Hemd aus dem Kilt und über seine Schultern herab. Nachdem sie es neben sich auf den Boden geworfen hatte, ließ sie ihre Hände über die wundervoll geformten Muskeln seines Rückens, seiner Schultern und seiner Brust wandern. Nicht länger imstande, auch nur eine Sekunde von ihm abzulassen, senkte sie ihren Mund und folgte dem Pfad ihrer Finger mit ihrer Zunge. Es bereitete ihr großes Vergnügen, die Wirkung zu beobachten, die die Berührung ihres Mundes auf ihn hatte. Langsam hockte sie sich vor ihn, und als ihre Zungenspitze einen Pfad über seinen Bauch in die Tiefe zog, hörte sie, wie er einatmete und die Luft anhielt.

Alecs Hände gruben sich in Fionas dichte Lockenmähne und zogen ihren Kopf zurück. Ihre Blicke senkten sich ineinander.

Fiona schaute in die glühenden Tiefen seiner Leidenschaft. Sie legte ihre Hände auf seine kräftigen Schenkel und ließ sie dann langsam nach oben zu seiner erregten Männlichkeit wandern. Als ihre Finger sein Glied fanden und es umfingen, da sah sie, wie er die Augen schloß und seinen Kopf in den Nacken legte. Fiona schob seinen Kilt zur Seite, und ihr Blick fiel auf sein entblößtes, pulsierendes Glied. Sie beugte den Kopf weiter vor und rieb, zunächst ein wenig zögerlich, die warme Krone seines mächtigen Schafts gegen ihre Wange. Doch als sie ihre Lippen der Länge nach daran entlangstreichen ließ, da spürte sie, wie ein Zittern seinen Körper überfiel und sich seine Schenkel gegen sie preßten. Ihre Lippen schlossen sich um sein Glied, und ihre Zunge schmeckte seine weiche, samtene Beschaffenheit. Als sie sein gequältes Stöhnen vernahm, wurde sie mutiger und nahm ihn tief in ihren Mund auf.

Noch vor einem Moment hatte Alec sich bemüht, sein Verlangen zu zügeln, doch jetzt war es außer Kontrolle geraten. Eine Leidenschaft tobte in seinem Inneren und füllte seine Brust mit einer Enge, die ihm den Atem nahm. Seine Hände vergruben sich in ihrer weichen Mähne, und er zog ihren Kopf zurück, bis sie zu ihm aufblickte. Ihre Augen trafen sich, und selbst in der Dunkelheit des Gemachs erblickte er in den ihren ein Verlangen, das seinem in Nichts nachstand.

Sein Mund widmete sich ihren immer noch geöffneten Lippen. Seine Zunge drang tief in ihre Wärme. Er schmeckte sie, und seine Hände umfaßten ihr Gesicht und bewegten sich dann über ihre schmalen Schultern. Mit einer sanften Bewegung zog er den seidigen Stoff in die Höhe und über ihren Kopf, um ihn dann zu Boden sinken zu lassen. Seine Augen nahmen die glänzende, elfenbeinfarbene Haut ihrer Schultern in sich auf, bis sie langsam und wortlos aufstand.

Im blassen Mondlicht schien Fiona von innen heraus zu strahlen. Wie eine heidnische Göttin stand sie bewegungslos im leuchtenden Glühen, während das menschliche Herz ihres Geliebten wild pochte, und er ihr seine Seele opferte. Sie bot sich ihm in ihrer ganzen Schönheit dar, und seine Augen huldigten ihr. Sein Blick wanderte von ihrem Gesicht an ihrem Haar entlang, das sich über eine Brust ergoß, um weiter über ihren Bauch zu streifen bis zu dem Dreieck aus weichem Haar, das die Stelle zierte, wo sich ihre langen, makellosen Beine vereinigten. Dann blickte er wieder in das wundervolle Gesicht und die strahlenden Augen hinauf.

Fiona streckte die Hand aus, um seine Wange zu berühren, und Alec küßte ihre Innenseite. Dann legte er ihren Arm um seine Schulter, hob sie mühelos hoch, während er sich selbst erhob, und trug sie zum Bett hinüber, wo er sie vorsichtig hinlegte.

Er blickte auf sie hinab und löste den Gürtel, der seinen Kilt hielt. Fiona beobachtete, wie er sich vor ihr auszog, und ein Hunger breitete sich wie ein Lauffeuer in ihrem Inneren aus. Sie bewegte sich ruhelos auf dem weichen Laken und sehnte sich danach, sein Gewicht auf ihrem Körper zu spüren.

Alec streckte die Hände aus, ergriff Fionas Beine und zog sie langsam zu sich heran, bis ihre Knie über die Kante des Bettes hingen. Sie wölbte sich ihm entgegen, und er ergriff ihre Handgelenke und schob sie über ihren Kopf, wo er sie festhielt. Sein Mund ergriff Besitz von dem ihren, und Fiona reagierte mit einer wilden Leidenschaft, die der seinen gleichkam.

Er riß seine Lippen von ihr fort, und das Feuer, das in ihm tobte, drohte völlig außer Kontrolle zu geraten, als Fiona ihr Bein hob und es um seinen Schenkel schlang. Er küßte die Vertiefung unten an ihrem Hals und spürte, wie sich ihr

Körper aufbäumte, als sein Mund an ihrer aufgerichteten, harten Brustwarze saugte. Fiona stöhnte leise.

Sein Mund glitt über die elfenbeinfarbene Weichheit ihres Bauches hinunter, und Fiona hielt den Atem an. Er spreizte ihre Beine, und seine Zunge fand die süße, feuchte Dunkelheit und drang in sie ein.

Er ließ ihre Hände los, und Fiona keuchte seinen Namen und vergrub ihre Finger in seiner seidenen Mähne. Ohne die Intimität zu unterbrechen, hob er ihr Hinterteil in die Höhe und stieß seine Zunge noch tiefer in ihre pulsierenden Vertiefungen, bis sie atemlos seinen Namen schrie.

Fiona gelang es nicht, ihre Lungen mit Luft zu füllen, aber sie scherte sich nicht weiter darum. Das Blut brauste tösend durch ihren Kopf. Sie spürte sein Gewicht auf sich, als Alec sie in seine Arme schloß und in sie hineinglitt. Wie zwei Tonformen schmolzen ihre Körper zu einer Einheit zusammen. Für einen Augenblick lagen sie ganz still da. In seinen Armen, die fest um sie geschlungen waren, fühlte Fiona sich geschätzt, geachtet und geliebt. Als Alec sich zu bewegen begann, paßte sie sich ihm an und folgte dem pulsierenden Rhythmus, den sie beide unverkennbar in ihrem Inneren aufsteigenden fühlten.

Alec bemühte sich, langsam zu beginnen, aber er spürte, wie sie sich eng und feucht um seine Männlichkeit schloß, und als sie ihr Knie anhob, um ihm tieferen Zugang zu gewähren, und ihr weicher Mund den seinen mit einer Leidenschaft verschlang, die auch er in sich fühlte, da war all dies beinahe zu viel für ihn.

Fiona stöhnte auf, als er immer und immer wieder vorsichtig in sie eindrang und sich mit einer langsamen, pulsierenden Bewegung, die Wellen von weißer Glut in ihr entzündeten, aus ihr zurückzog. Ihre Augen schlossen sich jedesmal, wenn die Krone seiner Männlichkeit die empfindliche Stelle ihres Verlangens erreichte, jedesmal neue Flammen der Leidenschaft durch ihren Körper jagte. Ihre Hände bewegten sich über seine aufgerichtete Brust zu seinem Gesicht, aber als sein Schaft wieder einmal geschmolzene Gluthitze in ihr tiefstes Inneres trieb, blieb ihr nichts weiter übrig, als ihre Hände in seinem langen Haar zu vergraben.

Ein Stöhnen entwich ihren Lippen, und ihr Körper wurde von Leidenschaft geschüttelt. Fionas Hände umschlangen Alec, klammerten sich an ihn. Sie preßte ihre Hüften gegen ihn, um ihn noch tiefer in sich zu spüren.

Ihre Atemzüge wurden zu einem leisen Wimmern, als Alec unbewußt das Tempo seiner Stöße erhöhte. Jeder rationale Gedanke wich aus seinem Kopf und ein animalischer Instinkt gewann die Oberhand, als er spürte, wie sie sich hungrig unter ihm bewegte. Doch als er versuchte, sich auf sein übermächtiges Verlangen zu konzentrieren — sie zu diesem Moment absoluter Glückseligkeit zu bringen — da spürte er, wie seine lange, harte Erregung sich in den warmen Wänden, die sie umfangen hielt, ausbreitete. Auch als sich ihre Beine um seine Taille schlangen und ihn tiefer in sich hineinzogen, hielt er immer noch an seinem Vorsatz fest. Aber als Fiona ihre Nägel in seinen Rücken grub und ihr Wimmern zu ekstatischem Schreien wurde, da konnte er sich nicht länger beherrschen.

Der Raum schien Fiona nun hell erleuchtet, mit dem Weiß und Rot unglaublicher Lust. Sie spürte kein Laken mehr unter sich, sah keinen Baldachin mehr über sich. Das einzige, was ihr real vorkam, waren der Mann, den sie liebte und die unglaublichen Empfindungen, die drohten, sie aus ihrem Körper hinweg in eine andere Dimension zu tragen. Fiona klammerte sich verzweifelt an ihn und spürte doch, wie sie höher und höher stieg, bis ihr Geist durch den Vorhang der Wirklichkeit drang. Mit unsäglicher Geschwindigkeit öffnete sich der Himmel über ihr, und einem Vogel gleich stieg Fiona in eine kristallene Sphäre auf und drang in die blau-weißen, unendlichen Räume eines ätherischen Reiches vor.

Als Alec spürte, wie sich ihr anmutiger Körper hob und senkte und sich harmonisch zu ihrem dramatischen Liebestanz bewegte, konnte er nicht länger warten. Ihr zitternder Körper bäumte sich erneut gegen ihn auf, und Alec drang immer und immer wieder tief in sie ein, bis sein mächtiger Liebesschaft endlich mit einem gewaltigen Ausbruch vulkanischer Hitze in ihr explodierte und Fiona mit der warmen Flüssigkeit seines Seins erfüllte.

Wie erstarrt lagen sie scheinbar eine Ewigkeit lang eng umschlungen da.

Alec hätte sich eine solche Nacht nicht einmal in seinen kühnsten Träumen ausgemalt. Er war der Erfahrene gewesen. Aber nichts in seiner Vergangenheit war dieser Vereinigung gleichgekommen. Sie waren füreinander bestimmt. Das wußte er mit absoluter Gewißheit.

Er stützte sich auf seinen Ellbogen und zog mit seinen Fingern die Umrisse ihres schönen Gesichts nach. Sie drehte sich zu ihm um und schenkte ihm ein Lächeln, das ihm den Atem raubte.

»Alec?«

»Ja, mein Liebling?«

Sie kuschelte sich noch enger an ihn, legte ihren Kopf auf das Kissen und blickte in seine wundervollen, blauen Augen. »Was weißt du über Huntly?«

»Sollte ich etwa eifersüchtig sein?« zog er sie mit drohender Stimme auf. »Wir haben uns gerade auf die unglaublichste Weise geliebt, und die ersten Worte, die aus deinem Mund kommen, haben mit Huntly zu tun.«

»Nein, zur Eifersucht hast du wahrhaftig keinen Grund«, versicherte sie ihm und strich mit einem Finger über seine vollen, schmollenden Lippen. »Aber die Frage war ernst gemeint.«

»Also schön.« Alec seufzte und drückte Fiona an sich. »Was willst du wissen?«

»Ich ... Ich möchte etwas über seine Vergangenheit erfahren. Was für eine Art Mensch er ist. Ob er jemals verheiratet war. Ob er Kinder hat.«

»Das sind alles sehr persönliche Fragen.«

»Alexander Robert Macpherson, du solltest lieber antworten, sonst ...« Sie versuchte, die letzten Worte mit einem drohenden Knurren auszustoßen, aber Alec begann zu lachen.

»Also gut, wo fange ich am besten mit dem Grafen von Huntly an?« Er legte sich auf den Rücken und dachte einen Moment nach. Fiona schmiegte sich eng an ihn. »Nun, soweit mir bekannt ist, war Huntly ein Leben lang ein Stuart-Mann. Er schlug sich auf die Seite deines Vaters, als dieser den Thron bestieg und kämpfte für den König in den nordwestlichen Highlands, als Torquil MacLeod und die anderen abtrünnigen Clan-Führer dem Rest Schottlands den Rücken zukehrten. Lord Huntly blieb der vertrauteste Berater des Königs, bis sich James entschloß, seine Armee gegen England zu führen. Er warnte den König vor einem solchen Schritt, und so ließ James ihn zurück, um die Königin, den Prinzen und Edinburgh Castle zu schützen. Den Rest kennst du.«

Alec wandte sein Gesicht dem offenen Fenster zu. Zum ersten Mal seit drei Jahren schienen die blutigen Felder von Flodden der Vergangenheit anzugehören, so weit entfernt von der Welt, in der er lebte, so weit entfernt von der Zukunft, die er sich mit Fiona vorstellte. Er wandte sich ihr wieder zu und küßte ihre kühle Stirn.

Fiona Drummond Stuart, die Tochter des verstorbenen Königs, hatte ihm Frieden gebracht. Ihr war es endlich gelungen, die Dämonen, die ihn quälten, zu vertreiben. Diese Dämonen des schlechten Gewissens wegen eines hart geführten Kampfes, in dem der König gefallen war, während er noch lebte. Endlich hatte ihm das Schicksal eine Chance gegeben, seine Schuld wiedergutzumachen, indem er Fiona beschützte — und er würde sie bis in alle Ewigkeit beschützen. Er liebte sie.

»Alec«, flüsterte sie und streichelte seine Brust. »Was war vor Flodden? Wie hat er da gelebt?«

»Huntly ist ein ausgesprochen kluger Mann. Er ist sein ganzes Leben Soldat und Politiker gewesen. Aber er ist vor allem ein Herrscher. Schon vor Flodden hat ihm der König die Entscheidung vieler Regierungsangelegenheiten überlassen. Er war der fähigste Berater des Königs, daher war es nur selbstverständlich, daß dein Vater ihn in all seine Entscheidungen miteinbezog.«

Dann mußte Huntly von der verspäteten Ankunft des Königs auf Drummond Castle in der Nacht, als ihre Mutter ermordet wurde, gewußt haben. Fiona erzitterte unwillkürlich. Alec glaubte, ihr Zittern sei durch die feine Brise verursacht worden, die ins Gemach drang und zog eine Decke über sie.

»So, wie er sich heute abend benommen hat, benimmt er sich immer«, fuhr Alec fort. »Über die Jahre hinweg hat er eine ... nun ja, etwas harsche Persönlichkeit entwickelt. Man kann ihn nicht gerade als gesellig oder zuvorkommend bezeichnen.«

»Mir kam es so vor, als würde er mich nicht mögen.«

»Im Gegenteil«, erwiderte Alec und strich ihr eine Haarsträhne aus dem Gesicht. »Er mag dich ausgesprochen gern.«

»Woher willst du das wissen?«

»Er hat dir viele Fragen gestellt, oder etwa nicht? Würde er dich nicht mögen, könnte ihn nichts auf der Welt dazu bewegen, den Mund aufzumachen. Andrews Schweigen ist schon legendär.« Alec erinnerte sich an die Art und Weise, wie Huntly Kathryn für gewöhnlich bei Hofe behandelt hatte. Ihre weiblichen Reize hatten keine Wirkung auf den alternden Grafen gehabt. Er konnte den Charakter eines Menschen sehr gut einschätzen.

»Und er war nie verheiratet?« erkundigte sie sich ruhig.

»Nein. Er hat nie —«

»Ist es wahr, was geredet wird?« unterbrach sie ihn. »Ist es wahr, daß meine Mutter der Grund war?«

»Viele Menschen glauben das.« Alec blickte Fiona überrascht an. Er hatte nicht erwartet, daß sie über Huntlys unerwiderte Liebe zu Margaret Drummond Bescheid wußte.

»Er hat mir heute abend erzählt, daß er schon viele Male auf Drummond Castle gewesen sei.«

»Ja, er hat seit vielen Jahren mit deinem Onkel zu tun.«

»Nein, ich meine vorher. Als meine Mutter noch lebte. Er sagte, er habe sie oft dort besucht.«

»Fiona, soweit ich weiß, hat Huntly deine Mutter angebetet. Aber als sie deinen Vater wählte, hat er sich zurückgezogen. Er war immer schon ein Ehrenmann.«

Fiona schwieg für einen Moment und suchte nach den rechten Worten. Was mochte wohl der Preis einer solchen Ehre sein, fragte sie sich bitter.

»Könnte er einen Groll gegen sie gehegt haben, Alec?«

Alec blickte sie an. »Willst du wissen, ob er imstande gewesen wäre, deiner Mutter etwas anzutun?«

»Die Priorin hat mir erzählt, daß er geschworen habe, er würde meine Mutter zurückgewinnen. Könnte es nicht sein, daß er sich vielleicht gegen alle Vernunft verhalten hat?« Ihre Stimme wurde zu einem Murmeln. Sie konnte den Grafen nicht ohne Beweise beschuldigen. Beweise, die möglicherweise auf Drummond Castle versteckt lagen.

»Niemals, Fiona«, erwiderte Alec mit fester Stimme. »Ich kenne ihn nun schon mein ganzes Leben, und ich weiß, daß er so etwas niemals tun würde.«

Fiona schloß die verwirrten Augen. Alec verhielt sich seinem Freund gegenüber loyal. Und diese Loyalität würde nicht durch eine unbegründbare Beschuldigung zu erschüttern sein. Nein, sie mußte diese Sache alleine hinter sich bringen. Sollte die Lederbörse ihrer Mutter immer noch auf Drummond Castle versteckt sein, dann war sie diejenige, die sie finden mußte. Und sobald sie diesen Beweis in der Hand hatte, würde Fiona Alec — und allen anderen — die lang verborgene Wahrheit vor Augen führen.

Sie mußte die Wahrheit enthüllen, gleichgültig, wie hoch der Preis für sie auch sein mochte.

»Wann werden wir nach Drummond Castle reisen, Alec?«

»Langweilst du dich etwa schon, mein Liebling?« zog er sie auf.

»Nein, das nicht«, erwiderte sie und knuffte ihn leicht mit dem Ellenbogen in die Seite, »ich fürchte höchstens, daß ich hier zu sehr verwöhnt werden könnte. Ich bin noch nicht einmal einen Tag hier und besitze schon eine vollständige Garderobe, schlafe in einem feineren Zimmer, als ich es je für möglich gehalten hätte und habe zudem noch eine Familie.«

»Oh, ist das etwa alles?« Alec zog sie auf seinen Bauch und lächelte sie spitzbübisch an. »Hast du nicht *eine* winzigkleine Sache vergessen?«

Fiona lächelte zurück und küßte das kleine Grübchen auf seinem Kinn. »Oh, hatte ich das nicht erwähnt? Obwohl ich nichts von dem, was wir beide gemacht haben, als ›winzigklein‹ bezeichnen würde.« Sie veränderte ihre Lage ein wenig, und während sie mit ihrem Körper über den seinen rutschte, spürte er, wie sich seine Männlichkeit erneut regte.

Alec brummte und ließ seine Hände über ihren schlanken Rücken und die glatten Erhebungen ihres Hinterteils gleiten.

»Laß uns nach Drummond Castle reisen«, sagte sie mit bittender Stimme. »Es gibt soviel über meine Vergangenheit, was ich gerne mit meinen eigenen Augen sehen möchte.«

»Nach unserer Hochzeit, mein Liebling«, erwiderte er und sein Gesicht verdüsterte sich. Auf Drummond Castle befanden sich zwei Leute, denen sie vor der Zeremonie auf keinen Fall begegnen sollte. Und er selbst hatte auch keine große Lust, Kathryn oder ihren Vater zu sehen. Doch später dann würde er ihr dabei behilflich sein, das zu beanspruchen, was ihr gehörte. »Wir werden auf dem Weg nach Stirling auf Drummond Castle Halt machen.«

»Ist es eine lange Reise?«

»Nein, bei gutem Wetter, wie es im Moment vorherrscht, werden wir kaum mehr als zwei Tage benötigen.«

»Warum können wir dann nicht sofort reisen?« drängte sie.

»Weil ich vor der Hochzeit noch nach Kildalton Castle reiten muß.«

Fiona stützte sich mit den Ellbogen auf seine Brust und blickte ihn an. »Warum?«

»Weil die Campbells den Maat von dem Piratenschiff gefangenhalten, das auf der Suche nach dir war. Ich muß herausfinden, was dieser Mann weiß, bevor wir zum Hof weiterreisen können.«

Fiona dachte über die Möglichkeit nach, ob sie es alleine schaffen würde, in den Tagen bis zur Hochzeit nach Drummond Castle und wieder zurück zu reiten. Alec beobachtete sie und begann zu grinsen.

»Keine Sorge, mein Liebling. Ich werde schon pünktlich wieder zurück sein. Ich werde dich nicht alleine vor dem Altar stehen lassen.«

Kapitel 18

Als schrecklicher Greif wird er herabsteigen
Und in den Lüften auf ihn, den Drachen, treffen;
Und diese schrecklichen Monster werden sich vereinigen
Um in den Wolken den Antichristen hervorzubringen.
— William Dunbar, *»The Antichrist«*

Der Rauch der Altarkerze hing ruhelose wie eine unerlöste Seele in der Luft der kleinen Kirche.

Fionas Blick wanderte nach oben, wo die bauschige Wolke in dem schmalen Sonnenlichtstreifen verschwand. Das Licht von dem hohen Fenster oben strömte über ihre Köpfe hinweg und erleuchtete den einzigen Zierrat der Kirche, ein geschnitztes Kreuz, das dunkel und schwer an der gekälkten Wand hinter dem kleinen Altar hing, die sich hinter dem kleinen Altar erhob.

Fionas Hand schloß sich unbewußt um das schwere, juwelenbesetzte Kreuz an ihrem Hals. Das Kreuz ihrer Mutter. Sie atmete tief durch und schob es wieder in ihren Ausschnitt zurück.

»Vielleicht tue ich mich ja etwas schwer, es zu verstehen, Fiona, aber du bist mir auch nicht gerade eine große Hilfe.« David stand vor der jungen Frau, die so ruhig auf der hinteren Bank der Dorfkirche saß und blickte sie wütend an. »Warum in Gottes Namen mußt du denn ausgerechnet *jetzt* gehen?«

»Weil es Dinge auf Drummond Castle gibt, die ans Licht kommen müssen.«

»Aber du hast doch gesagt, daß Lord Alec dich nach der Hochzeit dorthin begleiten wird«, wandte er ein. »Warum also kannst du nicht warten?«

»Weil ich Angst habe, David.«

»Angst?« wiederholte er verwirrt. »Angst wovor?«

Fiona atmete erneut tief durch. Es war alles so kompliziert. Wie sollte sie es nur erklären? Sie verstand es ja selbst kaum.

»Ich habe die Befürchtung, daß die Person, die für den Tod meiner Mutter verantwortlich ist, vielleicht ein Freund von Alec sein könnte.« Sie blickte ihrem alten Kameraden fest in die Augen. »Ein enger Freund.«

Die beiden wandten ihre Köpfe wie in einer einzigen, genau aufeinander abgestimmten Bewegung, als sich die schwere Eichentür der Kirche langsam und quietschend öffnete. Die alte Frau, die hereingeschlurft kam, gönnte ihnen kaum einen Blick, aber Fiona stand ohne ein weiteres Wort zu verlieren auf und führte David auf den sonnigen Marktplatz hinaus.

Sie wandte sich in Richtung der Brücke, die den Spey unter den hoch aufragenden Mauern der Burg überspannte, und David folgte ihr schweigend bis zu dem Brückenbogen aus Stein und Holz. Dort blieb Fiona stehen. David blickte über den glitzernden Fluß zu einem Kesselflickerwagen, der sich geräuschvoll seinen Weg entlang des Flusses zur Brücke suchte. Selbst von ihrer Stelle aus konnten sie die Flüche des Fahrers hören.

»Hast du Alec schon von deiner Vermutung erzählt?« erkundigte sich David und wandte Fiona wieder seine ungeteilte Aufmerksamkeit zu. »Hast du es ihm anvertraut?«

»Natürlich nicht!« erwiderte sie kurz. »Ich habe keine Beweise. Er würde mich auslachen. Alle würden mich auslachen.«

»Ist es denn wirklich so lächerlich?« erkundigte er sich. »Fiona, ich kenne dich nun schon so lange. Hier geht es um etwas, das ernster ist als alles, womit du bisher auf Skye konfrontiert worden bist. Du redest davon, einen der mächtigsten Edelmänner Schottlands eines Verbrechens zu bezichtigen, das vor langer Zeit geschehen ist. Du beabsichtigst, in den Macpherson-Clan einzuheiraten ... Du kannst unmöglich den Grafen von Huntly beschuldigen, ohne vorher mit deinem zukünftigen Mann gesprochen zu haben.«

»Ich habe ihn ja noch gar nicht beim Namen genannt. Du bist derjenige, der ihn ausgesprochen hat. Aber das ist genau der Grund, warum ich jetzt gehen muß. Ich kann diese guten Leute nicht in die Sache hineinziehen. Ich kann Alec nicht damit belasten, ehe ich nicht Gewißheit habe.«

»Zuerst einmal weiß ich nicht, was es bringen sollte, nach Drummond Castle zu reisen, Fiona. Woran auch immer du dich erinnern magst — oder zumindest meinst, dich zu erinnern — es wird inzwischen aller Wahrscheinlichkeit nach verschwunden sein. Dein Onkel und deine Cousine bewohnen das Schloß seit drei Jahren, und es besteht die Möglichkeit, daß sie dir nicht einmal erlauben werden, über die Türschwelle zu treten. Nur die Königin kann dich als wahre Erbin dieser Besitztümer anerkennen.« David zog sie näher an seine Seite, als der alte Karren über die Brücke rumpelte. Der grimmig dreinschauende alte Kesselflicker, der den ausgemergelten Ochsen antrieb, blickte sie unter buschigen, roten Augenbrauen an. David schenkte ihm einen ebenso grimmigen Blick und der Mann ließ die Peitsche auf den Ochsen niedersausen, um ihnen beiden etwas mehr Raum auf der Brücke zu verschaffen.

»Ich habe dich nur gebeten, mir bei einem Pferd behilflich zu sein, David. Aber wenn es sein muß, werde ich auch zu Fuß nach Drummond Castle laufen.«

»Gestern abend beim Essen habe ich gehört, daß du zugestimmt hast, dich in sechs Tagen zu verheiraten, mein Kind. Hast du etwa vor, Lady Elizabeth einfach zu verlassen und dich davonzumachen? Du hast schon immer impulsiv gehandelt, aber nie unverantwortlich.«

»Ich werde mit Alecs Mutter reden, bevor ich gehe —«

Davids Hand legte sich fest auf Fionas Arm, als der Karren hinter ihr quietschend zum Stehen kam. Sie fuhr herum und sah gerade noch, wie der Kutscher eine schwere Keule auf Davids Schädel hinabsausen ließ, die ihn trotz seines Versuches, auszuweichen, am Kopf streifte. Mit einem lauten Schrei streckte sie voller Entsetzen die Hände aus, als David auf die kleine Mauer niedersank und über sie hinweg in das schnell dahinschießende Wasser des Flusses stürzte. Doch es gelang ihr nicht mehr, ihn festzuhalten.

»Dav —« Eine rauhe Hand legte sich über ihren Mund, und sie wurde von hinten in die Höhe gehoben. Fiona versuchte, sich gegen den Angreifer zu wehren, aber dann trat plötzlich ein weiterer Mann von vorn auf sie zu und holte aus, um ihr seine Faust mit einem gemeinen Schlag in den Bauch zu bohren. Fiona sank vor Schmerz in den Armen des anderen Angreifers zusammen.

Sie war unfähig, Luft in ihre Lungen zu füllen und mußte hilflos mit ansehen, wie der Mann noch einmal zum Schlag ausholte, und sie seine Faust brutal an der Seite des Kopfes traf. Gelbe Lichter schossen ihr durch den Kopf, bevor sich die Dunkelheit wie ein Schleier über sie legte.

Die beiden Männer blickten sich nervös um, während sie die junge Frau ohne Umstände einfach hinten in den Karren warfen. Der Kutscher blickte von seiner erhobenen Bank aus über die Seite der Brücke aufs Wasser hinunter. Aber er konnte kein Zeichen von dem alten Mann entdecken, und so bedeutete er den beiden anderen, hinten in den Karren zu steigen. Dann ließ er die Peitsche auf den Ochsen hinabsausen.

Mit einem Ruck setzte der Wagen seine Fahrt über die Brücke ins Dorf fort, während die beiden Männer die Haut herabzogen, die dazu diente, die rückseitige Öffnung des Karrens zu bedecken. Wenige Augenblicke später rumpelten sie auf den Wald der Gebirgsausläufer hinter dem Dorf zu.

»Dieser Bastard hat mich am Altar stehen lassen, und du erzählst mir, daß er diese Kirchenmaus heiraten will?«

Fiona hielt ihre Augen fest geschlossen. Die Frau, die da sprach, beugte sich gerade über sie.

Der Boden unter ihr war hart und feucht, aber Fiona hatte sich gezwungen, still liegen zu bleiben, nachdem das Schwindelgefühl vergangen und die gedämpften Stimmen deutlicher geworden waren. Sie gab weiter vor, ohnmächtig zu sein. *Altar? Alec hatte diese Frau vor dem Altar stehen lassen?* dachte Fiona verwirrt. Wer mochte sie nur sein?

»Sie hat eine ganz schöne Beule am Kopf.«

»Das stimmt, aber sie sieht immer noch ein ganzes Stück besser aus als der alte Bulle, der bei ihr war.«

Fiona benötigte einen Moment, ehe ihr die volle Bedeutung dieser Worte bewußt wurde, und ein Gefühl der Sorge bohrte sich wie eine Lanze in ihr Herz. David. Oh, Gott, David.

»Schau sie nur an! Schau dir ihre Kleidung an!« wetterte die Frau weiter. »Alles dreckig. Warum kannst du nie meinen Befehlen gehorchen? Ich hatte dir doch aufgetragen, sie unbeschadet hierherzubringen. Ich habe dir erklärt, daß ich sie nur erschrecken will, damit sie wieder in den Misthaufen zurückkehrt, aus dem sie gekrochen kam. Ich wollte sie nicht umbringen, Himmel noch mal. Sieh sie dir nur an. Sie sieht gräßlich aus!«

»Da kann ich nicht zustimmen. Das Mädchen sieht hübsch aus, wenn du mich fragst.«

Fiona spürte, wie sich ein Augenpaar in sie brannte. »Vielleicht hast du ja eine Schwäche für rothaarige Bauernhuren«, sagte die Frau schnippisch. Der rasiermesserscharfe Ton der Eifersucht in ihrer Stimme war unverkennbar.

»Sie ist eine schöne Frau ... wie auch immer du sie bezeichnen magst. Nonne, Prinzessin, Hure. Aber ehrlich gesagt gefällt mir Hure noch am Besten.«

Die Stimme des Mannes kam Fiona bekannt vor, aber sie wagte es nicht, einen Blick auf den Redner zu werfen. Aus seinem Akzent schloß sie, daß er ein Inselbewohner war, aber sie konnte ihn nicht genau einord —

»Neil MacLeod, du bist wirklich ein Schwein«, erwiderte die Frau und lachte schrill. »Genau wie jeder andere Mann in diesem gottlosen Niemandsland. Du würdest wahrscheinlich so, wie sie daliegt, über sie herfallen, wenn ich nicht hier wäre, um dich aufzuhalten.«

»Nein, Kathryn. Das ist sie nicht wert. Aber über dich herzufallen ... das wäre eine ganz andere Geschichte. Ach, mein Liebling, ihre Schönheit ist nichts im Vergleich zu der deinen.«

Das lange Schweigen der Frau veranlaßte Fiona beinahe, einen schnellen Blick auf das Paar zu werfen, aber dann hörte sie, wie die Frau sich von ihr entfernte.

»Du hast natürlich recht«, versicherte Kathryn mit einem arroganten Lachen. »Aber du bist und bleibst trotzdem ein Schwein, Neil.«

»Deshalb hast du mich doch so gern, nicht wahr, mein geschwätziger Schatz?« erwiderte Neil und trat auf die zurückweichende Frau zu.

Fiona öffnete ihre Augen ein wenig und spähte zu den beiden hinüber, die am anderen Ende des Raums in der Nähe der Tür unter einer rauchigen Fackel standen. Neil hatte Fiona den Rücken zugewandt und hielt die Frau in den Armen. Fiona blickte sich verzweifelt in dem kleinen Raum um. Sie vernahm das Geräusch von laufendem Wasser und das regelmäßige Klappern eines Mühlrads. Sie schien sich im Erdgeschoß einer Mühle zu befinden. Aber sie hatte keine Ahnung, wo sich diese Mühle befand. Und sie wußte auch nicht, wie lange sie bewußtlos gewesen war und wie weit man sie fortgebracht hatte.

Sie mußte hier raus. Aber wie? Es gab nur einen schmalen Schlitz nahe der Decke, der als Fenster diente, und der Weg zur Tür auf der anderen Seite wurde durch die beiden blockiert. Ihre Hände waren vor ihrem Körper mit einem Lederband zusammengebunden. Sie versuchte, ihre Hände und Finger zu bewegen, aber sie waren taub.

»Ha! Von wegen geschwätzig. Wenn ich mich recht erinnere, ist meine Zungenfertigkeit der einzige Grund, warum du überhaupt noch unter uns weilst.« Die Frau grinste ihn spöttisch an, ehe sie von ihm wegtrat. »Du wärst doch inzwischen nichts weiter als ein Kadaver, wenn ich damals in dieser gottverdammten Nacht auf Drummond Castle nicht meinen Charme benutzt hätte, um Alec Macpherson zu umgarnen. Ich wette, er wäre dir sonst aus dem Fenster gefolgt, als er uns zusammen erwischte. Was hat er dir noch nachgerufen, als du dich über den Rasen davongemacht hast? ›Feiger Schurke‹, nicht wahr?«

Fiona schloß schnell die Augen, als die andere Frau sich in ihre Richtung drehte. Sie war also ihre liebenswerte Cousine Kathryn Gray. War es das, was Alec versucht hatte, ihr zu sagen? Daß er einmal dazu bestimmt gewesen war, diese Frau zu heiraten? Hatte er dieses Weibsbild tatsächlich einmal geliebt? Sie lauschte auf die Antwort des Mannes, aber eine lange Stille folgte, bis Fiona erneut Kathryns Stimme vernahm, die in einem schadenfrohen und gemeinen Tonfall fortfuhr.

»Das war vielleicht ein Anblick, als du mit deiner Kleidung unter dem Arm davonranntest! Sag mir, hast du ihm gegenüber eigentlich jemals erwähnt, wie gut dein ›verkrüppelter‹ Arm beim Hinuntersteigen an der Wand funktioniert hat?« Ihr Lachen war flach und ohne jeden Humor. »Es muß ziemlich ... erniedrigend ... gewesen sein, auf diesem öden Felsen da draußen Befehle von Alec anzunehmen und dabei die ganze Zeit über zu wissen, daß auch er mit mir geschlafen hat. Daß er mir eine Lust bereitet hat, die weitaus größer war als jede Lust, die ich mit dir erleben konnte. Habe ich dir eigentlich jemals erzählt, daß es mir ungeheures Vergnügen machte, euch beide im Bett zu vergleichen? Ja, ihr habt ständig gegeneinander gewetteifert. Ständig. Du wußtest es, aber er nicht. Sogar in dieser letzten Nacht, als du davongerannt bist. Davongerannt, um dein erbärmliches Leben zu retten.«

Fiona zuckte innerlich bei den Worten der Frau zusammen. Oh, Alec, dachte sie, sie muß dir das Gefühl gegeben haben, daß du dich zum Narren gemacht hast.

»Du hast mir gesagt, daß er niemals etwas über uns erfahren dürfe«, erwiderte Neil wütend. »Du hast mich angefleht, den Mund zu halten. Und was diese Nacht angeht, so bin ich aus dem Fenster gesprungen, um *deine* kostbaren Pläne nicht zu gefährden! Hast du das etwa schon vergessen? Ich habe es für dich getan.«

»Du hast gar nichts für mich getan. Du hast lediglich versucht, deinen erbärmlichen Hintern zu retten.«

»Sag doch, was du willst. Du hast mich benutzt, wie du jeden benutzt, um deinen Willen durchzusetzen. Du wußtest, daß ich dich liebe und dir nie etwas abschlagen würde. Kathryn, wir beide wissen, daß ich als Ehrenmann gehandelt habe. Und wenn du deine Zunge im Zaum gehalten hättest, wäre deine Reputation auch nie —«

»Ehrenmann?« erwiderte sie mit einem schrillen Lachen. »Erspare mir dieses Gewäsch über die Ehre. Davon hast du doch, bei Gott, überhaupt keine Ahnung. Aber was den Rest angeht ... bring mich nur nicht zum Lachen. Im Vergleich zu Alec kann man dich wohl kaum als Mann bezeichnen. Du hast verloren, Neil. Du bist fortgelaufen. Du hattest

Angst, ihm gegenüberzutreten. Sieh doch endlich der Wahrheit ins Gesicht: Du bist ein Verlierer.«

»Und du bist eine Hure, Kathryn Drummond«, knurrte er.

»Ja, Neil MacLeod. Eine Hure ... genau wie sie«, erwiderte sie frech und schwieg einen Moment, um den folgenden Worten noch mehr Gewicht zu verleihen. »Aber ich diene keinem Herrn — im Gegensatz zu dir, der du vielen gedient und sie alle betrogen hast. Vergiß nicht, mit wem du redest. Ich weiß, daß du dieses Bauernmädchen nicht nur hierhergebracht hast, um mich zufriedenzustellen, um mich zurückzugewinnen. Du wirst von jemandem dafür bezahlt. Du dienst immer noch anderen, Neil. Anderen und dir selbst. Sieh dir diese Frau an. Wende deinen Blick nicht ab. Sieh sie dir an. Ich weiß, was in deiner schwarzen Seele verborgen liegt. Ich weiß, wessen Schreie dich im Dunkel der Nacht verfolgen.«

»Halte deinen dreckigen —«

»Und ich weiß, warum du dieses Weibsbild tot sehen möchtest«, fuhr Kathryn bösartig fort. »Schließlich hat sie gesehen, wie du ihre Mutter getötet hast, du Schuft.«

»Sie hat nichts gesehen, gar nichts, du Schlampe!« schrie er. »Sie war schon längst fort, als Torquil und —« Neil kam mitten im Satz zur Besinnung und verstummte. Er wandte sich von Kathryn ab. Nein, er würde seine goldene Gans nicht so einfach weggeben. Nicht nach so vielen Jahren.

Ein Schrei stieg in Fionas Kehle auf und drohte sie zu ersticken. *Ihre Mutter ... ihre Mutter ...* Dieser Abschaum, dieses ... Tier! Zorn und Haß formte sich als ein kalter, weißer Punkt in ihrem Hirn und breitete sich wie ein Feuer aus, ließ die Haut auf ihrem Gesicht, ihrem Nacken erstarren, gewann an Tempo und schoß durch ihren ganzen Körper. Sie haßte diesen bösen Mann und all die, die bei ihm gewesen waren. Torquil. Torquil MacLeod. Nach all diesen Jahren. Nachdem sie so viele Jahre in seinem furchterregenden Schatten gelebt hatte. Nun kannte sie seine Identität. Und sie wußte, daß er seine gerechte Strafe erhalten hatte. Aber was war mit Neil? Und wer war der andere, den er beinahe verraten hätte? Neil, dieser Verbrecher, wußte Bescheid. Und plötzlich sah sie sein Gesicht vor sich, sah, wie er das

Handgelenk ihrer Mutter fest umschlungen hielt und ihr den Dolch aus der Hand wand.

Fionas Finger ballten sich unwillkürlich zu einer Faust, aber sie stöhnte vor Schmerz auf, als die Bänder in ihre geschundenen Handgelenke schnitten. Als die beiden zu ihr herumwirbelten, flatterten Fionas Augen langsam auf und blickten suchend um sich. Sie versuchte den Eindruck zu erwecken, als habe sie gerade erst wieder das Bewußtsein erlangt.

»Es scheint so, als sei die Feenprinzessin endlich aufgewacht.« Neil schaute vom anderen Ende des Raums zu ihr herüber. »Endlich ein freundliches Gesicht in dieser düsteren Hütte.«

»Geh mir aus den Augen.« Fiona sah zu, wie die Frau diese Worte hervorspuckte. »*Sofort*! Verschwinde, Neil.«

Fiona versuchte, sich aufzusetzen, aber ein Schmerz an der Seite ihres Kopfes erzeugte einen Schwindel, gegen den sie ankämpfen mußte. Ihre Finger stachen, aber sie wandte sich mit einem zornigen Gesicht dem herannahenden Paar zu.

»Nun ...« sagte Kathryn langsam und drehte sich zu dem Highlander um, »hast du mich etwa nicht verstanden?«

»Soll ich ihr die Fesseln loschneiden, bevor ich gehe?«

»Nein, noch nicht.« Die Frau stand einen Schritt weit entfernt und betrachtete immer noch abschätzend das zerbrechlich aussehende Geschöpf vor ihr. »Sie muß sich ihre Freiheit erst *verdienen*. Und jetzt laß uns allein.«

Fiona rappelte sich mühevoll auf. Ihr rotes Haar ergoß sich über eine Schulter, und sie hob ihre gefesselten Hände, um sich einige Strähnen aus dem Gesicht zu streichen. Neil blickte von Kathryns Gesicht zu Fionas. Keine der beiden nahmen Notiz davon, daß er sich immer noch im Raum aufhielt. Die beiden Frauen standen einfach da und blickten sich abschätzend an. Kathryn schaute schließlich zur Seite, legte eine Hand auf ihr Haar und strich lethargisch über die goldenen Fäden, die in ihre herabfallenden Locken geflochten waren.

»Du wirst dich doch wohl von der Kleinen nicht besiegen lassen oder, Kathryn?« Neils amüsierter Ausdruck wurde säuerlich, als Fiona ihm einen frostigen Blick zuwarf. Er trat auf die Tür zu. »Ich bin draußen, wenn du mich brauchst.«

Nachdem Neil die Bohlentür hinter sich zugezogen hatte, erfüllte eine erdrückende Stille den kleinen Raum.

Fiona betrachtete ihre Entführerin. Ihre Cousine. Sie war großgewachsen, üppig und blond, und ihre Augen besaßen das Blau einer sonnengebleichten Kornblume. Ihr rabenschwarzes Kleid war mit Seide abgesetzt und das Plaid, das vor ihrer Brust ineinandergeschlungen war, bedeckte einen tiefen Ausschnitt. Ja, diese Frau war schön. Aber ihre Schönheit war kalt, wie eine Eisschicht auf einem Wintersee. Sie bewegte sich langsam, träge, beinahe schläfrig. Aber Fiona spürte, daß Kathryn über Energien verfügte, die sie tunlichst versteckt hielt.

Fiona blickte sich nach einer Fluchtmöglichkeit um. Sie wußte nicht genau, was Kathryn und Neil mit ihr vorhatten, aber sie traute ihnen nicht.

Ihr war nun klar, daß diese Menschen zu jedem Verbrechen fähig waren. Fiona bemühte sich, Kathryns Kräfte einzuschätzen. Sie war sich sicher, daß sie die größere Frau überwältigen konnte, um aus der Mühle hinauszugelangen, aber Neil — und wer sonst noch draußen wartete — würde ein schwer zu überwindendes Hindernis darstellen. Doch sie mußte es versuchen. Es war ihre einzige Chance. Fiona hatte keine Ahnung, ob der Dolch, den Alec ihr gegeben hatte, immer noch in der Tasche ihres Rocks verborgen war, aber er brachte ihr auch keinen großen Nutzen, solange ihre Hände gefesselt waren. Während sie ihre Cousine anblickte und darauf wartete, daß sie sprechen würde, wurde Fiona bewußt, daß sie alle ihr zur Verfügung stehenden Möglichkeiten nutzen mußte. Sie kam zu einer Entscheidung. Wenn sie die Absicht hatten, sie zu töten, so würde sie sich nicht kampflos ergeben.

Kathryn bewegte sich ungeduldig auf die jüngere Frau zu.

Fionas aufrechte Haltung begann beinahe unmerklich zu schwinden. Ihr Kinn sackte ein wenig hinab, und sie schien sich innerlich zusammenzuziehen, während ihre Augen unsicher durch den Raum eilten. Sie begann, an ihrer Lippe zu nagen, schob ihr Gewicht von einem Fuß auf den anderen und blickte ihre Cousine nervös an.

Wenn sie eine Kirchenmaus haben will, dann werde ich eine Kirchenmaus für sie spielen, dachte Fiona.

Kathryn streckte die Hand aus und griff nach der Goldkette, die um Fionas Hals hing. Als sie das juwelenbesetzte Kreuz herausgezogen hatte, leuchteten ihre Augen beim Anblick des wundervollen Schmuckstücks gierig auf. Fiona blieb ruhig stehen, während ihre Cousine lüstern die feine Arbeit und die glitzernden Edelsteine betrachtete. Kathryn schenkte Fiona einen verächtlichen Blick.

»Wem hast du das Kreuz gestohlen?« fragte sie höhnisch.

»Es ... Es gehört mir«, stammelte Fiona und gab ihrer Stimme einen schüchternen Klang.

»Dir? Ha!« lachte Kathryn spöttisch. »Dies wurde angefertigt um eine wahre Dame zu schmücken.«

»Das stimmt, Mylady.« Fionas Kinn zitterte ein wenig und sie wandte ihren Blick ab.

»Wenn es also wirklich dir gehört, dann würdest du es mir vielleicht gerne als Geschenk überreichen.« Kathryn blickte das Schmuckstück bewundernd an. »Es würde mir großartig stehen, findest du nicht?«

»Nun ... ja. Das würde es, Mylady«, erwiderte die Gefangene mit offensichtlicher Panik in der Stimme. »Aber ... meine Mutter ... nun ja ... Wer seid Ihr eigentlich, Mylady?«

Die hochgewachsene Frau blickte die schüchterne Gestalt vor sich mißtrauisch an. War sie wirklich bewußtlos gewesen, während Neil und sie sich unterhalten hatten? Als sie sah, wie die Frau zu zittern begann, hätte Kathryn bei dem Gedanken an die lächerlich ungleiche Verbindung, die Alec und Fiona beinahe eingegangen wären, am liebsten laut herausgelacht. Aber das war nun vorbei. Diese Heirat würde sie niemals zulassen.

»Ich bin Kathryn Gray.«

»Kathryn Gr ... Lady Kathryn!« Fionas ganzer Körper schien beim Klang des Namens zu vibrieren. »Lady Kathryn! Meine Cousine! Lord Macpherson und die Priorin, Gott hab' sie selig, haben mir gesagt, daß Ihr mich abholen würdet.«

Fiona verstummte abrupt, als sei ihr gerade eine Erkenntnis gekommen. Sie blickte auf ihre gefesselten Hände hinab und wieder hinauf in Kathryns Gesicht, das einen hochmütigen Ausdruck trug. Ihre Cousine ließ das Kreuz los und drehte sich gebieterisch auf dem Absatz um.

»Aber warum ... wo sind wir, Mylady?« erkundigte sich Fiona und tastete schnell nach dem Dolch in ihrem Rock, sobald sich ihre Entführerin umgedreht hatte. *Ja, er ist noch da!* dachte sie triumphierend, ehe sie schnell wieder in ihre Rolle schlüpfte.

»Alec hat dir also erzählt, daß ich dich abholen würde?«

»Das hat er, Mylady«, entgegnete Fiona und nickte eifrig.

»Hat er mich vermißt? Hat er nach mir gefr —«, die Frau verstummte. Kathryn befürchtete, daß Fiona den Anflug von Verletzlichkeit in ihrer Stimme wahrgenommen hatte.

Als Kathryn sich abwandte und zur anderen Seite des Raums ging, griff Fiona erneut in ihre Tasche und versuchte, das Lederband um ihre Handgelenke mit Hilfe der scharfen Seite des Dolchs zu durchtrennen.

»Wie ist es nur möglich?« fragte Kathryn, und wandte sich mit einem verächtlichen Blick zu der zusammenzuckenden Fiona um. »Wie ist es nur möglich, daß du Alec Macpherson heiratest?«

»Nun ... Ich weiß es nicht genau, Mylady. Er sagte, er sei gewillt, mich zur Frau zu nehmen. Aber ich ... ich kann unmöglich ... Mylady ...« Fiona vergrub die Hände in der beutelähnlichen Tasche, senkte ihr Gesicht und begann zu weinen. Die Tränen liefen ihr die Wangen hinunter, und ihr Körper wurde von Schluchzen geschüttelt.

Kathryn betrachtete sie erstaunt und abgestoßen zugleich. Was für ein erbärmliches Geschöpf!

»Reiß dich zusammen«, befahl sie mit scharfer Stimme. »Ich habe keine Lust, den ganzen Tag in diesem Rattenloch zu verbringen. Du bist wirklich bemitleidenswert.«

Fiona rang nach Luft und wischte sich ihr tränenüberströmtes Gesicht am Ärmel ab.

Sie schluchzte weiter leise vor sich hin, wobei sie einen Blick an dem harten Gesicht der Frau vorbei auf die geschlossene Türe warf.

»Glaubst du wirklich, du könntest die Herrin einer solch

wundervollen Burg wie Benmore Castle werden? Das heißt, sobald die alte Hexe, seine Mutter, unter der Erde ist?.«

Fiona blickte sie mit aufgerissenen Augen sprachlos an. Es war ihr gerade gelungen, die Fesseln zu zerschneiden. Ihre Hände, die sie immer noch tief in den Taschen versteckt hatte, waren frei.

»Nun fang bloß nicht wieder an zu heulen«, fügte sie hinzu, als sie Fionas feuchte Augen sah. *Das Weibsbild stand schon wieder kurz vor dem nächsten Tränenausbruch,* dachte sie angewidert.

»Nein, Lady Kathryn«, schniefte Fiona. »Es ist nur so, daß ich ... dazu bestimmt bin, Nonne zu werden. Allein der Gedanken, daß mich ein Mann berührt ...« Sie erschauerte sichtlich.

Der Mund ihrer Cousine verzog sich zu einem höhnischen Grinsen, während die Tränen über Fionas Wangen liefen.

»Ich möchte einfach wieder zum Kloster auf Skye zurück«, jammerte ihre Gefangene. »Ich möchte wieder nach Hause.«

Kathryn wandte sich enttäuscht ab. Das hätten eigentlich ihre Worte sein sollen. Sie hatte das von Fiona verlangen wollen, um zu hören, wie diese sich dagegen wehrte. Sie hatte sich vorgestellt, wie sie es ihr befahl und sie zwang, ihr zu gehorchen. Die kleine Hexe verdarb ihr den ganzen Spaß.

»Wie ist es nur möglich, das in unseren Adern das gleiche Blut fließt?« sagte sie und wandte sich zu ihrer Gefangenen um.

»Ich glaube nicht, daß du Blut in deinen Adern hast, Kathryn Gray.« Fionas Stimme war kühl und kontrolliert. Die Spitze ihres Dolchs preßte sich in die Vertiefung an der Kehle ihrer Cousine.

Kapitel 19

Zu Streit und Hader sich gesellt die Wut:
So seine Hand auf dem Messer ruht ...
— William Dunbar, *»Fasternis Evin in Hell«*

Fiona drückte Kathryn mit einem kräftigen Schubser gegen die Wand. Die größere Frau gab nicht einmal einen Protest von sich. Fiona hielt ihr mit der rechten Hand das Messer vor das makellose Gesicht.

»Es ist Gottes Wille und nicht etwa mein Mut, daß dir gleich die Kehle durchgeschnitten wird«, sagte Fiona flüsternd. »Möchtest du das, was du gerade gesagt hast, nicht lieber zurücknehmen?«

Statt einer Antwort wimmerte Kathryn nur hilflos.

Fiona erhöhte den Druck auf die Kehle der Frau, deren Augen daraufhin kugelrund wurden, während ihre Haut erbleichte wie frisch gefallener Schnee.

»Und jetzt hör mir gut zu.« Fiona wedelte mit dem Messer vor Kathryns Augen und legte es dann mit einer langsamen Bewegung an die Wange der blonden Frau. »Es war falsch, mich gegen meinen Willen hierherzubringen. Es war eine Todsünde, einem guten, alten Mann so etwas anzutun. Dafür und für alles andere wirst du bezahlen. Und du wirst es mit deinem Blut tun.«

Kathryn schüttelte so verzweifelt den Kopf, daß das scharfe Messer ihre Haut anritzte. Sie schrie auf, während eine dünne rote Linie auf ihrer Wange erschien und Blutstropfen an ihrem Kinn entlangrannen. Sie zitterte vor Furcht, als Fiona den Dolch hob, und sie ihr eigenes Blut auf der Klinge sah.

»Du bist verdammt, in der Hölle zu schmoren, Kathryn Gray. Aber noch nicht sogleich, liebe Cousine ... und du solltest lieber tun, was man dir sagt, sonst wird dein blutiges Gesicht bald wie ein Macpherson-Karo aussehen. Wobei, das wäre womöglich noch das bessere Schicksal für dich. Vielleicht würde Alec Mitleid mit dir haben und dich nicht in den Kerker von Dunvegan werfen lassen, wenn dein Gesicht schrecklich entstellt wäre.«

Fiona Flüstern hatte einen grimmigen Unterton, und der entsetzte Blick der Frau wich keinen Moment von dem Dolch. »Alec und ich, wir lieben uns. Er haßt dich abgrundtief, und sein Blut wird kochen, wenn er erfährt, was du hier tun wolltest. Wir beide wissen, daß er niemals ruhen wird, bis er dich gefaßt hat. Sollte es mir überhaupt gelingen, ihn davon abzuhalten, dich zu töten, so wirst du bis an dein Lebensende im Kerker von Dunvegan dahinvegetieren. Hast du eine Ahnung, wie es in diesem Kerker aussieht?«

Fiona verstummte und wartete, bis die Frau ihre Augen zu einem schweigenden Nicken geschlossen hatte. »Zur Zeit gibt es da unten schrecklich viele Ratten. Aber ich bin sicher, daß diese Nager sich auf deine Gesellschaft freuen.« Sie zögerte einen Moment. »Du bist ein verachtenswertes Geschöpf, Kathryn, aber wie könnten sie einem solch köstlichen Schmaus widerstehen?«

Fiona lächelte zufrieden, denn sie wußte, daß sie die volle Aufmerksamkeit ihrer Cousine hatte. »Also, ich schlage dir ein Geschäft vor. Du wirst all meine Fragen beantworten und genau das tun, was ich sage. Und wenn diese ganze Tortur hinter uns liegt, wirst du dich auf den Weg an die wundervollen Höfe in Übersee machen. Doch hör mir gut zu, Kathryn. Das geschieht nur unter der Bedingung, daß du niemals zurückkehrst. Also, was hälst du davon?«

Fiona lockerte ihre Griff lang genug, so daß Kathryn schlucken und nicken konnte.

»Nun gut! Wer hat meine Mutter getötet?«

Fiona ließ ihr Messer kurz über Kathryns Wange kratzen, als diese sich Zeit mit einer Antwort ließ. Die Frau zitterte vor Furcht.

»Tor-Torquil MacLeods Männer.«

»Soviel habe ich inzwischen selbst herausgefunden. Wer war sonst noch dort?«

»Ich weiß es wirklich nicht. Bitte ... Bitte glaubt mir. Neil hat es mir erzählt. Ihn müßt Ihr fragen. Er weiß, was geschehen ist. Er war dort. Aber er würde niemals verraten, wer hinter der ganzen Sache gesteckt hat.«

»Du lügst.«

»Nein, das tue ich nicht! Ich schwöre!« Kathryn begann zu weinen. »Bitte glaubt mir. Er wollte es mir nicht sagen. Bitte! Es tut mir so leid, was geschehen ist. Daß ich Euch hierherbringen ließ. Es war nicht meine Idee.«

Ihre Augen blickten Fiona voller Panik an. »Neil wollte es so. Ich weiß, daß er immer noch von jemandem bezahlt wird. Vielleicht ist es derselbe Mann. Seine Befehle lauten, Euch zu töten. Er hat vor, sie zu befolgen. Aber —«

Fiona preßte ihre Hand auf den Mund der Frau, da plötzlich jemand draußen vor die Tür trat. Fiona suchte verzweifelt nach einer Fluchtmöglichkeit und packte den Tartan der Frau, um sie näher an die Tür heranzuziehen.

»Wie weit sind wir von Benmore entfernt?«

Fiona ließ die Frau wieder zu Atem kommen.

»Kaum mehr als eine Stunde.«

»In welche Richtung? Wie komme ich dorthin zurück?«

»Dieser … Dieser Strom mündet an der nächsten Biegung in den Spey. Die Burg befindet sich ein Stück flußaufwärts. Sie ist nicht weit entfernt! Ihr werdet mich doch nicht töten, oder? Ich flehe Euch an, Fiona. Bitte verletzt mich nicht noch einmal. Ich werde Euch helfen. Ich schwöre bei den Knochen von St. Andrew —«

Fionas frostiger Blick und der zunehmende Druck der Klinge an ihrem Hals ließen Kathryn verstummen. Nachdem sie Kathryn gegen die Mauer hinter der Tür geschoben hatte, nahm Fiona die Fackel von der Wand und warf sie in einen Haufen alten Strohs, der an der anderen Seite des Raumes lag. Die Flammen züngelten sofort in die Höhe, und eine Rauchwolke stieg zwischen die Dachsparren. Sie packte die zitternde Frau neben ihr fester und legte ihre Lippen nahe an ihr Ohr. »Du wirst jetzt gehorchen, ohne dich zu wehren«, sagte Fiona mit drohender Stimme. »Sonst wirst du nach Art der Druiden für deine Verbrechen büßen.«

Kathryn nickte bereitwillig, und Fiona befahl: »Ich will, daß du um Hilfe schreist, Kathryn. Ich will, daß du jetzt ›Feuer‹ rufst.«

»Neil!« schrie Kathryn ohne zu Zögern. *»Hilf mir, Neil! Feuer!«*

Fiona hockte sich hin und zog ihre Cousine mit hinunter auf den Boden. Der Rauch zwischen den Dachbalken wurde dichter, und sie sah, wie die Flammen an den Holzwänden über dem Steinfundament zu lecken begannen. Sie atmete tief durch und wappnete sich für die entscheidende Kraftprobe.

Es verging nur ein Moment, ehe Neil hereingestürmt kam. Er zögerte für den Bruchteil einer Sekunde an der Tür, ehe er seinen Mund und die Nase mit seinem Tartan bedeckte. »Wo bist du?« schrie er. »Wo zum Teufel bist du? *Kathryn!«*

Als Neil sich durch den Rauch zu der Stelle kämpfte, wo er seine Gefangene ursprünglich hingeworfen hatte, zog Fiona Kathryn nach draußen in den Hof. In der Nähe standen einige Männer in einem Halbkreis und beobachteten mit offenem Mund, wie Fiona die Tür zuzog und den Riegel vorschob.

Sie wirbelte herum, als die Männer näherkamen.

»Sag ihnen, daß sie zurückgehen sollen, Kathryn«, befahl Fiona kühl und drückte ihr den Dolch gegen den Rücken.

»Ihr habt gehört, was sie gesagt hat«, krächzte Kathryn. »Geht zurück.«

»Nein! Öffnet die Tür!« ertönten Neils Schreie aus der brennenden Mühle. Fiona lauschte für einen Moment der Stimme des kaltblütigen Mörders. Sie zögerte, doch dann stählte sie sich gegen seine Schreie. Neil begann, gegen die Tür zu hämmern. Das war der Mann, der in den Mord an ihrer Mutter verwickelt war, und heute hatte er vorgehabt, sie für Geld zu töten. Aber diese Gelegenheit würde sie ihm nicht geben.

Das Hämmern ging weiter, während Fiona Kathryn wortlos an der Mühlenwand entlangschob. Den Dolch hatte sie immer noch in ihren Rücken gepreßt. Die Männer wichen zurück und machten den beiden Frauen Platz. Sie gingen über die kleine Lichtung zu der Gruppe von Pferden, die am Waldrand festgebunden waren. Fiona hörte immer noch Neils Schreie aus dem brennenden Gebäude, vernahm seine verzweifelten Versuche, sich gegen die Tür zu werfen, um sie aufzustoßen. Sie blickte sich um auf der Suche nach einem Pfad, der zum Fluß führte. Sie konnte den Strom nicht erkennen, aber sie wußte, daß er sich zu ihrer Rechten befinden mußte, hinter dem Kiefernhain.

Plötzlich vernahm Fiona das Splittern von Holz, und als sie sich umwandte sah sie, wie die Tür zerbarst und Neil einzelne Teile in den Hof hinaus trat.

Sie hatten die Lichtung erst zur Hälfte überquert, als Fiona feststellte, daß ihr Feind hustend durch die mit Rauch gefüllte Türöffnung kroch. Keiner von Kathryns Männern und auch keiner seiner eigenen Gefolgsleute kam ihm zu Hilfe, als er vornübergebeugt dastand und sich den Rauch aus den Lungen hustete. Fiona bemühte sich, die schluchzende Kathryn anzutreiben, aber ihre Cousine stolperte und ließ sich einfach zu Boden fallen. Neil, der sich wieder erholt hatte, schob sich durch das Dutzend Männer und blieb angesichts der blutenden Kathryn wie angewurzelt stehen. Sie lag im Gras, während Fiona neben ihr kniete und ihr das Messer an die Kehle hielt.

Fiona krümmte sich innerlich, als sie den Haß im Blick des Kriegers sah.

»Du hast versucht, mich umzubringen«, krächzte er anschuldigend und trat einen Schritt näher.

»*Halt*!« befahl sie und warf ihrem Widersacher einen festen Blick zu. »Du hast es verdient, zu sterben, du ... Frauenmörder! Sag mir, wie oft du schon versucht hast, mich zu töten! Glaubst du etwa, ich würde einfach abwarten, bis du es geschafft hast? Soll ich mich wie ein Opferlamm hinlegen und mir von dir die Kehle durchschneiden lassen? Steh auf, Kathryn.«

Während sich die beiden Frauen erhoben, trat Neil einen weiteren Schritt vor. Die Männer, die zwischen der brennenden Mühle und den drei Widersachern standen, sahen hilflos zu. Sie wußten nicht, was sie tun sollten.

»Halt, du Narr!« schrie Kathryn zu Neil hinüber. »Verstehst du denn nicht? Wir hätten das nicht tun dürfen. Wir müssen sie gehenlassen. Es ist die einzige Möglichkeit für mich ... für uns, hier herauszukommen!«

»Nein, Kathryn.« Er schüttelte langsam den Kopf. »Du hattest beim ersten Mal recht. Es ist die einzige Möglichkeit für dich, aber es ist ganz gewiß nicht meine.«

»Was redest du denn da, du Idiot? Sie wird mich töten, glaub mir.«

Neil trat noch näher. Fiona und Kathryn wichen zurück. Fiona spürte die Hitze des Feuers auf ihrem Gesicht. Sie warf ihrem Gegner einen wilden Blick zu und hob Kathryns Kinn mit der Klinge in die Höhe.

»Noch ein Schritt, und sie stirbt, Neil MacLeod.«

»Mach schon!« rief er.

»Neil!« schrie Kathryn. »Ich bin es doch! Laß nicht zu, daß das geschieht! Wir haben uns doch geliebt —«

Der Krieger machte einen weiteren Schritt nach vorne und zog sein Schwert.

»*Neil!*« schrie Kathryn und sah an ihm vorbei zu ihrem eigenen Gefolge hinüber. »*Haltet ihn auf!* Ich werde euch belohnen! Mein Vater ... Neil, ich werde dich heiraten! Mein Vater wird dir eine Mitgift geben, Neil ... Ländereien und Reichtum, Neil. *Halt, Neil!*«

»Mach schon. Bring sie um.« Seine Stimme hatte den Klang von kaltem Stahl, der durch Fleisch und Knochen schneidet. »Wenn du es nicht tust, werde ich es tun. Ich habe genug von dir, Kathryn. Von dir und deinesgleichen. Ich bin das dreckige ›blaue‹ Blut leid, das durch deine Adern fließt. Und du bist als nächste dran, Engel. Unsere kleine Prinzessin. Ha! Du Hure! Du bist als nächste an der Reihe. Mich hält keine Frau zum Narren. Hörst du? Keine. Mach schon, bring sie um ... wenn du kannst.«

Fiona spürte, wie sie bei seinen Worten eine Gänsehaut bekam.

Er glaubte, sie bluffe nur. Sie war erledigt.

Unmut wurde unter Katherines Männern laut, und Neil drehte sich zu den Kriegern um. Mit einem schnellen Blick auf seine eigenen Leute hob er das Schwert und bedeutete ihnen, zu schweigen.

»Ihr Dummköpfe« hob er an. »Sie ist —«

Mit einer mächtigen Explosion flog da das Dach der Mühle in die Luft und ließ einen Schauer aus Funken und splitterndem Holz herabregnen. Die Explosion warf alle auf der

Lichtung zu Boden, doch Fiona, die am weitesten entfernt gestanden hatte, rappelte sich auf und lief davon, noch ehe der dröhnende Knall der Detonation von den umgebenden Hügeln widerhallte.

Sie hastete über die Lichtung nach rechts, auf das Geräusch des Wassers zu, und verschwand zwischen den Bäumen. Sie betete, daß sie den schnellsten Weg zum Fluß gewählt hatte, und Neil sie nicht fangen würde. Fiona hob ihren Rock und eilte so schnell sie nur konnte vorwärts. Endlich erreichte sie den Strom und warf sich ohne einen Moment zu zögern hinein. Obwohl die Kälte des Wassers einen Schock durch ihren Körper jagte, schob sich Fiona schnell wieder an die Oberfläche. Sie schnappte nach Luft und versuchte, zum Ufer auf der anderen Seite zu gelangen. Aber die Strömung war so stark, daß sie sie in den weißen Schaum zurückriß und in das klare, schnelle Wasser über dem kleinen Wasserfall trug, hinter dem das bedrohlich aufragende Mühlrad lauerte.

Fiona bereitete sich auf den Sturz vor, als sie plötzlich eine rauhe Hand entdeckte. Sie versuchte, mit ihrem Dolch zuzustoßen, aber das Wasser brachte sie aus der Balance. Sie ging unter und versuchte verzweifelt, Neils Griff zu entkommen. Doch das nächste, was sie fühlte, war eine Hand, die fest in ihr Haar packte.

Neil zerrte Fionas windenden Körper aus dem Wasser. Nachdem er ihr den Dolch aus der Hand getreten hatte, warf er sie brutal zu Boden, preßte ein Knie auf ihre Brust und versetzte ihr einen heftigen Schlag ins Gesicht.

Fionas Kopf schien entzweizubrechen. Sie schmeckte Blut in ihrem Mund.

Neil konnte nicht schnell genug reagieren, um zu verhindern, daß der Stein, den sie gegen sein Gesicht schleuderte, ihn an seinem rußigen Kiefer traf. Als er sah, daß sie nach einem weiteren griff, zog er sein Schwert und legte es ihr mit einer schnellen Bewegung an die Kehle.

»Wenn du die Hand auch nur bewegst, bist du tot.«

»Ich bin sowieso tot, du dreckiger Bastard«, erwiderte sie und spuckte ihm ihr Blut ins Gesicht.

Neil wischte sich die Spucke mit der Rückseite seiner

Hand weg. »Ich werde deinem Liebhaber zumindest berichten können, daß ich selbst im Augenblick des Todes nicht imstande gewesen bin, deinen Mut zu brechen.«

»Das solltest du ihm auch sagen, du Teufel. Und weißt du was? Du bist in diesem Leben und im folgenden verflucht. Alec wird dich jagen und zur Strecke bringen, du Satan. Kein Fels wird groß genug sein, daß du dich unter ihm verstecken kannst. Er wird dich erwischen, wenn du es am wenigsten erwartest. Du wirst nicht mehr schlafen können, nicht einmal mehr die Augen schließen dürfen, denn wenn du sie öffnest, könntest du ein Schwert an deiner Kehle spüren. Er wird dich aufspießen wie ein Schwein, Neil MacLeod. Und er wird dich auf eine langsame und schmerzhafte Weise töten.« Fiona sah, wie das Gesicht des Mannes bei ihren Worten unkontrolliert zu zucken begann. »Er wird dafür sorgen, daß du für deine Untaten bezahlst! Ich gebe dir mein Wort darauf!«

Neil hob seinen Ellbogen, willens, ihre Kehle zu durchbohren. Fiona schloß die Augen. Sie spürte die scharfe Klinge der Waffe. Selbst im Augenblick des Todes war Zorn und nicht Angst das Gefühl, das in ihr vorherrschte.

»Oh, nein. Er wird niemals erfahren, was mit seiner kleinen Fee passiert ist. Also sprich dein letztes Gebet.«

Fiona dachte verzweifelt, wie kurz das Leben doch war. Sie dachte an Alec, an die wenige Zeit, die sie miteinander verbracht hatten. Und sie dachte daran, wie sehr sie ihn liebte, und der Gedanke daran, welchen Schmerz er verspüren würde, machte sie beinahe wahnsinnig. In ihrem Innern vernahm sie, wie er ihren Namen rief. Er würde in diesem Leben und auch im nächsten immer bei ihr sein. Sie würde auf ihn warten.

Fiona spürte, wie sich die Spitze der Klinge gegen ihre Kehle preßte, und dann war plötzlich Neils Gewicht von ihrem Körper verschwunden.

Womit habe ich es verdient, oh Herr, daß ich einen so schmerzlosen Tod erleiden darf? dachte sie.

Kapitel 20

Ziehe einen Freund zu Rate, glaube keinem Feind,
Wenn deine Zeit gekommen ist, stehe am Tor bereit;
Bessere dich beizeiten und klage nicht, wenn es zu
spät ist . . .
— William Dunbar »*Vanitas Vanitatum*«

Alec galoppierte vor John und den anderen auf die Lichtung und ließ seinen Blick schnell über die Szene um die brennende Mühle hinweggleiten. Vier Männer hielten fünf Pferde in sicherer Entfernung von der Feuersbrunst an ihren Zügeln und beobachtete sprachlos die heraneilenden Macphersons. Alec und seine Männer hatten sie überwältigt, ehe sie ihre verängstigten Rösser besteigen konnten, und der, der dumm genug war, seine Waffe zu ziehen, bezahlte schnell einen Preis für sein fehlendes Urteilsvermögen.

Alec steckte sein Schwert in die Scheide zurück, sprang von seinem schwarzen Hengst und packte den ihm am nächsten stehenden Mann an der Gurgel.

»Wo ist sie?« rief er über das Geräusch der gierigen Flammen hinweg. Die angeheuerten Gesetzlosen, die hinter ihm standen, warfen sich verstohlene Blicke zu, bis einer von ihnen schließlich ängstlich auf die Mühle zeigte.

»Am Fluß unten, Mylord«, winselte er. »Aber wir haben nichts mit ihm zu tun. Er —«

Alec warf den Mann zu Boden und eilte an der Seite des brennenden Gebäudes entlang. *Gott, laß es noch nicht zu spät sein. Bitte mach, daß sie am Leben ist.* Immer und immer wieder kamen ihm diese Worte in den Sinn. Das Schicksal war auf seiner Seite gewesen, als er Hugh Campbell und den gefangenen Maat vom Piratenschiff knapp einen halben Tagesritt von Benmore Castle entfernt getroffen hatte. Er befand sich gerade auf dem Rückweg, als er nicht weit von der Burg entfernt auf einen blutüberstömten und zitternden David traf, der ihn über den Angriff informierte. Und als sie den Spuren des Wagens folgten, hatten sie bald den aufsteigenden Rauch über der Mühle gesichtet.

»*Fiona!*« schrie Alec, als er sich durch den Rauch und den Schatten der in Flammen stehenden Mühle hindurchkämpfte. Als er um die Ecke bog, sah er, wie das Mühlenrad bedrohlich über einer knienden Gestalt aufragte. Das Herz wäre ihm beinahe in der Brust zersprungen, als er Neil erkannte, der sein langes Schwert über der rothaarigen Frau in die Höhe erhob.

Alec stürmte vorwärts und riß Neil von Fionas bewegungslosen Körper fort, wie ein Falke, der seine Beute vom Boden wegreißt. Er warf den Verräter auf den steinigen Boden, zog seinen Dolch und stürzte sich auf ihn.

Neil erholte sich schnell von seinem Schock, und bevor der blonde Krieger ihn ganz erreicht hatte, rollte er sich zur Seite und sprang schnell auf die Füße. Sein Schwert beschrieb einen tödlichen Bogen in der Luft.

Auch Alec zog sein Schwert aus der Scheide. Sein Gesicht spiegelte den ganzen Zorn wider, den er empfand. Als er auf Neil zuging, wich der Mörder nach hinten aus, und sein Gesichtsausdruck verwandelte sich schnell von grimmiger Kampfeslust in offene Furcht.

»Du feiger Hund. Hast du dir deinen verkrüppelten Arm etwa für so etwas aufgespart? Um eine wehrlose Frau zu töten?«

Plötzlich vernahm Alec hinter sich Fionas Stimme. Instinktiv fuhr sein Kopf herum.

Das war die Gelegenheit, auf die Neil gewartet hatte. Sein Schwert blitzte in der Luft auf, während es auf Alecs ungeschützten Kopf niedersauste.

Fiona schrie auf. Doch Alecs katzengleiche Reflexe erwachten, und seine Klinge fing den Schlag in einem Funkenregen ab. Dann riß er sein eigenes Schwert in die Höhe, ließ es auf den Hals seines sich windenden Feindes niedersausen, durchtrennte Knochen, Muskeln und Sehnen mit tödlicher Entschlossenheit.

Neil sank inmitten der Lache seines eigenen Blutes auf die Knie. Seine Augen wurden trüb, als die schreckliche Gewißheit über sein Schicksal dem Schock des bevorstehenden Todes wich. Und während sein Gehirn langsam aufhörte, zu funktionieren, vernahm er das schwindende Echo des Fluchs einer jungen Frau.

»... in diesem Leben und im folgenden.«

Alec trieb sein blutiges Schwert in den Boden, als Fiona auf ihn zueilte. Er schloß sie in die Arme und sie erzitterte vor Erleichterung und Frohlocken.

Er ist gekommen, um mich zu retten.

Danke, Gott, daß du sie gerettet hast.

Alec stand da, die Arme um Fiona geschlungen, und preßte sie fest an sich, während die Hitze des Kampfes langsam aus seinem Bewußtsein verschwand.

Sie blickte zu ihm auf, und die Freudentränen liefen ihr über die Wangen. Er küßte die salzigen Tränen fort und hielt ihren zitternden Körper fest, bis er das Gefühl hatte, ihre Körper würden verschmelzen. Ihr Atem kam in kurzen Stößen. Sie hob ihre Lippen auf der Suche nach den seinen, nach dem Trost, den sie boten.

Alec hungerte nach dem Gefühl ihres weichen, gefügigen Mundes, und er küßte sanft die Erinnerung an ihr schreckliches Martyrium fort.

»Fiona«, flüsterte er. »Ich dachte, ich hätte dich verloren, mein Liebling.« Seine Hand streichelte über ihr Gesicht, um ihre Verletzungen einzuschätzen. Sanft wischte er den Klumpen getrockneten Blutes an ihrem Mund ab. Als er die mächtige Beule an ihrem Kopfes ertastete, verfluchte er sich selbst, weil er sie nicht so beschützt hatte, wie er es eigentlich hätte tun sollen. Verfluchte sich, weil er sie allein gelassen hatte.

Fiona ergriff seine Hand, die ihr Gesicht umfaßt hielt. »Meine Mutter hat keinen Selbstmord begangen, Alec!«

»Was ist hier geschehen, Fiona? Hat er dich verletzt? Hat er —«

Sie legte ihre Finger auf Alecs Lippen und brachte ihn zum Schweigen. »Nein, mein Liebling. Nur ein Schlag, das war alles. Aber ich muß dir etwas erzählen.«

Der Anblick von John und den anderen Macpherson-Kriegern, die um die Mühle geeilt kamen, unterbrach sie. Sie schmiegte sich eng an Alec, während die Männer Neils Leiche untersuchten.

John wütender Tonfall verriet seine Abscheu. »Unsere Männer haben eine Gruppe von Männern und eine Frau entdeckt, die über eine Hügelkette westlich von hier fliehen. Einer dachte, er habe Kathryn Grant erkannt.«

Alec blickte Fiona an. »War sie hier?«

»Ja, sie war bei ihm.« Sie nickte zu der Leiche hinüber.

»Nehmt die Verfolgung auf«, befahl Alec mit scharfer Stimme. »Ich möchte, daß sie zurückgebracht wird.«

»Nein, Alec«, bat ihn Fiona. »Bitte nicht. Laß sie gehen.«

Alec blickte sie verständnislos an. »Fiona, sie hat hinter dem Ganzen hier gesteckt. Warum sollten wir sie entkommen lassen?«

»Alec, bitte laß sie gehen. Ich werde dir später alles erklären. Sie hatte nicht vor, mich töten zu lassen. Sie wollte nur dafür sorgen, daß ich wieder ins Kloster zurückkehre. Es steckt jemand anders dahinter. Neil wurde von jemand anderem bezahlt.«

»Wer sonst, wenn nicht Kathryn?«

»Ich ... Ich habe keine Ahnung. Aber ich weiß, daß sie es nicht gewesen ist, Alec. Ich habe ihr mein Wort gegeben, daß sie die Chance bekommen würde, Schottland zu verlassen. Aber sie mußte mir versprechen, niemals zurückzukommen.«

Alec blickte in ihr ernstes Gesicht.

»Bitte, Alec.«

Der junge Kriegsherr drehte sich zu seinem Bruder um. »Laß sie verfolgen, John. Und stelle sicher, daß sie auch wirklich davonsegelt ... und wenn wir selbst für die Überfahrt aufkommen müssen.«

Als John davonging, um die Befehle seines Bruders weiterzugeben, wandte Alec sich der zitternden Frau in seinen Armen zu.

»Wir müssen uns unterhalten, Fiona.«

»Bitte bring mich erst von hier weg. Ich kann den Anblick dieses Ortes nicht länger ertragen.«

Die Männer schleppten Neils Leiche um das schwelende

Gebäude herum, und Fiona und Alec wollten ihnen gerade folgen, als einer der Krieger hinter sie trat.

»Lord Alec, Ihr habt das hier verloren.«

Fiona streckte die Hand aus und nahm ihren Dolch aus der Hand des Mannes entgegen. Sie lächelte Alec an, als sie die Waffe in ihre wasserdurchweichte Hülle in der Tasche ihres Kleides gleiten ließ. »Langsam finde ich Gefallen daran, ihn bei mir zu tragen.«

Fiona saß eingewickelt in Alecs warmen Umhang und in seine Arme geschmiegt, während Ebon sie langsam nach Benmore Castle zurückbrachte. John war vorausgeritten, um die Neuigkeit über Fionas Rückkehr kundzutun. Alec wollte, daß alles für ihre Rückkehr vorbereitet wurde, und er wollte zugleich dafür sorgen, daß die anderen Suchmannschaften, die vom Schloß aus losgezogen waren, informiert wurden. Als er ihr erzählte, daß David den Angriff überlebt hatte, brach Fiona vor Erleichterung in Tränen aus. Nun hatte sie ein starkes Bedürfnis, zu schlafen und vermochte kaum gegen den Drang anzukämpfen.

Sie ritten schweigend an dem schnell dahinfließenden Spey zu ihrer Rechten entlang. Alec bedauerte es, daß Kathryn diejenige gewesen war, die Fiona von ihrer Vergangenheit erzählt hatte. Er fragte sich, was für ein Bild sie gezeichnet haben mochte. Was für ein Narr er doch gewesen war, so lange damit zu warten, ihr alles anzuvertrauen! Es blieben immer noch einige Stunden Tageslicht, aber die orangefarbene Sonne wurde gelegentlich von einigen dichten Wolken verdeckt, die aus dem Nordwesten heranzogen.

»Hat sie es dir erzählt?« fragte Alec leise und durchbrach damit ihre zufriedene Träumerei.

Fiona wurde angesichts seiner Frage hellwach.

»Hat sie dir von unserer Verlobung erzählt?«

»Ich habe gehört, wie sie sich mit Neil darüber unterhielt.«

Alec legte ihr die Hand unter das Kinn, hob ihr Gesicht und blickte ihr in die Augen. »Kannst du mir jemals verzeihen, daß ich dir nicht von der Vergangenheit, nichts über mich selbst erzählt habe?«

»Alec, ich habe Kathryn mit meinen eigenen Augen gesehen und ihr zugehört. Ich hatte die Möglichkeit, mir aus erster Hand ein Bild von ihrem Charakter zu machen, und daher verstehe ich, warum du nicht über die Vergangenheit reden wolltest.«

»Sie hat dir also die Wahrheit erzählt?«

»Nicht mir. Sie hat Neil an die Wahrheit erinnert.«

Alec zuckte gleichgültig mit den Schultern. »Ich wußte nicht einmal, daß sie sich kannten. Ich weiß, ehrlich gesagt, immer noch nicht, welcher Art die Verbindung zwischen ihnen ist.«

»Oh, es gab eine Verbindung, das kann man wohl sagen. Alec, Neil war der Mann, der in der Nacht, als du ihre Untreue entdeckt hast, bei ihr war.«

Alec schwieg für einen Moment, und dann beugte er sich vor und drückte ihr einen Kuß auf die Lippen. »Ehrlich gesagt, es ist mir egal, wer bei ihr gewesen ist, mein Liebling. Und es ist mir auch egal, ob sie mich während unserer Verlobungszeit noch mit anderen betrogen hat. Das einzige, was zählt, ist, daß ich es geschafft habe, den größten Fehler meines Lebens doch noch zu vermeiden und dazu noch das unglaubliche Glück zu haben, dich zu finden.« Alec preßte sie fest an sich. »Fiona, es tut mir leid, daß ich dir nichts von ihr erzählt habe. Aber die Wahrheit ist . . . ich hatte Angst. Angst, dich zu verlieren.«

Fiona strich mit ihren Fingern zärtlich über sein Gesicht. Es war eine simple Geste, die aber ausdrückte, daß sie akzeptierte, was er getan hatte, daß sie verstand.

»Die größte Zeit deines Lebens warst du ohne Eltern und Familie. Ich hatte einfach Angst, daß du nicht imstande sein würdest, das wahre Gesicht deiner Cousine und deines Onkels zu erkennen. Kathryns Vater, Lord Gray, ist noch heute unglaublich wütend, daß ich meine Verlobung mit ihr gelöst habe. Ich wußte, daß er uns niemals den Segen für unsere Heirat geben würde. Ich wollte dich heiraten, bevor du sie kennenlernst, und das war falsch. Ich habe dir nicht genug zugetraut. Ich dachte, du würdest von ihrem falschen Charme derart hingerissen sein, so überglücklich, endlich eine ›echte‹ Familie zu besitzen, daß du sie mir am Ende vorgezogen hättest. Damit wäre dein Onkel imstande gewesen, dich zu überzeugen, daß es besser wäre, aus meinem Leben zu verschwinden.«

Fiona blickte ihn zärtlich an. »Alec, diese Leute sind Fremde für mich. Schon allein aus diesem Grund würde ich nie auf sie hören. Alec Macpherson, ich liebe dich. Du bist der Mann, mit dem ich den Rest des Lebens verbringen will. Das darfst du niemals vergessen.«

»Das werde ich auch nie, mein Liebling. Niemals.« Alecs Mund senkte sich zu einem Kuß, der Erfüllung, Vertrauen, Glaube und ewige Liebe ausdrückte, auf ihre Lippen.

Einige Augenblicke später, als sich ihre Lippen voneinander lösten, wußte Fiona, daß sie nun an der Reihe war. Sie mußte Alec anvertrauen, was sie wußte, was sie vermutete. Es durfte nichts mehr zwischen ihnen stehen.

Daher berichtete sie ihm, was sie aus den Gesprächen zwischen Kathryn und Neil in der Mühle erfahren hatte. Sie erzählte ihm, daß Torquil MacLeods Männer — mit Neils Hilfe — ihre Mutter umgebracht hatten.

»Das ergibt aber einfach keinen Sinn«, sagte Alec gedankenverloren. »Ich verstehe nicht, was für eine Verbindung zwischen Torquil und deiner Mutter bestanden hat. Er war ein böser Mensch, aber er hatte keinen Verstand. Ich vermag nicht zu glauben, daß er ein solches Verbrechen, das so viele Jahre ungelöst geblieben ist, geplant und ausgeführt haben soll.«

»Ich denke ebenso, Alec, aber ich kann mich daran erinnern, daß Torquil mit ihm Raum war. Er war derjenige, der seinen Männern befahl, mich wegzubringen. Und all die Jahre, die wir auf derselben Insel gelebt haben, bin ich ihm niemals begegnet. Der Priorin ist es zu verdanken, daß ich ihn niemals von Angesicht zu Angesicht gesehen habe, sondern ihm erst an jenem Tag in Vater Jacks Hütte begegnet bin.«

»Du hast Glück gehabt«, sagte Alec und dachte daran, in welcher Gefahr sie all die Jahre gelebt hatte.

Dann dachte er über das nach, was Fiona ihm erzählt hatte. Irgendetwas stimmte nicht. Ein wichtiger Teil des Puzzles fehlte.

»Haben sie in ihrer Unterhaltung heute morgen noch irgendjemand anderen erwähnt? Du sagtest doch, daß Neil von irgendjemandem bezahlt worden sei.«

»Ja, aber ich weiß nicht, von wem — zumindest nicht mit Sicherheit. Neil hat ihn nicht erwähnt. Und Kathryn hat später geschworen, daß sie keine Ahnung habe, um wen es sich handelt.«

»Und du glaubst ihr?«

»Angesichts des Schnitts, den ich ihrem Gesicht zugefügt habe, würde ich behaupten, sie hatte keine andere Wahl, als die Wahrheit zu sagen.«

Alec lachte lauthals und zog seine kleine Kriegerin in die Arme. »Habe ich es hier etwa mit derselben Frau zu tun, die an dem Tag, als ich ihr den Dolch überreichte, vor ihm zurückschreckte und behauptete, sie könne einem anderen menschlichen Wesen niemals etwas damit zuleide tun?«

Sie blickte in seine stolzen, tiefblauen Augen. »Ich bin immer noch dieselbe Frau, Alec. Die Betonung lag damals auf ›menschlichem Wesen‹. Ich glaube nicht, das wirkliche Menschen dazu imstande sind, die Dinge zu tun, die diese ... Kreaturen ... anderen antun.«

Er strich einige Haarsträhnen aus ihrem schönen Gesicht und zog sie höher auf seinen Schoß. »Du hast recht, mein Liebling. Niemand, dem du gegenübergestanden hast, war einer solchen Bezeichnung würdig.«

Sie mußte es ihm einfach sagen. Sie wußte, daß sie ihm von Huntly erzählen mußte. Sie mußte an ihn glauben und ihm vertrauen.

»Alec, da gibt es noch ... noch etwas ...«

»Was denn, Fiona?« Er spürte, wie unwohl sie sich angesichts dessen fühlte, was sie ihm zu sagen versuchte.

»In jener ... jener Nacht auf Drummond Castle, bevor man mich wegbrachte ...« Sie atmete tief durch. Sie mußte die Dinge so darlegen, wie sie geschehen waren. Sie durfte die Fakten nicht auf eine Weise formen, die ihren eigenen, anschuldigenden Gefühlen in Bezug auf Huntly entgegenkamen. Sie wollte, daß Alec selbst zur gleichen Schlußfolgerung kam wie sie. »Der Ritter meiner Mutter, Sir Allan ...«

»Fiona, sag mir, woran du dich erinnerst.«

»Er kam zu meiner Mutter, während ich bei ihr war. Er sagte, daß Lord *Andrew* unten sei. Alec, meine Mutter wollte, daß er mich vor diesem Mann in Sicherheit bringt. Ich spürte, daß sie Angst vor ihm hatte.«

Fiona sah, wie sich Alecs Gesicht verdüsterte, während er sich bemühte, diese Information zu verarbeiten.

»Also könnte dieser Andrew doch auch jetzt hinter allem stecken.«

»Das siehst du also auch so, nicht wahr?« rief sie. »Es besteht die Möglichkeit, daß es sich hierbei um denselben Mann handelt, der vor so vielen Jahren den Tod meiner Mutter veranlaßt hat und nun versucht, mich umbringen zu lassen, nicht wahr? Daß sein dunkles Geheimnis enthüllt werden könnte, muß ihn ziemlich nervös machen!«

Alec warf Fiona einen Blick zu. Da war der Angriff auf Skye gewesen. Dann die Piraten. Und jetzt das hier. Es lag eine gewisse Logik in dem, was sie sagte. »Wer auch immer dieser Andrew sein mag«, sagte Alec nachdenklich, »er ist hartnäckig. Aber du hast ihn nie gesehen, oder? Du könntest ihn nicht identifizieren.«

»Ich muß ihn nicht sehen, um zu wissen, wer er ist.«

»Du kennst seine Identität?« erkundigte sich Alec erstaunt. Fionas Ton sagte ihm, daß sie schon seit längerer Zeit darüber Bescheid wußte.

Fiona blickte ihm fest in die Augen, als sie den Namen des Grafen aussprach.

»Das kann nicht sein, Fiona. Das kann unmöglich sein.«

Sie schlug ihm mit der Faust gegen die Brust, als sie den Ausdruck der Verleugnung auf seinem Gesicht sah.

»Warum kann es nicht sein, Alec? Betrachte doch einmal die Fakten. Und sei fair. Wer sonst könnte etwas gegen die Ehe meiner Eltern gehabt haben?«

»Zu der Zeit das ganze Land, Fiona«, erwiderte Alec. »Huntly hat deine Mutter geliebt. Er hätte ihr niemals wehgetan — weder in dieser Welt noch in der nächsten.«

»Aber wir reden von einem Mann, der kurz davor stand, sie zu verlieren. Und zwar für immer.«

»Er hatte sie doch längst verloren, Fiona. Er hatte sie fünf Jahre zuvor verloren, als sie das Kind des Königs gebar.« Alec umfaßte Fionas Gesicht mit seinen Händen. »Fiona, als du vermißt wurdest — als die Leiche deiner Mutter gefunden wurde — da war er bestürzter als der König selbst. Monate später, als der König seine Suche aufgab, machte Huntly weiter. Fiona, egal, welchen Eindruck er auch erwecken mag, er ist ein Mann mit Gefühlen. Ein Ehrenmann.«

»Und was ist dann mit dem Namen? Lord Andrew. Sir Allan sagte, daß ein Mann namens Andrew unten sei.«

»Fiona, du weißt so gut wie ich, daß jede Familie in Schottland einen Sohn namens Andrew hat. Wahrscheinlich hieß die Hälfte aller Lowland-Edelleute bei Hofe zu der damaligen Zeit Andrew. Dein eigener Onkel, Lord Gray, heißt Andrew mit Vornamen.«

Sie erstarrte in seinen Armen.

»Hast du jemals daran gedacht, daß dein eigener Onkel hinter all dem stecken könnte? Er ist derjenige, der jetzt, wo man dich gefunden hat, am meisten verlieren wird. Er ist derjenige, der nach dem Tode deines Großvaters die Verwaltung deiner Ländereien und deiner Reichtümer übernommen hat, und der nun alles aufgeben soll.«

»Alec, aber es geht um eine Sache, die vierzehn Jahre zurückliegt. Er hatte damals kein Motiv, meiner Mutter etwas anzutun. Mein Großvater lebte noch. Meine Mutter besaß Schwestern, die noch am Leben waren. Er war gar nicht in einer Position, um Kapital aus ihrem Tod zu schlagen.«

»Das stimmt. Aber mit genau dem gleichen Recht kann ich dich fragen, welches Kapital Lord Huntly heute aus *deinem* Tod schlagen sollte. Du hast keinerlei Beweis für seine Schuld.«

»Ich denke doch, Alec.«

»Was sagst du da?« fragte er, packte sie an der Schulter und blickte ihr in die Augen.

»Es gibt eine Lederbörse, die meine Mutter damals, an dem Abend, als sie getötet wurde, auf Drummond Castle vor meinen Augen versteckt hat. Sie sagte ... Sie sagte, ich solle den Inhalt dieses Beutels meinem Vater zeigen. Und daß er die bösen Männer bestrafen würde, die an jenem Abend gekommen waren.«

Fiona spürte, wie es ihr die Kehle zuschnürte. Als Alec seinen Arm um sie legte, hatte sie das Gefühl, den Arm ihrer Mutter um sich zu spüren. Eine Träne kullerte ihr über die Wange. Sie sah ihre Mutter vor sich, wie sie auf eine Stelle fünf Steine weit vom Kamin deutete. Fünf. Sie fragte sich, ob der Beweis nach so vielen Jahren immer noch dort versteckt liegen mochte. Diese dreckigen Verbrecher.

»Das einzige Problem ist, daß ich nicht sicher bin, ob ...«

»... ob der Beutel nicht schon entdeckt worden ist?« beendete er den Satz für sie.

Sie nickte.

»Nun, es gibt nur einen Weg, dies herauszufinden, nicht wahr?«

»Wirst du mich nach Drummond Castle bringen?«

Alec streckte die Hand aus und wischte ihr die einsame, glitzernde Träne von der Wange. »Ich werde dich dorthin bringen, aber eins nach dem anderen. Zuerst werden wir heiraten. Huntly hat meinem Vater mitgeteilt, daß dein Onkel bereits nach angemessenen Heiratskandidaten für dich Ausschau hält.«

»Aber das kann er doch nicht tun!« sprudelte es aus ihr hervor, »ich will doch dich heiraten.«

»Du wirst ihn schon noch kennenlernen, mein Liebling. Er gehört nicht zu den Menschen, die Verständnis für Herzensangelegenheiten haben. Ich denke, durch ihn hat Kathryn auch ihre Einstellung zum Leben erworben.«

»Dann werden wir heiraten, bevor wir nach Drummond reisen.«

Nach einer weiteren Krümmung des Flusses konnte Fiona die Mauern von Benmore Castle erkennen, die sich in einiger Entfernung erhoben.

»Das Dorf liegt direkt vor uns, hinter dem nächsten Hain«, teilte Alec ihr mit. Er hob seine Stimme und befahl seinen Männer, vorauszureiten. »Fiona, müssen wir ihn eigentlich zu unserer Hochzeit einladen?«

Als sie sich umdrehte, um ihm zu antworten, umfing sein Mund ihre Lippen so schnell, daß es kein Entkommen für sie gab. Er hatte eigentlich beabsichtigt, ihr nur einen kleinen Kuß zu geben, um seiner Bereitschaft, ihr zu helfen, noch einmal Nachdruck zu verleihen, aber er hatte nicht mit ihrer Reaktion gerechnet.

Sie vergrub ihre Hände in seinem Haar und zog seinen Kopf tiefer, während sich ihr weicher Mund unter dem Druck seiner suchenden Zunge öffnete. Sie küßten sich tief und auf vertraute Weise und beteuerten so noch einmal die Leidenschaft und den Hunger, den sie füreinander empfanden.

»Du bist sehr überzeugend«, gurrte sie mit leiser Stimme, als er den Kuß sanft beendete.

»Gut«, erwiderte er und ließ seine Hand unter dem Umhang über ihre volle Brust gleiten. »Aber das hier ist erst der Anfang.«

Kapitel 21

Wie du gekommen, so sollst du gehen.
Einem Schatten gleich in einem Glas ...
— William Dunbar, *»Momento Homo quod cinis es«*

Als man ihr mitteilte, daß Celia Muir Campbell, Lady Argyll, sich im Schloß aufhalte und sich darauf freue, sie kennenzulernen, wäre Fiona beinahe gestorben. Schließlich hatte sie von den eintreffenden Gästen erfahren, daß es sich dabei um jene Frau handelte, die den jungen König James durch ganz Schottland und ins sichere Gewahrsam von Colin Campbell, Alecs bestem Freund, hatte schaffen lassen. Sie war aller Welt als eine Frau von großem Mut, Schönheit und Esprit bekannt.

Fiona blickte ihr Spiegelbild im Fenster traurig an. Ihre rote Mähne war wieder einmal außer Kontrolle geraten. Sie stopfte die lockigen Haarsträhnen, die sich aus ihrem Zopf gelöst hatten, zurück und strich sich mit den Händen über ihren Rock, um die Falten zu glätten. »Es wird Zeit, Fiona«, flüsterte sie ihrem Spiegelbild zu. »Es gibt keinen Grund, die Dame warten zu lassen.«

Fiona schloß die schwere Eichentür ihres Gemachs und schritt den Steinflur entlang. Claire hatte ihr soeben die Nachricht gebracht, daß sich Lord Alec und Lord Colin mit den anderen Gästen unten aufhielten, Lady Celia aber immer noch in ihrem Gemach sei und sie gerne dort treffen würde.

Als Fiona an der Tür zu Lord und Lady Campbells Gemächern eintraf, überkam sie ein Gefühl der Unsicherheit. Sie hatte bereits herausgefunden, wie sehr Alec von seiner Familie geliebt wurde, daher sehnte sie sich mehr als alles andere danach, sie nicht zu enttäuschen. »Nur Mut, Fiona«, murmelte sie in sich hinein. »Nur Mut.«

Beim Klang des leisen Klopfens an der Tür zog sich Celia vorsichtig den Schal weiter über ihre Schulter und bedeckte den Kopf ihrer Tochter, die sie gerade stillte. »Herein«, rief sie leise, darauf bedachte, ihr Kind, das beinahe eingeschlafen war, nicht zu stören.

Sie beobachtete, wie die Tür leise aufschwang und eine junge Frau eintrat.

»Ihr müßt Lady Fiona sein«, flüsterte sie und betrachtete die engelsgleiche Gestalt, die zögernd stehenblieb.

Fiona stand verlegen und sprachlos da. Sie hatte mit einer Szene, wie sie sie vor sich sah, nicht gerechnet. Am Fenster in der Ecke des Gemachs saß eine dunkelhaarige Schönheit — kaum älter als Fiona selbst —, die ein einfaches, weißes Kleid trug und ein Baby auf dem Schoß hielt. Fiona betrachtete das friedliche Bild von Mutter und Kind und wußte sofort, daß sie Lady Celia Muir Campbell mögen würde.

Zwei Tage später vor der Mittagsmesse umarmten sich Fiona und Celia heftig, bevor sie sich fröhlich auf den Weg zur kleinen Dorfkirche machen würden.

»Fertig … und es ist noch genug Zeit«, flüsterte Fiona aufgeregt.

»Du siehst einfach umwerfend aus, meine strahlende Freundin«, sagte Celia ehrfürchtig und trat hinter sie, während Fiona einen letzten Blick in den Spiegel warf. »Dein Anblick wird deinen Zukünftigen dahinschmelzen lassen, da bin ich mir sicher.«

Sie warfen sich einen verschwörerischen Blick zu und begannen wie auf Kommando zu lachen. Fiona und Celia waren seit ihrem Kennenlernen unzertrennlich. Sie hatten den meisten Teil der Zeit in Fionas Gemach verbracht, da es ein alter Highland-Brauch vorsah, daß Braut und Bräutigam die Zeit vor ihrer Hochzeitszeremonie voneinander getrennt sein mußten. Aber das hatte den Grafen von Argyll nicht davon abgehalten, seiner Frau jede Stunde einen Besuch abzustatten.

Für Fiona war die Liebe, die diese beiden füreinander hegten, eine ständige Quelle des Staunens. Und sie hatte nicht lange benötigt, um zu erkennen, welch besondere Menschen ihre neuen Freunde waren.

Als sie sich an jenem ersten Tag zusammengesetzt hatten, hatten sich die beiden Frauen sogleich in der Gesellschaft der anderen ausgesprochen wohl gefühlt. Es war wie ein Wiedersehen alter Freundinnen gewesen, und während sie sich unterhielten, war die Zeit wie im Fluge vergangen.

Schließlich war ihnen klar geworden, daß sie jedes Zeitgefühl verloren hatten. Celia ging zur Wiege, um nach ihrem schlafenden Baby zu sehen, als ein leises Klopfen Fiona zur Tür eilen ließ. Sie sah sich mit einem schwarzhaarigen Riesen konfrontiert, der den ganzen Türrahmen einnahm und einen gefährlichen, kriegerischen Gesichtsausdruck trug. Fiona trat vor und hob eine Hand, um sie dem Riesen abwehrend auf die Brust zu legen, ehe sie ihn nach seinem Ansinnen fragte. Ein gurgelndes Lachen stieg in der Brust des Mannes auf, als er registrierte, daß die rothaarige Schönheit sich ihm in den Weg stellte.

»Das ist schon in Ordnung«, sagte Celia und ergriff den Arm ihrer errötenden neuen Freundin. »Er gehört zu mir. Laßt ihn nur herein, sonst zerbricht er noch die Tür.«

»Sie sieht nicht nur aus wie ihr Vater, sie benimmt sich auch wie er«, sagte der Graf von Argyll mit einem amüsierten Kichern an seine Frau gewandt und küßte sie gründlich. »Alec langweilt mich schrecklich. Ich habe dich vermißt.«

Colin entließ Celia schließlich aus seiner Umarmung und drehte sich zu der anderen jungen Frau um.

»Es freut mich sehr, Euch kennenzulernen, Fiona Drummond Stuart. Ich bin Colin, der Mann, den meine Frau und meine Tochter zu ihrer Unterhaltung dulden. Und ich bin dankbar für diese Arbeit«, fügte er mit einem vertraulichen Flüstern hinzu, »da ich für einen Narren ein bißchen groß geraten bin.«

Die drei nahmen Platz und verbrachten einen äußerst angenehmen Nachmittag miteinander, an dem Fiona viel über ihren zukünftigen Mann erfuhr. Die Geschichten, die Celia und Colin über Alec erzählten, waren gleichermaßen faszinierend und amüsiert. Colin und Alec waren schon ein Leben lang Freunde und daher war es nicht verwunderlich, daß Colin Campbell einen Haufen abschreckender Geschichten über Alec kannte, die er Fiona nur zu gerne berichtete.

Doch Fiona wurde schon an diesem ersten Tag klar, daß Celias Geschichten glaubwürdiger waren als Colins. »Mein Mann«, sagte Celia, während sie dem Grafen eine Hand auf den Mund legte, »versucht sich nur an Alec und dessen Aufstand zu rächen, den er veranstaltete, als er hörte, daß wir heiraten wollten.«

Die Tage waren erfüllt und geschäftigt vergangen, aber Fiona vermißte Alec. Lady Elizabeth informierte sie, daß ihr Sohn ein wenig gereizt war, weil man ihn nicht in die Nähe seiner Verlobten ließ.

Während dieser Tage hatte Fiona die Gelegenheit, einige der anderen Campbells kennenzulernen. Lord Hugh, Celias Schwiegervater, war ein liebenswerter Bär von einem Mann, der seine Enkelin vergötterte. Und Fiona traf auch Agnes, die Haushälterin der Campbells, die aber offenbar mehr wie eine Mutter für Colin und Celia war.

Fiona lächelte in sich hinein, als sie sich daran erinnerte, wie Agnes sie ausgefragt hatte, um sicherzugehen, daß sie Alec auch verdient hatte. Aus Lady Elizabeths Worten schloß sie, daß Agnes auch Alec wie einen eigenen Sohn liebte.

Nun, da das helle Sonnenlicht am Hochzeitsmorgen durch das Fenster hineinströmte, betrachtete Fiona vergnügt das wundervolle, bodenlange Kleid, das Lady Elizabeths Näherin für sie angefertigt hatte. Ihr rotes Haar, das locker mit dünnen Perlenschnüren geflochten war, fiel über eine Schulter. Der runde Ausschnitt war auf kunstvolle Weise mit einem feinen Muster aus ineinander verschlungenen, goldenen Blättern und silbernen Blumen bestickt. Die mächtigen, glockenähnlichen Ärmel waren kurz und liefen am Unterarm eng zusammen. Das Mieder schloß sich fest um Fionas schlanken Körper und ergoß sich in Satinfalten unterhalb der wertvollen Kordel, die ihre Taille umfing, bis auf den Boden. Der Macpherson Tartan lief quer von ihrer entblößten Schulter bis zur Hüfte und wurde von einer eleganten, juwelenbesetzten Brosche festgehalten. Von der Kordel um

Fionas Taille hing Alecs Dolch in einer Scheide aus glänzender Eiche und Gold herab.

Huntly hatte ihr die kunstvoll gearbeitete Brosche am Abend zuvor überreicht. Sie zeigte einen sprungbereiten Löwen auf einem Schild, der von zehn Fleur-de-lis umgeben war — das königlichen Wappen der Stuarts. Das Geschenk symbolisierte die Anerkennung Fionas als Tochter von James IV. durch die Königin.

Als sie nun in den Spiegel schaute, erblickte Fiona wohl dieses Zeichen ihrer adeligen Abstammung, jedoch keine materielle Erinnerung an die Frau, die ihr das Leben geschenkt hatte.

Sie schritt zum Bett hinüber, nahm das Kreuz ihrer Mutter und hängte es sich um den Hals. Dann drehte sie sich wieder um und blickte in die Augen, die sie aus dem Spiegel anschauten. Die Augen ihrer Mutter. *Trauere nicht den furchteinflößenden Schatten des Glücks nach, das mich meine Seele gekostet hat. Lebe dein Leben, Fiona. Lebe dein Leben!*

Fiona schaute im Spiegel zu Celia hinüber, die auf einem Stuhl auf der anderen Seite des Raumes saß und mit ihrer Tochter spielte. Das Kind hielt die wundervollen, kastanienbraunen Locken seiner Mutter in beiden Fäusten und stopfte sie ihr in den Mund. Die glucksenden Geräusche des Kindes und Celias Lachen brachten Erinnerungen zurück. Fiona schloß seufzend die Augen und dachte an längst vergangene Zeiten. Bestimmt hatten auch sie solche Spiele gespielt, die gleiche Freude geteilt, die diese beiden gerade erlebten.

Tränen stiegen ihr in die Augen, und eine einzige löste sich und rann ihr über die Wange. Celia war sofort an ihrer Seite und nahm sie in die Arme.

»Aber, aber. Heute ist doch ein Freudentag«, murmelte sie und wischte die feuchte Spur von Fionas Gesicht. »Die Probleme der Welt können warten. Denk an den Mann, der am Altar auf dich warten wird. Der Mann, der verrückt ist vor Schmerz, weil er dich nicht sehen darf. Ist es nicht wundervoll, begehrt und geliebt zu werden?«

Ein leises Klopfen an der Tür zog die Aufmerksamkeit der beiden auf sich.

Celia durchquerte das Gemach, um die kleine Constance auf den Arm zu nehmen. »Ich denke, es ist an der Zeit, daß ich einmal nach meinem Mann sehe.«

Sie schritt mit dem Kind zur Tür, öffnete sie und sagte leise: »Ich werde wiederkommen, wenn es soweit ist.«

Fiona sah zu, wie ihre Freundin der Person, die im Korridor stand, zulächelte und dann verschwand. Die Tür stand offen, aber niemand trat ein.

Unerklärlicherweise begann Fionas Herz heftig zu pochen, als sie zögernd auf die geöffnete Tür zutrat. Sie blickte in den düsteren Korridor hinaus und sah den Schatten einer Frau. Da trat sie einen Schritt zurück und lächelte der schweigsamen Besucherin ermutigend zu.

»Tretet doch ein.«

Als die alte Frau auf einen Stock geschützt hineingeschlurft kam, verharrte Fiona für einen Moment und blickte sie unsicher an. Sie hatte eigentlich gedacht, daß sie bereits alle Macphersons kennengelernt hatte, aber diese alte Frau ...

»*Nanna!*« rief sie mit erstickter Stimme und sprang auf ihre alte Vertraute zu. Tränen strömten ihr über das Gesicht, als sie die zierliche Frau mit den schneeweißen Haaren umarmte.

»Oh Fiona, mein Kind!« weinte Nana. »Ach, mein liebes, liebes Mädchen!«

Viele Jahre hatte die alte Frau in der Annahme gelebt, daß ihr kleiner Engel tot sei. Viele Tage hatte sie Kerzen in der Kapelle entzündet und für die Seelen der verstorbenen Mutter und ihres Kindes gebetet. Und dann hatte ihr Lord Andrew die Neuigkeit überbracht. Sie hatte kaum zu hoffen gewagt, daß er die Wahrheit sprach. Nein, sie hatte gewartet und sich mit eigenen Augen überzeugen wollen. Sie blickte in das erwachsene Gesicht ihres kleinen Mädchens. Das hier war ihre geliebte Fiona. Das war sie ganz ohne Zweifel.

»Nanna ... wie hast du ...«, Fiona zog ihre liebe Freundin zum Bett hinüber und ließ sie Platz nehmen. »Wo bist du nur gewesen, Nanna? Wie kommt es, daß du hier bist?«

Nanna wischte sich die Tränen vom Gesicht und umklammerte die Hände der jungen Frau, während sie jeden Zentimeter des Gesichts ihres früheren Schützlings eingehend betrachtete.

»Du bist zu einer solchen Schönheit herangewachsen, mein Kind! Ja, du hast das Beste deiner Eltern in dir.« Nanna umarmte Fiona fest und zog sie an sich. »Ach, mein Mädchen, ich hätte niemals gedacht, daß ich noch einmal den Tag erleben würde, an dem ich dich in den Armen halte.«

Sie saßen einen Moment lang nur da, hielten einander fest, und die Jahre schmolzen dahin wie Morgennebel.

»Nanna«, sagte Fiona schließlich und blickte die alte Frau an. »Kommst du gerade von Drummond Castle? Erzähle mir, was —«

»Nein, mein Kind«, unterbrach sie Nanna und schüttelte den Kopf. »Ich bin nach dem Tode deines Großvaters dort weggegangen. Solange deine Cousine da ist, kann ich dort nicht wohnen.«

»Oh, Nanna«, erwiderte Fiona erschrocken, »sie hat dich doch wohl nicht hinausgeworfen, oder? Du konntest sicher nirgendwo anders hin.«

»Nein, sie hat mich nicht hinausgeworfen. Diese Befriedigung wollte ich ihr nicht geben. Ich bin gegangen. Und ich habe bei dem Mann Unterschlupf gefunden, der mir schon vor Jahren seine Hilfe angeboten hat: Lord Huntly.«

Fiona starrte die Frau an.

»Ich hatte sonst niemanden, mein Kind«, fügte sie erklärend hinzu. »Aber ich wußte, daß er mich aufnehmen würde.«

»Aber warum, Nanna?« erkundigte sich Fiona, die durch die Behauptung ihrer alten Freundin verwirrt war. »Woher kanntest du ihn denn? Seid ihr verwandt?«

»Nein, aber ich kenne ihn schon lange Zeit. Kannte ihn schon vor deiner Geburt. Er war ein Freier deiner Mutter ... bevor sie dem König begegnete. Und später dann wurde er zu einem treuen Freund. Er war immer für sie da. Er ist ein guter Mann, wirklich. Und weißt du Fiona, obwohl er kein Mann ist, der seine Gefühle offen zeigt, so spricht er Recht, wie er es für richtig hält. Und er vergißt niemals. Als ich zu ihm nach Stirling kam, hat er für mich gesorgt. Und er hat nach mir geschickt, daß ich hierherkommen sollte.«

»Das wußte ich nicht.« Fiona blickte Nanna liebevoll an. »Könntest du ... es mir sagen? Bitte? Was in jener Nacht ...«

»Ich weiß, ich weiß, mein Liebes. Ich habe Lord Alec getroffen, bevor ich zu dir heraufkam. Er sagte mir, daß du mich deswegen fragen würdest. Du möchtest etwas über jene böse Nacht erfahren, als ich verletzt wurde —«

»Sie haben dir auch etwas angetan?« sprudelte es aus Fiona hervor. »Was ist geschehen? Erzähl mir alles, was damals vorgefallen ist.«

»Wir haben nach deiner Hochzeit noch Zeit genug dafür, mein Kind. Du solltest nun lieber —«

»Bitte, Nanna. Ich muß es jetzt wissen.«

Die alte Frau blickte ängstlich in das Gesicht der jüngeren. Sie besaß so viel von der Impulsivität ihres Vaters und so viel von der Stärke ihrer Mutter!

»Also gut«, sagte sie zustimmend und atmete tief durch, bevor sie begann. »Obwohl ich die Befürchtung habe, daß das, was ich zu sagen habe, möglicherweise keinen Sinn ergibt. Warte einmal ... es war einige Tage vor jener furchtbaren Nacht. Ich erinnere mich daran, daß ich früh am Nachmittag zu Margarets Gemach gerufen wurde. Sie war gerade von einem Besuch bei irgendjemandem zurückgekehrt.«

»Wen hatte sie denn besucht?«

»Das hat sie mir nicht erzählt. Aber sie war ziemlich aufgebracht, als ich sie sah. In dem Moment, wo ich das Gemach betrat, reichte sie Sir Allan gerade einen versiegelten Brief.«

»Einen Brief? An wen?«

»An den Grafen von Huntly. Ich erinnere mich daran, daß Margaret widerholt auf die Dringlichkeit und die Vertraulichkeit dieser Korrespondenz hinwies, ehe Sir Allan sich auf den Weg machte.«

»Hat sie dir jemals etwas über den Inhalt gesagt?«

»Nein, nie.«

Fiona blickte aus dem Fenster und versuchte, sich an die Lederbörse zu erinnern, die in ihrem alten Zimmer versteckt war. Ob sie wohl eine Antwort auf den Brief ihrer Mutter enthielt? Nein, dafür war sie zu klein.

»Was hat der Brief denn mit dem Überfall zu tun?« fragte Fiona.

»Vielleicht gar nichts. Vielleicht aber auch sehr viel. Das wirst du entscheiden müssen. Jedenfalls ließ ich dich an dem Abend, als dein Vater eintreffen sollte, bei deiner lieben Mutter zurück, die mich nach unten schickte, um Sir Allan zu holen. Er kam gerade aus dem Großen Saal, als ich ihn traf, und ich habe ihn über die hintere Treppe zum Zimmer hochgeschickt, wie deine Mutter es mir aufgetragen hatte. Deine arme Mutter ...«

Fiona drückte sanft die Hände der alten Frau, deren Stimme bei der Erinnerung an die lang Verstorbene verstummte. »Bitte, Nanna«, sagte sie mit drängender Stimme.

»Oh, ja, wo war ich?« erwiderte ihre alte Kinderfrau und bemühte sich, ihre Gedanken zu sammeln. »Als ich durch die Hintertür in den Schloßhof trat, warteten dort bereits einige dieser scheußlichen Barbaren. Einer von ihnen zog deiner alten Nanna eins über den Schädel, und ich erinnere mich nur noch daran, daß ich einige Stunden später wieder aufwachte. Man hatte mich zum Sterben auf dem Misthaufen zurückgelassen.« Sie wischte sich eine Träne aus den geröteten Augen.

»Das tut mir leid«, sagte Fiona mit erstickter Stimme.

Die Frau tätschelte die Hand ihrer jungen Freundin. »Nein, nein, mein Kind, du mußt wegen mir nicht traurig sein. Ich habe diese schreckliche Nacht überlebt. Aber etwas in mir ist tatsächlich gestorben, als man mir von deiner Mutter und von dir erzählt hat.«

»Wer hat es dir denn erzählt?« erkundigte sich Fiona und blickte ihre Nanna eindringlich an. »Oh, nein. Erzähle mir lieber, wer sich noch im Großen Saal aufhielt, als du auf der Suche nach Sir Allan warst.«

Die alte Kinderfrau blickte ihre schöne Inquisitorin erstaunt an. »Im Großen Saal? Ich habe keine Ahnung, Fiona.«

»Und als du später das Bewußtsein wiedererlangt hast, wer war da im Schloß?«

Nanna dachte angestrengt nach. »Nun, als ich aufwachte, da war Lord Gray da. Er hatte deine liebe Mutter gefunden. Und Lord Huntly —«

»Lord Huntly war da, als du aufwachtest?«

»Ja, mein Kind. Er und Lord Gray trafen beide in jener Nacht ein. Lord Huntly kam vor deinem Vater an, der noch aufgehalten worden war und ihn vorausgeschickt hatte. Der König traf erst am nächsten Tag ein.«

Fiona ballte ihre Hände zu Fäusten. »Erzähl mir mehr. Bitte sage mir, was vor sich ging, als du das Schloß wieder betratest.«

»Es war ein einziges Durcheinander. Man hatte die Leiche deiner Mutter gefunden und auch die Nachricht, die sie hinterlassen hatte. Lord Gray bereitete seine Leute auf die Suche nach dir vor. Und Lord Huntly ... Lord Huntly ...«

»War war mit ihm? Bitte, sag es mir.«

»Der Graf drehte in jener Nacht durch. Ich habe noch niemals einen Mann erlebt, der so aufgebracht war wie er. Ich habe gehört, daß er wie ein Verrückter durch das Schloß gelaufen sein soll und etwas suchte. Ich werde den Gedanken einfach nicht los, daß dies irgendetwas mit dem Brief zu tun hatte, den deine Mutter ihm schickte.«

Die Lederbörse. Der Beweis seiner Schuld. Er war auf der Suche nach der Lederbörse, dachte Fiona.

Achtundzwanzig Jahre früher, 1488

Von seinen Soldaten getrennt lag König James III. vor der Hütte des Müllers auf der lehmigen Straße eines Dorfes namens Banockburn. Das mächtige Schwert von Robert the Bruce trug er immer noch an seinem Gürtel. Der König ertastete seine Rippen und sein Bein und untersuchte vorsichtig, welche Verletzungen er durch den Sturz von seinem Pferd erlitten hatte.

Der Müller, der den König erkannte, bewegte seinen fetten Leib eilig auf den gestürzten Edelmann zu und half ihm in seine Hütte.

Als der Müller auf der Suche nach Hilfe wieder hinausging, zügelten draußen zwei Männer ihre Pferde. Sie sprangen ab, und einer der Männer packte den beleibten Mann grob am Arm, während ihm der andere mitleidslos sein Schwert in den Rücken stieß.

Ohne eine Emotion zu zeigen, stieg der Anführer über den zuckenden Körper hinweg und betrat die Hütte. Der König lag auf einem Strohlager in der Ecke und betrachtete die beiden Männer erschöpft. »Ich kenne Euch, Andrew«, flüsterte König James, der die Clan-Brosche erkannt hatte, die der junge Edelmann trug. »Aber Ihr seid nicht gekommen, um mir zu helfen!«

»Doch, Mylord«, erwiderte der Mann, dessen Augen so hellblau waren, das sie das Eis seiner Seele widerspiegelten. »Denn ich bin hier, um Euch in die nächste Welt zu helfen.«

Hinter ihm trat sein Kumpan ins Blickfeld des Königs.

»Torquil MacLeod ... ich hätte Euch hängen lassen sollen, als ich die Gelegenheit dazu hatte.«

Mit einem Seitenblick auf seinen Kameraden trat der Highlander einen Schritt zurück. Ein Schatten von Angst fiel über sein Gesicht.

»Keine Sorge, Torquil«, sagte der blauäugige Krieger über die Schulter. »Dieser alte Mann weiß, daß man eine Gelegenheit beim Schopfe packen muß.«

Andrew durchquerte den Raum, trat nahe an den König und warf einen habgierigen Blick auf den glänzenden Ring von Robert the Bruce — das Symbol des schottischen Königtums —, der den Finger des Monarchen zierte. »Und genau das werden wir tun, alter König«, flüsterte er harsch. »Wenn Ihr tot seid, wird Euer Sohn James König. Aber nicht für lange. Die Macht gehört den Starken und den Schnellen ... und schon bald werde ich Schottland regieren.«

Sodann hob Andrew sein Schwert und stieß die blutige Klinge immer und immer wieder in die Brust des Königs.

Edinburgh nahm erschüttert die Nachricht vom Tod James des III. auf, den man ermordet und ohne seinen Ring, dem Symbol seiner Macht, in der Hütte des Müllers gefunden hatte.

Aber es gelang niemandem, die Identität seines Mörders zu ermitteln.

Kapitel 22

Ihr Kleid soll sein aus Schönheit,
Mit einem angesehenen Namen geschmückt,
An jedweder Stelle mit Gefälligkeit verziert,
Eingefaßt in vornehmster Manier ...
— Robert Henryson, *»The Garment of Good Ladies«*

Alec verschlug es den Atem, als Fiona durch das Portal trat.

Hinter ihr sandte das helle Sonnenlicht tausend leuchtende Strahlen aus, die ins düstere Halblicht des Kircheninneren flimmerten. Alec trat an seinen Platz vor der Kanzel und betrachtete voller Stolz und mit offener Bewunderung die Frau seiner Träume.

Die festlich gekleideten Gäste hatten sich bisher ruhelos und fröhlich unterhalten. Nun verstummten sie und richteten ihre Blicke auf die rothaarige Schönheit, die über die Türschwelle trat.

Alec schaute nur auf Fiona. Der majestätische Klang eines Dudelsackspielers, der ihren Weg zum Altar begleitete, verlor an Bedeutung angesichts des liebevollen Blicks, mit dem er von ihr bedacht wurde. Ein Blick voller Liebe, von einem Engel, der durch die Menge auf ihn zuzuschweben schien.

Als Alec eine Stunde zuvor vom Schloß herabgeritten kam, hatte sich eine fröhlich gestimmte Menge von Dorfbewohnern und Bauern entlang des sonnenüberfluteten Weges eingefunden. Man klatschte Beifall, winkte ihm zu und sang zu den Klängen der verschiedenen Gruppen von Dudelsackspielern. Frauen verteilten Essen und Süßigkeiten, Kinder liefen hin und her und stürmten immer wieder auf den Bräutigam und seine Eskorte aus bewaffneten Kriegern zu. Alec mußte lächeln, als die wilden, tartan-bekleideten Männer in ihren polierten, in der Sonne glänzenden Rüstungen immer wieder nach unten griffen und einige der quietschenden Kinder zu einem kurzen Ritt auf ihre Rösser hoben. Selbst sein Knappe Robert, der sein neues Kettenhemd trug, und dessen glänzendes Schwert an einer Seite hinabhing, sah recht männlich aus. Er scherzte mit den anderen Kriegern und den Blumen werfenden Jungfrauen entlang des Weges.

Als er die Brücke zum Dorf überquerte, schüttelte er die unzähligen Hände der ausgelassenen Bewohner.

Die Häuser des Dorfes waren anläßlich der Festlichkeiten hergerichtet worden und präsentierten sich in strahlenden Blau- und Gelbtönen, in Rot und Grün. Aus jedem Fenster flatterten Banner und Macpherson-Plaids, und die Bewohner liefen Gefahr, vor lauter Begeisterung aus den oberen Stockwerken ihrer Häuser auf ihre Nachbarn unten auf den Straßen zu stürzen.

Überall war Lachen und Musik und Ausgelassenheit zu vernehmen, und Alecs Herz drohte bei dem Gedanken daran, daß dieser überwältigende Empfang auch seiner geliebten Braut auf dem Weg zur Kirche gelten würde, schier zu zerspringen.

Als sich der junge Kriegsherr oben auf der kleinen Treppe zum Kircheneingang noch einmal umdrehte, um zu winken, brachen alle auf dem überfüllten Marktplatz erneut in Jubelrufe aus. Plötzlich überkam Alec ein Gefühl des Bedauerns, daß sein Bruder Ambrose bei der Zeremonie nicht anwesend sein konnte, und er wußte, daß Fiona über die Abwesenheit der Priorin genauso traurig sein würde. Aber es war eine Nachricht von den beiden eingetroffen, in der eine große Feier anläßlich der Hochzeit von Fiona und Alec bei ihrer Rückkehr auf Skye angekündigt wurde, die der Vorbereitungen bedurfte.

Alec hatte sich mit einem letzten Winken verabschiedet, ehe er unter dem Beifall der Menge in der Kirche verschwand.

Und nun, da er angesichts der Vision von Lieblichkeit, die auf ihn zuschwebte, gefesselt dastand, spürte Alec, daß sich sein Herz in der Brust überschlug.

Auch Fiona sah nichts anderes als ihren geliebten Bräutigam.

Ihre Augen wanderten über den prächtigen Krieger, der einen wahrhaft überwältigenden Anblick bot. Alecs langes, blondes Haar war ordentlich zurückgebunden. Er trug seinen feinsten Kilt, ein Hemd aus glänzender, weißer Seide und einem Tartan mit Macpherson-Muster, der seine breite, kräftige Brust kreuzte. Das Licht von Tausenden von Kerzen spiegelt sich im Griff seines langen Schwerts und in den Clan-Waffen, die auf seiner goldenen Brosche eingeprägt waren.

Aber es war der Ausdruck in seinem Gesicht, der sie besonders fesselte. Aus seinen blauen Augen strahlte ihr eine solche Liebe entgegen, daß Fiona zerschmolz.

Colin Campbell, der Graf von Argyill, der in derselben Bank wie die Macpherson-Familie saß, legte zärtlich seinen Arm um die Schulter seiner Frau und zog sie fest an sich. Dann beugte er sich vor und küßte die Freudenträne, die über Celia schönes Gesicht lief, fort.

Alecs Vater tauschte einen glücklichen Blick mit seiner Frau, und sie erinnerten sich an den Moment, als sie selbst in dieser Kapelle gestanden hatten, um sich das Eheversprechen zu geben.

Der Graf von Huntly spürte, wie sich seine Kehle zuschnürte, denn wieder einmal trauerte er um die einzige Frau, die er jemals in seinem Leben geliebt hatte. Er blickte auf und beobachtete, wie Margarets schöne Tochter auf den Altar zutrat, um dem jungen Grundherrn ihre Hand zu schenken.

Die Klänge der Harfen, die den Dudelsackspieler abgelöst hatten, als die beiden Liebenden gemeinsam vor den Altar traten, die lateinischen Gesänge der Priester und Meßgehilfen und der leise Austausch des Eheversprechens endeten in einem fröhlichen Jubel der Gemeinde, als sich Alec und Fiona umdrehten, um ihre Freunde und ihre Familie als Mann und Frau zu begrüßen.

Fiona, die viel zu aufgeregt war, wartete nicht auf Alecs Zeichen. Sie stolperte trotz seines drohenden Murrens eilig den Abhang des steilen Hügels hinunter. Blätter, Büsche und Farne streiften ihre Beine. Sie hatte ihre Röcke hochgerafft, und ihr Haar wurde durch die Brise, die vom nahe gelegenen See herüberkam, über ihre Schultern geweht. Sie eilte mit der Schnelligkeit eines Rehs dahin. Dies war der erste Tag seit ihrer Hochzeit, den sie allein und außerhalb des Schlosses verbrachten. Es war ein heißer Tag, und die Sonne stand hoch am Himmel, als Alec sie mit dem Versprechen, ihr die Bauern der Macphersons und ihre Felder zu zeigen, zu den Ställen hinausgelockt hatte. Die Leute um Benmore Castle hatten sie herzlich willkommen geheißen, aber als sie sich auf dem Rückweg befanden, hatte Alec sie von ihrem Pferd auf sein Roß herübergezogen.

Und dann hatte er sie hierher gebracht. Im Himmel konnte es nicht schöner sein, dachte sie, als sie oben auf dem Felsvorsprung stand und auf den friedlich daliegenden See hinabsah. Das Wasser war von drei Seiten von hohen Hügeln umgeben, auf denen die Heide in voller Blüte stand, und ein verführerisch weißer Sandstrand lockte am Fuße des Abhangs. Alec hatte ein Rennen den Abhang hinunter vorgeschlagen, und Fiona hatte bereits ihre Schuhe von den Füßen geschleudert, ehe er ganz aussprechen konnte, und war auf den glitzernden, blauen See zugestürmt.

Sie verlangsamte nun ihre Schritte, als sie am Wasser ankam, zog sich mit einem Blick auf Alec den Rock höher über die Knie und watete in das kalte, quellengespeiste Wasser. Die Kühle der kleinen Wellen, die an ihren Beinen leckten, ließ Fiona ein wenig erzittern. Die Sonne stand immer noch hoch, und ihre Strahlen lagen warm und zärtlich auf ihrem Gesicht.

»Der Grund wird von da an, wo du jetzt stehst, schnell tiefer«, rief Alec vom Ufer aus. Fiona drehte sich um und sah, daß ihr Mann seinen Tartan und einen Beutel auf den glatten Sand des Strandes fallen ließ. Er blickte zu ihr hinüber und zog sich schnell das Hemd über den Kopf.

»Danke, aber ich bin als gute Schwimmerin bekannt«, entgegnete sie und errötete ein wenig beim Anblick seiner festen Muskeln, die von der Anstrengung des Laufes glänzten.

Fiona wurde klar, wie albern es war, beim Anblick seines Körpers auch nur die kleinste Verlegenheit zu spüren. Seit der Hochzeit hatten sie schließlich genug Gelegenheiten gehabt, den Körper des anderen ausgiebig kennenzulernen.

Fiona hatte vier Tage und Nächte voller ekstatischer Lust und sexueller Erfüllung erlebt.

Aber all das war in der Abgeschiedenheit ihres eigenen Gemachs geschehen — hinter verriegelten Türen und auf der dicken Daunenmatratze des riesigen Betts, die sich wie ein Meer um sie herum erhob. Fiona erzitterte erneut, aber dieses Mal war nicht das kühle Wasser des Sees der Grund.

Alec lächelte und schleuderte seine Stiefel von den Füßen. »Wenn du nicht dein Kleid ausziehst, mein geliebtes Weib, dann wirst du den ganzen Weg zurück nach Benmore Castle in nassen Sachen reiten müssen.«

Als Fiona zum Strand zurückwatete, löste Alec gerade seinen Gürtel und zog den Kilt von seinen Hüften. Er stand nackt im Sonnenlicht wie ein Apollo, der zu Besuch auf der Erde weilte. Ihr Herz begann laut zu pochen. Sie zögerte und trat dann auf ihn zu.

»Meinst du, du könntest mich retten?« flüsterte Alec, als Fiona sich ihm näherte.

»Wovor retten, mein Liebling?« Sie starrte auf die sehnigen Muskeln, die sich über seine Brust zogen.

»Vor dem Ertrinken.« Alec griff nach den Schnüren an ihrem Kleid und begann langsam, sie zu lösen. Seine Knöchel streichelten sanft über die weiche Haut, die sich ihm Stück für Stück darbot. »Ich bin nicht der beste Schwimmer.«

»Celia hat mir erzählt, daß du immer seekrank wurdest«, sagte Fiona, und ihre Finger berührten seine Brust, um über die goldenen Locken hinwegzustreichen, »aber inzwischen seiest du geheilt.«

»Es könnte trotzdem sein, daß ich deine Hilfe benötige.« Er zog das Kleid von ihren Schultern und über ihre Hüften hinab.

»Ich habe gesehen, wie du im Teich am Turm geschwommen bist.« Fiona trat aus dem auf dem Boden zusammengesunkenen Kleid. »Du machtest nicht gerade den Eindruck, als würde es dir an irgendwelchen Fähigkeiten mangeln.«

»Ich wußte doch, daß du mich heimlich beobachtet hast.«

»D-das stimmt«, stammelte sie, während Alecs Finger die beiden oberen Schnüre ihres dünnen Hemdes öffneten und halb ihre Brust entblößten.

»Gut, denn ich habe dich auch beim Schwimmen beobachtet.« Er beugte sich vor und strich mit seinen Lippen über eine volle, runde, makellose Brust. »Und seit diesem Tag habe ich davon geträumt, das hier mit dir zu tun.«

Fiona stockte bei diesen Worten der Atem.

»Komm mit!« Alec schob den Träger ihres Hemdes wieder über ihre Schulter und nahm ihre Hand. Die beiden traten in das kristallklare Wasser des Sees und wateten hinaus, bis der Grund plötzlich nachgab und das Wasser um sie herum anstieg.

Sie schwammen Seite an Seite, plantschten, ließen sich treiben und tauchten in die kühle Dunkelheit hinab. Fiona genoß die Berührungen von Alec, der sie umfaßte, streichelte, sie in einer Sekunde fest an sich drückte und schon in der nächsten unter die Wasseroberfläche zog.

Sie atmete tief ein und tauchte in die Dunkelheit des Sees hinab, öffnete ihre Augen und blickte nach oben. Ihr geliebter Mann folgte ihr nach unten. Sie schwamm einige Meter näher an den Strand, wo sie prustend im Sonnenlicht auftauchte. Das Haar hing ihr wie ein dickes Tau über den Rücken hinab.

Sie drehte sich um, setzte ihre Füße an der Stelle, wo der Grund steil abzufallen begann, auf den Sand und richtete sich auf, um zu sehen, an welcher Stelle Alec wieder auftauchen würde. Das Wasser um sie war glatt und still, und die Momente zogen sich hin. Angst durchfuhr sie, und ihre Augen glitten hastig über den Strand und die ruhige Oberfläche des Sees hinweg.

»Alec!« rief sie, und ihre Stimme hallte von den heidebedeckten Hügeln wider.

Fiona atmete tief ein und wollte gerade erneut ins Wasser eintauchen, als sie spürte, wie sich zwei kräftige Hände um ihre Taille legten und sie hoch aus dem Wasser hoben. Fiona boxte Alec spielerisch gegen die Brust.

»Jage mir nur nie wieder so eine Angst ein!«

»Das wollte ich gar nicht«, erwiderte er und betrachtete das weiße Leinen, das provozierend an ihren Brüsten klebte. »Der Anblick unter Wasser war einfach zu unglaublich, um ihn so einfach aufzugeben.«

»Was für ein Anblick?« erkundigte sie sich schüchtern, obwohl sie die Bedeutung seiner Worte wohl verstanden hatte.

»Ich werde es dir wohl demonstrieren müssen.«

Als Alecs Lippen sich auf die ihren senkten, und seine Hände sie fest gegen seine Brust preßten, hätte sich Fiona am liebsten in ihm verkrochen. Ihre Finger gruben sich in sein nasses Haar, und sie zog ihn enger an sich. Allein die kurze Zeit der Angst, ihn verloren zu haben, nicht zu wissen, wo er war, hatte sie fast in den Wahnsinn getrieben. Und nun hatte sich dieser Wahnsinn in Verlangen verwandelt, in eine Sehnsucht nach seinen Berührungen, nach dem Gefühl, seinen Körper an dem ihrem zu spüren. Sie wölbte sich ihm entgegen, und ihre Brüste preßten sich gegen den nassen Stoff.

Während sich ihre Münder suchend liebkosten, wanderten Alecs Hände über ihre Brust, und als er den Träger ihres Hemdes zu fassen bekam, zog er ihn über die Schulter herab.

»Halt mich einfach fest«, sagte er mit heiserer Stimme und rückte ein wenig von ihr weg, damit sie ihre Beine um seine Taille schlingen konnte.

Er zog sie höher und küßte sie sanft auf das Kinn, um dann mit seiner Zungenspitze zu der kleinen Vertiefung unten an ihrer Kehle hinabzugleiten und weiter über die glitzernde, elfenbeinfarbe, feuchte Haut ihres Dekolletés und in das Tal zwischen ihren Brüsten. Sie stöhnte auf und ihr Körper versteifte sich.

Fiona spürte seinen heißen, heftigen Atem auf ihren Brüsten, als seine Zunge das Oberteil ihres geöffneten Hemdes erreichte. Seine Hand bewegte sich nach unten, und sie schloß die Augen, als sie unter den Saum des Hemdes glitt, das sich im Wasser aufbauschte. Gelbe und rote Wirbel begannen sich vor ihrem inneren Auge zu drehen, denn seine Finger tasteten sich langsam zu der Spalte zwischen ihren Schenkeln. Alec begann fachkundig die empfindliche Stelle zu massieren, und Fionas Körper wurde von einer Hitzewelle erfaßt, die sie hinwegtrug, bis sie das kalte Wasser um sich herum nicht mehr spürte.

Fiona bäumte sich mit einem leisen Stöhnen auf, als ihr

Körper von einer weiteren Welle erfaßt wurde, und sie bewegte sich unbewußt in Einklang mit seinen zärtlichen Berührungen. Ihr Körper schmolz dahin, die Hitzewellen erfaßten sie immer und immer wieder, brachten ihren Atem dazu, in immer schnelleren Stößen zu kommen und ließ sie Aufstöhnen, bis ihr gesamtes Sein in einer Ekstase aus weißer Glut und weißem Licht explodierte, und sie einen Schrei austieß, ihren Kopf in den Nacken warf und ihre Nägel in seinen breiten Rücken bohrte.

Sie klammerte sich immer noch an ihn. Ihre ausgehungerten Lippen suchten gierig seinen Mund, und ihre Zunge erfoschte die tiefsten Winkel ihres Verlangens. Ihre Hände kneteten die Muskeln seines Rückens, und während Alec sie festhielt spürte Fiona, wie sich seine erregte Männlichkeit auf intime Weise gegen sie preßte. Sie ließ sich ins Wasser zurückgleiten, stellte sich hin und fuhr mit ihren Handflächen erst über das feste Fleisch seiner Brust und tauchte sie dann ins Wasser, wo sich ihre Finger um seine mächtige Erregung schlossen.

Alec hörte sich aufstöhnen, als sie sein pulsierendes Glied berührte. Seine Absicht war es gewesen, ihr Lust zu bereiten, sie in die Höhen einer sinnlichen Erfahrung zu entführen, die sie sich noch nicht einmal in ihren kühnsten Träumen ausgemalt hatte. Aber nun, da er das lustvolle Feuer in ihren Augen erblickte, wollte er sie. Wollte in ihr sein. Tief in ihr.

»Jetzt bin ich an der Reihe«, flüsterte sie verführerisch und lächelte ihn an, während ihre Finger sanft über seine Männlichkeit streichelten.

Alec blickte sie an. Die rosigen Hügel ihrer Brustwarzen versuchten, durch das transparente Leinen ihres Hemdes zu dringen. Er konnte unmöglich viel mehr aushalten.

Er ließ zu, daß sie ihn zum Strand zurückschob. Kurz bevor sie das Ufer erreicht hatten, zog er sie neben sich ins seichte Wasser hinunter. Fiona legte seinen Kopf auf den Sand. Sie betrachtete seinen Körper, der in der Sonne glänzte und von kleinen Wellen umspült wurde.

Sie schob ihr Haar über die Schultern zurück, kniete sich neben ihn und strich mit ihrer Zunge über seine Lippen, während ihre Hand liebevoll über die kräftigen Muskeln wanderten, die sich über seinen Bauch spannten. Sie preßte heiße Küße auf seine Brust und umkreiste mit der Zunge seine Brustwarzen. Als sie sich weiter nach unten bewegte, fühlte sie, wie er erzitterte. Während dieser letzten Tage hatte sie so viele neue Möglichkeiten kennengelernt, um ihm Lust zu bereiten! Und jedes Mal gefiel ihr das, woran auch er Gefallen fand. Sie ließ ihre Wange an seinem erigierten Glied entlangstreichen und glitt dann mit ihren Lippen an der harten Länge entlang und leckte die Wassertropfen ab.

»Warte, Liebling«, keuchte Alec, richtete sich auf und zog sie auf sich. »Wenn du so weitermachst, werde ich verrückt. Vielleicht sollten wir diese kleine Folter auf ein anderes Mal verschieben.«

Er blickte in ihr lächelndes Gesicht, legte sich wieder auf den Rücken und hob den Saum ihres nassen Hemdes, um ihre Knie hochzuziehen, bis sie auf seinen Hüften hockte.

Fiona beugte sich vor, um ihn zu küssen, während er ihr Hinterteil mit seinen kräftigen Händen leicht anhob. Sie setzte sich aufrecht hin und schob sich vorsichtig über die mächtige Krone seiner Erregung. Als er sie langsam auf sich setzte und tief in sie hineinglitt, entfuhr ihr ein lautes Stöhnen.

Fiona begann, ihre Hüften zu bewegen und spürte, wie er ihren Rhythmus aufnahm. Ein schmerliches Verlangen wuchs in ihr, als sich Alecs Hände gegen ihr Hinterteil preßten, ihre Hüften gegen die seinen stießen, damit er noch tiefer in sie eindringen konnte. Fiona erwiderte sein Bestreben, hob ihre Schultern und drehte ihre Hüften ein wenig. Sie vernahm sein tiefes, kehliges Keuchen, als sich einige gleißende Blitze aus ihrer Körpermitte bis in die letzten, dunklen Winkel ihres Bewußtseins fortsetzten.

Alec hob den Kopf und zwickte mit seinen Lippen ihre harten Brustwarzen durch den feuchten, dünnen Stoff ihres Unterhemds. Er löste zwei weitere Schnüre und schob auch den anderen Träger über ihre Schulter hinab. Dann hob er erneut den Kopf und saugte an ihrer entblößten Brust, worauf sie begann, kleine Schreie auszustoßen und das Tempo ihres pulsierenden Körpers zu erhöhen.

Fiona bewegte sich nun auf und ab, preßte ihre Hüften gegen ihn. Als seine Lippen an den Spitzen ihrer Brüste zogen, spürte sie eine weißglühende Hitze in sich aufsteigen, und die süßen Qualen seiner Liebe wurden größer, umfingen sie, schlugen sie in ihren Bann, trieben sie zu einem überwältigenden Crescendo aus Licht und Hitze und Vergessen.

Als Fionas Schreie lauter wurden und Alec fühlte, wie sich ihr Körper versteifte, da wußte er, daß auch er nicht länger warten konnte. Er rollte sie im seichten Wasser auf den Rücken und stieß seine Männlichkeit immer und immer wieder in sie hinein. Fiona hob ihre Knie und umschlang sein Hinterteil mit ihren Beinen, während er tiefer und tiefer in sie eindrang. Schließlich explodierte eine Sonne mit einem donnernden Knall in ihm und blendete alle anderen Geräusche aus.

Als Alec seinen mächtigen Körper über ihr aufbäumte, blickte Fiona in das wundervolle Gesicht ihres geliebten Mannes. Und als sein Lebenssamen in sie hineinfloß, da kam es ihr vor, als würde ein neues Universum geschaffen.

Kapitel 23

Gestern reckten sich die Blumen der Sonne entgegen,
Heute liegen sie vom Regen vernichtet da …
— William Dunbar, *»This World Unstable«*

»Ich bekomme ein Baby, Alec!«

Er lachte glücklich, bevor er sie in die Arme schloß und in ihre tränengefüllten Augen blickte. »Das ist also die Erklärung für deine Übelkeit? Und den Schwindel? Und deine Müdigkeit, die dich schon beim Abendessen einschlafen läßt?«

»Ja, mein Liebling. Bist du willig, acht weitere Monate solch wundervoller Gesellschaft zu ertragen? Von meinen … ausufernden Formen einmal ganz abgesehen?«

»Absolut. Ich werde jeden Augenblick genießen … sogar das Übergeben.« Alec blickte sie spitzbübisch an. »Eigentlich fühle ich mich auch ein bißchen unwohl. Ich frage mich, ob ich —«

»Also, wenn du auf Mitleid von mir hoffst «

Alec wirbelte sie in seinen Armen herum und seine Lippen ergötzten sich an ihrem lächelnden Mund.

»Ehrlich gesagt, wußte ich es schon.«

»Und woher, wenn ich fragen darf?«

»Nanna hat es mir gesagt.«

»Bevor sie es mir erzählt hat?« Fiona umfaßte sein Kinn. »Gehört sie etwa auch zu den Frauen, die du mit deinem Charme bezaubert hast, und die dir zu Füßen liegen?«

»Nur du bist mir wichtig, das weißt du doch.« Alec löste ihre Hand von seinem Kinn und küßte zärtlich ihre Handfläche. »Aber wann wirst du mir endlich zu Füssen liegen?«

Fiona stellte sich auf ihre Zehenspitzen und legte ihre Arme um seinen Hals. »Wenn ich bedenke, was ich unter dem Herzen trage, so würde ich behaupten, daß ich das bereits tue«, erwiderte sie und küßte ihn aufs Kinn.

»Aus freien Stücken?« erkundigte er sich und strich mit seinen Lippen über ihren Mund.

»Und von ganzem Herzen!«

Er hatte sich früher nie ernsthaft Gedanken über ein Kind, über einen Erben, gemacht. Eine Menge Dinge hatten ihm früher nichts bedeutet. Aber nun, mit Fiona, war das Leben anders. Sie hatte sein Herz und seine Seele gewonnen. Er wollte Kinder mit ihr haben. Nachfahren, die wachsen und gedeihen würden. Ein Teil von ihnen beiden, der ihre Liebe bis in alle Ewigkeit trug.

Fionas Finger streichelten die Muskeln des Armes, mit dem er sie umfangen hielt.

»Alec?« sagte sie fragend, legte ihren Kopf in den Nacken und blickte in seine blauen Augen. »Du wirst mich doch noch nach Drummond Castle bringen, oder?«

Fiona hatte sich unglaublich gefreut, als ihr klar wurde, daß sie ein Kind erwartete. Nanna und Elizabeth hatten ihr heute morgen bereits viele Ratschläge gegeben. Aber die Freude auf das Baby wurde durch die Angst vor dem, was ihr noch auf Drummond bevorstand, ein wenig getrübt.

Ihre Reise nach Drummond Castle hatte sich verzögert, da die Details der Abmachung zwischen der Königin und Lord Gray erst noch ausgehandelt werden mußten. Fiona war es im Grunde egal, ob ihr Onkel das Schloß behielt. Sie wollte nicht der Anlaß für eine Fehde sein. Ihr einziges Interesse bestand darin, nach der Wahrheit suchen zu können. Aber die Politik bei Hofe schien es unerläßlich zu machen, daß Fiona ihr Erbe formell anerkannte, da ansonsten die Frage, wieviel mehr sie möglicherweise fordern würde, ungeklärt blieb. Doch als Tochter des Königs, die nun mit einem der mächtigsten Krieger Schottlands verheiratet war, wollte Fiona solchen Spekulationen endlich ein Ende setzen. Es lag nicht in ihrer Absicht, Anspruch auf die Krone zu erheben.

Alec führte gerade eine Unterhaltung mit seinem Vater, als der Bote vom Hof eintraf. Nachdem Alec den Brief gelesen hatte, war er sofort mit der Nachricht zu Fiona geeilt.

Und nun, da er in ihren Gemächern stand und eine leichte Sommerbrise durch die geöffneten Fenster wehte, war er wegen der Neuigkeiten ... und wegen der Zukunft ... zugleich erleichtert und aufgeregt. Jetzt mußten sie nur noch die Sache auf Drummond Castle hinter sich bringen, damit das Leben weitergehen konnte.

»Bist du sicher, daß du reisen kannst, mein Liebling?« zog er sie auf.

»Ich bin so gesund wie ein Pferd. Alec, es ist mir sehr wichtig, daß ich —«

»Wir werden in zwei Tagen nach Drummond Castle reiten.«

Fiona verstummte und blickte in sein hübsches Gesicht.

»Diese Nachricht ist vor einigen Augenblicken eingetroffen«, sagte Alec, und zog das gefaltete Pergament aus seinem Gürtel.

Fiona nahm den Brief entgegen und betrachtete das Wachssiegel. Ein zweiköpfiger Adler inmitten eines Kreises aus erhobenen Punkten. Sie blickte Alec fragend an, während sie das Dokument öffnete.

»Lord Gray«, beantwortete er ihre unausgesprochene Frage. Fiona überflog den Inhalt, während Alec fortfuhr: »Wie es scheint, veranstaltet er ein Bankett, um deine Wiederkehr zu feiern. Er will dir Drummond Castle und seine Ländereien offiziell übergeben. Und offenbar wird auch die Königin anwesend sein.«

Endlich würde sie die Gelegenheit erhalten, auf die sie gewartet hatte. Vielleicht vermochte die Gerechtigkeit endlich zu triumphieren. Fiona wandte sich Alec zu. »Glaubst du, daß mein Onkel mich haßt? Nach allem, was mit Kathryn passiert ist? Und da ich ihm nun auch noch sein Heim wegnehme?«

»Drummond war niemals sein Eigentum, Fiona. Es hat immer dir gehört. Das hat dein Großvater vor seinem Tod überaus deutlich gemacht. Und was deinen Onkel angeht, so besitzt er selbst einen beträchtlichen Reichtum. Meiner Ansicht nach kommen er und seine Tochter besser davon, als sie es verdient haben. Kathryn Gray sollte für das, was sie getan hat, eigentlich in irgendeinem Kerker verkommen.«

»Bitte, Alec, laß sie uns doch einfach vergessen«, bat Fiona ihn. »Sie ist für immer aus unserem Leben verschwunden.«

Kathryn war nicht der einzige Mensch, der ihr Sorgen bereitete. Da gab es immer noch die Person, die Neil dafür bezahlt hatte, sie zu entführen. Aber darüber wollte sie jetzt nicht nachdenken. Fiona wußte, daß es eine Antwort auf all diese Fragen geben würde, sobald sie die versteckte Lederbörse ihrer Mutter gefunden hatte.

»Alec …« Fiona verstummte und suchte nach den richtigen Worten. »Kommst du mit meinem Onkel gut aus?«

»Nein, mein Liebling. Ich mag ihn nicht.«

»Könntest du es wenigstens versuchen? Um meinetwillen? Er ist die einzige familiäre Verbindung, die ich zu meiner Vergangenheit habe.«

Alec wand sich bei dem Gedanken, höflich zu diesem Mann sein zu müssen. Bei ihrem letzten Zusammentreffen hätten sie beinahe ihre Schwerter gezogen. Huntly hatte damals den Hals des anderen Mannes gerettet und ein sicheres Blutvergießen verhindert.

»Alec?«

»Ich werde es versuchen. Aber nur für dich.«

Als das Licht des verblassenden Mondes über sie hinwegglitt, regte sich Alec lang genug im Schlaf, um seine geliebte Frau eng an sich zu ziehen.

Er spürte sie wieder um sich. Wie sie sich gegen ihn drückten. Und dann hörten sie plötzlich auf, wichen zurück und starrten mit leeren Augen vor sich hin. Gesichter. Dieselben vertrauten, namenlosen Gesichter. Alec schob sich an ihnen vorbei, und ein Weg öffnete sich.

Er spazierte neben dem König her. Alec wandte sich an ihn, um mit ihm zu reden, aber er brachte kein einziges Wort heraus. Er blickte hinter sich. Nichts von der Stelle, an der er sich eben noch aufgehalten hatte, war zu sehen. Die Gesichter waren verschwunden. Und mit ihnen alles Vergangene. Ein dichter Nebel hatte jede Spur weggewischt.

Der König lächelte dem Krieger zu und nickte zu einer Tür hin, die sich vor ihnen befand.

Alec vernahm eine Stimme. Sie gehörte dem alten Pförtner.

»Euer Engel wartet.«

Alec drehte sich um und blickte den König an. Der alte Mann stand bei ihm. Er folgte ihren Blicken, und die Tür öffnete sich. Ein helles Licht stömte hervor.

»Das Böse ist nahe, Alec Macpherson. Rette sie vor dem Feind. Der Teufel lauert bereits.«

Alec sah erneut die beiden Männer an. Er war sich nicht sicher, wer die Worte gesprochen hatte. Aber er rannte. Er rannte.

Drummond Castle erhob sich auf dem ersten zweier Gebirgskämme. Die Macphersons hielten sich mit ihren Gefolgsleuten östlich von dem kleinen Dorf mit seinen strohbedeckten Steinhütten und ritten um die hohen, grauen Mauern auf den imposanten, gewölbten Eingang zu. Fiona legte den Kopf in den Nacken, um die Burg zu betrachten, und warf dann einen Blick auf das riesige, vernebelte Tal, das sich im Süden erstreckte.

Hier oben auf dem Kamm hatten sich die leuchtenden Strahlen schon durch den Nebel gebrannt, und der Himmel zeigte sich um die warme, verschwommene Sonne in einem blassen Blau. Trotzdem waren Fionas Hände klamm und kalt. Nach allem, was geschehen war, nach all der Zeit des Wartens, verspürte sie keine Freude, in das Heim ihrer Kindheit zurückzukehren, sondern nur Pein angesichts des Unbekannten, das sie erwartete. Dazu empfand sie ein scharfes, brennendes Gefühl unterhalb ihres Herzens, das einfach nicht weichen wollte. Fiona kaute an ihrer Lippe, während sich die Pferde mühsam den Hügel zur Burg hinaufbewegten.

Schon seit einer Stunde hoffte sie auf irgendetwas, das ihr bekannt vorkam, aber erst in diesem Moment bot der Anblick, der sich ihr präsentierte, eine gewisse Vertrautheit — auch wenn Fiona immer noch nicht behaupten konnte, daß sie sich wirklich erinnerte. Sie rutschte unruhig in ihrem Sattel hin und her, tröstete sich aber mit dem Gedanken, daß es sicherlich anders sein würde, sobald sie erst einmal durch das Tor ins Innere gelangt waren.

Als sie das große, flache Areal zwischen der Burg und dem mit Bäumen bewachsenen Kamm erreicht hatten, bot sich den Reisenden der Anblick von Zelten und Soldaten und Kochfeuern. Die Krieger vertrieben sich die Zeit mit sportlichen Aktivitäten und Wettbewerben, und die Klänge von Dudelsäcken mischten sich mit Gelächter und den klirrenden Geräuschen von Stahl.

Fiona betrachtete die lauten Festivitäten. Und all dies nur, um einen Ort zu übergeben, der nicht mehr als eine schwache Erinnerung für sie war. Die traurige Erinnerung eines kleinen Mädchens.

Die Macphersons und ihr Gefolge nahmen die freundlichen Begrüßungsrufe zur Kenntnis und bewegten sich weiter den Hügel hinauf auf das Tor zu. Alec schaute zu Fiona hinüber und drückte ihre feuchte und eiskalte Hand. Sie blickte ihn mit einem Anflug von Unsicherheit an.

»Es wird schon alles gutgehen«, versicherte er ihr tröstend.

Sie ritten zusammen über die schwere Holzbrücke, die sich über den ausgetrockneten Burggraben erstreckte. Die Hufe ihrer Pferde klapperten laut, als sie den mit Pflastersteinen bedeckten Innenhof der Burg erreichten. Die Macpherson-Krieger, die sie begleiteten, scharten sich um sie, und alle stiegen ab, als eine kleine Gruppe von Männern in den Hof trat, um sie zu begrüßen.

Fiona erkannte nur Lord Huntly. Und dann entdeckte sie einen großgewachsenen, schlanken Mann mit einem kräftigen Schopf weißen Haares, der auf sie zugeeilt kam. Er strahlte über das ganze Gesicht und breitete zur Begrüßung die Arme aus. Sein Tartan wurde von einer Goldbrosche gehalten: Ein doppelköpfiger Adler, der von einem Kreis roter Rubine umgeben war.

Ihr Onkel. Das war ihr Onkel.

»Endlich ist die kleine Fiona mit dem feuerroten Haar wieder nach Hause zurückgekehrt«, rief Lord Gray mit warmer Stimme und schloß sie in die Arme. »Als ich sah, wie du den Hügel heraufgeritten kamst, wußte ich, daß ich meine schöne Nichte überall und jederzeit wiedererkannt hätte. Erinnerst du dich noch an mich, meine Kleine?«

Fiona trat einen Schritt zurück und betrachtete das zerfurchte Gesicht des Mannes. Seine Augen ähnelten dem hellen Sommerhimmel und funkelten, als er sie ansah.

»Ich fürchte, daß zu viele Jahre vergangen sind.«

»Keine Angst. Wir haben genug Zeit, um diese verlorenen Jahre nachzuholen. Willkommen, meine Liebe. Willkommen in deinem neuen Heim.«

»Vielen Dank ... Onkel«, erwiderte sie und spürte, wie sich Alecs Hände auf ihre Schultern legten.

»Eine wirkliche Schönheit, ganz wie ihre Mutter«, sagte Gray leise wie zu sich selbst. Er warf Alec einen Blick zu und nickte. Seine Stimme nahm einen kühleren Ton an, als er erneut sprach. »Nun, Macpherson, ob es Euch gefällt oder nicht, es sieht ganz so aus, als seien wir nun doch verwandt. Willkommen auf Drummond Castle.«

Alec nickte statt einer Antwort.

Fiona spürte die Hitze von Lord Huntlys Blick, der auf ihr ruhte, und sie drehte sich zur Seite, um ihn zu begrüßen.

»Guten Tag, Fiona«, erwiderte er und verbeugte sich steif mit einer Hand auf dem langen Schwert, das an seiner Seite hing. »Nun, Alec, wie mir scheint, bekommt Euch die Ehe sehr gut. Doch ich hoffe, Fiona kann einen Moment auf Eure Gesellschaft verzichten, denn ich möchte einige geschäftliche Dinge mit Euch besprechen.«

Fiona blickte ihren Mann beruhigend an. Sie mußte kühl und gefaßt bleiben. Sie waren endlich hier. Sie konnte es sich nicht erlauben, Huntlys Argwohn zu wecken. Noch nicht. »Geh nur, Alec. Ich werde drinnen auf dich warten.«

»Bist du —«

»Ich bin mir ganz sicher.« Fiona entdeckte Nanna, die einige Schritte weit entfernt stand. »Nanna wird sich um mich kümmern, bis du wieder da bist.«

»Sie ist jetzt bei ihrer Familie, Macpherson«, sagte Lord Gray mit fester Stimme. »Sie ist nun in Sicherheit, glaubt mir.«

Alec mußte sich beherrschen, um den Mann nicht anzuknurren. Aber er kannte Huntly gut genug, um zu wissen, daß sein Wunsch nach einem Treffen zu einem solchen Zeitpunkt von großer Wichtigkeit sein mußte, daher beugte er sich vor und küßte seine Frau zärtlich auf die Wange, ehe er Huntly folgte. Doch zuvor bedeutete er seinen Männern noch, in seiner Abwesenheit nicht von ihrer Seite zu weichen.

Die Zurückgebliebenen schritten auf die Steinstufen zu, die zur geöffneten Tür des Hauptgebäudes führten. Fiona blickte an dem Gebäude hoch, aber es kam ihr immer noch nichts bekannt vor.

Grays Stimme durchbrach ihre Gedanken. »Die Gebäude müssen dir ein wenig fremd vorkommen.«

»Das stimmt«, gab sie zu, als sie die Stufen hinaufstiegen.

»Das überrascht mich nicht«, entgegnete er. »Die beiden Gebäude links und rechts vom Hauptgebäude wurden vor ungefähr zehn Jahren angebaut. Nach dem Feuer. Aber warte nur, bis du das Innere siehst.«

Fiona blickte ihn bestürzt an. »Feuer?« Sie schaute sich suchend nach Nanna um.

»Ja, mein Kind«, erwiderte die alte Frau und trat neben sie. »Dein Großvater, Gott möge seiner Seele gnädig sein, residierte noch hier, als es geschah.«

»Ja, und ich muß sagen, daß er beim Wiederaufbau wundervolle Arbeit geleistet hat. Er hat die Wohnräume von Grund auf neu erbauen lassen. Es wird dir gefallen. Es ist sehr elegant. Und sehr bequem.«

Fiona betrat wie benommen den Großen Saal von Drummond Castle, der seiner neuen Herrin völlig unbekannt war. Sie befand sich in einem Drummond Castle, das sie niemals gekannt hatte.

Und durch diesen Nebel wurde Fiona klar, daß ihre Suche zu Ende war. Was auch immer ihre Mutter versteckt haben mochte, wofür auch immer sie gestorben war, es war verschwunden.

Für immer.

Kapitel 24

Dein eigenes Feuer, mein Freund, mag es auch nur aus
einer einzigen Kohle bestehen,
Wärmt am Besten und ist mehr wert als jedes Gold.
— Robert Henryson, »*The Two Mice*«

»Bitte schimpfe nicht, Nanna.«

»Aber das muß ich tun, Fiona. Du ißt einfach nicht anständig.« Die alte Frau lief geschäftig zur Tür an der anderen Seite des Wohngemachs. »Du solltest öfter auf deinen Mann hören, mein Kind.«

»Willst du etwa, daß ich soviel wie ein Wildschwein wiege und nie wieder das Bett verlasse?« Sie mußte über ihre eigenen Worte lachen. Sie wurde es langsam leid, ständig über das Essen zu diskutieren. Aber im Bett zu bleiben ... nun, das war himmlisch, solange Alec auch dort blieb.

»Die Köchin hat einen feinen Eintopf auf dem Herd. Er müßte eigentlich schon fertig ...« Nannas letzte Worte waren nicht mehr zu verstehen, und sie verschwand durch die geöffnete Tür. Fiona lächelte ihr nach. Sie legte das Hauptbuch mit den Abrechnungen der Bauernhöfe auf den Tisch neben den Sessel, in dem sie gerade saß, lehnte sich zurück und blickte sich zufrieden um.

Nachdem sie von dem Feuer auf Drummond gehört hatte, war sie anfangs dagegen gewesen, an diesem Ort zu bleiben. Aber das Schicksal hatte wieder einmal anders entschieden.

An ihrem Ankunftstag war Alec zur Königin und den herrschenden Edelleuten gerufen worden. Sie hatten beschlossen, ihn mit der Vormundschaft des jungen Königs, Fionas Halbbruder, zu betrauen. Königin Margaret beabsichtigte, wieder zu heiraten, und daher war es von großer Bedeutung, unumstößliche Pläne zur Sicherstellung des Throns zu schmieden.

Und da sich der König auf Stirling befand, kaum mehr als einen Tagesritt südlich, waren Alec und Fiona auf Drummond Castle geblieben.

In den letzten beiden Monaten hatte die Königin Drummond Castle mit ihrem Gefolge sogar eine Reihe von Besuchen abgestattet, und so hatte Fiona die Gelegenheit gehabt, ihren kleinen Bruder Kit im Arm zu halten. Er wurde Seine Majestät James V. König von Schottland und den Western Isles genannt, aber für sie war er ein fröhliches Kleinkind, das gerne auf den Arm genommen und liebkost wurde.

Und genau das tat sie. Kit war auch gestern hier bei ihr gewesen und hatte vor dem Kamin gespielt. Die Königin war äußerst zuvorkommend gewesen und hatte sich damit einverstanden erklärt, daß Fiona und ihr Halbbruder sich besser kennenlernten. Und so gingen die ganze Woche über Boten, Höflinge und Edelleute des Regentschaftsrates in der Burg ein und aus.

Das Wohngemach war groß und geräumig und mit ausreichend Sesseln und Bänken eingerichtet, daß man dort eine Clan-Versammlung abhalten konnte. Die seltsame Idee ihres Großvaters, lange Reihen von Bücherregalen entlang der Wand rechts und links vom Kamin anbringen zu lassen, hielt sie für einen Geniestreich. Bücher waren wertvoll, und sie direkt bei der Hand zu haben, zeugte von einem aufgeklärten Geist. Sie ließ ihre Augen zu dem kleinen Feuer hinüberwandern, das im offenen Kamin am Ende des langen Raums knisterte und dachte, wie schön und gemütlich es würde, den Winter hier zu verbringen.

Und zu alledem hatte Alec heute morgen noch vorgeschlagen, Malcolm hierherzuholen, damit er den Winter über bei ihnen sein konnte. Fiona war über diese Nachricht derart erfreut gewesen, daß sie kaum etwas von ihrer morgendlichen Übelkeit gespürt hatte.

Fiona quoll über vor mütterlicher Zuneigung. Zuerst Kit und nun, in ein paar Wochen, Malcolm. Sie seufzte und strich mit den Händen über ihren flachen Bauch. Sie hatte bereits mehr als ein Drittel ihrer Schwangerschaft hinter sich, aber es war immer noch nichts zu sehen. Trotzdem genoß sie das Gefühl. Und Alec tat es auch, das wußte sie. Jeden Abend, nachdem sie sich geliebt hatten, lagen sie ihm Bett und redeten mit ihrem Kind. Sie stellte sich einen Jungen mit leuchtenden, blauen Augen vor, Alec dagegen ein Mädchen mit feuerrotem Haar.

Sie erwartete Alec bald zurück. Lord Gray und der Graf von Huntly würden heute abend für ein paar Tage eintreffen, um Gespräche mit Alec zu führen. Fiona war froh über die Bemühungen ihres Onkels, sich mit ihrem Mann anzufreunden. Es machte den Eindruck, als ob der Mann in Abwesenheit seiner Tochter bemüht sei, die Zuneigung seiner Nichte zu erlangen. Fiona respektierte die Versuche ihres Onkels, hielt sich selbst aber zurück. Es war schwierig, sich an eine Familie zu gewöhnen, wenn man beinahe sein ganzes Leben ohne sie hatte auskommen müssen.

Die Dämmerung setzte ein, und im Raum wurde es langsam dunkel. Sie hoffte sehr, daß Alec noch vor ihren Gästen eintreffen würde, denn so sehr Fiona sich auch bemühte, es wollte ihr nicht gelingen, ihr Unbehagen in Lord Huntlys Gegenwart abzuschütteln. Sie konnte die Vergangenheit einfach nicht ruhen lassen. Niemals.

Fiona erhob sich, trat an das geöffnete Fenster und atmete die laue Abendluft ein. Die Brise trug einen Hauch von Feuchtigkeit mit sich. Sie wandte sich ab, setzte sich wieder und schloß die Augen, um darüber nachzudenken, wie sie Nanna beibringen könnte, daß sie mit dem Essen auf Alec warten wollte.

Da legte sich plötzlich ein kalter Arm zärtlich um ihre Schultern. Fiona erstarrte. Sie vermochte die Augen nicht zu öffnen, als sie die glatte, eisige Wange spürte, die sich gegen ihre Stirn preßte.

Und dann war alles vorüber.

Fiona setzte sich verwirrt auf. Sie war zu erschrocken, um zu schreien. Doch der Klang von Pferdehufen, die über die geöffnete Hängebrücke donnerten, ließ ihr Blut auf eine Weise erstarren, wie es der Geist ihrer Mutter niemals vermocht hätte.

Fionas Augen flogen auf. Eine schreckliche Angst durchfuhr sie.

Sie sprang auf und rannte zum Fenster hinüber. Es war kein offener Schlitz mehr wie in ihrer Kindheit, aber als sie aus der breiten Öffnung nach unten blickte, sah sie die heranstampfenden Pferde und die Gruppe von Männern, die eilig abstiegen. Es war die gleiche Aussicht.

Hier ist es geschehen, dachte sie, und eine seltsame Panik brannte in ihren Adern, als sie herumwirbelte, um sich im Gemach umzusehen.

»Mutter« rief sie. Doch sie war allein.

Es ist hier, dachte sie.

Fiona preßte die Finger an die Schläfen, um das Pochen in ihrem Kopf zu lindern, aber je länger sie sich im Gemach umsah, desto unsicherer wurde sie. Diese Räume waren umgebaut worden. Dieses Wohngemach war viel größer als damals ... als es noch ihr Zimmer gewesen war. Es kam ihr alles so ganz anders vor!

Und dann fiel ihr Blick auf den Kamin. Auch er sah durch die langen Bücherregale zu beiden Seiten völlig anders aus. Konnte er es wirklich sein? In Gedanken sah sie ihre Mutter ... die zählte ... die den Stein herauszog ...

Sie eilte zum Kamin hinüber und begann, die Bücher auf der rechten Seite vom Regal zu räumen. Dannn tastete sie mit den Fingern über die rauhen Steine der Mauer. In ihrer Hast fielen die Bücher neben ihr zu Boden.

Eins. Zwei. Drei. Vier. Fünf. Ob dies die richtige Höhe war? Fiona tastete prüfend den Stein ab und zog an einer Ecke.

Er bewegte sich.

Sie riß den Stein aus der Wand und ließ ihn mit einem dumpfen Aufschlag zu Boden fallen.

Fionas Herz klopfte. Sie stand wie gebannt da und starrte auf das Loch in der Wand. Wieviele Jahre waren vergangen. Wieviel war geschehen. Mit ihrer Mutter. Mit ihr. Mit Schottland. Mit Drummond Castle selbst. Hier, hinter dem Stein verborgen, lag das Ende von Fionas Reise. Egal, ob die Lederbörse sich hier finden würde, Fiona wußte, daß ihre Suche vorbei war.

Sie atmete tief durch und griff in das dunkle Loch hinein.

Andrew stand in der geöffneten Tür und beobachtete, wie sie vorsichtig in das Versteck griff. Er hatte doch gewußt, daß es hier irgendwo war. Gott, wie hatte er gesucht. Aber die kleine Hure hatte es gut versteckt. Egal, wie sehr er sich damals auch bemüht hatte, es war einfach nicht zu finden gewesen. Nach dem Feuer und den Umbauarbeiten hatte er geglaubt, es sei für immer verschwunden, doch nun war es aufgetaucht, und sie hatte die ganze Zeit über gewußt, wo es sich befand.

Es war richtig, Neil und diese Piraten zu bezahlen, um sie zu töten. Wenn sie sich nicht so dumm angestellt hätten ... Nun, es war an der Zeit, daß er die Sache selbst in die Hand nahm. Zeit, sich das zu holen, was ihm gehörte.

Endlich werde ich meine letzte Rache nehmen können, dachte er, und seine blauen Augen blitzten vor Haß.

Fiona drehte sich ein wenig, um besser in die Öffnung hineingreifen zu können. Es war ein sehr tiefes Loch, doch sie fühlte etwas mit ihren Fingerspitzen. Sie atmete noch einmal tief durch und schob ihre Hand so weit hinein, wie sie es vermochte. Ihre Finger schlossen sich um die Lederbörse.

Und dann entdeckte sie, daß er sie beobachtete.

»Ich habe gar nicht gehört, daß jemand hereingekommen ist!« keuchte sie überrascht.

»Die Tür war offen.« Er trat langsam ein und schloß sie hinter sich. »Du könntest dich erkälten, wenn du so im Zug stehst. Dein Mann sollte besser auf dich aufpassen. Besonders, wenn man bedenkt, in welchem Zustand du bist.«

»Es gibt keinen Grund, Alec zu kritisieren«, erwiderte Fiona und zog die Börse langsam aus der Wand. Sie hielt sie in den Händen und sah, wie sich seine blassen, blauen Augen darauf richteten.

»Dein Mann ist ein Narr, daß er dich alleine läßt.« Seine Augen glitten suchend durchs Zimmer. Das harte Kopfsteinpflaster unten im Hof würde eine passende Unterlage für ihren zerschmetterten Körper abgeben. »Er erinnert mich an einen anderen Narren, den ich vor langer Zeit gekannt habe. Deinen Vater.«

Fiona blickte schockiert auf den Ring und die Brosche hinab, die auf ihrer Handfläche lagen. Für einen Augenblick hörte die Welt auf, sich zu drehen, und Stille regierte das Universum. Doch dann begann das Pochen in ihrem Kopf, und es steigerte sich zu einem Hämmern.

»Dafür also mußte sie sterben!« flüsterte sie und hielt die juwelenbesetzte Brosche in die Höhe. Der Kreis aus roten Steinen, der den doppelköpfigen Adler umschloß, glitzerte im letzten Tageslicht. Die Brosche war identisch mit der, die am Tartan des Mannes befestigt war, der vor ihr stand. Lord Gray. »Du hast sie umgebracht!«

»Ja, Fiona, ich war es«, sagte ihr Onkel verächtlich und trat zwischen den Büchern auf sie zu. Er hob eins auf und betrachtete gleichgültig den Titel, bevor er seinen kalten Blick erneut auf die junge Frau richtete und jede ihrer Bewegungen verfolgte.

»Aber warum?«

Andrew warf das Buch wieder zu Boden und lachte kalt. »Sie fragt mich warum. Mach dir gar nicht erst die Mühe, zu versuchen, die Denkweise von Männern zu verstehen. Du bist auch nichts weiter als eine Närrin, meine Liebe.«

Fiona trat einen Schritt auf das Fenster zu. Sie würde es nicht zulassen, daß er das bekam, was sie in der Hand hielt. Dies waren die Beweise für sein Verbrechen.

»Aber wie konntest du das nur tun?« Sie mußte Zeit gewinnen. Wenn es ihr gelingen würde, zum Fenster zu gelangen, konnte sie vielleicht um Hilfe rufen. »Sie war deine Nichte. Welcher Teufel hat Besitz von dir ergriffen, daß du deine eigene Verwandte töten konntest? Meine arme Mutter!«

Der alternde Krieger schob seinen Umhang zurück und entblößte den Griff seines Schwerts. »Sie hatte etwas, das mir gehörte.« Andrew blieb stehen und streckte seine Hand aus. Er konnte das Knacken ihres Nackens unter seinen Händen bereits fühlen. Seine Augen durchbohrten Fiona. Sie waren wie Eis, und er benutzte sie als Waffe. Um seinem Opfer Angst zu machen, es einzuschüchtern. »Du hältst es in der Hand. Gib es mir.«

Fiona blickte auf den Ring hinunter, während sie weiter zurückwich. Der Ring war reich verziert, selbst für einen

Siegelring. Darauf war ein zum Sprung ansetzender Löwe über einem Kreuz abgebildet. Und über dem Löwen befand sich eine Krone.

»Ja«, krächzte er. »Das ist der Ring von Robert the Bruce. Das Symbol königlicher Macht. Nur der König von Schottland darf ihn tragen. Deine Mutter hat ihn mir gestohlen.«

»Meine Mutter wußte, daß du böse bist. Sie hat das Richtige getan.«

»Das Böse ist ein notwendiger Teil des Universums, meine Liebe. Es ist die Quelle der Macht. Es trennt die Herrschenden von den Beherrschten, die Großen von den Unbedeutenden, die Starken von den Schwachen. Das Raubtier von seinem Opfer.« Andrew ließ seine Handschuh auf das Hauptbuch fallen. Er wollte seine Stärke spüren, wenn seine Finger den letzten Rest von Leben aus ihrem Körper preßten.

»Das Böse beraubt die Menschen ihres Glücks. Wahre Macht geht von Güte und Anständigkeit aus. Du redest über Raubtiere? Die Macht Gottes hält den Falken in den Lüften. Ein Raubtier tötet nicht aus Lust. Ein Falke tötet niemals seinesgleichen.«

»Du weißt nichts über diese Dinge, Weib. Du bist wie deine Mutter, die mir genausowenig zuhören wollte. Sie lief vor mir weg. Um meine Geheimnisse zu verraten ... und alles nur aus Liebe«, sagte er verächtlich. »Dieser Ring gehört mir. Diese Stuart-Feiglinge hatten ihn niemals verdient. Ich habe ihn deinem Großvater, James III., weggenommen. Wußtest du, daß ich es war, der deinen Vater — ach, welch ein leichtgläubiges Kind er doch war! — überredet hat, mit meiner Armee gegen seinen eigenen Vater zu reiten? Den Thron für sich zu beanspruchen? Zu Schottlands Bestem? Wir mußten ihm versprechen, daß wir seinem alten Herrn nichts antun. Ha! Fünfzehn und schon solch ein Narr.«

Fiona schüttelte den Kopf. Sie spürte die Kante des Fenstersitzes in ihrem Rücken.

»Dein Großvater war ein schwacher König, das hat mich ganz krank gemacht. Also habe ich ihm den Ring abgenommen ... als er vor den Truppen seines Sohnes davonlief. Oh ja, in einer erbärmlichen Hütte habe ich ihn an dem Tag an mich genommen, als ich ihn tötete. Dein Vater hat niemals erfahren, wie sein Vater starb, aber er fühlte sich für seinen Tod verantwortlich. Deshalb trug der Kindkönig eine Kette unter seinem Hemd. Er fügte ihr sogar jedes Jahr ein Glied hinzu.«

Die Kette war also zur dauernden Erinnerung an seine eigene Schuld bestimmt gewesen.

»Und ich war es, der die beiden einander vorgestellt hat. Und wie erwartet haben sich die Schwachköpfe ineinander verliebt. Ich hatte ihn da, wo ich ihn haben wollte. Meiner Gnade ausgeliefert. In meiner Hand. Unter meiner Kontrolle. Aber dann hat mir diese Hure, deine Mutter, nachspioniert. Sie hat den Ring gefunden. Ich habe ihr ein Geschäft vorgeschlagen. Sie hätte ein Heim bekommen und ihren erbärmlichen Bastard behalten können, aber sie war eine starrsinnige Närrin. Sie sprach von toten, leeren Begriffen wie Ehre und Wahrheit. Und dann hat sie mich verraten. Margaret hat sich genommen, was mir gehörte, und ich habe dafür gesorgt, daß sie für ihr Verbrechen bezahlen mußte.«

Drummond Castle, October 1502

Verschone mein Kind, betete Margaret. Heilige Mutter, bitte laß mein unschuldiges Kind nicht für meine Sünden büßen. Ich weiß, daß ich es nicht wert bin, Gnade vor deinen Augen zu finden, aber bitte, erfülle mir diesen Wunsch. Schütze sie vor diesen bösen Männern.

Der Schurke, der ihre Handgelenke umklammert hielt, verdrehte sie auf brutale Weise. Torquil MacLeod durchquerte den Raum und kam auf sie zu. In diesem Moment öffnete sich die Tür. Margaret drehte den Kopf und erblickte ihren Onkel, der mit unbewegtem Gesicht das Gemach betrat. Er trug eine kleine, blaue Flasche in der Hand, schritt auf den Tisch zu und stellte sie dort ab.

»Margaret«, begann er, wandte sich abrupt um und richtete seine eisblauen Augen auf ihr Gesicht. »Deine Bediensteten sind in unserer Gewalt, dein Kind ist unserer Gnade ausgeliefert und dein Geliebter ist noch einen Tagesritt weit von hier entfernt.«

Als er ihren bestürzten Ausdruck sah, verzogen sich seine Lippen zu einem gemeinen Grinsen. »Oh ja, mein cleverer Plan hat dafür gesorgt, daß der König sich übertölpeln ließ, anzuhalten, um auf einen Abgesandten aus England zu warten, der niemals auftauchen wird. Ein Narr bleibt eben ein Narr. Er vertraut mir nun einmal.«

Torquil MacLeod stieß ein häßliches, böses Lachen aus und trat hinter seinen Anführer. Andrew verschwendete keinen einzigen Blick an ihn, sondern trat auf Margaret zu und nahm ihr den Knebel aus dem Mund, den man ihr umgebunden hatte. Seine Augen durchbohrten sie.

»Und jetzt, liebste Nichte«, sagte er mit befehlender Stimme und packte ihr Kinn, »will ich wiederhaben, was mir gehört.«

»Niemals«, flüsterte sie trotzig. »Verräter. Mörder.«

Andrew hob die Hand, um sie zu schlagen, überlegte es sich aber anders und senkte seine Faust. »Glaub ja nicht, du könntest meinem Zorn entkommen, Margaret. Du wirst mir geben, was mir gehört.«

»Du kannst mich so lange foltern, bis —«

»Nein, mein Kind«, unterbrach er sie, und seine Augen spiegelten die Bosheit seiner Seele wider. »Nicht dich werde ich foltern, sondern deinen kleinen Bastard.«

»Das wirst du nicht wagen«, schrie Margaret entsetzt. »Sie ist doch nur ein kleines Mädchen. Selbst ein Monster wie du —«

»Oh, ja, genau, ein Monster wie ich.« Andrew verstummte und starrte sie grimmig an. »Soll ich sie wieder hochbringen lassen? Wir hatten eigentlich vor, sie zu behalten. Damit hätten wir ein weiteres Druckmittel, um auf den König einzuwirken. Aber wenn sich ihre Mutter weigert, mir ein Schmuckstück zurückzugeben, das sie mir gestohlen hat, dann wird sie wohl sterben müssen — und noch dazu auf schmerzhafte Art und Weise . . .«

Eine tödliche Stille breitete sich im Raum aus. Margaret schloß die Augen. In ihrem Herzen wußte sie, daß Fionas Chancen, diese Situation zu überleben, praktisch gleich Null waren — egal wie sie sich selbst verhielt. Dieser Gedanke trieb einen weißglühenden Schaft durch ihr Herz.

»Rette deine Tochter, Margaret. Erspare ihr die —«

Ein heftiges Pochen an der Tür ließ Gray herumfahren. Ein Ritter stürmte atemlos herein und blieb bei Grays Anblick wie angewurzelt stehen.

»Was willst du?« fuhr ihn Lord Andrew an.

»Mylord, eine Truppe von Reitern kommt gerade die Schlucht

herauf. Die Anzahl der Fackeln deutet auf über hundert Männer.«

»Andrew«, hauchte Margaret, und Tränen begannen über ihre geröteten Wangen zu laufen. Ihr Onkel wirbelte zu ihr herum.

»Ja. Huntly!« spie sie ihm entgegen. »Und mit dir ist es aus, du Teufel. James mag zu vertrauensvoll sein, aber Andrew wird an seiner Stelle Rache nehmen. Du wirst nicht davonkommen. Dieses Mal nicht mehr. Ich habe nach ihm gesandt. Er wird dafür sorgen, daß du bezahlst.«

Andrew Gray blickte sie für einen kurzen Moment unentschlossen an, doch dann kehrte das Glitzern in seine Augen zurück.

»Nicht so schnell, du Hure«, stieß er hervor. »Bis der Narr, der glaubt, sich einmischen zu müssen, eingetroffen ist, werden Torquil und seine Männer längst fort sein. Und ich ... ich werde gerade gramgebeugt deinen leblosen Körper entdeckt haben.«

»Nein ...«

»Oh, doch«, sagte er mit schrecklicher Entschlossenheit, griff nach der blauen Flasche und entfernte den Korken. »Du wirst durch deine eigene Hand sterben, liebste Nichte.«

Er packte sie brutal am Kinn, hob es in die Höhe und goß ihr das Gift in den Mund. Dann trat er zurück und sah zu, wie Margaret erbleichte, und ihre Augen plötzlich aufleuchteten.

»Gott wird mir vergeben, Andrew Gray. Aber du ...« Ihre Beine begannen zu zittern. Ihr Atem wurde schwerer. »Verschone Fiona, Onkel.«

»Wo ist der Ring?« Sein Gesicht war aus Stahl. Seine Augen blickten eisig.

Margaret sank zu Boden. Ihr Körper wurde von Taubheit ergriffen. »Du wirst für deine Untaten bezahlen. Mein Freund wird mich rächen ...«

»Wo ist der Ring?«

Ihre Zunge fühlte sich geschwollen an, und ihre Worte wurden undeutlicher.

»Andrew. Mein Freund wird mich rä ...«

Lord Gray hob die Hand. »Gib es mir.«

Als Fiona trotzig den Kopf schüttelte, schoß seine Hand vor und packte ihre Kehle mit einem schraubstockartigen Griff.

Eine Bewegung an der Tür zog Fionas Aufmerksamkeit auf sich. Sie fühlte, wie sich sein Griff lockerte, als er den Kopf drehte. Huntly kam mit gezogenem Schwert auf ihn zugestürmt. Fiona schlug mit aller Kraft seinen Arm weg und sprang zur Seite. Gray zog ebenfalls sein Schwert, um sich gegen Huntly zur Wehr zu setzen.

»Ihr habt sie getötet!« brüllte Huntly und sein Schwert krachte auf die stählerne Klinge des größeren Mannes herab. Fiona, die nach Luft rang, starrte in das blasse Gesicht des Grafen, das von Wut entstellt war. Er holte erneut zum Schlag gegen den Mörder aus.

Dieses Mal duckte sich Gray und sprang zur Seite. Huntlys Klinge zersplitterte in einem Funkenregen, als sie gegen die Wand schlug, und Grays nächster Schlag warf den erstaunten Grafen zu Boden. Andrew Gray trat über ihn und hielt seinem alten Feind die Schwertspitze an die Kehle.

»Das wird ja immer besser«, knurrte er. »Einfach meine Nichte anzugreifen. Zu schade, daß ich nicht rechtzeitig eingetroffen bin, um Euch davon abzuhalten, sie aus dem Fenster zu stoßen. Das ist mir zwar nicht gelungen, aber ich hatte zumindest die Gelegenheit, Rache zu nehmen und Euch zu töten. Um der Gerechtigkeit genüge zu tun.«

Als er den Arm hob, um zuzustoßen, eilte Fiona mit ihrem Dolch in der Hand auf ihn zu. Mit einer einzigen, ausholenden Armbewegung wehrte er ihren Angriff ab. Sie stolperte, fiel hin, und der Ring rutschte mit einem lauten Kratzen über den Boden und landete zu Füßen ihres Onkels.

Lord Gray richtete seine blassen, blauen Augen auf das Schmuckstück. Die Krone über dem Löwen funkelte ihn an. Wieder würde es mit seinen Plänen vorwärtsgehen. Wenn Huntly aus dem Weg geschafft war, kam er der absoluten Macht, die er so sehr verdient hatte, einen großen Schritt näher. Die Krone — seine Krone — würde ihm gehören. Ein irres, boshaftes Lächeln breitete sich auf seinem Gesicht aus, als er nach dem Ring griff. Seinem Ring.

Das war sein letzter Fehler.

Der Raum schien zu explodieren, als Alec zur Tür hineingestürmt kam. Lord Grays Gesichtsausdruck verwandelte sich von Triumpf in Entsetzen, als er sah, wie der Blick des jungen Kriegsherrn durch das Gemach irrte und für einen Augenblick auf seiner am Boden liegenden Frau ruhte.

Blanke Wut lag auf Alecs Gesicht, als er seinen Blick dann Andrew zuwandte. Gray hob sein Schwert, um die auf ihn hinabsausende Klinge abzuwehren, aber der Schlag war so mächtig, daß er sein Schwert durchschnitt und Knochen und Muskeln des Verräters durchtrennte. Gray sank schwer getroffen zu Boden.

Fiona sah, wie der Mörder ihrer Mutter ein letztes Mal zuckte und seine Finger verzweifelt nach dem Ring ausstreckte. Er lag außerhalb seiner Reichweite.

Und dann war er tot, und seine blauen Augen wurden glasig und starrten mit einem kalten Blick in die Ewigkeit.

Kapitel 25

»... auch wenn unter den Blumen Dornen liegen, so hatte ich in Euch, mein Freund, immer einen Beschützer ... einen Kämpen, der die niederträchtigen Stacheln mit der Wurzel ausriß. Ach, womit nur habe ich einen solchen Freund verdient ...«
— Margaret Drummond, *»Brief an Huntly«*

»Ich eilte zu ihr«, sagte Huntly zu Fiona und Alec. »Aber es war bereits zu spät. Sie war tot ... und Ihr wart fort.« Die drei saßen in Alecs Arbeitszimmer und Huntly beugte sich in seinem Stuhl nach vorne und starrte auf seine Hände. Er hielt den gefalteten Brief in der Hand, den er seit vielen Jahren schon nahe seinem Herzen getragen hatte. Den Brief von Fionas Mutter.

Margaret Drummond hatte an Lord Huntly geschrieben, weil sie wußte, daß er der einzige Mensch auf Erden war, der ihren verräterischen Onkel seiner gerechten Strafe zuführen konnte. Sie hatte ihn gebeten, nach Drummond Castle zu kommen, wo sie ihm den Beweis für die Identität des Mördes von König James III. übergeben wollte. Aus Angst, daß der Brief in die falschen Hände geraten könnte, hatte sie die Identität des Mörders nicht enthüllt.

»Als ich ihren leblosen, gekrümmten Körper auf dem Boden liegen sah, in ihre Augen blickte, die selbst noch im Tode zu mir sprachen, wurde ich verrückt vor Zorn und Kummer. Wieso nur war ich zu spät gekommen? Ich riß das alte Schloß beinahe auseinander auf der Suche nach irgendeiner Spur des Beweises, von dem Margaret gesprochen hatte. Der Beweis, der aller Welt zeigen würde, daß sie nicht selbst Hand an sich gelegt hatte. Daß sie ermordet worden war. Oh, ich hatte sehr wohl lange Zeit den Verdacht, daß Gray in den verräterischen Mord am alten König Jamie verwickelt war, aber ich hatte nichts, womit ich es Eurem Vater hätte beweisen können. Er war durch Euer Verschwinden und den Tod Eurer Mutter völlig aufgewühlt und vermochte nicht zu glauben, daß irgendein Verwandter Margarets imstande sei, etwas Böses zu tun. Ich denke sogar, daß er mich am meisten von allen verdächtigte. Schließlich war es kein Geheimnis, was ich für Eure Mutter empfunden habe.«

Fiona ergriff seine Hand. »Bitte vergebt mir, Mylord. Auch ich habe Euch verdächtigt.«

Huntly lächelte sie an und drückte ihre Hand. »Ich habe deine Mutter geliebt, Fiona. Und ich weiß, daß auch ich ihr nicht gleichgültig war. Sie hat mir vertraut. Und mich als Freund geschätzt. Ich hoffe, daß du das auch tun wirst.«

Fionas Gesicht erstrahlte, als ihre haselnußbraunen Augen die seinen fanden. »Eine solche Freundschaft wäre ein wahrhaft kostbares Gut für mich.«

Die warme Brise, die über das Gesicht des Grafen strich, kam aus dem Nichts. Eine kaum spürbare Berührung. Ein sanftes Zeichen, das ein Gefühl von großem Frieden mit sich brachte und ihm das Herz erfüllte. Und dann vernahm er Margarets Stimme, die durch einen silbrigen Nebel auf ihn zuströmte. *»Ich danke Euch, mein Freund. Ich danke Euch.«*

Er wandte sich zu der Stimme um, doch sie war bereits wieder verstummt.

Epilog

Dunvegan Castle, Isle of Skye, 1526

Der MacLeod-Erbe umfaßte Rory Mors Horn mit beiden Händen.

Stille legte sich über den überfüllten Saal. Lord Macpherson füllte den Rotwein ins Horn. Er benötigte anderthalb Krüge, um den Trinkbecher der MacLeod-Vorfahren zu füllen. Malcolm strich sich sein langes, braunes Haar aus dem Gesicht und setzte das alte Gefäß an den Mund. Er wußte, was zu tun war — in einem Zug, ohne abzusetzen, ohne einen einzigen Tropfen zu verschütten mußte er den Wein austrinken.

Er atmete tief ein und stürzte den Ritualbecher in einem Zuge hinunter.

Der Clan brach in Beifallsstürme und Gelächter aus.

Alec hob die Hände, um wieder Stille einkehren zu lassen.

»Euer neuer Grundherr«, rief er.

Die Gesellschaft brach erneut in Beifall aus, und Leute eilten auf das Podium zu und klopften Malcolm MacLeod fest auf den Rücken. Aber der junge Anführer hatte in diesem Moment nur Augen für zwei Menschen. Er drehte sich zu dem Mann und der Frau um, die er mehr als sein eigenes Leben liebte.

Er umarmte Alec, der wie ein Vater für ihn war, der ihn die Werte des Lebens gelehrt und ihm beigebracht hatte, auf gütige Weise zu herrschen. Alec, der sein Versprechen gehalten und den Menschen auf Skye zu Handel und Wohlstand verholfen hatte, während er weiterhin seinen eigenen Clan anführte.

Dann wandte sich Malcolm an Fiona, die inmitten des Aufruhrs ruhig lächelnd dasaß. Der junge Mann sah den Stolz, der ihm aus ihren wundervollen, haselnußbraunen

Augen entgegenstrahlte, und sie erhob sich, um sich in seine offenen Arme zu begeben.

Fiona spürte, wie sich seine starken Arme um sie legten. Er war groß und kräftig. So ganz anders als der kleine, verängstigte Junge, der vor vielen Jahren ins Kloster gebracht worden war. Hier gehörte er hin. Die Zeiten änderten sich, und Malcolm war sowohl in physischer als auch in mentaler Weise auf das vorbereitet, was vor ihm lag.

Sie blickte zu Vater Jack hinüber, der nun vortrat und eine dunkle Kiste auf den Tisch stellte. Sie befreite sich aus Malcolms Umarmung und sah, daß ihr Mann wie gebannt in die Menge schaute.

Sie folgte seinen Augen und hatte das Gefühl, ein Stück blaue Robe zu entdecken, gerade bevor es hinter einer Gruppe von großgewachsenen, ausgelassenen jungen Männern verschwand. Doch der alte James war fort. Er hatte diese Welt schon vor langer, langer Zeit verlassen.

Fiona sah zu Alec zurück und stellte fest, daß er sie anschaute.

»Malcolm wird nichts passieren«, sagte Alec leise. »Der alte James wacht über ihn.«

Sie lächelte und nickte.

Vater Jack hob vor dem versammelten Clan seine Hand und bat Fiona zu sich. Sie schritt auf den Tisch zu und öffnete die Truhe.

Es war vollkommen still im Raum, und alle Augen ruhten auf ihr, als sie das alte Banner aus der Truhe hervorzog.

Ein Stöhnen war zu hören, als die Clan-Mitglieder das lange verloren geglaubte, lange Zeit versteckte *Am Bratach Sith* erkannten — das Feenbanner.

Ein strahlendes Lächeln erschien auf Fionas Gesicht. Sie legte den gelben Stoff um Malcoms Schultern, und die Menschen im Saal begannen erneut zu toben. Malcolm wurde von seinen Leuten auf die Schulter genommen und triumphierend herumgetragen.

Als Dudelsäcke erklangen, und die Menge zu singen begann, legte Alec seinen Arm um Fiona und flüsterte ihr ins Ohr: »Nun, mein Liebling, sollten wir uns nicht langsam auf den Nachhauseweg machen?«

»Oh, ja, Alec«, erwiderte sie und zog ihn eng an sich. »Ob unsere kleinen Engel Benmore Castle wohl dem Erdboden gleichgemacht haben?«

»Wenn du die kleinen Kobolde meinst, die wir dort zurückgelassen haben, dann stehen die Chancen wohl recht gut, daß alles in Schutt und Asche liegt.«

»Unsere Jungen sind keine Kobolde, Alec Macpherson.«

»Du hast natürlich recht, Fiona. Sie kommen ganz auf ihre Mutter.« Alec lächelte seine Frau liebevoll an. »Ich frage mich nur, wieviele Falken sie wohl dieses Mal in die Freiheit entlassen haben ...«